Victoria Clayton
Wolken an meinem Himmel

Victoria Clayton

Wolken an meinem Himmel

Roman

Aus dem Englischen
von Gabriele Weber-Jarić

Marion von Schröder

Die Originalausgabe erschien 2003 unter dem Titel
Clouds among the Stars
bei HarperCollins, London

Marion von Schröder ist ein Verlag der Ullstein Buchverlage GmbH

ISBN-13: 978-3-547-71063-2
ISBN-10: 3-547-71063-4

Gesetzt aus der Minion bei LVD GmbH, Berlin
Druck und Bindung: Druckerei Bercker, Kevelaer
Printed in Germany

1

Der Tag, an dem mein Vater als Mörder verhaftet wurde, begann viel versprechend. Es war Anfang November. Normalerweise waren an den Wänden in meiner Dachkammer im Herbst schon Stockflecken, und der uralte Paraffinofen musste nachts angelassen werden. An diesem Tag war der Himmel jedoch wie zartrosa gepinselter Alabaster, und in der Luft lag etwas verführerisch Mildes. Ausnahmsweise war ich voller Zuversicht, was mein Leben und meine Zukunft betraf. Ich war jung – zweiundzwanzig – so gut wie sicher verliebt, und ich fühlte mich berufen: Ich würde Dichterin werden. Ich wusste nicht mehr, wer einmal gesagt hatte, dass in dieser besten aller Welten den Besten alles offen steht, doch ich hätte anstandslos darauf gewettet.

Vom Bett aus konnte ich die letzten Blätter an der Spitze der Magnolie erkennen, die aussahen, als hätte man sie in Bronze getaucht. Im Geiste ersann ich eine Verszeile. »Bronzene Blätter entfalten sich wie Märchenbanner –« Banner? Vielleicht lieber »Wimpel«. Ich stieg aus dem Bett, hüllte mich in das Gewand, das ich zum Dichten trug, setzte mich an meinen Schreibtisch und spitzte grüblerisch den Bleistift.

Wimpel, Banner, Fahne, Flagge – nein, das war es nicht, derlei weckte Vorstellungen von Gin-Cocktails und Jachtklubs – wie wäre es mit »Oriflamme«? Das war ein schönes Wort und passte perfekt zur Idyllendichtung. Ich verwarf den Gedanken an die bronzenen Blätter und widmete mich stattdessen wieder meinem jüngsten Werk, meiner »Ode an Pulcheria«. Seitdem ich mich nicht mehr selbst zum Gegenstand meiner Dichtung machte, schien ich besser voranzukommen. Ich hatte bereits zwölf Strophen verfasst, die ich ebenso befriedigend wie abstoßend fand. Sie hatten zwar Schwung, doch irgendwie klangen sie wie das Gedicht von jemand anderem.

Zum Zwecke der Inspiration schaute ich wieder in die Natur und stellte fest, dass Mark Antonius unten einem Spatzen auflauerte. Ich klopfte an die Fensterscheibe. Er schaute verärgert zu mir hoch, als ihm der Vogel davonflog. Zwar ist Mark Antonius ein dicker Kater und bei seinem leuchtend roten Fell hätte sich nur ein trotteliger und kurzsichtiger Vogel fangen lassen, doch ich hasse das Räuberische der Natur. Um zu zeigen, dass ich nicht nachtragend war, winkte ich Mark Antonius und verfing mich dabei mit dem Ärmel meiner Dichterrobe an der Schreibtischkante.

Betrübt begutachtete ich den langen Riss, der entstanden war. Es war ein herrliches Gewand und eins meiner kostbarsten Besitztümer, dunkelblauer Pannesamt, der mit silbernen Sternen und goldenen Rauten bestickt war. Mein Vater, Waldo Byng, hatte es getragen, als er in einer viel gepriesenen Aufführung von *Der Sturm* den Prospero gab. Sie hatte ihm begeisterte Lobeshymnen eingetragen, und für eine Weile wurde er überall herumgereicht. Selbst wenn ich aus verwandtschaftlichen Gründen nicht gänzlich unparteiisch sein mag, ist es nicht übertrieben zu behaupten, dass mein Vater noch immer als einer der größten Darsteller gilt. Er hatte den Prospero 1973 gespielt, was fünf Jahre her ist. Seitdem sind die Dinge leider nicht mehr ganz so gut für ihn gelaufen.

Es ist schwer zu sagen, was zwar nicht unbedingt schief, aber dennoch leicht danebenging. Zum einen drehte sich plötzlich alles um experimentelles Theater, weshalb sich eine Menge Schauspieler um die wenigen klassischen Rollen rissen. Zum anderen waren die Huldigungen meinem Vater vermutlich zu Kopf gestiegen. Etliche Hauptrollen hatte er mit der Begründung, es fehle ihnen an »Bannkraft«, abgelehnt. Er hatte sich dermaßen in die Rolle des Prospero hineingesteigert, dass er sie nicht mehr abzuschütteln vermochte und fest daran glaubte, magische Kräfte zu besitzen. Für eine Weile quoll unser Haus von Amuletten, Skarabäen, Kugellampen, Ringen, Zauberstäben, Pendeln und Zauberkelchen über, und wenn Pa einen Gebrechlichen traf, bot er an, ihm die Hand aufzulegen. Ein russischer Maler mit Tuberkulose erholte sich danach sogar, und mein Vater präsentierte Serge mit seinen wundersam blühenden Wangen und roten Lippen auf Partys wie ein zweigeschlechtliches Huhn oder ein Lamm mit zwei Köpfen. Es tat uns allen Leid, als Serge wenige Monate später verstarb.

Ich schaute abermals aus dem Fenster und erblickte Loveday, unseren Gärtner, der um die, wie mein Vater behauptete, antike Büste Shakespeares herum Unkraut jätete. Ganz ohne Frage glich sie einer kahlköpfigen Männergestalt, doch ihr Gesicht war aufgrund der Rostblattern bis zur Unkenntlichkeit entstellt. Die Büste befand sich im Mittelpunkt des Labyrinthes, das Loveday angelegt hatte. Anfänglich hatte es lediglich einen kleinen Teil des Gartens beansprucht, der für Blackheath, wo wir wohnten, durchaus als weitläufig galt. Dann aber war es mit Loveday durchgegangen, und er hatte das Labyrinth erweitert und immer verschlungener gestaltet, bis es zuletzt fast die gesamte Fläche hinter unserem Haus einnahm. Mit Eibe hatte er begonnen, doch in den nachfolgenden Jahren war er zu Liguster übergegangen, der bedeutend schneller wuchs. Allerdings musste er auch häufiger gestutzt werden, weshalb sich die kleinen Dramen unseres Lebens im Sommer unter dem klappernden Geräusch der Heckenschere abspielten, mit der Loveday von morgens bis abends zugange war.

Loveday hatte das Labyrinth errichtet, um den Teufel vom Weg abzubringen, auf dessen Machenschaften er sämtliche Probleme der Welt zurückführte. Doch da der Herr der Finsternis nie ruhte und allgegenwärtig war, glaubte Loveday ihn mit seinem Labyrinth für eine Weile außer Gefecht setzen zu können. Oftmals war es an uns Kindern, den Einfallsreichtum einer jüngsten Erweiterung zu testen, und um Loveday bei Laune zu halten, taten wir so, als hätten wir uns verirrt. Nach Ansicht meines Vaters war Loveday ein seltenes Juwel, ein Mann der zwar als Gärtner versagte, jedoch Rousseaus Theorie bewies, dass es der unverbildete Verstand war, der sich frei und schöpferisch entfaltet. Ehrlich gesagt, glaubte ich zuweilen, in punkto unbekümmerter Einfalt nahmen sich Pa und Loveday nicht viel.

»Harriet!«, ertönte Portias Stimme. Sie rüttelte am Türknauf. »Was machst du da drinnen?« Ich versteckte die »Ode an Pulcheria« in meiner Schreibtischschublade, riss mir mein Dichtergewand vom Leib, stopfte es unter mein Bett und schloss die Tür auf.

Wir sind zu siebt in der Familie. Meine Mutter Clarissa war früher ebenfalls Shakespeare-Darstellerin. Sie hatte in den fünfziger und sechziger Jahren Berühmtheit erlangt, sich inzwischen jedoch von der Bühne zurückgezogen. Das älteste von uns Kindern und der einzige männliche Spross ist Oberon, der damals sechsundzwanzig war und von allen Bron genannt wurde. Ihm schließt sich Ophelia mit ihren vierundzwanzig Jahren an, gefolgt von mir, Harriet, und dann die zwanzigjährige Portia. Danach kommt erst nach einer ganzen Weile Cordelia, die zwölf ist.

Portias Blicke glitten an mir vorbei, nahmen den Raum in Augenschein und kehrten enttäuscht zu meinem Gesicht zurück. »Du bist ein ganz stilles Wasser, wie? Was tust du hier oben eigentlich so verschämt? Bist du einem Geheimklub beigetreten?«

Obgleich Portia zwei Jahre jünger ist als ich, glaubten andere Menschen oft, dass es genau umgekehrt war. Ihr Selbstbewusstsein war grenzenlos, wohingegen ich geneigt war – bin –, mich Selbstzweifeln hinzugeben. Unter einem uralten Bibermantel, den meine Mutter für die Kleidersammlung aussortiert hatte, trug Portia ein weißes Kleid, das nicht sehr sauber und tief ausgeschnitten war. Eine Schicht scharlachroter Lippenstift verbarg ihren hübschen Mund.

»Nicht dass ich wüsste«, entgegnete ich. »Wohin gehst du? In dem Mantel schwitzt du dich zu Tode.«

»Loveday hat gesagt, dass es später Regen gibt. Außerdem kann ich den Mantel zur Not ablegen. Ich treffe mich nämlich mit einem wunderbaren Mann zum Lunch.«

Für Portia waren alle Männer wunderbar, zumindest am Anfang. Ich warf einen Blick auf meine Armbanduhr. »Ist es zum Lunch nicht noch zu früh?«

»Ich muss vorher zu Manton's, um mir Schmuck auszuleihen.« Manton's war ein Kostümverleih für das Theater. »Mein Verehrer ist steinreich«, fuhr Portia fort. »Ich will nicht, dass er mich für knapp bei Kasse hält.« Sie zog ihren Fuß aus einem der hochhackigen Wildlederschuhe und bückte sich, um ihre Ferse zu massieren. »Mist! Die Schuhe bringen mich um. Warum hat Ophelia die schmalen, feinen Füße abbekommen und nicht ich? Ich finde das ungerecht.« Mit halb lachender und halb verdrossener Miene schaute sie unter einem Vorhang aus blassgoldenem Haar hervor.

»Meine Güte, Portia, du hast nicht den geringsten Grund zur Klage. Du siehst klasse aus. Selbst in dem unmöglichen Aufzug.«

Meine drei Schwestern und Bron hatten das Aussehen meiner Mutter geerbt, das gleiche schimmernde helle Haar, die großen tiefblauen Augen und den fantastischen Mund. Ophelia wurde im Allgemeinen als die Schönheit unserer Familie betrachtet, da sie zudem die makellose Nase meiner Mutter besaß, doch ich konnte mir vorstellen, manch einer würde Portias lebhafterem Gesichtsausdruck und ihrem umgänglicheren Wesen den Vorzug geben. Cordelia war bereits auf dem Weg, den beiden nachzueifern. Ich hatte dunkles Haar und dunkle Augen wie mein Vater und den gleichen knochigen Körperbau. Während meine Schwestern üppig ausgestattet waren, war ich zu meinem Leidwesen flach wie ein Brett.

»Tolles Kompliment. Vielen Dank.« Portia zog einen malvenfarbenen Schal aus ihrer Manteltasche und schlang ihn nach Indianerart um den Kopf. Bei jeder anderen hätte dergleichen lächerlich ausgesehen, doch Portia verlieh es einen beneidenswert verführerischen Anstrich. »Was meinst du überhaupt? Ich wüsste beim besten Willen nicht, was es an meiner Kleidung auszusetzen gibt. Außerdem musst *du* gerade reden. Dabei siehst *du* aus, als wärst du in Trauer. Ich nehme an, das hängt mit deinem scheußlichen Dodge zusammen. Ach, nun fällt mir ein, weshalb ich überhaupt hochgekommen bin. Dodge ist am Telefon.«

Dodge war seit einem Jahr mein Freund. Jedermann lehnte ihn ab, was zu den Dingen zählte, die ich an ihm schätzte. Es ist nämlich nicht einfach, in einer großen Familie schöner, vor Selbstsicherheit strotzender Menschen aufzufallen.

»Warum hast du das nicht gleich gesagt? Er muss zu einer Telefonzelle laufen, um anzurufen.«

»Wie kommt es, dass er sich mit solch bürgerlichen Einrichtungen abgibt«, rief sie mir hinterher, während ich die Treppe hinunterrannte. »Ich hätte gedacht, er schreibt mit Blut und bindet den Zettel an eine Gewehrkugel. Das würde doch viel eher zu ihm passen.«

Ich hatte Dodge kennen gelernt, als wir in einer Schlange anstanden und auf den Bus warteten. Vor einigen Wochen hatte ich ihn zu uns zum Abendessen eingeladen. Ein Erfolg war das nicht. Gewöhnlich bewundern die Menschen die verrückte, schillernde Lebensart, die meine Familie so freizügig verströmt. Mein Vater ist ein hervorragender Erzähler, und meiner Mutter gefallen alle jungen Männer, die sich in sie verlieben.

Claremont Lodge – wie unser Haus hieß – war im Regency-Stil erbaut und für einen Vorort groß und eindrucksvoll. Es bot einen Blick auf den Park und war auf eine Weise eingerichtet, die gleichermaßen theatralisch und heruntergekommen war, in etwa wie Dornröschens Schloss nach zehn oder zwanzig Jahren des Schlummers. Abblätternde Farbe bestimmte das Bild ebenso wie abgewetzter Samt, gesprungener Marmor, angelaufenes Silber und angeschlagenes Porzellan. Da etliches davon Bühnenausstattungen entstammte, brachen die Sachen auch ständig auseinander und wurden von Loveday mehr schlecht als recht zusammengeflickt. Meine Mutter war eine eifrige Dekorateurin, mit einem Hang zum dramatischen Tableau. Als Dodge zum Abendessen erschien, hatte sie eine Nische in der Eingangshalle mit einer Harfe ausstaffiert, über die sich anstelle der Saiten Efeu wand. Dazu gehörte ein Schemel aus einem korinthischen Kapitell, auf dem sich neben einer zeigerlosen Uhr eine Krone befand – möglicherweise aus *Heinrich IV.* – und ein ausgestopftes Rebhuhn, das an einer Klaue hing. Eine flackernde Kerze beleuchtete das Arrangement, das meine Mutter *Le Caducité* nannte. Ich habe das Wort später nachgeschlagen. Es bedeutet Vergängliches oder Zerbrechlichkeit, eine Neigung, sich aufzulösen. Angesichts des Zustandes unser Möbel schien es angebracht zu sein.

Dodge hatte alles mit kaltem Blick registriert, und als meine Mutter ihn einlud, sich vor dem Essen zu ihr aufs Sofa zu setzen, hatte er erwidert, er stehe lieber. Es gab Champagner, doch er verlangte Bier, sodass ich Lovedays Vorräte plündern musste. Während des Abendessens unterhielt uns mein Vater mit Geschichten aus Borneo, wo er mit dem *Wintermärchen* gastiert hatte. Er schilderte ein Festmahl aus Holzwürmern, die dort als Delikatesse galten, aber leider wie das Sägemehl schmeckten, aus dem sie bestanden. Danach erzählte er von einem Botschaftsessen, zu dem man den Gästen in Frack und Abendkleid dezent zwei Kopfkissenbezüge reichte, um sie zum Schutz gegen die Moskitos als Galoschen überzustreifen. Er malte ein lebhaftes Bild von den Eingeborenen, die kleine mit Reis, Eiern und Blumen beladene Flöße im Meer aussetzten, um sich die Götter des Fischfangs gewogen zu machen.

Meine Mutter erklärte, Dodge sei gewiss ein schrecklich kluger Mensch und er müsse sie unbedingt in seine faszinierenden politischen Ideen einweihen. Er hatte finster auf seinen Teller gestarrt und einsilbig geantwortet. Nachdem er sich verabschiedet hatte, gähnte meine Mutter ausgiebig und klopfte als Zeichen der Langeweile demonstrativ mit der Hand auf ihren Mund.

Mein Vater sagte mit einem der scharfen, blitzenden Blicke, die er vor Jahren als Jago perfektioniert hatte: »Welch außergewöhnliche Wahl, Harriet! Ich hoffe, Mark Antonius hat sich bei ihm keine Flöhe geholt.«

Dodge hatte schwarzes Haar, das in Stacheln hoch stand. Seine Augen waren grau und blickten meist verächtlich. Nur gelegentlich sah ich, wie dieser unbewegt trotzige Ausdruck schwankte und einem Anflug von Zweifel wich, und dann war ich sicher, dass ich ihn liebte. Zumindest wollte ich ihn dann in die Arme schließen, was gewiss dasselbe war.

Dodge war Anarchist. Er trachtete danach, die Welt zu verbessern, und den Anfang machte er mit mir. Es war kaum möglich, etwas zum Wetter zu äußern, ohne eine Tirade über meine hoffnungslos klassenbedingte Einstellung loszutreten. Er hielt mir vor, wie jämmerlich ich den Versuchen der Gesellschaft, die Entfaltung meines Geistes zu beschneiden, erlegen war. Als Gegenargument hatte ich ihm einige meiner Gedichte gezeigt, die er gnadenlos verriss. Milton, Spenser und Shakespeare waren lediglich Propagandisten eines korrupten Systems. Dennoch musste ich nicht verzagen. Er konnte mir beibringen, wie man sich aus den Zwängen fehlerhaften Denkens befreite. Indem ich mit ihm ins Bett ging, würde ich den ersten Schritt in Richtung Erkenntnis tun. Ich war nur zu bereit, an meine Verirrungen zu glauben, und dankbar für sein Interesse.

Dodge wohnte in einer leer stehenden Hütte für Binnenschiffer, die am Flussufer in Deptford auf einem Stück Brachland stand. In einer Ecke türmte sich ein Gewirr aus Tauen und Angelschnüren und in der anderen befand sich Dodges Bett. Der Rahmen war aus aufgelesenem Strandgut gezimmert worden, auf dem anstelle einer Matratze Säcke lagen. Neben seinem Bett stand ein selbst gebasteltes Regal, voll von anarchistischen Texten. Das Ganze war primitiv, feucht und unbequem, doch für mich besaß es einen eigentümlichen Reiz. Wenn wir gemeinsam auf den Stufen der Hütte hockten, über einem Feuer aus Treibholz Würstchen brieten, den Seemöwen Brotbrocken zuwarfen und Dodge seine Pläne für die Welt darlegte, war ich glücklich. Er war ein Wahrheitssucher, und von denen gab es nicht zu viele.

Wenn wir uns liebten, ließ Dodge das gestrenge Wesen fallen, das er der Welt zeigte. Ohne seine Uniform aus schwarzem Pulli, Parka und Jeans war sein Körper weich und weiß, und seine Hände waren sanft. Mit zunehmender Erregung knurrte er wie ein Hund und in entscheidenden Momenten jaulte er. Für Hunde hatte ich schon immer etwas übrig gehabt. Ich liebte es, wenn er nachher mit seinem Kopf in meiner Armbeuge lag und wie ein Kind schlief, mit argloser Miene und einem Lächeln auf den Lippen. Dass es nicht von Dauer sein konnte, wusste ich. Dodge war nicht der Mann, mit dem ich den Rest meines Lebens verbringen wollte. Doch der durchdringende Geruch des Flusses, das Geschrei der Möwen, das Tuten der Flussschiffe und das Kratzige der Säcke führten dazu, dass ich mich lebendig fühlte, ein richtiger Mensch, in einer richtigen Welt.

Ich nahm den Hörer auf.

»Hallo, Jekaterina«. Dodge stieß sich an Harriet, weil es zu bürgerlich klang. Er war ein großer Bewunderer des Fürsten Kropotkin, des berühmten Anarchisten, und bis auf den Kommunismus nahm er alles, was russisch war, beifällig auf. Die grausamen

Begebenheiten, die sich mit dem Namen verbanden, waren uns glücklicherweise unbekannt. »Ich nehme an, du hast noch geschlafen. Liederlichkeit ist des Menschen Untergang.« Dodge fand es amoralisch, nach sechs Uhr früh noch in den Federn zu liegen. Stattdessen hatte man auf der Straße zu sein, um die Strukturen der Gesellschaft einzureißen. Wahrscheinlich war es aber leichter, sich in aller Herrgottsfrühe von feuchtem Sackleinen zu erheben. »Wir treffen uns um zwölf. In Nikolskoje. Sei pünktlich.«

Es ertönte ein Klicken, gefolgt von einem Summen. Dodge war am Telefon stets kurz angebunden, für den Fall, dass der Nachrichtendienst die Leitung angezapft hatte. Nikolskoje war das Codewort für Owlstone Road 14A in Clerkenwell, dem Hauptquartier der SFAT, der Sektion zur Förderung von Aufstand und Terrorismus. Ich seufzte. Eigentlich hatte ich auf einen friedlichen Morgen gehofft, an dem ich mein Dichtergewand stopfen und zur Eingebung Emily Dickinson lesen wollte. Ich ging hinunter in die Küche.

Nach meinem Refugium unter dem Dach war mir die Küche der liebste Ort. Sie war riesig und erstreckte sich über das gesamte Untergeschoss, mit Fenstern an Rück- und Vorderseite, und dank des Boilers, der in einer Ecke stand, war sie immer warm. Loveday betrachtete den Boiler als eine der tückischsten Erfindungen des Teufels. Er musste fortwährend beschickt und von der Asche befreit werden, die sich ringsum als feiner Staub absetzte, doch ich verband mit dem Geruch des Kokses und dem Geräusch der quietschenden Boilertür die langen, süßen Tage meiner Kindheit. In der Wand gegenüber dem Boiler befand sich der Küchenaufzug, eine nützliche Einrichtung, die über Seilwinden heiße Mahlzeiten in das darüber gelegene Esszimmer transportierte. An verregneten Tagen zogen wir uns als Kinder damit hoch und runter. Es markierte den Übergang vom Kind zum Heranwachsenden, wenn unsere Beine zu lang wurden, um in den Schacht gefaltet zu werden.

Die Dekoration der Küche war vernachlässigt worden, da meine Mutter diesen Ort so gut wie nie aufsuchte. Die hausbackene Tapete aus den fünfziger Jahren – gelbe Kleckse, gleich Rühreiern, auf grauem Grund – und die roten Kunststoffflächen, auf denen heiße Pfannen Blasen aufgeworfen hatten, wirkten geschmacklos und freundlich. Auf dem großen Tisch hatten scharfe Bleistiftspitzen, Scheren und Plakatfarben ihre Spuren hinterlassen. An jenem Tisch hatte ich bisher meine glücklichsten Tage verbracht, beim Basteln glitzernder Weihnachtskarten, die sich unter zu dick aufgetragenem Klebstoff wellten, oder beim Stricken seltsam geformter Topflappen in Regenbogenfarben.

Maria-Alba war dabei, Pilze und Schinkenspeck zu braten. Aus ihren kleinen schwarzen Augen warf sie mir einen prüfenden Blick zu. Sie war die Köchin und Haushälterin unserer Familie, doch für mich war sie weit mehr. Ich hatte darauf bestanden, die Welt mit den Füßen voran zu betreten, und anschließend war meine Mutter für lange Zeit krank gewesen. Maria-Alba hatte mich gefüttert, gebadet und in den Schlaf gewiegt. Bron und Ophelia waren niedliche Säuglinge gewesen, doch ich war fett und unansehnlich, weshalb Ma gewiss erleichtert war, dass Maria-Alba und ich uns so gut verstanden. Zwar war Maria-Alba von Natur aus empfindlich und argwöhnisch, doch da sie mich von klein auf kannte, beurteilte sie meine Absichten und Taten nie anders als rein. Ich wiederum hatte, seit ich in der Lage gewesen war, Vertrauen zu entwickeln, selbiges Maria-Alba geschenkt.

Auch wenn sie den Haushalt führte, wurde Maria-Alba nicht wie eine Dienstbotin behandelt. Ohnehin hegten meine Eltern intellektuelle Vorbehalte gegenüber jedwedem Klassendenken, und wenn Maria-Alba wollte, aß sie mit uns. Gewöhnlich zog sie es jedoch vor, ihre Mahlzeit allein zu sich zu nehmen, entweder in der Küche oder in ihrem Kellerzimmer, einem gemütlichen Raum mit Vorhängen und Sesseln in leuchtendem Blumenmuster, verziert mit Spitzendeckchen und Wandtellern, auf denen Windmühlen im Relief dargestellt waren, Eselchen aus Porzellan und pummelige Kinder, die in Wunschbrunnen spähten oder unter Blätterpilzen saßen. Ich liebte diese Ziergegenstände abgöttisch und bedaure den Tag, an dem mein Geschmack gereift war, und ich sie nicht mehr mit kritikloser Hingabe bewundern konnte. Seit meinem fünfzehnten Geburtstag zog ich das geschnitzte Kruzifix aus Elfenbein vor und die religiösen Stiche, die mir als Kind düster und bedrohlich erschienen waren.

Maria-Albas Katholizismus hatte recht wenig mit dem der Nonnen des St.-Fridewide-Stiftes gemein, in das wir Mädchen zur Schule gingen. Die Heiligen waren Maria-Albas Freunde, gutartige, wenngleich launische Wesen, die menschliche Bitten nur dann erhörten, wenn ihnen der Sinn danach stand. Sie war mit ihnen auf du und du und fortwährend dabei, Gott und seine Helfer wegen ihrer Nachlässigkeiten auszuschelten. Dagegen waren die Nonnen unseres Stiftes ängstliche Naturen und dem Herrn kritiklos ergeben. Ihre Heiligen waren mitleidlose Auftraggeber und ihre Religion bestand aus einem vergnügungsfeindlichen Regelsystem.

Vielleicht hingen die Unterschiede mit dem Klima zusammen. Maria-Alba hatte ihre Kindheit in den glutheißen Hügeln von Kalabrien verbracht, wo die Erde wie Zimt gefärbt war und wie aus dem Nichts Gewitter vom Meer gezogen kamen. Ihre Mutter war Prostituierte gewesen und an Syphilis gestorben. Letzteres betrachtete ich als möglichen Grund für Maria-Albas Abscheu gegenüber allem Sexuellen und für ihr generelles Misstrauen, was Männer betraf, wenngleich sie das nie sagte.

Maria-Alba kochte gern und gut. Wie alle guten Köche aß sie auch gern, und als sich die Ereignisse, die ich in Kürze beschreiben werde, abspielten, war sie, selbst bei ihrer Größe von fast einem Meter achtzig, von beträchtlicher Fülle. Sie hatte Probleme mit den Beinen, und ihre Fußgelenke quollen wie aufgehender Teig über ihre Schuhe. Ihr schwarzes Haar, das inzwischen graumeliert war, wirkte stets ein wenig strähnig. Das Beste an ihr war die Nase, die groß und wie ein Papageienschnabel gebogen war und ihrem Gesicht seinen Charakter gab.

Zweifellos ertrug Maria-Alba uns nur deshalb, weil wir verständnisvoll und mitfühlend auf ihre Krankheit reagierten. Sie litt nämlich an Platzangst, die mit zunehmendem Alter schlimmer wurde. Ich muss zwölf gewesen sein, als ich mit ihr bei Marks and Spencer war, inmitten fröhlicher Wollsachen, glänzender Spiegel und angenehmer Gerüche nach Neuem und Sauberem, und mit einem Mal feststellte, dass Maria-Alba sich mit geschlossenen Augen an ein Regal mit Twinsets klammerte. Ihr Atem ging stoßweise, und sie zitterte. Als ich auf dem Heimweg im Taxi nachfragte, wovor sie sich gegruselt hatte, antwortete sie, davor, dass die

Leute sie anstarrten und für verrückt hielten. Sie fürchtete, dass sie verhext worden war oder dass jemand sie mit einem Fluch belegt hatte. Dieser Vorstellung hing sie ebenso an wie ihrem Glauben an die Jungfrau Maria, und oftmals schlug sie das Kreuz und machte anschließend ein Zeichen gegen den bösen Blick, indem sie bei geballter Faust den Zeigefinger und den kleinen Finger ausstreckte. Nach jenem Besuch bei Marks and Spencer ging Maria-Alba nur noch selten aus. Lebensmittel wurden ins Haus geliefert, und ich kaufte mehr oder weniger erfolgreich ihre Garderobe ein.

»Eier?« Maria-Alba richtete ihren Spachtel auf mich.

»Nein, danke.«

»Du bist zu dünn. Der Russe ist nicht gut für dich.«

Ich hatte Maria-Alba mehrmals darauf hingewiesen, dass Dodge in Pinner geboren und aufgewachsen war. Als ich entdeckte, dass er eigentlich Nigel Arthur Wattles hieß, hatte ich aufgeatmet. Der Name wirkte zuverlässig und gesetzt, was ich als tröstlich empfand, wenn Dodge in militanter Stimmung davon sprach, in der Bond Street Blutbäche fließen zu lassen. Maria-Alba bestand allerdings darauf, dass alle Anarchisten Sowjetrussen wären, gefährliche Bestien und nur darauf aus, tugendhafte Frauen ins Verderben zu stürzen.

»Wenn man schwarz trägt, wirkt man schlanker.«

»Und finsterer.« Maria-Alba kleidete sich gern in Orange, Gelb oder Rot, was meine Einkäufe für sie erschwerte, da derlei Farben Menschen unter fünfundzwanzig vorbehalten waren, wohingegen sich der Rest mit gedämpften Pastelltönen begnügen musste.

»Schwarz trägt man als Zeichen der Solidarität mit den Textilarbeitern, die sich täglich für die prächtige Kleidung reicher Müßiggänger plagen und sich selbst nur Lumpen leisten können.«

»*Dio mio!*« Maria-Alba stellte einen gefüllten Teller vor mir ab und runzelte die Stirn. »Hast du mit dem Russen schlimme Dinge gemacht?«

»Und wenn schon. Ich bin zweiundzwanzig und mündig.«

»Also gibst du es zu!« Maria-Albas Blick war triumphierend. »Wenn er dir ein Kind macht, gibt es einen Skandal!«

»Warum denn einen Skandal? Jeder erwartet von Schauspielerfamilien uneheliche Kinder. Pa würde sich höchstens fragen, warum ich nicht aufgepasst habe, und Ma würde es allenfalls als ordinär bezeichnen.«

Maria-Alba verdrehte die Augen. »Und das Kind? Du bringst ein Kind zur Welt, das keinen Papa hat und von der Großmama verachtet wird? Das Baby tut mir Leid!«

»Harriet! Du kriegst ein Kind? Mann, dann werde ich ja Tante.« Cordelia, meine jüngste Schwester, war in die Küche gekommen. »Du kannst von Glück sagen, dass Ophelia nicht möchte, dass Crispin seinen Penis in sie steckt.« Crispin war der gegenwärtige Freund meiner ältesten Schwester. »Jetzt bist du die Erste, die ein Baby bekommt. Soll ich den Kinderwagen vom Speicher holen und den Rost abwaschen?« Ehe ich einen Einwand erheben konnte, hatte sie kehrtgemacht und war die Treppe hochgestürmt.

»Cordelia hat zu viel Sex im Kopf«, erklärte Maria-Alba. »Ich sage Pater Alwyn Bescheid. Es wird höchste Zeit, dass er ihr mal ins Gewissen redet.«

Pater Alwyn war ein mickriger junger Mann, der eine nervöse Art an sich hatte und der, als wir uns vor kurzem auf der Heide begegnet waren, einen Satz getan hatte, als ich ihm »Guten Morgen« wünschte, und in Richtung Pfarrhaus gehetzt war, als wären Ausgeburten der Hölle hinter ihm her.

»Cordelia würde ihn vermutlich aufklären«, entgegnete ich.

»Harriet!« Cordelia war wieder heruntergekommen und blickte mich besorgt an. »Wird das denn nicht furchtbar wehtun? Ich habe einen Film gesehen, in dem eine Frau ein Baby bekam. Du hättest erleben müssen, wie sie geschwitzt und geschrien hat! Ich glaube, ich könnte es nicht ertragen, wenn du so leiden müsstest.« Sie schlang ihre Arme um mich und fing an zu weinen.

»Was ist denn hier los?« Bron war nach Cordelia heruntergekommen. Er ließ sich am Tisch nieder, schnappte die Gabel, die ich, um Cordelia zu trösten, abgelegt hatte, und spießte meine Scheibe Schinkenspeck auf. »Hast du noch mehr davon, Maria-Alba, mein Schatz?«, fragte er kauend.

»Harriet kriegt ein Kind.« Cordelias Weinen schwoll zu Geheul an.

»Ein Kind?« Meine ältere Schwester Ophelia, die nach Bron aufgetaucht war, rümpfte die Nase. »Meine liebe Harriet, wie *gräss-*

lich. Der Gedanke an den Geruch ist mir jetzt schon zuwider. Babypuder, Windeln und Milch. Puh, du hast mir das Frühstück verleidet.« Sie schwebte wieder nach oben.

»Wirklich?« Bron begann sich über meine Pilze herzumachen. »Du musst bescheuert sein. Deine Figur kannst du danach vergessen.«

»Nein, nicht wirklich«, erwiderte ich leicht verstimmt. »Ich wünschte, du würdest meinen Teller in Ruhe lassen. In einer Minute muss ich los. Gott sei Dank erwarte ich *kein* Kind. Es ist jedoch schön zu sehen, wie meine Familie auf die Nachricht reagieren würde.«

»Ich weiß nicht, ob ich froh oder traurig sein soll«, schniefte Cordelia und wischte ihre Nase an meiner Serviette ab. »Ich hätte ihm alle möglichen Tricks beigebracht.«

2

Die Owlstone Road zählte keineswegs zu den besten Adressen von Clerkenwell, und die Nummer 14A war das baufälligste Haus in der Straße. Nachdem ich auf die vereinbarte Weise – dreimal kurz hintereinander und zweimal nach längeren Pausen – an die Tür mit dem abblätternden Lack geklopft hatte, hielt ich den Atem an, denn die Gegend um den Eingang diente als örtliches Pissoir.

Der Briefkastenschlitz öffnete sich und eine dünne Rauchfahne schwebte mir entgegen. Ich roch Marihuana. »Codewort«, befahl eine weibliche Stimme.

»Oh, hm, warte mal – ich hab's vergessen. Ist es ›Pariser Kommune‹?«

»Das war letzte Woche.« Ich hörte, wie die Riegel zurückgeschoben wurden. In der düsteren Diele funkelten mich die mit schwarzem Lidstrich umrahmten Augen von Yelena – gewöhnlich Yell genannt – feindselig an. »Ist wohl zu viel verlangt, dass du dich eines einfachen Codewortes entsinnst, wie?«

»Tut mir Leid«, erwiderte ich kleinlaut. Ich wusste, dass Yell mich nach dem Ausbruch der Revolution als großbürgerliche

Spionin denunzieren würde, und zwar schneller, als man »Fürst Kropotkin« sagen konnte. Dodge hatte mir dessen monumentales Werk *Die Eroberung des Brotes* zu Weihnachten geschenkt. Zu meiner Schande muss ich gestehen, dass ich es gerade mal bis zum zweiten Kapitel geschafft hatte.

Ich wich den aufgestapelten Pamphleten auf dem Fußboden aus und umging vorsichtig die in Zeitungspapier eingeschlagenen Chips auf einer Treppenstufe, die dem allgemeinen Aroma den Geruch von Fett beimischten. Dann folgte ich Yell ins Zentralbüro der SFAT. Dodge saß an seinem Schreibtisch und war dabei, einer andächtigen Gruppe frisch Bekehrter einen Vortrag zu halten. Er wandte seinen Kopf um und quittierte mein Erscheinen mit einem Nicken, ehe er seine Kritik an Marx' Theorie der Arbeitsteilung fortsetzte. Da ich selbige bereits gehört hatte, sogar mehrmals, fühlte ich mich berechtigt, in die Küche abzuwandern, um einen Wasserkessel aufzusetzen.

An der Wand über dem Herd hing ein großes Foto von Emma Goldman, der berühmten Anarchistin des 19. Jahrhunderts, die in Amerika als »Rote Emma« bekannt geworden war. Dodge hatte mir alles über sie erzählt. Tagsüber hatte sie sich in den Sweatshops von New York abgeplagt und Korsetts genäht und nach der Arbeit hatte sie feurige Reden über anarchistische Ideale geschwungen. Sie hatte Gefängnis, Demütigung und Polizeimisshandlungen ertragen. Sie war verfolgt und von der Presse verleumdet worden und musste in öffentlichen Parks und Bordellen schlafen. Ihre einzigen Verbrechen waren ihre kompromisslose Ehrlichkeit und ihr maßloses Mitleid mit den arbeitenden Massen, und dennoch wurde sie in einen Zustand totalen körperlichen und geistigen Zusammenbruchs getrieben. Als ich ihre kleinen zornigen Augen hinter der Nickelbrille, die schweren Hängewangen und die heruntergezogenen Mundwinkel betrachtete, traf mich die ganze Wucht ihrer Anklage. Ich wusste, dass ich oberflächlich und unfähig war, mich einer großen Sache zu opfern. Schon eine Nacht auf einer Parkbank hätte meinen Eifer zunichte gemacht. Ich löste mich von Emmas bohrendem Blick und entnahm meiner Handtasche eine Dose mit Scheuerpulver und einen Lappen, die ich von zu Hause mitgebracht hatte. Während ich darauf wartete, dass das

Wasser kochte, machte ich mich über die Schmutzschicht im Abwaschbecken her.

»Wahrscheinlich glaubst du, als Küchentrampel und Betthure kriegt man einen Mann.« Yell war mir in die Küche gefolgt. Sie bückte sich, um einen Kuchen aus dem Ofen zu holen. In der SFAT war sie die Einzige, die sich mit dem Kochen abgab, und in Wahrheit war sie eine weitaus bessere Hausfrau als ich. Ich schaute gierig auf den goldbraunen Marmorkuchen, dem köstlich riechende Dampfwolken entstiegen.

»Entschuldigung, was?« Ich schrubbte weiter, um Zeit zum Nachdenken zu gewinnen. Yell machte mich unweigerlich nervös. Sie begann mit dem Daumennagel einen angebackenen Rest Teig vom Ofenlack zu schaben.

»Begreifst du nicht, dass du sämtliche Genossinnen verrätst, wenn du dich auf niedrige Arbeiten konzentrierst und dafür entscheidende Dinge vernachlässigst?«

»Es ist doch nicht politisch, ein Abwaschbecken zu reinigen?«

»Alles ist politisch.« Yell kratzte energischer an dem Teigrest. Offenbar war niedrige Arbeit eine Frage der Gewichtung. »Du willst, dass Dodge seine Grundsätze aufgibt, um öfter mit dir ins Bett zu steigen. Du willst, dass er dich heiratet und als Lohnsklave in einem Vorort lebt. Ich dagegen bin lieber keusch, als meine Ideale zu verraten.«

Ich hörte auf zu scheuern und warf Yell einen prüfenden Blick zu. Sie sah unwohl aus, war sehr dünn und bis auf ein paar hektische rote Flecken war ihre Haut teigig. Ich versuchte sie zu beschwichtigen. »An so etwas würde Dodge nicht mal im Traum denken. Ich weiß, wie wichtig die Sache und die Gemeinschaft der Genossen für ihn sind. Besonders du bist ihm eine große Hilfe, sagt er immer.«

Yell saugte heftig an ihrer Selbstgedrehten und blies den Qualm in mein Gesicht. »Du kleines Miststück!«, bemerkte sie, ehe sie die Küche verließ.

»Warum könnt ihr Frauen nie miteinander auskommen?«, klagte Dodge auf dem Weg zur Demonstration. »Ich bin das ewige Gekabbel in der Sektion leid.«

»Ich glaube, ich fange an zu halluzinieren. Vielleicht habe ich zu viel von dem Zeug eingeatmet, das Yell geraucht hat. Jedenfalls fühle ich mich irgendwie sonderbar.« Ich hatte Hunger, weil ich dank Bron kaum etwas gefrühstückt und zu Mittag außer einem Stückchen von Yells Kuchen nichts zu mir genommen hatte. Deshalb taumelte ich auch ein wenig unter der Last der beiden schweren Stangen, auf denen Pappplakate unsere Überzeugungen verkündeten. Etliche der Genossen waren nicht erschienen, und wir mussten uns mit den Transparenten doppelt abplagen.

Die Leute starrten uns an, als wir den Weg zum Parlament einschlugen. Ihre Mienen waren unfreundlich. Mir war gar nicht bewusst gewesen, wie viele verschiedene Gesichter es gab. Alle besaßen die üblichen zwei Augen, Nase, Mund, Ohren und Kinn, doch ein Großteil der Augen war zusammengekniffen, Nasen und Kinnladen saßen schief, und etliche der Blicke wirkten so irr, dass man sich wie in einem Höllengemälde von Bosch oder Bruegel vorkam. »Ich versuche wirklich, mit ihr auszukommen, doch manche Menschen kann man nicht zufrieden stellen. Sie scheint mich zu hassen, aber ich weiß nicht, was ich ihr getan habe.«

»Es liegt nicht an dir, du dummes Huhn.« Dodge bedachte mich mit jenem Blick gestrenger Herablassung, an den ich mich gewöhnt hatte. »Natürlich ist sie in mich verliebt.«

Ich beäugte Yells eckigen Körper, der vor mir marschierte. Ebenso wie ich trug sie schwarze verschlissene Kleidung, doch ihr Haar war kurz und zottig, was auf die richtige Einstellung verwies. »Oh«, sagte ich. »Bist du denn auch in sie verliebt?«

Dodge hielt sein Plakat einem Passanten hin, der uns Beleidigungen zurief. »Ich schlafe mit dir, oder?« Was eine unbefriedigende Antwort war.

Nachdem wir unseren Sammelplatz erreicht hatten, bestieg Dodge das kleine Holzpodest, das eigens zu diesem Zweck von Hank und Otto, unseren beiden stämmigsten Partisanen, mitgeschleppt worden war. Dann hub er zu seiner Rede an.

Wenn Dodge eine Rede hielt, fand ich ihn unwiderstehlich. Er sprach abwechselnd grandios, feurig und getragen und begann stets, indem er einen Arm hochschleuderte, um unsere Augen mit gebieterischem Zeigefinger auf höhere Anliegen zu richten. Danach ließ er seinen Kopf nach vorn fallen, seine Schultern sackten ein, die Hände streckten sich aus, ein verzweifelter Mann, den die Lethargie der Welt niederdrückte. Aus der Entfernung sah er wundervoll aus. Weil er genüssliches Essen als selbstsüchtig und hedonistisch ablehnte, nahm er sehr wenig zu sich, sodass seine Wangenknochen scharf hervortraten und seine Augen tief in ihren Höhlen lagen. Außerdem konnte man aus der Entfernung die kleinen Pickel auf seinem Kinn nicht erkennen.

»Ordnung ist Sklaverei«, setzte er an. »Gedanken in Ketten. Ordnung ist Krieg von Mensch gegen Mensch, Gewerbe gegen Gewerbe, Klasse gegen Klasse, Land gegen Land. Ordnung heißt, dass neunzig Prozent der Menschheit arbeitet, um eine Hand voll Müßiggänger im Luxus leben zu lassen. Ordnung bedeutet geopferte Massen auf den Schlachtfeldern der Welt. Sie heißt, dass der Bauer am Hunger und der Reiche an Fettsucht stirbt. Sie heißt, dass die Frau sich verkauft, um ihre Kinder zu ernähren. Ordnung bedeutet die Entwürdigung der menschlichen Rasse mithilfe von Knute und Peitsche.«

Während ich den mir mittlerweile bekannten Worten lauschte, spürte ich den üblichen Zorn in mir aufwallen, und als Dodge die Revolutionen aufzählte, die mit Panzern und Gewehren niedergeschlagen worden waren, wuchs meine Unzufriedenheit mit dem Zustand der Welt. Warum sollten Wohlstand und Landbesitz das Vorrecht einiger weniger sein und die Massen hungern? Der Kapitalismus war ein Fehler. »Hurra!«, rief ich mit den anderen, als Dodge ein besonders schlagkräftiges Argument vorbrachte. Doch als er die Anarchie beschrieb und erklärte, dass sie das Unrecht aus der Welt verbannen würde, schwand etwas von meiner Zuversicht. Würden die Menschen tatsächlich freudiger zur Arbeit gehen, wenn sie wüssten, dass ihr Lohn einem Genossen zugute kam? Ich hoffte es, doch eines gewissen Zweifels konnte ich mich nicht erwehren.

Um uns versammelten sich Passanten. Darunter befand sich ein Polizist, der einen grimmigen Eindruck machte. Sogleich fühlte ich mich schuldig. Es war eine lächerliche Reaktion, die lediglich meiner kindischen Furcht vor Autoritäten entsprang. Entschlossen schüttelte ich eins meiner Transparente und schrie auf, als sich ein Splitter der Holzstange in meinen Daumen bohrte. In diesem Moment hörte ich die erhobene Stimme eines Zeitungsverkäufers: »Lesen Sie! Berühmter Schauspieler als Mörder verhaftet! Lesen Sie!«

Ich nahm die Worte kaum auf, weil ich den Splitter, der unter hervorquellendem Blut verschwunden war, mit den Zähnen zu fassen versuchte.

»Vor euch steht der lebendige Beweis meiner Worte«, erklärte Dodge, der in Fahrt gekommen war. Er deutete auf eine alte Dame unter einem ramponierten schwarzen Strohhut, die direkt vor mir stand und sich auf ihren Stock stützte, während sie ihren steifen Hals verrenkte, um zu ihm hochzuschauen. »Na, Mütterchen, ich glaube, du könntest uns einiges über die kapitalistische Ausbeutung erzählen, oder? Wie oft hast du dich für einen Hungerlohn geschunden, wie oft gingen deine Kinder ohne Essen zu Bett?«

»Schande!«, rief einer der Genossen. Die alte Frau starrte uns an, gackerte mit zahnlosem Mund und schien die Beachtung, die man ihr schenkte, zu genießen.

»Wie oft war dein Körper vor Kälte taub, weil die Kohle, die von tapferen lungenkranken Männern gefördert wurde, Strom für die Fabriken lieferte, die ihre Besitzer reicher machten?«

»Skandal!«, brüllten die Revolutionäre. Die alte Dame wedelte mit dem Stock in unsere Richtung und stieß kreischendes Gelächter aus.

»Wie oft konntest du keine anständige Mahlzeit auf den Tisch bringen, wenn dein unterdrückter Mann ausgelaugt und müde von der Arbeit kam?«

Die Menge gab teilnahmsvolles Gemurmel von sich, doch in einem schlagartigen Stimmungswechsel schien die alte Frau sich plötzlich daran zu stoßen, Gegenstand allgemeinen Mitleids zu sein.

»Mein Alter war ein fauler Sack und Säufer. Der hat nie einen Handschlag getan. Ich war froh, als er mit dem Flittchen vom Supermarkt abgehauen ist.«

»Da hast du's! Da fällt dir nichts mehr ein«, hänselte einer aus der Menge.

»Ja, was sagst du nun?«, stichelte die alte Frau undankbar, und mir fiel plötzlich auf, dass sie ein wenig angesäuselt wirkte. »Ihr verfluchten Linken, ihr glaubt, ihr könnt uns rumkommandieren, aber eure Meinung schert uns einen Dreck.«

Dodge holte Luft und wollte zu einer Antwort ausholen, doch weil ich an meinem pochenden Daumen lutschen wollte, kippte eins meiner Plakate und landete auf der alten Dame. Ihr Hut rutschte in ihre Augen, und sie taumelte ein paar Schritte rückwärts, ehe sie unsanft auf ihr Hinterteil fiel und ihre Einkaufstasche verlor.

»Heh, hallo«, rief einer aus dem Publikum. »Nicht gleich gewalttätig werden, nur weil mal jemand anderer Meinung ist!«

Mit einem Satz sprang Dodge vom Podium. Er und der Polizist halfen der alten Dame hoch, doch sie stand kaum aufrecht, als sie bereits mit ihrem Stock nach Dodge schlug. Für ihr Alter war sie erstaunlich kräftig. In dem nachfolgenden Durcheinander entglitt mir das zweite Plakat. Es fegte dem Polizisten den Helm vom Kopf. Er fluchte und blies in seine Trillerpfeife.

Das, was dann geschah, war einfach grauenhaft. Es begann mit Schmähungen, die zwischen den Anarchisten und dem Publikum hin und herflogen. Dazu wurde mit den Fingern drauflos gestochen und geknufft und geschubst. Wie bei einer Flamme, die durch trockenes Unterholz züngelt, loderte plötzlich Gewalt auf. In Sekundenschnelle war ein Gewirr aus fliegenden Fäusten, Stiefeln und anderen Gegenständen entstanden. Ein dicker alter Mann mit wildem Blick und gebleckten Zähnen trat mir mit aller Macht ins Knie. Ein Ei zerplatzte an meiner Schläfe und tat erstaunlich weh. Ich versuchte, das glibberige Zeug abzuwischen, als mir ein junger Mann mit langem strähnigen Haar eine Ohrfeige versetzte und verschwand. Ich war zu verängstigt, um es mit ihm aufzunehmen. Irgendjemand schrie. Ich wollte ebenfalls schreien, doch vor Schreck und Furcht versagte meine Stimme. Dann sah ich, dass Yell auf das Abraham-Lincoln-Denkmal kletterte, Parolen rief und ein Transparent schwang, bis sie von einer Apfelsine an der Stirn getroffen wurde und stürzte. Ein Polizeiwagen mit Blaulicht und heulender Sirene tauchte am Rand des Getümmels auf. Ich entdeckte eine Lücke zwischen den Kämpfenden, und ohne recht zu wissen, was ich tat, schlüpfte ich hindurch und war weg.

Ich glaube, ich legte mehrere Kilometer zurück und hielt erst inne, als mein verletztes Knie mich dazu zwang. Dann sank ich auf die nächstbeste Eingangsstufe, und vor Schmerzen und Verzweiflung hätte ich fast geweint. Wenngleich etliche der Genossen von der ständigen Bereitschaft zur Militanz sprachen und häufig von früheren blutigen Kämpfen die Rede war, hatte ich dergleichen noch nie erlebt. Es war ja auch erst meine zweite Demonstration. Die erste hatte an einem heißen Julitag im St. James Park stattgefunden, und da waren alle zu gut aufgelegt gewesen, um sich für etwas anderes als Sonnenbaden und Eisessen zu interessieren.

Mit unmittelbarer Gewalt war ich nicht vertraut. Ich hatte mein Leben im friedlichen Blackheath verbracht, und Maria-Alba hielt nichts davon, Kinder zu schlagen. Im Stift von St. Fridewide hatten die Nonnen auf dem Schulhof Aufsicht geführt und darauf geachtet, dass wir uns nicht einmal die Zunge rausstreckten. Die wahnsinnige, ziellose Aggression, die ich gerade miterlebt hatte, verstörte mich daher zutiefst. Dennoch schämte ich mich. Ich hatte mich der Sache verschrieben, doch als es brenzlig wurde, war ich getürmt. Nicht nur meine Genossen hatte ich verraten, sondern auch den Mann, den ich liebte. Er konnte in diesem Moment hilflos am Boden liegen, konnte schwer verletzt oder – noch schlimmer – tot sein.

So eilig wie mein Knie es erlaubte, humpelte ich zum Parlament zurück. Es dauerte trotzdem eine Weile, weil Blut durch meine Jeans sickerte und der Stoff an meiner Wunde rieb. »Schauspieler als Mörder verdächtig«, rief ein Zeitungsverkäufer. Mir schoss durch den Kopf, dass meine Eltern die Nachricht äußerst interessant finden würden, da sie jeden namhaften Darsteller kannten. Dann kam das Parlament in Sicht und ich vergaß die Angelegenheit.

Die Kämpfe waren vorüber. Die Menschen standen umher und redeten, doch von Dodge und Yell und den anderen Mitgliedern der SFAT war nichts zu entdecken. Ich entdeckte einen Streifenwagen, der sich in den Verkehr einfädelte und davonfuhr. Der Bürgersteig war mit zerdrückten Apfelsinen, zerplatzten Eiern und zertrampelten Plakaten übersät, darunter ein Päckchen Schmalz, das zerfloss und auf dem Boden glänzte. Die einzige Person, die ich erkannte, war die alte Frau mit dem Strohhut. Wie es aussah, versuchte sie den Wachtmeister, der sie in den Polizeiwagen schieben wollte, zu einem Tänzchen zu überreden.

»Hat jemand mitbekommen, was sich hier abgespielt hat?«, wandte sich einer der Polizeibeamten an die Umstehenden. »Wir würden gern Ihre Aussagen aufnehmen.« Die Menge verlief sich zügig, und ich schloss mich dem allgemeinen Aufbruch an.

Die milde Luft des Tages war inzwischen verflogen, und in dem verblassenden Licht wirkte Nikolskoje noch weniger einladend als sonst. Fast hätte ich kehrtgemacht, als ich Hank und Otto die Stufen erklimmen sah, doch ich wusste, dass ich für mein feiges Verhalten gerade stehen musste. Ich wappnete mich, um ihre Verachtung zu ertragen.

»Hallo! Sieh mal, wer da kommt!«, rief Hank bei meinem Anblick. »Du warst einmalig, Harriet! Ich habe gesehen, wie du dem Bullen eins übergebraten hast! Wer hätte das gedacht? Mann, und ich habe dich immer für eine eingebildete Pute aus dem Bürgertum gehalten.«

Ich grinste schwach, als Otto vor mir mit hochgereckter Faust salutierte. »Komm rein, Genossin, darauf müssen wir trinken. Du hast ordentliche Arbeit geleistet. Auf Harriet, die Rächerin! Den Schrecken kleiner alter Damen!« Er tat, als ob er mir einen Boxhieb versetzen wollte.

Ich entdeckte, dass Ottos Ohrläppchen verwüstet aussah und dass sein Ohrring fehlte. Hanks Nase war auf das Zweifache ihrer Größe angeschwollen. Auf dem Weg nach oben gratulierten die beiden Männer sich zu den Schlägen, die sie im Namen der Freiheit eingesteckt hatten. Das, was ich als entsetzlich und zuweilen als grotesk empfunden hatte, war für sie offenbar ein weiteres glorreiches Kapitel in der Geschichte des Kampfes gegen die Unterdrücker. Als ich das Zentralbüro betrat, schlugen mir Hochrufe entgegen. Dodge und Yell fehlten, weil sie zur Polizeiwache gebracht worden waren, doch nach vorherrschender Meinung war keinem von ihnen viel passiert.

Mit warmem Bier wurde auf meine Gesundheit angestoßen und mein furchtloses Auftreten wurde gerühmt. Wir verzehrten einen Teil von Yells Kuchen und danach Fisch und Chips, die Hank besorgte. Wenngleich ich die Art unseres Sieges nicht gänzlich begriff, überließ ich mich dankbar der allgemeinen Selbstbeweihräucherung. Ich war noch nie wegen irgendetwas gefeiert worden, und die Erfahrung versetzte mich in einen Rausch.

Es war halb sieben, als ich nach Hause kam. Der Spiegel in der Eingangshalle warf mein Bild zurück, eine zerwühlte, nahezu furchterregende Gestalt. Ich begutachtete mein Haar mit den vom Ei verklebten Strähnen und die verkrusteten dunklen Blutflecken, die von einem Schnitt auf meiner Wange herrührten. Mit einem Mal spürte ich erneut mein Knie, und auch mein Daumen tat mir weh.

»Mein Gott, Harriet! Das wurde auch Zeit!« Maria-Alba tauchte in dem Eingang auf, der zu der Treppe ins Untergeschoss führte. »Wo warst du denn? Deine Mutter ist wie von Sinnen, und Ophelia hat sich in ihrem Zimmer eingeschlossen. Bron ist in den Grünen Drachen gegangen und Portia ist verschwunden! Ich weiß nicht mehr aus noch ein!«

»Harriet!« Cordelia warf sich in meine Arme. »Ich bringe mich um! Ich habe einen Gifttrank gebraut – wir können uns alle umbringen ...« Der Rest ging in ihren Schluchzern unter.

»Warum denn? Was ist denn los?« Ich war die dramatischen Ausbrüche meiner Familie gewohnt. Wahrscheinlich würde Maria-Alba mir gleich mitteilen, dass der Küchenboiler nicht funktionierte, oder Cordelia würde erklären, dass sie in Latein eine Drei bekommen hatte.

»Dein Vater ist als Mörder verhaftet worden«, sagte Maria-Alba. »Man wird ihn hängen! Er hat einen Menschen umgebracht!«

Cordelia fing an zu schreien und wurde ohnmächtig.

3

Wie betteten Cordelia auf den in Schwarz und Gold gehaltenen Diwan, der aus der Aufführung von *Antonius und Cleopatra* stammte. Sich windende Schlangen bestimmten seinen Rahmen, und die geschweiften Enden wurden von Leopardenköpfen gestützt. Die Mäntel, Lacrossestöcke, Kricketschläger und Schultaschen, die im Lauf der Jahre achtlos darauf abgeworfen worden waren, hatten einen Großteil der Gipsverzierungen abgeschlagen, und Bron hatte den Leoparden als kleiner Junge eine Brille aufgemalt, aber trotzdem bot das Sofa einen großartigen Anblick, wenn man das Haus durch die Vordertür betrat. An seiner Seite diente eine mannshohe Statue des Anubis, des ägyptischen Gottes mit dem Schakalskopf, als Hutständer.

Maria-Alba riss ein paar Federn aus der Pfauenboa, die um Anubis' Hals gewunden war, brannte sie mit einem Streichholz an und hielt sie unter Cordelias Nase. Cordelia kam umgehend zu sich und beklagte sich wortreich über den ekelhaften Geruch. Sie blickte mich mit tragischen Augen an.

»Gib mir keinen letzten Kuss, teure Schwester, meine Lippen sind noch vom Gift benetzt. Ich liebe meine ganze Familie, doch niemanden so wie dich. Portia war gestern gemein, als ich mir ihren Mohairpulli ausleihen wollte.«

»Hör auf zu schauspielern und sag mir ehrlich, ob du Gift genommen hast!« Ich sprach in scharfem Tonfall, weil Cordelia häufig log. Außerdem wollte ich aus den fernen Sphären zurückkehren, in die Maria-Albas Worte mich katapultiert hatten. In einem jener körperlosen Zustände, die Menschen kurz vor dem Tod ereilen, sah ich, wie ich mich über meine Schwester beugte. Meine Sicht war ein wenig verschwommen, und außerdem schien ich irgendwie taub geworden zu sein.

»Ich – ich erinnere mich nicht mehr.« Cordelia drückte eine Hand an ihre Schläfe und klapperte mit den Wimpern.

»Ich bringe ihr etwas, damit sie sich übergibt«, sagte Maria-Alba entschlossen. »Salz und Wasser.«

»Das ist nicht nötig, das trinke ich nicht.« Cordelia setzte sich auf und wirkte verdrossen. »Ich hasse diese Familie. Muss ich denn auch noch krank gemacht werden? Reicht es nicht, dass mein geliebter Vater im Gefängnis sitzt und vielleicht aufgehangen wird?«

»Gehängt«, verbesserte ich mechanisch, während die Schockwellen in meinem Kopf dumpf wie unterirdische Glockenschläge dröhnten.

Cordelia starrte mich böse an. »Ich glaube, selbst wenn man

dich foltern und vierteilen würde, würdest du noch an der Grammatik der Leute rummeckern.«

»Wahrscheinlich. Abgesehen davon wird bei uns niemand mehr gehängt.«

»Nein? Wirklich nicht? Ich habe aber einen Film gesehen, in dem ein Mann aufgehangen – gehängt – werden sollte, und dann hat der Priester ihn gebeten, so zu tun, als ob er Angst hätte, damit die Leute ihn nicht mehr als Helden verehren – und dann hat er geweint und sich gewehrt – und es war so schrecklich, dass mir übel wurde, und niemand wusste, ob er nur so tat oder ob er sich tatsächlich gefürchtet hat ...«

»Das war nur ein Film.« Meine Stimme klang, als ob ich Watte in den Ohren hätte. »Hängen ist gegen das Gesetz.«

»Pfui über Eur' Gesetz!«, ertönte eine Stimme über uns. Wie schauten hoch. Von Kopf bis Fuß in Schwarz gekleidet stand meine Mutter oben an der Treppe. »Das schreckliche Gesetz mögt Ihr in jenem bittren Briefe lesen.«

»*König Lear*«, sagte Cordelia.

»*Othello*«, bemerkte ich im gleichen Atemzug.

Meine Eltern besaßen die Angewohnheit, ausgiebig aus Shakespeares Stücken zu zitieren, weil sie die natürlich seitenlang auswendig kannten. Und als wäre es damit noch nicht genug, mussten wir Kinder mit den Quellen aufwarten. Vor Jahren hatten wir deshalb in einem Anfall von Aufbegehren vereinbart, auf jedes Zitat den Titel des Stückes zu nennen, dem unsere Vornamen entstammten. Irgendwann lagen wir dann richtig. Da mein erster Vorname Desdemona lautete, musste selbst ich nicht dumm dastehen. Unsere Eltern kamen uns nicht auf die Schliche, weil sie sich auf Ebenen jenseits unseres Kindergeplappers bewegten und ohnehin nie zuhörten, wenn wir etwas sagten. Bron landete die wenigsten Treffer und Ophelia die meisten, was einiges über *Hamlet* aussagt.

»Die Art der Gnade weiß von keinem Zwang«, hub meine Mutter abermals an. Sie setzte die Rede getragen fort und klang vielsagend und feierlich, als sie zu der Stelle mit dem Fürsten auf dem Thron und dem Zepter, das die weltliche Gewalt zeigt, kam. Ich hoffte, bei »darum, Jude«, würde sie aufhören, weil es nicht mehr passte, doch sie war nicht zu bremsen.

»Vielleicht erklärt mir lieber mal jemand, was wirklich passiert ist«, bemerkte ich ungeduldig, nachdem sie geendet hatte. »Es kann doch nicht wahr sein, dass Pa verhaftet worden ist.«

Angesichts meines mangelnden Kulturbewusstseins blickte meine Mutter gequält drein. »Man sagt, die Eule war eine Bäckerstochter.«

Die Szene mit der wahnsinnigen Ophelia – Shakespeares Ophelia natürlich – zählte zu den liebsten meiner Mutter. Während sie langsam die Treppe hinabstieg, sang sie die leicht lüsternen Lieder, die unsere Englischlehrerin, Schwester Paulina, so heftig hatten erröten lassen. Nachdem Ma noch immer singend im Salon verschwunden war, lief ich zum Zimmer meiner älteren Schwester hoch und klopfte an ihre Tür.

»Ophelia!«

Niemand antwortete. Ich drehte am Knauf, doch die Tür war zugesperrt. Ich spähte durchs Schlüsselloch. Ophelia lag mit ausgebreitetem Haar und geschlossenen Augen auf ihrem Bett. Sie sah sehr schön aus. Umrahmt wurde sie von narzissengelben Brokatvorhängen, die über ihrem Bett von einem vergoldeten Strahlenkranz gehalten wurden. Ihre Daunendecke war aus elfenbeinfarbener Seide und der Teppich besaß ein hübsches Muster aus kleinen bunten Blumen. Eine Vase mit blassen Teerosen, wahrscheinlich von Crispin, stand auf ihrem Nachttisch. Ophelia hatte sich reichlich Mühe gegeben, ihr Zimmer nett und wohnlich zu gestalten, und verbrachte darin fast jede freie Minute. Sobald sich etwas anbahnte, das sich auch nur im Entferntesten als anstrengend oder ermüdend erweisen konnte, begab sie sich zu Bett, und zwar zu jeder Tageszeit und unabhängig von den Schwierigkeiten, die sie anderen dadurch bereitete.

Ich rüttelte am Türknauf. »Ophelia! Sprich mit mir! Ich *muss* wissen, was los ist. Ma faselt nur vor sich hin und singt.«

Abermals blickte ich durchs Schlüsselloch. Ophelia rührte sich, doch nur, um die Decke über ihren Kopf zu ziehen.

Unschlüssig stand ich da und überlegte, ob etwas dabei herauskäme, wenn ich mich auf den Weg in den Grünen Drachen machte, um Bron zu suchen. In dem Moment läutete es an der Eingangstür. Ich lief nach unten, um zu öffnen. Zwei Männer standen auf der Schwelle, einer von ihnen in Polizeiuniform. Ich entsann mich des Polizeihelmes, und mein Magen krampfte sich zusammen. Der andere, der einen hellbraunen Trenchcoat trug, zog eine Art Abzeichen aus der Tasche und hielt es mir hin. Ich konnte nichts erkennen. Meine Augen lasen zwar, doch mein Verstand weigerte sich, einen Zusammenhang herzustellen.

»Miss Byng? Ich bin Chefinspektor Foy, und das ist Sergeant Tweeter. Dürfen wir für einen Moment hereinkommen? Ich würde mich mit Ihnen gern über Ihren Vater unterhalten.« Der Schauder des Entsetzens, der mich überlief, richtete etwas mit meinen Knien an, und die Straßenlaterne vor dem Haus schien im Takt meines hämmernden Herzens zu zucken. Es kam mir vor, als würden Jahre verstreichen, während ich dastand, auf eine Gürtelschnalle starrte und aus entfernten Straßen schwach wie ein Piepsen eine Autohupe vernahm. »Sie sind doch Miss Byng, oder?«

Ich trat stumm beiseite, um die beiden einzulassen. Ma war noch immer dabei, im Salon zu deklamieren. Wenngleich meine Familie mich häufig zur Verzweiflung trieb, hasste ich es, wenn Menschen an ihr Anstoß nahmen. Gewiss würden diese Gesetzeshüter sich über die Art, in der meine Mutter auf Schreckliches reagierte, wundern oder sie deswegen verachten. Ich beschloss, die Polizisten in Pas Bibliothek zu führen.

Wir standen unbehaglich herum, während ich mich wieder zu fassen suchte. Mein Zwerchfell schmerzte, als ob ich außer Atem geraten wäre. Ich wollte ein Lächeln aufsetzen, doch meine Lippen hafteten fest an meinen Zähnen. Der Mann im Trenchcoat – sein Name war mir bereits entfallen – zog einen der Korbstühle, die den Sekretär flankierten, herbei und schob ihn in meine Knie. Ich sank darauf nieder. Den zweiten Stuhl beanspruchte er für sich.

Der uniformierte Sergeant hockte sich auf das Sofa, auf dem mein Vater mit geschlossenen Augen zu liegen pflegte, wenn er sich in »einen Charakter« einfühlte. Der Sergeant war ein schwergewichtiger Mann, um dessen Schenkel der Hosenstoff spannte. Auf seiner Nase sah man Aknenarben, seine Wangen waren rund und rosig und seine schwarzen Haarsträhnen glänzten. Er passte nicht zu dem bauschigen Vorhang in seinem Rücken, der aus den purpurroten Segeln von Cleopatras Galeere angefertigt worden war und der, schwungvoll gerafft, von vergoldeten Widderköpfen gehalten wurde. Mein Magen begann, vernehmlich zu knurren. Ich lächelte verlegen und legte gleich anschließend eine Hand auf meinen Mund, denn unter den Umständen war es äußerst unangemessen zu lächeln. Außerdem brannte der Schnitt auf meiner Wange, wenn ich die Lippen verzog.

Der Mann in Zivil hatte regelmäßige Gesichtszüge und sein volles brünettes Haar ordentlich aus dem Gesicht gekämmt. Wie Cary Grant besaß er ein gekerbtes Kinn. Ich sah, wie sein Blick in die Runde wanderte und auf dem Schädel ruhen blieb, der zu einer Tischlandschaft meiner Mutter gehörte, die *Obsequien* hieß. Außer dem Schädel befanden sich dort noch eine Bahn elegant drapierten weißen Leinens, die ein Leichentuch symbolisierte, eine Sanduhr und eine Locke von einem verstorbenen Schauspielerkollegen meiner Eltern. Der tief hängende Kristalllüster über dem Tisch sollte Tränenbäche darstellen. Die Dekoration bestand schon seit einiger Zeit, sodass sich darauf reichlich Staub abgesetzt hatte.

»Das ist nur ein Requisit. Der Schädel, meine ich«, beeilte ich mich zu versichern, denn ich hatte Angst, der Inspektor würde sonst falsche, finstere Schlüsse ziehen. »Yorick, Hamlet und so.« Seine Blicke schweiften zu dem Dolch auf dem Beistelltisch. »Der Dolch stammt aus *Macbeth*. Beim Zustechen fährt die Klinge zurück. Niemand könnte damit verletzt werden.« Mein Magen gurgelte melodiös, doch wir taten alle, als hätten wir nichts gehört.

Ich folgte seinem Blick zu der Schale mit Äpfeln auf dem Tisch, unter denen sich ein dunkel angelaufenes Kerngehäuse befand. Mein Vater musste den Apfel gegessen haben, ehe er am Morgen zum Theater aufbrach. Darin lag etwas so Trauriges, dass es mir die Brust abschnürte.

»Nun dann, Miss Byng. Hätten Sie etwas dagegen, mir Ihren Vornamen zu verraten?«

»Ja. Ich meine, nein. Harriet.« Ich hörte, dass der Bleistift des Sergeanten auf Papier kratzte.

»Und die anderen Mitglieder des Haushalts – könnte ich bitte auch ihre Namen erfahren?«

»Ophelia, Portia, Cordelia, Oberon, meine Mutter Clarissa – und dann noch Maria-Alba.«

Der Inspektor hob zwei ordentliche Augenbrauen. »Ist Maria-Alba eine Verwandte?«

»Unsere Haushälterin – eigentlich mehr eine Freundin.«

Der Bleistift des Sergeanten hielt inne. »Ein Momentchen, Sir. Schreibt man den Namen mit f oder wie?«

Der Inspektor buchstabierte Ophelias Namen.

»Und Por...?«

Ich schaute auf meinen Schoß, um das peinliche Grinsen zu verbergen, das sich auf meinem Gesicht ausbreiten wollte. Dabei gewahrte ich den unmöglichen Zustand meiner Hände und Fingernägel, auf denen sich getrocknetes Blut und Schmutz vermischt hatten. Als ich erneut aufblickte, war der Inspektor dabei, den restlichen Raum zu begutachten. Ich versuchte, ihn mit seinen Augen zu sehen: die Figur des Harlekins, der mit Kolumbine tanzte, die Urne aus Porphyr, die die Asche des Lieblingsäffchens eines chinesischen Kaisers enthielt, und den Paravent mit edwardianischen Badeschönheiten, die durch Blätterwerk linsten. Über dem Paravent hingen ein Unterrock und ein Mieder, die angeblich Fanny Kemble gehört hatten. Auf einer Truhe mit aufgemalten Intarsien befand sich Othellos Krummsäbel und darüber hing wie eine Jagdtrophäe ein Eselskopf, mit einem Kranz aus Rosen um die Ohren gewunden, der aus dem *Sommernachtstraum* stammte.

»Dies ist ein ausgesprochen schöner Raum. Irgendjemand besitzt beim Dekorieren eine glückliche Hand. Ist es Ihre Mutter?«

Ich war für sein Lob dankbar, denn mir war aufgefallen, dass die Bibliothek nicht besonders sauber war, dass eine Vorhangschlaufe von der Stange gerutscht war und dass sich an der Decke ein Moderfleck ausgebreitet hatte. Auf der Intarsientruhe war außerdem an mehreren Stellen der Lack abgeplatzt, eins der Eselsaugen fehlte, das Sofa war ausgesessen und über einem Ende lag ein Fell, in dem sich zuvor eindeutig Mark Antonius geräkelt hatte. Dann jedoch verschwanden die Makel wie unter einem Weichzeichner, und das Ganze wirkte abermals bezaubernd und originell.

»Ja. Sie war früher Schauspielerin, doch ich glaube, das Dekorieren liegt ihr mehr.«

Der Bleistift des Sergeanten kratzte weiter, um unsere Höflichkeitsfloskeln für die Nachwelt aufzuheben.

»Ich habe Ihren Vater einmal als Coriolanus gesehen«, fuhr der Inspektor fort. Seine Stimme klang tief und voll. »Muss zwanzig Jahre her sein, ich war noch Student. Der Mann hatte sein Publikum im Griff. Man spürte förmlich, wie sehr ihm der Undank des Proletariats zu schaffen machte und dass er litt, weil es roh und unbelehrbar war. Wobei mir einfällt, dass Plutarch Coriolanus als eigensinnigen Menschen mit fehlgeleiteten Ambitionen verurteilt hat, denkbar ungeeignet, andere zu regieren. Ihr Vater dagegen hatte seinen Zwiespalt herausgearbeitet – es war äußerst eindrucksvoll.«

»Danke. Vielen Dank«, erwiderte ich mit einer Inbrunst, die ich anschließend als übertrieben empfand. Ich fragte mich, ob es üblich war, dass sich Polizisten für Theater und Literatur interessierten.

Der Inspektor lächelte, als wären wir dabei, uns nett bei Tee und Knabbergebäck zu unterhalten. Er sah wirklich recht gut aus, mit zwinkernden, freundlichen Augen. Mir gefiel auch, dass die Spitzen seiner Ohren ein wenig nach außen geknickt waren.

»Stört es Sie, wenn ich Pfeife rauche?« Ich schüttelte den Kopf. Er zog eine Pfeife und einen Lederbeutel hervor und begann, Tabak in den Pfeifenkopf zu stopfen. Dann entzündete er ein Streichholz, brannte den Tabak an und sog mehrmals an dem Pfeifenstiel. Ein süßlicher Geruch schwebte mir entgegen. Wie gebannt starrte ich auf die Rauchkringel. »Miss Byng, Sie wissen, dass Ihr Vater verhaftet worden ist, nicht wahr?«

Mir wurde heiß, bis ich dachte, meine Ohren stünden in Flammen. Bis zu diesem Moment hatte ich es nicht wirklich geglaubt.

»Warum – wann wurde er …?« Ich vermochte den Satz nicht zu beenden.

»Die Polizei wurde heute Morgen ins Phoebus Theater gerufen. Man hatte Sir Basil Wintergreen mit gebrochenem Schädel auf der Bühne entdeckt.«

»Sir B-Basil Wintergreen. Ist er …?«

»Ich fürchte, ja.«

Ich wollte aufstöhnen. Vielleicht tat ich es sogar. Mein Vater war zurzeit Mitglied der neugegründeten Hubert-Hat-Shakespeare-Company. In zwei Wochen sollte ihre Erstaufführung des *König*

Lear stattfinden. Sir Basil Wintergreen war Lear und Pa der Graf von Gloucester. Pa hatte uns mehrmals mitgeteilt, dass die Besetzung des Lear ein Triumph der Mittelmäßigkeit sei. Augenscheinlich war Sir Basil, seit er im vergangenen Jahr in den Adelsstand erhoben worden war, nicht in der Lage, sich eines selbstzufriedenen Tonfalls zu enthalten, selbst wenn er betrübt, wahnsinnig oder wütend wirken sollte. Mein Vater fand, sein Lear ähnele einem Bankier, der bei den Freimaurern eine Dinnerrede hielt, und er erklärte, Basil wäre so fett geworden, dass er außer einem Armwedeln nichts mehr zustande brächte. Laut Pa würde Sir Basil in Kürze auch mit einer Karre auf die Bühne geschafft werden müssen und mit den Schweinsaugen in dem aufgequollenen Gesicht nur noch zu komischen Rollen wie dem Falstaff taugen.

Die lebenslange Rivalität zwischen Pa und Sir Basil war für meinen Vater sowohl Ansporn als auch Ärgernis gewesen. Für Jahre hatte er Sir Basil verspottet und sich über seine Anbiederungsversuche bei Impresarios, Regisseuren, Kritikern und überhaupt jedem, der ihm zum Aufstieg verhelfen konnte, lustig gemacht, denn mein Vater vertrat die hochmütige Ansicht, allein das Publikum könne einen Darsteller zum Genie erklären. Insofern war es eine unerfreuliche Überraschung, als der Lorbeerkranz zuletzt auf Sir Basils schütterem Scheitel landete. Dabei stieß Pa sich keineswegs an dem Adelstitel, sondern daran, dass sich mit einem Mal jede Bühne um Sir Basil bemühte. Seine Bemerkungen verloren daraufhin an Witz und nahmen etwas Galliges und Bösartiges an. Um die Wahrheit zu sagen, war mein Vater auf dem besten Weg, Basil zu hassen.

»Das muss ein entsetzlicher Schock für Sie sein.« Der Inspektor erweckte den Eindruck eines Märchenonkels, liebenswürdig, teilnahmsvoll und tröstlich. Wahrscheinlich trugen dazu auch die Pfeife und der Trenchcoat bei. »Dennoch muss ich leider ein, zwei Fragen stellen. Ist Ihre Mutter zu Hause?«

»Ich – sie ist im Salon. Ich bin mir nicht sicher, ob – sie leidet an, ähm, Neurasthenie.«

Ich wusste nicht genau, was das war, sondern nur, dass meine Mutter darüber klagte. Der Bleistift des Sergeanten hielt an, und ich vernahm seinen verzweifelten Seufzer.

»Dass müssen Sie nicht notieren, Tweeter.« Inspektor Foy – nun war mir der Name wieder eingefallen – nickte und summte etwas vor sich hin. »Sind Sie die Älteste, Miss Byng?«

»Nein. Mein Bruder – wir nennen ihn Bron – ist sechsundzwanzig und Ophelia vierundzwanzig. Ich bin zweiundzwanzig.«

»Ob ich mich kurz mit den beiden anderen unterhalten könnte?«

»Bron ist in den – ist außer Haus. Ophelia liegt im Bett.«

»Ist sie krank?«

»Nein. Sie geht immer ins Bett, wenn etwas Unangenehmes passiert.«

Er betrachtete seine Pfeife und summte weiter. »Bam-bambam«, die Tonleiter rauf und runter. »Und Portia? Wie alt ist sie?«

»Zwanzig. Aber sie ist nicht da. Ich weiß nicht, wo sie steckt.«

»Ich verstehe.« Der Inspektor rauchte nachdenklich seine Pfeife und stieß eine Rauchwolke aus. Seine Miene war ausdruckslos. »Ich hatte gehofft, irgendjemand würde mich zum Revier begleiten. Ihr Vater benötigt ein paar Dinge für die Nacht, und über einen Besuch von einem Familienmitglied würde er sich gewiss auch freuen, obwohl vorhin natürlich sein Anwalt bei ihm war. Morgen Früh wird Ihr Vater verlegt. Shrubs wahrscheinlich.«

»Shrubs«, wiederholte ich verständnislos.

»Winton Shrubs. Der Flügel, der das Untersuchungsgefängnis beherbergt.« Bei dem Wort »Gefängnis« hätte ich mich beinah übergeben. Ich muss auch grünlich geworden sein, denn der Inspektor bemerkte: »Sie sind für das Ganze noch ein wenig jung. Ich glaube, wir sollten uns besser an Ihre Frau Mutter wenden.«

»Ich – ich sage ihr Bescheid.«

Meine Mutter war allein und wanderte im Salon auf und ab. Eine Hand hatte sie an ihre Schläfe gelegt, die andere um ihre Taille geschlungen. »Ma«, versuchte ich in ruhigem Tonfall zu beginnen, doch ich schaffte es nicht, und meine Stimme klang atemlos und schrill. »In der Bibliothek ist ein Polizist, der möchte, dass wir Pa besuchen.«

Meine Mutter unterbrach ihre Wanderungen und verschränkte die Arme vor der Brust, als ob sie etwas Kleines und Verletzliches wiege. »Waldo! O Armer du! Mein Busen wie ein Bett, herberge dich, bis ganz die Wunde heilte.«

»*Othello*. Kommst du?«

»*Die beiden Veroneser*. Nun ist er weißer als der Schnee, frisch auf dem Rücken eines Raben.«

»Ja, gewiss. Aber wir sollten ihn besuchen.«

Ihre Augen weiteten sich entsetzt. »Dies ist nichts andres als die Prägung Eures Hirns. Es wühlt mich auf mit Furcht und Staunen.«

Der Inspektor war im Türrahmen des Salons aufgetaucht. »Das ist Inspektor – ähm.« Der Name war wieder weg.

»Guten Abend, Mrs Byng. Ich bin Chefinspektor Foy.«

Der Blick meiner Mutter nahm einen gehetzten Ausdruck an. »Weh, wie steht's um Euch, dass Ihr das Auge auf die Leere wendet?«

Der Inspektor sprach langsam und so behutsam, als würde er im Radio ein Konzert ankündigen. »*Hamlet,* nicht wahr? Gertruds Worte, wenn mich nicht alles täuscht. Wir möchten, dass Sie uns zum Revier begleiten, wenn es Ihnen nichts ausmacht. Dies ist mein Sergeant.«

Meine Mutter stöhnte und umklammerte ihre Kehle. »Dieser grause Scherge, der Tod, ist unerbittlich im Verhaften.«

Der Sergeant hüstelte. »Verzeihung, Madam, aber mein Name lautet Tweeter.«

Meine Mutter stieß einen ungeduldigen Laut aus. Sie streifte uns im Verlassen des Raumes, blieb auf der Türschwelle stehen und deutete nacheinander mit dem Finger auf uns. »Hinweg, grauenhafter Schatten! Unwirkliches Trugbild, hinweg!« Sie verschwand in die Halle und danach hörte ich sie gemessenen Schrittes die Treppe hochsteigen.

»Ich glaube, ich komme besser mit Ihnen.«

Ich lief voraus in die Eingangshalle, um meinen Mantel zu holen.

»Ich gehe mit.« Im trüben Licht des Treppenhauses wirkte Maria-Albas Teint, der aufgrund der Medikamente, die sie einnehmen musste, stets fahl aussah, wie der einer Gelbsuchtkranken.

»Oh, Maria-Alba, das darfst du nicht. Du weißt, dass du dich dann – aufregst. Außerdem wirst du hier gebraucht.«

»Im Moment braucht mich hier niemand.« Maria Alba knöpfte ihren Umhang zu, ein voluminöses Kleidungsstück im Schottenkaro, das sie winters wie sommers trug. »Cordelia sitzt vor dem

Fernseher, und Bron wird, wenn er nach Hause kommt, ohnehin sturzbetrunken sein.«

Ich hoffte, die Polizisten hatten den letzten Satz nicht gehört. Da mir die Kraft fehlte, um mich mit Maria-Alba auseinander zu setzen, ging ich in Pas Ankleidekammer, um eine Tasche zu packen. Hemden, Schlafanzüge, Hosen, Socken, Toilettenartikel, Rasierer, Rasierseife, Eau de Cologne, zwei silberne Haarbürsten und das Haarnetz, das er zum Schlafen trug. Er war extrem penibel, was sein Äußeres betraf. Sorgsam legte ich seinen Morgenrock aus safranfarbenem Marocain zusammen. Dann entnahm ich seinem Humidor zwei Zigarren und steckte noch seinen Zigarrenschneider, seine Schlaftabletten und das Buch mit den Shakespeare-Sonetten von seinem Nachttisch ein.

Bei dem Polizeiwagen handelte es sich um ein Zivilfahrzeug, eine schwarze Limousine. Sergeant Tweeter saß am Steuer, Inspektor Foy neben ihm, Maria-Alba und ich hatten auf dem Rücksitz Platz genommen. Der Inspektor plauderte unaufhörlich – über das auffallend milde Wetter, die Behinderung des Verkehrs durch Baustellen, die Lely-Ausstellung, das neue Stück von Harold Pinter, den jüngsten Roman von Günter Grass. Meine Erwiderungen waren zweifellos lahm, doch die Anstrengung, die es mich kostete, sie von mir zu geben, lenkte mich von meinen Grübeleien ab. Sergeant Tweeter begnügte sich mit gelegentlichen Grunzlauten, wenn er am Fahrstil anderer Anstoß nahm, und Maria-Alba blickte unbewegt und schweigend geradeaus. Wie der Zufall es wollte, umfuhren wir den Parliament Square.

»Hier gab es heute einen kleinen Aufstand«, bemerkte der Inspektor.

»Ähm, weswegen?«

»Wegen nichts. Es waren nur ein paar Kinder, die ein bisschen Tamtam gemacht haben. Leider haben sie dabei eine alte Frau angegriffen. Die Presse wird sich darauf stürzen und den Vorfall als Beweis für die schwindende Moral unserer Gesellschaft anführen. In rührseligen Artikeln können wir dann nachlesen, wie früher hartgesottene Schurken ihr Feuergefecht unterbrachen, um alten Damen über die Straße zu helfen.«

»Hm, ja gewiss«, murmelte ich.

»Tja, die gute alte Zeit. Weltkriege, Kinderarbeit, alte und junge Frauen, die als Hexen verbrannt wurden … ich hoffe, ich klinge nicht zu zynisch, in meinem Beruf wird man das leicht. Unsere heutige Welt ist eigentlich gar nicht so schlecht, oder?«

Ich überlegte, ob er mich aufmuntern wollte. Im dämmrigen Wageninneren zogen die Lichter von Geschäften und Reklameschildern bunte Streifen über Maria-Albas schweißglänzendes Gesicht. Als ich in meiner Manteltasche nach einem Taschentuch kramte, stieß ich auf ein Stück von Yells Kuchen, das Hank mir gegeben hatte. Es bestand nur noch aus Krümeln und Sirup und hatte in meinem Mantel eine fürchterliche Schweinerei hinterlassen. Alles schien noch klebriger zu werden, je heftiger ich an meinen Fingern leckte.

Das Polizeirevier war ein moderner, unauffälliger Bau. Als wir durch die Eingangstür traten, übermannte mich erneut die Verwirrung, die mich zuvor heimgesucht hatte. Bilder und Geräusche wirkten leicht verzerrt, ebenso wie die Gesichter der Menschen. Über mir summten und flackerten Neonröhren wie die Botschaften Außerirdischer über Lichtjahre hinweg.

Wir liefen über Korridore, die wie Elefanten schwankten, sodass ich meinen Blick eisern auf Inspektor Foys Nacken gerichtet hielt. Als er stehen blieb und mit mir sprach, dröhnte seine Stimme und brach sich wie Wellen an meinen Ohren.

»Ihr Vater ist hier drinnen. Wir haben es ihm so angenehm wie möglich gemacht.« Er betrachtete mich mit gerunzelter Stirn. »Ist mit Ihnen alles in Ordnung?«

»Ihr geht's gut.« Maria-Albas Tonfall war barsch. »Komm, spuck mal!« Wie ein großer weißer Flügel flatterte ihr Taschentuch vor mir auf. »Das, was du im Auto gegessen hast, klebt an deiner Backe.« Gehorsam spuckte ich in ihr Taschentuch und wehrte mich nicht, als sie mein Gesicht abrubbelte, einschließlich des Schnitts auf meiner Wange.

»Also, dann«, erklärte Inspektor Foy so herzhaft und fröhlich, als würde er seine Nichten zur alljährlichen Weihnachtsaufführung in die Theaterloge dirigieren.

4

Mein Vater saß an einem Tisch, mit einem Glas in der Hand und einer fast leeren Flasche Rotwein neben sich. Vor Zeiten war der Raum wohl einmal gelb gestrichen gewesen, doch inzwischen waren die Wände bis auf Schulterhöhe grau und mit Grafitti verschmiert. Die hässlichen Plastikstühle, Metallaktenschränke und offiziellen Mitteilungen an den Wänden wirkten deprimierend. In dieser Umgebung wirkte mein Vater mit seinem schönen, empfindsamen Gesicht und seinem dunklen Haar, das er für seine Rolle als Gloucester hatte lang wachsen lassen, wie ein exotisches Geschöpf in einem heruntergekommenen Zirkus. Und das, obwohl er eine Jacke und eine Hose trug, die ihm eindeutig nicht gehörten. Nicht nur, dass sie ihm zu eng waren, sondern sie bestanden auch aus Polyester, einem Material, das Pa sonst nicht mal im Traum an sich gelassen hätte. An der Tür stand ein Wachmann, wahrscheinlich für den Fall, dass mein Vater auszubrechen versuchte. Im Moment grinste er jedoch fröhlich, denn Pa war dabei, ihm eine Geschichte zu erzählen.

»Da stand sie nun, splitterfasernackt, und hielt dieses Ding wie eine Bombe, die jeden Moment hochgehen konnte, und als Nächstes flammten die Lichter auf, und die Herzogin sagte – ah, Harriet!« Er brach ab, als er uns sah. »Und Maria-Alba. Meine Lieben, Ihr seid wahrlich heldenhaft.« Er erhob sich, trat auf uns zu und küsste unsere Hände und Wangen wie ein italienischer Graf, der Gäste in seinem Palazzo empfängt. »Ich habe dem Wachtmeister gerade die Sache mit Margot Bassington und der Zigarrenkiste des Prinzen von Wales erzählt.«

Ich war erstaunt, ihn bei bester Laune anzutreffen. Die Gänsehaut, die meinen Rücken überlief, musste aus Erleichterung entstanden sein. Ich hatte nämlich befürchtet, die Katastrophe hätte meinen Vater zu jemandem gemacht, den ich nicht mehr wiedererkennen würde. Am liebsten hätte ich meine Arme um ihn geschlungen, doch ich begriff, dass die Geste nicht zu der Art gepasst hätte, in der er seine Rolle zu spielen gedachte.

»Wir haben dir ein paar Sachen mitgebracht.«

»Vielen Dank, mein Schatz. So lächerlich es klingen mag, aber meine Kleidung wird gerade von der Polizei untersucht. Sie ist nämlich voller Blut, und das Blut stammt von Basil. Andererseits hätte ich das Zeug in dem Zustand sowieso nicht getragen.« Er nahm mein ramponiertes Äußeres in Augenschein. »Dein Mitleid mit den unterdrückten Massen in allen Ehren, Harriet, aber ist es auch erforderlich, sich ihrem Aussehen anzupassen? Wo ist deine Mutter?«

»Sie fühlt sich ... elend und hat sich hingelegt.«

»Schon gut. Vor diesem niederen Hintergrund würde ich sie ohnehin nicht sehen wollen. Und Ophelia? Haben Sie meine älteste Tochter kennen gelernt, Inspektor? Zwar sollte man die eigenen Kinder nicht rühmen, doch sie ist wirklich eine Schönheit. Kommt ganz nach der Mutter.«

»Ophelia ist zu Bett gegangen.« Unwillkürlich schlich sich ein entschuldigender Unterton in meine Stimme, wenngleich ich wusste, dass Pa sich daran stoßen würde.

»Natürlich. Ein vernünftiger Entschluss.« Er runzelte die Stirn. »Und dein Bruder?«

»Außer Haus.«

»Mein Sohn Oberon«, wandte er sich erneut an den Inspektor, »ist ein prächtiger Schauspieler, doch er muss dem schnöden Gott Mammon gehorchen, ehe er sich dem Schönen und Wahren überlässt.« Das Schöne und Wahre waren unsere Hausgötter, und mein Vater machte bei ihrer Erwähnung stets ein feierliches Gesicht. »Als Bühnenanfänger ist er leider gezwungen, sich nebenher mit dem Prosaischen abzugeben, doch er hat sich recht erfolgreich im – Immobiliengeschäft durchgesetzt.«

Bron, der seit einem Jahr ohne Rolle war, hatte für eine Immobilienfirma gearbeitet, die ihn vor einer Woche rausgeschmissen hatte. Ein Amerikaner, dem Bron etliche Meilen der Themse angedreht hatte, hatte ein Schiedsgericht angerufen, nachdem er den Betrug erkannt hatte. Inzwischen drohte Bron ein Gerichtsverfahren.

»Portia hält sich bei Freunden auf«, erklärte ich. »Wahrscheinlich weiß sie gar nicht, was vorgefallen ist, denn sonst wäre sie sicherlich mitgekommen.«

Ich war in meinem Beteuern zu eifrig gewesen. Mein Vater winkte ungeduldig ab. Dann schleuderte er sein Haar aus der Stirn und lächelte entsagungsvoll. »Ich verstehe das vollkommen, Harriet. Du musst das nicht betonen. Inspektor, Sie sollten wissen, dass meine Kinder ein fast schon übertrieben ausgeprägtes Feingefühl besitzen. Sie möchten ihrem Vater nicht in dieser schmerzlichen Lage begegnen. Das Unangenehme behagt ihnen ebenso wenig wie die Schattenseiten des Lebens oder überhaupt das Schäbige dieser Welt. Meine Kinder tummeln sich lieber im Sonnenschein, um an der Tafel des Glücks Platz zu nehmen. Ich muss mich selbst ein wenig zu dieser Einstellung bekennen und möchte sie beinah als Familienschwäche bezeichnen, doch ist es nicht besser dünnhäutig als gefühllos zu sein?«

Maria-Alba stellte sein Übernachtungsgepäck mit Nachdruck auf den Tisch. »Zum Glück hat jemand in Ihrer Familie kein Feingefühl, denn sonst hätten Sie gleich keine Zahnbürste.« Sie ließ sich neben dem Wachtmeister auf einem Stuhl nieder, schlug, obwohl der Raum warm und stickig war, ihren Umhang um sich und schloss die Augen.

»Kann ich irgendetwas für dich tun, Pa?«, fragte ich. Ich stand am Tisch und hätte gern seine Hand ergriffen, doch das wagte ich nicht.

»Nein, Harriet. Diese Herren«, er wedelte in Richtung Wachtmeister, »haben bereits ihr Bestes getan, um die kleinen Wünsche eines Mannes in geschmälerten Umständen zu erfüllen. Das Abendessen wurde mir gebracht, und obschon es einfach war, und, um die Wahrheit zu sagen, auch viel zu früh serviert wurde, schmeckte es frisch und gesund.«

»Nun, Sir«, begann Inspektor Foy, indem er mir einen Stuhl hinschob, »hätten Sie etwas dagegen, im Beisein Ihrer Tochter einige Einzelheiten mit uns durchzugehen? Inoffiziell – ohne die Anwesenheit von Mr Sickert-Greene.« Henry Sickert-Greene war unser Familienanwalt. »Auch ohne Tonband. Nichts würde vor Gericht Verwendung finden. Zwar verstehe ich Mr Sickert-Greenes Bedenken, Sie könnten sich durch Ihre Äußerungen belasten, doch seine Forderung, dass Sie die Aussage verweigern, bringt uns auch nicht viel weiter, was meinen Sie? Sergeant Tweeter wird das, was Sie sagen möchten, notieren, und nichts davon wird nach draußen dringen. Ich würde mir gern ein klareres Bild von dem, was sich heute Morgen abgespielt hat, verschaffen.«

Dass Herr Siech-Grün, wie Bron unseren Anwalt vor Jahren getauft hatte, den Vorschlag mit äußerster Missbilligung aufgenommen hätte, stand für mich außer Frage. Ich überlegte, ob Inspektor Foy zu trauen war. Angesichts seiner schönen geraden Nase, dem hübschen Kinn und seiner intelligenten grauen Augen war ich mir dessen fast sicher.

»Stört es Sie, wenn ich Pfeife rauche, Sir?« Inspektor Foy griff in seine Manteltasche.

»Durchaus. Meine Stimme reagiert ausgesprochen empfindlich auf Rauch, Inspektor, und sie ist schließlich mein wichtigstes Instrument.«

Dass mein Vater sich bei Inspektor Foy einzuschmeicheln versuchte, konnte man ihm wirklich nicht nachsagen.

Der Inspektor zog seine Hand wieder hervor. »Würden Sie Ihrer Tochter denn dann berichten, wie sich die Dinge zugetragen haben? Lassen Sie sich ruhig Zeit.«

»Kannst du überhaupt darüber sprechen, Pa?«, erkundigte ich mich zaghaft. Sir Basils Tod zu erwähnen, erschien mir ebenso roh, wie einen Fremden zu fragen, auf welche Weise er Arme und Beine verloren hatte.

»Selbstverständlich kann ich über den Tod des armen, alten Basil sprechen. Oh-ho-ho!« Mein Vater spielte bei den Ausrufen mehrere Tonlagen durch. »Mord, ganz ruchlos, ungeheuerlich und wider die Natur!« Er schüttelte den Kopf, und ich hoffte, Inspektor Foy war das Glitzern in seinen Augen entgangen. »Ha! Welch eine Lehre! Vom stolzen Gockel zum blutgetränkten Leichnam, in einem Tick-Tack der Zeit.« Das Tick-Tack untermalte er mit dem Zeigefinger. »Leb wohl! Ein langes Lebewohl all seiner Größe. Heute zarte Hoffnungsblätter, morgen die Blüte, und dann der tödliche Frost.«

Das musste man ihm zugestehen. Sein Mienenspiel, das von Wehmut in hämischen Triumph umgeschlagen war, als er den tödlichen Frost erwähnte, war meisterhaft. Ich wagte den Inspektor nicht anzublicken.

»Hat er stark geblutet?«

»Ja, Harriet. Ich bin so weit in Blut hineingegangen, dass, sollte ich nicht weiterwaten, die Rückkehr genauso mühsam wäre wie hindurchzugehen.«

»*Othello*«, sagte ich mechanisch.

»Na, na. *Macbeth*.«

Ich vernahm das hektische Gekritzel von Sergeant Tweeters Bleistift.

»Was war, bevor Sie Sir Basil entdeckten?«, erkundigte sich der Inspektor.

»Die üblichen Verzögerungen vor Probenbeginn. Ich nutze die Zeit in der Regel, um mich warm zu machen, und ging die Szene mit dem Augenausstechen durch – das heißt die Szene, in der ich geblendet werde. Mein Schmerzensschrei bereitete mir noch Kopfzerbrechen, ob ich daraus einen schrillen Klagelaut oder lieber ein tieferes Gebrüll wie bei einer Opferung …«

»Ist Ihnen etwas Ungewöhnliches aufgefallen?«, fiel der Inspektor ihm ins Wort. »War an der Bühne etwas, das Ihnen seltsam vorkam?«

»Theaterproben sind immer seltsam«, entgegnete mein Vater verstimmt, weil man ihn unterbrochen hatte. »Hätte auf der Bühne nicht ein einziges Tohuwabohu geherrscht, hätte ich *das* als ungewöhnlich empfunden. Vermutlich gab es dort Attrappen, Kulissenteile, Schreinerwerkzeug, Manuskripte, Farbtöpfe, Schwerter, Laternen, Teetabletts – der übliche Wirrwarr gewöhnlicher Gegenstände, mit dessen Hilfe wir Schauspieler gern den Eindruck des Genialischen erwecken.«

»Haben Sie auf dem Weg zur Bühne etwas berührt?«

»Nichts. Nicht das Geringste. Der Zuschauerraum lag im Dunkeln, die Bühne wurde von einem einzigen Scheinwerfer erhellt. Als ich die Mittelbühne betrat, wurde ich von dem Scheinwerfer geblendet, den irgendein Idiot falsch angebracht hatte, und dann stolperte ich über irgendetwas und stürzte. Ich streckte meine Hand aus und griff in etwas Warmes, Klebriges. Es war der arme Basil – mit scheußlich ramponiertem Schädel. Ich sprang auf und rief: ›Gebt mir ein Licht. Fort!‹«

»Tschuldigung, Sir«, bemerkte Sergeant Tweeter. »Als Sie ›fort‹

riefen, was meinten Sie da? Fort mit der Leiche oder wollten Sie fort und wohin?«

Mein Vater seufzte ungeduldig. »Es ist ein Zitat aus *Hamlet*. Wäre ich in dem Moment zu einem Gedanken fähig gewesen, hätte ich all jene Dinge, die Sie aufzählen, ins Auge gefasst. Es war entsetzlich, ein Gräuel!« Den Schauder, der ihn übermannte, nahm ich ihm als echt ab. Mein Vater ekelte sich leicht.

»Was ist dann passiert?«

»Ich habe geschrien und mehrere Personen kamen auf die Bühne gestürzt.«

»Wissen Sie noch, wer?«

»Ich habe keinen Schimmer. Die Frauen kreischten und die Männer führten sich nicht besser auf. Ah, Moment, ich entsinne mich an eine kleine Zweitbesetzung – namens Sandra oder so ähnlich –, die auf schmeichelhafte Weise erleichtert war, dass Basil und nicht ich blutüberströmt und reglos am Boden lag.«

Sergeant Tweeter grunzte etwas, doch der Inspektor ging darüber hinweg.

»Verstanden Sandra und Sir Basil sich nicht?«

»Das hatte mit Basil absolut nichts zu tun. Die Kleine ist in mich verliebt. Ich nehme das natürlich nicht ernst, obwohl sie recht niedlich ist – kaum aus der Schule. Mein Gott, Sie wissen ja, wie Mädchen in dem Alter sind.« Falls der Inspektor es wusste, ließ er es sich nicht anmerken. Er summte ein, zwei Töne. »Dennoch«, fuhr Pa fort, »das Theater ist eine Brutstätte für Eifersucht und Zwist. Und Basil, dem Ärmsten, fehlte es an der Kunst, von anderen geliebt zu werden. Ich darf getrost behaupten, dass ich etliche benennen könnte, die ihn regelrecht hassten. Selbstverständlich«, setzte er mit edler Miene hinzu, »würde ich die Namen niemals verraten.«

»Äußerst vorbildlich, Sir«, erklärte der Inspektor bewundernd. »Da es sich um einen Mordfall handelt, läge es aber vielleicht in Ihrem Interesse, solche Skrupel beiseite zu schieben. Ich habe heute Nachmittag etliche Mitglieder des Ensembles befragt, und keiner von ihnen hat gezögert, die gestrige Auseinandersetzung zwischen Ihnen und Sir Basil zu erwähnen.«

Für den Bruchteil einer Sekunde schien dieser Treuebruch Pa zu schmerzen, doch dann verschanzte er sich hinter einem Ausdruck müder Resignation.

»Ich habe keine Geheimnisse, Inspektor. Es handelte sich um einen kindischen Streit über etwas, das Basil vorgeschlagen hatte. Er fand, meine Augen sollten hinter der Bühne ausgestochen werden, um die Sauerei mit den Blutbeuteln zu vermeiden.«

»Und das hielten Sie für keine gute Idee?«

»Ganz gewiss nicht. In zweitrangigen Aufführungen findet diese Tat, aufgrund mangelnden schauspielerischen Talents, hinter der Bühne statt. Dadurch geht jedoch einer der Höhepunkte des Stückes verloren. Basil war lediglich daran gelegen, das Mitleid des Publikums auf Lear zu lenken, wenngleich Gloucester in vielerlei Hinsicht der interessantere Charakter ist.«

»Also haben Sie sich gestritten?«

»Nun, ich nannte ihn einen fetten, schmierigen Speichellecker – oder irgendetwas in der Art. Er bezeichnete mich als Casanova, alternden Schürzenjäger – und ich weiß nicht, was noch.« Pa hob sein Kinn, das immer noch fest und scharf gemeißelt war. »Gehässiger Unsinn, ohne Frage.«

»Und deshalb waren Sie wütend. Verspürten Sie in dem Moment den Wunsch, ihn zu töten?«

Angesichts des Hangs zum Drama, den der Inspektor so unvermittelt offenbarte, ließ mein Vater ein amüsiertes Lachen hören. »Ich bin kein gewalttätiger Mensch, und es ist nicht meine Art, die Menschen umzubringen, die mich nicht mögen.«

»Aber warum hat man dich denn verhaftet?«, wollte ich wissen.

Mein Vater lächelte nachsichtig. »Du musst das von der Warte eines Polizisten betrachten, denn dann wird dir klar, wie ein derartiges Missgeschick zustande kommen konnte. Stell dir vor, du wärst ein kleiner Wachtmeister – etwa siebzehn Jahre alt und noch mit Flaum auf den Wangen – und hättest an einem Tag nichts Aufregenderes vollbracht, als einen herrenlosen Hund ins Tierheim zu schaffen. Dann jedoch erfährst du, dass ein berühmter Schauspieler unter verdächtigen Umständen gestorben ist. Schnell wie der Wind eilst du los und verschluckst vor Aufregung fast deine Trillerpfeife. Endlich eine Möglichkeit, die Handschellen einzusetzen! Endlich etwas abends deiner Mutter zu erzählen! Dann siehst du einen womöglich noch berühmteren Schauspieler am Ort des Verbrechens am Boden liegen – weil Sandra sich liebevoll in meine Arme schmiegte, vermochte ich mich für längere Zeit leider nicht zu erheben –, der mit dem Blut des Verstorbenen besudelt ist. Und weil du jung und dumm und hinsichtlich der menschlichen Natur ahnungslos bist, nimmst du natürlich an, er wäre derjenige, der den anderen umgebracht hat, mit all seinen Sünden in voller Blüte strotzend wie der Mai. Du willst ihn zu Fall bringen …«

»Nicht so hastig«, schnaufte Sergeant Tweeter, der Mühe hatte mitzukommen. »Wer wurde zu Fall gebracht?«

»Nicht wichtig, Tweeter.« Inspektor Foy zog sein Notizheft hervor. »Wir sollten nicht vergessen, dass Ihre Aussagen gegenüber Wachtmeister Cooper, gelinde gesagt, zweideutig waren. Als er Sie fragte, was Sie über den Tod von Sir Basil wüssten, erwiderten Sie: ›Blut will Blut haben. Schüttele nicht deine blonden Locken in meine Richtung.‹« Der Inspektor zog die Brauen zusammen. »Gewiss waren ›blutige Locken‹ gemeint. ›Wird aller Ozean des großen Neffen‹ – das soll wohl ›großen Neptun‹ heißen – ›dieses Blut völlig von meiner Hand abwaschen?‹«

»An meinen Händen war Blut.« Mein Vater begutachtete seine Hände, die zum Glück wieder tadellos sauber waren.

»Aber nur weil er das geäußert hat, können Sie ihn doch nicht hier festhalten«, wandte ich aufgebracht ein. »Er stand unter Schock und hat gesagt, was ihm gerade einfiel. Es ist nicht von Bedeutung.«

»Oh, es *ist* von Bedeutung! Wenn du deinen *Macbeth* kennen würdest, wie du solltest, Harriet«, bemerkte mein Vater vorwurfsvoll, »dann wüsstest du, dass es sich dabei um eine Stelle feinster Nuancierung handelt, und das in einer Szene, die bereits voller Bedeutung steckt und sich in wundervollster Dichtkunst ausdrückt: Nein! Diese meine Hand wird eher die vielzahligen Meere …«

»Gewiss, Miss Byng, doch Wachtmeister Cooper ist kein Student der englischen Literatur. Für ihn hat es wie ein Geständnis geklungen, und nachdem Ihr Vater sich weigerte, die Tat zu leugnen, verhaftete er ihn.«

Ich beugte mich über den Tisch und legte meine Hand auf den

Arm meines Vaters. »Pa, sag ihnen doch, dass du Basil nicht umgebracht hast.«

»Der Wunsch war der Vater des Gedankens, Harry. Nur dessen bin ich schuldig.« Pa sprach langsam und träumerisch. »Vielleicht war ich nicht das Werkzeug, doch Gott möge mir beistehen, wenn ich bekenne, dass ich häufig so wütend auf ihn war, um ihn – nein, nicht tot, aber mir aus dem Weg zu wünschen.«

Für meinen Vater bestand die oberste Pflicht anderer darin, als Publikum zu dienen. Dass man ihn beachtete, bestaunte und über ihn sprach, war für ihn ebenso notwendig wie die Luft zum Atmen. Im Moment aalte er sich in der Rolle eines Mannes, der zu Unrecht bezichtigt worden war. Eine seiner ersten Rollen als Kinderschauspieler war immerhin diejenige des unschuldigen Kadetten Winslow gewesen.

»Sehen Sie!«, wandte ich mich an den Inspektor. »Gerade hat er gesagt, dass er es nicht war.«

»Sergeant, lesen Sie vor, was Sie notiert haben.«

»Ich habe so schnell geschrieben, wie ich konnte«, beteuerte Sergeant Tweeter und las stockend: »›Vater Harry – ich bin schuldig. Ich war vielleicht nicht das – Werkzeug, aber ich bekenne‹ – Mist! Tschuldigung, die Damen – Bleistift abgebrochen. Waren ja auch ne Menge langer Wörter.«

Der Inspektor seufzte. »Da sehen Sie, wie das Ganze sich im Ernstfall vor Gericht anhören würde. Was wir brauchen, ist eine klare Aussage. Ein eindeutiges Bestreiten. Trotzdem wäre da noch die Sache mit den Fingerabdrücken.«

»Fingerabdrücke?«, wiederholte ich und bekam es erneut mit der Angst zu tun.

»Vorhin haben wir den Autopsiebericht erhalten. Sir Basil hat einen schweren Schlag von oben auf die Schädeldecke erlitten. Nach den Notizen von Wachtmeister Cooper befand sich ein Metallstab neben der Leiche, den wir dem Labor übergeben haben. Gut siebzig Zentimeter lang und ein paar Kilo schwer, mit spitzem Ende. Und blutverklebt. Das Labor hat Mr Byngs Fingerabdrücke auf dem Griff identifiziert.«

»Was kein Wunder ist. Es handelte sich schließlich um meinen Blendstab«, erklärte mein Vater. »Ich hatte ihn dabei, um mich einzustimmen. Das müssen Sie sich einmal vorstellen, Inspektor. Sie stehen hilflos vor Ihren Feinden. Ihre grinsenden, frohlockenden Gesichter sind das Letzte, was Sie auf dieser Welt erblicken werden. Das heißt nicht ganz. Zuallerletzt sehen Sie die grausame Eisenspitze, die sich durch Ihren weichen Augapfel bohren wird! Aaaaah!« Mein Vater ließ sich in seinen Stuhl zurückfallen und stieß einen solch markerschütternden Schrei aus, dass sich meine Fingernägel in meine Handteller gruben. Maria-Alba schlug ihre Augen auf und bekreuzigte sich. Ein Polizist steckte den Kopf durch die Tür und fragte, ob alles in Ordnung wäre.

Der Inspektor winkte ihn fort und machte unbeirrt da weiter, wo er aufgehört hatte. »Haben Sie diesen – Blendstab benutzt, um Sir Basil zu töten, Mr Byng?«

»Selbstverständlich nicht! Ich muss ihn fallen gelassen haben, als ich über seine Leiche gestolpert bin. Und natürlich ist daran Blut. Um Basil war in einem Umkreis von drei Metern Blut. Ekelhaft!« Pa schauderte erneut und zog seine dunklen, geschwungenen Brauen zusammen.

»Haben Sie das, Tweeter?«

Sergeant Tweeter leckte an seinem Bleistift und murmelte, er hätte zumindest einen Teil.

»Was meinten Sie, als Sie Sir Basil einen ...«, Inspektor Foy nahm abermals sein Notizheft zu Hilfe, »eine abgetakelte, aufgeblasene alte Tunte nannten?«

»Meine Güte, habe ich das tatsächlich gesagt? Daran erinnere ich mich nicht.«

»Jedenfalls nach Aussage von Miss Marina Marlow. War Sir Basil homosexuell?«

Mein Vater setzte seine Ich-weiß-was-ich-weiß-Miene auf, eine Mischung aus Nachdenklichkeit und Schläue. »Keine Verleumdungen, Inspektor! Ich habe keine Ahnung, ob Basil schwul war, und es interessiert mich auch nicht. Er ist tot und möge seine Geheimnisse mit ins Grab nehmen. *De mortuis nil nisi bonum* – ein guter Ratschlag, an den wir uns halten sollten.«

War es möglich?, fragte ich mich, als ich meinen Vater eine dunkle Locke aus seiner Stirn streichen sah und seine Miene der Tugendhaftigkeit studierte. Konnte er wahrhaftig ein Mörder sein?

Mein Vater, der die Straße überquerte, um den blutigen Kaninchenköpfen im Schaufenster des Fleischers auszuweichen? Der Mann, der Loveday verbot, die Maulwürfe zu töten, die unseren Garten ruinierten? Der sich, als Bron sich vorübergehend für den Angelsport interessierte, vehement gegen das Aufspießen der Würmer auf den Angelhaken ausgesprochen hatte?

»Vielen Dank, Sir. Für heute soll es damit genug sein. Miss Byng, ich werde Ihnen einen Wagen kommen lassen, der Sie und Miss Petrelli nach Hause fährt.«

Für einen Moment wusste ich nicht, wer Miss Petrelli war. Dann fiel mir ein, dass es sich dabei um Maria-Alba handelte. Allerdings war ich mir ziemlich sicher, sie niemandem vorgestellt zu haben, und angesichts dieser polizeilichen Allwissenheit verstärkte sich meine Furcht.

»Soll ich Ma etwas ausrichten?«, fragte ich meinen Vater.

»Sie soll tapfer sein. Alles andere wird sich finden. Das Morgen und das Morgen und das Morgen schleicht langsam dahin …«

Ich stand auf und wartete höflich, bis er zu Ende gesprochen hatte, obwohl mein Knie schmerzte und der Schnitt auf meiner Wange brannte. Shakespeare hatte zu allem etwas anzumerken gehabt und war wirklich unerschöpflich. Das Letzte, was ich von meinem Vater sah, war, dass er sein Gesicht zum Fenster wandte, sodass man sein berühmtes Profil bewundern konnte. Der Wachtmeister hatte begonnen zu applaudieren.

Maria-Alba hielt meinen Arm fest umklammert, als wir über den Korridor zurückkehrten.

»Das muss sehr schwer für Sie sein.« Angesichts der Anteilnahme des Inspektors hätte ich um ein Haar meine Fassung verloren. »Unter den Umständen hält er sich hervorragend. Versuchen Sie sich keine Sorgen zu machen.« Ich sagte mir, dass er meinen Vater für einen Mörder hielt und deshalb ein Feind war, doch seine Freundlichkeit passte irgendwie nicht dazu.

Als Nächstes vernahmen wir wütende Stimmen. Ich vermied den Anblick der streitenden Gruppe, die sich vor der Pförtnerloge versammelt hatte. Für einen einzigen Tag hatte ich genügend Beispiele ungezügelten Menschentums genossen. Mit einem Mal rief jemand: »Ordnung ist Sklaverei!«, und ich erkannte Dodge und

Yell, die jeweils an einen Polizisten gekettet waren. Dodge hatte ein blaues Auge, das fast zugeschwollen war, und aus Yells Nase sickerte Blut. Nichts davon schien ihren Kampfgeist beeinträchtigt zu haben, denn ich entdeckte einen zerbrochenen Stuhl und Plakate, die von den Wänden gerissen worden waren.

»Schweine! Marionetten des Kapitalismus!«, kreischte Yell.

»Harriet!« Das Peinliche meines bürgerlichen Namens schien Dodge entfallen zu sein. »Haben die Faschisten dich geschlagen? Heda! Sie!«, wandte er sich an Inspektor Foy. »Lassen Sie bloß die Finger von meiner Freundin! Ich kenne unsere Rechte!« Der Inspektor warf mir einen prüfenden Blick zu, und ich spürte, wie Röte mein Gesicht überzog.

»Wohin bringen Sie die beiden?«, fragte er einen der angeketteten Polizisten.

»Wir buchten sie unten ein. In der netten Zelle, die wir für sie vorgesehen hatten, haben sie Ramba-Zamba gemacht. Offenbar ist denen nach einer härteren Gangart zumute. Können wir gern mit dienen.«

»Lass dich von den Scheißern nicht einschüchtern, Harriet.« Dodges Stimme klang beinah zärtlich. »Verweigere die Aussage. Sie müssen uns auf Kaution freilassen. Wir sehen uns vor Gericht.« Er reckte die Faust in die Luft. »Kampf für die Freiheit!«

»Geht's dir gut?« Meine Blicke wanderten von Dodge zu Yell. Sie zeigte mir den Finger, verstohlen, sodass Dodge davon nichts mitbekam. »Ihnen wird doch nichts getan, oder?«, erkundigte ich mich bei Inspektor Foy, während die beiden Parolen singend abgeführt wurden. »Es ist doch kein Verbrechen, anderen Leuten das Leben erleichtern zu wollen.«

»Wenn Sie meinem Rat folgen wollen, dann halten Sie sich morgen von der Owlstone Road fern.«

»Oh, gewiss.« Die umfassende Kenntnis des Inspektors erschreckte mich dermaßen, dass es mir gar nicht in den Sinn kam, mich gegen seinen Ratschlag aufzulehnen. »Ganz bestimmt.«

»Braves Mädchen. Sergeant Tweeter wird Sie nach Hause bringen. Gute Nacht, Miss Petrelli.«

Maria-Albas Antwort war kaum verständlich.

»Mist!«, bemerkte Sergeant Tweeter, als er uns voraus die Eingangshalle durchquerte. »Da draußen stehen die Paparazzi. Und dabei hat Inspektor Foy sie doch nach Hammersmith schicken wollen. Hat sie mit einem andern Wagen auf die falsche Fährte gelenkt, aber lange konnte das ja nicht halten.«

Als ich hinausging, wurde ich von aufflammenden Blitzlichtern geblendet. »Bitte mal hierher schauen, Miss! Wie geht's Ihrem Vater, Miss Byng? Ist Waldo Byng bereits angeklagt worden? Hierher bitte! Welche der Töchter sind Sie?« In den Fragen und Befehlen lag etwas dermaßen Bedrohliches, dass ich mit einem Mal begriff, weshalb Naturvölker glaubten, dass Kameras ihre Seelen raubten. Die explodierenden Lichter in meinem Gesicht saugten meine letzten Kraftreserven auf. Maria-Alba übergab sich auf dem Treppenabsatz. Ich machte mir die Lücke zunutze, die entstand, als die Reporter vor dem Erbrochenen zurückwichen, legte meinen Arm um Maria-Alba und folgte Sergeant Tweeter, der uns einen Weg durch die Menge bahnte. Er schob Maria-Alba in den Wagen. Hände zerrten an meinen Armen und an meinem Mantelkragen. Ich spürte, dass mich die hilflose Lähmung eines Albtraums erfasste. Im nächsten Moment befand ich mich jedoch im Wagen, und Sergeant Tweeter knallte die Tür zu.

Maria-Alba übergab sich erneut, dieses Mal in den Fußraum des Wagens, und Sergeant Tweeter fluchte, was aber auch den Gesichtern gelten konnte, die sich an die Fensterscheiben drückten, oder den Blitzlichtern und hämmernden Fäusten, die uns begleiteten, als wir uns langsam in Bewegung setzten. Maria-Alba verbarg ihr Gesicht unter einem Taschentuch und schluchzte, während sie verzweifelt nach Atem rang. Aus Erfahrung wusste ich, was zu tun war, und leerte auf meinem Schoß blitzschnell meine Tasche aus. Anschließend bedeckte ich damit ihr Gesicht, um ihre Sauerstoffaufnahme zu verringern und den Anteil an Kohlendioxyd in ihrem Blut zu erhöhen. Zuletzt ließen wir die Meute hinter uns und rasten durch den nachlassenden Abendverkehr. Ich rieb Maria-Albas zitternde Hände und raunte ihr tröstende Worte ins Ohr. Es kam mir vor, als läge Blackheath ewig weit entfernt.

Eine Reihe Gedanken, nicht ausgeprägt und unbeständig, die sich auflösten, sobald ich sie fassen wollte, flossen durch mein Hirn. Mein Vater war allein an jenem trostlosen Ort und führte sich vor nahezu leerem Zuschauerraum wie ein Verrückter auf. Mir war, als hätte ich ihn im Stich gelassen. Von Kindheit an, seit ich in der Lage war, aus der Flut der Eindrücke, die das kindliche Bewusstsein überschwemmen, Erkenntnisse zu formen, hatte ich begriffen, dass meine Eltern des Schutzes vor der harten, kleinlichen Welt bedurften, und seitdem war die Liebe, die ich für sie empfand, nie mehr frei von Sorge gewesen.

Als ich heranwuchs und ihre Exzesse beobachtete, verstärkten sich meine Befürchtungen. Meine Eltern lebten gefährlich, befanden sich im siebten Himmel oder im Tal der Verzweiflung und bemühten sich selten, ihre Verfassung vor uns Kindern zu verbergen. Den Rausch der Emotionen auszukosten hieß, dass sie das Leben ausschöpften, und vielleicht hatten sie Recht. Ich war anders geartet. Vorsicht – man kann es auch Feigheit nennen – war Teil meines Charakters. Jedenfalls schien der Hang zur Besonnenheit sich allein bei mir ausgeprägt zu haben, und deshalb bangte ich häufig um die anderen Mitglieder meiner Familie. Ich war mir ziemlich sicher, das Gebaren meines Vaters war eine Auswirkung des Schocks, und in Wahrheit war seinem Selbstbewusstsein ein ungeheurer Schlag versetzt worden. Wie würde es ihm ergehen, wenn sein Mut in den langen Nachtstunden, die vor ihm lagen, schwand?

War Inspektor Foy von Pas Schuld überzeugt? Würde er das Beweismaterial sorgfältig prüfen oder auf eine rasche Verurteilung drängen? Wie viele Menschen gab es, die unschuldig im Gefängnis saßen? War mein Vater unschuldig? Jede andere Vorstellung war dermaßen entsetzlich, dass ich die Zähne zusammenbeißen musste, um nicht zu schreien. Fünfzehn schreckliche Minuten später kamen wir in Blackheath an, und Sergeant Tweeter sagte: »Gibt es einen Hintereingang, Miss? Die Schweine – Tschuldigung, – die Damen und Herren von der Presse tummeln sich vorm Haus.«

Mindestens ein Dutzend Menschen drängten sich in unserem Vorgarten, unter ihnen Bron, der seinen Kopf nach allen Seiten drehte und sich strahlend in Pose warf. Ich bat den Sergeanten hinter unserem Haus anzuhalten, doch noch während ich der keuchenden Maria-Alba aus dem Wagen half, vernahm ich das Geräusch herbeieilender Schritte und blutrünstigen Geschreis.

»Springen Sie ins Haus, Miss. Ich halte die Leute auf. Alle mal her zu mir!«, brüllte Sergeant Tweeter und stieg aus dem Wagen. Maria-Alba und ich huschten durch die Hinterpforte, rannten durch das Zickzack von Lovedays Labyrinth und flüchteten ins Haus. Ich verriegelte die Hintertür.

»*Madre di Dio!*«, schnaufte Maria-Alba. »Das ist die Hölle.«

Und das war keine Übertreibung.

5

»Ich kann nicht immer wieder aufs Neue erklären, dass es mir Leid tut.« Bron stand vor dem Kamin im Salon und rauchte eine Passing Cloud aus einer langen Zigarettenspitze. Es war später am selben Abend, und er klang gepeinigt. »Woher sollte ich denn wissen, dass du einen auf Greta Garbo machst? Sie haben stundenlang vor dem Haus gestanden. Es war nur höflich, sie schließlich reinzubitten.«

»Schon gut.« Ich musste versuchen, ruhig zu bleiben. In meiner rechten Schläfe tobte ein Schmerz, als ob jemand dabei wäre, ein Loch hineinzubohren. »Schwamm drüber. Trotzdem war es, als hätte man plötzlich Krokodile im Bett. Es muss dir doch klar gewesen sein, dass ich mit niemandem reden wollte. Kein Wunder, dass Maria-Alba einen Schreikrampf bekommen hat. Ich stand selbst kurz davor.«

»Typisch Frau. Erst sagst du ›Schwamm drüber‹ und dann fängst du wieder von vorn an. Habe ich sie auf deine Bitte hin weggeschickt oder nicht?«

Es traf zu, dass Bron die Reporter mit dem Versprechen, ihnen am andern Tag ein ausführliches Interview zu gewähren, losgeworden war. Vor einer Weile war er nach draußen gegangen, um den einsamen Journalisten, der noch immer durch das Labyrinth irrte, zu befreien. Loveday würde entzückt sein, wenn er davon erfuhr.

»Ich bitte dich lediglich, sie nicht mehr ins Haus zu lassen.«

»Ich werde meine Pressekonferenz im Grünen Drachen abhalten. Da freut sich der Besitzer, und meine Agentin wird voll des Lobes sein.«

»Sag mal, hast du überhaupt kapiert, was vorgefallen ist? Pa steht kurz davor, den Rest seines Lebens im Gefängnis zu verbringen, und du denkst an die Vorteile für deine Karriere?«

»Das ist nicht wahr, oder?«, fragte Bron besorgt. »Das wäre schrecklich.«

»Was du nicht sagst.«

»Ehrlich gesagt, überrascht mich das jetzt doch. Eigentlich kann ich mich nämlich auf meine Menschenkenntnis verlassen.« Ich fragte mich, wie er zu dieser erstaunlichen Schlussfolgerung gekommen war. Dennoch, ich liebte meinen Bruder und wollte keinen Streit. »Die Vorstellung, einen anderen umzulegen, ist eigentlich ziemlich grauenvoll, oder? Natürlich hat Pa Basil gehasst, aber ich hätte nicht gedacht, dass er so weit geht.«

»Er hat es nicht getan.«

»Ach so. Und warum hat man ihn dann verhaftet?«

»Das habe ich dir bereits erklärt.« Sogar ausführlich, nachdem die Presseleute verschwunden waren. Das Problem bestand lediglich darin, dass Bron mit Manhattans abgefüllt war und dass schwarzer Kaffee in solchen Fällen nur bedingt Abhilfe schafft. »*Natürlich* hat er es nicht getan. Und das müssen wir auch jedermann erklären, ganz gleich wie schlecht die Sache steht. Was soll denn die Polizei denken, wenn nicht mal seine Familie an Pas Unschuld glaubt?«

»Alles klar.« Bron nickte feierlich, wobei sein helles Haar reizvoll in seine Stirn fiel. »Der Groschen ist gefallen. Pa hat es nicht getan. Das werde ich vor Gericht beeiden.« Für einen Moment schwieg er, und ich wusste, dass er sich im Geiste bereits im Zeugenstand agieren sah.

»Was um alles in der Welt ist das da eigentlich?« Angewidert starrte ich auf einen Schwan aus weißen Nelken auf dem Klavier. Sein Schnabel ragte wie bei einer Ente auf und bestand aus orangefarbenen Chrysanthemen. Bis zu diesem Augenblick war ich zu aufgeregt gewesen, um wahrzunehmen, dass der gesamte Salon einem Friedhof glich und dass auf jedem Tisch Vasen mit Rosen und Lilien standen.

»Das sind Blumen, die Ma geschickt wurden. Sie haben aber alle die falsche Farbe, und deswegen ist Ma sauer.«

Als das Telefon läutete, ging ich in die Eingangshalle und nahm den Hörer ab.

»Hallo. Hier ist der *Daily Champion*. Sie sind gewiss ein Mitglied der Familie. Wie war Ihre erste Reaktion auf die Verhaftung von Waldo Byng?«

Ich legte den Hörer auf. Als Nächstes wallte ein solches Elend in mir auf, dass mir schwindelig wurde. Das Telefon klingelte erneut. Ich holte tief Luft und hob ab.

»Hallo. Hallo? Hier ist der *Examiner* …«

Offenbar schien jedermann in der Welt unsere Geheimnummer zu kennen und darauf aus zu sein, unsere Meinung zu erfahren, sodass ich unsere Telefone zuletzt ausstöpselte. Außerdem klingelte es unentwegt an der Tür. Es blieb mir überlassen, mich darum zu kümmern, was ich tat, indem ich mich durch den Briefkastenschlitz meldete. Meistens handelte es sich um einen Reporter, den ich höflich zu verschwinden bat. Wütend zu werden, wagte ich nicht, denn dann hätte ich ernsthaft die Nerven verloren.

Gelegentlich kam ein Nachbar vorbei, um zu fragen, ob man etwas tun könne. Dann schlug mir durch den Briefkastenschlitz wie ein übler Geruch genüssliche Neugier entgegen, denn wir waren in unserer Gegend nicht gerade beliebt. Ich glaube, die Leute waren zwischen ihrem Stolz, in der Nähe eines berühmten Schauspielerpaares zu wohnen, und ihrem Zorn, dass ebenjenes sich nicht mit ihnen abgab, hin und hergerissen. Doch meinen Eltern kam einfach nie der Gedanke, dass die Bewohner unserer Straße interessant sein könnten. Laut Bron, der sich mit ihnen im Grünen Drachen verbrüderte, waren die Nachbarn bereits fasziniert, wenn meine Mutter einen neuen Hut aufhatte, wohingegen ihr nicht einmal auffiel, wenn jemand plötzlich einen Kinderwagen mit Zwillingen vor sich herschob. Vermutlich machten wir den Eindruck, ein ausgelassenes und beneidenswert privilegiertes Leben zu führen. Menschen, die andere lediglich von Bühne und Leinwand kannten, gingen bei uns ein und aus, und die Partys meiner Eltern, bei denen gellendes Gelächter über die Gartenmauer schwappte, dauerten bis in die frühen Morgenstunden.

Nun wurden unsere Nachbarn für die Jahre der Missachtung entschädigt. Ich dankte ihnen allen und versprach, Bescheid zu sagen, wenn es etwas gäbe, das sie tun könnten. Nach einer Weile wurde ich es jedoch leid, stieg auf eine Trittleiter, steckte ein zusammengefaltetes Stück Pappe zwischen Schelle und Klöppel und versuchte, das beharrliche Klopfen und das Klappern des Briefkastendeckels zu ignorieren. Im Salon hatte Bron derweil in Ophelias Exemplar von *Harpers and Queen* geschmökert und hörte bei voller Lautstärke Strawinsky. Ich glaubte, mein dröhnender Kopf würde platzen, und stellte die Musik ab.

»Wie? Was hast du gesagt?« Bron blickte mich verdutzt an. »Entschuldige die Musik, aber mir ist der Lärm an der Tür auf die Nerven gegangen.«

»Wenn ich bloß wüsste, wo Portia steckt. Wenn sie Zeitung gelesen oder ferngesehen hat, müsste sie vor Sorge doch außer sich sein.« Ich wurde wankelmütig. »Vielleicht sollte ich die Telefone doch wieder einstöpseln.«

Meine Mutter fand Fernsehgeräte derart abscheulich, dass unseres in den Kohlenkeller verbannt worden war. Cordelia verbrachte jede Menge Zeit in dem Loch, was man ihrer Kleidung auch ansah. Nachdem wir die Reporter losgeworden waren, kam sie hochgestürzt, um zu verkünden, dass der Bericht über Sir Basils Tod in den Neun-Uhr-Nachrichten gesendet würde. Bron und ich eilten mit ihr nach unten. Eigentlich wollte ich den Bericht gar nicht sehen, doch eine merkwürdige Art der Familientreue schien zu verlangen, dass ich mich darüber informierte, was man sich in der Welt über Pa erzählte.

Wir rutschten auf Koksbröckchen aus, als wir uns in den Kellerraum begaben. Es wurde ein Interview mit jemandem gesendet, der zugeschaut hatte, als Pa in Handschellen aus dem Phoebus Theatre abgeführt wurde. Ich glaubte, den Nachrichtensprecher anzüglich grinsen zu sehen, als er erklärte, noch weigere die Polizei sich zu bestätigen, dass Waldo Byng unter Mordverdacht verhaftet worden sei. Die Würdigung von Basils Karriere dauerte fast zehn Minuten. Als Nächstes folgten Lobeshymnen auf ihn, die Menschen mit zitternder Stimme und tränenfeuchten Augen vortrugen, und dann wurde ein Interview mit dem Produzenten des

König Lear gesendet, der darlegte, welche Katastrophe dieser Verlust für das Theater des Landes bedeutete.

Ein Uneingeweihter hätte dem entnehmen können, dass Basil unglaublich beliebt gewesen war, doch tatsächlich hatte es sich bei ihm um einen frostigen, abweisenden Menschen gehandelt, den kaum jemand mochte. Nicht ein einziges Mal tauchte er zu Partys auf, und es wurde gemunkelt, dass sein alleiniges Interesse außerhalb des Theaters auf kleine Jungen gerichtet war. Doch er war eines gewaltsamen Todes gestorben, und mir wurde traurig zumute, als ich ihn in einem alten Filmausschnitt als Heinrich V. sah. Als Letztes wurde ein neues Pressefoto gezeigt, auf dem Pa und Basil gemeinsam als Gloucester und Lear abgebildet waren.

»Pa sieht darauf aber nicht besonders gut aus«, maulte Cordelia. »Seine Zähne wirken riesig, und er bleckt sie, als ob er Basil in den Hals beißen wollte.«

»Wahrscheinlich haben sie es deshalb ausgewählt«, erwiderte Bron. »Ich finde Basils Tränensäcke unmöglich. Warum hat er sich nicht liften lassen? Jetzt ist es zu spät.«

*

Ich blickte auf meine Armbanduhr. Wenn ich mich nicht um Pa sorgte, machte ich mir wegen Portia Gedanken. »Zehn Uhr. Gewiss ist sie mit diesem neuen Typ zum Dinner gegangen. Allerdings sagt sie mir in der Regel Bescheid, wenn sie über Nacht fortbleibt.«

»Ach so, richtig.« Bron begann in seinen Jackentaschen zu kramen. »Ich habe ja einen Brief auf deinem Nachttisch gefunden.« Der Umschlag war an mich adressiert. Es war Portias Handschrift. »Ich dachte, du würdest ihn gleich lesen wollen, deshalb habe ich ihn mit runtergebracht. Doch dann bin ich in den Grünen Drachen gegangen und habe ihn vergessen. Tut mir Leid.«

»Was hattest du in meinem Zimmer zu suchen?«

Bron wirkte zerknirscht. »Ich brauchte ein paar Scheine. Ich hatte schon seit Ewigkeiten keine Runde mehr spendiert.«

Ich beschloss, darüber hinwegzugehen. Angesichts der allgemeinen Lage konnten wir es uns nicht leisten, einander wegen Nichtigkeiten an die Gurgel zu gehen. Ich riss den Umschlag auf.

Liebste Hat,
bin gekommen, um mir ein paar Kleider zu holen. Dimitri hat mich in sein Landhaus nach Oxshott eingeladen. Ich glaube, das liegt in Devon. Die Beschreibung klingt jedenfalls toll. Fünfzehn Gästezimmer und ein riesiges Grundstück. Ich habe mir dein altes gelbes Seidenkleid ausgeliehen. Ich hoffe, du hast nichts dagegen.

Ich hatte das gelbe Kleid kurz bevor ich Dodge kennen lernte gekauft und es bisher erst einmal getragen, sodass von »alt« eigentlich keine Rede sein konnte. Für eine überzeugte Revolutionärin war es allerdings unpassend, und insofern wäre es kleinlich gewesen, wenn ich etwas dagegen gehabt hätte.

Dimitri ist ein Draufgänger und wollte schon im Aufzug Sex, obwohl der Fahrstuhlführer daneben stand. Er hat eine Menge Leute, die für ihn arbeiten – drei allein als Leibwächter! –, und sie sind ihm treu ergeben, was ich für ein gutes Zeichen halte. Er muss nur mit dem Finger schnippen, und schon kommen sie gesprungen. Wir sind zum Lunch bei Gerardi's gewesen und haben die Austern und den Champagner in einem Séparée (!) geschlürft. Dimitri sagt, er hätte ein Verhältnis mit einem Mitglied des Königshauses gehabt. Er wollte nicht verraten mit wem, nur dass sie sogar im Bett noch Kette geraucht hat. Außerdem musste er sie selbst da noch mit Euer Ladyschaft anreden, und da hat es ihm dann gereicht. Als Anarchistin verstehst du das bestimmt. Erzähl Ma und Pa, dass ich für ein paar Tage bei einer alten Schulfreundin bin und sieh zu, dass es anständig und überzeugend klingt.
Bis später, alles Liebe, Portia

»Liegt Oxshott in Devon?«, erkundigte ich mich bei Bron. Nach der Lektüre des Briefes hatte meine Sorge sich eher verstärkt.

»Keine Ahnung. Sag mal, hast du vorhin gesagt, es wäre schon zehn Uhr? Wann soll der kleine Bron eigentlich happi-happi machen? Glaubst du, Maria-Alba hat sich wieder so weit erholt, dass sie mir etwas kochen kann?«

»Allmächtiger! Ich habe Maria-Alba vergessen. Das darf doch nicht wahr sein!«

Ich lief nach unten, um nach Maria-Alba zu sehen. Sie lag auf ihrem Bett, hatte ihre Daunendecke über sich gebreitet und las in einem Kochbuch.

»Es geht schon«, antwortete sie, als ich mich nach ihrem Wohlbefinden erkundigte. Sie klappte das Buch zu und hob ihre Beine schwerfällig über die Bettkante. Ihre Lider waren geschwollen und dunkel und wirkten wie ein zweites Paar Augen. »Nein, nein«, wehrte sie ab, als ich sie bat, sich wieder hinzulegen. »Mir fehlt nichts.«

Ich schälte Kartoffeln und bereitete einen Salat zu, während Maria-Alba zwei Rebhühner würzte, mit Fett bestrich und in den Backofen schob. Cordelia kam aus ihrem staubigen Verlies, setzte sich an den Tisch und machte sich an ihrer Strickliesel zu schaffen. Dabei handelte es um eine Holzrolle mit vier kleinen Nägeln am oberen Ende, über die man die Wolle hob, die um die Rolle gewickelt war. Auf die Weise entstand mit der Zeit ein dünner Schlauch, der sich aus dem unteren Ende der Holzrolle ringelte. Bis jetzt war ich trotz aller Anstrengung nicht dahintergekommen, was Cordelia damit anfangen wollte. Der Schlauch war inzwischen über einen Meter lang und schmierig, weil er in Mark Antonius' Fressnapf gehangen hatte und von wer weiß wem alles betrampelt worden war, doch Cordelia ließ sich nicht beirren. Im Moment verhielt sie sich auffallend schweigsam. Maria-Alba rührte eine Soße an und stieß lange, schwere Seufzer aus. Um zu verhindern, dass ich hemmungslos zu weinen begann, suchte ich nach Gesprächsthemen, die weder mit Mord noch Gefängnis zu tun hatten, doch die Ideen entglitten mir wie nasse Seife.

»Ich bin am verhungern.« Bron war eingetreten, gerade als wir die heißen Schüsseln in den Küchenaufzug gestellt hatten. Er lugte in den Schacht. »Das ist eine prima Soße«, erklärte er, als er seinen Kopf zurückzog und einen Finger ableckte.

»Bron, du bist ein Schwein«, sagte Cordelia.

»Da war eine Frau aus Antigua,
die sagt ihrem Mann, was für'n Schwein er war.
Da lachte ihr Mann und fragte:
Meinst du mich oder meine Figura?«

Cordelia kicherte. Ich muss zugeben, dass ich Brons Flatterhaftigkeit zuweilen nervtötend fand, doch in Augenblicken wie diesem war ich dafür dankbar.

»Immer nur Witze.« Maria-Alba stürzte den Brombeerpudding, den sie an diesem Morgen, als noch kein Wölkchen den Himmel von Blackheath trübte, gekocht hatte. »Das sieht dir ähnlich, Bron. Aber wenn die Dinge ins Wanken geraten, verdrückst du dich. Und wenn du deinen Papa besuchen sollst, bist du betrunken! Nur ich war noch da, um Harriet zur Seite zu stehen!« Bron zog eine Schnute und glich daraufhin einem Engel. »Dabei brauchte sie einen starken Mann. Aber du denkst nur an dich.« Mit zitternden Händen arrangierte sie ein paar frische Brombeeren um den blassviolett gesprenkelten Pudding. »Du bist ein Egoist, Bron, ich hoffe, dass ...«

»Das reicht, Maria-Alba!« Meine Mutter war ihrer Angewohnheit, so zu tun, als gäbe es die Küche nicht und als würden unsere Mahlzeiten wie auf Prosperos Insel von unsichtbaren Geistern angerichtet, untreu geworden. Sie ließ die letzten Treppenstufen hinter sich, wobei sie von der Schleppe ihres schwarzen Abendkleides behindert wurde und von den langen Federn ihrer Strasstiara, die mit der herabhängenden Deckenleuchte ins Gehege kamen. Ihre Miene war leidend. »Ich glaube, Bron zu beschimpfen, nutzt uns allen nichts. Außerdem weißt du, wie sehr mich schrille Stimmen stören. Sprich aus der Brust! Die Hände in die Seiten.« Sie stützte ihre Hände in die Seiten. »Und dann tief Luft holen.« Nachdem Ma uns gezeigt hatte, wie man tief Luft holte, neigte sie ihren federgeschmückten Kopf, um den Pudding in Augenschein zu nehmen. Es sah aus, als wolle ein großer Vogel an irgendetwas picken. Dann richtete sie sich auf und tätschelte Brons Wange. »Hör auf zu schmollen, Liebling. Wir beide werden unser Abendessen im Salon einnehmen und diese schlecht gelaunten Menschen sich selbst überlassen. Anschließend spiele ich ein wenig Klavier, und du darfst meine Noten umblättern.«

Bron schien ihren Vorschlag zu überdenken. In Bezug auf einen unterhaltsamen Abend rangierte zu Hause zu bleiben ganz unten auf seiner Liste. Sein Mienenspiel wechselte in schneller Abfolge, ehe er so etwas wie Einverständnis signalisierte. »Gute Idee. Kann aber sein, dass ich später noch mal weg muss.« Als die beiden sich nach oben begaben, hörte ich ihn sagen: »Liebste Mama, ob du wohl ein, zwei Scheine für mich hättest. Mir ist aufgefallen, dass ich ein wenig klamm …«

Maria-Alba knallte zwei Tabletts in den Küchenaufzug. Ich trug ein drittes zu Ophelia.

»Du kannst reinkommen«, antwortete sie auf mein Klopfen. Sie lag noch immer rücklings auf dem Bett, ließ jedoch ihren Kopf über die Kante hängen, als wäre sie erdrosselt worden. Ihr langes Haar ergoss sich wie flüssiges Gold. »O Gott, auch noch essen«, fuhr sie angewidert fort. »Ich werde keinen Bissen herunterbringen. Hat Crispin angerufen?«

»Ich glaube nicht.«

»Weißt du, welche Katastrophe Pas Gefängnisaufenthalt für mich bedeutet?« Sie klapperte mehrmals mit den Wimpern. Gesichter, die auf dem Kopf stehen, sehen seltsam und unangenehm aus, insbesondere die Augen. Ich spürte, dass sich die verstörenden Halluzinationen vom Nachmittag wieder bemerkbar machten. »Crispins Mutter ist eine Hexe. Sie wird den Vorfall nutzen, um ihren Sohn gegen mich aufzuhetzen.«

»Aber wenn er dich doch liebt …« Der ehrenwerte Crispin Mallilieu hatte allerdings noch nie einen liebevollen Eindruck auf mich gemacht. Er war klein und mager, mit blassblondem Kräuselhaar und Hasenzähnen. Andererseits glaubte ich auch nicht, dass Ophelia sich viel aus ihm machte. Vielmehr schien die Tatsache sie zu interessieren, dass die Leber seines älteren Bruders angeblich vom Alkohol zersetzt und seine Haut von Einstichen übersät war und dass er zu Zwecken des Beischlafs öffentliche Bedürfnisanstalten aufsuchte, sodass Crispin womöglich Titel und Vermögen der Familie erbte.

»Diese fette Kuh« – ich nahm an, sie bezog sich auf Lady Mallilieu – »will, dass er Henrietta Slotts heiratet, deren Vater im Geld schwimmt.«

»Mag Crispin Henrietta?«

»Er sagt, sie erinnert ihn an den Hund, den er früher hatte. Muss ein Mops gewesen sein.«

»In dem Fall dürfte sie gegen dich keine Chance haben.«

»Da wäre ich mir nicht so sicher. Crispins geistige Entwicklung hat im Kindergartenalter aufgehört. Wenn Henrietta wie ein Teddybär mit abgerissenem Ohr und aufgeplatztem Bauch aussähe, könnte ich abtreten.«

»Wahrscheinlich hat er sich nicht gemeldet, weil er noch nichts weiß. Warum isst du nicht einen Happen und rufst ihn anschließend an?«

»Liebe Harriet, du hast wirklich keine Ahnung von Männern. Es würde mir nicht im Traum einfallen, einen Mann anzurufen. Auch nur das geringste Interesse zu bekunden ist in der Regel tödlich. Ich nehme auch nie zwei Einladungen hintereinander an und bin absichtlich einmal in der Woche ekelhaft. So habe ich Crispin neulich erklärt, wenn er mich küsst, müsste ich an eine Eidechse denken. Er war todunglücklich. Es stimmt aber, wenn ich es mir genau überlege. Seine Zunge ist irgendwie echsenartig.«

Ich dachte an Dodges Gesicht, nachdem wir uns geliebt hatten. Glücklich, friedlich und für den Moment mit der Welt versöhnt. »Ich glaube, in solchen Dingen kenne ich mich wirklich nicht aus.«

»Natürlich nicht. Deshalb laufen mir die Männer ja auch in Scharen hinterher, wohingegen du nur einen pickligen Revoluzzer hast.«

Ich war verletzt, doch ich versuchte es mir nicht anmerken zu lassen. »Das ist, weil du schön bist, Ophelia. Wenn sich andere Mädchen wie du benähmen, würden sie kein zweites Mal eingeladen werden.«

»Oh, Harriet!« Ophelias Stimme klang ungehalten. »Hör auf, um Komplimente zu betteln. Du siehst ebenso gut wie wir alle aus. Vielleicht anders, aber eine Menge Männer würden deiner Art den Vorzug geben. Ich hasse es wirklich, wenn du so scheinheilig tust.«

»Entschuldige bitte. Trotzdem solltest du lieber essen, bevor alles kalt wird.« Ich stellte das Tablett auf ihrem Nachttisch ab. »Ich mache mir Sorgen um Portia. Hier, lies das mal.«

Ich reichte ihr den Brief. Ophelia überflog die Zeilen und ließ den Brief zu Boden fallen. »Oxshott liegt in Surrey. Neureiche wohnen dort.«

»Mir gefällt nicht, was sie über Dimitri schreibt.«

»Weil er zweifellos ein Verbrecher ist, der Menschen, die ihm nicht passen, den Hals umdreht. Portia ist einfach beknackt.«

Ich hätte wissen sollen, dass es vergeblich war, von Ophelia Trost zu erwarten. Das Leben von Familien schien aus einer endlosen Wiederholung derselben Missverständnisse und Situationen zu bestehen. Weil ich unsicher war, suchte ich fortwährend nach Bestätigung, und weil Ophelia sich rasch langweilte, versuchte sie fortwährend andere zu schockieren.

»Kommst du morgen mit zu Pa?«

»Wozu? Ihm wird kaum daran gelegen sein, wie ein Affe im Zoo bestaunt zu werden.«

Ich beschloss, sie nicht weiter zu bedrängen. Anfänglich sagte Ophelia zu allem nein, doch zuweilen schaffte man es, sie später umzustimmen. Ich ließ sie mit ihrer Rebhuhnkeule allein. Während ich die Treppe hinunterstieg, überlegte ich, ob ich tatsächlich scheinheilig war. Eigentlich konnte ich, wenn ich wütend war, ebenso deutlich wie jeder andere meine Meinung kundtun. Und traf es zu, dass ich nicht wusste, wie man mit Männern umging? Dodge war tatsächlich mein erster Freund. Aber mein erster Liebhaber war er nicht.

Mit sechzehn hatte Portia beschlossen, ihre Unschuld loszuwerden. Sie hatte die Namen aller Männer, die sie im Alter von zwanzig bis sechzig kannte, auf Zettel geschrieben und in einen Hut gesteckt. Dann bat sie mich, einen zu ziehen. Ich zog Roger Arquiss. Roger war schwul, und wir fingen an zu prusten. Allerdings waren die meisten gut aussehenden Freunde meines Vaters homosexuell, doch Roger sah nicht einmal gut aus. Er war Mitte fünfzig, hatte eine dicke, große Nase und eine wulstige Oberlippe über schiefen Zähnen. Im Grunde glich er einem Pferd. In jungen Jahren spielte er auf der Bühne rechtschaffene, entsagungsvolle Engländer, die nie die Frau bekamen, die sie liebten, doch später stellte er nur noch einfältige Priester in Boulevardstücken dar.

»Warum hast du die Schwulen in den Hut getan?«, fragte ich. »Warum nehmen wir sie nicht raus und fangen noch mal an?«

»Wer soll denn dann noch übrig bleiben?«, wollte Portia wissen. »Eigentlich hatte ich auf Hugo Dance gehofft. Der ist zwar auch schwul, aber Weihnachten hat er mir über den Hintern gestreichelt, als er mir in den Mantel half. Natürlich hat er so getan, als wäre es ein Versehen gewesen, doch ich habe ein Funkeln in seinen Augen entdeckt. Wahrscheinlich braucht er nur die richtige Frau, die ihn bekehrt. Jetzt ist es zu spät. Jetzt ist es eben Roger.«

»Das ist nicht dein Ernst, Portia! Der Typ ist unmöglich. Zwar lieb, aber trotzdem ...«

»Wenn man Namen aus Hüten zieht, muss man sich daran halten.« Da Sturheit zu Portias hervorstechenden Eigenschaften zählte, wusste ich, dass sie sich nicht beirren lassen würde. Also fuhren wir mit der U-Bahn bis Piccadilly, wo Roger eine Wohnung besaß, die im englischen Herrenstil eingerichtet war, mit Mahagonimöbeln, grünen genoppten Ledersesseln, geschmackvollen Ziergegenständen und umfangreicher Bibliothek. Roger entstammte einer vornehmen Familie, und nach den Bildern an den Wänden zu urteilen, wären auch seine Angehörigen unter Pferden nicht sonderlich aufgefallen. Zufällig war Hugo Dance ebenfalls anwesend. Die beiden saßen bei Tee und Gebäck zusammen und luden uns höflich ein, ihnen Gesellschaft zu leisten, wenngleich unser Besuch sie fraglos überraschte. Das Ganze wirkte, wie ich fand, extrem peinlich. Ich fragte mich, ob Roger versucht hatte, Hugo ins Bett zu locken, denn Hugo sah umwerfend aus. Er hatte schwarzes Haar, lange gebogene Wimpern und einen tiefroten Mund. Ich sah, dass Portia ihm schmachtende Blicke zuwarf, während sie eine Scheibe Toast mit Gelee überhäufte.

Um uns zu unterhalten, gab Roger harmlose, kinderfreundliche Witze zum Besten, doch statt zu lachen, rutschte Portia mit glühenden Blicken auf ihrem Sessel hin und her und ließ ihren Rock über die Schenkel gleiten. Zwischendurch holte sie tief Luft, um ihren Busen zur Geltung zu bringen, der schon um einiges größer war als der meine. Rogers Verwunderung nahm sichtlich zu, während Hugo Portia mit abwägenden Blicken maß. Die Zeit verstrich, draußen wurde es dunkel, und wir mussten allmählich an unseren Aufbruch denken. Roger holte eine Flasche Whisky. Ich blieb bei Tee, weil ich Whisky hasse, doch die anderen tranken reichlich. Rogers Witze wurden gewagter, und dann hub Hugo zu ein paar wirklich unflätigen Geschichten an. Ich kicherte, obwohl sie gar nicht lustig waren.

»Roger«, fiel Portia Hugo plötzlich ins Wort und erhob sich. »Ich habe dein Schlafzimmer noch gar nicht gesehen. Es ist bestimmt ein Traum.«

Roger mochte es, wenn man ihm einen guten Geschmack unterstellte. Wie ein Lamm verließ er hinter Portia den Raum.

»Was geht hier eigentlich ab?«, fragte Hugo.

Mir fiel keine überzeugende Lüge ein, und deshalb erzählte ich ihm die Wahrheit. Hugo fand die Sache köstlich. Wir lachten und ich dachte, dass er wirklich toll aussah und wie schade es war, dass er sich nichts aus Mädchen machte. Er stand auf und begann grinsend vor dem Kamin auf und abzuwandern.

»Möchte wissen, ob Roger überhaupt in der Lage ist – es ist einfach zum Brüllen! Deine Schwester ist ein kleines Luder, nicht wahr? Sie trägt nicht mal einen Schlüpfer. Mein lieber Mann! Wie alt ist sie eigentlich?« Mir verging das Lachen. Ich hatte nicht gewusst, dass Portia keine Unterhose anhatte. Aus irgendeinem Grund bedrückte mich der Umstand. Trotz des prasselnden Kaminfeuers und der eleganten Einrichtung kam mir plötzlich alles schäbig und traurig vor, und ich wünschte mir sehnlichst, mit Portia zu Hause zu sein. Hugo trat zu mir und legte seine Hand auf meine Brust. Sein Rasierwasser roch nach Zitrone und Bleistiften. »Trägst *du* einen Schlüpfer, Harriet?« Ich versteifte mich vor Verlegenheit und vermied Hugos Blick. »Hm. Du bist flach wie ein Junge. Das gefällt mir. Ich glaube, es wäre nur angemessen, es den beiden nachzutun, findest du nicht?«

Er drückte mich in die Kissen und fing an, mich zu küssen. Seine Zunge war dick und riesengroß, und ich fühlte mich vollkommen hilflos. Ich wollte ihm Einhalt gebieten, doch aus Furcht, ihn zu verstimmen, unterließ ich es und beschloss, ihn einfach gewähren zu lassen. Nachher würden Portia und ich darüber lachen. Ich redete mir ein, dass Jungfräulichkeit etwas Lästiges war, ein Zeichen von Unreife, und dass ich nunmehr die Chance hatte, sie loszuwerden. Wenn bloß nicht alles so schrecklich gewesen wäre! Als Hugo seine Hand zwischen meine Beine schob, hätte ich wahrscheinlich geschrien, wenn seine Zunge nicht in meinem Mund gewesen wäre. Ich schloss die Augen und befürchtete, ich müsste mich übergeben. Hitze, Kälte und Angst jagten abwechselnd

Schauer über meine Haut, und mit dem Geruch von Hugos aufdringlichem Rasierwasser in der Nase verlor ich meine Unschuld, noch ehe sie begonnen hatte, mich zu stören. Hinterher, als er schnaufend auf mir lag – ein Fremder, den ich hasste –, schmerzte meine Kehle von den heruntergeschluckten Schreien.

»Du Glückspilz!«, rief Portia, als wir die Rolltreppe zur U-Bahn hinunterliefen. »Mann, ich dachte, ich kriege die Motten. Roger hat geweint, weil er keinen Orgasmus bekam, und ich musste ihn trösten. Ich weiß nicht mal, ob er richtig eingedrungen ist, aber ich habe geblutet. Das zählt doch, oder?«

Meine Schenkel waren klebrig, und in meiner Magengrube wühlte ein stechender Schmerz. Hugo und ich hatten schweigend in unseren Sesseln gesessen, als Portia allein in den Salon zurückkehrte und sich mit einem Kamm durch die Haare fuhr. Hugo rauchte, und wir vermieden es, uns anzusehen. Dann geleitete er uns zur Tür, wo er mir den Arm tätschelte, ehe er auf dem Absatz kehrtmachte und die Tür ins Schloss warf. Ich schämte mich zutiefst, auch wenn die Sache nicht von mir ausgegangen war.

»Du Glückspilz!«, wiederholte Portia. »Sagenhaft! Der göttliche Hugo! Das Vergnügen werden nicht viele Mädchen gehabt haben.« Dann stutzte sie und beäugte mich kritisch. »Sag mal, weißt du eigentlich, dass du Lippenstift am Hals hast?«

Selbst jetzt, Jahre später, könnte ich vor Entsetzen aufschreien, wenn ich an Hugo denke, und nach meiner Entjungferung wurde mir für eine Weile übel, wenn mich jemand zu küssen versuchte. Portia beschrieb mir in allen Einzelheiten, wie es mit Roger gewesen war. Sie konnte Menschen gut nachahmen und beschwor in lebhaften Farben, wie linkisch er sich verhalten und wie sie versucht hatte, seine Ungeschicklichkeit großzügig zu überspielen. Das Ereignis schien sie nicht im Mindesten zu belasten, und in gewisser Weise beneidete ich sie darum.

Wortlos verzehrten Maria-Alba, Cordelia und ich unser Rebhuhn. Mir fiel nicht das Geringste ein, das ich zur Unterhaltung hätte beitragen können.

Mitten im Puddingessen fragte Cordelia plötzlich: »Gehst du Pa morgen besuchen? Wenn ja, komme ich mit.«

Ich schaute Maria-Alba an, die ihre Schultern hob. »Warum nicht?«, sagte sie, während sie ihre brombeerschwarzen Lippen mit einer Serviette abtupfte. »Dann erfährt auch sie mal ein Stückchen Realität.«

Während ich noch überlegte, was Maria-Alba damit sagen wollte, quollen aus dem Salon die ersten Takte von Chopins *Trauermarsch*, der mithilfe eines heruntergedrückten Pedals und einer Reihe von Misstönen gespielt wurde. Ich stützte meinen schmerzenden Kopf auf eine Hand. Oh Pa, dachte ich, ich liebe dich so sehr.

6

Ich erwachte vom Klingeln des Telefons und dachte, dass irgendetwas Entsetzliches vorgefallen war. Dann wusste ich wieder, was es war, und zum ersten Mal seit Jahren sprach ich das Morgengebet, das die Nonnen uns beigebracht hatten, so andächtig wie früher als Kind. Mit sechzehn hatte ich mich zwar zur Atheistin erklärt, doch derlei Hochmut konnte ich mir gegenwärtig nicht leisten. Ich blickte aus dem Fenster. Das strahlende Herbstwetter vom Vortag war verflogen. Dunkle Wolkenberge türmten sich am Himmel.

Hasserfüllt lauschte ich dem Schrillen des Telefons und wünschte, es würde verstummen oder jemand anderes würde sich bequemen, den Hörer abzunehmen. Bis in die frühen Morgenstunden hatte ich höchstens ein paar Minuten am Stück geschlafen. Irgendetwas in meinem Inneren hatte mich stets wieder angetippt und mich gezwungen, die Augen aufzureißen und in die Nacht zu starren. Zwischendurch war ich mehrmals zur Toilette gegangen. Es war entweder Yells Kuchen oder das Entsetzen gewesen, das mein Gedärm aufgewühlt hatte. Folglich fühlte ich mich wie durch die Mangel gedreht.

Als das Telefon weiterläutete, schob ich Mark Antonius zur Seite und ging mit bloßen Füßen die eiskalte Treppe in die Eingangshalle hinunter.

»Hallo?«

»Chefinspektor Foy.«

Im Geiste sah ich das gekerbte Kinn des Inspektors aufblitzen. »Oh, ich bin's. Harriet.«

»Hm. Eigentlich hatte ich gehofft, Ihre Mutter zu erreichen.«

»Wie spät ist es?«

»Viertel nach acht.«

»Könnten Sie vielleicht nachher noch mal anrufen? Vor halb zehn wird meine Mutter nicht gern gestört.«

In der nachfolgenden Pause vernahm ich das Bam-bam-bam einer gesummten Tonleiter. »Vielleicht richten Sie Ihrer Mutter aus, dass Mr Byng heute Früh um viertel nach neun dem Gericht vorgeführt wird.«

Mir wurde speiübel. So rasch nach dem Wachwerden konnte ich mich mit der Realität noch nicht richtig auseinander setzen.

»Keine Sorge. Es ist nur eine Formalität. Ihr Vater kommt in Untersuchungshaft. Sie müssen nicht erscheinen.«

»Wird das Gericht ihn denn nicht freisprechen?«

»Es findet lediglich eine erste Anhörung statt. Regelrecht verhandelt wird der Fall erst, nachdem wir das Beweismaterial gesichtet haben. Das wird vermutlich ein paar Monate dauern.«

»Aber er hat es nicht getan. Er ist nicht der Typ, der anderen Leuten den Schädel einschlägt.« Mein Kummer schnürte mir die Kehle zu, und Tränen liefen über mein Gesicht.

»Harriet, hören Sie zu – darf ich Sie Harriet nennen?« Mir entschlüpfte eine Art Quäken, weil ich ein Aufschluchzen unterdrückte. Er fasste es offenbar als Einverständnis auf. »Sie müssen tapfer sein, Harriet, sowohl für ihn als auch für sich. Die Mühlen unserer Justiz mahlen langsam, und oftmals kommt einem die Art, in der sie es tun, auch idiotisch vor, doch ein gerechteres System als das unsrige finden Sie nirgends auf der Welt. Ich weiß, das heißt nicht viel, doch die Vorstellung, einen unschuldigen Menschen hinter Gitter zu bringen, ist mir ebenso verhasst wie dem Richter und den Geschworenen. Üben Sie sich also in Geduld und vertrauen Sie mir.«

Etwas anderes blieb mir wohl auch nicht übrig, doch seine beruhigenden Worte taten mir gut. »In Ordnung. Vielen Dank.« Ich versuchte leise zu schniefen.

»Harriet, Ihr Vater ist ja auch nicht allein. Mr Sickert-Greene wird nachher bei ihm sein.« Vor meinem geistigen Auge wurde Inspektor Foys gekerbtes Kinn durch Siech-Grüns Hals ersetzt, der in Fleischwülsten über seinen Kragen quoll. Sich vorzustellen, dass er irgendjemandem Halt geben konnte, war unmöglich. »An Ihrer Stelle würde ich mir einen geruhsamen Tag machen. Die Presse wird in der nächsten Zeit gnadenlos sein. Vielleicht veranlassen Sie Sickert-Greene zu einer Mitteilung im Namen Ihrer Familie.«

»In Ordnung. Vielen Dank«, wiederholte ich, wenngleich es gewiss dumm war, einem Menschen zu danken, der meinen Vater womöglich für einen Mörder hielt.

»Kopf hoch, Harriet.«

Dann klickte es in der Leitung, und Inspektor Foy hatte aufgelegt. Im nächsten Moment klingelte das Telefon erneut.

»Hallo?«

»Crispin. Mit wem spreche ich?«

»Mit Harriet.«

»Oh, gut.« In Crispins kultivierter Stimme schwang Erleichterung mit. »Ich hatte gehofft, dass du es bist.«

»Soll ich Ophelia holen?«

»Nein, warte mal – nein, stör sie lieber nicht. Sag ihr nur, dass ich angerufen habe.«

»Soll ich ihr sonst noch etwas ausrichten?«

»Nun ja, vielleicht dass ich für ein paar Tage nach Mallilieu fahren muss. Grässlich langweilig – Onkelchen hat Geburtstag, und Mutter will, dass ich mich zeige. Der Gute ist fast neunzig und wird vermutlich bald den Geist aufgeben.«

»Ach.« Ich wusste nicht, ob ich bekümmert oder erfreut klingen sollte.

»Sag Ophelia, ich rufe wieder an, wenn ich zurück bin. Ciao.«

»Dieser kriecherische, wimmernde Feigling«, erklärte Ophelia, nachdem ich ihr von dem Inhalt des Gespräches berichtet hatte. »Er verdrückt sich.« Sie versetzte ihrem Kopfkissen ein paar wütende Hiebe. »Dabei kann ich dieses scheußliche Mallilieu sowieso nicht ausstehen – diesen altmodischen Kitschkasten. Soll doch Henrietta Slotts damit glücklich werden. Ich kann darauf verzichten.«

Sie zog das Kopfkissen über ihr Gesicht und weigerte sich, noch einen Ton von sich zu geben. Nachdem ich die Tür hinter mir zugezogen hatte, glaubte ich, erstickte Schluchzer zu hören. Ich ging nach unten, um mir eine Tasse Tee zu machen.

Maria-Alba war dabei, das schmutzige Geschirr vom Vorabend abzuwaschen.

»Wie siehst du denn aus?«, begrüßte sie mich. »Ganz spitz im Gesicht.«

»Richtig Spitze, meinst du wahrscheinlich. Keine Sorge, mir geht's bestens.« Ich spürte, dass mein Kinn zu beben begann. »Vielleicht stehe ich noch unter Schock. Lass mich erst mal richtig wach werden, dann bin ich wieder wie neu.«

Ich brachte ein Lächeln zustande, aus dem jedoch ein Entsetzenslaut wurde, als ein Mann mit mehreren Fotoapparaten um den Hals vor dem Küchenfenster auftauchte. Er drückte seine Nase an der Scheibe platt.

»So, das reicht!«, rief Maria-Alba und schnappte sich eine Suppenkelle. Sie riss die Küchentür auf und stürzte nach draußen. »Hau ab, du Hühnerdieb!«, rief sie. »Hühnerdieb« zählte zu ihren Lieblingsschmähungen. Ich hörte, dass der Mann aufschrie, als Maria-Alba nach ihm schlug. Er versuchte dennoch, einen Schnappschuss von ihr zu machen, doch als Maria-Alba abermals die Kelle hob, rannte er fort.

»Hühnerdieb!« Maria-Alba schnaufte vor Wut.

»Donnerwetter, dem hast du es aber gegeben. So schnell kommt der nicht wieder.«

»Wenn er es tut, nehme ich das Messer und bringe ihn um.«

Ich fragte mich, was aus der Welt geworden war. Sollte ich etwa für den Rest meines Lebens zwischen Hochsicherheitstrakten hin und herpendeln, um diejenigen, die ich liebte, zu besuchen?

Cordelia kam nach unten und wirkte blass und entschlossen. Statt der Schuluniform trug sie Pulli und Jeans.

»Glaub bloß nicht, ich ginge in die Schule, damit die anderen über mich herziehen können. Drusilla Papworth würde sich die Hände reiben, wenn ich käme. Sie ist immer neidisch auf mich, aber jetzt, wo mein Vater ein Verbrecher ist, würde sie sich über mich lustig machen.«

»Er ist kein Verbrecher. So etwas darfst du nicht einmal heimlich denken. Gewiss würde sich die eine oder andere Mitschülerin unfein verhalten, aber deine Freundinnen würden doch sicherlich zu dir …«

»Du scheinst vergessen zu haben, wie Schule ist.« Cordelia schürzte die Lippen. »Ich habe keine Freundinnen mehr. Ich werde nie wieder welche haben. Ich werde ein sozialer Pascha sein, und wenn meine Familie endlich tot ist, wird es niemanden mehr geben, der mit mir spricht, aber bis dahin habe ich mich wahrscheinlich dran gewöhnt.« Cordelias Blick richtete sich in die Ferne. »Ich werde in einer Höhle im Wald leben und wilde Tiere zähmen. Dann kommen die Leute und bringen mir Speis und Trank und nennen mich die Heilige Frau Cordelia. Ich werde ein Loch graben und den Menschen ihr Schicksal verkünden, wie ein Monokel. Man muss nur clever sein und irgendetwas Verschwommenes von sich geben, hat Pa gesagt, dann kommt einem keiner auf die Schliche.«

»Es heißt Paria und Orakel. Und um clever zu sein, muss man in der Schule gewesen sein und etwas gelernt haben.«

»Weißt du, wie ekelhaft du bist?« Cordelia starrte mich böse an. »Du hörst dich genau wie die Nonnen an.«

Sie hatte nicht Unrecht, doch ich war nicht gewillt, großzügig zu sein und es zuzugeben.

»Ich hasse die Schule«, fuhr Cordelia aufgebracht fort. »Und ganz besonders hasse ich die Nonnen. Sie sind nur glücklich, wenn sie hilflose Kinder bestrafen können, und wenn sie beten, denken sie sich in Wahrheit Foltermethoden aus. Camilla Everard musste eine Stunde lang auf einem Besenstiel knien, weil sie ihre Turnhose vergessen hatte. Ihre Eltern waren so wütend, dass sie danach nicht wiederkommen brauchte. Jetzt ist sie auf einem Schweizer Internat und ihr Skilehrer kauft ihr Schokolade, wenn sie nett zu ihm war – ich nehme an, du weißt, was ich meine.« Cordelia setzte eine allwissende Erwachsenenmiene auf.

»Manche Leute sind eben schon mit wenig glücklich zu machen.« Ich glaubte ihr zwar kein Wort, aber ein wenig grinsen musste ich doch.

»Na ja, eigentlich trägt Camilla eine Zahnspange und eine

Brille«, räumte Cordelia ein. »Die Schule ist aber trotzdem schrecklich, und ich gehe nie wieder dorthin. Wenn du mich zwingst, bringe ich mich um.« Ich seufzte unter der Last der allgemeinen Gewaltbereitschaft, doch Cordelia hielt meinen Seufzer für ein Zeichen, dass ich klein beigegeben hatte. »Prima. Jetzt kann ich Pa einen Kuchen backen«, erklärte sie. »Der wird ihn aufrichten. Und den Kuchen verstaue ich in einem Metallkasten, damit die Ratten nicht daran nagen.« Sie entdeckte Maria-Albas Schnellhefter mit den Kochrezepten und begann darin zu blättern.

Ein solches Maß an Umsicht bei jemandem, der noch so jung war, fand ich eigentlich vorbildlich, und ich beschloss, Cordelias Beispiel zu folgen. In Gedanken ging ich die Möglichkeiten durch, mit denen ich das Los eines Gefangenen erleichtern konnte. Vielleicht würde man Pa ja gestatten, Musik zu hören. Ich könnte meinen tragbaren Plattenspieler mitnehmen und einige seiner Lieblingsschallplatten. Gewiss waren auch die Möbel im Gefängnis unbehaglich. Womöglich würde ein sehr kleiner Ohrensessel genehmigt, und der Brüsseler Wandteppich aus dem Treppenhaus könnte eine hässliche Wandfarbe oder Tapete verdecken. Im Geiste schmückte ich die Zelle gemütlich mit Bildern, Büchern, einer Vitrine und schönen Stücken von Pas geliebtem Vincennes Porzellan aus.

Dann fiel mir ein, dass jemand in St. Fridewide anrufen sollte, um Cordelia zu entschuldigen. Als ich den Hörer aufnahm, tönte mir die gereizte Stimme meiner Mutter entgegen, die sagte: »Ich würde gern ein *Privatgespräch* führen. Wer immer es ist, legt sofort den Hörer auf!« Ich war geknickt, denn ich hatte gehofft, das Verstummen des Telefons bedeutete, dass die Reporter aufgegeben hatten. Da sieht man mal, wie naiv ich noch war.

Als ich mich nach einer Stunde mit einem Bad erfrischt hatte und wieder nach unten ging, traf ich im Salon Max Frensham an. Max gehörte zum Ensemble von *König Lear* und war ein Freund meiner Eltern.

»Harriet!« Er trat auf mich zu und umschloss meine Hand. »Ich musste einfach kommen und nachsehen, wie es dir geht. Wie hält Waldo sich?«

»Wie bist du ins Haus gelangt?«

»Durch das Labyrinth und die Hintertür. Du hast mir den Weg gezeigt, erinnerst du dich?«

Mir fiel ein, dass Max und ich im vergangenen Sommer für eine Weile die verschlungenen Pfade des Labyrinthes erkundet hatten. Seine Frau war verstimmt gewesen, als wir wieder auftauchten, und hatte für den Rest des Nachmittags mit Pa geflirtet. Sie sah ziemlich gut aus, wenngleich ich fand, dass ihr Blick ein wenig leer wirkte. Überhaupt galten die Frenshams als attraktives Paar und wurden überall eingeladen. Max hatte kastanienbraunes Haar, ein blasses, hageres Gesicht mit feurigen dunklen Augen und einer interessanten Nase, deren Ende ein wenig eingedellt war. Außerdem war er sehr charmant. Neben meinem Vater und Basil Wintergreen in *König Lear* den Edgar zu spielen bedeutete bislang den Höhepunkt seiner Karriere, doch Max war erst Anfang dreißig, und man sagte ihm eine große Zukunft voraus.

»Es ist sehr freundlich, dass du vorbeigekommen bist.«

»Aber, das musste ich doch, Harriet. Die Sache ist doch gewiss ganz schrecklich für dich! Natürlich hat dein Vater es nicht getan. Waldo würde niemandem etwas zuleide tun, immerhin ist er mein Held. Zwar spielt er jeden an die Wand und ganz sicherlich jemanden wie den armen Basil, aber du darfst dir deswegen keine Gedanken machen. Der Polizei ist nur ein dummer Fehler unterlaufen. Wir alle werden bezeugen, dass dein Vater vollkommen unfähig ist, einen Mord zu begehen.« Zu hören, dass Pa unschuldig war, wirkte wie Balsam auf meiner Seele. »Arme, arme Harriet!«, fuhr Max fort. »Du ahnst nicht, wie ich mit dir fühle.«

»Max! Mein lieber Junge!« Meine Mutter kam über den Teppich geschwebt, ihr fliederfarbener Chiffonschal flatterte ihr wie eine Fahne hinterher. Sie breitete die Arme aus. »Wir nähren uns von Entsetzen!«, verkündete sie mit tragischer Stimme. »Harriet«, fuhr sie dann in normalem Tonfall fort, »bitte Maria-Alba, uns Kaffee zu bringen.« Sie schlug einen Fächer auf. »Es gab eine Zeit, da wären meine Sinne erkaltet, wenn ich einen nächtlichen Angstschrei gehört hätte.« Sie fächelte sich Luft zu. »Und auch einige dieser köstlichen kleinen Mandelplätzchen.«

»Wie findet ihr mich?« Bron war ungewöhnlich früh auf den Beinen. Es war noch nicht einmal elf Uhr. Er wirkte sehr vornehm, denn er trug seinen besten blauen Anzug über einem hellblauen Seidenhemd und eine scharlachrote Krawatte. »Sehe ich nicht umwerfend aus?«

»Ja«, antwortete ich. »Nein«, sagten Maria-Alba und Cordelia wie aus einem Mund. Bron hatte das Richtige getan, fand ich, wir durften uns nicht gehen lassen. Dass sich jemand »gehen ließ«, war das Schlimmste, das meine Mutter über einen anderen sagen konnte, und es traf jeden, der ein Gramm Fett zugenommen hatte oder plötzlich eine Falte im Gesicht hatte. »Hast du etwas vor?«

»Meine Pressekonferenz.«

»Was willst du ihnen erzählen?«

»Ich werde erklären, dass es für junge, gut aussehende Charakterdarsteller kaum noch akzeptable Rollen gibt.«

»Ich meinte, was wirst du ihnen über Pa mitteilen?«

»Oh, das weiß ich nicht. Da fällt mir schon was ein«, wedelte er das Thema fort. »Gibt es einen Happen zu essen? Ich möchte nachher nicht verhärmt aussehen.«

Maria-Alba, Cordelia und ich frühstückten gemeinsam im Esszimmer, wo wir wegen der Fotografen, die sich draußen wie Büffel um ein Wasserloch drängten, die Vorhänge zugezogen hatten. Als ich die Vorhänge einen Spaltbreit aufschob, zählte ich sechzehn Reporter, die um den gestutzten Buchsbaum im Vorgarten standen. Wahrscheinlich handelte es sich um unbefugtes Betreten eines Privatgeländes, doch normale Bürgerrechte schienen uns nicht mehr zuzustehen. Ein Reporter hockte auf einem Torpfeiler und hielt sich mit den Beinen an der Steinkugel fest, wohingegen ein anderer einen Laternenpfahl erklomm, um Fotos von unseren Schlafzimmern zu schießen. Als man mich entdeckte, wurden Rufe laut und die Fotoapparate gezückt. Abrupt ließ ich mich auf den Boden fallen. Cordelia schaute mich verdutzt an. Ihre großen blauen Augen, die aus einem Gesicht hervorschauten, das noch von keinem Leid getrübt worden war, wirkten engelhaft und rein. Ob dieses schreckliche Ereignis ihr sonniges Wesen nachhaltig beeinträchtigen würde?

»Das war albern von mir.« Ich stand auf und versuchte zu lachen. »Aber ich komme mir vor wie in einer Festung der Royalisten, und die da draußen sind die Rundköpfe, die ihre Zelte aufgeschlagen haben.«

»Lange würden wir uns aber nicht halten, wenn Bron uns verteidigen müsste.« Cordelia klopfte ihr Ei auf.

»Oh, die Frauen haben auch gekämpft, selbst damals schon. Oder zumindest haben sie geholfen, kochendes Öl und Ätzkalk auf die Köpfe ihrer Feinde zu gießen. Allerdings dauerten die Belagerungen bisweilen Monate und Jahre. Ich glaube, das Schlimmste war, dass ihnen die Vorräte ausgingen und sie Hunde, Katzen, Kerzen und Seife essen mussten.«

»Ich würde lieber verhungern als Mark Antonius zu essen.« Cordelia stippte das Eidotter mit einer Scheibe Toast auf. Wir tranken heiße Schokolade mit Schlagsahne. Offenbar fand Maria-Alba, dass wir schon einmal vorsorglich Fett ansetzen sollten. »Stell dir vor, seine süße kleine Schnauze käme dir plötzlich aus einer Pastete entgegen.«

»Dabei war alles so unnötig«, fuhr ich fort, um uns von der Gegenwart abzulenken. »Die vielen jungen Männer, die in der Schlacht ihr Leben ließen, und der arme König Charles, dem der Kopf abgeschlagen wurde. Er hat ein zweites Hemd übergezogen, weil ihm kalt war und er nicht wollte, dass die Leute sein Zittern als Angst auslegten. Es war alles so ungerecht …« Meine Stimme verebbte, weil ich wieder an Pa denken musste. Eigenartig, dass man für einen Moment alles vergessen konnte und einen die Erinnerung dann plötzlich mit Macht überfiel.

»Wo geht er jetzt überhaupt aufs Klo?«, erkundigte sich Cordelia. Sie meinte nicht Pa, sondern Mark Antonius. »Er mag es nicht, wenn ihm jemand zuschaut.« In dem Punkt penibel zu sein, zählte zu Mark Antonius' guten Eigenschaften.

»Er muss sich im Labyrinth verkrümeln. Was war das?«

»Die Haustür. Jemand hat sich Zutritt verschafft.« Maria-Alba erhob sich und schnappte sich den Schürhaken vom Kamin. Ich rannte los, um ihr zuvorzukommen. An der Vordertür lehnte mit zerrupftem Mantel, verrutschtem Toupet und zerdrückter Nelke im Knopfloch Ronald Mason.

»Harriet, mein liebes Mädel! Ich hoffe, ich habe dich nicht erschreckt. Ich habe den Ersatzschlüssel unter der Matte benutzt.« Er hielt ihn mir entgegen. »Zurzeit solltet ihr ihn besser im Haus aufbewahren.«

Ronnie war in den dreißiger und vierziger Jahren ein Leinwandheld gewesen. Wahrscheinlich hatte er damals kaum Zeit gefunden, Ritterwams und Beinlinge abzulegen. Die furchtlosen Abenteurer, die er spielte, pflegten ihre Sätze mit »Meiner Treu«, »Sapperlot«, und »da, friss meinen Degen!« zu würzen. Als er Maria-Alba mit dem Schürhaken entdeckte, weiteten sich seine Augen entsetzt, und sein mädchenhafter Mund öffnete sich besorgt. »Ich bin es, Maria-Alba«, rief er. »Dein alter Freund – Ronnie.«

»Alt trifft immerhin zu«, erwiderte Maria-Alba ungewöhnlich brutal, doch den Schürhaken legte sie fort.

»Ronnie! Wie lieb, dass du gekommen bist!« Ich küsste seine faltige Wange, die nach Lavendelwasser roch. »Hat die Meute dir etwas getan?«

»Ach, woher!«, schnaufte er, indem er sein Toupet zurechtrückte. »Sie wurde von Bron abgelenkt. Mich hat man achtlos zur Seite gestoßen. Aber nachdem die liebe Clarissa mich gebeten hat zu kommen, musste ich natürlich erscheinen.« Seine Augen tränten von der Kälte oder vor Ergriffenheit angesichts seines Heldentums. »Welch eine abscheuliche Angelegenheit«, fuhr er fort. »Der arme Waldo. Ich bin empört. Mir fehlen die Worte.«

Als ich das hörte, schämte ich mich für all die Male, in denen Portia und ich uns heimlich über ihn lustig gemacht und seine zierlichen Schritte, sein affektiertes Lachen und seine gestelzte Sprache nachgeahmt hatten. Vor Jahren war er einmal der Liebhaber meiner Mutter gewesen, und er lag ihr noch immer zu Füßen, obgleich er längst von einer ganzen Reihe jüngerer Verehrer abgelöst worden war. Zum ersten Mal fiel mir auf, dass ebenjene Verehrer zurzeit durch Abwesenheit glänzten. Wo war Jeremy Northampton, der gegenwärtige Galan meiner Mutter? Bis vor kurzem war er beinah täglich erschienen. Und wo steckten die anderen Freunde, die sich so oft um unseren Esstisch versammelt hatten und sich im Salon verabredeten, um sich anschließend im Labyrinth zu einem Schäferstündchen einzufinden?

Es klingelte an der Tür. Durch den Briefkastenschlitz erspähte ich unbekannte Augen.

»Perditas Blütentraum. Hab jede Menge Zeug für Sie.«

»Wie bitte?« Dann entsann ich mich, dass Perditas Blütentraum der Name unseres Blumenladens war. »Einen Moment. Maria-Alba, halte den Schürhaken bereit. Ich mache die Tür auf.«

Ich versuchte, das Geschrei zu ignorieren, das aufbrandete, als ich den Kopf nach draußen streckte. Objektive sprangen mir ins Gesicht, Presseleute brüllten Fragen, wollten wissen, ob mein Vater schuldig war, wie er mit dem Gefängnisleben klar kam und ob es stimmte, dass er Prinzessin Margaret auf Mustique besucht hatte?

Zum Glück war der Blumenbote nicht auf den Mund gefallen. »Heh, Mann, hören Sie gefälligst auf, mich zu schubsen. Heh!« Als sein Haar von einem fellverkleideten Mikrofon in Unordnung gebracht wurde, zischte er: »Hau ab, Typ, sonst ramm ich dir das Ding in den Hals.«

Trotz des Tumults gelang es mir, die Blumensträuße einzusammeln und den anderen im Haus zu reichen. Danach knallte ich die Tür zu, verriegelte sie und legte die Kette vor.

»Hyänen! Schlangen! Wölfe!« Ronnie betupfte seine Stirn mit einem Taschentuch. »Rohes Gesindel! Das ist die Jugend von heute.«

»Komm und trink eine Tasse Kaffee.« Vermutlich war Ronnie gekränkt, weil einer der Reporter gefragt hatte, ob er mein Großvater wäre.

»Vielen Dank, Harriet, doch draußen wartet ein Taxi.« Er räusperte sich. »Dich und deine Schwestern nehme ich von meinem Urteil natürlich aus.«

»Was machen wir mit den Blumen?«, wollte Maria-Alba wissen. »Wir haben keine Vasen mehr.«

Cordelia las eine der beiliegenden Karten vor: *»Liebste Clarissa! Du musst durch die Hölle gehen! Wie schrecklich, dass wir gerade jetzt verreisen müssen. In Gedanken sind wir jedoch bei dir. In Liebe, Binny und Oscar.«*

Binny und Oscar waren seit Jahren mit meinen Eltern befreundet. Als Oscar Binny vorübergehend wegen einer muskulösen, schwarzhäutigen Sportlerin verlassen hatte, deren Haar wie eine

Gewitterwolke um ihren Kopf stand, hatte Binny sich von uns trösten lassen, sich an Maria-Albas Gerichten gütlich getan, mit meiner Mutter geplaudert und mit meinem Vater vermutlich geschlafen. Jedenfalls war es nicht einfach gewesen, sie zur Heimkehr zu bewegen, als Oscar einige Wochen später mit dunklen Augenringen und ausgerenkter Wirbelsäule auf unserer Türschwelle erschien. Damals hatte Binny verkündet, mein Vater sei ihr zehnmal lieber als er, doch mittlerweile schien sie das vergessen zu haben.

»Ich will nicht, dass es bei uns wie auf einer Beerdigung aussieht«, erklärte ich. »O nein, irgendjemand hat wahrhaftig einen Kranz geschickt!« Auf der beiliegenden Karte stand: *Meinem Liebling Clarissa von Jeremy. In treuem Gedenken.* »Wie furchtbar! Offenbar glauben sie allesamt, Pa hätte es getan! Wir geben die Blumen Loveday. Er kann sie für den Komposthaufen verwenden.«

»Die Orchideen müssen ein Vermögen gekostet haben!«, gab Ronnie zu bedenken.

Wir hatten uns häufig über Ronnies Geiz amüsiert. Er lud nie zu sich ein und war stets der Erste und der Letzte auf einer Party. Mehr als einmal hatten wir ihn die restlichen Kanapees und zuweilen auch eine Flasche Wein oder Whisky einstecken sehen. Auch die Seife auf der Gästetoilette fehlte nach Ronnies Besuchen und einmal sogar die Handtücher. Meine Eltern fanden das lustig und nahmen es ihm nicht übel. Ronnie trat zuweilen noch in Nebenrollen auf und verdiente vermutlich genügend zum Leben, doch im Vergleich zu früher wirkten seine Gagen auf ihn gewiss wie ein Hungerlohn. Jedenfalls war er mit der Zeit ein wenig »schrullig« geworden, wie mein Vater es barmherzig nannte.

»Mir ist einerlei, wie viel sie gekostet haben«, erwiderte ich. »In einer Woche sind sie sowieso hinüber.« Ich versuchte hart zu klingen, doch in Wahrheit traf es mich, dass es den Freunden meiner Eltern leichter gefallen war, ihren Floristen anzurufen, als bei uns vorbeizuschauen und uns Mut zuzusprechen. Vielleicht wollten sie uns aber auch Zeit lassen, bis wir über den ersten Kummer hinweg waren.

»Nun, wenn du wirklich keinen Wert darauf legst …« Ronnie tauschte seine zerdrückte Nelke gegen eine Orchidee aus, strich Haar und Kleidung zurecht und begutachtete sich im Garderobenspiegel. Ich erkannte, dass seine Jacke abgewetzt war und sich über seinem Bauch spannte. Er warf der Kleiderbürste einen sehnsüchtigen Blick zu, ehe er sie erneut in der Schublade des Garderobenschrankes verstaute.

»Da bist du ja, Ronald!« Meine Mutter kam die Treppe herunter. Sie trug ihren Leopardenmantel, eine Sonnenbrille und einen Koffer. »Ich dachte schon, dir wäre etwas zugestoßen.« Ihrem Tonfall nach zu urteilen, hätte sie das bestenfalls als störend empfunden.

»Ich habe mich gleich nach deinem Anruf auf die Beine gemacht«, verteidigte sich Ronnie, rückte seine Krawatte gerade und straffte die Schultern. »Wie umwerfend du aussiehst, meine Liebe! Selbst eine Rose würde neben dir verblassen.« Er breitete seine Arme aus, ebenso wie er es gewiss vor vielen Jahren getan hatte, als er die Zeile das erste Mal vor der Kamera aufsagte.

»Weißt du, dass selbst ein Blinder dein Toupet erkennen würde?«, fragte meine Mutter. »Und warum hast du dein Haar darunter rot gefärbt?«

Ich hatte mich auch über die rötlichen Haarbüschel gewundert, die unter Ronnies Toupet abstanden.

»Und warum kannst du die harte Wahrheit nicht mit dem Schleier der Höflichkeit umhüllen?«, gab Ronnie beleidigt zurück.

»Außerdem kriegst du einen Bauch«, ergänzte meine Mutter. »Du solltest dich besser mit in die Klinik begeben. Dort gibt es eine Spezialdiät aus Rübensaft und Andengras. Sie löst die Fettzellen auf.«

»Kostet wahrscheinlich auch eine hübsche Stange Geld«, murmelte Ronnie.

»Wenn du mürrisch und übellaunig bist, tut es mir Leid, dich überhaupt angerufen zu haben.«

»Wohin gehst du?«, erkundigte ich mich.

»Ich werde einen Schönheitschirurgen aufsuchen. Ein Genie, wie man sagt, und zudem recht erschwinglich. Ich denke an ein kleines Lifting in dieser Gegend.«

Sie wies auf ihr Kinn. In schwierigen Lebenslagen flüchtete meine Mutter gern in Schönheitskliniken.

»Aber was ist mit Pa?«

»Bis man ihn freilässt, ist alles wieder verheilt. Insofern kommt mir die Geschichte recht gelegen.« Ihr Mund verzog sich zu einem schmalen Lächeln. Dass ihr Busen Pa wie ein Bett hatte beherbergen sollen, bis die Wunde ganz heilte, schien ihr entfallen zu sein.

»Willst du ihn denn nicht besuchen? Ich glaube, er war traurig, als du gestern nicht mitgekommen bist.«

Ma richtete ihre dunklen Brillengläser auf mich. »Harriet, mir ist schon des Öfteren aufgefallen, dass du dich gern in Rührseligem suhlst. Ich finde diesen Hang ausgesprochen ordinär. Außerdem hat dein Vater Marina Marlow. Sie wird die Publicity genießen. Mir ist dergleichen verhasst.«

Vor Überraschung verschlug es mir die Sprache. Marina Marlow spielte in *König Lear* die Rolle der Regan und war kaum älter als ich. Konnte es tatsächlich sein, dass sie und mein Vater ...? Ich verdrängte den Gedanken umgehend.

»In einer Woche bin ich wieder zurück. Lebwohl, Cordelia, mein Täubchen.« Meine Mutter warf Cordelia eine Kusshand zu. »Richte auch Bron schöne Grüße aus. Ich werde die Zeit nutzen, um mich von den Strapazen der jüngsten Ereignisse zu erholen. Auf Wiedersehen, Harriet. Tröste Ophelia. Sie wirkte vorhin ein wenig durcheinander. Lebwohl, Maria-Alba. Ich weiß, dass meine Küken bei dir in guten Händen sind.« Über Maria-Albas Kopf wurde ein Kuss gehaucht. »Du bist meine Festung in der Brandung, mein Hafen in Zeiten des Sturms.« Maria-Alba lächelte verkniffen. »Komm, Ronald, wir müssen uns den Aasgeiern stellen. Gott weiß, wie oft sie mich schon zerfleischt haben!«

»Ach, meine Liebe«, seufzte Ronnie. »Der Ruhm trägt stets ein doppeltes Gesicht. Er verschlingt den Menschen, nachdem er ihn erschaffen hat.«

Sie wären fast mit den Köpfen zusammengestoßen, als sie sich gleichzeitig im Spiegel betrachten wollten. Dann warfen sie sich in Positur, und Ronnie stieß mannhaft die Haustür auf. Totenstille schlug ihnen entgegen. Der Vorgarten hatte sich offenbar geleert, als die Reporter Bron zu seiner Pressekonferenz folgten. Dennoch schritten meine Mutter und Ronnie huldvoll den Gartenpfad ab – beide auf fast gleich hohen Absätzen – und wandten ihre Köpfe nach allen Seiten, als wollten sie eine Menge grüßen. Ehe Ronnie meiner Mutter ins Taxi half, verneigte er sich wie Walter Raleigh vor Elizabeth I.

»Eines Augenblickes Duft und Zeitvertreib!« Maria-Albas Wangen wiesen rötliche Flecken auf. »Der Rest ist Schweigen.«

Nach dieser rätselhaften Bemerkung kehrte sie in die Küche zurück.

Ich ließ Mark Antonius ins Labyrinth und lief anschließend nach oben, um nach Ophelia zu sehen. Sie trösten zu wollen wäre ein müßiges Unterfangen gewesen. Ich klopfte an ihre Tür und rief ihren Namen, doch sie antwortete nicht. Ich spähte durchs Schlüsselloch. Hätte ich geglaubt, dass sie Crispin liebte, hätte ich mich aufgeregt, denn Ophelia lag bleich und reglos auf dem Bett. Allerdings schniefte sie hin und wieder und einmal sagte sie vernehmlich: »Scheiße.« Ich vermutete, dass sie da gerade Henrietta Slotts als Herrin von Mallilieu vor sich sah.

Ich war noch auf den Knien, als von unten sonderbare Laute ertönten und Mark Antonius mit gesträubtem Fell an mir vorbei in Richtung Speicher schoss. Als ich über die Brüstung spähte, erkannte ich Bron in der Eingangshalle. Er hielt eine Leine, an deren Ende sich ein Hund befand, bräunlich und struppig und mit tellergroßen Pfoten. Trotz der Befehle, die Bron ihm gab, und trotz der Halsschlinge, die ihn würgte, versuchte er, die Treppenstufen zu erklimmen.

»Braves Hundi! Oh, was für ein lieber, kleiner Wauwau!«, säuselte ich auf dem Weg nach unten. In den einseitigen Dialogen, die man mit Säuglingen und Tieren führt, ist es anscheinend schwierig, nicht wie ein Idiot zu klingen. Der Hund sprang an mir hoch, besabberte meinen Rock und winselte.

»Na, prima. Er mag dich. Sein Name ist Derek.«

»Der arme Wicht. Wie kann ein Hund denn Derek heißen? Der einzige Derek, den ich kenne, ist Möbelverkäufer und zudringlich.«

»Du kannst ihn nennen, wie du willst, doch hören tut er auf Derek. Falls er überhaupt hört.«

»Warum sollte ich ihn irgendwie nennen wollen?«, erkundigte ich mich argwöhnisch.

»Weil er ein Geschenk für dich ist. Zum Zeichen der Reue –

ähm – weil ich gestern betrunken war und nicht mit ins Gefängnis gegangen bin. Maria-Alba hatte Recht. Ich habe mich wie ein Flegel benommen und mit Derek erkläre ich, wie Leid es mir tut.«

»Oh, aber – Bron, das wäre doch nicht – das ist doch längst vergessen. Ich glaube, das kann ich nicht – du weißt doch, wie sehr Pa Hunde hasst.«

»Hast du nicht immer gesagt, du wolltest einen Hund? Nun hast du einen.«

»Ja, aber, was soll Pa denn denken, wenn er wieder nach Hause kommt? Er wird glauben, wir hätten seine Abwesenheit ausgenutzt, um ihn zu hintergehen. Klar wollte ich immer einen Hund, aber nicht jetzt, wo wir solche Schwierigkeiten ...«

»Also wirklich, Harriet«, fiel Bron mir ins Wort. »Weißt du eigentlich, wie es ist, wenn einer dein Geschenk zurückweist? Und wie hatte ich mich gefreut! Ich wollte dir etwas zum Liebhaben schenken und dich aufmuntern, damit du vergisst, dass Pa hinter Gittern sitzt ...« Seine Stimme brach. »Ich glaube, ich war noch nie so unglücklich.«

»Oh, Bron, das tut mir Leid. Ich weiß, es war gut gemeint, und ich bin dir ja auch dankbar, aber ...«

»Du brauchst nichts mehr zu sagen.« Bron seufzte und fuhr sich über die Augen. »Ich bringe ihn zurück. Obwohl der Mann, von dem ich ihn gekauft habe, gewiss schon außer Landes ist. Er war auf dem Weg zum Flughafen. Deshalb war der Hund auch nicht allzu teuer – wenngleich er einer sehr seltenen Rasse angehört. Doch was soll's? Dann wird er eben ins Tierheim gebracht. Gefallen wird es ihm dort zwar nicht, aber er wird ja einen Käfig haben, in dem er jaulen kann, bis der Tierarzt kommt. Wahrscheinlich wird Derek ihn für sein neues Herrchen halten und nicht begreifen, dass er eingeschläfert wird ...«

»Das reicht, Bron!« Seit frühester Kindheit erzählte Bron mir traurige Geschichten, um mich zum Weinen zu bringen: von alten kranken Eseln, die schwere Lasten trugen, oder von Rotkehlchen, deren Beine im Winter an den Zweigen festfroren – und es funktionierte immer. »Ich behalte ihn – für den Moment jedenfalls. Bis Pa zurückkehrt.« Ich streichelte Dereks samtweiche Ohren, und er krauste die Stirn, was süß und komisch zugleich aussah. Sein Fell hatte die Farbe braunen Zuckers, seine Schnauze war weiß und seine Nase schwarz. Ich beschloss, im Supermarkt einen Zettel am schwarzen Brett anzubringen und Derek weiterzuvermitteln, und zwar bald, ehe er mir zu sehr ans Herz wachsen würde. »Schönen Dank.« Ich sagte das ein wenig widerwillig, weil ich mich nicht besonders dankbar fühlte, doch Bron schien das nicht aufzufallen.

»Na, also.« Er reichte mir die Hundeleine. »Am liebsten frisst er Schinkenspeck und Eier.«

»Wie kommst du denn darauf? Du hast doch überhaupt keine Ahnung von Hunden.«

»Ich wiederhole nur das, was der Mann gesagt hat. Aber ich wusste ja nicht, dass wir eine Hundeexpertin in der Familie haben.«

»Das habe ich nicht behauptet, ich weiß nur, dass Hunde rohes Fleisch und Dosenfutter fressen.«

»Habe ich dich etwa gebeten, für ihn zu kochen?«

»Nein, hast du nicht«, lenkte ich ein. »Zu welcher Rasse gehört er eigentlich? Er wird doch hoffentlich nicht mehr viel größer.«

»Ach woher, er ist ausgewachsen. Das hat der Mann auch gesagt. Er ist ein – Cornwall Terrier.«

»Tatsächlich?« Ich studierte Brons Miene. »Von denen habe ich noch nie gehört.«

»Vielleicht musst du doch noch etwas lernen, Fräulein Neunmalklug«, entgegnete Bron. »Auch wenn du sonst immer alles weißt.«

»Ich werde ihn aber nicht Derek nennen.«

»Nenn ihn, wie du willst. Ich muss jetzt los. Sag Maria-Alba, dass ich nicht zum Abendessen komme.«

»Aber du gehst doch mit, um Pa zu besuchen, oder? Ma ist nämlich fort und lässt sich liften, und Ophelia hat Kummer, und Portia ist noch nicht zurück und Maria-Alba möchte ich nicht fragen – sie hat sich gestern schon fürchterlich aufgeregt.«

»Hör mal, wir können doch nicht alle losziehen und tun, als ob es bei Pa eine Party gäbe. Wir müssen ein wenig mehr Takt beweisen.« Bron schaute mich vorwurfsvoll an. »Ich treffe mich mit Wanda.« Wanda war Brons Agentin. »Mein Foto wird in allen Abendzeitungen abgebildet sein. Die Reporter haben regelrecht an meinen Lippen gehangen. Gewiss stoßen sie nicht alle Tage auf jemanden, der sich vernünftig auszudrücken versteht. Wanda möchte, dass ich irgendwo erscheine und einen Regisseur kennen lerne. Es wäre irrsinnig, eine solche Chance zu vertun, nur um Pa zu besuchen. Gewiss wird auch Marina Marlow bei ihm sein, und er wird gar nicht wollen, dass seine Kinder in Scharen aufkreuzen, während er den flotten Liebhaber mimt. Ehrlich, Harriet, du solltest dich ab und zu auch mal in die Lage anderer versetzen und nicht immer nur nach deinen Wünschen gehen.«

Demnach hatte meine Mutter, was Marina betraf, richtig gelegen. Ich fand die Vorstellung bedrückend. In dem Moment fiel Derek offenbar ein, dass er unbedingt unsere Küche sehen wollte, und dass jetzt der beste Zeitpunkt war. Seine Pfoten wetzten auf dem blank polierten Boden, und er zerrte an der Leine, bis ich ihm folgte. Insofern kam Bron ohne meine Erwiderung davon und konnte sich ausgiebig in seiner Großmut aalen.

7

»Ich werde ihn Byron nennen«, erklärte ich. »Nach dem Dichter.«

»Er sieht aber gar nicht wie ein langweiliger Dichter aus.« Cordelia fütterte Derek mit kandierten Kirschen, die er gierig verschlang. »Ich wünschte, Bron hätte ihn *mir* geschenkt. Er ist so ein süßer kleiner Wuffi. Ich würde ihn Schnucki nennen.«

»Schnucki ist ja wohl ein Witz«, erwiderte ich. Derek sabberte und legte sein Kinn auf Cordelias Knie.

»Wieso denn? Schnucki ist doch schöner, als wie irgendein bescheuerter alter Dichter zu heißen.«

»Byron war nicht bescheuert und erst sechsunddreißig, als er starb. Er sah außerdem sehr gut aus, und eine Menge Frauen waren hinter ihm her, obwohl er einen Klumpfuß hatte.«

»Einen Klumpfuß?« Cordelia schaute auf einen Punkt in der Ferne. »König Richard hatte auch einen Klumpfuß.« *Richard III.* war ihr Lieblingsfilm, und wenn er in dem kleinen Kino unten an der Straße lief, musste ich gleich mehrere Vorstellungen hintereinander mit ihr besuchen. Selbst die komische Perücke, die Laurence Olivier trug, fand Cordelia unwiderstehlich. Sie stand auf, zog eine Schulter bis zum Ohr und wanderte humpelnd durch die Küche. Derek – oder vielmehr Byron – raste daraufhin wie tollwütig um den Tisch, sprang an Maria-Alba hoch und schnappte nach ihrem Schaumbesen.

»Sitz! Sitz!«, rief sie und wischte die verspritzte Zabaglione vom Fußboden auf. »Sonst kommst du in den Fleischwolf.«

Derek übergab sich zu ihren Füßen, und in seinem Erbrochenen konnte man die kandierten Kirschen erkennen. Wortlos überreichte Maria-Alba mir ihr Putztuch.

Nach einem Mittagessen, das selbst für Maria-Albas Maßstäbe reichhaltig war – Pasta mit Walnüssen und Mascarpone, Perlhuhn mit gefüllten Tomaten und dann die Zabaglione –, beschlossen Cordelia und ich, unserer Figur zuliebe spazieren zu gehen. Zudem kannte ich mich mit Hunden immerhin so gut aus, um zu wissen, dass sie Auslauf brauchten, und abgesehen davon war es anstrengend, Byron im Haus zu halten. Mittlerweile hatte er Möbelbeine angenagt, sämtliche Teppichläufer zerwühlt, die Haarlocke aus Mas Tischdekoration gefressen und Bodenvasen umgestoßen. Insofern waren wir sogar bereit, uns den Zeitungsreportern zu stellen. Als Ophelia zum Mittagessen erschien, trockenen Auges, aber blass, hatte Byron sich ebenfalls daneben benommen, und Ophelia hatte versucht, ihn aus dem Esszimmer zu scheuchen. Doch Byron bestand darauf, unter dem Tisch zu liegen, um nach unseren Servietten zu schnappen und an unseren Schuhen und Schnürsenkeln zu knabbern. Wir versuchten, ihn vor die Tür zu setzen, doch dort winselte er dermaßen erbärmlich, dass wir ihn umgehend wieder hereinließen.

»Der Hund ist wieder mal eine typische Schnapsidee von Bron«, zischelte Ophelia, als ich die Vorhänge hochband, damit Byron sich nicht im Stoff eindrehte und am Futter riss.

»Er wird bald ruhiger werden«, entgegnete ich. »Findest du ihn denn nicht auch süß?« In meinen Augen war das Tapsige und Übermütige meines Hündchens niedlich, und zutraulich war er außerdem.

»Warum sollte ich?«, erwiderte Ophelia, zerrte ihren Schuh aus Byrons Schnauze und legte ihn demonstrativ neben das schmutzige Geschirr auf der Anrichte.

*

Ein Genuss war unser Spaziergang nicht. Das Essen lag mir im Magen, denn um Maria-Alba glücklich zu machen, hatte ich ordentlich zugelangt, aber zwischendurch immerfort aufspringen müssen, um unsere Sachen vor Derek in Sicherheit zu bringen. Dazu kam, dass es draußen kalt und diesig war und sich Nieseltröpfchen auf unserem Haar absetzten. Die Reporter klebten wie Schmeißfliegen an uns, während wir den Park durchquerten und Byron sich in die Leine legte, bis seine Augen hervortraten.

»Sie sollten ihn mal frei laufen lassen, Miss«, riet ein Reporter, der meines stetigen »kein Kommentar« überdrüssig geworden war. »Es ist grausam, einen Hund an der Leine zu halten.«

Sein Vorwurf traf mich, und wider besseres Wissen hakte ich die Leine aus. Byron kauerte sich nieder, gab Gas und flitzte los. Gleich darauf war er verschwunden. Eine Stunde später sanken Cordelia, ich und die beiden Reporter, die uns treu geblieben waren, heiser und erschöpft auf die Bank, die neben dem Brunnen am Kriegerdenkmal stand. Aus der dunstigen Luft war inzwischen dichter Nebel geworden, und wir konnten kaum einen Meter weit sehen. Mein Haar klebte an den Schläfen, und meine Schuhe konnte ich vergessen.

»Ich glaube, es ist zwecklos«, sagte der nettere der beiden Reporter, der Stan hieß. »Wahrscheinlich ist der kleine Racker längst zu Hause. Wo, sagten Sie, haben Sie ihn gekauft?«

»Ich habe nichts dergleichen gesagt. Genau genommen weiß ich gar nicht, woher er stammt. O mein Gott, vielleicht ist er vor ein Auto …«. Mir würde übel, als ich mir vorstellte, Derek – ihn Byron zu nennen, hatten wir aufgegeben – könnte als blutiger Kadaver auf der Durchgangsstraße liegen.

»Ich muss wieder zurück.« Cordelia sprang auf. »Ich habe Maria-Alba versprochen, ihr beim Abendessen zu helfen.« In Wahrheit fing wahrscheinlich in Kürze eine ihrer Lieblingssendungen an. »Sei nicht traurig, Hat. Derek sitzt gewiss schon vor der Tür und wartet auf uns. Auf mich hat er nämlich einen sehr intelligenten Eindruck gemacht, ganz gleich was andere behaupten.«

Ihr Blick traf Jay, den zweiten Reporter, der Derek in der vergangenen halben Stunde schlecht gemacht hatte.

»Sieh zu, dass Maria-Alba etwas Einfaches kocht«, bat ich. »Ein paar Siedewürstchen würden es tun.«

»Ich begleite das kleine Fräulein«, bot Jay an. »Sonst verirrt es sich noch im Nebel.«

»Wie in dem Film mit Doris Day«, sagte Cordelia im Weggehen. »Da wo sie im Nebel durch London läuft und plötzlich eine Stimme hinter ihr ›Mrs Preston‹ sagt – so hieß Doris Day in dem Film – ‹Mrs Preston, ich werde Sie töten‹. Die Stimme war total gruselig und Doris Day hat einen Riesenschreck gekriegt. Ihr Mann – das war Rex Harrison – sah echt toll aus …« Die beiden wurden von Nebelschwaden verschluckt, bevor ich den Rest der Geschichte hören konnte.

»Kopf hoch!«, ermunterte mich Stan. »Die Kleine hat vermutlich Recht, und der Hund sitzt schon vor der Tür, aber natürlich verstehe ich Ihre Sorge. Ich habe selbst einen Hund – einen lieben Schnauzer – und ich würde auch nervös, wenn ich nicht wüsste, wo er steckt. So ein Tier ist wie Familie. Meiner Melanie – das ist meine Tochter, die mich mit ihren sechs Jahren schon um den Finger wickelt – würde das Herz brechen, wenn unser Snoopy abhanden käme.«

Er erzählte mir alles über Melanie, wie hübsch und gescheit sie war, und dann über Annette, seine Frau, die an Multipler Sklerose erkrankt war, ihren Job in einer Anwaltskanzlei aufgeben musste und seitdem unter Depressionen litt. Danach beschrieb er sein Häuschen in Purley Oakley und dass sie mit den Hypotheken zu kämpfen hatten, und berichtete von Annettes Mutter, die bei ihnen wohnte. Ihr Name war Ivy, doch Stan nannte sie Ivy die Schreckliche, weil sie bösartig und grausam war. Ich lauschte andächtig, und Stan bekannte, wie gut es ihm tue, sich einmal bei jemandem auszusprechen.

Zum Ausgleich plauderte ich ein wenig über meine Familie, denn gemessen an ihm hatten wir ja fast noch Glück, und weil er so aufrichtig gewesen war, fand ich, ich sollte mich auch ein wenig öffnen. Ich berichtete von Brons gescheiterter Karriere und von Ophelias Verlobung, die in die Brüche zu gehen drohte. Als Nächstes gestand ich, dass Portia mit einem Mann verschwunden war, der einen zwielichtigen Eindruck machte. Stan versuchte mich zu beruhigen.

»Sie machen sich zu viele Gedanken«, erklärte er. »So was schadet dem Menschen. Möchten Sie etwas essen? Ich für meine Person könnte jetzt eine kleine Stärkung gebrauchen. Hätten Sie Lust auf ein Sandwich? Ich habe noch etwas von heute Mittag übrig.«

Ich hatte zwar keinen Hunger, doch weil er so freundlich gewesen war, nickte ich. Stan wickelte ein zerdrücktes, durchweichtes Päckchen aus. Wie aus dem Boden gewachsen, tauchte Derek vor uns auf. Bis auf den Umstand, dass sein Fell feucht war, wirkte er gesund und munter. Ich war überglücklich und brachte es nicht fertig, ihn wegen seines Verschwindens auszuschimpfen. Stattdessen bat ich Stan, mein Tunfischsandwich Derek geben zu dürfen, der es sabbernd beäugte.

Auf dem Rückweg teilten Stan und ich uns immer wieder mit, wie froh und erleichtert wir waren, dass Derek nichts zugestoßen war, und zuletzt waren wir fast Freunde geworden. Stan machte ein Foto von Derek und mir. Aufgrund des trüben Lichtes glaubte er zwar nicht, dass daraus etwas würde, doch er wollte es immerhin versuchen, um es Melanie zu zeigen, die Hunde liebte und abends gern erfuhr, was ihr Paps tagsüber so getrieben hatte. Stan hoffte, es würde Annette ein wenig aufrichten, wenn sie vernahm, dass eins ihrer Sandwiches einen entlaufenen Hund gerettet hatte.

»So was ist für sie besser als die beste Medizin«, beteuerte er, ehe er sich verabschiedete.

Als er davonfuhr, winkte ich ihm nach. Gleich darauf bremste ein schwarzer Wagen neben mir, dem Inspektor Foy und Sergeant Tweeter entstiegen. Ich fühlte mich schuldig, weil ich im Winken gestrahlt und für einen Moment vergessen hatte, wo mein Vater sich befand. Doch dann fiel mir ein, dass Stan Recht hatte, dass man sich unmöglich fortwährend mit seinen Sorgen befassen konnte und dass das Schlimmste daran die Erinnerung war, so dass einen der Kummer immer wieder aufs Neue übermannte.

Derek mochte den Inspektor auf Anhieb, umklammerte seine

Beine mit den Vorderpfoten und hinterließ Schlammspuren auf dem makellosen Trenchcoat. Ich entschuldigte mich, doch Inspektor Foy behauptete, derlei störe ihn nicht. Ich fand, für einen Handlanger des Kapitals war er wirklich nett.

»Besucht Ihre Mutter heute Ihren Vater?«, erkundigte er sich, während er seinen Mantel mit einem Taschentuch abrieb, was die Schmutzflecken nur noch vergrößerte.

»Ich fürchte nein. Sie – wird operiert.«

»Das tut mir Leid.« Er machte einen betroffenen Eindruck, und beinah hätte ich ihm die Wahrheit erzählt. »Was ist mit Ihrem Bruder und Ihren Schwestern?«

»Cordelia wird uns begleiten. Portia ist noch nicht zurückgekehrt, Bron hat eine – geschäftliche Verabredung und Ophelia geht es nicht gut.«

In diesem Moment öffnete sich die Vordertür, und Ophelia kam die Treppe hinunter. Selbst im Licht der Straßenlaterne, das im Nebel bleich und milchig zerfloss, machte sie einen blendenden Eindruck. Sie trug einen weißen Wollmantel, einen schimmernden Silberschal und eine schwarze Kappe. Das Zauberhafte ihrer Erscheinung wurde durch ihr goldenes Haar betont, das, im Nacken lose zusammengebunden, in Wellen über ihre Schultern fiel. Sie sah aus wie die jüngste aus einem Kreis von Märchenprinzessinnen, diejenige, die immer sittsam und mitfühlend ist. Ophelia zuckte zurück, als Derek sie überschwänglich begrüßte.

»Herrgott noch mal, Harriet, halte doch deinen Köter ordentlich an der Leine«, fuhr sie mich an, wohingegen sie den Inspektor ignorierte. »Ich bin mit Peregrine Wolmscott zum Dinner verabredet. In unserer Trauerbude hält es ja kein Mensch aus. Maria-Alba leidet übrigens wieder unter Depressionen. Wenn du mich fragst, landet sie in Kürze erneut in der Klapsmühle.« Ich nahm an, Ophelia bezog sich auf die Therapie, der Maria-Alba sich zuweilen unterziehen musste.

»Es ist doch noch viel zu früh zum Dinner. Komm doch mit, um Pa zu besuchen.«

»Ich werde mir die Zeit im Kino vertreiben und mir einen Film anschauen, in dem ein paar arme Mexikaner über den Haufen geschossen werden. Das wird mich aufmuntern.«

»Ich wäre Ihnen dankbar, wenn Sie mir einige Minuten Ihrer Zeit widmen würden.« Inspektor Foy bedachte Ophelia mit tadelndem Blick, und ich wusste nicht, wie ich ihm vermitteln sollte, dass Ophelia solche abscheulichen Dinge nur sagte, weil sie Kummer hatte.

»Sie sind ...?« Ophelia schenkte ihm einen jener vernichtenden Blicke, die sie seit Jahren erfolgreich beherrschte.

Der Inspektor runzelte die Stirn. »Chefinspektor Foy. Es wäre schön, wenn Sie noch einmal mit ins Haus kämen, Miss Byng. Es wird nicht lang dauern.«

»Ich bin dabei auszugehen, ich glaube, das sagte ich bereits«, entgegnete Ophelia und machte Anstalten zu verschwinden. Inspektor Foy gab Sergeant Tweeter ein Zeichen, der Ophelia daraufhin den Weg verstellte.

»Ich habe keine Zeit für Spielchen, Miss Byng«, bemerkte Inspektor Foy kalt. »Und ich möchte mich mit jedem Familienmitglied unterhalten. Wenn es Ihnen lieber ist, können wir unser Gespräch auch ins Polizeirevier verlegen.« Sergeant Tweeter schickte sich an, die Wagentür zu öffnen.

»Wollen Sie mich etwa verhaften?« Ophelia lachte auf.

»Ich möchte, dass Sie mich freiwillig ins Haus begleiten. Dadurch ließe sich Aufsehen vermeiden.«

»Sie würden es nicht wagen, mich mitzunehmen.«

»Sie haben die Wahl.«

Etwas in der Miene des Inspektors riet Ophelia, ausnahmsweise einmal klein beizugeben. Wortlos machte sie kehrt und stolzierte ins Haus. Ich ließ sie mit dem Inspektor allein und ging in die Küche. Maria-Alba war mit dem Abendessen beschäftigt.

»Gib Derek etwas zu fressen, um ihn abzulenken«, bat ich sie. »Dann kann ich mich zu Sergeant Tweeter ins Polizeiauto schleichen, ohne dass der Hund anfängt zu jaulen. Wo steckt Cordelia?«

»Vor dem Fernseher. Ich gebe dem Hund den Rest von heute Mittag – und vielleicht noch einen Lammknochen von unserem Abendessen.«

Mir schwante Schreckliches. Wahrscheinlich hatte Maria-Alba zu Abend Lamm mit Zwiebeln, Leber, Salbei und Perlgraupen vorbereitet, was großartig schmeckte, aber mächtig war und Blähungen verursachte. Vielleicht hatte Cordelia vergessen, ihr meine Bitte auszurichten. Als Maria-Alba den Kühlschrank öffnete, winselte Derek aufgeregt. »Da wäre auch noch Salami«, hörte ich Maria-Alba murmeln. »Ob ich ihm auch ein paar Scampi vorsetze?«

Ich hatte Cordelia aus dem Kellerloch geholt und bereits die Vordertür geöffnet, als Derek zu markerschütternd hohen Tönen anhub, die klangen, als probe jemand eine Arie. Dazwischen erklang Ophelias Stimme aus dem Salon. Das, was sie sagte, verstand ich zwar nicht, doch ihr verächtliches Lachen war nicht zu überhören. Cordelia und ich gingen zu Sergeant Tweeter und nahmen auf dem Rücksitz Platz. Fünf Minuten später kam Inspektor Foy die Treppe hinuntergestürmt, riss die Wagentür auf und ließ sich auf den Beifahrersitz fallen. »Worauf warten Sie noch, Tweeter? Sollen wir hier den ganzen Abend vertrödeln?«

Cordelia und ich wechselten heimlich Blicke. Offenbar war Ophelia aus der Begegnung siegreich hervorgegangen. An der steifen Art, in der Inspektor Foy seinen Kopf hielt, erkannte ich, wie aufgebracht er war. Niemand sagte etwas, bis der Wagen vor einem mächtigen Eingang aus rotem Backstein und schweren Holztoren hielt. Ein Uniformierter stand davor, und der Inspektor zeigte ihm ein Stück Papier. Der Uniformierte spähte in den Wagen, ehe er zurücktrat und auf einen Knopf drückte. Die Tore glitten auf, und wir wurden hindurchgewinkt.

In einem hell erleuchteten Vorhof verließen wir den Wagen, und ich wünschte mir, weit fort zu sein. Das Schöne und das Wahre, unsere beiden Hausgötter, waren eindeutig nicht zugegen. Ich entdeckte hohe Mauern mit Luken und auf dem Boden schmutziges Pflaster. Ein schwarzer Bus mit laufendem Motor stieß beißende Qualmwolken aus, und das viereckige Stück Himmel über uns war sternenlos. Im Übrigen gab es nicht einmal ein dürres Blatt oder einen Halm, die den Eindruck der Trostlosigkeit gemildert hätten. Ein paar Männer in Hemdsärmeln kehrten Wasserbäche in Gullys. Später lernte ich, dass die Aborteimer in den Zellen nur am Morgen geleert wurden und die Gefangenen den Inhalt deshalb aus den kleinen Fenstern kippten. Kein Wunder also, dass unsere Hausgötter durch Abwesenheit glänzten; kein Wunder auch, dass verkommene Menschen hier noch mehr verkamen.

In dem Gebäude, das wir betraten, warf der glänzende grüne Lack an den Wänden die Neonbeleuchtung zurück, und der Geruch von gekochtem Gemüse und Desinfektionsmitteln war von Urin- und Schweißgestank durchsetzt. Etwa alle dreißig Meter blieben wir vor Trenngittern stehen und der Wärter, der uns vorausging, schloss eine kleine Tür auf und sperrte sie hinter uns zu. Ich hielt meinen Blick auf den Fußboden gerichtet, auf dem ein Schrubber Schlieren hinterlassen hatte. Rechts und links waren Spione in den Zellentüren, und mir grauste vor dem Gedanken, dahinter ein spähendes Auge zu entdecken. Gewiss, die Gefangenen taten mir Leid, doch gleichzeitig fürchtete ich mich vor ihnen, denn jemand, der eingesperrt war, würde vermutlich nur Hass für Menschen, die frei herumliefen, empfinden. Am liebsten hätte ich geweint, doch ich nahm Rücksicht auf Cordelia, die sich tapfer hielt und den Metallbehälter mit ihrem Kuchen an sich drückte. Ebenso gern hätte ich nach der Hand des Inspektors gegriffen, doch wahrscheinlich hatte Ophelia ihn nun endgültig zu unserem Feind gemacht. Als Nächstes wandte er sich jedoch zu mir um, zwinkerte freundlich und fragte: »Alles in Ordnung?«

Ich nickte dankbar. Gleich darauf stellte ich erleichtert fest, dass die Tür zum Besucherzimmer nicht verriegelt war. Der Gedanke, dass mein Vater eingekerkert war, tat bereits weh; damit regelrecht konfrontiert zu werden, hätte ich nicht ertragen.

Pa stand am Fenster, doch es dauerte einen Moment, bis ich begriff, dass er es war. Er trug noch immer die enge Kleidung und hatte sein Haar zu einem Pferdeschwanz gebunden. Weit ungewohnter war indes seine Haltung, denn seine Schultern waren eingesackt, und seine Hände baumelten schlaff an den Seiten. Der Elan, der ihn sonst kennzeichnete, war verschwunden. Als er sich umdrehte, wirkte sein Gesicht grau und aufgedunsen.

»Pa!« Cordelia lief ihm mit ausgebreiteten Armen entgegen. »Du siehst ja aus wie Sydney Carton!« Auf dem Hinweg hatte ich überlegt, ob es richtig gewesen war, Cordelia mitzunehmen, und befürchtet, dass sie noch zu jung für eine derartige Erfahrung war, doch nun erkannte ich, dass ihre Art genau das Richtige für meinen Vater war. Zwar glich Pa, abgesehen von dem Pferdeschwanz, nicht im Entferntesten Sydney Carton, doch der Gedanke schien ihn zu erheitern. Cordelia ergriff seine Hand, setzte eine schüchterne Miene auf und begann mit französischem Akzent: »Bürger, darf isch Eure ’and ’alten? Isch bin nur eine arme kleine Kreatur, und Eure ’and wird mir Mut geben.« Sie fuhr zurück und rief entgeistert: »Oh, Monsieur, isch erkenne Eusch! Wollt Ihr denn wirklisch für ihn sterben?«

»Für ihn, für seine Frau und sein Kind.«

»Oh, Ihr seid ein ’eld! Darf isch Eure ’and ’alten?«

»Jawohl, meine arme Kleine. Bis zum Ende.«

»Und darf isch Eusch auch küssen?«

»Jawohl. Gott segne Euch! Wir treffen uns bald in einer besseren Welt wieder. Geht mir voraus. Ich folge Euch.«

Sydney Carton schloss die arme Näherin, alias Cordelia, in seine Arme und küsste sie. Cordelia kniete nieder, beugte ihren Nacken und verschränkte ihre Hände auf dem Rücken, genauso wie sie es unzählige Male in den Filmen über Anne Boleyn, Lady Jane Grey und Maria Stuart gesehen hatte, wobei sie jedes Mal herzerweichend geschluchzt hatte.

Danach kniete sich mein Vater auf den Boden, den Blick in die Ferne gerichtet. »Ich erkenne die Menschen, für die ich mein Leben lasse. Friedlich, wohlhabend und glücklich leben sie in einem England, das ich nun nie mehr wiedersehe. Ich erkenne das Kind an ihrer Brust, das meinen Namen trägt, und ich spüre, dass mir ein Ort in ihren Herzen gehört und in den Herzen all derer, die nach ihnen kommen. Das Kind, das meinen Namen trägt, wird zum Mann. Sein Licht wird leuchten, und der Makel, mit dem mein Name befleckt ist, wird ausgemerzt.« Pa schloss die Augen, und ein innerer Glanz überstrahlte sein Gesicht. »Das, was ich nun tue, ist besser als alles, was ich je getan habe, und dort wo ich bald liegen werde, wird mir größere Ruhe zuteil, als jemals zuvor auf Erden.« Langsam senkte er seinen Kopf auf die Brust.

Ich spürte, dass meine Kehle eng wurde, denn ich musste immer weinen, wenn Sydney Carton seinen letzten Weg zum Schafott einschlug. Nachdem mein Vater und Cordelia sich innig umarmt hatten, drückte ich Pa einen Kuss auf die Wange und wünschte, ich wäre ebenso ungehemmt wie die beiden. Das heißt nicht, dass ich aufrichtiger als sie war, ganz gewiss nicht. Ich war lediglich die Einzige in der Familie, die nicht schauspielern konnte und deshalb nie wusste, wie man in schwierigen Situationen Unbehagen kaschierte.

Anschließend setzten wir Pa über die jüngsten Begebenheiten in unserer Familie in Kenntnis. Ronnie wollte ich ihm eigentlich verschweigen, doch Cordelia platzte in ihrer Unschuld damit heraus. Zum Glück neigte mein Vater eher zu Großmut als zu Eifersucht.

»Der arme Ronnie. Das treue Schlachtross, das angaloppiert, wenn die Trompete erschallt. Ich weiß nicht, ob Sie sich an ihn erinnern, Inspektor, doch Ronald Mason war der einzige Bonnie Prince Charlie, der seine Sätze mit irischem Zungenschlag sprach. Sämtliche Hausfrauen zwischen Sunderland und Wimbledon wollten seinerzeit Flora Macdonald sein und sich in Ronnies starke Arme schmiegen, an seinem Rüschenkragen Liebeslieder singen und im Sonnenuntergang mit ihm übers Meer in Richtung Skye segeln. Die Wirklichkeit sah leider nicht ganz so rosig aus, denn Ronnie war die meiste Zeit seekrank, obwohl das Meer nur ein Pool mit Wellenmaschine war.«

Wenn man sich elend fühlt, nutzt es oftmals, sich über andere lustig zu machen, und auch Pas Laune schien sich zu bessern.

Inspektor Foy lächelte. »Ich erinnere mich, dass meine Mutter Ronald Mason angebetet hat. Nun hätte ich jedoch noch ein, zwei kleine Fragen, wenn Sie gestatten. Wie ich Mr Sickert-Greenes Worten entnehmen konnte, beabsichtigen Sie, auf nicht schuldig zu plädieren.«

»Nun, selbstverständlich. Ich habe es ja nicht getan. Wie könnte jemand wie ich in der Lage sein, einen Mord zu begehen? Man muss schon reichlich unbedarft sein, um sich so etwas vorzustellen. Sickert-Greene ist ein Idiot, der vor Gericht heute einen Riesenschlamassel angerichtet hat. Ich weiß nicht, wie er darauf gekommen ist, auf unzurechnungsfähig zu plädieren? Mache ich etwa den Eindruck eines Verrückten?« Pa schaute entrüstet in die Runde und schien davon auszugehen, Empörung und Irrsinn schlössen sich aus. »Mein Anwalt scheint tatsächlich der Ansicht zu sein, ich hätte es getan! Warum engagiere ich diesen Narren überhaupt?«

Ich hätte ihm sagen können, warum. Siechgrün sah sich gern in der Rolle des Kunstkenners, und kein Rabbi hätte sich bei der Anrufung Jehovas ehrerbietiger erweisen können als er, wenn er Shakespeare erwähnte. Das Honorar, das er verlangte, war kaum der Rede wert, denn es machte ihn schon glücklich, anderen erzählen zu können, dass er Waldo Byng, den berühmten Shakespeare-Darsteller vertrat.

»Hm.« Der Inspektor zog seine Pfeife hervor und strich sehnsüchtig darüber. Er hatte schöne, kräftige Hände. »Wenn Sie mir trotzdem eine Bemerkung gestatten, Sir, war es ein Fehler, dem Richter vorzuhalten, ebenso könne er der Mörder sein.«

Mein Vater lachte verächtlich. »Der Richter war ein Banause. Haben Sie seinen roten Kopf gesehen, als ich die Stelle zitierte, in der Isabella um Claudios Leben bittet? ›Der Mensch, der stolze Mensch, in kleine, kurze Majestät gekleidet, vergessend, was am mindsten zu bezweifeln, sein gläsern Element – wie zorn'ge Affen, spielt solchen Wahnsinn gaukelnd vor dem Himmel, dass Engel weinen.‹«

»Vielleicht hat ihn der zorn'ge Affe gestört«, gab der Inspektor zu bedenken – und in dem Moment hatte ich den Eindruck, dass er nicht wollte, dass mein Vater ein Mörder war. Pa verschränkte missmutig seine Arme vor der Brust. »Wie dem auch sei«, fuhr der Inspektor fort, indem er seine gestopfte Pfeife beäugte. »Nun ist es zu spät, sich deswegen Vorwürfe zu machen. Lassen Sie uns lieber noch einmal der Frage nach dem Motiv nachgehen. Wem hätte der Tod von Sir Basil genutzt? In den meisten Fällen geschieht ein Mord ja aus Eifersucht.« Er saugte ein, zweimal an der kalten Pfeife, doch mein Vater blieb unerbittlich. »Ein Mensch stellt fest, dass ihm das geliebte Wesen untreu war, und reagiert gewalttätig. Allerdings sagt die Haushälterin von Sir Basil, dass er selten ausgegangen ist und ihres Wissens nach weder mit dem einen noch dem anderen Geschlecht verkehrte. Dadurch lässt sich Eifersucht zwar nicht ausschließen, doch die Wahrscheinlichkeit scheint mir gering. In Anbetracht des Testamentes dürfte es auch kaum um Geld gegangen sein.« Inspektor Foy hielt inne, betrachtete seine Pfeife mit einem Ausdruck des Ekels und verstaute sie in seiner Jackentasche. »Also müssen wir uns komplexeren Motiven zuwenden – Morde, die dazu dienen, ein Geheimnis zu wahren, oder solche, die einen Erpresser kaltstellen. Letztere sind jedoch seltener geworden, seitdem Homosexualität nicht mehr als ungesetzlich gilt. War Sir Basil ein Mensch, der andere gern für ihre Sünden büßen ließ? Wäre er womöglich einer Erpressung nicht abgeneigt gewesen?«

»Ach du meine Güte! Ich glaube, er wäre der Letzte gewesen, der dazu geneigt hätte«, erwiderte Pa mit einem Anflug von Belustigung. »Basil interessierte sich nicht für andere Menschen. Er war vollauf mit sich beschäftigt. Andererseits kann man das leider von den meisten Schauspielern behaupten.« Pa schien sich fraglos für eine Ausnahme zu halten.

Inspektor Foy kramte aus dem Kästchen auf dem Tisch einen Bleistift, zog ein Taschenmesser hervor und begann den Bleistift andächtig und wirklich vorbildlich zu spitzen. Mag sein, dass er dadurch seine Pfeife ersetzte, doch vielleicht tat er derlei auch, um Verdächtige einzulullen, sodass sie sich zu unbedachten Äußerungen hinreißen ließen. Dass er aus Gründen der Nervosität spitzte, wollte mir nicht recht in den Sinn, denn dazu wirkte er zu entspannt. Ich fand, die Situation hatte irgendetwas Irreales, so als säßen wir zufällig beisammen und hätten wie von ungefähr über Mordmotive zu plaudern begonnen.

»Wenn das zutrifft, blieben uns noch die Motive, die ich unter dem Begriff persönliche Feindschaft zusammenfassen würde. Das kann ein Zwist unter Nachbarn sein, die sich über die Höhe einer Gartenhecke streiten, kann aber auch etwas wie Berufsneid sein.«

»Sie können sicher sein, dass Basils kümmerliches Talent mir nie für auch nur eine Sekunde den Schlaf geraubt hat.«

»Ich ziehe lediglich Möglichkeiten in Betracht, Sir. Die Mitglieder Ihres Ensembles sind sich beispielsweise einig, dass man Sie und Sir Basil als Rivalen bezeichnen konnte und dass Sie sich feindlich gesinnt waren.«

»Lieber Inspektor, wie wenig Sie über das Theater wissen! Schauspieler sind ausnahmslos neidisch und missgönnen dem anderen den Erfolg. Gewiss gibt es hie und da Freundschaften, die Derartiges überleben, doch in der Regel ist kein Schauspieler dem anderen grün. Es ist mir jedoch nie zu Ohren gekommen, dass daraus ein Mord entstanden ist. Diese Mühe nimmt einem früher oder später ohnehin ein Kritiker ab. Doch nun genug davon. Bislang habe ich gute Miene zum bösen Spiel gemacht, doch jetzt möchte ich nach Haus. Selbst für einen hartgesottenen Kriminellen dürfte dieser Ort eine Zumutung sein. Schaffen Sie mich also raus.«

»Ganz so einfach geht das nicht, Sir. Verfahren brauchen ihre Zeit. Allein um Fehler zu vermeiden.«

»Aber ich habe es nicht getan!« Pas Stimme wurde leicht panisch. Cordelia schmiegte sich an ihn und ergriff seinen Arm. Pa tätschelte geistesabwesend ihre Hand.

»Außerdem wäre da noch etwas, das heute bei der Anhörung zutage kam.« Der Inspektor betrachtete stirnrunzelnd einen Anschlag an der Wand, auf dem jedem, den es interessierte, mitgeteilt wurde, dass sämtliche Gegenstände im Raum Eigentum des Gefängnisses Ihrer Königlichen Majestät waren und ihre Mitnahme Diebstahl bedeutete. »Es handelt sich um etwas Belastendes, etwas, das gemeinsam mit Ihren Fingerabdrücken auf dem einzig denkbaren Mordwerkzeug jeden Richter bewegt hätte, Sie unter Anklage zu stellen, ganz gleich, ob Sie auf schuldig plädieren oder nicht. Am besten gehen wir es noch einmal durch. Ich möchte sicher sein, dass ich den Ablauf richtig verstanden habe. Wissen Sie noch, ob Sie jemanden gesehen haben, als Sie sich auf die Bühne begaben?«

»Muss das sein?«, fragte Pa. »Das haben wir doch vor dem Richter schon zigmal durchgekaut.« Dieses Mal war es der Inspektor, der seine Arme vor der Brust verschränkte. Mit zusammengekniffenen Lippen und gerunzelter Stirn schenkte er meinem Vater den gleichen Blick, den Ophelia geerntet hatte. Verblüfft bemerkte ich die Wirkung. »Meinetwegen«, lenkte Pa säuerlich ein. »Wie ich bereits erklärte, war Sandra anwesend und außerdem Gemma, die für die Kostüme zuständig ist. Des Weiteren eine Blondine, bei der es sich ebenfalls um eine Zweitbesetzung gehandelt haben muss. Jedenfalls war sie neu. Sah nicht übel aus. Vielleicht ein wenig flachbrüstig. Der Name ist mir entfallen. Sie unterhielten sich. Sandra lehnte am Zyklorama …«

»Also hinter der Bühne.«

»Ja.«

»Die Bühne selbst konnten die Damen aber von dort nicht einsehen, oder?«

»Es sei denn, sie hätten Röntgenaugen. Der hintere Vorhang war geschlossen. Was ich dem Richter übrigens nicht erzählt habe, war, dass Sandra sich vorreckte, als ich an ihr vorbeiging, und ich versehentlich ihre Brüste gestreift habe. Die drei zwitscherten daraufhin so vergnügt wie Spatzen.« Pa lächelte versonnen. Der Inspektor machte sich erneut an seinem Bleistift zu schaffen. Offenbar ließ sich die Spitze noch verbessern.

»Sie kamen von der linken Bühne?«

»Ja.«

»Warum? Die rechte lag doch näher. Sie hätten sich einen Umweg ersparen können.«

»Ich habe doch vor Gericht bereits – aber bitte.« Pa seufzte. »Am rechten Bühneneingang befand sich ein Wagen mit aufgestapelten Kulissenteilen, der den Flügel blockierte.«

»Das heißt, niemand hätte die Bühne von rechts betreten können.«

»Jedenfalls nicht gefahrlos. Ein Bühnenwagen ist nie standfest, und wenn er ins Rollen gerät, reicht sein Gewicht aus, um einen Menschen zu zerquetschen.«

»Nach Sandras Worten lief sie kurz vor dem Mord auf die Bühne, um ihr Strickzeug zu holen. Dort traf sie auf Sir Basil, der seinen Text probte. Sie erinnert sich daran deshalb so deutlich, weil er sie anstarrte, als ob sie dort nichts zu suchen hätte, und darüber hat sie sich geärgert. Sie ist sich jedoch sicher, dass er allein auf der Bühne war. Ein oder zwei Minuten später sind Sie aufgetaucht. Auch daran erinnert sie sich deutlich, weil Sie sie angelächelt und in – die Wange gekniffen haben.«

»Möglich«, bemerkte Pa gleichgültig. »Wahrscheinlich habe ich sie in den Hintern gekniffen, was Sie ja wohl ohnehin gemeint haben. Das ist beim Theater nicht von Belang.«

»Jedenfalls ist danach niemand mehr an den Damen vorbeigekommen. Weder um die Bühne zu betreten, noch um sie zu verlassen. Als Nächstes ertönte Ihr Schrei, die Damen rannten auf die Bühne, und Sie knieten neben der Leiche.« Der Inspektor schaute mich an. »Sie können sich vermutlich zusammenreimen, welche Schlüsse das Gericht daraus gezogen hat.«

Seine Bleistiftspitze brach ab. Meine Kopfhaut begann zu kribbeln, und in meinem Nacken stellten sich die Härchen auf. Ich wollte Pas Hand ergreifen, doch wie zur Beruhigung fuhr er sich damit durchs Haar.

»Ja«, erwiderte ich leise. »Das kann ich. Pa muss allein mit Basil auf der Bühne gewesen sein.«

Mein Vater ließ seine gleichgültige Miene fallen. »Aber er war bereits tot, ich schwöre es!«

Inspektor Foy schüttelte bedauernd den Kopf. »Aber Sie begreifen gewiss auch, welch ein unglückseliger Umstand das ist.« Er seufzte. »Ich glaube, ich kann mir vorstellen, wie Sie sich fühlen. Seien Sie dennoch versichert, dass ich alles tun werde, um den Mörder zur Strecke zu bringen.« Damit erhob er sich. »Ich lasse Sie nun allein. Auf Wiedersehen, mein kleines Fräulein.« Inspektor Foy nickte Cordelia aufmunternd zu.

Cordelia deutete auf den Anschlag. »Gilt das für Sie nicht? Dürfen Sie einen Bleistift mitgehen lassen?«

Inspektor Foy legte den Bleistift zurück, den er geistesabwesend in seine Jackentasche gesteckt hatte.

»Auf Wiedersehen, Harriet. Wir bleiben in Kontakt.« Für einen Moment sah es aus, als wolle er mir auf die Schulter klopfen, doch dann änderte er offenbar seine Meinung und tastete stattdessen nach seiner Pfeife. Ich forschte in seinem Gesicht nach einem Hinweis auf seine Gedanken, doch leider sah Mr Foy aus, als überlege er gerade, was Mrs Foy wohl zum Abendessen zubereitet haben könnte. Danach fragte ich mich, ob es überhaupt eine Mrs Foy gab, und wenn ja, um welchen Typ Frau es sich handelte.

»Den Kuchen habe ich selbst gebacken«, erklärte Cordelia, nachdem der Inspektor verschwunden war. Sie hielt Pa den Metallbehälter hin.

Mein Vater stellte ihn auf seinen Knien ab und klappte den Deckel auf. »Du lieber Himmel, was ist denn darin? Der wiegt ja fast eine Tonne. Und was ist das für ein Metallstück, das daraus hervorlugt?«

»Pscht!« Cordelias Blick huschte zu dem Wachhabenden an der Tür.

»Oha! Ich verstehe!« Mein Vater grinste verschmitzt und sah für einen Moment wieder wie früher aus. Ich atmete auf und segnete

Cordelia im Stillen für ihren Entschluss, mich zu begleiten. »Und was soll ich deiner Meinung nach tun, nachdem ich die Gitterstäbe durchsägt habe? Meine Zelle liegt im zweiten Stock. Beim Hinunterspringen würde ich mir sämtliche Knochen brechen. Vielleicht solltest du im nächsten Kuchen ein Seil verstecken.«

»Du machst dich über mich lustig«, sagte Cordelia. »Aber ich habe einen Film gesehen, in dem ein Mann unschuldig im Gefängnis saß, weil ihn sein bester Freund reingelegt hatte – und als das Mädchen, das er von Kindheit an geliebt hatte, im Sterben lag und man ihn nicht zu ihr lassen wollte, da hat er in der Gefängniswerkstatt eine Säge gebastelt ...«

»Ich habe deine Post, Pa«, sagte ich, als Cordelia Atem schöpfte.

Mein Vater blätterte durch die Briefumschläge. »Die Hälfte davon sind Rechnungen.« Seine gute Laune verflog. »Und das neue Kinn deiner Mutter wird auch nicht gerade billig sein. Zu dumm, dass man mir hier keine Gage zahlt!« Er schlitzte einen der Briefe auf und stieß einen eleganten Fluch aus. »Wie schön! Ein Schreiben der Bank. Mein Gott, die Burschen fackeln wahrhaftig nicht lang. Ein Mensch« – er warf einen Blick auf die Unterschrift – »namens Potter möchte gern erfahren, wie ich meinen Überziehungskredit zu tilgen gedenke.« Pa las weiter. Dann schleuderte den Brief zu Boden. »Nun, meinethalben soll er nach Herzenslust Schritte unternehmen. Was will er denn erreichen? Will er mich etwa hinter Gitter bringen?«

Ich bückte mich, um den Brief aufzuheben, und verstaute ihn in meiner Handtasche. Mein Vater und Cordelia begannen, die Abschiedsszene aus *Romeo und Julia* zu spielen. Ich verließ den Raum, um Sergeant Tweeter zu suchen und ihm mitzuteilen, dass wir abfahrbereit waren.

Als wir zu Hause ankamen, hatten sich unsere Nachbarn unter die Reporter gemischt, die nach dem Nieselregen am Nachmittag wieder wie Wüstenblumen aus der Erde geschossen waren.

»Man sollte den Tierschutzverein verständigen.« Mrs Newbiggin von nebenan, die ich noch nie leiden konnte, besaß eine durchdringende Stimme, doch sogar ihre Worte gingen in dem Geheul unter, das aus unserem Haus drang. Als sie meiner ansichtig wurde, deutete sie mit dem Finger auf mich. »Da kommt eins der Mädchen. Das war mal eine anständige Gegend, mein Fräulein. Was ist denn bei Ihnen los? Machen Sie Tierversuche?«

»Tut mir Leid. Das ist Derek.« Ich bahnte mir einen Weg durch die Kameras und drückte auf die Türklingel. Das Heulen ging in Bellen über und umfasste mehrere Tonlagen, von hohem Gewimmer bis zu tiefem heiseren Gekläff. Ich stieß den Briefkastenschlitz auf, um nach Maria-Alba zu rufen, und eine große rosafarbene Zunge leckte begierig meine Hand.

»Dem Himmel sei Dank!« Maria-Alba fuchtelte mit ihrer Schöpfkelle, als sie uns einließ. Unter den freien Arm hatte sie zwei Kissen geklemmt. »Jetzt weiß ich, wie ein Mensch zum Tierquäler wird.«

»Wozu sind die Kissen?«, fragte Cordelia.

»Dazu.« Maria-Alba drückte die Kissen auf ihre Ohren. »Er hat nicht mehr aufgehört, nachdem Ihr losgefahren seid.«

»Aber sieh mal, wie er sich freut, dass wir wieder da sind.« Ich beugte mich vor, um Derek zu streicheln, doch er richtete sich auf, um seine Pfoten auf meine Schultern zu legen. »Ist das nicht putzig? Ich glaube, er wird einmal ein treuer Wachhund.«

»Vielleicht vollbringt er sogar Heldentaten«, setzte Cordelia hinzu. »Er könnte mich aus einem Schneesturm retten oder dich vor einem Frauenmörder. Dann wird er berühmt, und man errichtet ihm ein Denkmal. Wäre das nicht toll?«

»Ich weiß nicht so recht. Sag mal, findest du nicht auch, dass draußen weniger Presseleute standen? Glaubst du, sie werden die Sache allmählich leid? Ehrlich gesagt, kann ich mir keinen schlimmeren Beruf als den eines Zeitungsreporters vorstellen. Bei jedem Wetter auf Achse und jedermann lästig sein, nur um die gleiche Geschichte wie die anderen aufzuschreiben – oder sich Lügen auszudenken, um eine Story zu verkaufen. Das wäre das Letzte, was ich tun wollte.«

»Na, ich muss mich wohl oder übel mit ihnen abfinden«, entgegnete Cordelia. »Sie werden ja pausenlos in meiner Nähe sein, wenn ich mal ein berühmter Filmstar bin.«

»Stell dir das nicht so einfach vor.« Ich wollte sie zwar nicht entmutigen, doch leichtes Brot war der Beruf eines Schauspielers nicht.

»Für mich wird es einfach sein«, erwiderte Cordelia unbeeindruckt, und als ich das stille Lächeln auf ihrem niedlichen Gesicht sah, dachte ich, sie könnte sogar Recht haben. Cordelia gelang es, ebenso wie meinem Vater, Aufmerksamkeit zu erregen und die Menschen in ihren Bann zu ziehen. Sie besaß Ophelias Schönheit, doch auch Liebreiz und Wärme, und zudem Portias Spontaneität, allerdings ohne deren Hang zur Selbstzerstörung – bisher jedenfalls nicht. »Ich werde mir einen weißen Pekinesen zulegen, wie Marina Marlow«, fuhr Cordelia fort. »Den trage ich dann unter meinem Arm und nenne ihn Jum-Jum nach dem Mädchen aus *Mikado*. Guck nicht so von oben herab. *Mein* Hund wird jedenfalls nicht Derek heißen.«

»Natürlich nicht, wie könnte er?«

»Hör mal, da kommt mir eine Idee!«, rief Cordelia. »Ist dir aufgefallen, dass Derek die gleichen braunen Augen wie Dirk Bogarde hat?«

»Und wenn schon. Der Name ist doch viel zu lang. Soll ich etwa ›hierher Dirk Bogarde‹ rufen, wenn ich mit ihm im Park spazieren gehe?«

»Nein, du sollst ihn einfach Dirk nennen. Dirk klingt wie ein Hundename und hört sich tausendmal besser als Derek an.«

Das traf zwar zu, doch begeistert war ich nicht. Ich fand, Dirk klang nach einem Kraftprotz und irgendwie unromantisch. Daraufhin hielt Cordelia mir entgegen, dass die Schotten eine Art Degen als »Dirk« bezeichneten, was die meisten Leute ziemlich romantisch fänden, und insofern müsse es auch Möchtegern-Dichterinnen genügen, sie zumindest dächte dabei an wilde, sturmgepeitschte Höhen, tiefe, einsame Seen, zerfallene Burgen und Dudelsäcke. Als ich ihr empfahl, für den schottischen Fremdenverkehrsverein zu werben, wurde sie wütend, und wir wechselten ein paar heftige Worte. Ich glaube, wir waren beide müde und ausgelaugt. Dennoch setzte Cordelia sich durch – wie immer – und von nun an hieß mein Hund Dirk.

8

»Er ist nicht nur ein Wurm, sondern auch ein Wendehals.« Ophelia ließ ihren Brief sinken.

»Wer ist ein Wurm und Wendehals?«, fragte Cordelia.

»Na, wer wohl? Ein Weichling namens Crispin. Er bittet um meine Hand.«

»Oh, kann ich zu deiner Hochzeit etwas Weißes mit rosa Schärpe und ein Kränzchen aus rosafarbenen Rosen tragen? Das hatte Janice Thatcher auf der Hochzeit ihrer Schwester auch an.«

»Das freut mich, Ophelia«, sagte ich, obwohl mich der Gedanke, mit Crispin verschwägert zu werden, keineswegs freute. »Offenbar hast du ihn zu Unrecht als Feigling verdächtigt.«

»Oder vielleicht lieber eine gelbe Schärpe und gelbe Röschen. Brautjungfern müssen das Gleiche tragen, und Rosa steht Harriet nicht.«

»Seit wann das denn nicht?«, erkundigte ich mich. »Außerdem muss Ophelia warten, bis Pa zurückkommt und ihr Brautführer sein kann.«

»Wer sagt überhaupt, dass ich ihn heirate?« Ophelia schaute uns ungehalten an. »Hier steht, *er* könne nicht von mir lassen, ganz gleich, was die Welt davon hielte. Als ob die Welt sich für Crispin interessierte. Darüber hinaus schreibt er, ihm schwebe eine unauffällige Zeremonie auf dem Standesamt vor, gefolgt von kurzen Flitterwochen in einem einsamen Dorf in den Pyrenäen. Ich würde mich umbringen, wenn ich mit Crispin in irgendeinem gottverlassenen Kaff ein Wochenende verbringen müsste. Außerdem hofft er, seine Mutter würde einlenken, wenn wir sie vor vollendete Tatsachen stellen. Mein Gott, er ist noch schlimmer als ein Wurm. Würmer haben wenigstens Mumm.«

»Das stimmt«, erklärte Cordelia. »Ich habe einen Film über Würmer gesehen. Sie bestehen aus Muskeln und Gedärm, nehmen Nahrung auf und stoßen sie aus. Es war eigentlich ziemlich eklig.«

»Ich glaube, Crispin liebt dich«, bemerkte ich.

»Na und? Davon gibt es eine Menge Leute. Soll ich sie etwa alle heiraten?« Ophelia nahm ihren Brief wieder auf. »Ach, sieh mal an! Seine Mutter hält mich also für ein herzloses Scheusal. Ausgerechnet.« Ophelia schnaubte verächtlich. »Oh, wie schön! Crispin hofft, sie würde ihm verzeihen, wenn wir uns nachher schuldbewusst gäben. Was glaubt dieser Trottel eigentlich? Dass ich mich seiner Mutter zu Füßen werfe? Er ist noch dämlicher, als ich dachte.« Ophelias Wangen hatten sich gerötet. »Wenn ich so viele Warzen wie seine Mutter hätte, säße ich still in einer Ecke und würde beten, dass andere nett zu mir wären.«

»Hat sie wirklich viele Warzen?«, wollte Cordelia wissen.

»Nun, jedenfalls hat sie zwei auf dem Kinn, groß und behaart.«

»Dafür kann sie doch nichts, oder?«, bemerkte ich.

Ophelia warf mir einen giftigen Blick zu. »Warum tun dir andere Leute immer Leid? Warum ich nicht? Möchtest du, dass ich Crispin heirate, mich zu Tode langweile und von dieser Kröte von Mutter gegängelt werde? Weißt du eigentlich, wie sehr mir dein vorbildliches Getue zum Hals raushängt?«

»Ich bin nicht vorbildlich!«, entgegnete ich, während ich mich zur Ruhe zwang. »Mich stört lediglich, dass du Menschen runtermachst, weil sie nicht schön genug sind. Du tust immer so, als ob sie anders aussehen könnten, wenn sie wollten. Kein Mensch hat jemals beschlossen, hässlich zu werden ...«

»Herr im Himmel!« Ophelia sprang auf, rannte aus der Küche und knallte die Tür hinter sich zu.

»Kümmere dich nicht um sie«, kam es von Maria-Alba, die an der Spüle stand und abwusch. »Sie sucht nach einem Sündenbock.«

»Warum?«

»Was weiß ich? Um sich abzureagieren.«

»Tue ich wirklich vorbildlich?«

»Nicht immer«, antwortete Cordelia. »Nur manchmal. Aber du bist trotzdem mit Abstand meine Lieblingsschwester.«

»Herzlichen Dank«, erwiderte ich niedergeschlagen. Seit kurzem gingen wir uns im Haus entsetzlich auf die Nerven, und abgesehen davon, dass ich keine Zwistigkeiten mag, fand ich, dass wir gerade jetzt zusammenhalten müssten. Ohnehin bildeten wir bei Streitereien immer dieselben Parteien, was eher mit den jeweiligen Charakteren als mit dem Für und Wider eines Argumentes zusammenhing. Insofern waren unsere Auseinandersetzungen von vornherein überflüssig. In der Regel hielten Ma und Bron zusammen, und auch mein Vater, Ophelia und Cordelia ergriffen oft füreinander Partei. Meine Verbündete war gewöhnlich Portia, doch im Moment mochte der Himmel wissen, wo sie steckte. Abermals überlegte ich, ob ich Inspektor Foy um Rat fragen sollte, doch dann verwarf ich den Gedanken. Gewiss würde Portia wütend werden, wenn ich wegen nichts einen Aufstand gemacht hatte.

Ich schaute zu, wie Maria-Alba sich bückte, um Mark Antonius und Dirk einen Hundekeks zu reichen. Die Tiere waren kluger als wir Menschen. Am Vortag hatte Mark Antonius seine Krallen ausgefahren und Dirk wie ein Löwe angefaucht. Daraufhin hatte Dirk sich umgehend auf den Rücken geworfen und damit einen Waffenstillstand vorgeschlagen.

Maria-Alba begann das Geschirr abzutrocknen. Ihre Hände zitterten, und sie hatte schwarze Ränder unter den Augen. Offenbar war sie in aller Herrgottsfrühe aufgestanden, denn zum Frühstück hatte es Puddingpasteten und Rosinenkuchen gegeben. Ich begann mich um sie zu sorgen, denn Schlaflosigkeit war ein Zeichen, dass etwas bei ihr im Anzug war. Es wäre entsetzlich, wenn sie sich erneut in Behandlung begeben müsste – nicht nur für sie, sondern auch für uns. Sie war der einzige Halt, den wir noch hatten. Allein deshalb beschloss ich, für Frieden zu sorgen, selbst wenn ich dafür Beleidigungen einstecken musste. Die Möglichkeit, meinen Vorsatz in die Tat umzusetzen, bot sich umgehend.

»Du Miststück! Du bescheuerte Quasselstrippe!« Noch im Morgenmantel und mit zerwühltem Haar tauchte Bron vor mir auf und knallte eine Zeitung auf den Tisch. »Als Schwester bist du entlassen! Ab sofort sind wir nicht mehr verwandt! Wahrscheinlich werde ich nicht mal mehr mit dir reden! Und den anderen wird es ebenso ergehen, wenn sie das lesen.«

Ich blickte Bron verdutzt an, erkannte jedoch, dass er ausnahmsweise einmal nicht spielte. »Was ist denn? Was habe ich denn getan?«

Bron tippte auf die Schlagzeilen. »Schau dir das an!«

Meine unglückliche Familie, las ich. *Waldo Byngs Tochter beichtet. Ein Exklusivbericht von Stanley Norman.* Unter der Überschrift befand sich ein großes Foto von mir. Mit dem Kinn auf Dirks Kopf blickte ich grinsend in die Kamera.

»Aber das war ich nicht«, stammelte ich. »Ich habe jedes Mal ›kein Kommentar‹ gesagt, wenn mich jemand gefragt …«

»Ach, und woher hat er das?« Mit wutbebender Stimme hub Bron an vorzulesen.

»*Oberon Byng, angehender Schauspieler und Salonlöwe, scheint in die Fußstapfen seines Vaters zu treten. Seine Eignung bewies er bereits im Internat, aus dem man ihn entfernte, nachdem er die Hausmutter geschwängert hatte. Anschließend überbrückte er seine seltenen und wenig überzeugenden Bühnenauftritte mit zwielichtigen Machenschaften als Hehler und Drogenhändler. Zurzeit steht er unter Verdacht, betrügerische Immobiliengeschäfte getätigt zu haben.*«

»Allmächtiger! Das habe ich nicht gesagt. Stan hat mir ein wenig von seinen Familiensorgen anvertraut und war wirklich nett – ich habe ihm niemals erzählt, dass du mit Drogen handelst, sondern nur, dass du in der Schule die Opiumpfeife geraucht hast, die Pa aus Schanghai mitgebracht hatte. Außerdem habe ich betont, dass du nicht wusstest, dass das Auto gestohlen war, und nach dem Kauf sowohl das Auto als auch dein Geld verloren hast. Stan hat alles verdreht und falsch dargestellt! Und dabei war er so freundlich und hat mir Leid getan. O Gott, es tut mir so Leid.«

»Hast du nie kapiert, dass Journalisten immer nett und freundlich sind? Und dass das der älteste Trick der Welt ist?«

»Nein. Daran habe ich nicht gedacht. Er wirkte bedrückt, und da habe ich vergessen, dass er Reporter ist. Seine Frau ist krank, und sie haben Geldsorgen. Ich wollte ihn aufmuntern.«

»Wenn Dummheit wehtäte, würdest du schreien! Ich hoffe, es tröstet dich, dass dein Foto im *Daily Banner* auf der Titelseite prangt und dass von mir nirgends das kleinste Bildchen zu entdecken ist.«

Ich schaute betreten zu Boden.

»Oh, Mann, Ophelia rastet aus, wenn sie das liest.« Cordelia fing an zu kichern. »Geschieht ihr aber recht. Hört mal zu!

»Nach Aussage ihrer Schwester wurde Miss Ophelia Byng vor dem Traualtar im Stich gelassen. Bei ihrem Beinah-Ehemann handelte es sich um den ehrenwerten Crispin Mallilieu. Der Vater des Bräutigams brach die Trauung ab, indem er Einspruch gegen die Verbindung seines Sohnes mit der Tochter eines Mordverdächtigen erhob. Die ohnmächtige Braut wurde von den Trauzeugen aus der Kirche getragen. Seitdem hat Ophelia Byng ihr Bett nicht mehr verlassen. In ihrem Brautkleid liegt sie zwischen den Geschenken einiger der vornehmsten Familien Englands und weigert sich, selbige herauszugeben.«

»Das hat Stan sich ausgedacht!«, wehrte ich mich empört. »Die Geschichte stammt aus einem Roman von Dickens. Ich habe nichts dergleichen gesagt.«

»Das wird Ophelia kaum trösten«, erwiderte Bron.

»Wenn ich diesen Mistkerl zu fassen kriege, weiß ich nicht, was ich mit ihm tue. Er hat sich jedes Wort aus den Fingern gesogen – bis auf die Sache mit dir und der Hausmutter –, aber wenn ich gewusst hätte, wie er ist, hätte ich ihm auch das nicht erzählt.«

»O Gott! Er hat auch über Portia geschrieben!« Cordelia las sichtlich beeindruckt weiter.

»Noch unangenehmer dürfte jedoch die Lage von Portia Byng sein, die das Land unter mysteriösen Umständen verlassen hat. Bei ihrem Begleiter handelt es sich um einen gesuchten Verbrecher albanischer Herkunft, der sich des Mordes und Menschenhandels schuldig gemacht hat. In einschlägigen Kreisen ist er unter dem Namen ›Müllmann‹ bekannt. Chefinspektor Charles Foy von Scotland Yard hat sich bereits mit Interpol in Verbindung gesetzt. Einer zuverlässigen Quelle zufolge geht er davon aus, dass Portia Byng sich in den albanischen Bergen aufhält, wo der ›Müllmann‹ einen geheimen Harem unterhält und Frauen zur Erfüllung seiner abartigen Gelüste zwingt.«

»Ist das wahr?«, hauchte Cordelia. »Oh, arme Portia, liebste Schwester! Harriet, sag mal, was genau sind eigentlich ›abartige Gelüste‹?«

»Großer Gott! Das ist doch … nein, Portia ist nicht außer Landes. Sie hätte mich angerufen, wenn sie verreist wäre. Das ist auch nur eine Lügengeschichte und ebenso zusammengesponnen wie der Rest.« Um mich zu beruhigen, las ich den letzten Teil noch einmal. Und dann fragte ich mich, was wäre, wenn darin auch nur das kleinste Körnchen Wahrheit steckte?

»Warum hast du über mich nichts erzählt?«, fragte Cordelia.

»Vielleicht kommst du in der Abendausgabe an die Reihe«, antwortete Bron.

»Ich weiß nicht, wie ich dir erklären soll, wie Leid mir das alles tut«, sagte ich.

»Das wüsste ich an deiner Stelle auch nicht.« Bron füllte einen Teller mit Rosinenkuchen und verließ die Küche mit dem Ausdruck von jemandem, den man verraten hat.

Ich konnte nicht fassen, dass ich eine solche Idiotin gewesen war. Alles, was auf mich zukommen würde, hatte ich verdient. Dirk legte seine Pfoten auf meine Knie und versuchte, mein Gesicht abzulecken, und ich war ihm dankbar.

»Mach dir keine Sorgen, Hat.« Mit klebrigen Kuchenfingern ergriff Cordelia meine Hand. »Ich werde immer mit dir reden, auch wenn das sonst niemand mehr tut. Das ist wie in dem Film, den ich mal gesehen habe. Da wurde ein Mann von allen ausgestoßen und war ganz allein auf der Welt ...«

Den Rest bekam ich nicht mehr mit. Mein Blick war auf eine kleine Randnotiz gefallen.

Terrororganisation als Drogennest aufgeflogen
Aufgrund eines Hinweises führte die Polizei gestern eine Razzia in der Owlstone Road in Clerkenwell durch. Sie beschlagnahmte Kartons, in denen Cannabis vermutet wird, und Gebäckreste, die auf ihre Zusammensetzung untersucht werden. Der zuständige Beamte erklärte, der Fund illegaler Drogen könne erst nach Eingang des Laborberichtes bestätigt werden. Etliche Mitglieder der Organisation wurden verhaftet. Weitere Zusammenkünfte der Gruppe, die sich als SFAT bezeichnet, wurden per einstweiliger Verfügung untersagt.

» ... und trotzdem hat er nicht klein beigegeben«, hörte ich Cordelia sagen. »Ich weiß nicht, ob ich so stark gewesen wäre. Harriet, was ist denn los?«

»Das ist der schlimmste Tag meines Lebens«, murmelte ich und barg mein Gesicht in den Händen.

»So was weiß man vorher nicht«, erwiderte Cordelia. »Stell dir vor, deine Kinder würden in einem Feuer umkommen oder dein Gesicht würde von einer Drehtür zerquetscht.«

Das Telefon fing an zu läuten. Vielleicht war es auch sauer auf mich, weil ich die Apparate ausgestöpselt hatte. Als das Telefon nicht verstummen wollte, erhob ich mich.

Bei dem Anrufer handelte es sich um Mr Potter, den Filialleiter unserer Bank. Er schien enttäuscht zu sein, als ich ihm erklärte, in der nächsten Zeit käme meine Mutter nicht dazu, sein Schreiben zu beantworten. Dann betonte er mehrfach, es drehe sich um »Unregelmäßigkeiten«. Da ich nicht wusste, was die Bank unter »Regelmäßigkeiten« verstand, sagte mir das nichts. In Geldangelegenheiten kannte ich mich nicht aus, in der Beziehung war ich eine echte Byng. Seinerzeit ging ich noch davon aus, dass Geld irgendwoher kam, und das hatte es ja bis dahin auch getan. Schweigend und geduldig lauschte ich, während Mr Potter immer gereizter wurde. Wenn er innehielt, sagte ich »gewiss« oder »ich verstehe«, doch das schien ihm nicht zu genügen. Erst nachdem er Anwälte und Gerichtsvollzieher erwähnte, erschrak ich, fuhr aber dennoch fort, »ich verstehe« zu sagen, denn etwas anderes fiel mir nicht ein. Was hätte ich denn auch tun sollen? Um Gnade winseln oder um eine Spende für die arme Familie Byng bitten?

»Verzeihen Sie, Miss Byng, doch mir scheint, Sie verstehen mich nicht. Wenn keine Gelder mehr eingehen, sieht die Bank sich gezwungen, Ihr Konto zu sperren. So bedauerlich das ist.«

An dem Punkt riss mein Geduldsfaden. Wahrscheinlich bedauerte er gar nichts, sondern genoss unsere Schwierigkeiten, und warum sollte so einer wie er sich amüsieren, einer, der Gelder unterschlug, seine Kinder prügelte und seine alte Mutter quälte, falls er eine hatte? »Sie sollten sich besser mal erholen«, sagte ich. »Warum gehen Sie nicht nach Hause und schlafen mit Ihrer Frau?«

Ich hätte mich gern deftiger ausgedrückt, doch dazu konnte ich mich nicht überwinden. Anschließend knallte ich den Hörer auf. Es war ein billiger Triumph, doch auf etwas Besseres wagte ich so bald nicht zu hoffen.

Mit der Post traf die nächste Hiobsbotschaft ein. Unter den Rechnungen und der Reklame entdeckte ich einen Umschlag mit meinem Namen. Die Handschrift gehörte Dodge.

Das hätte ich nie von dir erwartet. Du hast mein Vertrauen in die Menschheit zerstört. Du hast deine Freunde ans Messer geliefert, um deine Haut zu retten. Du bist eine Verräterin, und das ist noch gelinde ausgedrückt. Für dich gibt es keinen Platz in unserer Gesellschaft – auch nicht in meinem Herzen – nie mehr. Dies gilt ab sofort.
D.

Als P. S. hatte er hinzugefügt: *Yell hat gesehen, wie der Bulle seinen Arm um dich gelegt hat. Ich hoffe, es ist dabei geblieben.*

Gegen Ende schien Dodge die Tinte ausgegangen zu sein, oder aber sein Füller hatte vor Empörung gestreikt. Allerdings hatte ich in den vergangenen achtundvierzig Stunden zu viele furchtbare Dinge erlebt, als dass ich das Ausmaß seiner Worte sogleich begriff. Für einen Moment tauchte Dodges bleiches Gesicht und sein eifernder Blick vor mir auf, und das komische Gefühl, das sich seit Pas Verhaftung in meiner Magengrube breit gemacht hatte, verstärkte sich.

Dirk folgte mir in mein Zimmer, gesellte sich zu Mark Antonius auf dem Bett und benutzte meinen Schlafanzug als Kissen, während ich mich am Schreibtisch niederließ, um ein paar Strophen zu dichten. Ich wusste selbst, dass sie nichts Besonderes würden, doch das war mir einerlei. Alles war besser, als über die Gegenwart nachzudenken.

Maria-Alba kam und brachte mein Mittagessen. Sie atmete schwer, und ich eilte ihr entgegen, um ihr das Tablett abzunehmen.

»Ein paar Mal habe ich nach dir gerufen, doch als du nicht geantwortet hast, dachte ich mir, dass du allein sein wolltest. Vielleicht ist es auch besser. Ophelia ist außer sich.«

»Ich kann ihr deswegen noch nicht mal einen Vorwurf machen.«

Maria-Alba ließ sich auf mein Bett fallen. Mark Antonius sprang empört auf und zog sich auf die Fensterbank zurück, doch Dirk schmatzte nur und schlief weiter. »Es freut keine Frau, wenn die Welt erfährt, dass sie von einem Mann verlassen worden ist, und schon gar nicht Ophelia.«

»Wahrscheinlich muss ich mich damit abfinden, dass mich in den nächsten Jahren niemand mehr leiden kann.« Mein Kinn begann zu zittern.

»Na, na, Harriet!« Maria-Alba streichelte meine Wange. »Sei nicht traurig. Wir haben alle mal Kummer, doch er geht auch wieder vorüber.«

»Es sind ja nicht nur Bron und Ophelia. Es ist auch die Bank, die uns kein Geld mehr geben will. Außerdem mache ich mir Sorgen um Portia. Vielleicht hat Stan sich ja doch nicht alles ausgedacht. Was muss jemand getan haben, dass andere ihn als ›Müllmann‹ bezeichnen? Und Dodge glaubt, ich hätte ihn an die Polizei verraten. Er will mich nicht mehr sehen – nie wieder.«

Ich brach in Tränen aus. »Er ist ein Dummkopf!«, sagte sie und legte ihre Arme um mich. »Du bist viel zu schade für ihn. Er soll froh sein, dass du überhaupt ein Wort mit ihm gewechselt hast. Er ist ein schlechter Junge ohne Manieren.« Maria-Alba hatte nie verziehen, dass Dodge auf dem Teppich des Salons Schlammspuren hinterlassen und seine Zigarette zwischen den süßen Mandeln in der Bonbonniere ausgedrückt hatte.

»Er ist nicht schlecht«, schluchzte ich. »Er hat ein Herz für arme Menschen und will ihnen helfen. Ich liebe ihn.« Und in dem Augenblick tat ich das auch, denn selbst aus der halbherzigsten Liebe wird glühende Leidenschaft, wenn der andere einem den Laufpass gibt. Dodges Vorzüge malten sich nunmehr leuchtend vor mir ab, und seine Nachteile verblassten.

»Mein armer Schatz, du bist einfach fix und fertig. Komm, iss einen Happen. Essen hält Leib und Seele zusammen.«

Ich hatte zwar keinen Hunger, doch Maria-Albas Mahlzeiten verweigern durfte man nicht. Also verzehrte ich sowohl das schwere Rinderrisotto als auch die Feigen in Marsala. Danach fühlte ich mich in der Tat besser.

»Wir müssen uns einschränken.« Ich wischte mein fettiges Kinn mit der Serviette ab. »Keine neue Kleidung und keine Taxifahrten mehr, bis Pa wieder freikommt.«

»Wo ist das Problem? Die italienische Küche ist einfach, billig und gut. Wir werden Pasta, Polenta und Gnocchi essen. Davon müssten wir noch eine Menge Vorrat haben.« Maria-Alba hielt inne, als sei ihr eine Idee gekommen. »Und wir entlassen Mrs Dyer. Gleich morgen schon.« Maria-Alba und unsere Putzfrau Mrs Dyer kamen nicht zurecht, denn Mrs Dyer machte aus ihrer Ausländerfeindlichkeit keinen Hehl, und wenn meine Eltern es nicht hörten, zog sie über Itaker, Schlitzaugen und Neger her. Auf Maria-Albas Gesicht breitete sich ein zufriedenes Lächeln aus.

»Wie findet Ihr den?« Bron drehte sich im Kreis. Mich übersah er. Ich war noch immer so beliebt wie Napoleon nach seiner Rückkehr aus Moskau. Bron trug einen eleganten Mantel, der mit Pelz gefüttert war.

»Erstaunlich!«, erklärte Ophelia beeindruckt. »Sieht aus, als ob das Futter aus Nerz wäre.«

»Es ist aus Nerz.«

»Wie teuer?«

»Fünfzig Pfund auf den Tisch. Im Pub war ein Typ, der Lagerbestände verkauft hat. Den Rest zahle ich in Raten.«

Ich fragte mich, wie Bron an die fünfzig Pfund gelangt war. Das Telefonat mit Mr Potter beschäftigte mich noch immer, doch da ich nicht wollte, dass die anderen erneut über mich herfielen, hielt ich meinen Mund.

»Gibt es die Mäntel auch in Damengröße?«, erkundigte sich Ophelia. »Kannst du mir einen beschaffen?«

»Hast du einen Fünfziger?«

»Nein, aber ich könnte mir einen von Peregrine besorgen.«

»Geht klar.«

So viel zu meinem Plan, die Familienausgaben einzuschränken. Als die Haustürklingel schrillte, fing Dirk an zu jaulen.

»Sieh zu, dass dein dämlicher Köter sich endlich benimmt«, brüllte Bron. »Er schnappt nach meinem Nerz.«

»Ich gehe schon und schicke sie zum Teufel«, erklärte Maria-Alba und schwang ihre Schöpfkelle.

»Mach du mit dem Abendessen weiter«, erwiderte ich. »Ich öffne die Tür.«

Auf dem Weg rannte Dirk an mir vorbei und warf sich kläffend gegen das Türblatt. »Kein Kommentar«, schrie ich durch den Briefkastenschlitz. »Bitte, verschwinden Sie!«

»Lass mich um Himmels willen rein!«, erklang von draußen Portias Stimme.

Ich nahm die Kette ab und zog die Riegel auf. Portia stürzte in meine Arme. Dirk zeigte, dass er alles andere als dämlich war, ließ Portia ein und fletschte den Reportern auf der Treppe die Zähne entgegen.

»Wer sind die Idioten im Garten?« Portia ließ sich auf Cleopatras Diwan fallen. Als Dirk ihre Hände ablecken wollte, fragte sie: »Woher kommt der Hund?«

Ich erkannte, dass Portia in einem üblen Zustand war. Ihr Gesicht war schmutzig, und die schwarze Lederjacke und die Jeans, die sie trug, waren ihr etliche Nummern zu groß.

»Wo hast du gesteckt? Weißt du eigentlich, welche Sorgen ich mir gemacht habe?« Ich klang wütend, obwohl ich unglaublich erleichtert war.

»Lass mich, Harriet! Ich habe eine furchtbare Zeit durchgemacht und bin am Ende.«

Ich setzte mich zu ihr und schloss sie in meine Arme. »Ich bin froh, dass du wieder da bist. Ich war kurz davor, die Polizei zu verständigen.«

»Du tust mir weh.« Portia schnitt eine Grimasse und befreite sich aus meiner Umarmung. Erschrocken bemerkte ich, dass der Schmutz auf ihrem Gesicht blaue Flecken und getrocknete Blutreste waren.

»Portia! Wer hat das getan?«

»Dieser Scheißkerl Dimitri natürlich, wer denn sonst? Ich war in seinem Haus, und glaub mir, so was hast du noch nicht gesehen. Im Grunde war es zum Schießen, rundes Bett im Schlafzimmer, Pelzkissen, versenkbarer Fernseher und erotische Malereien an der Decke. Als ich darüber gelacht habe, wurde er zum ersten Mal wütend. Da war ich aber noch mutig und habe gesagt, mit einem missmutigen Zwerg ginge ich nicht ins Bett.« Sie machte eine Pause und starrte vor sich hin. »Hatte ich dir erzählt, dass er klein und gedrungen ist?«

»Nein. Was hat er gesagt, nachdem du ihn einen Zwerg genannt hast?«

»Er hat mir eine gescheuert. Sieh mal, er hat mir den Zahn gebrochen!« Portia hob ihre geschwollene Oberlippe an und zeigte mir ihren Schneidezahn. »Wahrscheinlich wusste er nicht, dass ich nicht gern zum Zahnarzt gehe.«

Danach schloss sie die Augen und schüttelte den Kopf, als wolle sie eine Erinnerung loswerden. Ihre Fingernägel waren schwarz, was beinah kindlich aussah. Ich ergriff ihre Hand. »Portia, mein Schatz! So jemand gehört hinter Gitter.«

Portia zuckte die Achseln. »Das ist noch nicht das Schlimmste, aber den Rest erspare ich dir lieber. Glaube mir, dass ich mich übergebe, wenn ich noch einmal eine Sonnenbrille sehe. Dimitri hat seine ständig getragen, selbst im Bett. Ich weiß nicht einmal, welche Augenfarbe er hat.«

»Warum hast du denn überhaupt mit ihm geschlafen? Warum bist du nicht nach Hause gekommen?«

»Sei nicht naiv, Harriet. Weil er eine Knarre hatte. Darum.«

»Eine Knarre?« Ich spürte, dass mich eine Gänsehaut überlief. »Hast du ›Knarre‹ gesagt?«

»Schrei nicht so laut! Möchtest du, dass dich die ganze Nachbarschaft hört? Er hat mir eine Pistole an die Schläfe gesetzt, wenn du es genau wissen willst.« Portia begann zu flüstern. »Ich hatte Angst, Harriet. Zum ersten Mal in meinem Leben hatte ich mordsmäßige Angst. Ich habe ihn einfach machen lassen.«

»Unter solchen Umständen hätte sich jeder gefürchtet. Ich wäre vor Angst gestorben.«

»Wahrscheinlich. Du bist schon immer ein Feigling gewesen.« Portia versuchte zu grinsen, doch es gelang ihr nicht. »Ehrlich gesagt, wäre ich selbst fast gestorben. Auch die Leibwächter vor der Tür hatten Kanonen.«

»Portia!« Sie zuckte zusammen, als ich sie abermals in die Arme schließen wollte. »Wie konntest du dich nur in eine solche Lage bringen?«

»Keine Ahnung. Zugegeben, es war dumm, mit ihm loszuziehen, aber tu jetzt nicht so, als wüsstest du immer alles besser. Wer von uns musste denn wem erklären, was ›Fellatio‹ ist?«

»Das war vor ewigen Zeiten. Hat er dich vergewaltigt?« Meine Abneigung gegen Gewalttätigkeiten war vergessen. Ich glaube, ich hätte Dimitri mit bloßen Händen erwürgt, wenn er vor mir gestanden hätte. »Stan hat also Recht gehabt. Dimitri ist ein Verbrecher. Ich werde Inspektor Foy benachrichtigen.«

»Wer ist Inspektor Foy?«

»Er ist – das tut jetzt nichts zur Sache. Was ist danach passiert? Wie hast du es geschafft zu entkommen?«

»Zunächst einmal musste ich alles tun, was er wollte. Wenn ich es nicht getan habe, hat er mich geschlagen. Als er mir heute Früh erklärt hat, er müsse für eine Weile fort, habe ich beschlossen zu türmen. Zu dem Zweck musste ich allerdings Chico verführen, einen der Leibwächter. Es war schrecklich ...« Portia barg ihren Kopf in den Händen. »Aber wenigstens war es rasch vorüber. Danach hat er gedöst, wie alle Männer, und ich habe mir seine Jeans und seine Jacke geschnappt und bin losgelaufen. Er kam mir nach, noch ehe ich mich überhaupt anziehen konnte, aber ich war schneller.« Portia ergriff meine Hand. »Harriet, ich musste splitterfasernackt über Felder rennen, vorbei an Kühen und dann durch einen Wald mit Unterholz und Nesseln. Später bin ich auf eine Landstraße gestoßen. Dort habe ich Chicos Sachen angezogen und einen Lastwagen angehalten. Er fuhr in Richtung London und hat mich in Camberwell abgesetzt. Die restliche Strecke habe ich mit dem Bus zurückgelegt. Dem Lastwagenfahrer habe ich vorsorglich erzählt, ich wäre lesbisch, und ehrlich gesagt glaube ich mittlerweile, es wäre gar keine schlechte Idee. Auch das habe ich Dimitri zu verdanken. Mit Männern bin ich für den Rest meines Lebens fertig.«

»Hallo, Portia«, sagte Bron, als er in die Eingangshalle kam. »Wo warst du? Wie gefällt dir mein Mantel?«

»Halt den Mund, Bron! Portia wurde von einem gewalttätigen Sexbesessenen entführt!«

Bron warf mir einen eisigen Blick zu. »Du wirst immer geschmackloser, Harriet.«

»Es ist die Wahrheit! Wir müssen die Polizei verständigen, und wir brauchen einen Arzt.«

»Kommt nicht in Frage.« Portia ließ meine Hand fallen. »Du

bist verrückt, wenn du glaubst, ich würde meine Geschichte der Polizei erzählen. Ich will nur noch eins, nämlich ein heißes Bad und dann ins Bett und alles vergessen.«

»Portia! Du musst dich von einem Arzt untersuchen lassen! Vielleicht hast du dir was geholt oder – du bist schwanger.«

»Welch tröstende Worte, Harriet!« Nun blickte mich auch Portia frostig an.

»Wir müssen die Polizei auf jeden Fall informieren, sonst schnappt Dimitri sich ein neues Opfer.«

»Das ist nicht mein Problem«, entgegnete Portia. »Wenn ich gewusst hätte, wie sehr dir am Gemeinwohl liegt, hätte ich den Mund gehalten. Dummerweise habe ich angenommen, ich läge dir mehr am Herzen.«

»Nun sei nicht gleich so.« Ich griff nach ihrem Arm, doch Portia wehrte mich ab. »Also gut«, lenkte ich ein, »ich tue, was du willst. Ich finde zwar, dass wir – aber bitte, dann eben nicht. Vor allem bin ich froh, dass du wieder da bist. Komm, ich lasse dir ein heißes Bad ein, und danach bringe ich dir etwas zu essen.«

»Versprich mir, zwischendurch nirgendwo anzurufen.«

»Ich verspreche es hoch und heilig.«

Portia musterte mich für einen Moment. Dann stand sie auf und ließ sich von mir hoch ins Badezimmer führen. Als sie sich auskleidete, hätte ich mein Versprechen am liebsten gebrochen. Ihr Körper war voller blauer Flecke und roter Striemen. Ich setzte mich auf den Wäschekorb und beschloss, Portia für den Moment nichts von Pa zu erzählen.

Ein wenig später kam Dirk ins Bad getappt. Zunächst unternahm er Anstalten, in die Wanne zu steigen, doch dann begnügte er sich mit dem Schwamm und begann daran zu kauen. Im Allgemeinen machte Portia sich nicht viel aus Tieren, doch immerhin bezeichnete sie Dirk als »ulkige Nudel«. In der Mahlzeit, die ich ihr ans Bett brachte, stocherte sie jedoch nur herum und erklärte schließlich, sie wäre zum Essen zu müde. Ich stopfte ihre Bettdecke um sie, gab ihr einen Kuss und wunderte mich, dass sie nach allem, was geschehen war, so ruhig und still dalag.

In der Nacht wurde ich von Dirk geweckt, der winselte und an meinem Kopfkissen kratzte. Als Nächstes vernahm ich Schreie, die durch unser Haus gellten. Mit hämmerndem Herzen rannte ich zu Portia. Sie saß kerzengerade im Bett und schrie mit weit aufgerissenen Augen.

»Was ist denn mit ihr?« Cordelia tauchte mit bleichem Gesicht auf und hielt Mark Antonius an sich gedrückt.

»Kann man dahinten vielleicht mal mit dem Krach aufhören?«, ertönte Brons Stimme über den Flur.

»Sie hat schlecht geträumt.« Ich legte meine Hand auf Portias Kopf und sprach beschwichtigend auf sie ein. »Es ist alles wieder gut. Du bist zu Hause und in Sicherheit. Ich bin bei dir.«

Portia schloss ihre Augen und riss sie wieder auf. »Hat? O Hat, du bist es. Ich habe geträumt – es war so entsetzlich – so entsetzlich!« Eine Träne sickerte über ihre Wange. Sie umschloss meine Hand. »Bleib bei mir.«

Es kostete mich große Kraft, nicht auch zu weinen. Dann jedoch schickte ich Cordelia ins Bett zurück, zog einen Sessel heran und setzte mich zu Portia. Später zwängte Dirk sich neben mich, und ich war dankbar für die Wärme, die er verströmte. Portia schlief ein, doch sie wälzte sich unruhig und knirschte mit den Zähnen. Ihre Augen standen einen winzigen Spalt offen, so als ob sie der Welt nicht mehr genügend traute, um ihre Wachsamkeit im Schlaf aufzugeben. Mehr als einmal schnellte sie hoch und schrie. Wenn sie meine Stimme hörte, ließ sie sich jedoch zurücksinken und murmelte Dinge, die ich nicht verstand.

Das Gefühl der Angst, das sich in meinem Magen eingenistet hatte, begann sich erneut zu regen. Ich wusste nicht, um wen ich mir größere Sorgen machte, um Portia oder um Pa. Als meine Gedanken immer wirrer zu kreisen begannen, zwang ich mich, die Balladen aufzusagen, die wir in St. Fridewide auswendig gelernt hatten. Nachdem ich etliche vor mich hin geflüstert hatte, merkte ich, dass ich müde wurde, holte mir eine Decke aus dem Schrank und schlang sie um meine Beine. Anschließend döste ich, wachte auf und döste wieder ein. Gegen Morgen, als Portia friedlicher zu schlafen schien, schlich ich in mein Bett.

9

Es war drei Tage später, als Cordelia sagte: »Ich glaube, draußen ist ein neuer Reporter aufgetaucht.« Ihre Lider waren vom Weinen geschwollen, denn bis dahin hatte sie im Schneidersitz im Erkerfenster gesessen und ihre Lieblingsstelle in *Betty und ihre Schwestern* gelesen, in der Beth March beinah an Scharlach stirbt. Neben ihr befanden sich sowohl eine Packung Papiertaschentücher als auch der zweite Band, in dem ein Lesezeichen die Stelle markierte, an der Beth stirbt.

Ich gesellte mich zu ihr und spähte nach draußen. Mittlerweile langweilten wir uns entsetzlich. Etwas unternehmen wollten wir nicht, weil uns dabei Reporter folgten und wir außerdem kein Geld hatten. Lediglich am Vorabend waren Cordelia und ich ins Kino gegangen, um Robert Mitchum in *Der lange Abschied* zu sehen. Wir konnten uns jedoch kaum auf ihn konzentrieren, da die Presseleute während der Liebesszenen grölten und ständig mit Chipstüten raschelten und rauchten, sodass wir nachher rochen, als kämen wir aus dem Grünen Drachen.

Bron war der Einzige, den es nicht störte, wenn er bei allem, was er tat, fotografiert wurde. Das, was ihn störte, war, dass seine Fotos anschließend nirgends erschienen. Auch das Interview, das er gegeben hatte, wurde nicht gedruckt. Allerdings tauchten wir inzwischen in den Klatschspalten auf: der »bleiche, unheimlich wirkende Bron«, die »kranke, einsame Ophelia«, »Cordelia, der Wirbelwind« und so weiter. Einem Blatt zufolge hatte Ophelia Crispin verklagt und Bron war auf Kaution freigelassen worden. Die Kaution hatte ein Mitglied des Königshauses hinterlegt, deren Gigolo er bis zu dem Skandal gewesen war.

Portia hatte seit ihrer Rückkehr keinen Fuß vor die Tür gesetzt. Um sie rankten sich die wildesten Gerüchte. Der *Clarion* behauptete, sie wäre nacheinander die Geliebte von Fürst Rainier, Lord Snowdon und Ziggy Stardust gewesen, wohingegen der *Herald* die Nachricht verbreitete, Portia hätte um Unterschlupf in einer Nazi-Kolonie gebeten.

Über mich schrieb der *Daily Examiner*, ich sei aus der Verbindung meines Vaters mit Maria Callas hervorgegangen. Dass ich dabei als »rätselhafte, grazile Harriet« darstellt wurde, fand ich allerdings weniger schlimm.

Portia trat zu uns. Ihre blauen Flecken hatten eine gelbliche Farbe angenommen, und ihre Schwellungen hatten nachgelassen, lediglich der Schneidezahn war noch nicht gerichtet. Allerdings wurde sie nachts weiterhin von Albträumen heimgesucht, deshalb schlief sie inzwischen auf einem Klappbett in meinem Zimmer. Über ihre Erlebnisse sprach sie mit den anderen nicht, und ich hatte ihr schwören müssen, ihnen nichts zu verraten. Sie wäre bald darüber hinweg, erklärte sie, doch ich nahm ihr das nicht ab. Portias Blicke glitten über die Reporter, doch mit einem Mal duckte sie sich.

»Himmel! Er ist einer von Dimitris Leibwächtern! Nicht Chico, der andere! Ich glaube, er hieß Dex.«

»Bist du sicher?« Der Unbekannte, der an einer Laterne lehnte und sich eine Zigarette drehte, wirkte nichtssagend. Ich schob Cordelia zur Seite. »Ich kann nichts sehen, wenn du deine Nase an der Scheibe platt drückst.«

»Natürlich bin ich sicher! Glaubst du, ich wäre wahnsinnig geworden? Er hat ein riesengroßes Muttermal auf der Wange, an so was erinnert man sich.«

»Es ist unhöflich, andere zu schubsen«, fauchte Cordelia mich an.

»Er hat kein Muttermal.« Dex oder wer auch immer hantierte mit einer Streichholzschachtel. Ich betrachtete sein Profil. »Er sieht wie tausend andere aus, wirklich …« Ich verstummte, als er seinen Kopf umwandte und ich ein dunkelrotes Mal entdeckte, das sich von seiner Schläfe bis zum Kiefer zog. »O Gott, er ist es! Es ist dieser Dex! Was glaubst du, will er von uns?«

»Wahrscheinlich Maria-Albas Rezept für die Minestrone. Sag mal, hast du ein Brett vorm Kopf, Harriet? Er ist hinter mir her, was denn sonst?«

»Wie schrecklich das sein muss!«, sagte Cordelia. »Stellt euch vor, man würde pausenlos euer Muttermal anstarren. In der Schule ist ein Mädchen …« Cordelia stockte.

Mir war nicht entgangen, dass Cordelia das Thema Schule seit einer Weile vermied und hoffte, mir fiele nicht auf, dass sie nie dorthin zurückgekehrt war.

Ich schaute zu Portia, die auf dem Fußboden kauerte. »Warum ist er hinter dir her?« Portia zuckte die Schultern. »Ich weiß, du willst nicht darüber reden, aber zuweilen frage ich mich, wie du Dimitri überhaupt kennen gelernt hast.«

»Bron hat uns bekannt gemacht. Eines Abends hat er mich in den Grünen Drachen mitgenommen, beim Eintreten auf Dimitri gedeutet und gesagt, der Typ, der da säße, wäre steinreich.« Portias Gesicht rötete sich. »Vielleicht hatten die beiden sich abgesprochen. Bron hat sich jedenfalls verdrückt, nachdem Dimitri sich mit mir zu unterhalten begann.«

Ich schwieg, denn mir kam ein entsetzlicher Verdacht. Das würde erklären, wie Bron plötzlich an Geld geraten war. »Dieser Widerling!«, murmelte ich.

»Das ist noch geschmeichelt.« Portia nahm offenbar an, ich bezöge mich auf Dimitri. »Was macht Dex jetzt?«

»Er unterhält sich mit einem Reporter.« Cordelia hatte sich auf die Fensterbank gekniet. »Er wirkt missmutig. Vielleicht hat der andere sein Muttermal erwähnt. Wäre er ein Mädchen, könnte er es mit einer Haarsträhne kaschieren. Wie in dem Film mit Veronica Lake, wisst ihr noch? Am Anfang gibt es ein Gewitter, und dann trifft der Blitz den Baum, unter dem Veronica Lake begraben lag. Sie war eine Hexe, wie ihr Vater – oder heißt das bei Männern anders? Die beiden wurden von den Puritanern verbrannt, doch dann tauchen sie als Rauchwolken auf, und dann …«

»Cordelia, sag einfach, was draußen passiert, oder kannst du das nicht?«, zischte Portia.

»Doch, das kann ich: Er schüttelt den Kopf. Er schaut aufs Haus. Er schaut mich an.« Cordelia ließ ihr Haar ins Gesicht fallen und setzte einen Schmollmund auf. »Jetzt *starrt* er mich an. Wahrscheinlich hält er mich für Veronica Lake. Wisst ihr noch, wie sie heiraten und sie ›ich liebe dich‹ singt, und er sagt ›halt den Mund‹?«

»Wenn du nicht willst, dass ich dich an Eisenbahnschienen festbinde und deine Veronica-Lake-Locken vom fahrenden Zug abgeschnitten werden, hältst *du* jetzt den Mund.« Portia zupfte an Cordelias Rock. »Verschwinde und lass Harriet ans Fenster.«

»Lass meinen Rock in Ruhe! Er zückt ein Notizbuch und schreibt etwas hinein. Jetzt reißt er ein Blatt heraus. Er kommt den Gartenweg hoch. Er kommt die Treppe hoch!« Wir vernahmen das Klappern des Briefkastendeckels. Dirk, der ein Nickerchen auf dem Sofa gemacht hatte, rappelte sich auf, raste zur Eingangstür und begann, wie verrückt daran zu kratzen. »Ich gehe«, erklärte Cordelia. »Portia, lass meinen Rock los! Vielleicht hat er mir einen Liebesbrief geschrieben. Oder ein Gedicht. Das Muttermal stört mich nicht. Nur der Rest könnte schöner sein.«

Als Cordelia zurückkehrte, reichte sie uns mit verwunderter Miene einen Zettel. In Großbuchstaben und einem Wort stand darauf: RÜKDIEFUMELRAUSUNDWIRLASENEUCHZUFRIDEN-SONSTMACHENWIREUCHKALT.

»Ein besonders schöner Brief ist das nicht«, bemerkte Cordelia enttäuscht. »Aber vielleicht ist er als Waise aufgewachsen und musste in einem Bergwerk arbeiten und konnte nicht zur Schuoh, ähm, was bedeutet eigentlich Fumel?«

Für einen Moment waren wir ratlos, doch dann kamen wir zu dem Schluss, dass wahrscheinlich »Fummel« gemeint waren, was uns aber ebenso wenig weiterhalf. In dem Moment kam Bron in den Raum. Er hatte sich ein Badetuch um die Hüften geschlungen, und sein Haar war noch feucht vom Duschen.

»Portia«, sagte er. »Weißt du, dass dein Gesicht mich an Tutenchamun erinnert? Lediglich der Zahn passt nicht dazu.«

Bron trat zu uns ans Fenster. Er tat noch immer, als wäre ich Luft, und wandte sich an Cordelia.

»Cordelia, sei ein liebes Mädchen und sag Maria-Alba, sie soll mir ein Hähnchensandwich machen.« Er tippte mit dem Finger an die Fensterscheibe. »Ich glaube, da steht der Bursche, dem ich den Mantel abgekauft habe. Der Typ mit dem Muttermal. Was will der hier? Er hat doch seine fünfzig Pfund. Er soll Leine ziehen.«

»Nein!«, riefen wir, als Bron Anstalten machte, das Fenster aufzuschieben.

»Vielleicht ist der ›Fumel‹ Brons Mantel«, sagte Cordelia. »Ich hole ihn.«

Bron packte Cordelias Arm. »Lass die Finger von meinen Klamotten.«

»Dex will ihn zurückhaben. Wenn nicht, macht er uns kalt.«

»Wenn du ihm meinen Mantel gibst, mache ich dich kalt. Du glaubst doch nicht im Ernst, dass ich mich wegen dieser Missgeburt von meinem Mantel trenne.«

»Vielleicht liest du das lieber mal.« Portia reichte Bron den Zettel.

Bron starrte für eine Weile auf die Buchstaben. »Schaff den Mantel herbei!«, befahl er Cordelia. »Und zwar dalli.«

»Ich komme mit«, bemerkte Portia und lief geduckt zur Tür.

Bron schaute ihr verblüfft nach. »Was hat sie?«, fragte er. Anscheinend hatte er vergessen, dass er nicht mit mir sprach.

»Das verdankt sie dir«, gab ich zurück, und weil ich so aufgebracht war, vergaß ich, dass ich Portia versprochen hatte zu schweigen. »Wie viel hat Dimitri dir gegeben? Du solltest dich schämen! Die eigene Schwester verkaufen! Und das an einen Verbrecher! Sie hätte umgebracht werden können, ist dir das klar? Kein Mensch weiß, ob sie jemals darüber hinwegkommt. Ich begreife dich nicht.«

»Ich hab keinen Schimmer, wovon du redest«, entgegnete Bron.

»Woher hast du das Geld, mit dem du seit Neuestem um dich wirfst? Das hast du von Dimitri, oder nicht? Portia hat mir erzählt, wie du alles eingefädelt hast. Er hat sie mit vorgehaltener Knarre vergewaltigt und gefangen gehalten. Sie musste einen anderen Ganoven an sich lassen, um flüchten zu können. Der Mann, von dem du deinen Mantel hast, gehört zu Dimitris Bande. Hast du überhaupt eine Ahnung, was für ein Scheißkerl du bist?«

»Ist das wahr oder machst du Witze?« Er stutzte, als er meinen Gesichtsausdruck sah. »Sag mal, glaubst du etwa, ich hätte davon gewusst? Für wen hältst du mich eigentlich? Ich dachte lediglich, für Portia würde was rausspringen. Dimitri hatte Portia ein paar Mal gesehen und wollte sie gern kennen lernen. Ich hielt das für harmlos. Hör mal, ich finde es ganz furchtbar, dass er ihr etwas angetan hat. Du kannst aber doch nicht im Ernst annehmen, dass ich Geld von ihm genommen habe!«

»Und woher hast du dein Geld? Ich glaube, du lügst wie gedruckt.«

»Ich wüsste nicht, weshalb ich mit dir über meine Geldgeschäfte reden sollte.«

»Nun, in dem Fall verständige ich jetzt die Polizei. Das hätte ich ohnehin tun sollen.« Ich war fast an der Tür, als er mich zurückrief.

»Also gut, Fräulein Besserwisserin, ich sag dir, wie es war. Ich habe das Geld für Derek bekommen. Sein Besitzer wollte ihn loswerden. Er hat mir hundert Pfund geboten. Seine Frau stand kurz vor einem Nervenzusammenbruch, weil der Hund nachts gebellt und das Baby geweckt hat. Der Mann war verzweifelt, aber er wollte Derek nicht ins Tierheim stecken. Ich dachte, es wäre für uns alle von Vorteil. Der Typ wäre glücklich, du wärst glücklich, und ich wäre ebenfalls glücklich. Sag mal, was tust du denn da? Hör auf, in meinem Haar zu wuscheln! Harriet, Männer mögen keine Frauen, die sich ihnen an den Hals werfen.«

»Das tue ich doch nur, weil ich so erleichtert bin. Der Gedanke, dass du ein Zuhälter sein könntest, war ganz schrecklich.«

»Du sollst nicht immer falsche Schlüsse ziehen«, mahnte Bron mit erhobenem Zeigefinger. Dann runzelte er die Stirn. »Wärst du tatsächlich zu den Bullen gelaufen?«

Ich schüttelte den Kopf. »Nein. Ich wollte nur, dass du die Wahrheit sagst. Jetzt ist wieder alles gut? Ich will nicht, dass wir uns noch länger böse sind. Ich verzeihe dir, wenn du mir verzeihst.«

»Na, gut, aber was willst du mir verzeihen? Das verstehe ich noch nicht ...« Bron verstummte, als draußen etwas Schwarzes am Fenster vorbeiflatterte. Er riss das Fenster auf und streckte den Kopf hinaus. »Das war mein Mantel. Er ist auf der Mülltonne gelandet.«

Aus dem Fenster über uns brüllte Cordelia: »Da haben Sie Ihren ›Fumel‹. Er gehört Ihnen. Nehmen Sie ihn und hauen Sie ab!«

»Das mit dem Mantel tut mir Leid, Bron. Doch wenn du ihn Dex abgekauft hast, war er vermutlich gestohlen.«

»Na und? Das heißt doch nicht, dass ich ihn gestohlen habe. Jetzt komm mal her und schau dir diese Reporter an!«

Die Presseleute stießen einander aus dem Weg, um zur Mülltonne zu gelangen. Dex hatte abermals seinen Posten am Laternenpfahl bezogen und drehte sich eine neue Zigarette.

»Warum zeigt Dex kein Interesse?«

»Weil ihr wieder mal voreilig wart und Dex offenbar einen anderen Fummel meinte.«

»Ja, aber …?« Langsam dämmerte es mir. »Vielleicht hat er Chicos Sachen gemeint.«

»Wer ist Chico? Und was für ›Sachen‹?«

»Die Lederjacke habe ich Maria-Alba gegeben. Loveday hat sie verbrannt.«

»Das darf nicht wahr sein!« Portia war zurückgekehrt und hatte meine Worte vernommen. »Wie kommst du dazu?«

»Tut mir Leid«, murmelte ich. »Die Jacke hat so komisch gerochen und mich immerfort an das erinnert, was …«

»Du bist doch nicht bei Trost«, erwiderte Portia. »Wenn sie uns kaltmachen, haben wir das dir zu verdanken. Obwohl in meinem Fall nicht mehr viel dazu gehört.«

»Nun rufe ich doch Inspektor Foy an.« Ich lief zum Telefon in der Eingangshalle und wählte seine Nummer. Nach endlosem Warten wurde ich zu ihm durchgestellt.

»Na, Harriet, wie kommen Sie zurecht?«, erkundigte er sich liebenswürdig. Beim Klang seiner Stimme ging es mir besser. Ich erzählte ihm die Geschichte von Dex. »Und was hat es mit dem fraglichen Kleidungsstück auf sich?«, fragte er danach nicht mehr ganz so liebenswürdig.

»Das weiß ich nicht. Ich kann mir keinen Reim darauf machen. Die Jacke war aus Leder, doch sie war abgetragen und der Kragen war speckig. Und die Jeans war ganz normal.«

Der Inspektor stimmte sein Bam-Bam-Bam an. Dann sagte er: »Bleiben Sie im Haus und lassen Sie niemanden ein. In einer Stunde bin ich bei Ihnen.«

Er hielt Wort. Ich stand am Fenster, als sein Wagen vorfuhr. Dex schien sich bei seinem Anblick in Luft aufzulösen.

»Miss Byng«, wandte der Inspektor sich im Salon an Portia. »Finden Sie nicht, Sie hätten sich und uns einen Gefallen getan, wenn Sie früher zu uns gekommen wären?«

»Wenn Sie glauben, ich ließe mich von einem Polizeiarzt betatschen, damit Sie Lorbeeren ernten, sind Sie schief gewickelt.« Portia warf Inspektor Foy wütende Blicke zu.

Inspektor Foy ließ sich auf dem Sofa nieder, zog seine Pfeife hervor und blickte mich fragend an. Ich nickte. »Gut. Meinetwegen. Vermutlich haben Sie genug durchgemacht. Allerdings würde ich den Schutz Ihrer Privatsphäre garantieren, wenn Sie sich überwinden könnten, mit uns zusammenzuarbeiten.« Er legte einen Ordner auf den Tisch. »Vielleicht erkennen Sie ja einen dieser Männer.«

Portia zuckte mit den Schultern. Dann setzte sie sich jedoch neben ihn und begann, die Seiten des Ordners umzublättern. Sie schüttelte den Kopf. »Nein, den kenne ich nicht. Den auch nicht. Nein, nein, nein«, – ein Seufzer – »nein, nein – o mein Gott, ich glaube, das ist er! Ich bin mir nicht sicher. Die Sonnenbrille fehlt.« Inspektor Foy zückte einen Stift und malte dem Foto eine Sonnenbrille auf. »Das ist er. Das ist Dimitri.« Portias Kinn begann zu beben, und ich musste mich zusammennehmen, nicht den Arm um sie zu legen.

»Sehr gut, Portia – falls ich Sie so nennen darf?«

Portia zuckte erneut die Achseln und wischte eine Träne fort. »Hinter diesem Mann sind wir bereits seit einer Weile her. Er hat wegen Betrug, Unterschlagung und schwerem Raub im Gefängnis gesessen. Wir vermuten jedoch, dass er inzwischen ins Drogengeschäft eingestiegen ist. Erkennen Sie noch jemanden?«

»Chico.« Portia deutete auf das Foto eines pausbäckigen Mannes. »Und das ist der Typ, der sich vor unserem Haus aufhält und uns kaltmachen will.« Sie tippte auf ein Foto von Dex.

»Das Muttermal steht ihm gar nicht mal so übel.« Cordelia hatte ihren Kopf auf die Seite gelegt und studierte das Bild.

»Ich könnte ihn mitnehmen und verhören, doch ich möchte nicht, dass die Hintermänner gewarnt werden. Würden Sie das Haus wiederfinden, Portia?«

»Ich weiß es nicht. Es lag nicht in Devon, so viel steht fest. Dazu war es nicht weit genug von London entfernt.«

Der Inspektor summte ein paar Takte.

»Es liegt in der Nähe von Oxshott«, bemerkte ich. »Ophelia behauptet, das wäre in Surrey. Ah, da kommt sie.«

Ophelia hatte den Salon betreten. Sie steckte in ihrem neuen pelzgefütterten Mantel und hatte silbrigen Lidschatten aufgelegt. Inspektor Foy erhob sich. Als Ophelia seiner ansichtig wurde, seufzte sie angewidert. »Bei mir wird es heute spät. Denkt daran, die Hintertür offen zu lassen.« Dann wollte sie verschwinden.

»Einen Moment noch, Miss Byng«, sagte Inspektor Foy. »In dieser Gegend treibt sich ein Mann herum, der ernsthafte Drohungen gegen Ihre Familie ausgestoßen hat. Sie werden das Haus nicht verlassen.«

»Warum nehmen Sie den Mann nicht fest?« Ophelias Blicke glitten über das Gesicht des Inspektors hinweg. »Ist das nicht Ihr Job?«

»Mag sein. Trotzdem liegt es im Moment nicht in meinem Interesse.«

»Dann tun Sie, was Ihnen beliebt.«

Der Inspektor vertrat ihr den Weg. Ich bewunderte die Art, in der er es schaffte, plötzlich größer und stärker zu wirken. Dabei besaß er weder ein Fell noch ein Gefieder, das er hätte aufplustern oder sträuben können. »Seien Sie nicht albern«, sagte er. »Ich habe keine Lust, Sie in ein paar Stunden als Wasserleiche aus dem Fluss zu fischen. Wasserleichen schwellen an. Es ist schwierig, sie im Leichensack unterzubringen.«

Ophelia musterte ihn verächtlich. Als er schwieg, schaute sie ihn noch verächtlicher an. Der Inspektor blieb unbeeindruckt.

»Wie langweilig!« Ophelia streifte ihren Mantel ab und ließ ihn zu Boden fallen. Danach rauschte sie in die Eingangshalle ab. Wenig später hörte ich sie nach oben gehen.

Falls der Inspektor sich siegreich fühlte, besaß er genügend Anstand, es nicht zu zeigen. »Wenn Chicos Kleidung wertlos war«, hub er an, »befand sich womöglich etwas Wertvolles in den Taschen oder im Futter. Ich möchte mit Ihrem Gärtner reden.«

»Ich hole ihn«, bot Portia an.

»Sich mit Loveday zu unterhalten, ist nicht so einfach«, bemerkte ich. »Er ist ein wenig – sonderbar.«

»In meinem Beruf trifft man fast ausschließlich sonderbare Menschen.« Der Inspektor legte eine Streichholzschachtel auf den Pfeifenkopf und sog. »Genies und Wahnsinnige. Und die ganze Palette, die dazwischen …«

»Ich habe mal einen Film gesehen, in dem ein Mann beides war«, fiel Cordelia ihm ins Wort. »Er hatte einen Trank erfunden, und wenn er ihn zu sich nahm, wurde er bösartig und brachte Leute um, obwohl er eigentlich nett war. Es war sehr gruselig. Am schlimmsten war die Stelle, wo sich seine Hand um die Türkante stiehlt, und die Frau, die sich gerade vorm Spiegel die Haare kämmt, sie sieht und schreien will, aber keinen Ton rausbringt …«, Cordelia schnappte nach Luft, »aber als Polizist haben Sie sicher keine Angst.«

»Na, ich weiß nicht«, lachte Inspektor Foy. »Der Mensch, der behauptet, nie Angst zu haben, redet sich wahrscheinlich etwas ein. Abgesehen davon dient Furcht als Schutz. Ich möchte nicht wissen, wie viele von uns aus Furcht vor den Folgen gesetzestreu bleiben …«

Er wurde von Lovedays Eintreten unterbrochen. Wahrscheinlich hatte Loveday gerade den Liguster gestutzt, denn er hatte Laubreste an Haar und Kleidung.

»Vielen Dank, dass Sie gekommen sind, Mr Loveday. Ich bin Chefinspektor Foy …«

»Ich weiß, wer Sie sind und auch um was es geht. Ich habe alles vorhergesehen, am Tag in den Wolken und nachts in den Sternen.«

»Aha«, bemerkte Inspektor Foy. »Nun, wie ich höre, hat man Ihnen Kleidungsstücke zum Verbrennen gegeben.«

»Kleider aus Teufelsstaub, zu Fäden auf dem Hexenrad gesponnen.«

»Gewiss.« Der Inspektor pustete durch den Pfeifenstiel. »Haben Sie sie verbrannt?«

»Nein, Sir.«

Der Inspektor vergaß zu pusten und beugte sich vor. »Wo sind die Sachen?«

»Die Flammen haben sie verbrannt. Ich bin nur ein kleiner Mensch, wie wir alle.«

»Das heißt, es gibt sie nicht mehr.«

»Mag sein. Aber wer weiß schon, wohin die Dinge gehen? Vielleicht sind sie zu Geistern geworden, die nachts durch die Wälder ziehen und Wanderer in die Irre führen.«

»Hm. Aha.« Inspektor Foy hatte die Stirn gerunzelt. Lovedays sonderbare Art schien ihm auf die Nerven zu gehen.

»Kann ich wieder gehen?«

»Wie bitte? Ja, danke, Mr Loveday. Ich glaube, für den Moment war es das.«

Loveday machte kehrt und ging zurück zu seinem Labyrinth. Der Inspektor summte ein, zwei Takte und spähte in den Pfeifenkopf. Dann fragte er mich, wie mein Vater mit dem Gefängnisleben zurechtkäme, und versicherte in seiner liebenswürdigen Art, Untersuchungshaft sei nur halb so schlimm und mit einem richtigen Gefängnisaufenthalt nicht zu vergleichen. Ob er Letzteren für Pa in Betracht zog, wagte ich nicht zu fragen.

Anschließend wartete der Inspektor, bis ein uniformierter Beamte auftauchte, der unser Haus bewachen sollte. Der Mann hieß Bird, hatte unschuldige graue Augen und den Lederriemen seines Helmes straff gezogen. Inzwischen registrierte ich solche Dinge, denn ich war wachsam und misstrauisch geworden, insbesondere wenn es um Männer ging. Vom Fenster aus beobachtete ich, wie Loveday ihm die Leviten las, weil er im Vorgarten auf den Nieswurz getreten war. Es war die reine Schikane, denn die Reporter hatten längst alles zertreten.

Danach verschlechterte sich unsere Lage abermals, wenngleich ich das nicht für möglich gehalten hätte. Inspektor Foy trug uns nämlich auf, sämtliche Ausflüge einzustellen. Sollten sie sich nicht umgehen lassen, hatten sie tagsüber und zu Orten stattzufinden, an denen es genügend Menschen gab. Unser Ziel hatten wir dem jeweiligen Wachhabenden mitzuteilen, ebenso wie den Zeitpunkt unserer Rückkehr. Als Folge davon führten wir uns wie die Personen aus dem Roman *Sturmhöhe* auf, kramten alte Zwistigkeiten hervor, entdeckten Schmähungen, wo keine waren, und gaben uns generell Grübeleien, Groll und Griesgram hin.

Das Schrecklichste war jedoch – abgesehen davon, dass Pa im Gefängnis saß –, dass Mark Antonius verschwunden war. Er hatte sich mittlerweile zum Liebling der Reporter gemausert, und als er an jenem Abend nach seinem letzten Rundgang ausblieb, stahl ich mich zu denen, die noch herumlungerten, und erkundigte mich nach ihm. Ich erfuhr, der »Bursche mit dem Muttermal« sei vor einer Weile mit »ein paar Happen für das Kätzchen« aufgetaucht. Es sei ihnen merkwürdig vorgekommen, da er nicht unbedingt wie ein Tierfreund ausgesehen hätte und Mark Antonius auch nicht den Eindruck mache, er müsse darben.

Ich wandte mich an unseren wachhabenden Polizisten. Leider handelte es sich nicht um den netten Wachtmeister Bird, sondern um den mürrischsten der drei Männer, die abwechselnd verhinderten, dass wir kaltgemacht wurden. Ihm war Dex zwar aufgefallen, doch er hatte ihn als nebensächlich abgetan. Als ich anschließend Inspektor Foy anrief, gab er sich teilnahmsvoll, erklärte jedoch, er könne keine Polizeitruppe auf die Suche nach Mark Antonius schicken.

Ich war vor kurzem zum vierten Mal durch die Fahrprüfung gefallen, doch das war mir einerlei. Ich schnappte mir Brons Auto, lud Cordelia ein und fuhr die Straßen von Blackheath ab. Nach einer Stunde weinten wir beide so sehr, dass ich einen Pfeiler übersah und wir uns schleunigst wieder nach Hause begaben.

Danach befand ich mich in einer Art Weltuntergangsstimmung. Und ich glaube, dass ich deshalb Maria-Albas Zustand übersah. Anfänglich legte ich ihre Niedergeschlagenheit als Kummer wegen Mark Antonius aus. Als ihr jedoch die Jungfrau Maria auf der Kellertreppe erschien und Maria-Alba ihr Vorhaltungen machte, begann ich mich ernsthaft zu sorgen.

In dieser Zeit spielten Bron und Ophelia meistens Bridge im Salon, wobei es um haushohe Spielgeldeinsätze ging. Dagegen hielt Portia sich hauptsächlich in ihrem Zimmer auf, wo sie Koch- und Kinderbücher las, jedenfalls Texte, in denen keinerlei Art von Sex vorkam. Cordelia und ich zogen uns ins Esszimmer zurück, wo wir ein Himmelbett für Mark Antonius' Heimkehr bastelten. Anfänglich wollte Cordelia für ihn nachts Kerzen in die Fenster stellen, doch davon brachte ich sie ab. In Anbetracht des Unheils, das uns verfolgte, hatte ich Angst, Mark Antonius würde bei seiner Rückkehr statt unseres Hauses nur noch Aschereste vorfinden. Allerdings glaubte ich nicht, dass er zurückkehrte, und wenn ich mir vor Augen führte, was man ihm vielleicht angetan hatte, wurde ich fast verrückt.

Ich war gerade dabei, goldene Litze auf den blauen Samt zu nähen, den wir für Mark Antonius' Vorhänge vorgesehen hatten, als aus der Küche wütendes Geschrei ertönte. Als ich nach unten rannte, entdeckte ich Maria-Alba, die am Fuß der Treppe mit der Suppenkelle auf die Stufen einschlug.

Sie hatte zu schluchzen begonnen. »*Diavolo! Diavolo!*«, keuchte sie, und als Cordelia an der Treppe erschien und ihr blondes Haar im Licht flimmerte, flehte Maria-Alba sie um Gnade an.

Ich rief unseren Hausarzt an, doch er war unterwegs, und als er sich einige Stunden später meldete, war Maria-Alba wieder wie immer. Am anderen Nachmittag, etwa um die gleiche Zeit, kniete sie weinend vor der Waschmaschine und bat sie um Vergebung. Ich versuchte, ihr Vernunft einzureden, doch sie glaubte, ich sei gekommen, um sie festzunehmen. Als Wachtmeister Bird an der Hintertür erschien, um sich bei Maria-Alba für den Tee zu bedanken und seinen Becher zurückzubringen, kreischte sie auf und erkannte ihn nicht. Verwundert bemerkte ich, dass er daraufhin leichenblass wurde und sich die Ohren zuhielt. Ich fand, als Polizist müsste er eigentlich abgehärteter sein, und versuchte abermals, unseren Hausarzt zu erreichen.

Bei meiner Rückkehr irrte Wachtmeister Bird mit glasigem Blick durch die Küche und stammelte wirres Zeug. Offenbar glaubte er, auf unseren Schränken die Gesichter hübscher Mädchen zu erkennen. Ich versicherte ihm, dass es sich lediglich um runde Knäufe handelte, doch als er seinen Schädel umklammerte und stöhnte, ihn blende ein Feuerwerk, das großartig und furchtbar in einem sei, ging mir ein Licht auf.

Als Inspektor Foy und Sergeant Tweeter auftauchten, hatte sich ein Reporter zu uns gesellt, der verkündete, die Welt leuchte in reinstem Gelb und er schwebe auf Zitronendüften, woraufhin Wachtmeister Bird feierlich erklärte, selbst eine Zitrone zu sein.

»Offenbar ein Halluzinogen«, sagte Inspektor Foy, der Flaschen öffnete und an ihnen roch. »Unfreiwillig eingenommen.« Er schaute auf seine Armbanduhr. »Halb fünf. Wer von Ihnen hat Tee getrunken?«

»Jeder außer Cordelia«, antwortete ich. »Und zwei der Reporter nicht, die Feldflaschen bei sich hatten. Ich habe auch einen Becher getrunken, doch mir fehlt nichts. Oh, da fällt mir ein – natürlich! Es muss der Zucker sein! Maria-Alba nimmt stets drei Löffel, und der arme Dicky, das heißt Wachtmeister Bird – nimmt vier.«

Der Inspektor stippte seinen Finger in die blau-weiße Zuckerdose und leckte daran. »Scheint in Ordnung zu sein. Schmeckt normal. Zur Vorsicht nehmen wir ihn mit ins Labor. Ich möchte aber schwören, dass es etwas anderes …« Er kramte seine Pfeife hervor, doch als er ein Streichholz anzündete, beklagte Dicky sich über feurige Drachen, und der Inspektor steckte seine Pfeife wieder ein. »Kümmern Sie sich um Wachtmeister Bird«, trug er Sergeant Tweeter auf.

Dicky schluchzte an Sergeant Tweeters Uniformjacke, was Letzterem peinlich war. Unterdessen barg Maria-Alba die Suppenkelle in ihren Armen und sang ihr ein Wiegenlied, während der Reporter den Küchentisch, den er für einen Schokoladenkuchen hielt, mit einem Löffel essen wollte.

Inspektor Foy klang selten irritiert, als er sagte: »Bei solchem Lärm kann ich nicht denken. Schaffen Sie Wachtmeister Bird in den Wagen, Tweeter, und warten Sie dort auf mich. Versuchen Sie ihn zu beruhigen. Singen Sie ihm ein Wiegenlied.« Sergeant Tweeters rosige Gesichtsfarbe vertiefte sich. »Es muss LSD oder so etwas gewesen sein. Haben Sie zufällig Würfelzucker im Haus?« Wir öffneten sämtliche Behältnisse, bis wir in einer alten Keksdose Würfelzucker entdeckten.

»Komisch, den verwenden wir nie«, bemerkte ich. »Maria-Alba, kannst du für einen Moment still sein?« Ich zeigte ihr die Keksdose. »Woher stammt der Zucker?«

»Diamanten! Wir sind reich.«

»Das sind keine Diamanten. Es ist Zucker.«

»*Si, si.* Jack, Jack.«

»Wer ist Jack? Ich kenne keinen Jack.«

»Nein, nein.« Maria-Alba schüttelte den Kopf. »Jack!«

Mit einem Mal begriff ich. »Ach so! Du meinst die Jacke.« Ich wandte mich an Inspektor Foy. »Ich glaube, sie spricht von Chicos Jacke. Die Würfel müssen in der Lederjacke gewesen sein, und weil wir sparen müssen, hat Maria-Alba sie aufgehoben.«

»Wenn die Würfel mit LSD versetzt sind, dürften sie mehrere tausend Pfund wert sein. Kein Wunder, dass Dex und seine Kumpane hinter der Jacke her sind. Wer trinkt seinen Tee sonst noch mit Zucker?«

»Ophelia nicht – Portia auch nicht – o Gott, Bron süßt seinen Tee.«

Der Inspektor ergriff die Keksdose. »Schauen Sie nach, wie es Ihrem Bruder geht. Ich kümmere mich um den Reporter. Kommen Sie«, bat er den Mann, der den Tisch essen wollte. »Wir bringen Sie nach Hause.«

Der Reporter musterte den Inspektor. »Sie sind Rita Hayworth!« Er kicherte. »Wissen Sie, dass ich schon immer verrückt nach Ihnen war?«

Ich lief in den Salon, um nach Bron zu sehen. Er lag auf dem Sofa und wieherte vor Lachen.

»So albern war er noch nie.« Ophelia saß am Tisch und baute ein Kartenhaus. »Keine Ahnung, was in ihn gefahren ist. Vielleicht hat er heimlich getrunken. Ich finde, er hätte uns allen etwas anbieten können. Mist!« Ihr Kartenhaus war zusammengefallen. »Möchte bloß wissen, was er für dermaßen lustig hält. Ich könnte vor Langeweile heulen.«

»Er ist auf einem Trip. Die Zuckerwürfel in seinem Tee waren mit LSD versetzt.«

»Tatsächlich?« Ophelia blickte auf. »Wie lange hält das Zeug an? Woher hast du es?«

»Für ein paar Stunden, glaube ich. Maria-Alba hat den Zucker in Chicos Lederjacke entdeckt.«

»Wer ist Chico?«

»Das spielt keine Rolle. Ich habe Portia versprochen zu schweigen.«

»Dann behalte es ruhig für dich. Die Typen, die Portia aufgabelt, haben mich noch nie interessiert. Gib mir lieber einen Zuckerwürfel. Ich möchte auch mal lachen.«

»Der Inspektor hat sie konfisziert. Außerdem würden sie dir nicht gut bekommen. Das Zeug ist gefährlich. Man springt aus dem Fenster, wenn man sie nimmt.«

»Wie du meinst. Dann gehe ich eben ins Bett und warte, bis Bron wieder nüchtern ist.«

»Wenn jemand auf einem Trip ist, darf man ihn nicht ohne Aufsicht lassen.«

»Tut mir Leid, aber ich bekomme Kopfschmerzen, wenn ich ihm noch länger zuhöre.«

In den anschließenden Stunden leisteten Dirk und ich Bron Gesellschaft, der vor sich hin prustete, gluckste und gackerte. Dämonen, die ihn quälten, schien er nicht zu besitzen, was gewiss ein Glück war, doch ob es normal war, wusste ich nicht. Portia und Cordelia spielten in Maria-Albas Zimmer Dame. Der Arzt hatte Maria-Alba ein Beruhigungsmittel gegeben, und sie schlief tief und fest. Am späten Abend waren wir allesamt ermattet. Bron hatte irgendwann aufgehört zu lachen und verlangte nach Halspastillen, weil er heiser war.

Die anderen hatten Hunger. Ich versuchte Eier zu pochieren, doch das war leichter gedacht als getan, und es dauerte nicht lange, bis sich auf einem Teller Eier häuften, die entweder zu hart geworden oder zu faserigen Streifen zerlaufen waren. Als Nächstes entstand ein entsetzlicher Tumult in der Halle; es wurde Sturm geläutet, der Türklopfer betätigt, und dazwischen verkündete Dirk lauthals seine Meinung. Ich hatte keine Ahnung, wer noch etwas von uns wollen konnte. Die Journalisten waren nach Hause gegangen und mittlerweile gewiss schon dabei, unseren Drogenhaushalt zu schildern. Ich lief nach oben und öffnete die Tür.

Draußen standen zwei unheimliche Gestalten, die bis zur Unkenntlichkeit vermummt waren.

Der Wachtmeister, der für Dicky eingesprungen war, stand neben ihnen und sagte: »Verschwindet endlich, Leute. Ihr habt hier nichts zu suchen. Und Sie hören jetzt auf zu palavern, Madame, die Familie möchte nicht gestört werden.«

»Ich muss doch sehr bitten«, ertönte eine Männerstimme, die mir bekannt vorkam. »Die Dame wohnt hier, und wenn Sie keine Scherereien wollen, treten Sie zurück.«

»Ihre Geschichte hat einen Bart«, entgegnete der Wachtmeister. »Ich finde, euch Reportern sollte allmählich mal was Besseres einfallen.«

»Das an der Tür ist meine Tochter«, erklärte eine dritte Stimme, die ich als die meiner Mutter erkannte. Aus ihrem Umhang löste sich ein behandschuhter Finger, der auf mich wies. »Harriet, erzähl diesem Trottel, wer ich bin!«

10

»Die Vernichtung hat jetzt ihr Meisterstück vollbracht!«, rief meine Mutter, als sie die Halle betrat. »Ronnie, als Erstes brauche ich einen Drink. Meine liebe Harriet, du hast keine Ahnung, was wir durchgemacht haben. Bitte, gib Acht!« Ich hatte versucht, ihre verschleierte Wange zu küssen. »Was tut dieser Hund hier? Kann ihm nicht mal jemand befehlen, still zu sein?«

»Entschuldige. Sei still, Dirk! Sofort!« Dirk kläffte weiter. »Soll ich euch eure Mäntel abnehmen? Im Salon steht eine Flasche Wein. Ich hole die Gläser.«

»Ich glaube, ein doppelter Whisky wäre mir lieber.« Ronnie half meiner Mutter aus dem Mantel und legte den seinen ab. Von ihren Schals und Kopfbedeckungen trennten sie sich nicht. Im Fall meiner Mutter handelte es sich dabei um einen Turban mit Schleier. Auch die Sonnenbrillen behielten sie auf. »Es ist kalt«, bemerkte Ronnie entschuldigend, als er seinen Schal ins Gesicht zog. »Wie Recht du hast«, antwortete meine Mutter. Die beiden verschwanden in den Salon.

In der Küche hatten sich inzwischen Portia, Ophelia und Cordelia eingefunden. Ich füllte zwei Gläser mit Whisky. »Ma ist zurück«, erklärte ich.

»Deine Eier sind hart wie Steine«, erwiderte Portia. »War das Absicht?«

Ich warf ihr einen giftigen Blick zu, doch dann schämte ich mich dafür und bat sie um Verzeihung. Wir gingen hoch in den Salon.

Meine Mutter wehrte die Liebesbekundungen meiner Schwestern mit Schmerzenslauten ab. Sie und Ronnie hatten am Kamin Platz genommen und machten irgendwie den Eindruck russischer Bauern im Winter. Dirk wirkte beunruhigt. Seine Blicke zuckten zwischen ihnen hin und her, und hier und da stieß er ein drohendes Knurren aus.

»Ich hoffe, Maria-Alba hat uns etwas Schönes zum Abendessen zubereitet«, sagte meine Mutter, während sie in großen Schlucken von ihrem Whisky trank. »In dieser elenden Klinik gab es Hungerrationen, und nur der Gedanke, zu Hause wieder ordentlich essen zu können, hat mich davor bewahrt, in die Themse zu gehen.«

»Maria-Alba fühlt sich nicht wohl«, erwiderte ich. »Ich bin dabei, Eier zu pochieren. Es ist aber nicht so einfach, wie ich dachte. Sechs sind schon danebengegangen, zwei kann man vielleicht essen. Du hättest anrufen sollen.«

»Das hätten wir auch getan, wenn wir noch Geld in der Tasche gehabt hätten. Leider hat man uns, als wir in der Klinik eintrafen, die Taschen abgenommen, der Himmel mag wissen warum. Doch das Gröbste war die Rechnung, die man uns zuletzt präsentiert hat. Achtzig Pfund allein für den sauren Champagner. Nun, wir haben jedenfalls beschlossen, sie nicht zu bezahlen. Doch wenn es Ronnie nicht gelungen wäre, den Hausschlüssel zu stehlen, säßen wir immer noch fest. Allerdings haben wir unsere Taschen nicht finden können, sodass wir von Bethnal Green bis hierher zu Fuß gewandert sind. Und ich muss sagen, bisher habe ich nicht gewusst, wie unerfreulich London in manchen Gegenden ist. Es gab Straßen, in denen wir belästigt wurden, und nach Ronnie hat man mit einem Ziegelstein geworfen. Natürlich war weit und breit kein Wachtmeister in Sicht. Offenbar ist die Polizei vollauf damit beschäftigt, Menschen vom Betreten ihrer Häuser abzuhalten.«

»Warum umzingeln die Schergen des Gesetzes das Haus?«, erkundigte sich Ronnie.

»Dafür können wir uns bei Portia bedanken«, antwortete Ophelia. »Dank ihrer Liebe zur Unterwelt wird unser Haus jetzt wie ein Verbrechernest bewacht.«

»Das ist nicht fair«, gab ich zurück und warf einen Blick in Portias Richtung, doch sie war verschwunden. Als ich ein wenig später in ihr Zimmer ging, erklärte sie, der Anblick zweier Sonnenbrillen sei zu viel für ihr Gemüt, und auf das Abendessen würde sie verzichten. Ich kehrte in die Küche zurück und hoffte, aus den Eiern würde wie durch ein Wunder etwas werden. Als ich die Küche betrat, stand Ronnie mit hochgekrempelten Ärmeln am Tisch. Er trug immer noch Schal und Sonnenbrille, doch er hatte auch Maria-Albas Schürze angelegt, und das Geschick, mit dem er Zwiebeln hackte, verblüffte mich.

»Nicht jeder kann sich eine Haushälterin leisten«, erklärte er, als ich meinem Erstaunen Ausdruck verlieh. »Ich mache einen Hirtenauflauf. Das ist einfach und gut. Deine Mutter braucht Stärkung.«

»Du bist ein lieber Mensch, Ronnie!«

»Nicht wirklich«, erwiderte er und begann Knoblauchzehen zu schälen. »Aber ich bete deine Mutter an. Das war immer so und wird auch immer so bleiben. Dagegen lässt sich nichts machen. Es ist so natürlich wie die Flut, die der Mond anzieht, oder wie die Henne, die sich abends auf ihre Hühnerstange setzt. Es sind Kräfte jenseits unserer Macht, die uns zu unserem Schicksal zwingen …« Ich ließ mich nieder und legte eine Hand auf Dirks Kopf, um ihn vom Knurren abzuhalten. »Wie geht es deinem armen Papa?«, fragte Ronnie danach. »Deine Mutter war zu aufgewühlt, um sich dem Thema zu widmen. So etwas ist nichts für sie, dazu ist sie zu empfindsam. Große Künstler unterscheiden sich von normalen Sterblichen wie eine Mingvase von einem Blumentopf.«

Ich überlegte, ob er glaubte, was er sagte. Meine Mutter war seit zehn Jahren nicht mehr aufgetreten. Nicht mehr, seit ein Kritiker geschrieben hatte, ihre Lady Macbeth erinnere an eine Dame, die sich ärgert, weil ihre Gäste die Tennisbälle verschlampt, den Teppich beschmutzt und die Bar leer getrunken hätten. Wenn meine Mutter angeheitert war, pflegte sie die Worte unter hysterischem Gelächter wiederzugeben.

»Aber du bist doch selbst ein guter Schauspieler«, entgegnete ich höflich.

»Ich besaß vielleicht mal so etwas wie handwerkliches Geschick, Harriet. Ich wusste, wie man verführerisch oder bedrohlich wirkt, und als Pirat oder Ritter war ich vermutlich nicht zu schlagen, aber einen Hamlet hätte ich nie auf die Beine gebracht.«

»Ma behauptet immer, kein Mann sähe im Profil besser aus als du.«

»Tatsächlich?«, fragte Ronnie erfreut. In Wahrheit hatte meine Mutter gesagt, für jemanden, der außer seinem Profil nichts aufzuweisen hätte, wäre er äußerst erfolgreich gewesen, doch ich fand, das war so gut wie dasselbe. Ronnie überreichte Dirk einen Lammknochen. »Ein süßer Hund«, bemerkte er.

»Er ist niedlich, nicht wahr?« Dirk nagte mit verdrehten Augen an seinem Lammknochen und wirkte eigentlich alles andere als niedlich. »Größer wird er zum Glück nicht mehr.«

»Hm.« Ronnie musterte Dirk prüfend. »Da wäre ich mir nicht so sicher.«

Ich holte Kartoffeln und Möhren aus der Speisekammer, und Ronnie und ich schälten, putzten und schnetzelten im warmen Dunst der Küche einträchtig vor uns hin. Von Zeit und Zeit warf ich einen Blick auf Dirk, der mit einem Ohr auf seinem Knochen eingeschlafen war. Ich konnte mir nicht helfen, doch plötzlich kam es mir vor, als sei er inzwischen tatsächlich ein Stück gewachsen.

*

»Ich fürchte, die Klinik hat Mas Erwartungen nicht entsprochen«, erzählte ich Pa. Wir saßen uns in jeweils einer Reihe von Inhaftierten und Besuchern gegenüber. Hinter uns schlenderten zwei Wärter auf und ab. Zwischen Pa und mir befand sich ein zerkratzter Tisch, über den eine Fliege kroch. Weder sie noch mein Vater waren in guter Verfassung. »Die Schwellungen sind noch nicht verheilt. Ma und Ronnie weigern sich, ihre Schals und Sonnenbrillen abzulegen. Weil es so preisgünstig war und der Chirurg sie beschwatzt hat, haben sie zuletzt mehr richten lassen als geplant.« Ich plauderte einfach drauflos und hoffte, Pa dadurch aufzumuntern. Er wirkte eingefallen, und ich fragte mich, ob er sich richtig ernährte. »Zurzeit wohnt Ronnie bei uns, was ein Glück ist, denn er weiß wenigstens, wie man kocht. Maria-Alba musste sich wieder in die Obhut der Nonnen begeben.«

Bei Maria-Alba hatte die Drogeneinnahme zu bösen Nachwirkungen geführt, und unser Hausarzt hatte ihr eine »Kur« verschrieben. Allerdings hegte Maria-Alba eine Art Hassliebe für die Nonnen des Ursulinenklosters in Bushey Heath, bei denen sie schon in der Vergangenheit untergekommen war. Zurzeit warf sie ihnen vor, auf ihre Seele aus zu sein, um sie bei Gott als Gutschein für persönliche Vorteile im Jenseits einzulösen. Dennoch wurde ihre geistige Gesundheit dank des friedlichen Klosterlebens in der Regel wiederhergestellt.

Die Fahrt mit einem öffentlichen Verkehrsmittel hätte Maria-Alba umgebracht. Bron hatte uns chauffiert. Ich hatte ihn bestochen und gesagt, ich würde sechs Monate lang seine Wäsche waschen. Dabei war ich gut weggekommen, denn wahrscheinlich würde ich seine Wäsche ohnehin waschen. Die Nonnen, die uns willkommen hießen, waren reizend und um einiges freundlicher als diejenigen, die ich aus meiner Schulzeit kannte. Es war ein geschlossener Orden, sodass wir Maria-Alba nicht besuchen durften, doch da sie sich dort lediglich als Gast aufhielt, war ihr gestattet, Briefe zu empfangen und zu schreiben.

»Die arme Maria-Alba«, sagte Pa teilnahmslos.

Ich überlegte, was ich sonst noch Aufmunterndes zu bieten hatte. Am Gefängnistor war ich auf Marina Marlow gestoßen. Sie hatte für die Fotografen posiert und ein Interview gegeben. Ich hatte gehört, wie sie erklärte, es interessiere sie nicht, ob mein Vater schuldig sei oder nicht, Freundschaft bedeute, zu jemandem zu halten. Wahrscheinlich hätte sie es lieber, wenn mein Vater schuldig wäre, denn dann würde sie noch hochherziger dastehen. Wie Aluminiumfolie hatte ihr platinblondes Haar geglänzt, und der tiefe Ausschnitt und der geschlitzte Rock waren angesichts der vielen Männer im Gefängnis auch nicht gerade rücksichtsvoll gewesen. Ich hatte so getan, als sähe ich ihr vertrauliches Winken nicht.

Tatsache ist, dass, ganz gleich wie viele Affären meine Eltern hatten, ich ihre Geliebten ausnahmslos hasste und stets mit dem Elternteil litt, der gerade den Kürzeren zog. Außerdem hatte ich ständig Angst, derlei Beziehungen könnten sich zu etwas Festerem entwickeln. Zwar gab ich mir Mühe, die Lehre meiner Eltern zu befolgen, nach der Monogamie unnatürlich, unlogisch und kleinbürgerlich war, doch die Unsicherheit, die ich bei ihren Nebengeschichten empfand, war quälend. Auch deshalb hatte ich an Dodge gehangen; er war puritanisch, und das schloss Beständigkeit in Beziehungen ein.

»Vorhin habe ich Marina getroffen«, bemerkte ich wie nebenbei. »Nett, dass sie vorbeigeschaut hat.«

»Sie hat mir L'Equipée Pour Hommes mitgebracht. Offenbar ist ihr nicht klar, dass ich zurzeit nicht verführerisch duften will.«

»Beziehst du dich damit etwa …«, ich senkte meine Stimme, »auf die anderen Männer?«

»Ja, auf wen denn sonst? Meine Tugend ist in Gefahr. Was

glaubst du, weshalb ich mich für meine neue Frisur entschieden habe?« Ich hatte einen Aufschrei unterdrücken müssen, als ich Pas kahlrasierten Schädel sah. »Siehst du den Kerl mit den Narben und der gebrochenen Nase zwei Tische weiter?« Ich linste verstohlen in die Richtung. »Das ist O'Flaherty, der Schlitzer. Er hat mir eine Monatsration Fluppen – das sind Zigaretten – angeboten, wenn ich ihn in seiner Zelle besuche und mit ihm diverse Rollen probe.«

Der Schlitzer schaute in meine Richtung und entblößte beim Lächeln schlechte Zähne.

»Mein Gott, Pa! Sei bloß vorsichtig! Können dich denn die Aufseher nicht schützen?«

»Die sind doch zum Teil noch schlimmer als die Gefangenen.« Pa lachte freudlos. »Wie dem auch sei. Ronnie nutzt also die Gelegenheit, um deine Mutter zu belagern. Na, meinen Segen hat er. Er soll ihr zeigen, wie man spart.«

»Er ist eine prima Hausfrau«, verteidigte ich Ronnie. »Ich sehe ihn kaum ohne Schürze und Gummihandschuhe. Hausarbeit scheint ihm Spaß zu machen.«

»Er war schon immer ein altes Mädchen.« Mit trübseliger Miene fuhr mein Vater sich über sein Stachelhaar. »Gewiss amüsiert ihr euch alle prächtig.«

»Das tun wir nicht! Portia wagt sich nicht vor die Tür. Nicht mal, nachdem die Polizei Dimitri verhaftet hat. In seinem Haus hat man tonnenweise Drogen und gestohlenes Zeug entdeckt. Er und seine Bande sitzen im Gefängnis – nicht hier!, in einem richtigen, meine ich – und die Wachposten vor unserem Haus sind abgezogen worden.« Ich wusste, dass Portia meinem Vater einen Brief mit einer abgeschwächten Fassung ihrer Erlebnisse geschrieben hatte, doch da ich den genauen Inhalt nicht kannte, hielt ich mich hinsichtlich der Einzelheiten zurück. »Nur Dex läuft noch frei herum.«

Ich war niedergeschlagen, als ich daran dachte. Inspektor Foy hatte angerufen, um von der erfolgreichen Razzia in Oxshott zu berichten, und ich hatte gehofft, er hätte vielleicht auch Mark Antonius entdeckt, doch offenbar hatte sich nirgends ein Fressnapf befunden. Ebenso wenig Dex. Von dem verschwundenen Mark

Antonius hatte ich Pa nichts erzählt. Die Nachricht hätte ihn deprimiert.

»Ophelia schreit jeden an«, fuhr ich fort, um Pa zu beweisen, dass es bei uns nicht lustig zuging. »Peregrine hat noch immer nicht um ihre Hand angehalten, und du weißt, dass sie die Männer sonst nach zwei Wochen so weit hat.«

»Deine Mutter hat dafür keine Woche gebraucht. Wie geht es Cordelia?«

»Sie ist ein wenig aus dem Tritt geraten und geht nicht mehr zur Schule. Ich hatte einen kleinen Streit mit Schwester Imelda.«

Schwester Imelda, die Leiterin des St. Fridewide-Stiftes, hatte angerufen, um sich nach dem Grund für Cordelias Ausbleiben zu erkundigen. Nachdem ich ihr erklärt hatte, Cordelia müsse sich noch ein wenig erholen, war Schwester Imeldas Stimme eisig geworden und hatte gesagt, ihrer, Schwester Imeldas, wohlerwogenen Meinung zufolge, bräuchten gerade Kinder wie wir eiserne Disziplin statt Erholung. Insbesondere Cordelia, deren betrüblicher Mangel an Wahrheitsliebe ihr schon des Öfteren aufgefallen wäre. Außerdem spiele Cordelia sich gern auf und besäße einen Hang zur Dramatik. Nach ihrem Dafürhalten gelte es, unsere häuslichen Einflüsse zu beschneiden, statt das Kind in seiner Lasterhaftigkeit zu bestärken.

»Schwester Imelda glaubt offenbar, als Nonne könne man alles sagen«, setzte ich hinzu und wurde wieder wütend.

Alle Welt, einschließlich Schwester Imelda, schien davon auszugehen, dass mein Vater nicht im Gefängnis wäre, hätte er Sir Basil nicht umgebracht, doch die Art, in der Schwester Imelda über unsere Familie gesprochen hatte, ging dann doch zu weit. Vermutlich hatte ich sie deshalb gefragt, was von dem Gerede über ihre Beziehung zu Schwester Justinia zu halten war und ob ich auch, wie sie, davon ausgehen sollte, ohne Rauch gebe es kein Feuer?

Schwester Imelda hatte einen furchtbaren Schrei ausgestoßen, ehe sie den Hörer aufwarf. Ich war hochzufrieden gewesen, doch danach hatte ich mich geschämt und mir gesagt, Schwester Imelda wäre gewiss nur so gemein, weil sie in Wahrheit Kummer hatte.

Ich schrieb Schwester Imelda einen unterwürfigen Brief und versprach, Cordelia zur Schule zurückzuschicken. Darauf schrieb

Schwester Imelda zurück, ein Mitglied der Familie Byng sei seitens ihrer Institution unerwünscht, und wir mögen bitte, zusätzlich zu den ausstehenden Schulgebühren, die Summe von fünfundvierzig Cent für die von Cordelia zerbrochene Glühbirne überweisen.

»Schwester Imelda ist eine dumme Gans«, bemerkte mein Vater. »Das sage ich schon seit eh und je. Ruf ein paar andere Schulen an. Irgendeine wird Cordelia nehmen.«

»Und was ist mit der Bank?«

»Schreib den Leuten, sie sollen ihr Schlimmstes tun. Das Schlimmste ist es nicht, solange wir sagen können ›Dies ist das Schlimmste‹.«

»*Othello*«, sagte ich, um ihm eine Freude zu machen. »Was ist, wenn sie unsere Möbel mitnehmen?«

»*König Lear*. Borg dir ein paar Tausender, um über die Runden zu kommen. Warte, lass mich nachdenken. Frag Edgar. Edgar ist in Ordnung. Und spendabel.«

»Er hat gerade wieder geheiratet«, antwortete ich. »Er wird Celia eine Abfindung zahlen müssen. Ihn kann ich nicht fragen.«

»Dann Roddy und Tallulah.«

»Nein, das geht wirklich nicht. Sie sind in einem Kloster in Tibet.«

»Nun, dann eben Cosmo und Alfred.«

»Die beiden sind nach Bath gezogen, um ein Stück über Beau Nash zu schreiben. Sie rechnen noch nicht mit Einkünften und brauchen ihr Kapital.«

»Herrgott. Wie wäre es denn dann mit Mortimer Dunn?«, fragte Pa gereizt. Ich konnte ihn verstehen. Es ist nicht schön, in Gedanken mit einer Sammelbüchse durch den Bekanntenkreis zu gehen.

»Pa! Er ist tot. Die Anzeige stand gestern in der Zeitung.«

»Verdammt!« Pa barg seinen Kopf in den Händen, entweder aus Trauer oder aus Missmut. Als er erneut aufschaute, wirkte er entschlossen. »Dann musst du Rupert Wolvespurges fragen.«

Und ich überlegte, ob er nun wahrhaftig verrückt geworden war.

Rupert Wolvespurges war der uneheliche Sohn des besten Freundes meines Vaters und entstammte einer Liebschaft dieses Freundes mit einer armenischen Kellnerin. Die Kellnerin war nach Ruperts Geburt in ihre Heimat zurückgekehrt, und eine Nachsendeadresse für das Kind hatte sie nicht hinterlassen. Ruperts Vater war später bei einem Jagdunfall umgekommen, und danach ging die Verantwortung für Ruperts Erziehung an die Mutter seines Vaters über. Pa sagte stets, Ruperts Großmutter sei mehr oder weniger wie die eiskalte schottische Burg, in der sie lebe. Allerdings gestattete ebenjene Dame Rupert immerhin, die Internatsferien bei uns zu verbringen. Vielleicht hatte sie begriffen, dass es bei uns lustiger zuging, vielleicht verzichtete sie aber auch darauf, einen halbarmenischen Enkel um sich zu haben.

Rupert war zehn Jahre älter als ich, ein hoch aufgeschossener, schlaksiger Junge, mit dunklen Augen, schwarzem Haar und eher fremdartigen als schottischen Zügen. Er hatte so gut wie nichts mit uns gemein, sondern war in sich gekehrt und verschlossen. Ich glaube, er legte Wert darauf, neben uns als Außenseiter zu gelten.

Unfreundlich war Rupert jedoch nicht; lediglich meine Mutter hielt ihn für einen schwierigen Jungen. Für mich war Rupert ein Gott, und wenn er sich einmal herabließ, mit uns zu spielen, war ich im siebten Himmel. Ich glaube, die anderen bewunderten ihn ebenfalls, vielleicht weil er älter als wir war.

Das Beste war jedoch das Schloss, das Rupert in einer abgeschiedenen, schattigen Ecke unseres Gartens baute. Es lag im Geäst zweier Bäume, und Rupert taufte es Ravenswood. Es war zu der Zeit, in der er die Romane von Walter Scott verschlang. Wir schmückten es mit den Schätzen, die wir fanden – morschen Brettern, zerbrochenen Liegestühlen, Teekisten, Wellblech und mit dem Kiel eines alten Bootes, den wir aus dem Flussschlamm gebuddelt hatten. Rupert nagelte und leimte diese Dinge aneinander und schuf eine Konstruktion, die für mein kindliches Auge geradezu palastartig war.

Am Fuß unseres Schlosses stand eine selbst gebastelte Leiter, die bis in die unteren Äste reichte. Wenn man sie erklomm – und sich reichlich Splitter zugezogen hatte –, betrat man den Rittersaal. Einmal brachte Rupert ein Geweih aus der Burg seiner Großmutter mit und befestigte es an einer der Wände, die wir sorgsam aus Lehm, Stöcken und Tierhaar errichtet hatten. Rupert erklärte, auf die Art hätten die Menschen vor der Entdeckung des Ziegelsteins ihre Hütten erbaut. Zuweilen trockneten die Mauern aus und brachen ein, was laut Rupert am mangelnden Tierhaar lag. Danach kämmten wir emsig das Fell von Mark Antonius' Vorgänger aus, klaubten Haar von Hunden, denen wir auf der Straße begegneten und brachten aus unseren Ferien in Devon drei große Tüten Schafwolle mit, die wir von Weidezäunen gepflückt hatten.

Als Bron einem Pferd den Schwanz stutzte, wurde Rupert allerdings fuchsteufelswild und sprach so lange über Tierquälerei, bis Portia und ich in Tränen ausbrachen, weil irgendwo ein armes Pferd keine Fliegen mehr verjagen konnte. Um Rupert zu beeindrucken, schnitt ich daraufhin meine Zöpfe ab und überreichte sie ihm feierlich, und er rührte sie seiner Baumasse unter. Meine Mutter geriet außer sich und gab Rupert die Schuld, als sie meinen verunstalteten Schädel sah, und Bron lehnte es ab, sich mit mir in der Öffentlichkeit zu zeigen. Rupert jedoch tröstete mich und erklärte, ich hätte den Opfermut einer Kriegerin bewiesen. Vor meinen Eltern hielten wir Ravenswood geheim. Wir hatten uns die Finger aufgeritzt und mit Blut geschworen, unser Versteck niemandem zu verraten. Ich weiß noch, wie Rupert der Kragen platzte, weil Bron mit roter Tinte geschworen hatte.

Wir verbrachten endlose Stunden damit, in der Erde nach Porzellanscherben zu graben, mit denen wir die Wände unseres Speisesaals verzierten, der hoch im Geäst verborgen lag und nur über einen klapprigen Zwischensteg zu erreichen war. Einmal fiel Portia herunter und brach sich den Arm. Es folgte ein Riesenaufstand, bei dem Rupert abermals die Schuld zugewiesen wurde. Er nannte Portia eine »Kanone«, weil sie sich über Ravenswood ausgeschwiegen hatte, und schenkte ihr zum Zeichen ihrer Tapferkeit ein Tintenfass aus Messing, das wie ein Frosch geformt war. Danach sammelte ich mehrmals allen Mut, um mich in die Tiefe zu stürzen, doch ich versagte jedes Mal kläglich.

Fast das Beste an Ravenswood war jedoch das Verlies. Einer der Bäume war hohl, sodass man sich in ihn hinunterlassen konnte. Wir bedeckten den Boden mit einem alten Teppich und bestückten die Wände mit Kerzenresten. Dort las Rupert uns *Die Braut von Lammermoor* vor, wobei seine Augen im flackernden Kerzenlicht glänzten. Von zehn Sätzen verstand ich allenfalls einen, doch meine Fantasie entzündete sich an der Vorstellung eines entlegenen Ortes inmitten dunkler Wälder, in denen freie, schöne Menschen lebten.

Rupert hing enorm an meinem Vater, doch seine Beziehung zu meiner Mutter blieb kalt. Als ich ihn deswegen befragte, erklärte Rupert, er mache sich nichts aus Frauen.

Als Rupert im Anschluss an seine Internatszeit nach Oxford ging, war alles zu Ende. Wahrscheinlich verbrachte er seine Ferien danach im Ausland. Ich entsinne mich, dass er gelegentlich noch bei uns zu Dinnerpartys auftauchte, von denen wir Kinder ausgeschlossen waren. Einmal, als er in der Eingangshalle stand und sich verabschiedete, hatte ich mich im Bademantel zum obersten Treppenabsatz geschlichen und flüsterte seinen Namen. Er blickte hoch, erkannte mein Gesicht zwischen den Geländerstäben und winkte. Die Erinnerung daran hegte ich für lange Zeit wie meinen liebsten Schatz.

Bron und Ophelia entwuchsen Ravenswood nach einer Weile, sodass schließlich nur noch Portia und ich dort spielten, doch ohne Rupert war es nicht mehr dasselbe, und schließlich vernachlässigten auch wir unser Versteck. Jahre später, als Cordelia fünf oder sechs war, nahm ich sie mit, um es ihr zu zeigen. Ich musste eine Weile suchen, bis ich es entdeckte. Die Bäume waren gefällt worden, und erst als ich auf ein zerbrochenes Geweih und mehrere Porzellanstücke stieß, wusste ich, dass es tatsächlich der Ort war, an dem ich die großartigsten Tage meiner Kindheit verbracht hatte.

Ich war sechzehn, als Rupert aus unserer Familie verstoßen wurde. Nach außen hin fand die Trennung ruhig und gesittet statt, und wir taten allesamt, als wäre nichts geschehen. Ich entsinne mich allerdings, dass meine Mutter für Wochen nicht mit uns Kindern sprach und dass wir ihr aus dem Weg gingen und uns unauffällig verhielten. Maler wurden herbeizitiert, und die erdbeerroten Wände des Esszimmers wurden zinngrau gestrichen, mit schwarzen Scheuerleisten und silbrigen Fensterrahmen und Türen. Es wirkte elegant – und kalt. Für kurze Zeit bestand meine Mutter auf farblich passenden Mahlzeiten, doch das wurde bald zu teuer. Jeder von uns, bis auf Cordelia, die fast noch ein Säugling war, mochte Kaviar, Oliven und Sardinen, doch gegen die getrockneten Pflaumen sträubten wir uns, und selbst meine Mutter konnte sich nicht zu Blutwurst überwinden. Während des Essens wurde die Stille lediglich von meinem Vater durchbrochen, der sich unbekümmert gab, über Literatur, Architektur, Malerei, Musik und sogar über das Wetter plauderte – eigentlich über alles, nur vom Theater war nie die Rede. Wir Kinder hockten stumm am Tisch, hatten Angst, etwas Falsches zu sagen, und warfen zuweilen einen bedrückten Blick auf unsere Mutter, die mit steinerner Miene am Ende des Tisches saß und hier und da gezwungen lächelte.

Die Trennung war tatsächlich Ruperts Schuld gewesen. Er war im Alter von dreiundzwanzig Jahren Theaterkritiker des *London Intelligencer* geworden, und er war auch derjenige, der die Lady Macbeth meiner Mutter verriss – und das hatte meine Mutter ihm nie verziehen.

11

Ich erkannte den Kanal, der von kahlen, ineinander verzweigten Bäumen gesäumt wurde. Gaslaternen malten zuckende Lichtstreifen auf das Wasser, die sich matt schimmernd in den Backsteinfassaden spiegelten. Horn-on-the-Green wurde diese Gegend am äußersten Ende Richmonds genannt. Auf meinem Stadtplan war ein Park eingezeichnet. Um ihn zu erkennen, war es zu dunkel. Ich entdeckte lediglich ein schmiedeeisernes Tor, das mit einem Schloss versehen war.

Zur Sicherheit tastete ich nach dem Brief in meiner Jackentasche, den mein Vater mir gegeben hatte. Ich hatte ihn mehrmals gelesen. In steiler Schrift und mit schwarzer Tinte stand unter einer eingravierten Adresse auf dickem cremefarbenem Papier: *Lieber Waldo, mit Kummer habe ich von deinem Missgeschick gelesen. Wenn ich dir helfen kann, lass es mich wissen. Ich stehe dir jederzeit zur Verfügung. Rupert Wolvespurges.* Ich fand den Brief ein wenig steif und unpersönlich, und mir graute vor dem Gedanken, den Verfasser fragen zu müssen, ob er mir vielleicht zweitausend Pfund leihen würde.

Wie ich herausgefunden hatte, war mein Vater während der ganzen Jahre mit Rupert in Kontakt geblieben. Ich glaube, niemand wusste davon. Meine Mutter wäre mit Sicherheit an die Decke gegangen, hätte sie es erfahren. Seit Ruperts Verbannung war sogar unseren Gästen klar, dass man seinen Namen besser nicht erwähnte. Trotzdem hatte ich seinerzeit nicht begriffen, warum Rupert so mir nichts, dir nichts aus unserem Leben verschwand, doch diese Frage stellten sich offenbar nur Portia und ich. Bron und Ophelia waren bereits zu sehr mit ihren eigenen Dingen beschäftigt, um sich deswegen Gedanken zu machen, Maria-Albas Abneigung gegen Männer reichte zu tief, um für einen von ihnen Partei zu ergreifen, und Cordelia war noch zu klein. Nach einer Weile verlor Portia ihr Interesse an dem Thema, und als die Jahre verstrichen und ich Rupert nicht mehr sah, verblasste er auch in meiner Erinnerung.

Aus dem Haus Nummer 10, in dem Rupert wohnte, drang Stimmengewirr, aus dem sich vereinzelt Gelächter und spitze Schreie lösten. Die Vordertür stand offen. Als ich eintrat, schlug mir warme, verrauchte Luft entgegen. Auf einem Sofa in der Eingangshalle lag ein Stapel Mäntel. Ich blieb unschlüssig stehen und stellte mir meine berühmte Testfrage: Wollte ich lieber hier oder beim Zahnarzt sein. Meistens wollte ich lieber nicht beim Zahnarzt sein, doch im Moment war ich mir nicht sicher. Allerdings war unser Fleischer am Morgen aufgetaucht und hatte durch den Briefkastenschlitz etwas von einem geplatzten Scheck gerufen – ich durfte nicht kneifen.

»Warum stehst du hier so komisch rum?«

Eine Frau war aufgetaucht. Sie drückte mir ein Glas in die Hand. Ich erkannte ihre Stimme. Sie hatte sich am Telefon gemeldet, als ich angerufen und nach Rupert gefragt hatte, und sie hatte gesagt, Rupert und Archie hätten Gäste. Ich hatte herumgedruckst und erklärt, uneingeladen käme ich nicht gern. Daraufhin hatte sie geantwortet, ich solle mich nicht anstellen und mich »auf die Socken machen«, denn Rupert flöge am nächsten Tag nach New York. Insofern hatte ich keine Wahl gehabt – und hatte mich auf die Socken gemacht.

Die Frau schob mich in einen Raum, in dem ich mir wie im Film *Cabaret* vorkam. Zwei Männer in Strapsen, schwarzen Strümpfen, Stöckelschuhen, Frackjacke und Zylinder lehnten an einem Klavier, auf dem jemand in einem grellrosa Anzug spielte.

Mir fiel ein, dass der Saum meines Kleides hinten herunterhing, dass ich eine Laufmasche hatte und dass auf dem Ärmel der Wildlederjacke, die ich mir von Portia geborgt hatte, ein Make-up-Fleck war. In dem Augenblick hätte ich einiges um mein gelbes Seidenkleid gegeben, doch das befand sich in Dimitris Haus oder war von der Polizei konfisziert worden.

Ich wandte mich zu der Frau um. »Ich bin Harriet Byng«, erklärte ich und versuchte, nicht auf ihren Riesenbusen zu starren. »Ich war vorhin am Telefon.«

»Ich heiße Rosalind.« Ihr Busen wölbte sich über ihre Korsage, als sie sich vorbeugte, um sich ein Glas Champagner einzuschenken. Mein Interesse an den Brüsten anderer Frauen ist nicht sexueller Natur, doch wenn man flachbrüstig ist, fällt es einem schwer, nicht neidvoll auf die Brüste anderer Frauen zu starren. »Wie war noch mal dein Name?«

»Harriet.«

»Dann amüsier dich, Harriet.« Rosalind trank einen Schluck und musterte mich mit großen, feuchten Augen. »Die Partys von Rupert und Archie sind eine Wucht.«

»Eigentlich wollte ich nur kurz mit Rupert sprechen, aber vielleicht ist jetzt nicht der richtige Zeitpunkt …«

»Weißt du, dass ich Rupert liebe? Bis zum Wahnsinn.« Ihre Augen wurden noch ein wenig feuchter.

»Vielleicht komme ich ein anderes Mal …«

»Ach woher. Sei nicht schüchtern. Rupert steckt irgendwo und kümmert sich um seine Gäste.« Sie deutete auf eine Ecke. »Nur nicht um mich.« Sie stieß bekümmert auf und wandte sich ab.

Ich folgte ihrer Armbewegung und schaute zu der Gruppe, die Rupert umstand. Ab und zu erhaschte ich einen Blick auf ihn. Er trug eine gestreifte Jacke mit Fliege und hatte sein schwarzes Haar mit Pomade nach hinten gekämmt. Sein Gesicht war weiß gepudert, die Brauen schwarz und spitz nach oben gezogen, sein Mund kirschrot geschminkt. Er war dabei, eine Geschichte zu erzählen, die jedoch immer wieder im Gelächter seiner Zuhörer unterging. Ich fand sein Gesicht interessant oder doch wenigstens auffällig. Danach überlegte ich, wer von uns beiden sich stärker verändert hatte, er oder ich. Ich kam zu dem Schluss, dass ich es war, denn seinerzeit war ich ja noch ein halbes Kind gewesen. Ein wenig später zog ich mich ans andere Ende des Raumes zurück und blickte durch die Terrassentüren nach draußen.

Ich sah die Umrisse eines Gartens und eine Kette kleiner Lichter, die sich um Zweige wand, und gleich darauf erkannte ich inmitten eines Brunnenbeckens die Statue eines Knaben und steinerne Fische, die an den Ecken Wasser spien.

»Gefällt er Ihnen?«

Neben mir war ein Mann mit silbergrauem Haar aufgetaucht. Er trug einen gängigen Anzug, mit einer normalen Krawatte, die er lose um seinen aufgeknöpften Hemdkragen gebunden hatte. Ich fand, er passte nicht zu den schillernden Gästen, und er machte auch nicht den Eindruck, als ob er sich amüsierte.

»Wie? Oh, Sie meinen den Garten. Ja, er ist wunderschön. Ich dachte gerade, dass er irgendwie typisch für Rupert ist – aber dass Rupert nicht typisch für sich – ich wollte sagen, er ist anders, als ich erwartet hatte.« Ich warf abermals einen Blick zu Rupert. Er redete noch immer, und sein Publikum wollte sich schier ausschütten vor Lachen. Ich beobachtete seine Mimik und seine Gesten und kam zu dem Schluss, dass er über Anziehungskraft verfügte, aber regelrecht gut aussehend war er nicht. In meiner Erinnerung musste ich ihn wohl mit den Romanhelden von Scott verwechselt haben. »Irgendwie hatte ich nicht gedacht, dass er so – nun, ich hatte mir jemanden vorgestellt, der weniger …« Ich verstummte, weil ich nicht weiter wusste. »Ich habe Rupert seit Ewigkeiten nicht gesehen«, fügte ich schließlich hinzu. »Früher war er – zurückhaltender.«

Der Mann betrachtete mich für einen Moment, ehe er seinen Blick abwägend zu Rupert wandern ließ. »Sie trinken ja nichts«, bemerkte er dann und schenkte mir aus der Flasche in seiner Hand nach. »Hätten Sie etwas dagegen, wenn wir uns setzen? Ich komme aus einem Meeting und bin völlig erschöpft. Und ziemlich betrunken.«

Wir ließen uns auf einem kleinen Sofa mit geschwungenem Rückenteil und hohen Armlehnen nieder.

»Muss eine lustige Geschichte sein, die Rupert erzählt«, erklärte ich und spürte selbst, wie bemüht es klang.

Mein Nachbar gähnte hinter vorgehaltener Hand. Eigentlich wirkte er gar nicht betrunken, doch vielleicht hatte er bereits das schweigsame, mürrische Stadium erreicht. »Soll ich ihn bitten, sie für uns zu wiederholen?«

»Oh, nein, ich möchte ihn nicht stören.« Für einen Moment zauderte ich, doch dann fand ich, stumm dazusitzen wäre peinlich. »Ich wollte Rupert lediglich um einen Gefallen bitten, doch im Moment scheint es unpassend zu sein. Es ist ohnehin keine gute Idee. Ich glaube, ich gehe lieber wieder.«

Mein Nachbar unternahm einen halbherzigen Versuch, ein neuerliches Gähnen zu unterdrücken. »Hieße das nicht, die Flinte ins Korn zu werfen? Wer nichts wagt, der nichts gewinnt.« Er schlug die Beine übereinander und überflog meine Erscheinung. Ich dachte an den Make-up-Fleck auf meinem Ärmel und war froh, dass er von seinem Platz aus nicht zu sehen war. »Sie sind Schauspielerin, vermute ich. Lassen Sie mich raten – Sie spielen in einem Stück, das den Bach runtergeht, und Sie brauchen eine Empfehlung.«

»Überhaupt nicht.« Ich war pikiert, doch dann fiel mir ein, dass der Gefallen, um den ich Rupert bitten wollte, um einiges größer war. »Vielleicht sollte ich wirklich besser gehen. Wissen Sie, wir haben uns im Streit getrennt.« Mein Nachbar hob verwundert die Brauen, sagte jedoch nichts. Allerdings hatte er aufgehört zu gähnen. »Doch davor habe ich Rupert gut gekannt.«

»Was Sie nicht sagen.«

»Sehr gut sogar«, bekräftigte ich trotzig. »Er gehörte praktisch zur Familie. Er hat mit mir gespielt, obwohl er zehn Jahre älter war. Wir hatten sogar ein Geheimversteck, das wir Ravenswood nannten …«

»Ravenswood! Du lieber Himmel!« Ich fand seine Herablassung störend und machte Anstalten, mich zu erheben. Mein Nachbar brach in Gelächter aus. »Walter Scott! Meine Güte, wie ich den verschlungen habe! Und nun seit Ewigkeiten nicht mehr angerührt. Liest den überhaupt noch jemand?« Er schloss die Augen, lehnte sich zurück und zitierte leicht spöttisch:

»Wenn der letzte Lord von Ravenswood
einst nach Ravenswood wird reiten,
um die tote Maid zu holen,
die zur Braut er sich erwählt,
wird sein Ross er sorglich stellen
an den Kelpi-Quell, den hellen.
Doch sein Name … sein Name …«

Er öffnete die Augen. »Ich bin zu betrunken. Weiter weiß ich nicht mehr.«

»Charlotte Brontë hat Scott bewundert«, sagte ich.

»Aha. Und wo ist da der Zusammenhang?«

»Nun, sie war immerhin eine großartige Schriftstellerin und ihr Urteil dürfte etwas gelten, finde ich. Wie dem auch sei, unser Ravenswood war jedenfalls ein Paradies, ein Ort, nach dem man sich sein Leben lang sehnt, auch wenn man weiß, dass man nie mehr dorthin zurückkehren kann. Aber vielleicht finden Sie solche Gefühle lächerlich.«

Er war der Typ, der vermutlich jede Menge Gefühle lächerlich fand. Allerdings wusste ich nicht, ob er mir überhaupt zugehört hatte, denn mittlerweile betrachtete er stirnrunzelnd den Kamin. Und dann sagte er leise: »Harry.«

Außer meinem Vater hatte mich bislang nur ein Mensch Harry genannt. Ich muss ein Bild für die Götter abgegeben haben.

»Mann, bist du gemein!«, sagte ich. »Konntest du den Mund nicht früher aufmachen? Was für ein mieser, mieser Trick!«

Rupert hob mahnend den Finger. »Harriet! Spricht man so mit jemandem, den man um einen Gefallen bitten will?«

»Wahrscheinlich nicht, aber du hast zugeschaut, wie ich mich zum Narren gemacht habe. Das war auch nicht nett.«

»Es war weit weniger nett, mich mit Archie zu verwechseln.«

»Das lag am Haar. Ich wusste ja nicht, dass du schon … »

»Du stellst dich nicht sehr geschickt an, nicht wahr?«

»Ich wollte nicht unhöflich sein, ehrlich nicht. Ich mag Männer mit grauen Haaren.«

»Mir gefällt mein Haar. In unserer Familie wird man früh grau – behauptet jedenfalls meine Großmutter.«

Ich studierte sein Gesicht. Das Bild des Rupert, das ich für so lange Jahre in mir bewahrt hatte, löste sich auf und formte sich zu etwas Neuem. Es war nicht nur, dass sich seine Haarfarbe verändert hatte, auch der Mann wirkte um einiges selbstbewusster, als ich es von dem Jungen erwartet hätte. Er besaß dichte Brauen, eine kräftige Nase und ein kantiges Kinn. Das Einzige, das ich wiedererkannte, waren seine Augen – dunkel, schräg und weit auseinander stehend, das Erbe seiner armenischen Vorfahren. Ich suchte nach weiteren Hinweisen auf den Jungen, doch ich stellte fest, dass sie nicht existierten, und das machte mich traurig, wenngleich das gewiss lächerlich war.

»Lebt deine Großmutter noch?«

»Und ob. Sie ist mindestens so zäh wie die Lady Ashton in der *Braut von Lammermoor* und überlebt wahrscheinlich auch alle, die sie unglücklich gemacht hat. Aber nun heraus mit der Sprache! Was führt die erwachsene Harriet – die zum Glück nicht mehr dicklich ist – dazu, mich um einen Gefallen zu bitten?«

»Ich war nicht dicklich.«

»Du sahst fürchterlich aus – ein Kloß mit Zahnlücken und geschorenem Schädel.«

Die aufopfernde Kriegerin war ihm scheinbar entfallen.

»Du bist betrunken«, bemerkte ich. »Oder dein Gedächtnis hat nachgelassen.«

»Na, na, immer schön dran denken, dass du was von mir willst«, grinste er, wurde jedoch ernst, als er hinzufügte: »Es geht um Waldo, nicht wahr? Erzähl mir, was passiert ist.«

Das Meiste kannte er bereits aus der Zeitung. Das, was ich ergänzen konnte, war die Geschichte mit dem Blendstab, den Fingerabdrücken und den Aussagen der Frauen, die bezeugen konnten, dass außer Pa und Sir Basil niemand auf der Bühne gewesen war.

Nach einem Moment sagte Rupert: »Was ich nicht begreife ist, dass Waldo nicht gleich erklärt hat, er hätte es nicht getan.«

»Er hat die Sache nicht ernst genommen. Wahrscheinlich hat ihm das Ganze anfänglich Spaß gemacht, die Beachtung, das Drama, die Ironie des Schicksals.«

Rupert erhob sich. »Ich muss meinen Kopf unter Wasser halten, bevor ich klar denken kann. Bleib, wo du bist.«

Ich tat wie geheißen. Die anderen hatten zu tanzen begonnen. Rosalind bahnte sich einen Weg zu mir und bot mir einen Teller mit Häppchen an. Ich erkannte irgendetwas, das wie kleine Nieren aussah, und Nieren sind mir wirklich eklig.

»Amüsierst du dich, Schätzchen? Wie war noch mal dein Name?«

»Harriet. Ja, danke.«

»Wo ist Rupert?«

»Er hält seinen Kopf unter Wasser.«

»Verlieb dich nicht in ihn. Er macht alle Frauen unglücklich. Schau mich an. Ich bin schrecklich unglücklich.« Rosalind begann zu weinen, und ihre Wimperntusche löste sich auf.

Ich kramte nach einem Taschentuch, doch das Einzige, was ich fand, war ein Stück Zeitungspapier, das nach Fett roch. Ich hielt es Rosalind hin. Sie fuhr sich damit über die Augen und machte alles noch schlimmer. »Warum setzt du dich nicht?«, fragte ich.

Rosalind ließ sich auf dem Boden nieder.

»Ich brauche was zu trinken.«

Ich reichte ihr mein Glas, doch Ruperts Hand fuhr dazwischen.

»Rosalind hat genug.«

»Mistkerl«, sagte Rosalind. »Was der eine kann, kann der andere auch.«

»Was soll das heißen?«

»Dass du dich auch betrinkst, wenn du willst.«

»Richtig. Doch falls ich jemals auf dem Fußboden sitze und Make-up am Kinn und Druckerschwärze auf der Nase habe, hoffe ich, dass mir niemand mehr etwas gibt. Iss lieber eine Kleinigkeit. Ich sehe mal zu, dass sich jemand um dich kümmert.«

Rupert tauchte in die Menge ab.

»Iss ein Nierchen.« Ich reichte Rosalind den Teller.

Rosalind gluckste. »Das sind keine Nierchen! Das sind Teufel im Reitrock!«

Der Name hörte sich gut an. Er erinnerte mich an Scotts verwegene Gestalten, an Menschen, die geradewegs auf die Hölle zuritten. Ich nahm eine Kostprobe. Es schmeckte großartig, eine Pflaume in Schinken mit einer Mandel in Anchovis.

»Iss auch eins«, sagte ich zu Rosalind.

»Lieber nicht.« Rosalind ließ sich zurücksinken. »Ich glaube, ich mach mal für einen Moment die Augen zu.«

Ich gab Acht, dass keiner der Vorbeitanzenden auf sie trat und verzehrte noch ein paar Teufel. Den Saft, der aus den Pflaumen rann, durfte ich nicht ablecken, weil ich mit der U-Bahn gekommen war und von Maria-Alba wusste, dass ich mir dort jede Menge Bazillen geholt hatte.

»Brauchst du ein Taschentuch?«

Ich blickte auf. Max Frensham stand vor mir.

»Ja, ich klebe.« Ich nahm sein Taschentuch. »Danke. Möchtest du auch etwas essen?«

Er setzte sich zu mir. »Ich habe dich schon beim Hereinkommen erkannt, aber ich war im Nebenzimmer und bin Marina Marlow nicht losgeworden. Die Dame ist nahezu unersättlich, wenn es um Komplimente geht.«

»Ich wusste gar nicht, dass sie hier ist. Muss man ihr Komplimente machen?«

Max zuckte die Achseln. »Wenn sie glaubt, dass ich sie anbete, wird sie dafür sorgen, dass ich demnächst die männliche Hauptrolle neben ihr spiele.« Ich aß noch einen Teufel. »So etwas widert dich an, nicht wahr? Sollte es wahrscheinlich auch. Zuweilen ekele ich mich vor mir selbst.« Er schnitt eine Grimasse und fuhr sich durchs Haar. Er zählte zu den Menschen, die das konnten, ohne ihre Frisur in Unordnung zu bringen. Ich zählte nicht zu ihnen.

»Wie geht es – Caroline?« Der Name seiner Frau war mir im letzten Moment eingefallen.

»Nicht sehr gut. Ich mache mir ihretwegen Sorgen.«

Ich steckte einen Teufel in den Mund und versuchte, teilnahmsvoll auszusehen, was mit vollen Backen nicht einfach ist.

»Weshalb?«

»Sie nimmt Tabletten. Ein paar, um einzuschlafen, andere, um wach zu werden. Ein paar nimmt sie, um abzunehmen, andere gegen Depressionen oder sonstige Wehwehchen. Es ist schrecklich mit anzusehen.« Ich war überrascht. Caroline Frensham war mir nie labil vorgekommen. Im Gegenteil. Dann erkannte ich den Kummer in Max' Augen, und nur meine klebrigen Finger hielten mich davon ab, ihm mitleidig über das Haar zu streichen. »Ach, Harriet«, sagte er. »Reichtum kann wahrhaftig ein Fluch für den Menschen sein.«

»Ich wusste nicht, dass sie reich ist.«

»Ihrem Vater gehört eine Warenhauskette in Neuseeland. Stell dir vor, du könntest dir jeden Wunsch erfüllen.« Ich fand die Vorstellung angenehm. »So etwas ist schrecklich, denn Selbstbewusstsein erlangst du nur, indem du dir etwas erkämpfst. Caroline musste nie um irgendetwas kämpfen, alle Probleme wurden mit Geld aus dem Weg geräumt. Und das macht ihr zu schaffen, deshalb zweifelt sie an sich, selbst wenn man ihr das nicht anmerkt. Meine Güte, wenn ich daran denke, wie sehr ich sie einmal geliebt habe! Ich war ...« Er brach ab und schüttelte sprachlos den Kopf. »Wie geht es deinem armen, lieben Papa?«

»Nicht gut.«

Max ergriff meine Hand und nahm tapfer meine klebrigen Finger in Kauf. »Du weißt, dass er es nicht getan hat, nicht wahr? Darauf würde ich mein Leben verwetten. Er wäre der Letzte, der einen anderen Menschen töten könnte.«

Ich war für seine Worte dermaßen dankbar, dass ich nicht mit der Wimper zuckte, als er meine Finger drückte, bis ich meinen Ring spürte.

»Das muss sehr schmerzhaft für dich sein, Harriet. Sag, warum gehen wir nächste Woche nicht einmal essen? Irgendwo an einem kleinen, ruhigen Ort, wo uns niemand stört.« Ich muss argwöhnisch ausgesehen haben, denn er setzte hinzu: »Nicht, dass du mich falsch verstehst. Du bist zwar eine entzückende Frau, doch ich bin auch ein glücklich verheirateter Mann. Oder zumindest ein verheirateter Mann. Außerdem bin ich nicht eingebildet. Ich würde niemals annehmen, dass du dich für mich interessierst.« Seine Worte verwunderten mich, denn Max würde jede Frau interessieren, und ich hatte eigentlich gedacht, dass er das wusste. »Ich möchte dir während dieser grässlichen Geschichte mit Waldo zur

Seite stehen. Manchmal tut es gut, einen teilnahmsvollen Zuhörer zu haben. Um Gottes willen, du musst dich doch nicht bedanken«, ergänzte er, als ich die entsprechenden Worte murmelte. »Ich bin selbst froh, wenn ich mich mal mit jemandem unterhalten kann, der nicht am Theater ist. Jemand, der geradlinig und unverdorben denkt. Wahrscheinlich bist du aber auf Wochen ausgebucht, oder?«

Ich betrachtete die leere Häppchenplatte, die ich auf den Knien hielt, und wünschte, ich hätte die Pflaumen nicht gegessen. Ich hatte Durst, und ein wenig übel war mir auch. Mit einem Mal empfand ich den Raum als unerträglich heiß und stickig.

»Etliche meiner Gäste sind inzwischen dabei, Händchen zu halten.« Rupert stand neben uns. »Doch da ich mit Harriet sprechen möchte, wünschte ich, du ließest sie los, Max.«

Ein Mann in einer Tigerhose kam, hob Rosalind hoch und trug sie davon. Max stand auf.

»Hallo, Rupert. Ich dachte, du wärst in Italien.«

»Ich bin seit heute Morgen zurück.«

»Wo warst du?«

»In Florenz.«

»Beneidenswert. Sie haben den Veronese in den Uffizien gereinigt. Großartige Farben. Hast du gesehen, oder?«

»Nein.« Rupert machte keine Anstalten, das Gespräch zu vertiefen. Mir war das peinlich, doch Max offenbar nicht.

»Na gut, dann verziehe ich mich.« Max lächelte mir zu. »Vergiss nicht, was ich gesagt habe.« Er wandte sich an Rupert. »Danke für die Party. Sehr originell. Wie immer.«

»Bedank dich bei Archie. Das hat er allein arrangiert.«

»Auf Wiedersehen, Max.« Ich hätte ihm meine Hand gereicht, doch ich war sicher, er hatte genug von meinen klebrigen Fingern. »Ich hoffe, Caroline geht es bald besser.«

»Ich rufe dich an.« Er küsste meine Wange. Rupert würde daraus vermutlich falsche Schlüsse ziehen, was aber nicht Max' Schuld war. Männer denken so gut wie nie über die Wirkung ihrer Worte und Handlungen nach. Abgesehen davon spielte es keine Rolle.

»Steh auf. Wir gehen ebenfalls.« Rupert geleitete mich durch die Menge.

»Kränkt es deine Freunde nicht, wenn du verschwindest?«, erkundigte ich mich, als wir das Haus verließen.

»Machst du Witze?«

Wir liefen die Straße entlang, bis Rupert ein Taxi anhielt. Als er dem Fahrer meine Adresse gab, dachte ich, ich wäre verabschiedet worden, doch Rupert stieg hinter mir ein. »Also«, fing er an, nachdem wir uns ins Bewegung gesetzt hatten, »was soll ich für dich tun?«

Danach hörte er wortlos zu, während ich so folgerichtig wie möglich erzählte, was sich seit der Verhaftung meines Vaters zugetragen hatte. »Und jetzt«, schloss ich, »können wir weder den Fleischer noch den Lebensmittelhändler oder den Milchmann bezahlen – und wir sind sechs – mit Ronnie sieben –, die etwas zu essen brauchen. Ich hasse es aus tiefstem Herzen, dich um solch einen Gefallen zu bitten, doch Pa ist sonst niemand eingefallen, der uns – vielleicht – vielleicht ...« Ich schaffte es nicht, wie mein Vater vorgeschlagen hatte, hinzuzufügen, Rupert müsse sich uns eigentlich verpflichtet fühlen. Es klang kleinlich und berechnend. »Na ja – der vielleicht in der Lage wäre, uns auszuhelfen.«

Rupert sah mich nicht an, und ich wusste nicht, ob er wütend oder mitleidig war. »An welche Summe hat Waldo gedacht?«

»Zweitausend Pfund.« Meine Forderung klang unverschämt, und mir stieg die Röte ins Gesicht. Geldangelegenheiten waren entsetzlich! Entweder fühlte man sich schuldig, weil man mehr als andere besaß, oder man fühlte sich elend, weil man weniger hatte. Mein Magen krampfte sich zusammen, aber vielleicht lag das an den Pflaumen.

Rupert schwieg. Gerade als ich ihn bitten wollte, das, was ich gesagt hatte, zu vergessen, erklärte er: »Ich gebe dir kein Geld.«

»Du hast vollkommen Recht«, erwiderte ich. »Es war eine grauenhafte Idee, und ich hätte gar nicht davon anfangen sollen. Im Grunde war es eine Frechheit ...«

»Halt den Mund und hör mir zu. Würde ich dir zweitausend Pfund geben, wären sie in ein paar Monaten futsch, und du würdest im gleichen Schlamassel stecken. Wie es aussieht, hat sich bei euch nichts verändert. Nicht einer von euch weiß mit Geld umzugehen. Und deshalb hat es keinen Sinn, euch etwas zu borgen.«

Ich blickte betreten zu Boden. Sein Urteil war hart, doch falsch war es nicht.

»Ich werde Folgendes tun: Du kannst mir die Fleischerrechnung schicken und die des Bäckers und so weiter, und ich werde sie bezahlen. Unter gewissen Voraussetzungen. Du, Bron, Ophelia und Portia, ihr werdet euch Jobs besorgen. Dafür gebe ich euch zwei Wochen Zeit. Ihr werdet nicht viel verdienen, doch darum geht es nicht. Bedingung ist, dass ihr bei der Stange bleibt. Irgendeine Nachlässigkeit oder eine Kündigung – und das gilt für jeden Einzelnen – bedeutet, dass meine Quelle versiegt.« Ich blieb stumm. Dann versuchte ich mir vorzustellen, wie Ophelia morgens aufstand, um zur Arbeit zu gehen. »Darüber hinaus erwarte ich, dass jeder von euch Buch führt. Busfahrten, Kleidung, Bücher – jede Ausgabe muss erforderlich gewesen sein. Drei viertel eurer Einnahmen wandern in einen Topf, den ich verwalte. Sie werden für Lebensmittel, Strom, Telefon und so weiter verwendet. Wenn es nicht reicht, bestreite ich den Rest. Das verbleibende Viertel dürft ihr für Zigarren, Krokodillederkoffer und anderen Schnickschnack ausgeben.« Meine Fantasie versagte, als ich mir auszumalen versuchte, wie Ophelia einen Bus bestieg, um zur Arbeit zu fahren. »Clarissa und Maria-Alba betrachten wir als Gäste. Ronnie dagegen dürfte in der Lage sein, seine Verpflegung selbst zu bestreiten. Cordelia kehrt umgehend in die Schule zurück. Wofür ich nicht aufkomme, sind Rechnungen für Schneider, Schönheitschirurgen oder Innenarchitekten. Ihr werdet lernen müssen, mit eurem Geld hauszuhalten. Vorausgesetzt, irgendjemand von euch weiß überhaupt, was das bedeutet.«

»Wir werden dir gewiss furchtbar lästig werden«, murmelte ich kleinlaut.

»Fraglos, doch darüber musst du dir keine Gedanken machen. Du wirst vermutlich mehr leiden als ich. Weißt du, ich finde es einfach ungeheuerlich, dass ihr in eurem Alter noch immer zu Hause lebt und eurem Vater auf der Tasche liegt.«

»Na ja«, setzte ich an und verstummte wieder, weil ich nicht erklären konnte, warum das so war. »Wahrscheinlich sind wir wirklich ziemlich verwöhnt und eigensüchtig.«

»Nicht nur das, sondern ein solches Verhalten wirkt sich auch abträglich auf euer weiteres Leben aus.« Rupert seufzte und presste seine Hände an die Schläfen. »Gut. Die moralische Unterweisung ist zu Ende. Es war ein langer Tag, und ich bin müde. Halte mich wegen eurer Jobs auf dem Laufenden. Ab Donnerstag bin ich wieder in London. Denk daran: Euch stehen zwei Wochen zur Verfügung.«

»Aber was sollen wir denn tun?« Ich begriff, dass seine Bedingungen vernünftig waren, doch wie wir sie umsetzen sollten, wusste ich nicht.

Rupert maß mich mit kaum verhohlener Ungeduld. »Na gut, meinetwegen. Fangen wir mit dir an. Was tust du am liebsten?«

»Ich habe eine Menge Gedichte geschrieben, doch sie sind noch nicht reif. Ich möchte sie noch nicht veröffentlichen.«

»Das kannst du dir sowieso aus dem Kopf schlagen. Gedichte veröffentlichen zu wollen, dürfte schwieriger sein als den Mond zu besiedeln. Doch wenn du gern schreibst, lass mich nachdenken.« Er grübelte vor sich hin, während mich ein Angstgefühl übermannte. »Ich rufe Sidney Podmore an. Er ist Mitherausgeber des *Brixton Mercury*. Mir zuliebe wird er dich als Volontärin aufnehmen.«

»Soll ich etwa Journalistin werden?« Ich dachte an Stanley Norman und die anderen Reporter, die unser Haus belagerten und unsere Mülleimer durchwühlten, um unter Fischgräten, Kartoffelschalen und leeren Butterpäckchen die verborgene Wahrheit der Familie Byng zu ergründen. »Das könnte ich niemals.«

12

Mr Podmore, der Mitherausgeber des *Brixton Mercury*, hatte eine große rote Nase in einem teigigen Gesicht und trug eine kleine Brille mit blauen Gläsern. Sein graues Haar war in der Mitte gescheitelt und krauste sich über den Ohren. Ich nahm an, die zerknitterte Seidenkrawatte und die fleckige Weste sollten zeigen, dass er sich nichts aus Konventionen machte.

Mr Podmore war in seine Lektüre vertieft, sodass ich sein Büro während des Wartens ausgiebig betrachten konnte. Die Einrichtung schien auf eine pantheistische Weltanschauung zu verweisen. An einer Wand hing das Bild der Göttin Kali, vielarmig und mit einer Kette aus Totenköpfen. Züngelnd fixierte sie den grünen Gipsbuddha auf dem Schreibtisch, der unter gesenkten Lidern grinste. Auch sonst gab es jede Menge eindrucksvoller Gegenstände – Masken, Amulette, Kruzifixe, winzige Pyramiden, irgendetwas Verschrumpeltes, das nach einem mumifizierten Kopf aussah, Voodoopuppen, hölzerne Schlangen, eine Art Hostienteller und ein kleiner Totempfahl. Der Raum roch nach Räucherstäbchen, Zigaretten und Schweiß. Ehrlich gesagt, hatte ich mir das Ganze etwas anders vorgestellt.

»Name?«, blaffte Mr Podmore, ohne aufzublicken.

»Harriet Byng.«

»Byng? Ach, ja.« Als müsse er an einer windigen Straßenecke Zeitungen verkaufen, brüllte er: »Berühmter Schauspieler des Mordes verdächtig!«

»Er hat es nicht getan.«

»Tochter erklärt Unschuld des Vaters!« Er senkte seine Stimme auf Zimmerlautstärke. »Rupert Wolvespurges ein Verwandter von Ihnen?«

»Nein. Mehr ein Freund der Familie. Früher hat er manchmal bei uns die Ferien verbracht, doch dann haben wir ihn für eine Weile nicht mehr …«

»Erfahrung?«

»Nun, also – keine, fürchte ich.«

»Vorherige Arbeit?« Mit einem Trompetenstoß schnäuzte er in ein zerknittertes Taschentuch.

»Also – ich habe etliche Gedichte …«

»Steno?«

Gebannt sah ich zu, wie Mr Podmore in seiner Nase bohrte. »Ich fürchte nein.«

»Rechtschreibung?«

»Nun, ich bin mir nicht immer ganz sicher, aber mit einem Wörterbuch …«

»Gut, dann machen Sie eben die Abrechnung.« Mr Podmore wurde fündig und studierte das Ergebnis seiner Bohrung. Dann stand er auf, stopfte das Taschentuch in seine Jackentasche und verließ den Raum. Die Tür blieb offen. Gleich darauf streckte er seinen Kopf herein und machte eine Kinnbewegung, der ich entnahm, dass ich ihm folgen sollte.

Neben Mr Podmores Büro befand sich ein Raum, in dem zwei Frauen unbestimmbaren Alters emsig auf ihren Schreibmaschinen tippten und nicht aufschauten. In rhythmischen Abständen versetzten sie dem Nudelholz oben an ihren Schreibmaschinen einen Klaps, doch auch dabei hielten sie ihren Blick stur auf ihre Arbeit gerichtet. Ich wunderte mich, dass sie nicht längst ohnmächtig geworden waren, denn der Gasofen im Zimmer verströmte eine unglaubliche Hitze.

»Schreibtisch.« Mr Podmore deutete auf einen Tisch mit einer einsamen Schreibmaschine. Mit pflichteifrigem Lächeln ließ ich mich daran nieder. Er warf einen Aktenordner auf den Tisch. »Sortieren, auflisten, addieren. Sie können doch wenigstens zwei und zwei zusammenzählen, hoffe ich.«

Seinen Sarkasmus konnte man ihm kaum verdenken. Jedem würde es widerstreben, einem unqualifizierten Menschen wie mir einen Job zu geben, selbst einen Job der einfachsten Art. Meine Achtung vor Rupert stieg. Er musste ein Mann großen Einflusses sein. Mr Podmore kehrte in sein Büro zurück und knallte die Tür hinter sich zu. Als hätte man einen Schalter umgelegt, ließen die beiden Frauen ihre Hände sinken.

»Ich nehme heute zwei Stückchen Zucker«, erklärte die mit dem blondierten Haar und der eisvogelblauen Strickjacke.

»Möchtest du einen Mohrenkopf?«, fragte die Dünne mit der rostroten Hose. Sie stand auf und begab sich zu der Nische, in der sich ein Tablett mit Wasserkessel und Tassen befand. Den Blick in meine Richtung vermieden sie.

»Hallo«, sagte ich. »Ich heiße Harriet.«

Die rostrote Hose taxierte mich über ihren Brillenrand. »Sehr erfreut«, erwiderte sie geziert. »Muriel Minchin.« Sie zeigte auf die eisvogelblaue Strickjacke. »Die Dame heißt Eileen Feather. Dürfen wir Ihnen eine Kleinigkeit zu trinken anbieten?«

»Das wäre reizend.« Ich lächelte, bis man wahrscheinlich meine Weisheitszähne sah, doch die Mühe hätte ich mir sparen können.

»Bedauerlicherweise besitzen wir lediglich Teebeutel und Nescafé. Gewiss sind Sie Besseres gewöhnt und ziehen es vor, sich zukünftig selbst zu verpflegen.«

»Oh, nein, eins wie das andere ist mir recht.«

»Wie wäre es mit einem kleinen Keks oder sonstigem Gebäck?«

Ich hätte gern einen Mohrenkopf gegessen, doch das wagte ich nicht zu äußern. »Nein danke.«

»Es wird Sie aber nicht stören, wenn wir etwas knabbern, oder? Wir müssen morgens nämlich zeitig aufstehen, um rechtzeitig zum Bus zu gelangen.«

Ich blickte betreten zu Boden. Bron hatte darauf bestanden, mich in einem silber-blauen Bentley Continental vor dem *Brixton Mercury* abzusetzen. »Aber das Auto gehört mir nicht«, sagte ich schließlich. »Mein Bruder arbeitet als Vertreter und musste den Wagen zu einem Kunden in St. John's Wood bringen. Er hat die Gelegenheit genutzt, um vorher damit durch die Gegend zu fahren.«

Miss Feather schenkte mir ein kühles Lächeln. »Ich weiß gar nicht, wovon Sie reden.«

Mist! Nun glaubten sie, ich hätte ihnen vorgeworfen, während der Arbeitszeit aus dem Fenster geschaut zu haben. Die Damen tranken ihren Kaffee mit gespitzten Lippen und abgespreiztem kleinen Finger.

»Mr Podmore hat uns erklärt, dass Sie Ihr Taschengeld aufbessern möchten.« Demnach hatte Rupert Mr Podmore wohl gebeten, meine Lage geheim zu halten, um mir das üble Gerede im Kollegenkreis zu ersparen. »Ballkleider sind ein wenig teuer, nicht wahr?« Muriel zog ein Tüchlein aus ihrer Handtasche und betupfte ihre Lippen, um einen Schokokrümel zu entfernen.

»Ich gehe nicht auf Bälle. Das habe ich einmal getan, und es war schrecklich. Ich bin nicht reich.«

Muriel und Eileen tauschten ein viel sagendes Lächeln.

»Meine Mutter ließ ihre Gewänder in einem erlesenen kleinen Salon in Bounds Green anfertigen«, erzählte Muriel. »Mein Großvater besaß ein Geschäft mit Haushaltswaren. Meine Großmutter konnte sich jeden Wunsch erfüllen. Teppichböden, Köchin im Haus, war alles da.«

»Beneidenswert«, bemerkte ich.

»Was ist aus dem Geld geworden?«, erkundigte sich Eileen.

»Mein Vater, Gott sei seiner Seele gnädig, hat Pech bei seinen Investitionen gehabt. Das Schicksal hat ihm übel mitgespielt.« Muriel schaute ernst in die Runde. Offenbar war es auch Eileen zu peinlich, sich nach den näheren Einzelheiten zu erkundigen.

»Noch eine Tasse Kaffee, liebe Eileen?« Muriel schien sich aus ihren traurigen Erinnerungen zu befreien.

»Oh, ich glaube, das wäre ganz reizend. Er ist zwar nichts Besonderes, doch er tut seine Wirkung. Habe ich dir eigentlich schon erzählt, dass Tantchen und ich letzten Abend bei einer Whistpartie waren? Sie fand zwar nur im Gemeindehaus statt, doch bei den Spielern handelte es sich um angesehene Leute.«

Danach plauderten sie miteinander und fielen in ihren normalen Tonfall zurück. Mit Fingern, die vor Angst und Hitze verschwitzt waren, schlug ich den Aktenordner auf und starrte auf ein Bündel Rechnungen und Zettel in unleserlicher Schrift. Ich hatte nicht die leiseste Ahnung, was ich damit anfangen sollte.

»Entschuldigung«, sagte ich, als Eileen die Schilderung der Lebensgewohnheiten ihres Tantchens kurz unterbrach. »Gewiss klingt es dumm, aber ich weiß nicht, was ich hiermit machen soll.«

»Eileen wird Ihnen sicherlich gern behilflich sein«, entgegnete Muriel. »Sie führt Mr Podmores Konten seit Jahren, und ihr ist noch nie ein einziger Fehler unterlaufen.«

»Vielen Dank, Muriel«, erwiderte Eileen würdevoll. »Ich habe nur meine Pflicht getan.«

Eileen trat an meinen Tisch und nahm eine der Rechnungen. »Hotel Astoria, Brighton, Doppelzimmer mit Frühstück. Das dürfte die Nacht mit der Kleinen aus der Druckerei gewesen sein, Marietta Irgendwie, eine vulgäre Person. Allerdings hätte ich nicht gedacht, dass sie so tief sinkt.« Leise setzte sie hinzu: »Mr Podmore neigt zu Körpergeruch, was nicht jedermanns Sache ist. Wir notieren das als Einzelzimmer mit Abendessen, das dürfte dem Betrag entsprechen. Und vergessen Sie die Zugfahrt nicht.« Ich schaute Eileen verständnislos an. Sie stieß einen Seufzer aus. »Meine Güte, was Sie noch alles lernen müssen! Also dann: Links oben, in großen Buchstaben und rot unterstrichen: Reisekosten.« Ich ließ meinen Blick über die Tasten gleiten. Dann entdeckte ich den Buchstaben R und drückte zaghaft darauf. In meiner Nervosität drückte ich auch die beiden Nachbartasten. Eileen löste die verhedderten Schienen. »Ich weiß nicht, wo *Sie* gelernt haben – wahrscheinlich irgendwo im West End – doch da, wo *ich* gelernt habe, hat man uns beigebracht, zuerst einen Bogen Papier einzuspannen.«

Muriel kicherte.

»Worüber beschwerst du dich eigentlich?«, erkundigte sich Bron und legte seine Beine aufs Sofa. »Immerhin hast du deinen Job noch. Ich habe mich einen halben Tag zu Tode gelangweilt und kann mir nun die nächste Bruchbude suchen und mein Talent vergeuden.«

Nachdem er mich beim *Brixton Mercury* abgeliefert hatte, hatte Bron ein hübsches Mädchen an einer Bushaltestelle aufgelesen, und sie hatten sich so gut verstanden, dass er mit ihr eine kleine Spritztour unternommen hatte. Dann hatten sie in einer gemütlichen, kleinen Kneipe, die er in Putney kannte, angehalten und ein Gläschen getrunken, und daraus war dann ein Mittagessen geworden. Und es war auch nicht seine Schuld, dass irgendein Idiot ohne Vorwarnung am Zebrastreifen gebremst und den Kühler und den vorderen Kotflügel des Bentleys eingedellt hatte. Bron hatte den Wagen danach zum Geschäft gefahren und erklärt, der Unfall hätte sich ereignet, als er vor dem Haus des Kunden eingeparkt hätte. Daraufhin hatte der Geschäftsführer, wie Bron sagte, »schief geguckt«, ihm die Geschichte jedoch abgenommen. Anschließend hatte man ihm aufgetragen, sich für den Rest des Tages im Ausstellungsraum aufzuhalten und sich um die Interessenten zu kümmern. Eine Zeit lang hatte Bron sich dort bewährt und mithilfe eines Sonderkredites sogar einen Wagen verkauft. Dann jedoch war eine gut aussehende Frau erschienen, und Bron hatte sie anzuflirten versucht. Woher hätte er auch wissen sollen, dass sie die Frau des Geschäftsführers war?

»Oh, Gott«, sagte ich, reckte meine Arme und ließ meine verspannten Schultern kreisen. Mit Eileens Hilfe hatte ich eine Seite Reisekosten ohne Tippfehler geschafft. Wahrscheinlich hatte sie mir absichtlich nicht mitgeteilt, dass ich eine zweite Seite und

Kohlepapier hätte einspannen müssen, weshalb ich das Ganze am andern Morgen noch einmal anfertigen durfte. Dirk, der sich nach meinem Aufbruch erst beruhigt hatte, nachdem er sich mit einem großen, saftigen Knochen in mein Bett verziehen durfte, störte sich an meinem Schulterkreisen und fing an zu bellen. Ich unterbrach meine Lockerungsübungen. »Sag mal, Bron, hast du gar keine Angst, dass Rupert wütend auf dich wird?«

»Wir werden ihm nichts erzählen«, erwiderte Bron.

»Ja, aber dann brechen wir doch unsere Abmachung.«

»Mag sein, aber Rupert wird sich kaum für Einzelheiten interessieren. Er ist ein viel beschäftigter Mann und hat wichtigere Dinge um die Ohren. Außerdem finde ich rasch wieder was Neues. Du machst immer einen solchen Zirkus, Harriet. Offenbar ist dir nicht klar, wie ermüdend das für andere ist. Sei lieber ein braves Mädchen und besorg mir etwas zu trinken. Ich brauche etwas, um mich zu beleben.«

»Findest du denn, wir sollten Alkohol trinken? Rupert hat doch gesagt, wir müssten uns einschränken.« Bron warf mit einem Kissen nach mir. Seufzend ging ich in die Küche und begriff, Bron bessern zu wollen war ein hoffnungsloses Unterfangen.

Ophelia lümmelte sich in einem Sessel, als ich in den Salon zurückkehrte. Sie hatte noch immer Mantel, Schal und Handschuhe an. Ebenso wie Bron und ich hatte sie ihren ersten Tag als Mitglied der Arbeiterklasse verbracht. »Herr im Himmel! Harriet, gib mir auch einen Schluck, eh ich tot umfalle.«

Ich reichte ihr ein Glas. »War es bei dir auch so schlimm?«

»Nun, eigentlich nicht«, bekannte sie widerwillig. »Eigentlich hat es Spaß gemacht. Aber ich bin wie gerädert. Fay muss an Hyperaktivität zu leiden. Mir taten schon am Mittag die Füße weh, und ich konnte kaum noch die Augen offen halten. Ich habe ihr erklärt, dass ich bereits um acht Uhr aufstehen musste, um es bis neun zu ihr zu schaffen, doch offenbar springt sie schon um sechs aus dem Bett. Allein bei dem Gedanken wird mir übel.«

Fay Swann führte ein gut gehendes Einrichtungshaus und hatte sich bereit erklärt, es mit Ophelia zu versuchen. Sie war seit Jahren mit meiner Mutter befreundet, wenngleich die Freundschaft eher einseitig war. Zwar räumte meine Mutter ein, dass Fay einen tadellosen Geschmack besaß, erklärte jedoch, ihr hafte ein gewisser Ladengeruch an. Allerdings behauptete meine Mutter das von jedem, der nicht mit dem Theater verbunden war. Was sie damit zum Ausdruck bringen wollte, habe ich nie begriffen. Für mich war Fay einfach eine nette Frau.

Mir fiel ein Stein vom Herzen, als ich erkannte, dass Ophelia guter Dinge war. Als ich zuvor die Auflagen geschildert hatte, mit denen Rupert seine Zuwendungen verknüpfte, hatte Ophelia gelacht und bemerkt, keine zehn Pferde brächten sie dazu, sich irgendwo als Magd zu verdingen. Und meine Mutter hatte sich erkundigt, ob Rupert nun auch ihre Tochter zu demütigen gedenke und erwarte, dass Ophelia an der Oxford Street Zündhölzer verkaufe. Die anderen hatten ähnlich reagiert.

Rupert schaute am Tag nach seiner Rückkehr gegen Mittag bei uns vorbei. Ma, die zurzeit angeblich kein Licht vertrug, hatte im Salon die Vorhänge zugezogen und Kerzen angezündet. Sie empfing ihn hoheitsvoll auf dem Thron von *Richard III.*, das Gesicht unter Sonnenbrille und schwarzem Spitzenschleier verborgen.

»So sieht man sich wieder! Der liebe Rupert! Wie lange ist das nun her?«

Ich hätte gewettet, dass meine Mutter auf den Tag genau wusste, wann sie seine Kritik gelesen und ihn verstoßen hatte. Sie bot ihm zwei Finger dar. Rupert ergriff ihre Hand.

»Hallo, Clarissa. Es ist zehn Jahre her.«

»Tatsächlich?« Meine Mutter ließ ihr Bühnenlachen hören, das nur für denjenigen überzeugend klang, der nicht wusste, wie sie wirklich lachte. »Es kommt mir wie gestern vor. Ich sehe dich noch als kleinen Jungen. Du hattest schlechte Manieren, weißt du das?«

»Daran hat sich nichts geändert.«

Cordelia trat zu Rupert und musterte ihn prüfend. »Hallo. Ich bin Cordelia. Ich möchte einmal Filmstar werden.«

Rupert maß sie mit freundlich distanziertem Blick. »Besitzt du denn auch ein dickes Fell und einen kleinen Verstand? Das sind wichtige Voraussetzungen, um Filmstar zu werden.«

»Das sagen Sie wahrscheinlich nur aus Zionismus«, erwiderte Cordelia.

»Cordelia, bitte Ronnie, uns ein Glas Sherry zu bringen«, schaltete meine Mutter sich ein. »Und ruf die anderen herbei.« Sie wandte sich an Rupert. »Sie können es kaum erwarten, dich wiederzusehen.«

Rupert kehrte sich ab, um das Gemälde von Corot zu studieren. »Meine Güte, das Bild hatte ich vollkommen vergessen. Eine recht gelungene Imitation.«

»Zufällig handelt es sich um das Original«, entgegnete meine Mutter spitz.

»Ja, wen haben wir denn da?« Bron kam hereinmarschiert, strahlend und mit jovial ausgestreckter Hand. »Wie geht's, alter Knabe? Prächtig, prächtig, wie ich sehe. Darf mich selbst auch bester Gesundheit rühmen!«

Er rückte sich ein unsichtbares Monokel zurecht.

»Freut mich«, entgegnete Rupert knapp.

»Muss schon sagen, alter Junge, sehr patent dein Beistand! Weiß ich zu schätzen. Vater in der Bredouille, muss der Rest sich stählen. Bin gewillt, meinen Mann zu stehen. Fragt sich nur, als was? Da wäre nicht zufällig ein Pöstchen als Restaurantkritiker für den *Guardian* zu vergeben? Würde mich nicht scheuen, überall zu essen.«

»Nein«, antwortete Rupert.

»So, da wären wir.« Ronnie tauchte auf und trug ein Tablett mit kleinen Gläsern, die bis zum Rand mit Sherry gefüllt waren. Auch er hatte seine Sonnenbrille auf und einen Schal um die untere Gesichtshälfte gewunden. »Hallo, Rupert. Lang, lang ist's her. Entschuldige die Aufmachung. Clarissa und ich hatten einen kleinen Autounfall und sind noch ein wenig lädiert. Oh, zur Hölle mit dem Köter!« Er balancierte mit dem Tablett. »Tut mir Leid, Harriet, aber der Hund gerät einem ständig in die Quere, und mit der Brille sehe ich nichts. Hier, meine Liebe.« Er bot das Tablett meiner Mutter dar. »Das wird dir gut tun. Das bringt dich wieder auf die Beine.«

Meine Mutter hielt das Glas an ihre Augen. »Warum die kleinen Gläschen? Warum bist du so geizig? Es ist doch Waldos Sherry.«

»Nun, ich dachte, wir sollten auf Rupert keinen schlechten Eindruck machen. Ich finde es äußerst nobel, dass er uns zur Hilfe eilt. Insofern ist es nur recht und billig, unseren guten Willen zu zeigen und uns nach Kräften einzuschränken.« Seine dunklen Gläser richteten sich auf Rupert. »Das Schiff ist in Gefahr. Am Kap weht uns der Wind entgegen und ein, zwei Stürme stehen bevor. Das Meer ist gnadenlos, grausam und wild. Es fordert den ganzen Mann, frisst seinen Schweiß, raubt seinen Mut und ist immer noch nicht satt. Von unseren Händen wird Blut rinnen und in unseren Augen Salz brennen …«

»Sei still, Ronnie!« Meine Mutter hob ihren Schleier an, um ihr Glas anzusetzen. »Käpt'n Hornblower hatten wir gestern schon. Wer immer das Drehbuch geschrieben hat, wusste vom Meer so viel wie ein Wüstenkäfer.«

Das Wenige, das man von Ronnie erkennen konnte, wirkte beleidigt. Außerdem schien er sich vor Rupert zu fürchten, vermutlich weil er Theaterkritiker war und über das Wohl und Wehe eines Schauspielers entscheiden konnte. Ich warf Rupert einen Seitenblick zu und hatte den Eindruck, dass er sich über uns amüsierte. Als Ophelia und Portia den Salon betraten, wurde er ernst. Portia begrüßte ihn mit einem knappen Hallo, setzte sich in den Erker, zupfte die Vorhänge auseinander und starrte auf die Straße.

Ophelia warf sich grußlos aufs Sofa, schenkte Rupert einen kalten Blick und sagte: »Das macht dir Spaß, nicht wahr? Hierher zu kommen und unsinnige Forderungen zu stellen. Seltsame Art, sich für das, was wir für dich getan haben, zu bedanken. Ich hoffe, du glaubst nicht, dass ich ab sofort nach deiner Pfeife tanze.«

»Das bleibt dir überlassen«, entgegnete Rupert.

Ich hätte gern erklärt, wie dankbar wir ihm waren, doch ich hatte Angst, die anderen würden mir vorwerfen, mich bei ihm einschmeicheln zu wollen. Rupert schaute auf seine Armbanduhr.

»Hat jemand einen Job?«

»Ich werde bei einer Autorin anfangen«, bemerkte Portia und löste ihren Blick von der Straße. »Zum Glück muss ich nicht tippen, sondern nur das Telefon bedienen und Termine organisieren. Die Autorin ist Feministin. Ich bekomme ein Pfund fünfzig pro Stunde.«

Rupert nickte. »Gut. Harriet ist, wie ich weiß, untergebracht.« Ich versuchte, nicht kläglich auszusehen. »Bron?«

»Heute ist ein Stellenangebot für einen Autoverkäufer in der

Zeitung, doch es klingt nicht gerade verlockend. Wenn du mich nicht an den *Guardian* vermitteln kannst, hätte ich nichts gegen einen Job bei einer Bank, selbst wenn ich dabei meine Seele verkaufen müsste.«

»Das heißt, du nimmst die Stelle als Autoverkäufer an. Ophelia?«

»Lass mich zufrieden«, kam es von Ophelia.

»Dann möchte ich noch einmal meine Bedingungen wiederholen. Sollte einer von euch vieren keine Arbeit finden oder sie verlieren, sind wir geschiedene Leute. Seht zu, dass Ophelia Vernunft annimmt, was sicherlich keine einfache Aufgabe ist. Harriet kann mich nächste Woche anrufen, um mich auf dem Laufenden zu halten. Ich muss wieder los.«

Damit stellte Rupert sein Glas ab und verließ den Raum. Ich lief ihm nach und erreichte ihn an der Vordertür. »Bitte, Rupert, sei nicht böse. Ich rede mit Ophelia, und gewiss sieht sie ein, dass sie arbeiten muss. Ich weiß, dass du das alles uns zuliebe tust, und wir sind dir wirklich dankbar, auch wenn wir uns nicht so benehmen. Es ist unendlich nett von dir, uns zu helfen.«

»Ich bin nicht böse.«

»Wirklich nicht?«

»Ich weiß, wie Schauspieler sind. Ich verbringe einen Großteil meiner Zeit mit ihnen. Je schlechter sie spielen, desto arroganter werden sie.«

»Du bist doch böse.«

Er seufzte. »Noch nicht, Harry. Aber wenn du noch länger an meinem Ärmel zupfst und darauf bestehst, meinen Gemütszustand zu analysieren, und ich deswegen meinen Zug versäume, kann ich für nichts garantieren.«

Seine Worte machten mich unglücklich, doch ich war froh, dass er wenigstens meinen Kosenamen verwendet hatte und sein Herz nicht gänzlich zu Stein geworden war.

»Oh, Hat!«, rief Cordelia, als ich in den Salon zurückkehrte. »Ich finde ihn wundervoll! Ob er mit mir ein Verhältnis anfängt, wenn ich ein berühmter Filmstar bin? Klar ist er bis dahin uralt, aber dafür hat er dann jede Menge Erfahrung.«

Rupert gegen die Schmähungen seitens der anderen zu verteidigen hätte wenig Sinn gehabt. Ich saß einfach da und dachte zum hundertsten Mal, dass mir Maria-Alba fehlte und dass ich wünschte, sie wäre wieder da.

13

Mr Podmore riss die Tür zu unserem Büro auf, und noch ehe man eine Briefmarke anlecken konnte, hatten Eileen und Muriel angefangen, auf ihre Maschinen einzuhämmern. »Slim schon da?«, bellte er.

Ohne den Blick zu heben, erwiderte Muriel: »Er hat angerufen und gesagt, er wäre erkältet. Wahrscheinlich hat er einen Kater.«

»Grund ist mir scheißegal. Problem ist, dass er nicht da ist. Leiche aus Abwasserkanal wird heute begraben. Gerichtsmediziner meint Todesursache Unfall. Polizei glaubt an Mord. Bandenmord! Korruption an höchster Stelle!« Mr Podmore räusperte sich. »Irgendjemand muss darüber schreiben. Wir benötigen die Namen der Trauergäste und die der anwesenden Polizeibeamten.«

»Mich brauchen Sie nicht anzuschauen.« Muriel hörte auf zu tippen und betrachtete Mr Podmore vorwurfsvoll. »Mit meinem Ischias ist nicht zu spaßen. Wenn Sie glauben, ich könnte im eiskalten Wind stehen, dann ...«

»Ich komme auch nicht in Frage«, fiel Eileen ihr ins Wort. »Auf Beerdigungen muss ich weinen, selbst wenn ein Fremder begraben wird. Und wenn ich einmal angefangen habe, höre ich nicht mehr auf.« Sie kramte ein Taschentuch hervor. »So weichherzig bin ich nun mal. Ich war schon fix und fertig, als der Wellensittich meiner Nachbarin gestorben ist.« Sie schluckte und schnäuzte sich.

Mr Podmore verdrehte die Augen und stierte an die Decke, als hoffe er auf eine Eingebung. Danach wanderte sein Blick erneut in die Runde und blieb auf mir haften. »Sie da. Byng. Städtischer Friedhof. Elf Uhr. Busgeld aus der Kasse.«

»Ja, aber ich weiß doch gar nicht, was ich dort ...«

»Zweihundert Wörter. Atmosphärisch. Weinende Verwandte, strömender Regen und so weiter.«

»Ja, aber …« Mr Podmore war schon wieder aus der Tür.

»Gut, dass es mich nicht getroffen hat.« Muriel stand auf, um den Wasserkessel aufzusetzen. »Im Radio wurde Regen angesagt. Komisch, dass sich manche Leute immer in den Vordergrund drängen müssen. Möchtest du eine Scheibe Toast mit Orangenmarmelade, Eileen?«

»Ja, bitte.« Eileen benutzte ihr Taschentuch, um einen Schluchzer zu ersticken. »Ein weiches Herz ist eine Last, doch so hart und kalt wie andere Leute möchte ich nicht sein.«

Die beiden musterten mich missbilligend. »Byng«, sagte Muriel mit einem Mal bedächtig, während sie Teebeutel in zwei geblümte Tassen hängte. »Da war was. Vor nicht allzu langer Zeit.«

Der Bus hielt vor dem Eingangstor des Friedhofs. Inzwischen fielen erste kalte Regentropfen, und als ich die Trauergemeinde endlich gefunden hatte, war mein Mantel durchnässt. Hinter einem Baum erkannte ich einen Polizeiwagen. Die Trauergäste standen schwarz vermummt und mit riesigen dunklen Hüten bekleidet unter den Zweigen einer mächtigen Zeder, sodass der Pfarrer sich allein am Fuß des Grabes befand. Als sein Talar aufwehte, lugte darunter eine alte Flanellhose mit Farbflecken hervor.

Der Pfarrer schlug sein Gebetbuch auf und murmelte ein paar Worte. Die Trauernden fingen an, sich zu unterhalten. Ich näherte mich einer schwergewichtigen Dame mit kurzem Rock und stellte fest, dass die Venen in ihren Kniekehlen ein ähnliches Muster wie der Streckenplan der Londoner U-Bahn bildeten. »Ich glaube, dieses Jahr sind die Seychellen an der Reihe«, erklärte sie ihrem Nachbarn. »Dawn fährt mit ihrem Freund nach Lanzerote und Fred hat gesagt, dann könnten wir endlich mal allein Urlaub machen.«

»Wie schön!«, erwiderte eine Frau mit braun-schwarz gemusterten Strümpfen, die ihre Beine irgendwie faulig aussehen ließen. »Gerald wollte nach Barbados. Gerald, habe ich zu ihm gesagt, hast du meinen Magen vergessen? Weißt du nicht, was passiert, wenn ich ausländisches Essen auch nur sehe? Weißt du nicht mehr, wie krank die Leute geworden sind, die letztes Jahr im Ausland waren? Sollen wir unsere Gesundheit ruinieren, nur um zu protzen?«

»Und wohin fahrt ihr nun?«, erkundigte sich die Dame mit den Venen.

»Wir denken an Blackpool.«

Der Pfarrer bat die Trauernden mit ungeduldigem Winken, Erde auf den Sarg zu werfen. Eine Frau reichte einen Korb mit unechten Blumen herum, flüchtete jedoch unter den Baum zurück, als ein neuer Regenschauer einsetzte. Ich zückte meinen Block.

»Entschuldigen Sie«, sprach ich die Dame mit den Venen an. »Ich komme vom *Brixton Mercury*. Würden Sie mir vielleicht Ihren Namen nennen und mir sagen, in welcher Beziehung Sie zu dem Toten standen?«

»Na, das ist ja lustig. Nun kommt Vildo doch noch in die Schlagzeilen. Dabei hat er sein Leben lang versucht, genau das zu verhindern.« Sie stieß schrilles Gelächter aus, verstummte jedoch, als sie den Blick des Pfarrers bemerkte. »Nun, wenn Sie die Wahrheit wissen wollen, Vildo war nicht besonders beliebt, und dass er nicht mehr lebt, stört hier keinen. In der Familie empfinden wir es allerdings als Schande, dass er im Abwasserkanal umgekommen ist. Er war mein Onkel.«

»Vildo ist ein recht ungewöhnlicher Name.«

»Er stammte aus Serbien. Sein Vater ist nach dem Krieg aus Sarajewo gekommen.«

»Und wie lautete sein Nachname?«

Sie gab einen Laut von sich, der wie ein Röcheln klang, doch dann buchstabierte sie den Namen noch einmal ausführlich. Er bestand aus einer Menge Konsonanten und keinem einzigen Vokal.

Mit klammen, steifen Fingern versuchte ich die Namen der Angehörigen aufzuschreiben, doch sie hörten sich dermaßen seltsam an, dass ich sie mir ebenso gut hätte ausdenken können. Ich hielt nach Atmosphärischem Ausschau. Der Pfarrer eilte fort und benutzte sein Gebetbuch als Schirmersatz. Die Blumen hatte der Regen aufgeweicht, und der künstliche Rasen, den man um das Grab gelegt hatte, war mit Schlammspuren bedeckt. Nur der glänzende schwarze Grabstein mit der vergoldeten Inschrift, die mit grünen Kieselsplittern eingefasst worden war, wirkte fröhlich.

Nachdem die Trauergemeinde sich aufgelöst hatte und zu ihren

Wagen gelaufen war, entdeckte ich einen Mann, der unter der Zeder zurückgeblieben war. Er wartete, bis der Polizeiwagen verschwunden war, dann trat er vor und spähte in das Grab. Ich fand, dass er krank aussah, denn seine Wangen waren eingefallen und seine Lippen bläulich. An seinem Schädel klebten ein paar dünne Strähnen. Der Regen, der ihm entgegenschlug, schien ihm nichts auszumachen. »Ein Freund aus der Vergangenheit, ein geheimnisvoller Fremder«, notierte ich und hoffte, das wäre atmosphärisch genug. Doch noch während ich an meinem Bleistift nagte und überlegte, was dem noch hinzuzufügen wäre, umklammerte der Mann seinen Kopf und stieß einen Klagelaut aus. Offenbar gab es doch einen Menschen, der um Vildo trauerte. Mit bebendem Rücken zog der Mann ein Taschentuch hervor.

»Nie mehr. Nie mehr«, sagte er. »Gott weiß, das war das letzte Mal.«

Als letzten Gruß fand ich seine Worte nicht sehr eindrucksvoll. Ich schrieb sie aber auf, um sie später auszuschmücken. Als ich aufsah, war der Mann verschwunden – wie vom Erdboden verschluckt. Verwirrt schaute ich mich um und dann hoch in die Zweige, doch dort saß nicht einmal ein Spatz.

Ich blickte zu den umliegenden Gräbern. Nebelschleier stiegen auf und aus den Bäumen fielen Regentropfen. Über ihnen jagte der Wind dunkle Wolken vor sich her und auf dem Boden wirbelten Blätter auf. Ich zog meinen Mantel enger und wusste nicht, wo ich außerdem noch suchen sollte. Plötzlich drang ein Stöhnen aus dem Grab. Ich schrie auf, machte kehrt und rannte davon – stets gewärtig, dass sich jeden Moment eine knochige Hand auf meine Schulter legen konnte. Ich platschte durch Pfützen und meine Füße wurden nass, doch alles war mir gleich, solange ich nur aus dem Friedhofsgelände herausfand. Nach einer Weile tauchte der Ausgang auf und ich stürzte auf die Straße, sprang in den Bus, der um die Ecke gebogen kam und kauerte mich so tief in meinen Sitz, dass die anderen Fahrgäste mich argwöhnisch beäugten.

Nach einer Weile beruhigte sich mein Herz, und der Anblick der alten Dame neben mir, die ein Netz mit Rosenkohl auf dem Schoß hielt, gab mir ein Gefühl der Wirklichkeit zurück. Ich lehnte mich in den Sitz und versuchte zu begreifen, wie ein Mensch urplötzlich verschwinden konnte und ob es Tote gab, die ihr Grab verließen, um ein paar letzte Worte zu sprechen. Ich hatte von Verstorbenen gehört, die man später auf Fotos ihres Leichenschmauses erkannt hatte. Demnach wäre es auch möglich, dass mir vorhin Vildos Geist erschienen war. Noch im fahrenden Bus fing ich an zu schreiben.

Im Büro brachte ich die Geschichte zu Ende, und als mein Mantel und meine Schuhe getrocknet waren, glaubte ich, ein journalistisches Meisterwerk vollbracht zu haben. Für den Fall, dass Mr Podmore den Inhalt anzweifelte, hatte ich noch ein, zwei wesentliche Details erfunden. Der Mann war nunmehr durchsichtig und glitt durch Grabsteine und Bäume, ehe er verschwand. Außerdem trug er ein weißes Totenhemd anstelle des grauen Regenmantels. Dann vergewisserte ich mich im Wörterbuch, wie ätherisch geschrieben wurde und lieferte meinen Artikel bei Mr Podmore ab.

Er nahm ihn wortlos entgegen. Während er las, beobachtete ich seine Miene und sah zufrieden, wie sein Gleichmut ungläubigem Staunen wich.

»Allmächtiger«, murmelte er. Dann ließ er meinen Text sinken und kratzte sich mit einer Büroklammer im Ohr. »Unfassbar, wirklich außergewöhnlich. Nach all den Jahren – nach einem Leben, in dem ich nicht einmal den Hauch eines Geistes wahrgenommen habe – taucht ein dummes Gör auf«, er riss sich zusammen, »erscheint jemand, der nichts von Parapsychologie versteht, also das ist …« Obwohl er mich anschaute, hatte ich den Eindruck, er blickte durch mich hindurch. »Es gibt eine Theorie, nach der sich übernatürliche Wesen vorrangig jungen Leuten und Einfältigen zeigen, weil der ungebildete Verstand aufnahmefähig ist und der geschulte abweisend reagiert.«

»Das finde ich nicht nett«, erwiderte ich, weil er mich mit Einfältigen verglichen hatte. »Ich bin nicht ungebildet. Ich habe ziemlich viel gelesen und kann Ihnen, wenn Sie möchten, Shakespeare zitieren.«

»Schon gut«, winkte er ab. »Natürlich sind Sie ein kluges Mädel. Tochter von Mörder hat Verstand! Vielleicht müssen Sie noch lernen, wie man schreibt, doch davon abgesehen übertreffen Sie in der Tat jede Erwartung.« Er schnappte sich einen Bleistift und beugte sich über mein Geschriebenes. »Na, dann wollen wir mal. Oberstes Gebot: Fakten! Wer, was, wo und wann. Danach warum und wie. Keine aufgeplusterten Adjektive und Adverbien!« Er strich die Wörter, die ich mir mühsam ausgedacht hatte. »Auch das hier muss weg – ›das fast spürbare Miasma ätherischen Unheils, welches dem Grabmal des Verstorbenen entströmte‹. Wir wollen doch nicht, dass unsere Leser uns für übergeschnappt halten. Geistige Umnachtung in Redaktionsbüro! Ärzteschaft steht vor Rätsel! Atmosphäre, Byng, heißt keineswegs Schwulst.«

Das Hochgefühl, das in mir aufgestiegen war, fiel in sich zusammen. »Wenn ich gewusst hätte, dass ich wie Hemingway schreiben soll«, begann ich und verstummte, denn Mr Podmore war mit seinen Gedanken fraglos ganz woanders.

»Sitzen bleiben.« Mr Podmore hob einen Zeigefinger, als ich mich erheben wollte. »Mir kommt eine Idee. Sie werden eine Serie schreiben.«

Ich glaubte, meinen Ohren nicht zu trauen. »Wer? Ich?«

»Jawohl. Es sei denn, im Raum befindet sich noch jemand, den jedoch nur Sie sehen.« Ich war zu perplex, um an seinem Spott Anstoß zu nehmen. »Zunächst tausendfünfhundert Wörter pro Woche. Für die Freitagausgabe. Acht Pfund pro Artikel. Überschrift,« er kippte seinen Stuhl zurück und starrte auf den Glasglobus, der als Lampenschirm diente und tote Fliegen beherbergte, »›Reich der Geister‹ – nein, das klingt nach Kaufhaus. Wir brauchen etwas Sensationelles. ›Im Schatten der Welt‹ – nein, zu politisch. ›Gespensterspuren‹ – Quatsch, kann kein Mensch aussprechen. Der Titel soll ja im ganzen Land einschlagen.« Bescheiden war Mr Podmore eindeutig nicht. »Ich hab's. ›Poltergeister‹! Ja, ich glaube, das klingt aufregend, ohne abzuschrecken.«

»Ja, aber worüber soll ich denn schreiben?«

»Was weiß ich? Über Gebäude, in denen es spukt, nehme ich an. Lassen Sie Ihrer Fantasie freien Lauf. Unsere Leser sollen eine Gänsehaut kriegen. Sie werden jedes Gebäude in England durchsuchen, in dem irgendjemand ein merkwürdiges Geräusch vernommen hat. Für Spesen kommt die Zeitung auf. Aber keine Sperenzchen! Keine Viersternehotels!«

Mein plötzlicher Aufstieg und der Umfang meines Auftrags

machten mich benommen. »Aber ich kann doch unmöglich in – ich meine, wie soll ich denn …«

»Donnerwetter, Byng! Sie feilschen ganz schön – muss man Ihnen lassen. Ist aber kein Manko bei einem, der vorankommen will. Also gut, zehn Pfund. Allerdings liegt der Artikel donnerstagmittags auf meinem Tisch. Grippe oder arme Tantchen, die tot umgefallen sind, gibt es nicht. Podmore wird aus Ihnen eine knallharte Journalistin machen.«

»Und wann soll ich anfangen?«

»Nächste Woche.«

»Aber wo soll ich denn …«

Mr Podmore schaute mich ungeduldig an. »Sind Sie ein Aasgeier oder ein Piepmatz, Byng?«

»Ähm, Ersteres würde ich sagen«, log ich.

»Na, dann nichts wie ran.«

Anschließend saß ich wie im Traum an meinem Tisch, hantierte mit meiner Schreibmaschine und überlegte, was überhaupt von mir verlangt worden war. Nie im Leben würde ich bei wildfremden Leuten aufkreuzen und fragen, ob in ihren Räumen zufällig Poltergeister hausten. Und wie sollte ich überhaupt ein verdächtiges Haus ausmachen? Ob es dazu Reiseführer gab? Dann jedoch wurde mir mein Beitrag zu unserer Haushaltskasse bewusst und ich malte mir aus, wie zufrieden Rupert wäre und wie er mich loben würde.

Es verstrich eine Weile, bis mir die Stille im Raum auffiel. Niemand murmelte, niemand kochte Tee, niemand feilte sich die Nägel, niemand blätterte Zeitschriftenseiten um. Wahrscheinlich hätte man eine Stecknadel fallen hören. Ich schaute auf.

Muriels und Eileens Blicke zuckten fort. Muriel schluckte wie ein Strauß, der einen Tennisball herunterwürgt. »Manche Leute haben echt Nerven«, sagte sie. »Meine Mutter würde sich im Grab rumdrehen, wenn sie wüsste, mit wem ich verkehren muss.« Ich blickte sie verwundert an. »O ja!«, setzte sie hinzu. »Ich habe alles im *Daily Banner* gelesen. Da gibt es nicht nur Mörder in der Familie, sondern auch Prostituierte, Diebe und so weiter. Doch das scheint gewissen Personen nichts auszumachen. Sie mischen sich seelenruhig unter Menschen, die nicht einmal wagen würden, ausgeliehene Bücher über die Leihfrist hinaus zu behalten, und tun, als könnten sie kein Wässerchen trüben.«

»Genau.« Eileen bebte vor Empörung. »Wenn ich mit einem Mörder verwandt wäre, würde ich mich gar nicht mehr auf die Straße wagen.«

Ich wusste nicht, was ich darauf erwidern sollte. Gewiss, es waren billige Sticheleien, doch sie setzten mir zu. Für einen Moment starrte ich die beiden hilflos an, und sie lächelten zufrieden, als sie erkannten, dass sie mich getroffen hatten.

Eine Stunde später war ich den Tränen nahe. Es hatte nichts mit Eileen und Muriel zu tun, denn ihre Gehässigkeiten waren ein Klacks im Vergleich zu den Spesenabrechnungen, die vor mir lagen. Offenbar war es meine Aufgabe, Mr Podmores Marokkourlaub zu Abendessen mit ehemaligen Geliebten berühmter Fußballspieler umzuwandeln, zu Golfrunden mit Parlamentsmitgliedern, Geschäftsreisen nach Manchester und dem Kauf von Büromaterial. Dummerweise war Mr Podmores Urlaub dermaßen aufwändig gewesen, dass er mindestens für ein Jahr täglich irgendwo hätte essen können, um an die Endsumme zu gelangen.

»Byng.« Mr Podmore stand im Türrahmen. »Rechnen Sie immer noch?«

»Es tut mir Leid, Sir. Ich habe offenbar Schwierigkeiten beim – Teilen.«

»Eileen soll das machen. Sie kommen in mein Büro. Und zwar dalli.«

Er warf die Tür zu.

»Na, so was?«, stichelte Eileen und unterbrach ihr eifriges Hämmern, um mein zerknittertes Papierbündel entgegenzunehmen. »Sollte es Ihnen bei Ihrer Herkunft nicht eigentlich leicht fallen, ein paar Abrechnungen zu fälschen?«

»Setzen Sie sich«, befahl Mr Podmore, zündete sich eine Zigarette an und begann nervös und Schweißgeruch verströmend auf und abzulaufen. »Sie wundern sich gewiss, wenn ich Ihnen sage, dass ich seit Jahren an einem Buch über Parapsychologie schreibe.« Da ich weder etwas über Mr Podmore noch über seine Freizeitbeschäftigung wusste, wunderte ich mich nicht. »Mir ist klar«, fuhr er fort, dass mein Interesse an derlei Dingen meiner Intelligenz widerspricht.« Ich lauschte ihm mit aufmerksamer Miene, so wie es sich für eine Angestellte geziemte. »Insofern möchte ich mir Ihre übernatürliche Wahrnehmungskraft zunutze machen.« Ich lächelte bescheiden. »Was nicht bedeutet, dass ich an die Existenz solcher Erscheinungen glaube. Ich bin lediglich offen. Kurz und gut: Ich möchte, dass Sie morgen Nachmittag an einer Séance teilnehmen. Vier Uhr.«

»Werde ich dafür bezahlt? Ich müsste Überstunden machen.«

Mr Podmore wirkte gekränkt. »Geld ist nicht alles im Leben, Byng. Ich werde meine Dankbarkeit in anderer Form beweisen.« Ich weigerte mich, mir jene anderen Formen vorzustellen. »Also gut, fünf Pfund.«

»Wo soll die Séance stattfinden?«

»Im Haus von Madame Eusapia, dem berühmten Medium.« Der Name sagte mir nichts. »Und seien Sie pünktlich. Madame Eusapia reagiert äußerst empfindlich, wenn man sie in ihrer Konzentration unterbricht.«

Jemand klopfte an die Tür. »Hallo, Sidney«, sagte eine Männerstimme. »Tut mir Leid, wenn ich ein bisschen spät dran bin. Ich war erkältet – irgendein Grippevirus.« Ich roch eine Bierfahne.

»Bei einem Grippevirus ist man nicht nach einem halben Tag wieder auf den Beinen«, knurrte Mr Podmore. »Du hast getrunken.«

Der Neuankömmling trat vor, und bei seinem Anblick wurde ich starr vor Entsetzen.

»Warum nimmst du immer das Schlimmste von einem Menschen an?«, fragte er Mr Podmore. »Ich habe mich mit letzten Kräften zu der Beerdigung geschleppt, um über diesen Ganoven zu berichten. Dabei konnte ich mich vor Fieber kaum aufrecht halten und bin in das Grab … nun, jedenfalls bin ich gestürzt.«

»Die Mühe hättest du dir sparen können«, erwiderte Mr. Podmore. »Die junge Dame hier hat deine Arbeit erledigt.« Er wandte sich an mich. »Das ist übrigens Slim Brewer, unser Chefreporter. Zumindest wenn er nüchtern ist – was selten genug vorkommt.«

In Slims blassem Gesicht zuckte es. Er strich eine schwarze

Strähne zurück, die sich aus seinem schütteren Haar gelöst hatte. Ich schwor mir auf der Stelle, dass ich weder für Geld noch aus Gründen der Wahrheitsliebe, ja, nicht einmal wenn man mir Bambusspitzen unter die Fingernägel triebe, gestehen würde, dass ich den Chefreporter des *Brixton Mercury* für Vildos Geist gehalten hatte.

14

Die Frau, die uns in der Philadelphia Avenue 74 die Tür öffnete, hatte Lippenstift an den Zähnen, und ihr Rouge hatte sich in ihren faltigen Wangen abgesetzt. Ein komischer Duft wehte uns entgegen, eine Mischung aus Spülmittel und Blumen, die zu lange in der Vase gestanden hatten.

»Da wären wir.« Portia ging voraus. »Mein Name ist Portia Byng, und das ist meine Schwester Harriet.«

»Mr Podmore hat uns bereits Bescheid gegeben. Allerdings haben wir nur eine Dame erwartet. Von zweien war nicht die Rede.«

Portias Lächeln wurde immer noch von ihrem Zahn beeinträchtigt, doch wenn sie wollte, konnte sie dennoch einen äußerst reizenden Eindruck hinterlassen. »Oh, liebe, verehrte Madame«, säuselte sie, »ich habe Harriet angefleht, sie begleiten zu dürfen, weil ich bereits, seit ich denken kann, an einer Séance teilnehmen wollte. Und jetzt bin ich ganz aufgeregt, jemanden kennen zu lernen, der sich mit Toten unterhalten kann. Sie müssen über eine ungeheure Sensibilität verfügen.«

In Wahrheit hatte Portia gesagt: »Eine Séance? Das lasse ich mir nicht entgehen. Wir werden uns biegen vor Lachen.«

Und da Portia seit ihrer Rückkehr an nichts mehr Interesse bekundet hatte, hatte ich eingewilligt, sie mitzunehmen.

»Ich bin nicht Madame Eusapia. Ich bin Miss Judd und stehe Madame zur Seite. Geister sind zuweilen ungebärdig und hinterlistig, und wenn Madame von der Séance erschöpft und angegriffen ist, braucht sie meine Hilfe.«

In dem langen, schmalen Flur stand eine Reihe Tragetaschen,

aus denen Kleider quollen, und an einer war ein Zettel mit der Aufschrift: »Pfarrer, 16.30h« angebracht. Dahinter befanden sich ein altmodisches Damenrad, ein Garderobenständer mit einem Pelzmantel, der nach Mottenkugeln roch, und ein Telefontischchen mit verwelkten Chrysanthemen. Wir folgten Miss Judd in ein verdunkeltes Zimmer. Dort saßen vier Personen um einen runden Tisch, der mit einem schwarzen Tuch bedeckt war. In der Mitte brannte eine kleine Öllampe, aus der Rauch aufstieg.

»Hallo«, sagte Portia. »Das ist meine Schwester Harriet und ich …«

»Pscht!«, kam es aus der Runde. Ein kahlköpfiger Mann mit schwarzem Spitzbart deutete auf einen leeren Stuhl. Miss Judd schob einen weiteren daneben. Wir ließen uns nieder, und ich musterte die anderen verstohlen.

Die beiden Frauen trugen dunkle Kleidung und hatten graues Haar, eine mit Dauerwelle, die andere mit Bubikopf. Nachdem sie uns einen Blick zugeworfen hatten, konzentrierten sie sich wieder auf die Lampe. Der zweite Mann war schmächtig, und sein Haar stand wie ein Strohdach ab. Darunter starrte er Portia mit offenem Mund an. Als sie zurückstarrte, kehrte sein Blick zur Lampe zurück. Neben mir saß der Bärtige. Er hielt seine Augen geschlossen, die Arme vor der Brust verschränkt und roch nach Whisky.

Danach machte ich einen Glasschrank mit Scheibengardinen aus und ein Klavier, und ich fragte mich, ob dort ein Tonbandgerät verborgen war, denn ich wusste, dass es sich bei Medien meistens um Betrüger handelte. Anderseits hatte Arthur Conan Doyle fest an Übersinnliches geglaubt und es lediglich gehasst, wenn die Geister ihn als Sherlock Holmes ansprachen. Inzwischen kannte ich mich aus, was Spiritualismus betraf, denn am Nachmittag hatte ich ein gebrauchtes Buch zu dem Thema erstanden. Ich wusste, dass Musselinschleier als Geisterhüllen dienten und dass Thomas Mann den spiritistischen Sitzungen seiner Dienerschaft beiwohnte, um übernatürliche Phänomene zu erkunden. Vielleicht hatte er sich, ebenso wie ich, nach einem Beweis gesehnt, der der Vernunft ihr Vorrecht absprach; vielleicht erhofften wir aber einer wie der andere einen Hinweis darauf, dass der Tod nicht das Ende von uns war.

Während wir im Dämmerlicht saßen, dem Ticken der Uhr und dem Atem der anderen lauschten, nahm ich mir dennoch vor, mich bei dem, was folgen würde, nicht leichtgläubig täuschen zu lassen.

Ein Stuhl war noch frei, und irgendwo verströmte ein Ofen enorme Hitze. Die Luft war stickig. Der Bärtige neben mir begann mit den Füßen zu scharren.

»Heiß hier, nicht wahr?«, begann Portia leutselig. Der Bärtige schlug die Augen auf und schaute sie ungehalten an.

»Das ist kein Kaffeeklatsch«, raunzte er. »Werden Sie aufnahmebereit. Machen Sie Ihren Kopf frei und leer.«

Ein wenig später erklärte Portia: »Es klappt nicht. Irgendetwas riecht sonderbar und das lenkt mich ab.«

»Schweigen Sie!«, murmelte der Bubikopf. »Ich treibe im Raum. Mir wird übel, wenn mich jemand stört.«

»Da sind Sie nicht die Einzige«, brummte der Strohgedeckte. »Wäre schön, wenn auch Sie den Mund hielten.«

Portia kicherte und vier Augenpaare starrten sie grimmig an.

»Wenn Sie so weitermachen, verärgern Sie die Geister«, wandte die Dauergewellte sich an Portia. »Es ist beschwerlich, aus dem Jenseits zurückzukehren. Die Geister erwarten, dass wir sie mit gebührender Achtung empfangen.«

»Hören Sie jetzt endlich auf zu palavern«, herrschte der Bärtige sie an. »Ich glaube, da kommt Madame.«

Miss Judd öffnete feierlich die Tür. Madame Eusapia trat ein, und ich war zutiefst enttäuscht. Ich hatte mir jemanden vorgestellt, der düster und geheimnisvoll wirkte, doch Madame Eusapia war einfach nur dick, trug ein grellbuntes Gewand, Armreifen und einen Turban. Sie hätte zu den *Lustigen Weibern von Windsor* gehören können.

»Ich hoffe, es macht Ihnen nichts aus, dass ich mitgekommen bin«, setzte Portia an.

Madame hob ihre Hand. »Kein Wort!« Dann blickte sie mich an. »Sie sind diejenige mit der Gabe.«

»Nun, also – nicht wirklich«, entgegnete ich unbehaglich. »Mag sein, dass ich – aber vielleicht habe ich mich auch geirrt.«

Madames Hand wedelte meinen Einwand fort. »So was erkenne

ich auf den ersten Blick. Sie sind auserwählt. Da ist ein Glanz um Ihren Kopf. Ihre Gabe wird Segen und Last in einem sein. Ich hoffe, Sie erweisen sich ihrer würdig.« Ich senkte die Lider und spürte, dass die Hitze in meine Wangen stieg. »Miss Judd sammelt das Geld ein. Macht für jeden drei Pfund.«

Miss Judd umrundete den Tisch und kassierte dezent Geldscheine. Sie blieb neben mir stehen.

Ich zog mein Portmonee hervor und betrachtete meine zehn Pence und die fünf Pfund von Mr Podmore, von denen ich Pa zwei Zigarren und seine Lieblingsoliven mit der Knoblauchfüllung hatten kaufen wollen und außerdem ein Fässchen Tinte für mich. Dazu mussten wir noch die Rückfahrt mit der U-Bahn bestreiten. Portia flüsterte, sie hätte nur fünfundsiebzig Pence in der Tasche.

»Fünf Pfund für die beiden Mädels«, ließ sich Madame Eusapia vernehmen. »Die kleine Übersinnliche kriegt Rabatt.« Widerstrebend bot ich Miss Judd meine fünf Pfund dar. »Das wär's, Judd.« Madame Eusapia ließ sich nieder und massierte ihre Schläfen. Dann legte sie ihre Hände auf den Tisch. »Ich bin so weit.«

Der Bärtige umschloss meine rechte Hand und Portia ergriff meine linke. Miss Judd zog einen Vorhang vor die Tür und schraubte den Docht in der Lampe herunter, bis er nur noch rötlich glühte. Gleich darauf breitete sich Ölgeruch aus, der sich mit der stickigen Luft und dem Whiskydunst vermischte. Für lange Zeit saßen wir stumm da. Der Bärtige atmete pfeifend durch die Nase.

Mein Magen begann zu rumoren. Ich hatte damit seit jeher Probleme, doch seit Pas Inhaftierung war es ärger geworden, und zurzeit bedurfte es nur der leisesten Aufregung, und mein Magen fing an zu grummeln. Ich spannte meine Bauchmuskeln an, doch dadurch wurde es nur noch schlimmer.

»Ah!«, seufzte Madame Eusapia im Gleichklang mit einem besonders lauten Magenknurren meinerseits. Portia gluckste. »Ich spüre eine Gegenwart und bitte den Geist, sich zu enthüllen. Ein Klopfen für ja, zwei für nein.« Von Portia kam ein prustendes Geräusch, das sie mit einem Hüsteln zu kaschieren versuchte. Dadurch hatte sie denjenigen, der zu unserem Dunstkreis vordringen wollte, aber offenbar in die Flucht geschlagen, denn es enthüllte sich niemand, und Madame Eusapia verfiel in Schweigen. Allmählich verkrampften sich meine Arme und mein Rücken, und außerdem war die Hand des Bärtigen klebrig. Den Verdacht, dass er meine Hand heimlich drückte, verdrängte ich. Meine Nackenhaare stellten sich auf, als ein Klimpern wie von den Glöckchen eines Pferdegeschirrs aus der Dunkelheit herabzuschweben schien. Irgendetwas wie fliehende Spinnweben strich über mein Gesicht.

»Ich höre dich, Geist. Komm näher«, lockte Madame Eusapia. »Warum gesellst du dich nicht zu uns? Ich glaube, ich weiß, wie du heißt. Jack?« Stille ringsumher. »Peter?« Abermalige Stille. »Harry, nicht wahr?«

»Harry?«, stieß die Dame mit dem Bubikopf aus. »*Mein* Harry?«

»Harry. Ich spüre dich deutlich. Tritt zu uns, mein Lieber.«

Plötzlich ertönte lautes Klopfen, und für einen Moment setzte mein Herzschlag aus.

»Bist du Harry Leadbetter?«, fragte Madame Eusapia.

Ein Klopfen.

»Ich habe ihn immer Henry genannt.«

»Henry, gewiss. Zuweilen sprechen die Geister undeutlich oder aber es kommt zu Störungen, weil andere sich dazwischen drängen.«

»Können Sie ihn erkennen?«, erkundigte sich Mrs Leadbetter. »Wie sieht er aus?«

»Er schwebt hinter der Kleinen mit der übersinnlichen Begabung.« Ich zog meinen Kopf ein und wagte nicht, mich umzuschauen. »Er möchte nur von mir gesehen werden«, fuhr Madame Eusapia fort. »Sein Bild ist nicht ganz scharf, doch er sieht ausgezeichnet aus. Frische rosige Wangen.«

»Trägt er seine Uniform?«, wollte Mrs Leadbetter wissen.

»Royal Airforce, einwandfrei. Oder eine Armeeuniform? Einer unserer tapferen Jungen jedenfalls. Ich höre Musik. Marschmusik. Hören die anderen sie auch?«

Wenngleich nur schwach und ein wenig kratzig vernahm ich deutlich von irgendwoher das Geräusch einer Blaskapelle. Madame Eusapia summte den River-Kwai-Marsch.

»Er hat nicht gedient«, erklärte Mrs Leadbetter. »Er war Portier im Park Hotel.«

Portia versuchte vergebens ihr Lachen zu unterdrücken. Mir waren Madame Eusapias Stümpereien zu peinlich, um darüber lachen zu können.

»Na ja«, bemerkte Madame Eusapia. »Die Litze … Möchtest du deiner Frau etwas ausrichten, Harry?«

Etwas streifte mein Knie. Ich streckte meinen Fuß aus und rechnete fast damit, Miss Judd unter dem Tisch anzustoßen, doch stattdessen schmiegte sich ein Schenkel an den meinen. Der pfeifende Atem meines Nachbarn ging schneller, und ich rutschte ein Stück zu Portia.

»Ich möchte ihn mal etwas fragen.« Mrs Leadbetter hatte ihre Stimme erhoben, um die Sphären besser zu durchdringen. »Henry? Ich bin's. Audrey. Ich würde gern wissen, was dir Cora Smith aus dem Reisebüro bedeutet hat. Zu deiner Beerdigung ist sie mit einem herzförmigen Kranz Rosen erschienen und hat sich die Augen aus dem Kopf geheult. Kannst du dir eigentlich vorstellen, wie ich mich vor den anderen Leuten geschämt habe?«

»Er verschwindet«, murmelte Madame Eusapia. »Die Geister ertragen es nicht, angegriffen zu werden. Sie sind äußerst empfindsam.«

»Der und empfindsam!«, höhnte Mrs Leadbetter. »Dann hätte er sich aber im Jenseits ziemlich geändert.«

Wäre da nicht die Sache mit den fünf Pfund gewesen, hätte Madame Eusapia mir Leid getan. Wir schwiegen erneut. Die Hand des Bärtigen zuckte auf, und es entstand ein schmatzendes Geräusch.

Gerade als mir durch den Sinn ging, wie lästig es war, dass Männer alles und jedes mit Sex verbinden mussten, hörte die Uhr auf zu ticken und die Lampe erlosch. Mein Magen verstummte, und der pfeifende Atem brach ab. Es war, als befände man sich plötzlich unter Wasser; selbst der Druck der Stille wirkte wie Wellendruck auf meinen Ohren. Ein bläuliches Licht entstand um den Ofen. »Oh …«, stöhnte Madame Eusapia mit tiefer veränderter Stimme. »Ihr schwefligen und gedankenwirkenden Feuer, Vorreiter eichenspaltender Donnerkeile.«

Der Bärtige umklammerte meine Hand.

»*Kaufmann von Venedig*«, flüsterte Portia erregt. Ich war zu erschrocken, um zu reagieren.

»Oh, Blut, Blut, Blut«, sagte Madame Eusapia mit ihrer neuen Stimme.

»Wer seid Ihr?«, fragte der Bärtige. »Entstammt Ihr dem Reich der Geister?«

»Ich bin ein sehr törichter närrischer, alter Mann«, entgegnete Madame Eusapia. »Räche meinen ruchlosen und ganz widernatürlichen Mord!«

Miss Judd musste wohl das Fenster geöffnet haben, denn ein eisiger Wind traf auf meine heißen Wangen, rüttelte an der Tür, ließ sie aufspringen und knallend ins Schloss fallen. Die Dauergewellte stieß einen Schrei aus.

»Wer seid Ihr?«, wiederholte der Bärtige, der das Kommando übernommen zu haben schien.

»Ich bin – Sir Basil Wintergreen«, verkündete die andere Stimme aus Madame Eusapias Kehle. Portias Finger krallten sich in meinen Arm, und ich bekam eine Gänsehaut.

»Was habt Ihr uns zu sagen?«, fragte der Bärtige.

»Wär' es mir nicht untersagt, meines Kerkerbaus Geheimnis zu offenbaren, ich könnte eine Schilderung ausbreiten, deren schwächstes Wort schon deine Seele aufwühlen, dein junges Blut gefrieren, deine beiden Augen wie Sterne aus ihrem Umkreis schießen lassen, deine geknüpften und verbundnen Locken auseinander trennen …«

»Herrgott noch mal«, fiel der Bärtige Sir Basil ins Wort, »warum sagt Ihr nicht einfach, was passiert ist?«

»Lest Ihr denn keine Zeitung?«, fragte Sir Basil ungehalten. »Ein übler Schlag raffte mich hinweg, gerade in den Blüten meiner Sünde, hostienlos, unvorbereitet, ohne Ölung, kein Abschluss hergestellt, sondern zur Rechenschaft geschickt mit all meinen Schwächen auf meinem Haupt.«

»Und wer hat das getan?«

»Ah, er – der mit dem zack'gen Felsenkeile spaltet den unzerkeilbar knot'gen Eichenstamm …«

»Fakten bitte! Name, Alter, Adresse.«

»Seit ich ein Mann bin«, fuhr Madame Eusapias raue Stimme fort, »erinnere ich mich nicht, je solche Feuerwände, solche schrecklichen Donnersalven, solch Stöhnen von Wind …«

»Wenn wir den Wetterbericht gewollt hätten, hätten wir das Radio eingeschaltet«, brummte der Bärtige.

»O Narr! Ich werde noch wahnsinnig!«, rief Sir Basil.

Die Vorhänge wehten auf. Ein heftiger Windstoß fegte über uns hinweg und gleich darauf leuchtete der gesamte Raum bläulich auf. Madame Eusapia schrie, es gab ein furchtbares Getöse und der Tisch bebte.

Danach verebbte der Wind ebenso rasch, wie er entstanden war. Der Bärtige entzündete ein Streichholz, entfachte mit zitternden Händen den Lampendocht und schraubte ihn hoch. Madame Eusapia lag zusammengesunken auf dem Tisch. »Verflixt«, murmelte Miss Judd und rannte zu ihr. Sie und der Strohgedeckte richteten Madame auf. Sie hatte ihre Augen geschlossen, und ihr Kopf rollte auf die Seite.

Der Bärtige fand seine Sprache als Erster wieder. »Tja, was soll man dazu sagen?« Er klang unsicher, und auf seinem Schädel glänzte Schweiß.

»Ich glaube, gerade wurde uns ein Blick hinter den Vorhang beschert«, erklärte der Mann mit dem Strohhaar ergriffen. »Und wenn Sie nicht ständig unterbrochen hätten«, wandte er sich an den Bärtigen, »hätten wir womöglich etwas erfahren, das unserem Verständnis von Leben und Tod eine neue Dimension verliehen hätte.«

»Warum mussten Sie ihn auch so gnadenlos bedrängen?«, rief die Dauergewellte und betupfte ihre Augen mit einem Taschentuch.

»Wenn Sie ihn nicht in die Mangel genommen hätten«, fügte Mrs Leadbetter hinzu, »dann hätten wir vielleicht etwas gelernt. Die Verbindung war einzigartig. Warum müssen Männer bloß immer alles verderben?«

»Warum müssen Frauen immer alles verallgemeinern?«, fragte der Strohgedeckte zurück.

»Sie können mich mal«, erwiderte Mrs Leadbetter, verstummte aber, als Miss Judd sichtlich aufgelöst die Hände rang.

»Was soll ich bloß mit Madame anfangen? Sie will einfach nicht zu sich kommen.«

Madame Eusapias Turban war verrutscht, und weißgraue Löckchen traten zum Vorschein. Aus ihrem Mundwinkel sickerte ein Speichelfaden.

»Wir legen sie aufs Sofa«, schlug der Bärtige vor.

Während er und der Strohgedeckte Madame ächzend auf das Sofa betteten, wo die beiden Frauen ihr anschließend Luft zufächelten oder ihre Hände drückten, schauten Portia und ich unauffällig unter den Tisch, hinter die Vorhänge, in den Schrank und unter den Deckel des Klaviers. Ich entdeckte jedoch nichts außer Staub, toten Spinnen und einer Tafel Schokolade mit weißlichem Belag. Als ich in eine Vase griff, stieß ich auf eine halbvolle Flasche Wodka.

»Ich habe mich gegruselt«, bekannte Portia, als wir zu Hause in der Küche saßen, Tee tranken und Toastscheiben mit Schinkenspeck und Salz aßen. Der Speck war ein Tipp von Ronnie, um Butter zu sparen, und schmeckte gesalzen köstlich. »Trotzdem steckt ein Trick dahinter. Mr Podmore hat Madame erzählt, wer du bist und ihr wahrscheinlich auch von Pa berichtet. Ich frage mich nur, woher sie den ganzen Shakespeare hatte.«

»Den kann sie doch abgelesen und auf Band gesprochen haben«, erklärte Ronnie, der dabei war, Klöße aus Mehl, Fett und Brotkrumen zu formen. »So macht man das jedenfalls beim Film.«

»Die Stimme schien aber aus ihrem Mund zu kommen«, erwiderte ich. »Und ihren Stuhl habe ich untersucht. Da waren keine Drähte oder dergleichen. Und als sie zu sich kam und Miss Judd die Bluse aufknöpfte – Madame Eusapias Bluse, meine ich –, waren auch da weder Drähte noch ein Mikrofon. Ob Miss Judd Bauchrednerin ist?«

»Ich wünschte, ich wäre dabei gewesen.« Cordelia steckte frische Brotscheiben in den Toaster. »Erinnert ihr euch an den Film mit Margaret Rutherford, in dem …«

»Nein, das tun wir nicht«, unterbrach Portia sie. »Ich könnte mir allerdings vorstellen, dass sie irgendein Mittel in den Ofen getan haben, um den bläulichen Schimmer hervorzurufen. Doch als die Uhr plötzlich stehen blieb, war es wirklich seltsam – irgendwie das Gegenteil von einer Explosion, so als würde die Luft nach innen gesogen.«

»Eine Implosion.« Ronnie legte Kartoffeln und Hammelkoteletts in eine Form. »Das geschieht, wenn du das Fernsehgerät einschlägst – übrigens keine schlechte Idee, wenn man bedenkt, was man dort heutzutage geboten bekommt.«

»Ich hatte das gleiche Gefühl«, sagte ich. »Als würde mein Schädel geknackt.«

»Ihr müsst euch doch an den Film mit Margaret Rutherford erinnern«, beharrte Cordelia. »Da ist dieser Mann, der wieder geheiratet hat, und dann taucht bei einer Séance seine erste Frau auf, die tot ist, und macht sich über die zweite Frau lustig, die nicht besonders nett ist und total außer sich gerät, weil sie Elvira – das ist die erste Frau – nicht erkennt, und dann …«

»Aber wozu sollte das Ganze gut sein?«, fragte ich. »Madame Eusapia hätte sich dann ja alles für mich ausgedacht, denn dass Portia kommt, wusste sie nicht … es ergibt einfach keinen Sinn. Es sei denn, sie hofft, dass ich nun pausenlos zu ihr laufe und Unsummen ausgebe, um Genaueres zu erfahren, doch in dem Fall hätte sie sich geirrt.«

»Richtig, jetzt fällt er mir wieder ein.« Ronnie hielt im Zwiebelhacken inne. »Zum Schluss stirbt die zweite Frau bei einem Autounfall, denn der Geist hatte sich an der Bremse zu schaffen gemacht. Und dann stirbt der Mann und sitzt wieder zwischen den beiden Frauen.«

»Vielleicht will sie, dass du bei deinen reichen, einflussreichen Freunden für sie Werbung machst«, spöttelte Portia.

»Selbst wenn Mr Podmore dahinter gesteckt hätte, hätte es keine Tonbandaufnahme sein können«, sinnierte ich. »Es fand ja eine regelrechte Unterhaltung statt, und es gab auch keine verräterischen Pausen.«

»Ich fasse nicht, wie naiv ihr Mädels seid«, murmelte Ronnie, während er sich bückte, um seinen Auflauf in den Ofen zu schieben. »Man könnte annehmen, ihr hättet den Hokuspokus tatsächlich geglaubt.«

»Wenn du da gewesen wärst, hättest du ihn ebenfalls geglaubt«, antwortete Portia. »Es war schaurig. Mir ist es eiskalt über den Rücken gelaufen.«

»Ich hätte mich nicht gefürchtet«, verkündete Cordelia. »Ich hätte den Geist gefragt, wie man sich fühlt, wenn man gestorben ist. Und ob es so was wie die Hölle gibt. Denn wenn es eine gibt, weiß ich, wo Schwester Imelda landet. Ihr beide habt euch dämlich angestellt. Ich hätte niemals Angst vor einem Geist.«

Wie der Zufall so spielte, stellte sich später heraus, dass sie angegeben hatte, doch ich hatte meine kleine Schwester zu gern, als dass ich sie daran erinnert hätte.

15

»Ehrlich, es hat sich genau wie Basil angehört, und Stimmen sind so unverwechselbar wie Gesichter. Ich meine, jemand muss doch nur ›hallo‹ am Telefon sagen, und du weißt schon, wer es ist.«

»Andererseits ist nichts leichter, als eine Stimme zu verstellen.« In der Art von Basil Wintergreen kniff Pa die Augen zusammen und blies seine Backen auf. »Ich bitte dich, Tochter, mach mich nicht wahnsinnig … du bist eine Beule, ein Pestgeschwür oder geschwollenes Karbunkel in meinem verdorbenen Blut.«

Die Gefangenen und ihre Besucher wandten sich zu uns um. Einer der Aufseher näherte sich und tastete vorsorglich nach seiner Trillerpfeife. Die nette alte Dame neben mir stieß ein paar beruhigende Laute aus und sagte: »Nehmen Sie's ihm nicht übel, Liebes, die Leute hier machen eine Menge durch.«

»Stimmt, gerade hast du dich genau wie Basil angehört«, räumte ich ein. Allerdings hatte Madame Eusapia überzeugender geklungen, doch das behielt ich für mich, denn mein Vater wirkte noch niedergeschlagener als bei meinem letzten Besuch.

»Was macht deine Mutter?«

»Sie geht noch nicht vor die Tür, lässt dir aber alles Liebe ausrichten und fragt mich ständig, wie du aussiehst, ob du genug isst, dir ausreichend Bewegung verschaffst, und überhaupt macht sie sich große Sorgen um dich.«

Pa blickte mich stirnrunzelnd an. »Wenn ich von deinem Geschwafel auch nur ein Wörtchen glauben würde, müsste ich mir allmählich große Sorgen um deine Mutter machen. Wenn Ronnie kommt, erzählt er mir auch jedes Mal, wie bekümmert sie ist, aber ihm lasse ich es durchgehen, weil Schauspieler nun einmal notorische Lügner sind. Von dir hätte ich allerdings etwas anderes erwartet. Vermutlich denkt Clarissa öfter an ihren Frisör als an mich.«

Ich errötete, als mir einfiel, welches Theater Ma am Morgen gemacht hatte, als ich ihr erklärte, ihren Frisör könnten wir uns nicht mehr leisten. »Ronnie ist trotzdem sehr nett.«

»In der Tat«, erklärte mein Vater überraschend. »Er kommt häufiger als jeder andere.«

»Oh, Pa, es tut mir so Leid. Es ist doch nur, dass Mr Podmore mich selten vor fünf aus dem Büro entlässt, und dann schaffe ich es nicht mehr rechtzeitig hierher. Und du weißt doch, was Rupert gesagt hat: Ich darf meinen Job nicht verlieren.«

»Ist ja schon gut, Liebes. Stör dich nicht an meiner schlechten Laune. Der Laden hier geht mir auf die Nerven. Ich kann das Eintönige ringsumher nicht ertragen und muss auf einen Stuhl klettern, wenn ich aus meinem Zellenfenster schauen will, wo es außer vergitterten Fenstern und Ziegelmauern, die so grau wie das kleine Stückchen Himmel sind, nichts zu sehen gibt. Inzwischen mache ich mir nicht einmal mehr die Mühe, auf den Stuhl zu steigen. Du bist sehr lieb und treu und kommst öfter als deine Geschwister.«

»Für Portia ist es schwierig«, versicherte ich. »Ihr Tag ist noch länger als der meine. Jessica Delavine möchte, dass sie zu ihren Frauendemos mitgeht, und die finden gewöhnlich am Abend statt.«

»Portia in der Frauenbewegung, wer hätte das gedacht! Wie findet sie die Schwestern denn so? In der Regel sind Feministinnen doch hässlich wie die Nacht.«

»Eine derartige Äußerung würde sie inzwischen auf die Palme bringen. Männer müssen lernen, uns aufgrund unseres Verstandes und unseres Charakters zu achten und nicht wegen unseres Aussehens.« Mein Vater lachte schallend auf, und vermutlich hatte er Recht. Männer ändern zu wollen wäre wahrscheinlich so vergeblich, als ob man von Schweinen verlangte, Bücher zu lesen, statt sich im Dreck zu suhlen. »Außerdem sind nicht alle hässlich. Jessica hat Portia zu einem schicken Damenclub mitgenommen, in dem bildschöne Frauen verkehrt haben, die Anzüge und Herrenfrisuren trugen. Ein paar haben sich an Portia herangemacht, und Portia sagt, sie muss bescheuert gewesen sein, um nicht gleich begriffen zu haben, dass Jessica lesbisch ist. Na ja, Jessica ist uralt und hat einen weißen Damenbart. Portia hat sie mit gar keiner Art von Sex in Zusammenhang gebracht.«

»Demnach bin ich offenbar nicht der Einzige, der sich nach Äußerlichkeiten richtet.« Die Augen meines Vaters begannen zu funkeln.

»Wie dem auch sei, Portia fand die Frauen intelligent, anregend und witzig. Vielleicht bedarf es ja sogar solcher Eigenschaften, um sich als Frau zur Homosexualität zu bekennen.«

»Vielleicht. Schwule Schauspieler gibt es wie Sand am Meer, und sie machen auch keinerlei Hehl aus ihrer Veranlagung, doch Schauspielerinnen geben es in der Tat selten zu. Mit anderen Worten fühlt Portia sich unter den kessen Vätern wohl.«

»Sie hat eine Schriftstellerin namens Suke kennen gelernt. Ich weiß nicht, was sie schreibt, aber Portia sagt, sie sei der faszinierendste Mensch auf der Welt. Suke baut ihre Möbel selbst, webt ihre Stoffe und färbt sie von Hand. Sie mag kein maschinell gefertigtes Zeug, weil Maschinen die menschliche Schaffenskraft behindern. Suke könnte ihre Teppiche, Kissen, Vorhänge und so weiter locker verkaufen, behauptet Portia, aber sie interessiert sich nicht für Geld. Sie haben braunen Reis und Sojakeime gegessen und für den Pudding im Wald Beeren gesammelt, und angerichtet wurde alles auf Muschelschalen, die Suke aus Bali mitgebracht hat. Vermutlich ist sie dorthin gewandert und geschwommen, denn ein Flugzeug wird sie ja kaum bestiegen haben. Suke hat Portia auch auf grundlegende Fehler ihres Denkens aufmerksam gemacht. Sukes Art zu Denken ist natürlich einwandfrei. Und heute Nachmittag begleitet sie Portia zum Zahnarzt. Sie wird ihre Hand halten und ihr feministische Gedichte vorlesen, während Portias Zahn gerichtet wird.«

»Arme Harriet. Offenbar bin ich nicht der Einzige, der leidet.«

»Was willst du damit sagen?«

»Dass du eifersüchtig bist. Bisher warst du diejenige, die Portia nahe gestanden hat.«

»Ach, ich weiß nicht – na gut, vielleicht hast du Recht. Ich *bin* eifersüchtig. Es ist komisch, nicht wahr? Portias Männer haben mich nie gestört, aber dass ihr eine andere Frau wichtiger ist als ich, geht mir an die Nieren.«

»Vielleicht braucht Portia im Moment mehr Liebe als sonst. Sie sah miserabel aus, als sie hier war. Es war nicht allein der Zahn, sondern auch etwas in ihrem Blick. Wenn du mich fragst, wirkte sie von der Welt enttäuscht.«

»Ich bin selbstsüchtig, nicht wahr?«

»Ach woher. Die Vorstellung, eine Frau zu lieben, lenkt Portia wahrscheinlich von dem ab, was sie bedrückt. Und womöglich erhält sie zur Abwechslung auch einmal etwas zurück – Dinge wie Zärtlichkeit, Aufmerksamkeit, Zuneigung. Ich frage mich ohnehin, warum nicht mehr Frauen lesbisch sind.«

»Pa, du bist ein Schatz!« Ich schaute ihn liebevoll an. »Es gibt nicht viele Väter, die dermaßen tolerant und weise reagieren würden.«

»Herzlichen Dank.«

Pa machte einen zufriedenen Eindruck, und mir ging durch den Kopf, dass wir uns inzwischen besser als früher verstanden. Ich war nie seine Lieblingstochter gewesen. So seltsam es für einen Schauspieler klingen mag, war Pa nicht in der Lage, die unterschiedlichen Gefühle für seine Kinder zu verbergen. Cordelia und Ophelia waren seine Lieblinge, wobei Cordelia Ophelia vielleicht um eine Nasenlänge schlug. Bron, als einziger Sohn, war der Liebling meiner Mutter. Portia und ich hatten nur uns, doch wir hatten uns damit abgefunden und hegten den anderen gegenüber keine Neidgefühle. Dennoch empfand ich die Momente, in denen Pa und ich uns nahe waren, als äußerst kostbar.

»Wie geht es Marina?«, fragte ich großmütig.

»Keine Ahnung. Sie kommt kaum noch. Seitdem ich keine Schlagzeilen mehr mache, ist mein Stellenwert gesunken.« Es traf zu, dass seit kurzem nur noch zwei, drei Reporter vor dem Untersuchungsgefängnis standen.

»Habt ihr euch gestritten?«

»Nein. Weißt du, wir hatten nicht einmal eine Affäre. Wir haben ein wenig poussiert, doch ernst war die Geschichte nie. Außerdem ist Marina viel zu sehr auf ihr Äußeres bedacht, um zuzulassen, dass leidenschaftliche Küsse ihre Schminke ruinieren.« Ich versuchte, meine Erleichterung zu verbergen. »Ich bin solche Techtelmechtel ohnehin leid«, fuhr Pa in vertraulichem Tonfall fort. »Bis vor kurzem habe ich die Hölle durchgemacht, weil eine gewisse Dame keine Ruhe geben wollte. Dabei mochte ich sie nicht einmal besonders, sie war lediglich attraktiv und anschmiegsam. Nun droht sie mit Selbstmord, falls ich Clarissa nicht verlasse. Sie muss den Verstand verloren haben. Mittlerweile habe ich ihr verboten, hierher zu kommen, und seitdem überschüttet sie mich mit Geschenken. Zugegeben, den Kaviar habe ich gegessen, doch die Stereoanlage und die Federballschläger habe ich zurückgehen lassen. In meiner winzigen Zelle, in der noch zwei andere Menschen hausen, wusste ich nicht wohin damit.«

»Und wie hast du es geschafft, sie abzuwimmeln?«

»Ich habe sie um Diskretion gebeten«, erwiderte Pa. »Ich habe ihr gesagt, ein Eheskandal würde die öffentliche Meinung gegen mich aufbringen und sich ungünstig auf meinen Prozess auswirken.«

»Warum hast du sie getäuscht, wenn du nichts mehr mit ihr zu tun haben willst? Das war doch nicht fair, oder?«

»Wahrscheinlich nicht. Aber sie hat Szenen gemacht, die Wärter beleidigt und auf einem persönlichen Gespräch mit dem Direktor bestanden. Ich hoffe, sie bringt sich nicht tatsächlich um, denn dann wäre in der Presse der Teufel los.«

Ich beschloss, ihm seinen Egoismus zu verzeihen. Wenn es einem schlecht geht, denkt man nicht an andere, so viel wusste ich aus eigener Erfahrung. Wenig später war die Besuchszeit zu Ende, und ich stand auf und verabschiedete mich von Pa. Ehe ich verschwand, musste ich ihm allerdings versprechen, mich unverzüglich zum Polizeirevier zu begeben, um Inspektor Foy daran zu erinnern, dass er lieber heute als morgen Freiheitsluft schnuppern würde.

Als ich sein Büro betrat, begrüßte Inspektor Foy mich wie eine liebe alte Bekannte. Auf seinem Schreibtisch türmten sich Akten, die Türen seiner Schränke standen offen, und zwei Telefone klingelten gleichzeitig, doch der Inspektor schwor, nichts Wichtiges zu erledigen zu haben.

Er begann in seinen Taschen nach Pfeife und Tabakbeutel zu wühlen. »Wie hält sich Ihr Vater?«

»In Anbetracht der Umstände nicht schlecht. Aber – na ja, Sie wissen sicherlich, dass er …«

»Natürlich weiß ich das. Selbst langjährigen Insassen fällt manchmal die Decke auf den Kopf.«

»Heißt das, es gibt keine neuen Entwicklungen?«

Er schüttelte den Kopf. »Ich gehe die Aussagen des Ensembles immer wieder durch, nur für den Fall, dass mir etwas entgangen ist. Was mir aber nach wie vor fehlt, ist das Motiv.«

»Aber Sie nehmen doch nicht an, dass mein Vater es war, oder?«

Der Inspektor sog an seiner Pfeife, bis der Tabak zu glühen begann. »Die Indizien sprechen gegen ihn. Allerdings glaube ich Menschenkenntnis zu besitzen, und angesichts der Mörder, die ich kenne, fällt es mir schwer, Ihren Vater dazuzuordnen. Doch wenn nicht er Sir Basil den Schädel mit dem Blendstab eingeschlagen hat, wer dann? Es gibt keine andere Waffe, und wir haben genügend Zeugen, die schwören, dass sonst niemand auf der Bühne war.«

»Sir Basil sagt, er wurde von einer Art Gewitter getötet.«

»Wie bitte?«

Ich berichtete Inspektor Foy von der Séance und tat so, als wäre das Ganze ein Jux gewesen. Eigentlich rechnete ich damit, dass er abwinkte, doch er lauschte aufmerksam und ließ mich Sir Basils Worte mehrmals wiederholen, um sie niederzuschreiben.

»Glauben Sie denn, da ist etwas dran?«, fragte ich, als er eine zerfledderte Shakespeare-Ausgabe hervorkramte, um die Zitate nachzuschlagen.

»In den fünfzehn Jahren meiner Polizeiarbeit habe ich gelernt, dass man besser nichts außer Acht lässt. Wahrscheinlich ist Madame Eusapia eine Betrügerin, und man sollte ihr das Handwerk legen. Dass Sir Basil tatsächlich als Geist erschienen ist, halte ich für ziemlich ausgeschlossen. Andererseits suche ich dermaßen verzweifelt nach Hinweisen, dass mir alles gelegen kommt.«

Danach erkundigte er sich nach Mr Podmore und lachte, als ich ihm von meinem ersten Auftrag als Reporterin erzählte. Nachdem wir eine Weile geplaudert hatten, fühlte ich mich besser und überlegte abermals, ob es eine Mrs Foy gab. Wenn ja, hatte sie Glück, mit jemandem verheiratet zu sein, der die Menschen aufzumuntern verstand.

»Haben Sie zufällig etwas von Mark Antonius gehört?«, fragte ich zuletzt. »Ich weiß zwar, dass eine Katze nicht von Bedeutung ist, doch wir vermissen ihn ganz schrecklich.«

»Früher oder später wird Dex gefasst. In einer Stadt wie London braucht das aber seine Zeit.« Ich erwiderte nicht, dass es für Mark Antonius dann zu spät sein könnte, doch der Inspektor musste meine Gedanken gelesen haben, denn er ergänzte: »Eine tote Katze ist als Geisel ziemlich wertlos, Harriet. Eigentlich komisch, dass Dex noch keinen Kontakt zu Ihnen aufgenommen hat.« Er machte eine Pause. »Sie würden ja nicht auf die Idee kommen, allein mit ihm zu verhandeln, oder? Sie müssen mir versprechen, sich mit mir umgehend in Verbindung zu setzen, sobald Dex sich meldet.«

Ich versprach es.

Als ich in unsere Straße einbog, entdeckte ich vor unserem Haus einen großen, teuer aussehenden Wagen. Der einsame Reporter, der sich trotz des Windes und der späten Stunde noch bei uns herumtrieb, war dabei, in das Innere des Wagens zu spähen.

»Hallo, Harriet«, begrüßte er mich. Es war Frank vom *Scrutineer*. Inzwischen sprachen wir uns allesamt mit Vornamen an und duzten uns. »Wie geht es deinem Vater?«

»Er ist die Sache leid.«

»Kein Wunder. Feiner Mann wie dein Papa und dann nur noch von Gesindel umgeben.«

»Hat man dir schon Tee angeboten?«

»Ronnie hat mir einen Becher gebracht. Kommt auch nicht alle Tage vor, dass ein berühmter Mann mir Tee serviert. Der Typ ist in Ordnung, das muss man ihm lassen.«

»Er ist ein Schatz.«

»Passt mit seinem Schal und der Sonnenbrille auch gut zu deiner Mum. Gibt es einen Grund für die Verkleidung?«

Ich kramte nach meinen Schlüsseln. Hinter der Haustür schien

Dirk sich als Rammbock zu versuchen. »Sie schützen sich vor dem Wind. Wind verursacht wie Sonne Falten.«

»Mein Vater behauptet, Mr Mason und deine Mum hätten sich in den fünfziger Jahren mal ziemlich nahe gestanden und wären deinem Dad auch für kurze Zeit davongelaufen.«

»Humbug. Ronnie ist nichts als ein guter Freund der Familie.«

»Hör mal, Harriet, nur unter uns kannst du doch zugeben, dass er noch immer hinter ihr her ist. Ich sehe das nämlich an der Art, wie er mit ihr spricht. Meinst du, das erkenne ich nicht? Ganz im Vertrauen gesagt, ich habe selbst ein Liebchen. Was ist denn dabei? Ist doch gut, wenn es auf der Welt noch wahre Liebe gibt. Ich würde nichts darüber schreiben, großes Ehrenwort.«

»Ich muss dich enttäuschen, Frank. Sie verkehren wie Bruder und Schwester miteinander.«

Hochzufrieden schloss ich die Tür. Ich hatte meine Lektion gelernt.

»Hallo, Hat.« Cordelia bugsierte sorgsam ein Tablett mit Getränken an dem Anubis-Hutständer vorbei. »Rupert ist da. Mit seinem Freund Archie.« Sie klimperte affektiert mit den Wimpern. »Ich bringe ihnen etwas zu trinken.« Ich versuchte, mich zu sammeln und ernste, eindrucksvolle Worte zu finden, um Rupert meine Joberfahrung zu schildern, doch da Dirk an mir hochsprang und mein Gesicht ableckte, fiel es mir schwer, mich zu konzentrieren. Zuletzt betrat ich den Salon mit dem gleichen Kribbeln in der Magengrube wie früher, wenn ich in der Schule zu Schwester Imelda gerufen wurde.

Rupert stand im Mantel am Fenster und spähte hinaus, wohingegen Archie auf und ab lief und fröstelnd seine Arme rieb. Ich erkannte, dass er kleiner als Rupert war und bei genauerem Hinsehen auch ein wenig beleibt. Fasziniert betrachtete ich seinen schwarz-weiß gewürfelten Anzug, die Uhrkette, die sich über seiner Weste spannte, und die hellgelben Gamaschen.

»Herr im Himmel!« Archie verdrehte die Augen in seinem weiß gepuderten Gesicht. »Jetzt weiß ich, wie sich Pinguine fühlen, wenn ihnen die Flossen anfrieren.«

»Guten Abend.« Ich setzte ein zuvorkommendes Lächeln auf, reichte Archie meine Hand und stellte mich vor. Dann trat ich an den Kamin und holte die Zündhölzer hinter der Messinguhr hervor, auf der zwei Messingvögel schnäbelten und die seit ewigen Zeiten nicht mehr ging. »Ronnie sagt, wir müssten mit der Heizung sparen.«

»Als ich gesagt habe, dass ihr euch einschränken sollt, habe ich nicht gemeint, dass ihr wie Bettler leben müsst.« Rupert ergriff die Zündhölzer und kniete sich vor den Kamin.

»Wir ziehen Mäntel an, wenn wir uns im Salon aufhalten, und außerdem sind wir ohnehin meistens in der Küche.«

»Sie können meinen Schal haben«, wandte Cordelia sich an Archie.

Archie nahm ihren löchrigen Schal entgegen und beäugte ihn mit ausgestreckten Armen. Cordelia hatte ihn in schreiend bunten Farben gestrickt. »Zu gütig, doch ich glaube, da friere ich lieber. Hast du den einem schlafenden Obdachlosen gestohlen?«

Cordelia kicherte. »Nein, den habe ich selbst gemacht, im Handarbeitsunterricht in der Sch… im vergangenen Jahr.«

»Dann rate ich dir, deine handwerklichen Tätigkeiten fortan einzustellen und dich anderen Dingen zu widmen.«

»Gehst du wieder zur Schule, Cordelia?«, erkundigte sich Rupert, während er im Kamin Scheite aufrichtete.

Cordelia steuerte die Tür an. »Ich habe Ronnie versprochen, ihm bei den Leberfrikadellen zu helfen.«

Archie schnitt eine Grimasse. »Leberfrikadellen! Weißt du überhaupt, was du da isst? Gemahlene Innereien, Zähne, Klauen, Speichelsäfte, Aufgekehrtes …«

Cordelia zog die Tür hinter sich zu.

»Ich habe noch keine neue Schule für sie gefunden, und Schwester Imelda weigert sich, Cordelia wieder aufzunehmen«, bekannte ich. »Wahrscheinlich ist es meine Schuld. Ich bin am Telefon ausfallend geworden.«

Rupert erhob sich und bürstete Holzspäne von seinem Mantel. Dirk schien das für ein Spiel zu halten, schoss auf ihn zu und sprang an ihm hoch. Rupert geriet aus dem Gleichgewicht und stieß seinen Ellbogen am Kamin. »Verdammt! Sitz, du Höllenhund!« Er schaute Dirk und mich böse an, doch als ich mich entschuldigen wollte, winkte er ab. »Mach keinen Aufstand, Harriet, er hat es ja nicht absichtlich getan. Ich frage mich allerdings, wie man sich in der Stadt ein solches Tier halten kann! – Kommst du mit deinem Job voran?«

»Ja. Ich habe schon eine Lohnerhöhung erhalten, aber in Wahrheit war es ein Versehen und bestimmt kommt man mir auf die Schliche – denn eigentlich habe ich mich blamiert …«

»Nun mal schön der Reihe nach«, fiel Archie mir ins Wort und schob sich einen Sessel zum Kamin. »Und mit Witz, wenn ich darum bitten darf.« Er warf Dirk, der seine Schuhe fixierte, einen warnenden Blick zu. »Ein Tröpfchen Sabber auf meinen Schuhen und ich mache Frikadellen aus dir.«

Ich gab mir Mühe, meine Geschichte witzig und der Reihe nach zu erzählen. Archie war ein guter Zuhörer. Er schnappte nach Luft, als ich von dem Geist am Grab erzählte und lachte lauthals, als er die Wahrheit erfuhr. Rupert sagte kein Wort, sondern betrachtete mich ernst, und wenn Archie mich nicht ermuntert hätte weiterzureden, wäre ich verstummt.

»Und worüber schreibst du in deinem ersten Artikel?«, fragte Rupert schließlich.

»Das weiß ich nicht. Ich glaube nicht, dass es in London spukt. Wahrscheinlich geschieht das nur auf dem Land.«

»Warum sollte es in London nicht spuken«, fragte Archie. »An der Vauxhall Bridge markiert ein Pfeiler die Stelle, an der früher Gefangene nach Australien deportiert wurden. Eine junge Frau, die ihre Heimat nicht verlassen wollte, stürzte sich damals in die Themse und ertrank, weil sie gefesselt war. Seitdem ist sie etlichen Leuten erschienen, triefend vor Nässe und grünlich schimmernd.«

»Kein Wunder«, bemerkte Rupert. »Die Themse war seinerzeit eine offene Kloake.«

»Die Themse ist kein Gebäude«, wandte ich ein. »Ich glaube nicht, dass sie zählt.«

»Dann hätten wir noch die Kirche der Heiligen Agnes und Margaret in Cheapside, die nach den beiden Jungfrauen benannt wurde, die dort im vierzehnten Jahrhundert geköpft wurden. Es wird gemunkelt, dass sie am Abend vor Allerheiligen auftauchen und kegeln, wobei sie ihre Knochen als Kegel und ihre Schädel als Bälle benutzen.«

»Ich weiß aber nicht, ob ich über eine Kirche schreiben kann. Von Kirchen hat Mr Podmore nichts gesagt.«

»Sie sind sehr schwer zufrieden zu stellen«, bemerkte Archie. »Nun gut. Wie wäre es mit dem Gasthaus zur Roten Kuh in Cripplegate? Es wurde nach der Frau des Gastwirts benannt, die rothaarig und zänkisch war. Sie ertappte ihren Mann mit der Kellnerin im Ehebett, erstach das Mädchen und schob den Mord ihrem Mann in die Schuhe. Er wurde in Tyburn gehängt.«

»Warum hat die Polizei ihr geglaubt?«

»Meine Liebe, die Geschichte hat sich im achtzehnten Jahrhundert zugetragen, und da gab es noch keine Polizei, sondern allenfalls ein paar trottelige Nachtwächter. Das Gasthaus wurde berühmt, weil es dort nach dem Mord spukte, und die Frau Wirtin wurde reich, weil sie Besuchern für eine halbe Krone das Schlafzimmer zeigte, in dem man zu gewissen Stunden das Geisterpaar belauschen konnte.«

»Und was ist aus der Wirtin geworden?«

»Sie starb wenig später an den Pocken, und zwar in ebenjenem Schlafzimmer. Ihre letzten Stunden waren qualvoll, weil das Bett quietschte und man lüsternes Geisterstöhnen vernahm. Doch für eine Weile hat sich ihr Verbrechen bezahlt gemacht.«

»Mir tut die Kellnerin Leid.«

»Dein Mitleid ist verschwendet, Harriet.« Rupert begutachtete eine Schäferin aus Meißner Porzellan, die er von einem Tischchen genommen hatte. »Das Ganze ist erfunden. Es gibt keine Gespenster.« Als sich der Kopf der Schäferin löste, wirkte er betroffen.

»Mach dir nichts draus«, beruhigte ich ihn. »Er war nur angeleimt.« Ich entwand Dirk das Kissen, an dem er kaute. »Bis vor kurzem hätte ich dir recht gegeben, was Gespenster betrifft. Genau genommen bis vor zwei Tagen.«

»Oho!«, rief Archie. »Eine Gespenstergeschichte! Erzählen Sie alles und verschweigen Sie nichts. Ich möchte mich gruseln.«

»Nun, so furchterregend ist sie auch wieder nicht. Es sei denn, man war dabei.«

Beeindruckt lauschte Archie meinem Bericht über die Séance.

»Erstaunlich, wie gewitzt Menschen sein können, wenn sie sich einen Mummenschanz ausdenken«, erklärte Rupert. »Warum kommt es ihnen nie in den Sinn, ihr Geld auf anständige Weise zu verdienen und ohne das Risiko, angezeigt zu werden.« Er betrachtete die Messinguhr. »Meine Güte, das Ding ist schon vor zehn Jahren nicht gegangen.«

»Beachten Sie ihn gar nicht«, sagte Archie. »Er ist ein Spielverderber, doch er kann nichts dafür. In seinem Leben hat der begütigende Einfluss einer Frau gefehlt. Als Waise bei einer bösen Großmutter aufzuwachsen war Gift für seine Seele.«

Mir fiel wieder ein, wie herzlos meine Mutter Rupert behandelt hatte. Wahrscheinlich war sie eifersüchtig, weil mein Vater ihn mochte. Einmal – ich muss vier oder fünf gewesen sein – hatte ich mitfühlend geweint und Rupert umschlungen, weil meine Mutter mit ihm schimpfte. Rupert hatte mich fortgeschoben, doch am anderen Tag hatte er mir den Gürtel seiner Schuluniform geschenkt. Er war aus Elastikband, marineblau und rot gestreift, und die Schnalle war wie ein S geformt. Ich besaß ihn noch immer, er lag zusammengerollt in meiner Schreibtischschublade. Doch als ich den erwachsenen Mann anschaute, der so abweisend und kalt geworden war, fiel es mir schwer, mir den Jungen ins Gedächtnis zu rufen, der unter den beißenden Worten meiner Mutter mit hängendem Kopf und wirrem Haar dagestanden und verlegen mit einer Gardinenschnur gespielt hatte.

»Wie steht es mit den anderen?«, fragte er. »Wie kommt Bron bei Burlington Motors zurecht?« Mir eine Lüge ausdenken zu müssen blieb mir erspart, da Cordelia zurückkehrte und ein kleines Päckchen vor sich trug. »Sieh mal, Hat, das muss mit der Nachmittagspost gekommen sein. Es wurde an MISBING adressiert, und ich weiß nicht, wer damit gemeint ist.«

Ich ergriff das Päckchen und betrachtete die durchgestrichenen und neu geschriebenen Adressen auf dem schmutzigen braunen Packpapier, das aussah, als wäre die Sendung mehrmals durch ganz London gereist. Mir schwante Entsetzliches, und ich riss die Verpackung auf. Heraus fielen ein Zettel und ein rötlicher Schwanz. Cordelia fing an zu schreien. Ich presste eine Hand auf den Mund und hoffte, ich würde mich nicht übergeben.

Dennoch musste ich weinen. »Der Mistkerl. Wie konnte er das tun. Oh, Mark Antonius, oh, nein!«

Archie bewegte sich schwankend zum Fenster und schob es auf. »Mir wird übel«, murmelte er. »Stammt dieses Teil etwa von einem lebendigen Tier?«

Dirk schnappte nach dem Schwanz und schüttelte ihn knurrend hin und her.

»Lass los, dummer Hund!« Rupert zerrte den Schwanz aus Dirks Fängen und begann ihn zu untersuchen. »Hört mit dem Theater auf!«, befahl er Cordelia und mir. »Ihr benehmt euch wie Idioten. Das Ding riecht nach Mottenkugeln. Wahrscheinlich handelt es sich um einen alten Fuchsschwanz.«

Er hielt ihn mir entgegen. Zitternd zwang ich mich, ein Auge darauf zu werfen, und mir wurde schwindelig vor Erleichterung.

»Sei still, Cordelia«, bat ich und versuchte, sie in die Arme zu nehmen, doch sie riss sich los und schrie weiter. »Es ist nicht Mark Antonius' Schwanz. Er ist dunkler und fühlt sich viel rauer an. Überzeug dich selbst.«

Ich zeigte ihr das zerrupfte und feucht gewordene Fell, doch Cordelia schloss ihre Augen und brach in Schluchzer aus.

»Sie ist hysterisch«, erklärte Rupert und schlug ihr auf die Wange. Cordelias Schluchzer verstummten. Ich legte meinen Arm um sie und führte sie zum Sofa.

»Bist du sicher, dass es nichts frisch Abgetrenntes ist?«, erkundigte Archie sich bei Rupert.

Rupert würdigte ihn keiner Antwort, sondern studierte die Mitteilung auf dem Zettel. »Das kann kein Mensch lesen«, erklärte er mürrisch.

»Lass mich mal«, sagte ich. »Ich glaube, mir ist der Stil inzwischen vertraut.«

KOMMITZWEITAUSENDZUDENACHTGLOKENINWAPING-UNFRAGNACHDEXWENDIBULENWASERFARENDREICH-IMDENHALSUM.

»Hm. Vielleicht bezieht er sich auf eine Kneipe namens Acht Glocken in Wapping«, murmelte ich nach einigem Grübeln. »Allmächtiger! Wir haben keine zweitausend Pfund. Ich habe nicht einmal zwanzig. Ob er Mark Antonius wirklich den Hals umdrehen würde?« Mir wurde erneut übel, und Cordelia riss den Mund auf, um abermals zu schreien.

Rupert warf ihr einen drohenden Blick zu. »Fang bloß nicht wieder damit an!«

»Oh, mein Gott, was soll ich nur tun? Ich habe Inspektor Foy versprochen, ihn sofort zu unterrichten, wenn Dex sich meldet.«

Rupert steckte den Zettel ein. »Wir fahren am Revier vorbei. Ich rede mit dem Inspektor. Gib mir die Rechnungen von dieser Woche und dann brechen wir auf.«

»Ich habe noch nicht ausgetrunken«, beschwerte sich Archie. »Und es ist ein ausgesprochen schöner, süffiger Pouilly Fuissé.«

Rupert hielt die Flasche ans Licht. »Ein hervorragender Jahrgang. Waldo wird sich freuen, wenn er erfährt, dass seine besten Weine Krethi und Plethi angeboten wurden. Ich lasse euch demnächst ein paar Kisten mit einfachem Tafelwein bringen.«

Ich war zu aufgewühlt, um ihm zu danken. »Er lebt doch noch, oder?«, fragte ich.

»Natürlich«, erwiderte Rupert. »Selbst der dümmste Verbrecher weiß, dass es ohne Geisel kein Geld gibt.«

Mit feuchten Augen und tränenverklebten Wimpern blickte Cordelia Rupert an. »Wenn Mark Antonius etwas passiert, werde ich nie wieder glücklich sein. Sie werden dem Inspektor erklären, wie furchtbar wichtig die Sache für uns ist, nicht wahr?«

»Ich werde mein Bestes tun. Aber du gehst wieder zurück in die Schule, ist das klar?«

Cordelia zog wütend die Brauen zusammen und kehrte ihm den Rücken zu.

Ich begleitete Rupert und Archie nach draußen. »Es ist furchtbar lieb, dass ihr euch die Mühe macht.«

»Die Arbeit, an der wir Freude haben, behebt die Mühe.« Archie verneigte sich würdevoll. »Und vielen Dank für den Wein, denn ganz gleich, was andere behaupten, handelt es sich bei mir weder um Krethi noch um Plethi.«

Die Zeit bis zum Abendbrot verbrachte ich in Pas Bibliothek, wo ich mich von der Vorstellung, wie Dex seine Hände um Mark Antonius' Hals legte, abzulenken versuchte. Allerdings schaffte ich nichts weiter, als den Umschlag eines Kinderbuches zu betrachten. Irgendwann ging die Türklingel, und ich sprang auf.

Rupert und Archie standen auf der Schwelle, und ihr Atem dampfte in der Kälte. Rupert hielt ein Bündel, das in einer grauen Armeedecke eingeschlagen war, und legte es in meine Arme.

»Das Biest hat mich gekratzt.«

Das Bündel wand sich und versuchte, die Armeedecke abzuwerfen. Dann schoss eine Pfote hervor und schließlich ein fauchender Mark Antonius, der an mir vorbei zu Cleopatras Diwan raste. Stumm vor Glück starrte ich ihm nach.

Er war dünner geworden, sein Fell war verfilzt, sein weißes Brustfell grau und sein Schwanz zerrupft. Während er missbilligend in die Runde schaute, schwankte er ein wenig. Cordelia tauchte aus dem Untergeschoss auf und stieß bei seinem Anblick einen gellenden Schrei aus. In der Bibliothek fing Dirk wie verrückt an zu bellen. Mark Antonius verkroch sich unter dem Diwan. Cordelia warf sich auf den Boden, robbte ihm bäuchlings hinterher und überschüttete ihn weinend mit Koseworten.

Ich schloss die Haustür und wandte mich zu Rupert und Archie um. Am liebsten wäre ich ihnen um den Hals gefallen, doch ich hatte Angst, dass ihnen selbst die keuscheste weibliche Umarmung unangenehm sein könnte.

»Wie habt ihr das geschafft?«, fragte ich.

»Rupert hat sich heldenhaft benommen«, erwiderte Archie.

»Heißt das, Dex ist gewalttätig geworden?«

»Nein, aber er hat nach Zwiebeln gerochen.«

»Seid ihr etwa in Wapping gewesen? In den Acht Glocken?«

»Ein finsteres Säuferloch«, erklärte Archie, während Rupert seine Kratzer mit einem Taschentuch betupfte.

»Ja, aber wie habt ihr ihn denn überredet, euch Mark Antonius auszuhändigen?« Mir kam ein grauenhafter Gedanke. »Ihr habt ihm doch hoffentlich keine zweitausend Pfund gegeben, oder?«

»Mit Sicherheit nicht«, entgegnete Rupert. »Ich habe ihm fünfzig geboten und ihm erklärt, die Katze gehöre mir nicht, und was er mit ihr anstellen würde, sei mir im Grunde egal, und falls er ihr den Hals umdrehen und auf das Geld verzichten wolle, sei mir das ebenfalls recht. Er hat noch eine Weile herumgepöbelt, bis er begriffen hat, dass es mir ernst war, und erklärt, ich könnte den Satansbraten haben.«

»Anschließend hat er uns zu seiner Unterkunft um die Ecke geführt«, setzte Archie hinzu. »Ein absoluter Schweinestall, in dem es nach Gas und Toilette roch. Charles Dickens hätte darüber wahrscheinlich ein ganzes Kapitel geschrieben. Die Katze war im Schrank eingesperrt.«

»Wie kann jemand nur so grausam sein?« Tränen sprangen mir in die Augen. »Soll ich dir Pflaster und etwas zum Desinfizieren holen?«

»Das ist nicht notwendig«, antwortete Rupert kühl. »Mich tröstet die Erinnerung an Dex' zerkratzte Hände. Mark Antonius dürfte kein einfacher Zimmergenosse gewesen sein.«

»Ich hab ihn!« Cordelia zog Mark Antonius aus seinem Versteck hervor. »Oh, armer Liebling, du bist ja nur noch Haut und Knochen.« Sie richtete sich auf. »Ich nehme ihn mit in die Küche.«

Gleich darauf kam Ophelia die Treppe herunter und hielt ein Paar Schuhe in der Hand. Dirks Bellen hatte sich zu hysterischem Kläffen gesteigert.

»Harriet!«, begann Ophelia. »Schau, was dieses elende Tier angerichtet hat! Vierzig Pfund haben mich die Schuhe gekostet, und ich habe sie erst gestern in der Bond Street entdeckt, und – oh!« Sie hielt inne, als sie Rupert erkannte. Dann reckte sie ihr Kinn in die Luft. »Spar dir deine gestrenge Miene!«, erklärte sie. »Ich kann ja wohl nicht barfuß laufen, oder? Meine Kunden achten auf das, was ich trage, und wenn ich irgendwelche billigen Treter anhätte, würden sie glauben, ich hätte keinen Geschmack.«

»Ich mache keine gestrenge Miene«, sagte Rupert. »So sehe ich immer aus.«

»Also gut, es tut mir Leid«, räumte Ophelia widerwillig ein. »Ich weiß, ich hätte sie nicht kaufen sollen, aber zu Hause ist alles so bedrückend, und die Schuhe waren einfach hinreißend und ich dachte, sie könnten mich vielleicht aufmuntern. Und jetzt sind sie hinüber. Der Hund hat einen Absatz abgekaut.«

Rupert schaute auf seine Armbanduhr. »Neun Uhr. Wir müssen los.«

»Wir haben eine Verabredung mit Polly Polyp«, erklärte Archie. »Wir werden Dex' Erpresserbrief abgeben. Wahrscheinlich hat er darauf Fingerabdrücke hinterlassen.«

»Wer ist Polly Polyp?«

»Liebe Harriet, Sie haben eindeutig ein äußerst behütetes Leben geführt. Das ist Ganovenjargon für die Polizei.«

»Aber wir haben uns doch noch gar nicht richtig bedankt.« Ophelia machte Anstalten, sich wieder nach oben zu begeben, doch ich ergriff ihren Arm und hielt sie fest. »Rupert und sein Freund Archie haben Mark Antonius gerettet. Ist das nicht wundervoll? Sie mussten bis nach Wapping fahren und einem Verbrecher in einer Spelunke fünfzig Pfund bezahlen. Es war das Schönste und Liebste, was jemand jemals für mich getan hat.« Mit großem Wagemut näherte ich mich Rupert, erhob mich auf Zehenspitzen und küsste seine Wange. »Das werde ich dir und Archie in meinem ganzen Leben nicht vergessen.«

Rupert betrachtete mich mit skeptischem Blick. Archie dagegen legte seinen Arm um meine Taille und bot mir seine Wange dar.

»Fünfzig Pfund!«, murmelte Ophelia mit einem Unterton des Bedauerns. Sie warf ihrem ruinierten Schuh einen entsagungsvollen Blick zu. Dann lächelte sie und wirkte mit einem Mal liebreizend und wunderschön. »Das war sehr anständig von dir, Rupert. Zwar mache ich mir nicht viel aus Tieren, doch es hätte mir nicht gefallen, wenn Mark Antonius etwas zugestoßen wäre.«

»Wie kommst du mit deiner Arbeit zurecht? Lässt es sich aushalten?«

»Nun, das frühe Aufstehen ist eine ziemliche Zumutung. Wusstest du, dass es morgens um halb acht noch dunkel ist?« Ich glaubte, in Ruperts schräg stehenden Augen so etwas wie Belustigung zu erkennen, doch vielleicht hatte ich mich auch getäuscht. »Eigentlich«, fuhr Ophelia nachdenklich fort, »ist es aber interessant. Die Arbeit, meine ich. In Fragen des Geschmacks sind unsere Kunden vollkommen hilflos und sie freuen sich, wenn ihnen jemand erklärt, was sie brauchen. Sie zu beraten macht mir Spaß.«

»Ja, ja«, murmelte Archie. »Bei der Kleidung mag der Mensch sich zuweilen vergreifen, doch in der Ausstattung seines Hauses enthüllt er sein wahres Wesen.«

»Und wenn es jemanden nicht interessiert, wie es in seinem Haus ausschaut?«, fragte ich.

»Dann wissen wir erst recht, was wir von ihm zu halten haben.«

Als das Telefon läutete, nahm Ophelia ab. »Hallo? Wer ist da? Oh, wie geht es dir? Ich bin's, Ophelia. Du wolltest sicher meine Mutter. Wie?« Sie klang verwundert. »Ja, sie steht neben mir.« Sie reichte mir den Hörer. »Für dich, Harriet. Max Frensham.«

16

»Na, bitte«, sagte Max. »Wunderbar. Jetzt wird es mir gleich besser gehen.« Ich schaute ihn verwundert an, denn er sah bereits aus wie das blühende Leben. Nur vorhin, als ich am Telefon Anstalten gemacht hatte, seine Einladung auszuschlagen, hatte ich gespürt, dass er noch immer äußerst deprimiert und niedergedrückt war. Er hatte seine Enttäuschung zwar zu überspielen versucht, doch je einsichtiger er wurde, desto rabenschwarzer wurde mein Gewissen. Immerhin hatte er, fast als Einziger aus dem Ensemble, Pa mehrfach im Gefängnis besucht und ihm Bücher, Wein und Zigarren mitgebracht, und als ich mir das vor Augen hielt, hatte ich doch zugesagt. Es war auch nicht so, dass ich Max nicht gemocht hätte oder mir seiner Ausstrahlung nicht bewusst gewesen wäre, es hatte mir lediglich nicht behagt, Mark Antonius am ersten Abend nach seiner Heimkehr im Stich zu lassen.

»Ist es nicht wundervoll, zur Abwechslung mal entspannt dazusitzen? Herr im Himmel, wenn du wüsstest, was für eine miese Zeit ich hinter mir habe! Weißt du schon, was du essen möchtest?«

Ich saß alles andere als entspannt da. Als Max ein kleines Abendessen vorgeschlagen hatte, hatte ich an ein Bistro gedacht und nicht an das Cinq Tours, wo hinter jedem Gast zwei Kellner standen und mein schäbiger Aufzug von den verspiegelten Wänden und den silbernen Glocken auf dem Porzellan zurückgeworfen wurde. Zum Glück verdeckte die handtuchgroße Serviette meinen Rock und die schmuddeligen Stiefel.

Max dagegen wirkte reich und elegant. Hemd, Krawatte und Anzug sahen aus, als hätte er sie eben erst aus ihren Zellophanhüllen geschält. Ich fand seinen Aufzug ein wenig übertrieben, doch vielleicht hatte er sich Carolines Einfluss gebeugt und kleidete sich nach neuseeländischer Mode. Sein gelocktes dunkles Haar war jedoch wunderschön, und die kleine Delle an seiner Nasenspitze einfach faszinierend.

»Monsieur.« Der Kellner würdigte mich keines Blickes. »Darf ich für Madame zum Entrée unseren Austerncocktail vorschlagen?«

Ich erschrak. Zu Hause rührten wir keine Austern an, denn Maria-Alba hatte schlimmste Erinnerungen an das, was man in der Bucht von Neapel angelte, und hielt insbesondere Schalentiere für das reine Gift. Dann sagte ich mir jedoch, es würde höchste Zeit, mich über die Dinge, die man mir beigebracht hatte, hinwegzusetzen; und mich gegen den Kellner aufzulehnen, hätte ich ohnehin nicht gewagt. »Ja, bitte«, sagte ich.

»Und anschließend die *Filets de levraut chasseur*?«

»Nun, ich weiß nicht …«

»Hase in Cognac und Wein.«

»Nein, bitte nicht.« Nie im Leben hätte ich einen putzigen Hasen gegessen.

»*Non*?« Mich traf ein eisiger Blick. »Hätten Madame lieber die *Pieds et langue d'agneau*? Das wäre Lammkeule und Zunge.«

Ich schüttelte stumm den Kopf.

»Dürfte ich vielleicht das *Cochon de lait Saint-Fortunat* empfehlen? Spanferkel mit gerösteten Kastanien.« Vor meinem geistigen Auge tauchte ein süßes Ferkelchen auf, das an seine Mama gekuschelt schlief und dann fortgezerrt und geschlachtet wurde. Ich schauderte. »Die *Crêtes de coq à l'aurore*? Hahnenkamm an Nieren und Truffeln, sehr leicht und bekommlich …«

»Nein, wirklich nicht, niemals.«

Der Kellner runzelte die Stirn. »Ob Monsieur Madame etwas empfehlen möchten?«

»Wir nehmen die Scholle mit Kopfsalat.«

Mit verächtlich herabgezogenen Mundwinkeln wurde unsere Bestellung notiert und dann mit den Fingern geschnippt, um den Sommelier herbeizuzitieren.

»Sag mal«, hub Max an, als wir allein waren. »Denkst du nicht auch an einen Fisch mit vorstehendem Unterkiefer, der auf dem Meeresgrund wühlt, um nach Nahrung zu suchen?«

»Scholle ist in Ordnung.«

»Ich habe mich auf den Oberkellner bezogen.« Max imitierte dessen Gesichtsausdruck dermaßen perfekt, dass ich kichern musste. »Wir hätten woanders hingehen sollen. Hier scheint man inzwischen größenwahnsinnig geworden zu sein.«

»Es sieht jedenfalls furchtbar teuer aus.« Mittlerweile war ich kaum in der Lage, eine Briefmarke zu erstehen, ohne mir deswegen Gedanken zu machen. Max hob die Brauen. Ich wurde rot, da meine Bemerkung mir plötzlich plump und taktlos vorkam.

»Magst du denn keine teuren Restaurants?«, erkundigte sich Max, nachdem er bei dem gleichermaßen einschüchternden Weinkellner Champagner bestellt hatte.

»Das weiß ich nicht. Ich bin dort ja selten. Eigentlich nie. Pa sagt immer, wir Kinder wären ihm dort im Weg, denn in unserem Beisein könne er nicht flirten.«

»Führen deine Freunde dich denn nicht ordentlich aus?«

Ich musste lächeln, als ich mir Dodge im Cinq Tours vorstellte. »Ich habe erst einen richtigen Freund gehabt und der war Anarchist.«

Max sah umwerfend aus, wenn er lachte. Seine Zähne waren gleichmäßig und blendend weiß. »Verstehe. Dann kommt das natürlich nicht in Frage. Allerdings erstaunst du mich, Harriet. Warum erst ein Freund? Du bist doch eine sehr schöne Frau.«

Das hatte noch kein Mann zu mir gesagt. Eher klangen mir Pas Worte im Ohr, der gelegentlich bemerkte, es wäre eine Schande, dass ich nicht Mas Aussehen geerbt hatte. Dodge hielt es für entwürdigend, auf Äußerlichkeiten zu achten und sich zu fragen, ob jemand gut oder schlecht aussah. Dennoch hatte ich gelegentlich festgestellt, dass er attraktiven Frauen nachstarrte. Nach seinem Bekunden liebte er mich, weil mein Verstand formbar war und ich eine natürliche Art besäße. Zu hören, dass ich schön war, gefiel mir um einiges besser.

»Auszugehen hat mir nie viel bedeutet. Ich glaube, ich fühle mich zu Hause am wohlsten.«

»Dahinter steckt gewöhnlich ein ganz bestimmter Grund.«

Für einen Moment tauchte der Nachmittag mit Hugo Dance vor meinem geistigen Auge auf. »Welch ein wundervolles Tischgesteck«, murmelte ich. »Schneeglöckchen sind meine Lieblingsblumen.« Ich tauchte meine Nase in die Blüten, die aus einer silbernen Vase ragten. »Ein bezaubernder Duft! Und das im November!« Fast hätte ich hinzugefügt, dass sie gewiss sehr teuer gewesen waren, doch ich nahm mich noch rechtzeitig zusammen.

»Schon kapiert«, bemerkte Max. »Es geht mich nichts an.«

»Was?«

»Nichts. Schwamm drüber. Ich will, dass du glücklich bist. Erzähl mir von deinem Job.«

Wahrscheinlich war es der Champagner und der Umstand, dass ich die Geschichte zum vierten Mal erzählte, doch ich empfand mich als äußerst geistreich, als ich von meinen Erlebnissen beim *Brixton Mercury* berichtete. Jedenfalls wirkte Max nicht im Geringsten gelangweilt. Ich hatte gerade angehoben, die Séance zu schildern, was mir mittlerweile mit viel Witz gelang, als die Austerncocktails serviert wurden. Im Stillen hatte ich gehofft, sie würden eher aus Cocktail als aus Austern bestehen, doch leider war das Gegenteil der Fall. Als ich mit meiner Gabel darin herumstocherte, schienen die Austern zu zucken.

»Leben sie noch?«, fragte ich.

»Na klar. Siehst du nicht, wie sie nach Luft schnappen?« Ich muss ein entsetztes Gesicht gemacht haben, denn er fügte eilig hinzu: »Tut mir Leid. Ich wollte sie dir nicht verleiden. Lass sie stehen, wenn du sie nicht magst.«

»Kommt nicht in Frage, ich muss sie aufessen. Sie kosten doch sicherlich ein Vermögen – außerdem hasse ich es, Essen zu verschwenden.«

»Ich ubernehme deine Portion, wenn du möchtest.«

Ich legte meine Gabel ab. »Es ist albern, nicht wahr? Austern sind auch nur ein Teil der Nahrungskette, ebenso wie die anderen Tiere, die ich verzehre.«

»›Vier kleine Austern sprangen hoch und wollten etwas haben. Die Mäntel blank, die Nasen geputzt, die Schuhe glänzend wie Raben‹«, grinste Max. »Eigentlich komisch«, fuhr er fort. »Dabei haben sie doch gar keine Füße.«

Ich fand es äußerst erholsam, zur Abwechslung einmal mit jemandem zusammen zu sein, der gut gelaunt war. Dodge war immer furchtbar ernst und streng gewesen, und ich konnte mich nicht erinnern, ihn jemals lachen gehört zu haben – bis auf das Mal, als wir einen Film mit den Marx Brothers sahen. Er war förmlich außer sich geraten, und ich war diejenige gewesen, die sich zuweilen, ohne zu wissen warum, ein Lachen abgerungen hatte und sich eher humorlos vorgekommen war.

»Das ist ein Vers aus einem Buch, das Rupert mir vor ewigen Zeiten einmal geschenkt hat«, murmelte ich.

»Wolvespurges? Ich wusste nicht, dass ihr euch so gut kennt.«

»Wir haben uns einmal gut gekannt, aber das ist schon eine Weile her. Dann kam es zu einem Zwist, und wir haben uns aus den Augen verloren. Ich habe ihn erst vor kurzem wiedergesehen. Und nun finde ich, dass ich ihn überhaupt nicht mehr kenne.«

»Es dürfte kaum jemanden geben, der ihn wirklich kennt.«

»Magst du ihn nicht?«

»Nun, das wäre wahrscheinlich zu viel gesagt. Ich habe lediglich den Eindruck, dass er niemanden an sich heranlässt. Vielleicht hat er aber auch etwas gegen Schauspieler und stört sich an ihren Schmeicheleien. Das wäre sogar verständlich. Immerhin schreibt er nicht nur Kritiken, sondern führt auch Regie. Wahrscheinlich gibt es Schauspieler, die ihm eigenhändig die Socken waschen würden. Archie ist mir lieber. Er ist lockerer. Und ehrlich gesagt habe ich auch keine Lust, Klimmzüge zu machen, um Rupert Wolvespurges zu beweisen, dass ich aufrichtig bin.«

Mir kam in den Sinn, dass Caroline sich glücklich schätzen konnte, Max zum Mann zu haben, doch dann bemerkte ich, dass die Frau am Nebentisch Max mit Blicken verschlang, während ihr Begleiter ihr etwas erzählte, und mich beschlichen leise Zweifel.

»Ich wusste nicht einmal, dass Rupert Regie führt.«

Woher auch? Wenn ich Rupert sah, sprachen wir über meine Art der Lebensführung und über das, was daran zu beanstanden war. Meine Rolle bestand darin, mich für seine Unterstützung zu bedanken und das Gebaren der anderen Familienmitglieder zu entschuldigen. Wie hätte ich es wagen können, Rupert auszufragen? Es wäre so ungehörig, als würde ich die Queen bitten, mir mitzuteilen, ob ihr Job ihr noch zusagte oder ob ihr der Herzog von Edinburgh auf die Nerven ging.

»Wolvespurges hat vor kurzem in New York eine exzellente *Hedda Gabler* inszeniert und im vergangenen Jahr in London einen etwas kontrovers diskutierten, aber letztlich doch beifällig aufgenommenen *Fidelio* produziert.«

»Große Güte!« Ich war zutiefst beeindruckt und irgendwie auch stolz, wobei Letzteres gewiss lächerlich war, denn was hatte ich mit Ruperts Ruhm zu schaffen?

»Nanu, wen haben wir denn da?«, fragte hinter mir eine vertraute Stimme. »Bin ich etwa einem Geheimnis auf die Schliche gekommen? Aber keine Sorge, ich kann schweigen wie ein Grab.«

Ich wandte mich um und entdeckte Bron, in eleganter Smokingjacke und am Arm eine Blondine mit hochtoupiertem Haar und tief ausgeschnittenem Kleid aus Goldlamé.

»Hallo, Elsa, hallo, Bron.« Max erhob sich und stellte mich Elsa vor. Seine Manieren waren wirklich tadellos. Dodge war der Meinung gewesen, für eine Frau aufzustehen oder ihr die Tür aufzuhalten sei eine Beleidigung ihrer Intelligenz und Fähigkeiten, und bis zu diesem Moment war ich eigentlich der gleichen Ansicht gewesen.

»Ich glaube, wir sind überflüssig«, bemerkte Bron, während er Elsas Hinterteil rieb. Offenbar war ihm nicht klar, dass er sich in einem vornehmen Speiserestaurant befand. »Außerdem müssen wir zu unserem Tisch, der Schampus wartet. Übrigens, Max, ich suche einen Job. Könntest du bei deinem Onkel ein gutes Wort für mich einlegen? Max' Onkel ist ein hohes Tier im Auswärtigen Amt«, erklärte er Elsa. »Aber nicht irgendwo in der Pampa«, fuhr er an Max gewandt fort. »Ich denke an Rom oder Paris. Zur Not auch Madrid.«

»Meine Güte, ich hoffe, Bron hat nicht wirklich Champagner bestellt«, sagte ich zu Max, während Bron auf dem Weg zu seinem Tisch Bekannten zuwinkte.

»Sag mal, bist du irgendwie in Geldnot geraten?« Max ergriff meine Hand. Ich betrachtete seine manikürten Finger und schämte mich meiner Fingernägel, an denen ich seit einiger Zeit wieder knabberte. »Warum vertraust du dich mir nicht an? Ich könnte dir etwas leihen.«

»Vielen Dank, Max. Das ist sehr lieb, aber wir kommen zurecht.

Es ist nur, dass Bron bereits einen Job verloren hat und wenn er nichts Neues findet, dann …« Ich brach ab. Rupert würde mit Sicherheit nicht wollen, dass ich seine barmherzigen Taten in die ganze Welt hinausposaunte. »Na ja, Pa konnte noch nie gut mit Geld umgehen, und Ma ist in dem Punkt ein vollkommen hoffnungsloser Fall.«

»Versprich mir, Bescheid zu sagen, wenn du etwas brauchst. Für deinen Vater tue ich alles. Weißt du, dass ich ihm meine erste Rolle verdanke? Es war in *Was Ihr Wollt*. Dein Vater spielte den Orsino und ich den Valentin. Ich hatte nur ein paar Zeilen, doch vor der Premiere bin ich vor Lampenfieber fast gestorben. Stell dir vor, meine Knie schlugen aneinander und ich hatte Zuckungen im Gesicht – ungefähr so.« Max mimte einen Tick, und ich musste lachen.

Die Dame am Nebentisch verfolgte das Ganze mit gierigen Blicken. »Dann streckte dein Vater seine Hand aus, um mir zu zeigen, wie stark sie zitterte. ›Dies‹, sagte er, ›deutet auf die Fähigkeit, Gefühle zu besitzen und sie darstellen zu können, und ohne die Fähigkeit wären wir nicht in der Lage, unsere Zuschauer zu bannen.‹ Seitdem denke ich bei jedem Lampenfieber an Waldo, und auf die Weise komme ich darüber hinweg.«

Eigentlich war ich es gewohnt, dass andere Menschen meinen Vater anbeteten, doch zurzeit verzehrte ich mich danach, Lob über ihn zu hören. Max' Worte und der Umstand, dass Mark Antonius zurückgekehrt war, machten mich glücklicher, als ich es seit langem gewesen war. Selig verspeiste ich die Scholle, auf der zart gebräunte Butterkugeln schwammen, und lauschte Max' Anekdoten aus den Anfängen seiner Karriere.

»Wie geht es Caroline?«, erkundigte ich mich, als wir bei der knusprigen eisgefüllten Meringue angelangt waren. Ohne recht zu wissen warum, hatte ich es bislang vermieden, sie zu erwähnen.

»Sie ist heute Nachmittag zu ihrer Schwester nach Auckland geflogen. Die Abwechslung wird ihr gut tun.« Es entstand eine Pause. »Es war ein wenig – schwierig mit ihr. Wahrscheinlich lag es an mir. Vielleicht stört sie mein Beruf. Die Schauspielerei ist nun einmal nicht so einträglich wie eine Warenhauskette. Geld ist eine Plage, findest du nicht?«

»Absolut«, pflichtete ich ihm bei.

Max hatte mich in einem schicken Sportflitzer abgeholt. Ich kannte mich mit Autos nicht aus, doch die Ledersitze und der sanfte Druck auf die Wirbelsäule, der entstand, wenn er Gas gab, machten selbst mir klar, dass ich in einem Modell der Luxusklasse saß. Vielleicht war Caroline es leid, für Max' kostspielige Bedürfnisse aufzukommen. Ich stellte mir ihre Auseinandersetzungen am Frühstückstisch vor, und mein Glücksrausch wurde etwas gedämpft.

»Das Problem ist, dass wir auf unterschiedliche Dinge Wert legen. Langweile ich dich, Harriet?«

Ich verneinte stumm.

»Caroline begreift nicht, dass ich lieber auf etwas verzichte, als sie dafür bezahlen zu lassen. Sie ist unglaublich großzügig, schenkt mir Anzüge, Autos, Bücher, was ich will, doch ich bin ein einfacher Mensch. Vor meiner Heirat habe ich abgewetzte Jeans und alte Pullover getragen und einen klapprigen Mini gefahren. Es mag sich seltsam anhören, doch im Grunde widerstrebt mir der Hang zum Materiellen. Möbel dürfen ruhig alt und angeschlagen sein, und ich esse meine Eier auch ohne Kaviar, und ich muss auch nicht durch die Welt jetten, um in teuren Hotels mit Privatstrand zu wohnen. Lieber sitze ich unter einem Baum auf einer Wiese und lese Gedichte.«

»Das geht mir genauso.«

»Welche Gedichte liest du?«

Gleich darauf befanden wir uns inmitten meines Lieblingsthemas. Wie sich herausstellte, mochte Max dieselben Dichter wie ich. Er zitierte seine Lieblingsstelle aus Keats' *Endymion,* und die Frau am Nachbartisch schaute ihn träumerisch an. Max' Stimme war wohltönend und ausdrucksvoll, und im Zuhören erfasste man, dass er jedes Wort zutiefst empfand. Danach plauderten wir wie alte Bekannte, und als ich auf meine Armbanduhr schaute, konnte ich kaum fassen, dass es bereits halb elf war.

»Du liebe Zeit, ich muss los. Ich habe Cordelia versprochen, nicht zu spät nach Hause zu kommen.« Cordelia hatte mir Vorwürfe gemacht, weil ich den ersten Abend nach seiner Heimkehr nicht mit Mark Antonius verbrachte, und ich hatte erklärt, schnellstens wieder zurück zu sein. Da hatte ich jedoch noch nicht gewusst, wie gut ich mich amüsieren würde.

»Cordelia ist eure Kleinste, nicht wahr? Kommandiert sie dich immer herum?«

»Nein, es hat mit unserer Katze zu tun.«

Ich erzählte Max die Sache mit Mark Antonius, und er reagierte äußerst gerührt und räumte auch ein, dass es wichtig war, Kindern gegenüber sein Wort zu halten. Gleich darauf bat er den Kellner um die Rechnung. Als er sich erhob, um meinen Stuhl zurückzuschieben und wir mit seiner Hand unter meinem Ellbogen dem Ausgang zustrebten, warfen ihm etliche Damen glühende Blicke zu. Wahrscheinlich hielten sie mich für seine kleine Schwester, die er aus Barmherzigkeit ausgeführt hatte.

»Ich werde dir die Wahrheit sagen«, begann Max auf dem Weg nach Blackheath. »Caroline und ich haben Probleme. Das klingt nach der Leier ›meine Frau versteht mich nicht‹, nicht wahr?«

»Nein, ganz und gar nicht«, widersprach ich höflich und sah zu, wie erste Regentropfen über die Windschutzscheibe liefen. Ihre Farbe wechselte mit den Ampeln von rot zu gelb und grün.

»Ich habe niemanden, mit dem ich darüber sprechen kann.« Max raste über eine Kreuzung. »Meine Freunde sind meistens auch Carolines Freunde, und du weißt, wie schwatzhaft Schauspieler sind und wie sie sich am Missgeschick anderer Menschen laben. Waldo würde ich mich natürlich anvertrauen, doch zurzeit wäre es nicht richtig, ihn mit meinen Problemen zu belasten. Tatsache ist«, er bremste ab, um eine alte Frau mit Hund vorbeizulassen, »dass Caroline vor einigen Tagen versucht hat, sich umzubringen.«

»O nein, das ist nicht wahr!« Ich schaute ihn entsetzt an. Über sein Gesicht huschten dunkle Schatten, und ich konnte seine Miene nicht erkennen, doch seine Augen glänzten feucht.

»Sie hat Schlaftabletten genommen und Alkohol getrunken. Sie trinkt ohnehin eine Flasche Whisky am Tag und das seit einiger Zeit. Zum Glück habe ich sie rechtzeitig entdeckt. Sie lag bewusstlos im Bad. Der Magen musste ihr ausgepumpt werden – ich glaube, die Einzelheiten erspare ich dir lieber.«

»Das ist furchtbar«, sagte ich. »Könnte es nicht ein Versehen gewesen sein?«

»Nein. Sie hat einen Abschiedsbrief hinterlassen. Darin stand, es täte ihr Leid und sie würde mich lieben, doch sie wolle mir nicht länger eine Last sein.« Er schwieg und konzentrierte sich auf den Verkehr. Das Straßenlicht zuckte über seine Hände, und mich überfiel eine merkwürdige Begierde, eine Regung, die angesichts der Umstände dermaßen unangebracht war, dass ich erschrak. Ich dachte an Dodge und daran, dass ich ihn im Bett hatte zufrieden stellen wollen und dass sein Verlangen mir das Gefühl vermittelt hatte, ihm für einen Moment gewachsen zu sein. Darüber hinaus hatte ich, bis auf eine flüchtige Erregung, nichts empfunden. Beim Anblick von Max' Händen ahnte ich indes, weshalb Menschen um Sex so viel Aufhebens machten.

»Es war mir nicht recht, dass sie nach Auckland fliegt, doch Caroline wollte nach Hause.« Ich musste mich zwingen, seinen Worten zu folgen. Vor unserem Haus saßen wir für eine Weile bei laufendem Motor im Wagen, und ich schaute den Scheibenwischern zu, die die Regenspuren fächerförmig verteilten. »Natürlich fühle ich mich schuldig«, bekannte Max leise. »Wenn sie mich fragt, ob ich sie liebe, antworte ich mit ja und gebe mir Mühe, es überzeugend klingen zu lassen. Offenbar gibt es jedoch etwas in ihr, das nicht überzeugt werden will. Das findet man häufig bei Menschen, die unter Depressionen leiden, sie suchen nach einer Erklärung für das, was sie bedrückt.«

War das ein Geständnis, dass er Caroline in Wahrheit nicht liebte? Ich beobachtete, wie die Fächer zerflossen und neu entstanden, und wusste nicht, was ich sagen sollte. »Es tut weh mit anzusehen, wie jemand, den man liebt, im Kummer versinkt, und dass man ihm nicht helfen kann«, bemerkte ich schließlich.

»Du denkst an Waldo, nicht wahr? Was geschieht jetzt? Ist die Polizei der Wahrheit näher gekommen?«

Ich berichtete Max, was Inspektor Foy mir mitgeteilt hatte, als ich ihn in seinem Büro aufgesucht hatte.

»Es ist für uns beide eine schwere Zeit«, seufzte Max und zog ein Taschentuch hervor, um die beschlagene Scheibe abzuwischen. »Aber heute haben wir uns eine kleine Erholung gegönnt. Ich hoffe, ich habe dir mit meinen Geständnissen nicht den Abend verdorben.«

»O nein, es hat mir große Freude gemacht, und es war sehr nett von dir, mich in ein solch elegantes Restaurant auszuführen.«

»Dabei wäre dir etwas Bescheideneres lieber gewesen, nicht wahr? Es war mein Fehler, aber ich hoffe, ich darf ihn wieder gutmachen. Es gibt Frauen, die möchten, dass man ihren Wert in Pfundnoten ausdrückt – doch genau genommen kenne ich gar nicht besonders viele Frauen. Ich bin eher ein zurückhaltender Typ, obwohl ich das mannhaft überspiele.«

Er lächelte ein wenig, und das Laternenlicht spiegelte sich in seinen Augen. Ich überlegte, wie leicht man sich in einem Menschen täuschen konnte, und wie voreilig ich gewesen war, Max für einen Schürzenjäger zu halten.

»Nein, es war fantastisch.«

»Welch eine süße, kleine Lügnerin du bist!« Max beugte sich zu mir und berührte meinen Arm. »Wenn ich dir verspreche, dich nicht mehr mit meinen Problemen zu langweilen, gestattest du mir dann, dich noch einmal irgendwohin auszuführen? Irgendwo, wo es uns beiden besser gefällt?«

»Das wäre prima – ich meine, das hast du nicht getan, du hast mich nicht gelangweilt.« Es entstand ein Schweigen, in dem eine sonderbare Erwartung mitschwang. Max' Gesicht war sehr nah und seine Lider waren halb gesenkt. Ich tastete nach dem Türgriff. »Ich gehe jetzt besser.« Max rückte von mir ab und machte Anstalten, seine Tür zu öffnen. »Nein, bleib sitzen«, bat ich, »du wirst sonst nass. Ich flitze rasch ins Haus.«

»Das kommt überhaupt nicht in Frage. Du wartest, bis ich rumkomme und dich mit dem Schirm abhole.«

»Nein, das ist wirklich nicht nötig. Ich mag Regen.«

»Na gut.« Er streckte den Arm aus, um meine Tür zu öffnen, und streifte meine Brust. »Dann lauf los, schöne Wassernixe.«

Ich war froh, dass es dunkel war und regnete und er nicht erkennen konnte, wie dankbar ich seine Schmeichelei aufsog.

»Warum schaust du so verklärt?« Ophelia tauchte hinter mir im Garderobenspiegel auf.

»Was?« Es war mir unangenehm, dass Ophelia mich ertappt hatte, während ich mich im Spiegel begutachtete.

»Wo warst du?«

»Mit Max Frensham zum Essen.«

»Was du nicht sagst? Und warum?«

»Aus keinem besonderen Grund. Eigentlich nur, um ein wenig zu plaudern.«

»Und wo wart ihr?«

»Im Cinq Tours«, entgegnete ich und konnte mich einer gewissen Befriedigung nicht erwehren. Ophelia zu beeindrucken war mir selten beschieden.

»Wie bitte? Aber doch nicht in diesem Aufzug. Du siehst aus wie eine Gemeindepredigerin, die es mit der Revolution versucht. Der arme Max!«

»Weißt du, dass ich manchmal Leute beneide, die keine Schwestern haben?«

»Das brauchst du mir nicht zu sagen.« Ophelia und ich wechselten giftige Blicke, doch dann gewann ihre Neugier die Oberhand. »Worüber habt ihr geplaudert?«

»Über nichts Besonderes. Über meinen Job, den Anfang seiner Karriere, Gedichte und so weiter.«

»Wie aufregend!«

»Und über Caroline.«

»Caroline säuft.«

»Sie ist zutiefst unglücklich.«

»Ich wäre auch unglücklich, wenn mein Mann mit einer Frau, die seine Tochter sein könnte, ins Cinq Tours gehen würde. Erst recht wenn ich wie Caroline aussähe.«

»Ich finde, sie sieht gut aus. Außerdem könnte ich nicht seine Tochter sein. Max ist vierunddreißig und ich bin zweiundzwanzig.«

»Du siehst aber nicht wie zweiundzwanzig aus, und Caroline hat eine dicke Nase. Max hat sie wegen ihres Geldes geheiratet. Ich möchte wissen, was er mit dir vorhat?«

Ebenjene Frage hatte ich mir auch gestellt, während ich mich im Spiegel beäugte. »Geld dürfte dabei jedenfalls keine Rolle spielen«, erwiderte ich spitz. »Und warum soll er überhaupt etwas vorhaben? Warum denkst du immer gleich das Schlechteste?«

»Bitte fang nicht an, mich zu belehren. Dein geliebter Inspektor war vorhin hier. Was Predigten anbelangt, bin ich bedient.«

»Inspektor Foy? Warum ist er gekommen?«

»Weil Rupert ihm die Sache mit Dex erzählt hat und der gnädige Herr sich empören wollte, dass er nicht rechtzeitig eingeweiht worden war. Wahrscheinlich wollte er dir einmal gehörig seine Meinung sagen. Er wirkte jedenfalls äußerst verstimmt, als ich erklärt habe, du wärst nicht da. An deiner Stelle durfte ich dann miterleben, wie der Meister seine Wut abreagiert. Ma und Ronnie hatten sich in den Kohlenkeller verzogen, um sich einen von Ronnies alten Filmen anzuschauen.«

»Hast du ihn wütend gemacht?«

»Ich?« Ophelia riss ihre blauen Augen auf. »Ich habe andächtig gelauscht und ihn lediglich gefragt, ob ich während seiner Rede die Beine hochlegen und die Augen schließen dürfte.« Ophelia lächelte zufrieden.

»Hat? Bist du wach?«

Es war Portias Stimme. Ich blinzelte und stemmte mich schwerfällig hoch. »Wie spät ist es?«

»Fast sechs.«

»Sechs Uhr morgens?«

»Ja, Blödmann. Wenn es sechs Uhr abends wäre, lägst du ja wohl kaum im Bett, oder?«

Für ein, zwei segensreiche Momente schloss ich die Augen. »Was ist los?«

»Nichts. Ich bin eben erst zurückgekommen und wusste, dass ich nicht einschlafen konnte. Und da du ständig Angst hast, den Wecker um halb sieben zu verpassen, dachte ich, ich komme mal vorbei.«

Sechs Uhr und eben erst zurückgekommen? Von woher? Dann fiel mir ein, dass Portia mit Suke zu einer Party gegangen war – und noch etwas fiel mir ein. »Heute ist Samstag.«

»Tut mir Leid, das hatte ich vergessen.« Ich schwieg vorsorglich, weil ich mich nicht ärgern und richtig aufwachen, sondern mich umdrehen und weiterschlafen wollte. Mit der kleinlauten Stimme, die Portia gezielt einsetzte, fügte sie hinzu: »Kann ich trotzdem mit dir reden?«

»Na, gut. Sprich aber leise und lass das Licht aus. Mark Antonius schläft unter meiner Decke. Cordelia sagt, er hat sein Abendessen erbrochen, aber vorm Einschlafen hat er ein bisschen geschnurrt. Mann, pass doch auf!«

Portia war über Dirk gestolpert, und er jaulte auf.

»Herrgott, tut mir Leid. Ich sehe nichts, und außerdem ist es eiskalt. Wie hältst du das bloß aus?«

»Versuch den Ölofen anzustellen, vielleicht funktioniert er.«

»Wie?«

Ich erklärte ihr die diversen Tricks, um das Öfchen in Gang zu setzen, und ein wenig später hatte sie es geschafft. Die leichte Wärme, die sich ausbreitete, machte den Ölgeruch wett.

»Hier liegt irgendein Fetzen. Kann ich den um meine Schultern legen?«

Der Fetzen war mein Dichtergewand. Vor dem Zubettgehen hatte ich ein paar Zeilen zu Papier gebracht, um meine Gefühle für Max auszudrücken.

»Ich hatte einen unglaublichen Abend«, begann Portia aufgeregt. »Die Party war in einem fantastischen Haus mit Park und allem, was dazugehört. Habe ich dir gesagt, dass wir uns verkleiden mussten und Suke und ich als Orpheus und Eurydike gingen? Suke hat mein Kleid aus einem Betttuch genäht, mit freier Schulter und Silbergürtel, und dazu hatte ich einen Kranz aus Rosen im Haar. Suke hatte eine winzige Tunika angelegt und eine schwarze Lockenperücke und die Augen schwarz geschminkt. Ihre Nase ist klassisch und wunderschön …«

Ich musste für eine Weile eingenickt sein. Als ich zu mir kam, sprach Portia immer noch »… um die Deckenstreben war Weinlaub gewunden mit echten Reben – ein paar davon habe ich gegessen, sie waren tatsächlich echt – und im Wintergarten gab es eine Art Lagune, und ein Mann, der wie Neptun gekleidet war, bot Getränke an …«

Mich umspülten warme Wellen und Menschen jubelten mir zu, denn ich nahm an einem Wettkampf teil und schwamm für St. Fridewide. Ich kraulte, vier lange Stöße unter Wasser, dann kurzes Luftschnappen – früher bin ich dabei immer halb ertrunken. Schwester Imelda stand am Beckenrand und versuchte mich mit einem riesigen Haken aus den Fluten zu fischen …

»… und als wir nicht mehr tanzen wollten, haben wir das Haus erkundet, und auf einem Treppenabsatz, an einem Fenster mit Blick auf einen See, in dem sich der Mond spiegelte, hat Suke mich umarmt und geküsst.«

Plötzlich war ich wach. »Wie bitte?«

Portia seufzte. »Zum Glück hatte ich reichlich getrunken, denn sonst hätte ich vielleicht panisch reagiert. Ihre Lippen waren sanft und weich, und anfänglich war es noch harmlos, so als ob wir nur gute Freundinnen wären. Nichts hat gekratzt – nicht wie bei einem Mann. Aber dann hat sie eine Hand auf meine Brust gelegt, und für einen Moment war ich wie gelähmt und kam mir gefangen vor – doch dann flüsterte Suke: ›Portia, ich liebe dich‹, und weil es eine Frauenstimme war, verflog meine Furcht. Einer Frau vertraut man einfach mehr als einem Mann. Unterdessen hat Suke mir zärtlich zugeredet, unendlich behutsam und nicht drängend wie ein Mann. Es war alles ganz anders. Männer tun ja immer nur so, als würden sie sich etwas aus dir machen, und dann musst du so tun, als würdest du ihnen glauben, weil es sonst einfach zu – trübselig wirkt. Bei Suke habe ich mich zum ersten Mal geliebt gefühlt. Und weil sie nichts erzwungen und mich nicht gleich überall begrabscht hat, empfand ich das Gleiche – also auch Liebe. Wir haben uns in den Armen gewiegt und ich habe sogar vergessen, an – du weißt schon was zu denken …« Portia schauderte. »Ich war vollkommen gelöst und habe nur an Suke gedacht und daran, dass wenn mich jemand liebt, der so schön und gut wie Suke ist, ich vielleicht doch nicht so …«

Portia brach ab, und ich dachte, dass sie kurz davor war zu weinen, doch sie verschränkte ihre Arme hinter dem Kopf, und es war eher so, als genieße sie die Erinnerung. Die glitzernden Rauten auf meinem Dichtergewand schimmerten in der Dunkelheit. Portia stieß einen tiefen Seufzer aus. »Und nun«, sagte sie, »nun weiß ich, dass ich schon immer lesbisch war.«

Eine solche Erklärung erforderte natürlich eine entsprechende Erwiderung, und ich fahndete nach tiefsinnigen Worten, doch so früh am Morgen fielen mir noch keine ein. »Liebste Portia«, sagte ich stattdessen und tätschelte ihr Knie. »Ich hoffe, dass ihr beide sehr, sehr glücklich werdet.«

17

»Schaut mal, was wir geschenkt bekommen haben!« Cordelia trat die Haustür zu und versuchte, Dirks Freudensprüngen auszuweichen. Sie hielt eine Schale mit Blumen in den Händen. »Das wurde gerade von einem Boten abgeliefert. Ist es nicht wundervoll?«

»Wer war das eben an der Tür?«, fragte Ophelia, die aus dem Salon trat. »Oh, ein Gesteck aus Schneeglöckchen! Peregrine scheint sich Mühe zu geben. Die Nelken, die er mir neulich geschickt hat, waren so scheußlich, die hätte man allenfalls einer Blinden überreichen können. Ach, seht mal, die Schale ist aus Jade!« Sie warf uns triumphierende Blicke zu. »Ich wette, er macht mir demnächst einen Heiratsantrag.«

Cordelia zog die Schmuckkarte hervor und las: »*Für Harriet. Zur Entschuldigung und in Liebe.* Wie süß das Ganze aussieht! Wie ein kleiner Garten. Hat!« Cordelias Augen leuchteten auf. »Wie wär's, wenn wir ein Stück Spiegelglas einsetzen, dann hätten wir einen See, und dazu könnten wir Flamingos basteln. Ich habe rosa Plastilin für die Beine.«

»Sei nicht albern!«, zischte Ophelia. Ich betrachtete die zarten, zitternden Stängel und die duftenden Glöckchen und das samtige dunkle Moos, das sich wunderschön von dem blassen Grün der Schale abhob. »Wofür entschuldigt er sich überhaupt?« Ophelia war noch immer verstimmt. »Da muss sich ja jemand gehörig daneben benommen haben, um sich so zu verausgaben. Die Schale dürfte gut hundert Pfund wert sein. Darf man fragen, wer der edle Spender ist? Der Muffel kommt dafür ja wohl nicht in Frage.«

Seit dem unseligen Abendessen, an dem Dodge kaum einen Ton von sich gegeben hatte, pflegte Ophelia ihn als »Muffel« zu bezeichnen. Ich hatte es aufgegeben, sie deswegen zurechtzuweisen. Sie riss Cordelia die Karte aus der Hand. »Max Frensham!«, murmelte sie und musterte mich mit zusammengekniffenen Lidern. »Gib mir die Schale!«, befahl sie Cordelia. »Sonst lässt du sie noch fallen, und ich finde, sie gehört auf den roten Lacktisch im Salon.« Ich schwieg und folgte ihr in den Salon. »Na, bitte! Jetzt sieht man den Sprung im Lack nicht mehr.« Ophelia wandte sich zu mir um. »Du dumme Gans wirst hoffentlich nicht auf den Gedanken kommen, dich auf eine Affäre mit einem verheirateten Mann einzulassen, oder?«

Dass Ophelia sich nach gängigen Moralvorstellungen richtete, war mir neu, und ich lauschte interessiert, während sie ihr Wissen zum Thema Ehebruch zum Besten gab. »Glaub bloß nicht, dass sie jemals ihr liebes Frauchen verlassen. Wie ein Hund kehren sie zu ihrem Fressnapf zurück, wo eine treue Seele wartet, die ihre Unterhosen wäscht und ihre grässlichen Mütter zu Weihnachten einlädt. Und falls jemand deinetwegen seine Frau verlassen sollte, dann liegt er dir für den Rest deines Lebens mit seinen Schuldkomplexen in den Ohren und redet dir ein, du hättest ihn dazu angestiftet. Und wenn sein Frauchen früh um zwei anruft und sich ausheult, dann darfst du dich niemals beklagen. Auch nicht, wenn sie dir gehässige Briefe schreibt und überall über dich herzieht oder dir im Kaufhaus auflauert, um dir eine Szene zu machen. Vielleicht gibt es sogar noch liebe Kleine, die der Mama wie aus dem Gesicht geschnitten sind. Sie kommen euch am Wochenende besuchen und starren dich an, als wärst du eine Giftmörderin, während dein Herr Gemahl ihnen Unsummen zusteckt, um ihr Wohlwollen zu erringen.« Ophelia hatte sich in Rage geredet und schien noch etliches auf Lager zu haben.

Ich unterbrach ihren Redefluss, indem ich nachdrücklich erklärte: »Ich werde mit Max keine Affäre anfangen.«

Natürlich waren weder Cordelia noch Ophelia in der Lage, die Kunde, dass ich einen neuen Verehrer hatte, für sich zu behalten, und es kam zu den erstaunlichsten Reaktionen. Meine Mutter interessierte sich nicht für Max, da er sie nie umworben hatte, doch sie verlieh immerhin der Hoffnung Ausdruck, dass seine Eleganz auf mich abfärben würde.

»Er sieht recht gut aus«, verkündete sie durch ihren Schleier. »Wenngleich er für meinen Geschmack ein wenig zu feminin wirkt. Mir ist der etwas markantere Typ lieber.« Ronnie warf sich in die Brust und reckte sein Kinn in die Luft. »Max wird dir Weltgewandtheit beibringen«, fuhr sie fort. »Bei einem kleinen Landei, das Hunde züchtet und Tennis spielt, ist Staunen und Erröten niedlich, doch warum du, bei deinem Hintergrund, Naivität zur Kunstform erhoben hast, wird mir ein ewiges Rätsel sein.«

Noch ehe mir etwas zu meiner Verteidigung einfiel, rauschte sie davon, ein Verhalten, das wiederum sie zur Kunstform erhoben hatte.

»Nimm es dir nicht zu Herzen«, bemerkte Ronnie, ehe er meiner Mutter hinterhereilte. »Sie ist nervös, weil wir uns heute enthüllen. Und denk daran, ihr zu ihrem Aussehen zu gratulieren. Was Max betrifft, würde ich sagen, einem geschenkten Gaul schaut man nicht ins Maul.«

»Warum hast du mir nichts von Max erzählt?«, fragte Portia, nachdem Cordelia ihr meine Liebesabenteuer in den glühendsten Farben geschildert hatte.

»Weil es nichts zu erzählen gibt«, erwiderte ich. »Wir haben zusammen zu Abend gegessen, weiter nichts. Außerdem bin ich der Ansicht, dass Männer und Frauen, ohne eine Affäre zu haben, befreundet sein können. Max hat eine ausgesprochen nette Ehefrau, und ich glaube auch nicht, dass er mich noch einmal einlädt.«

»Schau, was er ihr geschickt hat«, sagte Cordelia.

Wir betrachteten die Schale mit den Schneeglöckchen.

»Was für eine ausgebuffte Lügnerin du bist, Hat«, erklärte Portia. »Willst du uns wirklich weismachen, dass er nichts von dir will? Und warum überhaupt? Für einen Mann ist Max doch ziemlich aufregend, du müsstest dich lediglich auf Grunzen, Schwitzen, Schnarchen und den Anblick ekelerregender Körperteile gefasst machen.«

Portia sprach mit dem Eifer der frisch Bekehrten.

»Ich habe bislang lediglich Brons Schwanz gesehen«, bemerkte Cordelia. »Und der ist klein und hängt runter. In den Heften, die Tania Vickers im Schreibtisch ihres Vaters gefunden hat, sah das anders aus, da waren …«

Sie brach ab, denn Bron war unbemerkt eingetreten und hatte ihr eine Kopfnuss verpasst. »Wenn du das noch einmal wiederholst, reiße ich deine Zunge raus, schneide sie klein und verarbeite sie zu Hackfleisch.«

»Aua!« Cordelia schaute ihn wütend an. »Das hat wehgetan.«

»Denk daran, wenn du das nächste Mal über die Genitalien deines Bruders herziehst.«

»Ich habe doch nur gesagt, dass er klein – aua! Aua!«

Portia und ich packten Bron und hielten ihn fest. Cordelia rannte heulend aus dem Salon. Bron befreite sich aus unserem Griff und schnippte gegen die Schale.

»Die dürfte ein, zwei Scheinchen einbringen. Wenn Max so scharf auf dich ist, Hat, leiht er mir vielleicht sein Auto, und du könntest ihn auch noch mal auf seinen Onkel ansprechen. Warte einen günstigen Zeitpunkt ab. Das ist wichtig.« Er setzte die weltmännische Miene auf, die er beherrschte, seit er vor zwei Jahren im *Bildnis des Dorian Gray* Lord Henry Wotton gespielt hatte.

»Tut mir Leid, wenn ich dich enttäuschen muss«, entgegnete ich kühl. »Aber ich besitze keinerlei Einfluss auf Max. Und der allgemeinen Meinung zum Trotz werde ich mich nicht mit ihm einlassen.«

»So sind Schwestern«, beschwerte sich Bron. »Sie denken nur an sich. Du musst dich ihm ja nicht pausenlos widmen. Bring ihn in Fahrt, und wenn er so weit ist, bittest du ihn um einen kleinen Gefallen. Das ist doch wohl nicht zu viel verlangt, oder?«

»O nein, es klingt äußerst verlockend«, erwiderte Portia höhnisch.

Von draußen kam Dirk hereingetollt und stieß das Tischchen um, auf dem die Schäferin aus Meißner Porzellan stand. Ich bückte mich, um ihren Kopf unter dem Schränkchen hervorzuholen, an das sich einst Hamlet gelehnt hatte, während er über das Leben nachsann und darüber, ob er das seinige beenden sollte.

Danach stieg ich zu meiner Dachkammer hoch. Mark Antonius schlief vor dem Öfchen auf einem meiner Pullover. Das Himmelbett verschmähte er. Stattdessen legte Dirk seit neuestem seinen Kopf hinein, wenn er ein Nickerchen machte. Mehr brachte er nicht unter, denn in den vergangenen zwei Wochen war er abermals gewachsen. Auch seine Lefzen und Ohren waren länger geworden und sein Brustkasten hatte sich entwickelt. Ich hatte die Cornwall Terrier in meinem Buch über Hunderassen nachgeschlagen, doch sie waren nirgends aufgeführt, wahrscheinlich weil sie so selten vorkamen. Ich wusste, dass ich mit Dirks Erziehung beginnen musste, doch abends war ich zu erschöpft, um mich mit ihm auseinander zu setzen.

Die Situation beim *Brixton Mercury* hatte sich verschlimmert, nachdem Eileen und Muriel überall herumerzählt hatten, dass ich die Tochter eines Schauspielers und Mörders war. Statt einfach nur unnütz zu sein, galt ich nun als berüchtigt. Mr Walpole, der Chefredakteur, der bislang nicht mehr als ein Schatten hinter der Milchglasscheibe seiner Bürotür gewesen war, ließ mich zu sich kommen, um zu hören, ob ich nicht exklusiv für den *Mercury* berichten wolle, wie man sich als Tochter eines Killers fühlt. So hatte er sich zwar nicht ausgedrückt, doch letztlich lief es darauf hinaus. Ich bat um Bedenkzeit und rief Rupert an, um seinen Rat einzuholen. Ich fragte ihn, ob es gegen unsere Abmachungen verstieße, wenn ich mich weigerte, den Artikel zu schreiben und vielleicht entlassen würde? Oder ob ich die Gelegenheit ergreifen sollte, um die Welt von der Unschuld meines Vaters zu überzeugen?

Rupert sagte, ich solle mich nicht wie eine Idiotin benehmen und den Mund halten, doch dann versprach er, die Sache mit Mr Walpole zu regeln. Danach legte er sang- und klanglos auf, und mir war, als hätte ich ihm erneut ein Beispiel meiner Dummheit geliefert. Allerdings kehrte Mr Walpole kurz darauf zu seiner Rolle als Schatten zurück, und ich hörte nie wieder von ihm. Der Großteil der Belegschaft begnügte sich damit, mich anzustarren und fortzuschauen, wenn sich unsere Blicke trafen. Andere wurden plötzlich freundlich, doch als sie merkten, dass bei mir nichts zu holen war, ließen sie von mir ab. Ich war jedoch zu sehr mit meinem Job beschäftigt, als dass ich mir deswegen Gedanken gemacht hätte.

Als Mr Podmore mir aufgetragen hatte, einen wöchentlichen Artikel über Hausgeister zu schreiben, hatte ich angenommen, darin würde fortan meine Arbeit bestehen, und war enttäuscht zu erkennen, dass mir zu Zwecken der Nachforschung lediglich ein Tag in der Woche zur Verfügung stand. In der übrigen Zeit hatte ich mich allgemein nützlich zu machen, um das Handwerk eines Reporters zu erlernen, was hieß, die Aufgaben zu übernehmen, vor denen Eileen und Muriel sich drückten. Es war nicht gerade berauschend, Anrufern zu erklären, wie man Anzeigen formulierte, beispielsweise »Kinderbadewanne, g. erh. Kinderwagen m. Verd., blau, Ergometer, wie neu«, und das, was die Angebote über das Leben der Inserenten aussagten, deprimierte mich. Nur gelegentlich tauchte etwas halbwegs Originelles auf, wie »Bauchrednerpuppe, für Anf. geeignet« und »gebr. Seidenzylinder u. Frack in Übergröße zum Kleinstpreis«. Ab und zu durfte ich auch losmarschieren, um über die Schließung einer alteingesessenen Korsettfirma zu berichten oder über einen Jiu-Jitsu-Abend, der stattfand, um Geld für einen Ausflug der Pfadfinder aufzutreiben, doch wenn es etwas Interessantes gab, wurde es von Muriel und Eileen übernommen.

Ich legte mein Dichtergewand an und schlang eine Decke um meine Schultern, denn die Wärme des Öfchens drang nicht bis zu meinem Tisch. In einer Keksdose in der Speisekammer hatte ich ein Stück Marzipan entdeckt, was ich für mein Leben gern aß. Es war nicht mehr frisch, doch dank Ronnies Sparmaßnahmen war Naschwerk dieser Tage rar. Beim Knabbern versuchte ich, meinen Bericht über einen bunten Seniorennachmittag zu Ende zu schreiben, doch die Göttin der Muse war offenbar andernorts tätig.

Es war ein Erlebnis gewesen, bei dem man die Furcht vor dem Älterwerden lernen konnte. Damen mittleren Alters hatten die Veranstaltung geleitet, in scharfem Tonfall mit den Senioren gesprochen und unterdessen fortwährend die Augen verdreht. Die alten Leute mussten Lieder singen, die »Onkel Billy« auf einem Keyboard begleitete. Manche schliefen dabei ein. Denjenigen, die aufzubegehren versuchten, wurde barsch über den Mund gefahren. Fette Schinkenbrötchen und trockener Obstkuchen wurden verteilt, und wenn jemand mit dem Tee kleckerte, wurde er vor versammelter Mannschaft abgekanzelt. Tränende Augen unter faltigen Lidern schauten verwirrt, wenn ungeduldige Hände ihnen das Kinn abwischten und ihnen ihre halb vollen Teetassen forträumten. Anweisungen, nicht so trübselig dreinzuschauen, wurden laut, als Onkel Billy zum flotten Teil überging und *Wenn bei Capri die rote Sonne im Meer versinkt* anschlug.

Ich aß noch etwas Marzipan. Durch die Fensterritzen drang eisige Zugluft, sodass auch meine Augen zu tränen begannen. Tapfer hielt ich mir Dr. Johnson vor Augen, einen meiner Helden. Er hatte sein Wörterbuch auf einem kalten Dachboden geschrieben, beim schwachen Schein einer Kerze und auf einem Stuhl mit drei Beinen. Ob er das aus Armut oder Eigensinn getan hatte, wusste ich nicht, doch ich war froh, wenigstens eine Glühbirne und eine feste Sitzgelegenheit zu besitzen. Ich holte eine alte Strumpfhose hervor, um das Fenster abzudichten, und kramte meine Schreibhandschuhe aus der Schublade, ein altes Paar mit abgetrennten Fingern. Dabei stieß ich auf die Briefe, die Dodge mir geschrieben hatte.

Wenngleich ich sie in- und auswendig kannte, las ich sie noch einmal. Vorrangig handelte es sich um kurze Anweisungen, bar jeder Zärtlichkeit. Hier und da stand, er hätte an mich gedacht. Einmal, als er für eine Woche mit einer Mandelentzündung im Bett lag, hatte er geschrieben, ich fehle ihm, und eine gepresste Heckenrose beigefügt. Die getrocknete Blüte steckte noch immer zwischen den Seiten von *Harte Zeiten*. Das Buch hätte Dodge zugesagt, wäre er nicht grundsätzlich gegen das Lesen von Romanen gewesen.

Als er mir vor ein paar Wochen den Laufpass gegeben hatte, konnte ich die Briefe nicht einmal ansehen, ohne dass es schmerzte und mir Tränen in die Augen stiegen. Doch nach kurzer Zeit – so kurz, dass ich mir bereits Oberflächlichkeit vorwarf – bedauerte ich unsere Trennung nicht einmal mehr, und nun, bei der abermaligen Lektüre, war ich sogar erleichtert. Ich dachte noch immer gern an Dodge, doch es war anstrengend gewesen, mich unentwegt verleugnen zu müssen. Mit seinen Ansichten stimmte ich natürlich überein, doch im Grunde war ich zu selbstsüchtig, um mein Leben anderen Menschen zu widmen. Es hatte mir auch nicht behagt, fortwährend zurechtgewiesen und getadelt zu werden. Mir wurde richtig leicht ums Herz, als ich erkannte, dass es keine Genossen mehr gab, deren Argwohn es zu zerstreuen galt.

Danach überlegte ich, ob ich meine Hochstimmung Max zu verdanken hatte. Ich hätte die Schneeglöckchen gern in meiner Kammer gehabt, um dem Geruch nach feuchtem Tierfell und

Ofen eine frische Note hinzuzufügen, doch ich wusste, dass meine Familie falsche Rückschlüsse zöge, wenn ich die Schale aus dem Salon entfernte.

Ich rief mir Max' Gesicht ins Gedächtnis und verspürte eine angenehme Erregung. Dann versuchte ich das Bild von Caroline aufzurufen, doch ich erinnerte mich lediglich, dass sie schlank und gut gekleidet war. Und dass sie, als wir uns auf einer Party im letzten Sommer unterhielten, die Blicke schweifen ließ, wie um nach einem interessanteren Gesprächspartner Ausschau zu halten. Sympathisch war sie mir nicht, doch ich wollte auch nicht, dass sie meinetwegen erneut zu Schlaftabletten griff. Wirklich nicht! Ich hatte die letzten Worte laut ausgesprochen. Dirks Kopf tauchte aus den Vorhängen des Himmelbetts auf, und Mark Antonius streckte abwehrend eine Tatze aus. Aber übersah ich nicht etwas Wesentliches? Hatte Max mich überhaupt gebeten, die Ehe mit ihm zu brechen? Wahrscheinlich war ihm noch nicht einmal der Gedanke gekommen.

»Hat.« Portia klopfte an die Tür. »Max ist an der Strippe.«

»Sag ihm, ich bin nicht da.«

*

»Und? Wie lautet das Urteil? Ich wünschte, ich wäre dabei gewesen.« Trotz des kahl geschorenen Schädels und seines fahlen Teints schien mein Vater etwas von seinem alten Elan zurückgewonnen zu haben. Er hielt sich aufrechter, und in seinen Augen lag ein gewisser Glanz. »Enthüllungen sind äußerst spannend.«

»Ich hätte um ein Haar geschrien, als ich Ronnies Nase erblickt habe«, erklärte Cordelia, die mit mir gekommen war.

»Das hätte gerade noch gefehlt«, erwiderte ich. Ich wandte mich an Pa. »Mas Mund ist kleiner geworden. Allerdings behauptet Ronnie, ein kleiner Mund wäre aristokratisch.«

In Wahrheit sah es aus, als sauge meine Mutter an einem Strohhalm, und das einzig Gute war, dass der geschrumpfte Mund ihre Wangenknochen hervortreten ließ.

»Sie sieht wie mein Turnbeutel aus, wenn ich die Schnur zugezogen habe«, kicherte Cordelia. »Außerdem sind doch eher kleine Füße ein Zeichen hoher Herkunft, oder nicht? Ronnies Nase ist jedenfalls alles andere als aristokratisch. Sie sieht aus wie die von Judy Garland.«

»Du übertreibst, nicht wahr?« Mein Vater gluckste, doch dann bezwang er sich und murmelte: »Armer Wicht.«

»Sie ist lediglich kürzer als vorher und – dadurch ist sie zu einer Stupsnase geworden«, ergänzte ich.

»Ich habe sie immer gewarnt«, bemerkte mein Vater. »Das mag zwar schulmeisterlich klingen, doch ich habe sie tausendmal gebeten, sich von Quacksalbern fern zu halten. Warum sich nicht dem natürlichen Prozess des Alterns überlassen und sich damit abfinden?« Pa wandte den Kopf ein wenig zur Seite und zeigte sein berühmtes Profil, und wir erklärten pflichtgemäß, dass man ihm noch nicht das Geringste ansähe. Es entsprach zwar nicht so ganz der Wahrheit, aber doch ungefähr. Ich nutzte die Gelegenheit, um etwas anzusprechen, das mir bereits seit einer Weile auf der Seele lag.

»Ronnie will mit Ma über Weihnachten verreisen. In ein kleines Hotel in Cornwall. Sie möchten sich lieber unter fremden Menschen an ihre neuen Gesichter gewöhnen.«

Mein Vater wirkte unbeeindruckt, doch bei einem guten Schauspieler bedeutete das nicht viel. »Was sagt Rupert dazu? Er soll doch gewiss die Rechnung bestreiten, oder?«

»Nein, Ronnie wird zahlen. Er will das Ersparte anknabbern, das er für Notfälle im Alter auf die Seite gelegt hat. Doch um Ma glücklich zu machen, nimmt er seine spätere Verelendung in Kauf. Außerdem hat er gesagt, er könne jederzeit tot umfallen und dann hätte sich das Thema ohnehin erledigt.«

»Ma hat ihm beigepflichtet«, bemerkte Cordelia. »Sie hat erwidert, bei seinem Bauch und seinem roten Gesicht wäre das sogar höchst wahrscheinlich.«

Mein Vater brach in schallendes Gelächter aus, und auch Cordelia und ich fingen an zu prusten.

»Eure Mutter ist wirklich unbezahlbar.« Mein Vater trocknete seine Augen. »So jemanden gibt es kein zweites Mal.«

»Niemanden gibt es ein zweites Mal«, erwiderte Cordelia. »Allerdings wünschte ich, es gäbe noch jemanden wie mich. Einen, der mich nicht pausenlos rumkommandiert oder sich mit anderen gegen mich verbündet und der nicht neidisch auf meine Schönheit ist.«

Pa schaute sie liebevoll an. »Nach so jemandem suchen wir alle, mein Schatz, aber ich fürchte, wir müssen uns auf eine Enttäuschung gefasst machen. Was ist denn mit den anderen Mädchen in deiner Schule? Hast du keine beste Freundin?«

»Ich muss mal aufs Klo.« Cordelia sprang auf. »Mir ist der Fischauflauf von heute Mittag auf den Magen geschlagen.«

»Sie hofft, dass ich die Sache mit der Schule vergessen habe«, bemerkte ich, nachdem Cordelia verschwunden war. »Allerdings irrt sie sich da gewaltig. Ich habe nur noch keine Schule gefunden, die sie vor Weihnachten aufnimmt.«

»Kann Rupert denn nichts machen?«

»Ich glaube nicht, dass er sich mit Schulen auskennt, und außerdem will ich ihn nicht andauernd um einen neuen Gefallen bitten. Er tut schon genug. Vorhin hat er angerufen, weil er einen Job für Bron gefunden hat. Als Chauffeur bei einer Dame namens Letizia, einer Modeschöpferin, die offenbar keinen Nachnamen hat. Bron hat fürchterlich herumpalavert und sich geweigert, für eine Frau zu arbeiten, doch als er gehört hat, dass sie einen Ferrari besitzt, hat er sich breitschlagen lassen.«

»Und wie geht es der rasenden Reporterin von Belmont?«

»Von Brixton. Sie hält sich über Wasser.« Ich versuchte, Pa mit ein paar lustigen Anekdoten zu unterhalten, erkannte jedoch, dass er mit den Gedanken woanders war. Dann überlegte ich, ob ich ihm von Max erzählen sollte, unterließ es aber, weil ich nicht wusste, ob Pa mir die Geschichte, dass wir nur gute Freunde waren, abnähme. Er konnte äußerst klarsichtig sein, wenn ihn ein Thema interessierte. »Hast du einen Termin für die Gerichtsverhandlung?«

»Laut Fleur dürfte es im Februar so weit sein.«

»Laut wem?«

»Fleur Kirkpatrick. Meine Anwältin. Siech-Grün hatte einen Strafverteidiger engagiert, der derart senil war, dass er sich nicht einmal meinen Namen merken konnte. Daraufhin hat Foy mich mit Fleur bekannt gemacht. Eine großartige Frau!« Mein Vater lächelte versonnen.

»Inwiefern?«

»Sie hat vergissmeinnichtblaue Augen mit klarem intelligenten Blick, und ihr Haar glänzt wie Rabengefieder. Schmale Taille, aber volle Brüste und wohlgerundete Hüften. Eine Haut wie Samt und einen messerscharfen Verstand. Und sie ist eine große Bewunderin meiner Wenigkeit.« Aha!, dachte ich, die übliche Geschichte. Auf die Weise verhielt mein Vater sich stets, wenn er einer Frau begegnet war, die ihn faszinierte. Halbe Sachen gab es für ihn nicht. Wenn Fleur die neue Flamme war, würde er Tag und Nacht an sie denken. Wahrscheinlich konnte ihm zurzeit auch kaum etwas Besseres passieren, doch glücklich war ich darüber nicht. »Worte sind zu schwach, um ihr gerecht zu werden«, fuhr Pa fort. »Wie den Schwung eines Wangenknochens beschreiben, wie eine volle, sinnliche Unterlippe?«

»Ich habe es erfasst«, erwiderte ich.

*

»Na, was macht die Kunst?«, fragte Archie und zog seine schwarzen Brauen hoch.

Es war Freitag. Archie hatte Rupert begleitet, der nach Blackheath gekommen war, um seine wöchentliche Buchprüfung vorzunehmen. Ich hatte den Kamin im Salon angezündet und die Chrysanthemen, die ich günstig an einem Kiosk erstanden hatte, in einer Vase arrangiert. Dazu hatte ich eine Flasche des Sauvignon Blanc geöffnet, den Rupert uns hatte zukommen lassen.

»Ich habe den ersten Artikel ungefähr hundertmal umgeschrieben, und dann fand ich ihn eigentlich ganz gut«, erwiderte ich und war dankbar für das Interesse, das Archie an meiner Arbeit bekundete. »Mr Podmore fand, es klinge recht ordentlich. Doch als der Artikel erschienen ist, habe ich kaum noch etwas wiedererkannt.«

»Redakteure sind eifersüchtige Despoten und dulden niemanden neben sich. Lassen Sie mich mal sehen.«

Ich reichte Archie die Seite mit meiner unsterblichen Prosa und studierte, während er las, seine Miene. Das Geisterhaus, das ich beschrieben hatte, war eine frühere Pfarrei in Cricklewood. Mrs Newt, die Eigentümerin, hatte mir eine halbe Stunde zugestanden, um mich umzusehen. Unterdessen war sie mir mit argwöhnischen Blicken gefolgt, um sicherzugehen, dass ich keins der Porzellanpüppchen oder das Tischfeuerzeug aus Onyx stahl. Das Haus, das laut urkundlicher Eintragung aus dem siebzehnten Jahrhundert stammte, war inzwischen umgebaut und renoviert worden. Von außen wirkte es viktorianisch, innen war es eine Mischung aus Tudor-Cottage und Regency-Villa. Neben lorbeergrünen Wänden, Polstermöbeln in Altrosa und rot-gelb gestreiften Vorhängen gab es künstliche Deckenstreben, die wie die Möbel schwarz gestrichen waren, um alte Eiche vorzutäuschen. Laut Mrs Newt hatte sich der Geist eines vormaligen Pfarrers bei ihrem Einzug unangenehm bemerkbar gemacht, an Türen gerüttelt, an Fensterscheiben geklopft und im Esszimmer gewimmert. Als ich die nachgemachten Antiquitäten im Esszimmer erblickte, die Kupferpfannen an den Wänden und die Flamencotänzerin auf dem Kamin, wusste ich warum.

»Das klingt ja entzückend«, lachte Archie. »›Im Dämmerlicht sieht man den Geist von Pfarrer Blenkinsop über die Kluft seiner Ehefrau streichen.‹ Wenn man mich fragt, ist das allerhand.«

»Das ist ein Druckfehler«, erklärte ich. »Eigentlich muss es ›Gruft‹ heißen.«

»›Mit Bart, Zylinder und wehendem Rock hat er so manchen Spaziergänger in die Flucht geschlagen.‹ Offenbar war der Mensch auch Transvestit.«

»Ich hatte wedelndem Stock geschrieben. Beim Drucken ist daraus ein wehender Rock geworden.«

»Also, das hier ist wirklich köstlich: ›... Spaziergänger in die Flucht geschlagen, über ihnen die gefiederten Schatten flatternder Eulen, die den Friedhof zum Bingospielen im alten Roxy-Kino durchquerten.‹ Wer bitte wollte da zum Bingospielen? Die Eulen oder die Spaziergänger?«

»Sie nehmen mich nicht ernst.«

»Aber natürlich, ich schwöre es!« Archie legte eine Hand aufs Herz. »Ich wüsste nicht, wann mir je ein Artikel so gut gefallen hätte.«

»Mr Podmore hat die Sache mit dem Bingospielen eingesetzt«, erwiderte ich gekränkt. »Ich hatte von Fledermäusen geschrieben, die den Pfarrer als Zeichen seiner Schuld umschwirrten. Seine Frau war eine reiche Erbin, die unter mysteriösen Umständen gestorben ist. Erst als sein jüngerer Bruder, der, weil er die Frau selber liebte, nach Australien ausgewandert war, zufällig auf …«

»Halt!«, drohte Archie mit dem Zeigefinger. »Nichts verraten! Das hier ist zu schön, um wahr zu sein. ›Noch während der Pfarrer von der Kanzel gegen Verschwendung, Trunksucht und große Brüste‹« – »grobe Lüste«, korrigierte ich – »›wetterte, näherte sich ihm der Racheengel an Bord des Seglers Albatros.‹ Wundervoll. Ganz einsame Klasse.« Mit heiterer Miene las Archie meinen Artikel zu Ende. »Der Pfarrer war zuvor also Alchimist und Messerwerfer in einem Zirkus«, sagte er. »Ich wette, dass er davor am Amazonas war, um sich mit Curare und Blasrohr auszustatten.« Ehe ich ihm erneut vorwerfen konnte, er mache sich über mich lustig, verkündete er: »Harriet, ich bin ehrlich beeindruckt! Sie besitzen einen eigenen Stil, und nur darauf kommt es an. Nicht eine langweilige Zeile! Menschen, die korrekte Texte schreiben, gibt es zuhauf. Sie dagegen wissen, wie man den Leser packt, Sie besitzen die Macht des Rattenfängers von Hameln.«

Ich lächelte geschmeichelt und war stolz, dass mich jemand lobte. Die Mitglieder meiner Familie hatten sich bei der Lektüre ausgeschüttet vor Lachen, und Bron hatte Formulierungen wie »seine gespenstischen Tränen benetzten das Moos« und »während die sinkende Sonne die Pfarrei in sternloses Dunkel taucht« unter wieherndem Gelächter wiederholt.

»Mr Podmore hat auch darauf bestanden, den neu angelegten Verkehrskreisel und den Supermarkt zu erwähnen«, klagte ich. »Er behauptet, dadurch spreche man den modernen Leser an.« Ich hasste den modernen Leser mittlerweile aus tiefster Seele, denn laut Mr Podmore verstand er Dinge nur, wenn sie mit Entwicklungen der Stadtplanung zusammenhingen.

»Was sagst du dazu?«, fragte Archie und reichte die Zeitung an Rupert weiter. »Wie lautet dein fachmännisches Urteil?«

Ich wartete gespannt, während Rupert mit ausdrucksloser Miene meine Zeilen überflog. Er würde sich weniger freundlich als Archie äußern, das war mir klar. »Mein Gott«, sagte er schließlich, »ich habe schon Grauenhafteres gelesen. Verzichte in Zukunft auf die schwülstigen Vergleiche, Harriet.« Danach betrachtete er das Loch, das Dirk in den Teppich gerissen hatte, und bemerkte: »Der Hund wird nicht erzogen.« Als er mich anblickte, hatte ich allerdings den Eindruck, als lauere in seinen grün-braunen Augen der Anflug eines spöttischen Lächelns.

Meine stille Hoffnung, Rupert würde mich beglückwünschen, fiel endgültig in sich zusammen. »Möchte jemand Marzipan?«, fragte ich mit gespielter Munterkeit. Ich hatte in der Speisekammer ein zweites Marzipanbrot entdeckt und mir fast einen Finger abgehackt, während ich den Riegel in hauchdünne Scheiben schnitt. Rupert beäugte die aufgefächerten grau-gelben Scheibchen und schüttelte seinen Kopf.

»Wein und Marzipan?« Archie nahm ein Stückchen. »Wie orientalisch! Wir sollten auf Kissen ruhen und einen Fes tragen.« Er kaute und schluckte. Ich bot ihm ein zweites Stückchen an. »Nein, danke, Harriet. Es schmeckt zwar großartig, doch ich darf mich nicht daran gewöhnen, denn sonst mache ich mich als Nächstes über die Mumien im Britischen Museum her.«

Cordelia hatte bereits vor einer Weile zu lachen begonnen und konnte sich jetzt kaum noch beruhigen.

Als Portia den Salon betrat, erhoben sich Rupert und Archie. Portia maß sie mit verächtlichem Blick. »Meinetwegen braucht ihr nicht aufzustehen. So was ist pseudohöfliches Männergehabe, ähnlich wie Türen öffnen und Feuer reichen. Es dient dazu, Frauen als unfähig hinzustellen. Was gibt es zu lachen, Cordelia?«

Cordelia wischte sich die Tränen aus den Augen und berichtete Portia prustend und schniefend, was Archie zu meinem Artikel und dem Marzipan gesagt hatte. Portia verzog keine Miene. Offenbar hatte die Berührung mit dem Feminismus ihr eine neue Art von Strenge verliehen, und ihre Gedanken kreisten inzwischen um höhere Dinge.

»Es läuft ganz gut«, erwiderte sie auf Ruperts Frage, wie sie mit ihrem Job zurechtkäme. »Jessica Delavine ist eine bemerkenswerte Frau. Sie widmet ihr Leben dem Kampf gegen Männer, die gebildete und intelligente Frauen unterdrücken wollen.«

»Dann richten Sie ihr bitte meinen tief empfundenen Dank aus«, sagte Archie.

»Was ist mit den ungebildeten, unintelligenten Frauen?«, erkundigte sich Rupert. »Müsste man für sie nicht noch viel stärker Partei ergreifen?«

Portia ging darüber hinweg. »Suke und ich werden Weihnachten mit Jessica in Edinburgh verbringen. Sie hält dort einen Vortrag zum Thema ›Evas großer Irrtum‹.«

»Von welchem ist denn die Rede?«, fragte Archie.

»Reicht dazu überhaupt ein einziger Vortrag?«, setzte Rupert hinzu. »Und wer ist Suke?«

Portia zögerte. Wenngleich sie kaum auf verständnisvollere Zuhörer als Rupert und Archie stoßen dürfte, erforderte es wahrscheinlich Mut, sich zu ihrer neuen Sexualität zu bekennen. »Sie ist meine Geliebte.«

Es entstand kurzes Schweigen.

»Insofern darf man sie gewiss als Glückspilz bezeichnen«, entgegnete Archie galant.

»Wahnsinn!«, rief Cordelia. »Heißt das etwas, dass du – nein, nicht wirklich – du machst Witze.«

»Ich wüsste nicht, was an Homosexualität witzig sein sollte«, erwiderte Portia frostig.

»Aber du lachst doch auch immer über Pas schwule Freunde – und außerdem hast du gesagt, das, was sie tun, wäre eklig. Aua!« Cordelia starrte mich an. »Du hast mich getreten!«

»Entschuldige, mein Fuß ist ausgerutscht.«

»Wie kann dein Fuß ausrutschen, wenn du sitzt?«

Zum Glück kam in dem Moment Ophelia herein. Sie winkte gnädig ab, als Archie und Rupert sich erhoben. »Rupert, du wirst dich sicherlich freuen, wenn du erfährst, dass ich einen ersten eigenen Kunden habe«, begann sie. »Bert und Marilee Drosselmeyer, Leute, die ein Vermögen mit der Herstellung von Plastikflaschen verdient haben. Sie besitzen ein Anwesen in Sussex, und das richte ich neu ein. Ich werde Weihnachten mit ihnen verbringen, um mir ein Gefühl für die Umgebung zu verschaffen. Das Beste ist aber, dass ihr Haus Zentralheizung hat.« Ophelia schlang die Arme um ihren Oberkörper. »Es wird anständige Mahlzeiten geben und dazu wahrscheinlich Champagner.« Sie hatte sich verändert, fand ich; ihre Augen glänzten, und ihre Mundwinkel hingen nicht mehr herab. Außerdem trug sie ein neues, schwarz-weißes Seidenkleid, bei dessen Anblick ich mich trotz allem fragen musste, wie viel es gekostet hatte. »Hilfe, woher kommt denn das widerliche Gestrüpp?« Sie packte die Chrysanthemen und stopfte sie kopfüber in den Papierkorb. »Wer gibt mir etwas zu trinken?«, fragte sie anschließend, ließ sich in einen Sessel fallen und zündete sich eine Zigarette an.

Archie schenkte ein Glas Wein ein und reichte es ihr. »Möchten Sie auch ein Glas, Portia?«

»Ich kann selbst für mich sorgen«, antwortete Portia. »Ich dachte, du würdest Weihnachten mit Peregrine verbringen«, sagte sie an Ophelia gewandt.

»Das dachte ich auch, doch nun bin ich heilfroh, dass es anders gekommen ist. Peregrines Familie kennt kein Thema außer der Jagd. Ihre Sessel sind hart, weil die Familienmitglieder gepolsterte Hinterteile haben, und sie lassen die Türen offen, weil sie dank ihres Fetts die Zugluft nicht spüren. Während des Essens reden sie über Zaumzeug und Pferdekrankheiten, und um zehn gehen sie zu Bett, um im Morgengrauen aufzustehen. Lady Wolmscotts Gesicht sieht wie ein Rotkohl aus, und sie riecht nach Stall. Und wenn sie nicht durch die Gegend galoppieren, um Füchse zu erschießen, schlachten sie Hühner und Enten oder ertränken Kätzchen im Teich.«

»Bitte aufhören«, rief Archie. »Ich sehe das Ganze deutlich vor mir. Lieber würde ich Weihnachten in einer einsamen Hütte verbringen oder in einem Bahnhofshotel oder …«, Archies Augen leuchteten auf, »auf einem Kriegsschiff, das von einem brutalen Admiral befehligt wird.«

»Du hättest Weihnachten ja auch bei uns bleiben können«, hielt ich Ophelia entgegen und versuchte, nicht zu eingeschnappt zu klingen. »Nun sind wir nur noch zu dritt. Bron, Cordelia und ich.«

»Na, toll!« erklärte Cordelia und bohrte ihren Zeh in das Loch im Teppich. »Harriet wird dasitzen und von irgendwelchen toten Dichtern träumen, und Bron wird sich betrinken.«

»Lass das!« herrschte ich sie an. »Du machst es nur noch größer, und die Reparatur wird furchtbar teuer. Außerdem träume ich nicht von toten Dichtern.«

»Dann eben von Max Frensham.«

»Das erst recht nicht!«

Wir schauten uns böse an. Dirk, der unter dem Klavier geschlafen hatte, wurde wach und fing an zu bellen.

»Mädels, Mädels«, mahnte Archie. »Ihr macht eure Gäste verlegen, wenn ihr euch zankt. Nun bin ich gezwungen, mir etwas Ablenkendes auszudenken.«

»Harriet ist zweiundzwanzig«, warf Portia ein. »Wenn Sie eine Zweiundzwanzigjährige als Mädel bezeichnen, reduzieren Sie sie auf den Status eines Kindes, um zu betonen, dass sie einer starken Hand bedarf.«

»Vielen Dank, liebe Portia«, gab Archie zurück. »Sie haben mir die Mühe abgenommen.«

Ich sah, dass Rupert mich nachdenklich betrachtete. Als er meinen Blick bemerkte, schaute er fort.

»Hallo, Leute!« Bron war hereingekommen, und ich erkannte, dass er getrunken hatte. Er schaute in die Runde. »Was geht denn hier ab? Ich arbeite mich krumm und bucklig, und ihr betrinkt euch in aller Gemütsruhe?«

»Wie geht es Letizia?«, fragte Rupert. Bron warf ein paar Scheite auf das Kaminfeuer und schenkte sich ein Glas Wein ein.

»Mann, einmal aufs Gas getippt und ab geht die Post. Lässt sich aber schlecht einparken und schluckt Benzin wie ein Loch.«

»Ich sprach von Letizia.«

»Oh, für ihr Alter ist sie in Ordnung, und ihre Bediensteten umschwirren sie wie kleine Fische, die einem Wal die Zähne reinigen. Sie ist zwar leicht aufbrausend und selbstherrlich, doch das stört mich nicht. Bei ihr weiß man wenigstens, woran man ist.« Bron musterte sich im Spiegel über dem Kamin und strich über sein Haar. »Was ich nicht mag, sind Frauen, die von einem Moment auf den anderen komisch werden und schmollen, wenn man sie fragt, was los ist, ob sie Krebs haben oder ihre Mutter überfahren wurde, bis man schließlich erfährt, dass ihr Pony zwei Millimeter kürzer ist und sie sauer sind, weil man nichts gemerkt hat. Letizia sagt ohne Umschweife, was sie will, und das finde ich äußerst wohltuend. Sie hat mich über Weihnachten nach Mailand eingeladen. Fünfsternehotel, eine Suite mit Dachterrasse, Dinner in

Nobelrestaurants, Karten für die Scala, alles auf Spesen. Wenn sich nichts Besseres ergibt, fahre ich mit ihr. Was ist denn das für ein ekliges Zeug?« Er beugte sich über den Teller mit Marzipan.

»Das ist Marzipan. Fass es nicht an, wenn du nichts davon möchtest. Zufällig mag ich es sehr.«

»Du wirst so was doch nicht freiwillig anrühren, oder? Mein Gott, bist du abartig. Ich dachte, nur schwangere Frauen essen Briketts und Hundekuchen.« Seine Lider verengten sich. »Du hast dir doch von Frensham kein Kind andrehen lassen, oder? Du hast keine Ahnung, welch eine Bürde Schwestern sind«, ergänzte er an Rupert gewandt.

»Also, ehrlich, Bron!«, zischte ich wütend. »Das machst du extra, nicht wahr?«

»Was?«, fragte er verwundert.

»Vergiss es.«

Bron breitete die Arme aus und schaute die anderen mitleidheischend an.

»Dann sind Hat und ich Weihnachten ja mutterseelenallein«, sagte Cordelia aufgebracht. »Das wird das schlimmste Weihnachten, das jemand in meinem Alter je erlebt hat. Selbst Waisenhauskinder haben noch andere Leute zur Gesellschaft.«

»Wir haben Dirk«, betonte ich. »Und Mark Antonius. Hast du bei seiner Rückkehr nicht behauptet, dass du nie wieder wegen irgendetwas unglücklich sein würdest?«

»Da wusste ich ja auch noch nichts von Weihnachten. Können wir denn nicht mit den anderen fahren – nach Edinburgh oder Sussex?« Sie wusste, dass es keinen Zweck hatte, an Brons Mitgefühl zu appellieren.

»Ich werde beschäftigt sein«, entgegnete Portia. »Außerdem ist das nichts für Kinder. Es würde dir gar nicht gefallen. Und Zugfahrten für drei Personen können wir uns ohnehin nicht leisten.«

»Nein«, erklärte Ophelia kurz und bündig.

Rupert stellte sein Glas ab und erhob sich. »Habt ihr die Stromrechnung? Und was ist mit dem Beitrag für die Versicherung?«

»Ich laufe los und hole die Unterlagen«, murmelte ich.

Cordelia brach in Schluchzer aus. Ich wusste, dass sie wie auf Kommando losheulen konnte, doch ich konnte ihren Kummer nachempfinden. Meine Eltern hatten stets Freunde zu Weihnachten eingeladen, und wir saßen zu mindestens zwanzig Personen um den Tisch. Maria-Alba bereitete die köstlichsten Gerichte zu, und Pa dachte sich Spiele aus, bei denen jeder außer mir seine Schauspielkunst zum Besten gab. In der Regel kamen auch Kinderspiele wie Verstecken oder die Reise nach Jerusalem an die Reihe, aber zu zweit machten sie natürlich keinen Spaß.

Als ich die Unterlagen auf Pas Schreibtisch sortierte, war mir elend zumute, und mein Magen verkrampfte sich schmerzhaft. Seit Pas Verhaftung führte er ohnehin ein Eigenleben. Als mein Blick auf die Schatulle fiel, die dem Globe Theatre nachgestaltet worden war und in der Pa seine Briefmarken aufhob, regte er sich mit aller Macht. Einsame Weihnachten sind eine Qual, wenn man unglücklich ist. Allein schon bei dem Gedanken, Cordelia während der Feiertage aufzumuntern und zu unterhalten, scheiterte ich kläglich. Als ich in den Salon zurückkehrte, wirkte Cordelia überraschend fröhlich.

»Wir können Weihnachten mit Rupert und Archie verbringen, in – wo hast du gesagt?«

»In Derbyshire.«

»Genau. Irgendwo auf dem Land, aber mit Partys und einer Menge Leute.«

»Ist das euer Ernst?«, fragte ich. »Sind wir da nicht fürchterlich im Weg? Wessen Haus ist es?«

»Ja, es ist unser Ernst«, erwiderte Rupert. »Und, nein, ihr werdet nicht im Weg sein, und das Haus gehört einem entfernten Vetter von mir. Er hat eine Tochter in Cordelias Alter. Und einen Sohn um die zwanzig. Ihr werdet prima zusammenpassen, und Maggie wird sich freuen.«

»Wer ist Maggie?«

»Lady Pye. Die Frau meines Vetters.«

Ich versuchte, mich in einem vornehmen Herrenhaus zu sehen, doch es gelang mir nicht. »Es kommt mir rücksichtslos vor, sich Weihnachten wildfremden Menschen aufzudrängen. Ich glaube, Cordelia und ich kommen ganz gut allein zurecht …«

»Nein, das tun wir nicht«, widersprach Cordelia. »*Ich* werde jedenfalls mitfahren. Ist das Mädchen in meinem Alter hübsch?«

Rupert maß Cordelia mit prüfendem Blick. »Ich vermute, dass man Annabel gemeinhin als hübsch bezeichnen könnte.« Cordelia schaute verdrossen drein. »Sie ist jedoch ganz anders als du, und sie wird dich nicht in den Schatten stellen.« Cordelia war getröstet.

»Es gibt einen guten Grund, mitzukommen, Harriet«, bemerkte Archie. »In dem Haus der Pyes spukt es.«

»Ist das wahr?«, fragten Cordelia und ich wie aus einem Mund.

»Das ist natürlich Unfug«, erwiderte Rupert. »Harriet könnte es indes gelingen, daraus eine Geschichte zu basteln.«

»Ich habe schon immer ein Gespenst sehen wollen«, verkündete Cordelia und sprach mir aus der Seele.

»Dann mach dich auf eine Enttäuschung gefasst«, gab Rupert zurück.

»Das war wirklich sehr nett von euch«, bedankte ich mich bei Rupert und Archie, als ich sie wenig später zur Haustür geleitete. »Ihr müsst mir aber sagen, wenn die Pyes Einwände erheben.«

»Sie werden sich freuen«, entgegnete Archie. »Die Pyes sind überaus gastfreundlich. Und Maggie tut alles, um Rupert zufrieden zu stellen. Wir werden uns ganz prächtig amüsieren.« Er zwickte mich in die Wange. »Und wir werden dich auch jeden Tag ein wenig träumen lassen, sagen wir, fünf Minuten, nur damit du nicht aus der Übung kommst.«

Ich errötete. »Das mit Max ist totaler Unsinn.«

Das Telefon klingelte. »Ich geh ran«, rief Portia. »Das wird Suke sein. Hallo, ich bin's, Portia.« Sie lauschte für einen Moment und hielt mir dann den Hörer hin. »Hier, Hat, große Überraschung. Max Frensham für dich.«

18

»Mir ist nicht mehr schlecht«, beteuerte Cordelia, deren Wangen ihre grünliche Farbe verloren hatten und leichenblass geworden waren. »Ihr könnt die Fenster wieder zumachen. Nach einer Stunde Autofahren muss ich mich nicht mehr übergeben.«

Archie drückte auf einen Knopf und die Scheiben fuhren hoch. Trotz meiner halb erfrorenen Hände und Füße und einer wahrscheinlich knallroten Frostnase war ich bester Laune. Ländliche Gegenden waren in Wirklichkeit sogar noch schöner, als ich sie in Erinnerung gehabt hatte. Im Moment durchquerten wir Northamptonshire, und die weiten braunen Ackerfelder Bedfordshires waren in kleine Schafweiden übergegangen. Vor uns stieg die Ebene zu sanft gewellten Hügeln an, die von Wäldern durchzogen wurden.

Ruperts Wagen – ich nahm an, dass es seiner war, obwohl Archie am Steuer saß – war dermaßen bequem, dass ich eine ganze Woche darin hätte verbringen können, und Archie fuhr so rasant, dass man annehmen konnte, wir hätten geschmuggelten Schnaps im Kofferraum und wären auf der Flucht vor der Polizei. Überhaupt schien er es eilig zu haben, denn sobald er einen Wagen vor sich sah, fuhr er dicht auf, scherte hupend aus, um zu überholen. Gewöhnlich verloren die anderen Autofahrer die Nerven und schwenkten in eine Bucht ein, um ihn vorbeizulassen.

»Herrgott noch mal, fahr doch langsamer«, herrschte Rupert ihn an. »Du bringst uns noch um.«

»Ich fahre den Wagen lediglich aus. Wir hatten schon seit Ewigkeiten keine freie Strecke mehr vor uns. Und er läuft wie am Schnürchen, findest du nicht?« Er hupte eine Kuhherde an, die uns hinter einem Zaun entgegenstarrte, und sie stob in heilloser Aufregung davon.

»War das nötig?«, fragte Rupert gereizt. »Musst du vor Kühen den Angeber spielen?«

»Spielverderber!«, sagte Archie. »Sei lieber froh, dass ich dir einen Grund zum Meckern gebe.« Anschließend stimmte er die Arie der *Madame Butterfly* an.

Ich entdeckte eine Vogelschar, die ihre Kreise an einem Himmel zog, der von blassem Gelb überhaucht war, und wünschte, unsere Reise würde nie zu Ende gehen. Entspannt stellte ich meine Füße auf den kleinen Koffer, der auf dem Boden stand, und dachte an seinen kostbaren Inhalt.

»Du träumst schon wieder, und ich weiß auch, von wem«, bemerkte Cordelia.

Meine Familie hatte nicht aufgehört, mich wegen Max aufzuziehen, und in Abwesenheit der anderen schien Cordelia sich zu derjenigen ernannt zu haben, die das Thema verfolgte. Ich war zu glücklich, um ihr das Wort zu verbieten.

Ich betrachtete meinen tabakfarbenen Mantel und legte meinen Kopf auf die Seite, um meine Wange an den samtweichen Pelzkragen zu schmiegen. Auf der Rückablage befand sich eine dazu passende Pelzkappe.

»Harriet sieht wie jemand aus einem Roman über die irische Hungersnot aus«, hatte Archie erklärt. »So können wir sie nicht mitnehmen.«

»Wahrscheinlich nicht«, hatte Rupert geantwortet. »Sie würde auffallen.«

Danach hatte Archie mich in die Bond Street geführt und mich in Geschäfte geschoben, die ich bis dahin scheu von außen betrachtet hatte. Drinnen war er bestimmt und zielstrebig vorgegangen, hatte Kleidungsstücke von den Stangen genommen und mich damit in die Umkleidekabine geschickt. Anfänglich war ich verlegen, wenn ich herauskam, und lief unbehaglich vor ihm auf und ab. Meistens schüttelte er den Kopf, doch zuweilen nickte er. Wie sich herausstellte, hatte er einen ausgezeichneten Geschmack, und meine neue, elegante Ausstattung glich mitnichten der schrillen Kostümierung, die er für sich in Anspruch nahm.

Nach einer Weile färbte seine Begeisterung auf mich ab, und meine Schüchternheit ließ nach. Archie saß da, kniff die Augen zusammen, schürzte die Lippen, stützte sein Kinn in die Hand oder ließ den Finger kreisen, um mir zu bedeuten, ich solle mich umdrehen. »Großartig!«, rief er zuweilen. »Entzückend!« Oder aber er stöhnte: »Grauenhaft! Entsetzlich! Du siehst aus wie eine Nutte, die sich einen reichen Freier geangelt hat. Zieh das sofort wieder aus!«

Nachdem er mehrere Sachen für mich ausgesucht hatte, schielte ich auf die Preisschilder und dachte, man hätte sich bei der Anzahl der Nullen vertan. »Das geht nicht, Archie«, flüsterte ich. »Das könnte ich nie annehmen. Ich würde Jahre brauchen, um das zurückzuzahlen.«

»Bitte, Harriet, sei kein Miesmacher! Wir tun das ebenso zu unserem Vergnügen wie zu deinem, oder möchtest du, dass wir deinetwegen vor Scham im Erdboden versinken? Rupert kann den Anblick schlecht gekleideter Frauen nicht ertragen.« Das nahm ich ihm allerdings nicht so ohne weiteres ab. Ich war mir nämlich ziemlich sicher, dass Rupert meinem Aussehen, wie dem aller anderen, vollkommen gleichgültig gegenüberstand. »Zieh das Kleid aus dem teerosengelben Crêpe de Chine noch einmal über. Das hat dir hervorragend gestanden.«

Ich wusste, dass das Vergnügen der beiden niemals an den Glücksrausch heranreichen würde, der mich übermannte, als die Verkäuferin sich mit den wunderschönen Röcken, Blusen, Jacken und Kleidern belud und sie zwischen Lagen aus Seidenpapier in glänzende Pappkartons faltete.

»Woher kommen die schicken Klamotten?«, fragte Portia, während ich die Sachen auf meinem Bett ausbreitete. »Du hasst es doch, einkaufen zu gehen.«

»Weil ich nie weiß, was mir steht. Wenn ich in den Spiegel schaue, entdecke ich immer nur meine starrenden Augen oder einen Pickel oder schlecht gezupfte Brauen oder Haar, das dringend gewaschen werden muss, aber nie das Gesamtbild. Es ist, als würde ich mich durch löchriges Papier betrachten. Und beim Anblick einer Stange mit Kleidern werde ich panisch oder fühle mich niedergeschlagen, weil ich weiß, dass sie mir nicht stehen werden. Ich weiß nicht einmal, wie ich aussehen möchte, und wenn, dann wüsste ich nicht, wie ich es anstellen sollte. Mit Archie war es, als wäre ich wieder Kind. Es war einfach himmlisch.«

»So himmlisch fand ich meine Kindheit nicht.« Portia strich über den Ärmel meines neuen himbeerfarbenen Kaschmirpullovers. »Außerdem will ich anderen Menschen nicht gefallen. Mit Ausnahme von Suke. Wenn sie mit mir zufrieden ist, komme ich mir vor, als hätte man mir eine Million Pfund geschenkt. Mein Gott, diese Lederstiefeletten sind wirklich ein Traum. Fühl mal, wie weich sie sind! Ophelia wird vor Neid erblassen.«

»Ich werde ihr nichts davon zeigen. Sie würde das Wenige an Selbstvertrauen, das ich gerade gewonnen habe, gleich wieder zunichte machen. Nicht wegen der Kleider – die sind über jeden Zweifel erhaben –, aber wenn ich sie trage. Ihr kann ich nichts recht machen, sie ist schlimmer als Ma.«

»Arme Hat!«, erwiderte Portia ein wenig herablassend. »Du warst dir deiner noch nie sicher, nicht wahr? Sie haben dafür gesorgt, dass du dich unscheinbar fühlst. Im Gegensatz zu dir hatte ich schon sehr früh beschlossen, mich von Ma und Ophelia nicht einschüchtern zu lassen. Ich glaube, seit ich wusste, wie man mit dem Fuß aufstampft.«

Ich entsann mich des Theaters, das entstanden war, als Portia mit vier Jahren ihren verhassten Tweedmantel mit dem Samtkragen und der passenden Samtkappe, die bei Harrods zwanzig Pfund gekostet hatten, in den Ofen geworfen hatte.

»Ich hatte eben schon immer das Bedürfnis, gelobt zu werden«, bekannte ich.

»Ja, aber Lob muss doch von jemandem kommen, der zählt. Klar liebe ich Ma und Pa, aber sie interessieren sich viel zu wenig für mich, als dass ich um ihre Anerkennung betteln würde. Früher fand ich es sogar richtig, dass unsere Eltern gleichgültig waren. Ich habe die Mädchen in der Schule bedauert, die gute Noten nach Hause bringen, sich benehmen und abends um zehn zu Bett gehen mussten, und im Grunde finde ich so was immer noch unmöglich, selbst wenn ich ein, zwei Dinge inzwischen mit anderen Augen sehe. Nun wünsche ich mir manchmal, unsere Eltern hätten mir Werte und Richtlinien beigebracht.« Sie hielt die elfenbeinfarbene Seidenbluse hoch, die mit ihrem grauen Futter zu einem eng anliegenden Wollkostüm gehörte. »Du wirst fantastisch aussehen, Hat. Fast möchte ich dabei sein und es erleben.«

»Wie gefällt dir das?« Ich hatte meinen neuen weinroten Lippenstift ausprobiert, den Archie mir zu meinem braunen Mantel ausgesucht hatte.

»Mir fehlen die Worte. Eine Harriet, die sich schminkt! Und das nach deinen ewigen Tiraden über Kosmetik als bürgerliche Verfehlung.« Ich spürte, dass mir die Röte in die Wangen schoss, doch zum Glück fiel das unter meinem Rouge nicht auf. Archie hatte stundenlang nach den richtigen Rottönen gestöbert, und zum krönenden Abschluss hatte er für uns beide noch glitzernde Lidschatten ausgesucht. »Das Rot steht dir vorzüglich«, fuhr Portia fort. »Es hebt deinen cremigen Teint hervor. Selbst deine Augen wirken mit einem Mal größer.«

»Ich habe mir die Wimpern getuscht.«

»Das nenne ich Revolution! Max macht einen dreifachen Salto, wenn er dich sieht.«

Am Abend vor unserer Abreise hatte ein Bote ein Paket für mich abgeliefert. Darin war ein wundervoller dunkelroter Lederkoffer mitsamt passendem Kosmetikkoffer gewesen. Archie hatte ein Briefchen beigefügt: *Liebe Harriet, hatte einen Albtraum, in dem du mit einem Plastikkoffer aufgekreuzt bist. Alles Liebe. R. und A.*

Ich lächelte selig, als ich die Zeilen las, denn die einzigen annehmbaren Koffer, die wir besaßen, waren bereits mit meiner Mutter nach Cornwall gereist oder von Ophelia in Beschlag genommen worden, und ich war gerade dabei gewesen, meine neuen Schätze in Plastiktüten zu verstauen. Cordelia besaß zum Glück eine braune Lederreisetasche, die sie recht ungnädig an ihrem letzten Geburtstag von ihrer Patentante entgegengenommen hatte.

Cordelia wollte, dass ich mein Paket gleich an Ort und Stelle auspackte, und dadurch entdeckte auch Ophelia, als sie von der Arbeit zurückkehrte, die roten Koffer. Für eine Weile begutachtete sie die Stücke schweigend, strich über das Leder, das Futter aus Wildleder und befingerte die Glasfläschchen des Kosmetikkoffers, die von Satinbändern gehalten wurden. Dann bemerkte sie: »Ich hoffe, du machst kein Tamtam, wenn man sich das mal ausleihen will.« Es war eine Art Lob, vermutete ich, und ich versicherte ihr eilfertig, sie dürfe sich die Koffer jederzeit ausleihen. Ophelia lächelte wohlwollend, bis ihr Blick auf meinen Pulli fiel, an dem sich der Rollkragen gelöst hatte. »Auf dich ist das ohnehin verschwendet«, ließ sie mich wissen.

Als ich meine Füße auf dem Kosmetikkoffer abstellte, hatte ich es behutsam getan und mir vorher die Stiefel ausgezogen.

»Ich glaube beinah, in meine Hände kehrt Leben zurück«, erklärte Archie. »Zumindest weiß ich jetzt, wie sich ein Laborroboter fühlt, der mit Plutonium hantiert. Ohne Dirks heißen

Atem in meinem Nacken hätte ich Frostbeulen an den Ohren bekommen.«

»Dann darfst du dich auch nicht länger darüber beschweren, dass du seinetwegen nichts im Rückspiegel siehst«, erwiderte Cordelia. Inzwischen waren wir überein gekommen, dass es schöner wäre, wenn wir uns allesamt duzten.

»Wie jeder Held besitze ich einen zwiespältigen Charakter, und man muss mich nehmen, wie ich bin. Und im Moment bin ich ein Eiszapfen.«

»Wäre es dir lieber, wenn ich mich übergeben hätte?«

»Eine wahrhaft sokratische Antwort.«

»Was ist das?«

»Sokrates war ein berühmter Mann, der vor urewigen Zeiten lebte und Fragen mit Fragen zu beantworten pflegte. Es handelt sich um ein Verfahren, mit dem er anderen ihre fehlerhafte Argumentation vor Augen zu führen versuchte.«

Wir schwiegen, während Cordelia dabei war, sich einen Reim auf seine Worte zu machen. Dirk, der von der rasch ansteigenden Temperatur im Wagen müde wurde, legte sich auf den Rücken, um seine bevorzugte Schlafstellung einzunehmen, und streckte alle viere von sich. Dass Archie und Rupert ihm erlaubt hatten, mitzukommen, würde ich ihnen nie vergessen. Ich hatte Rupert deswegen am Tag, nachdem sie uns eingeladen hatten, angerufen.

»Ich kann nicht mitkommen«, begann ich. »Ich bringe es nicht übers Herz, Dirk in einen Zwinger zu stecken. Er kann nicht allein sein, und ich wäre unglücklich, wenn ich wüsste, dass er unglücklich ist. Würde es dir etwas ausmachen, nur Cordelia mitzunehmen?«

Nach kurzem Schweigen entgegnete Rupert: »Dirk kann mit.«

»Was ist mit Lady Pye? Empfindet sie es nicht als Zumutung, wenn wir auch noch einen Hund anschleppen?«

»Es sind schon zwei Hunde im Haus. Solange Dirk sich nicht mit ihnen anlegt, ist es einerlei. Ich sage Maggie, dass sie mit ihm rechnen soll.«

Anschließend hatte ich Dirk ordentlich ins Gewissen geredet und ihm klar gemacht, dass er dort, wo wir hinführen, unter keinen Umständen wie auf der Straße fremde Hunde ankläffen dürfte. Um Rupert und Archie nicht zu blamieren, hatte ich auch Geld in eine hübsche blaue Leine mit Halsband investiert, die den Strick, den wir sonst benutzten, ersetzte.

Doch was Mark Antonius betraf, war Rupert unnachgiebig geblieben, und hatte gesagt: »Ich glaube, er wird sich in seiner vertrauten Umgebung wohler fühlen.«

Ich sah ein, dass er Recht hatte. Zum Glück war Loveday, dem Tiere lieber als Menschen waren, bereit, Mark Antonius zu füttern, und da sie ohnehin den größten Teil ihrer Zeit miteinander verbrachten, war ich einverstanden.

Seamus und Joe, den beiden Journalisten, die gelegentlich noch zum Teetrinken und Plaudern kamen, hatte ich mitgeteilt, dass wir über Weihnachten nicht zu Hause sein würden. Um die Scherereien wettzumachen, die ich meiner Familie durch meine Indiskretion bereitet hatte, erzählte ich ihnen, Bron hätte dringend nach Mailand fliegen müssen, um einer bedeutenden Modeschöpferin bei der Zusammenstellung ihrer Sommerkollektion behilflich zu sein, was sie allerdings kaum interessierte. Dagegen notierten sie eifrig, dass Ophelia als international anerkannte Innenarchitektin im Begriff stand, für etliche Millionen Pfund das Haus eines Kunden neu einzurichten. Ich schloss meinen Bericht mit einem Hinweis auf das Erscheinungsdatum von Jessica Delavines jüngstem Roman und fand, das müsse als Wiedergutmachung genügen.

Danach blieb nur noch ein letzter Besuch bei meinem Vater, um ihm zu erklären, wohin wir fuhren, und ihm zu versichern, dass wir in Gedanken unentwegt bei ihm wären. Unser abtrünniges Verhalten schien ihn jedoch nicht anzufechten. Augenscheinlich hatte Fleur Kirkpatrick für ein spezielles Weihnachtsessen gesorgt, das der Chef des Le Pain Perdu persönlich zubereiten würde. Sie hatte, wie Pa berichtete, Austern, Steinbutt, Mohrhuhn, schwarzes Zitronen-Eis und Dom Pérignon bestellt, und der Gefängnisdirektor hatte ihnen erlaubt, das Mahl allein in seinem Büro einzunehmen. Meine Gefühle, was Fleur betraf, waren noch immer zwiespältig, doch die Art und Weise, in der sie meinen Vater aufgerichtet hatte, musste ich wohl oder übel anerkennen.

Maria-Alba hatte ich unsere Adresse in Derbyshire mitgeteilt. Ich schrieb ihr zweimal pro Woche, selbst wenn ich bisweilen nur wenige Zeilen schaffte. Ihre Briefe trafen unregelmäßig ein, manchmal zwei an einem Tag, dann wieder schwieg sie für längere Zeit. Ihre Rechtschreibung war eigenwillig, Satzzeichen unterließ sie gänzlich und die meisten Sätze blieben unvollendet. Da wir zuvor nie miteinander korrespondiert hatten, wusste ich nicht, ob sie noch immer durcheinander war oder lediglich Probleme mit dem Schreiben hatte. Ich fürchtete allerdings, Ersteres war der Fall, denn sie beschwerte sich ausgiebig über das schlechte Essen und bezichtigte Schwester Mary-Joseph, die Klosterköchin, den Tee zu vergiften. Abgesehen davon war sie der festen Überzeugung, bei dem Kloster handele es sich um ein Freudenhaus, in dem der Teufel verkehrte, und behauptete, sie entginge den satanischen Sitten lediglich, indem sie nächtens mit gezückter Suppenkelle im Bett säße und wachte.

Im Vergleich dazu fielen meine Briefe harmlos aus. Ich hatte Maria-Alba berichtet, dass Mark Antonius zugenommen hatte, dass Ronnie und Ma nach Cornwall gereist waren und dass Dirk fast schon auf »Sitz!« reagierte. Darüber hinaus erwähnte ich Pas gute Laune, verriet jedoch nicht den Grund. Als ich meinen letzten Brief überflog, stellte ich fest, dass wir mittlerweile wie eine halbwegs normale Familie klangen, und ich überlegte, ob Dinge tatsächlich wahr würden, wenn man sie gleich einem Mantra wiederholte.

»Das da vorn sieht nach Mittagessen aus«, unterbrach Archie meine Gedanken.

Nach einem Schild mit der Aufschrift »Talloho Towers, Hotel und Restaurant« bog er ab, und wir folgten einer Allee, die in ein gekiestes Halbrund vor einem mächtigen viktorianischen Gebäude mündete.

»Es hat wahrscheinlich wenig Zweck, große Erwartungen zu hegen«, erklärte Rupert, während er seinen Gurt löste und aus dem Wagen stieg. »Aber zumindest wird es dort Tischdecken geben.«

»Lauft ihr schon los«, bat ich. »Wir kommen gleich nach.« Ich leinte Dirk an und führte ihn im umliegenden Wald Gassi. Zum Dank bestand er darauf, den Wald ausgiebig zu erkunden, und es bedurfte energischen Zuredens, bis er sich zum Wagen zerren ließ.

Der Mann, der das Auto nebenan mit Koffern belud, nickte anerkennend.

»Prima Wagen. Spezialvergaser und Turboantrieb?«

Ich lächelte höflich. »Tut mir Leid, aber ich verstehe nichts von Autos.«

»Netter Hund.«

In dem Punkt kannte ich mich aus.

»Ja, nicht wahr? Er ist ein Cornwall Terrier.«

Der Mann lachte auf. »Wollen Sie mich hochnehmen? Meine Tante hatte auch einen Bernhardiner. Ein gutmütiger Zeitgenosse, doch seine Verpflegung hat sie fast an den Bettelstab gebracht. Ich hoffe, Sie besitzen Familienschmuck, den Sie zur Not versetzen können.«

Ich versteifte mich ein wenig. »Dirk gehört einer seltenen Rasse an.«

»Hör dir das an, Trixie«, sagte er zu der Frau, die zu uns trat. »Die junge Dame möchte mir weismachen, dass ihr Hündchen«, er deutete auf Dirk, der auf dem Kies saß und sein Ohr kratzte, »ein Cornwallspaniel ist.«

»Terrier«, verbesserte ich.

Die Angesprochene erwiderte: »Warum denn nicht, Schatz?« Sie betrachtete Dirk nachdenklich. »Allerdings sieht er wie der Hund aus, den deine Tante früher einmal hatte, erinnerst du dich?«

»Das war ein Bernhardiner. Der Kleine hier steckt noch in den Kinderschuhen.«

Die Frau bemerkte meine betroffene Miene. »Beachten Sie ihn nicht. Mein Mann plaudert einfach gern.« Sie bückte sich, um Dirk zu kraulen. »Du bist ein süßes Hundi, ganz gleich was du bist.«

Nachdem ich Dirk in den Wagen verfrachtet hatte, betrat ich das Restaurant.

Es war offenkundig, dass unsere kleine Gruppe im Mittelpunkt des Interesses stand. Die Kellner umschwirrten unseren Tisch und boten Getränke und Speisekarten dar, während die Gäste starrten und tuschelten. Für einen Moment versuchte ich, Rupert, Archie und Cordelia mit den Augen der anderen zu betrachten. Rupert würde überall Aufmerksamkeit erregen, schon wegen seines hohen Wuchses, seines silbergrauen Haars und der abweisenden Miene. Cordelia trug einen marineblauen Blazer und einen Faltenrock, der einst Ophelia gehört hatte. Die dunkle Jackenfarbe betonte ihr goldschimmerndes Haar, wohingegen der helle Pulli ihren feinen rosigen Teint zur Geltung brachte. Archie steckte in einer dicken Tweedjacke, Knickerbocker, Kniestrümpfen mit Troddeln und blitzblank gewienerten Wanderschuhen. Auf dem Stuhl neben ihm lag sein Tirolerhut mit Federbusch.

Ein Kellner half mir aus dem Mantel.

»Reginald!«, hörte ich eine Frau flüstern. »Der Mann ist geschminkt!«

»Der Mann ist eine Frau.«

»Nein, er ist ein Mann.«

»Vielleicht brauchst du eine Brille.«

»Oder du.«

»Wieso ich?«

»Und wer hat meine Mutter neulich mit unserer Putzfrau verwechselt? Wer hat …«

Sie brach ab, als sie merkte, dass ich lauschte, und begann, ihr Brot zu zerkrümeln.

»Ich rate dir zum Roastbeef«, sagte Rupert, als ich mich setzte. »Es kann höchstens zu zäh sein. Zuvor nimmst du am besten den Krabbensalat. Auch dabei kann man nicht viel verkehrt machen.«

»Ich werde nicht oft in Restaurants eingeladen«, erklärte Cordelia. »Darf ich mir etwas Ausgefallenes aussuchen?«

Rupert warf ihr einen Blick zu. »Wie heißt es so schön? Aus Erfahrung wird man klug. Was möchtest du denn?«

»Die *Coquille St. Jacques,* obwohl ich nicht weiß, was das ist. Und dann den *Homard Thermidor*. Das ist ein Hummer, das Wort kenne ich aus dem Französischunterricht.«

Ich schaute Cordelia an und schüttelte unmerklich den Kopf. Das, was sie ausgewählt hatte, war mit Abstand das Teuerste. Sie war jedoch zu sehr mit ihrer Umgebung beschäftigt, als dass sie mich registriert hätte, und wurde rot, als der Kellner sich vor ihr verneigte und sie mit »Mademoiselle« ansprach. Fasziniert glitten ihre Blicke über die Vielfalt der Gläser und Bestecke, den Eiskübel auf dem Ständer, das Silberfässchen voller Zahnstocher und das

Streichholzbriefchen mit dem aufgedruckten Hotelnamen. Als sie entdeckte, dass die anderen Gäste sie taxierten, warf sie ihren Kopf in den Nacken und setzte abwechselnd einen Schmollmund auf oder kicherte ausgelassen.

Ich hörte, dass jemand am Nebentisch murmelte: »Hübsches Mädchen.«

»Glaubst du, sie sind eine Familie?«, fragte eine weibliche Stimme zurück.

»Seit wann zeugen Schwule Kinder«, kam es zur Antwort. »So dumm sind sie nicht.«

»Sprich nicht so laut!«

»Könnte auch ein Schauspieler sein, der vergessen hat, sich abzuschminken.«

»Ich finde, er sieht niedlich aus.«

»Du findest ja auch, dass Mao Tse-tung niedlich aussieht. Vielleicht gehören sie einer Zirkustruppe an.«

»Nicht so laut, habe ich gesagt!«

Seltsamerweise störte es mich nicht, dass wir Aufsehen erregten, und auch die Bemerkungen fand ich spannender als die Lobhudeleien, die Pa sonst einheimste.

Der Krabbensalat war tadellos, obwohl Archie die Soße beanstandete. Cordelia schaffte fast ihre gesamte *Coquille,* doch gegen Ende schien sie Schwierigkeiten zu bekommen. Muschelfleisch, Kartoffelpüree, Käse und Rahm sind eine sättigende Mischung, vor allem wenn einem kürzlich noch übel war.

Schweigend sahen wir zu, wie das Fleisch aufgeschnitten wurde und sich silberne Glocken von dampfenden Tellern hoben. Das Roastbeef war innen blassrosa, was mir lieb war, da ich kein blutiges Essen mag, doch Rupert und Archie tauschten resignierte Blicke. Cordelia wirkte kleinlaut, als ihr Hummer gebracht wurde. Bis auf die Größe und die Form sah er der *Coquille* ziemlich ähnlich, allerdings war er ungefähr mit der vierfachen Menge Rahm und Käse bedeckt.

»Na gut«, begann Rupert, indem er nach der Hälfte seines Roastbeefs sein Besteck ablegte. »Wahrscheinlich hätte es mich gewundert, wenn man mir abgehangenes Fleisch und zart gedünstetes Gemüse vorgesetzt hätte.«

»Wir werden uns am Dessert aufrichten«, entgegnete Archie zuversichtlich. »Selbst in englischen Restaurants schafft man es nicht, ein Eis zu verderben. Warum ächzt du, Cordelia? Möchtest du vielleicht lieber ein Stück gedeckten Apfelkuchen? Mit Sahne, Sherry und Mandelsplittern?«

Cordelia stöhnte und presste ihre Serviette auf den Mund.

Ein Kellner rollte einen hoch beladenen Dessertwagen heran, auf dem wir Schälchen mit kandierten Kirschen, Eischnee, Sahnehäubchen und Schokostreusel erkannten.

Rupert winkte ihn fort. »Bringen Sie uns die Käseplatte. Nein, Archie, kein Eis mit Sahnehäubchen! Du passt sonst nicht mehr in die Lederhose, die du dir gekauft hast. Außerdem wäre es niederträchtig«, setzte er mit einem Blick auf Cordelia hinzu.

Als wir auf dem Weg aus dem Restaurant an dem Paar, das ich bei meinem Eintreten belauscht hatte, vorbeikamen, erklärte die Frau: »Da siehst du, dass es ein Mann ist! Meine Mutter hat Recht, du bist ein Dummkopf!«

»Deine Mutter kann mich mal«, erwiderte ihr Mann. »Und wenn du nicht aufpasst, wirst du …« Die Schwingtür schlug hinter uns zu, und ich bekam den Rest nicht mehr mit.

»Vor uns sieht es nach Schnee aus, und außerdem wird es allmählich dunkel«, bemerkte Rupert und studierte die Karte. »Aber wir müssten auch bald da sein. Noch dreißig Meilen.«

»Dann gebe ich mal Gas!« Archie ließ den Motor aufheulen. »Warum blökt ihr so herum? Heiliger Strohsack, ich chauffiere einen Haufen Feiglinge! Wisst ihr nicht, dass Angst gut für das System ist? Sie schärft die Sinne und macht den Menschen angriffslustig.«

»Allmächtiger, Archie!«, rief Rupert, als wir aus einer Kurve herausschossen und mit knapper Not einem Lastwagen entgingen. »Wenn dir schon nichts an unserem Leben liegt, dann denk wenigstens an den Wagen.«

»Es tut mir Leid«, kam es reichlich kläglich von Cordelia. »Ich muss noch mal raus.«

»Unfug!«, entgegnete Archie. »Du kannst doch gar nichts mehr im Magen haben.« Seit unserem Aufbruch aus dem Restaurant hatten wir mehrmals angehalten, und Cordelia hatte sich übergeben. »Klar, Hummer ist ein schweres Gericht«, fuhr er fort. »Und wenn er dann noch mit Rahm und Käse überbacken …«

»Halt an!«, kreischte ich.

Archie fuhr auf den Seitenstreifen. Cordelia stieß die Wagentür auf und schoss in Richtung Bäume und Gebüsch davon. Dirk, der tief und fest geschlafen hatte, rappelte sich auf und raste hinterher.

»Verdammt!«, murmelte ich. »Von allein kommt er nicht zurück. Ich mache mich besser auf die Socken.«

»Ich stolpere zwar gern durch feuchtes, dunkles Gestrüpp, in dem kotzende Kinder stecken«, erwiderte Rupert, »doch wahrscheinlich hört der Hund eher auf dich.« Er nieste mehrmals hintereinander. »Ich glaube, meine Nasenhöhlen sind bis an mein Lebensende verstopft.«

Seit dem Mittagessen waren wir abermals mit offenen Fenstern gefahren.

»Ich verlasse das Auto auf gar keinen Fall«, verkündete Archie und spähte in das Dickicht. »Ich wette, da draußen gibt es Schlangen, Füchse mit Tollwut und Meuchelmörder.«

Ich stieg in meine Stiefel, setzte meine Pelzkappe auf und verließ den Wagen. »Ich dachte, Angst ist gut für das System.«

»Aber nicht mehr nach vier«, entgegnete Archie. »Um die Uhrzeit muss der Mensch ruhig werden und sich zum Schlaf bereitmachen. Schrei, wenn dich jemand überfällt. Dann kommen wir, um dich zu retten.« Anschließend ließ er die Fenster hochfahren.

Die Bäume und Büsche dehnten sich zu einem Wald aus, und wenn ich nach Dirk und Cordelia rief, flatterte irgendwelches Getier auf, woraufhin ich jedes Mal einen Satz tat. Zwischen den Bäumen wucherte Unterholz, durch das weit und breit kein Pfad führte. Ich arbeitete mich voran und brüllte die Namen der beiden. Nach einer Weile gab ich jedoch auf und machte kehrt. Ich hätte schwören können, dass ich mir den Weg eingeprägt hatte, doch als ich mich plötzlich einer Lichtung mit aufgestapelten Baumstämmen gegenübersah, wusste ich, dass ich dort noch nie gewesen war.

Inzwischen hatten sich am Himmel dunkle Wolken zusammengeballt, und als ich sie besorgt musterte, fiel mir etwas Feuchtes ins Auge. Nichts weiter als Schnee, sagte ich mir, kein Grund zur Panik. Ich konnte mich nicht allzu weit von der Straße entfernt haben, und gewiss würde es nicht mehr lange dauern, bis Rupert und Archie mich suchen kämen. Cordelia und Dirk saßen vermutlich schon wieder im Wagen. Alles andere wäre auch schrecklich, denn mir fiel siedend heiß ein, dass meine Schwester ohne Mantel losgestürmt war.

Die Schneeflocken fielen dichter herab. Es war eine Schande, wie sehr mir materielle Dinge am Herzen lagen, doch ich bürstete den Schnee unentwegt von meinem Mantel und von meiner schönen Kappe ab. Als ich meine Hände zum Aufwärmen in die Manteltaschen steckte, stieß ich auf die Rolle Pfefferminz, die ich an einer Tankstelle erstanden hatte. Ich holte sie hervor. Als Nächstes ertönte ein Rascheln im Gebüsch, und Dirks feuchte Nase bohrte sich in meine Hand.

Ich war viel zu erleichtert, als dass ich ihm die Leviten gelesen hätte. Nachdem ich die Leine an seinem Halsband befestigt hatte, beugte ich mich zu ihm herab und sagte laut und betont Cordelias Namen. Dirk setzte sich und hechelte erwartungsvoll.

»Was bist du bloß für ein Hund!«, fragte ich.

Ich reichte Dirk ein Pfefferminz, das er ungelutscht verschlang. Anschließend sprang er auf und hetzte los. Ich rannte ihm hinterher, und wenig später entdeckte ich das Scheinwerferlicht eines Wagens, das tröstlich zwischen den Bäumen schimmerte. Im Näherkommen erkannte ich die Umrisse von Ruperts und Archies Köpfen, doch von Cordelia war nichts zu sehen.

»Wir dachten schon, du wärest dem Mann deines Lebens begegnet und mit ihm abgehauen«, begrüßte mich Archie.

»Wo ist Cordelia?«, erkundigte sich Rupert.

»Keine Ahnung. Ich habe pausenlos nach ihr gerufen. Und dann habe ich mich verlaufen. Man kann sich an nichts orientieren, die Bäume sehen einer wie der andere aus.«

Rupert murmelte etwas Gemeines über Frauen und Kinder, ehe er hinzufügte: »Los, steig ein. Archie und ich werden nach ihr suchen.«

»Aber es schneit«, protestierte Archie. »Und ich will meine Schuhe nicht ruinieren.«

Angesichts meiner Sorge um meine Kappe und meinen Mantel fand ich es nicht angebracht, ihm Vorwürfe zu machen.

»Im Kofferraum liegt eine Taschenlampe. Beweg dich, Archie, wir müssen uns sputen. Das elende Gör könnte sonst wohin wandern.«

»Ich komme mit«, erklärte ich, warf meine Kappe und den Mantel auf den Rücksitz und hüllte mich in eine Reisedecke. »Dirk hat den Wagen gefunden, vielleicht findet er auch Cordelia. Komm, Dirk, sei ein guter Hund!« Ich hielt ihm Cordelias Mantel hin. »Such! Such!« Dirk sauste los und zwang mich, ihm im Galopp hinterherzurennen.

»Gib mir die Leine!«, ertönte Ruperts Stimme neben mir.

Als Dirk spürte, dass eine festere Hand seine Leine hielt, blieb er wie angenagelt stehen, und erst ein weiteres Pfefferminz brachte ihn wieder auf Trab. Hinter uns jammerte Archie: »Ich habe einen Stein im Schuh! Ich kann nicht mehr laufen!«

Ich schlug Rupert vor, auf Archie zu warten, doch er entgegnete: »Ihn suchen wir, nachdem wir Cordelia gefunden haben. Steh auf, du gefräßiger Köter! Los, Harry, gib ihm noch ein Pfefferminz!«

Das Schneetreiben hatte abermals zugenommen, und die dicken Flocken setzten sich nass und unangenehm in meinem Nacken ab. Außerdem war es mittlerweile finster, doch gerade als ich anfing, mir ernsthaft Sorgen zu machen, begann Dirk aufgeregt zu winseln. Gleich darauf huschte der Lichtkegel unserer Taschenlampe über einen Baumstamm, und ich erkannte ein Stück von Cordelias Pullover. Cordelia saß zusammengekauert in dem ausgehöhlten Baumstamm, in dem sie vor dem Schneegestöber Zuflucht gesucht hatte. Als sie mich erblickte, sprudelten ihre Worte nur so hervor, doch ihre Zähne schlugen dermaßen aufeinander, dass ich nicht eins davon verstand. Ich zog sie hoch und stopfte ihre Arme in die Ärmellöcher ihres Mantels.

»Leg das um deine Schultern.« Rupert zog seinen Mantel aus. »Und hör jetzt auf zu weinen, Cordelia. Wo ist dein Sinn für Abenteuer geblieben? Komm, beim Gehen wird dir warm.«

Wir nahmen Cordelia in unsere Mitte, kniffen die Augen gegen den Schnee zusammen und schlugen den Rückweg ein.

»Ihr gemeinen Säcke!«, rief Archie, als wir auf ihn stießen. »Ihr habt mich in der Dunkelheit allein gelassen! Wahrscheinlich habe ich mir eine Lungenentzündung geholt.« Jammernd und zeternd folgte er uns zum Auto.

Selbst Odysseus kann sich beim Anblick seines heimischen Ithaka nicht mehr als wir beim Anblick der Standlichter unseres Wagens gefreut haben. Nachdem wir unsere Plätze eingenommen hatten, stellte Archie die Heizung auf volle Stärke, und kurz darauf war es, als säßen wir in einer Sauna. Cordelia war ausgesprochen verdrießlich.

»Ich will nie wieder einen Baum sehen. Es ist ein Wunder, dass ich mir die Augen nicht ausgestochen habe. Schaut euch bloß meine Hände an!«

Sie waren verdreckt und zerkratzt, und über ihre Wange zog sich eine blutige Schramme.

Ich legte meinen Arm um sie. »Wir müssen Dirk danken«, erklärte ich. »Ohne ihn hätten wir dich nie gefunden.«

Rupert drehte sich um und musterte Dirk. »Na gut. Ich werde ihm einiges verzeihen.«

»Harriet, gib dem vorbildlichen Hund ein Pfefferminz«, sagte Archie. »Vielleicht kriege ich ja auch meine Schuhe wieder hin.«

»Ohne Dirk hätte ich mich überhaupt nicht verlaufen«, murrte Cordelia. »Er hat ein Kaninchen gehetzt, und ich wollte es retten. Und dabei habe ich mich verirrt.«

Dirk schaute uns an und wunderte sich wahrscheinlich, warum aus den liebevollen Lächeln gerunzelte Brauen geworden waren.

»Wage es nicht, an den Ledersitzen zu kratzen, sonst …«, hub Rupert an. Der Rest ging in seinem Niesen unter.

Anschließend setzten wir unsere Reise fort. Der Schnee wirbelte uns entgegen und besaß eine eigentümlich hypnotische Wirkung. Archie war gezwungen, im Kriechtempo zu fahren, aber dennoch schlitterte der Wagen in den Kurven. Wenn wir eine Ortschaft durchquerten, versuchte ich, nach draußen zu spähen, doch an den Seitenfenstern hatten sich weiße Schlieren gebildet, und auf der Windschutzscheibe türmten sich kleine Schneegebirge.

Ich ließ meine Gedanken treiben. Ich hoffte, dass mein Vater zuversichtlich war, Maria-Alba sich beruhigt hatte, Portia sich weiterhin mit Suke verstand, Ophelia ihren Luxus genoss und Bron sich in Mailand amüsierte. Vor unserem Aufbruch hatte meine Mutter angerufen, um uns mitzuteilen, das Hotel in Cornwall wäre überraschend nett und angenehm. Sie und Ronnie hätten Zimmer mit Blick auf eine malerische Bucht, und das Essen wäre tadellos. Ich überlegte, ob es in London schneite und ob Mark Antonius auf seinem Lieblingsplatz in meinem Bett schlief oder auf seinem Kissen in Lovedays Gartenhäuschen.

Als Nächstes wanderten meine Gedanken zu Max. Als er angerufen hatte, um mich zu einem weiteren Essen einzuladen, hatte ich abgelehnt und behauptet, ich müsste vor meiner Abreise noch einen Artikel zu Ende schreiben. Er hatte eingewendet, ein Abend würde gewiss keinen Unterschied machen, doch ich war standhaft geblieben, und er hatte sich mit kaum verhohlener Enttäuschung verabschiedet.

Eigentlich fühlte ich mich deswegen geschmeichelt, doch in Wirklichkeit hatte mir lediglich der Mut gefehlt, ihm die Wahrheit zu sagen und zu erklären, dass ich nicht mehr mit ihm ausgehen wollte, weil er verheiratet war. Ich fand, es hätte irgendwie verklemmt und maßregelnd geklungen, und überdies hätte ich dadurch auch zugegeben, dass ich nicht nur an Freundschaft dachte. Es war zu dumm, dass man sich in menschlichen Beziehungen kaum Aufrichtigkeit leisten konnte. Wir gehen aufeinander zu, umkreisen uns und ziehen uns zurück, wie bei einem komplizierten Menuett, und nie verlassen wir uns darauf, dass etwas wahr sein könnte …

»Gleich müsste es irgendwo rechts abgehen«, sagte Rupert. »Ich glaube, ich sehe schon die Lichter.«

Ich spähte in die Nacht und erkannte einen schwachen Schein, der hoch droben in der Luft zu schweben schien.

»Liegt das Haus auf einem Hang?«, fragte ich.

»Auf dem High Peak«, erwiderte Rupert. »Er ist sechshundert Meter hoch. Wir fahren bereits seit einer Weile bergan.«

Ich wandte mich zu Cordelia um. »Ist das nicht toll?« Cordelia war jedoch eingeschlafen.

19

Nach einem Ort namens Pyenock wurde die Landstraße zu einem Schotterweg, den Böschungen oder Hecken säumten. Er schlängelte sich hangaufwärts und stieg einmal so steil an, dass die Wagenräder durchdrehten und ich uns bereits rückwärts rutschen sah. Archie knurrte etwas, umklammerte das Lenkrad und trat aufs Gaspedal. Der Motor heulte mehrmals auf, doch nach einem jähen Ruck fuhren wir weiter. Gleich darauf erkannte ich Säulen und Baumstämme, die an uns vorbeihuschten. Dirk stellte sich auf und blickte hechelnd nach draußen.

Als Nächstes bremste Archie. »Da wären wir!«, erklärte er und knipste die Innenbeleuchtung an. Er grinste in die Runde. »Na, wie habe ich das gemacht?«

Der Schnee wehte uns ins Gesicht, als wir mit steifen Beinen ausstiegen. Vor uns ragte ein Gebäude mit erleuchteten Fenstern auf. Ich erblickte eine Freitreppe und glaubte, durch das Heulen des Windes Wasser rauschen zu hören. Oben an der Treppe zog Rupert an einer Klingelschnur und stieß gleichzeitig die Haustür auf. Von wirbelnden Schneeflocken umgeben, betraten wir einen gefliesten Windfang, der sich zu einer Halle öffnete, in der eine Frau auf einer Leiter stand, um einen Stern an der Spitze eines glitzernden Weihnachtsbaumes zu befestigen.

»Rupert! Archie!« Ich schätzte die Frau auf fünfzig, doch die Beweglichkeit, mit der sie von der Leiter stieg, hätte einem jungen Mädchen Ehre gemacht. »Was für ein Abend, um mit dem Auto durch die Gegend zu fahren! Ihr müsst hundemüde sein.«

Durch ihre Brille schaute sie Rupert liebevoll an und breitete ihre Arme aus, um ihn an sich zu drücken. Sie war groß und kräftig, und ihre Schürze bedeckte ausladende Hüften.

»Wir sind fast erfroren.« Rupert küsste ihre Wange. »Wie geht es dir, Maggie?«

»Sehr gut, mein Lieber, und wenn ich dich sehe, noch besser.« Sie tätschelte Ruperts Wange. »Entschuldige, dass ich noch in der Schürze bin.« Sie löste die Bänder, rollte die Schürze zusammen und stopfte sie in die Tasche ihrer Strickjacke.

»Keine Sorge, Maggie.« Archie küsste ihre Hand. »Du bist so schön wie eh und je.«

»Und du bist ein hoffnungsloser Schmeichler«, tadelte sie, schaute jedoch zufrieden drein.

»Das ist Harriet Byng«, stellte Rupert mich vor. »Und an der Leine befindet sich Dirk.«

Lady Pye umschloss meine Hand. Ihr Gesicht war gewiss nicht als schön zu bezeichnen, und ihr mausbraunes Haar, das im Nacken zusammengebunden war, hatte sich gelöst und stand in dünnen Kräusellocken ab. Dennoch mochte ich sie auf Anhieb.

»Liebe Miss Byng, wir freuen uns sehr über Ihren Besuch. Wie lieb, dass Sie bei dem Wetter die Reise nicht gescheut haben.«

»Wir danken Ihnen für Ihre Einladung, Lady Pye – und dafür, dass wir unseren Hund mitbringen durften.«

»Mir wäre es am liebsten, Sie würden mich Maggie nennen.« Sie bückte sich, um Dirks Kopf zu streicheln. »Bernhardiner sind eine großartige Rasse. Leider mag Sir Oswald nur Pointer.«

Dirk sabberte ein wenig und sah alles andere als edel aus.

»Das ist meine Schwester Cordelia.«

»Eine hübsche Kleine! Herzlich willkommen, mein Kind! Ach du liebe Zeit! Hast du dich verletzt?« Die blutige Schramme auf Cordelias Gesicht war getrocknet, doch im Licht der schweren Messinglaterne an der Decke wirkte ihre Haut wächsern und bleich. »Und nass bis auf die Haut! Du musst sofort mit mir nach oben kommen und dich umziehen. Doch zuerst möchte ich euch mit – Janet, wo bist du?«

Eine Frau trat hinter dem Weihnachtsbaum hervor, in den Händen bunte Weihnachtskugeln und Lametta. Es passte nicht recht zu ihrem strengen schwarzen Kleid, dem kurzen grauen Haar und ihrer missmutigen Miene. Ihre einzige Zierde bestand aus einem silbernen Kreuz auf ihrer Brust, und unwillkürlich kamen mir die Nonnen von St. Fridewide in den Sinn. Sie musste dennoch einmal sehr attraktiv gewesen sein, doch etwas in ihrem Charakter oder in ihrem Leben hatte ihr Gesicht verhärtet. Maggie nahm ihr den Weihnachtsschmuck ab und verstaute ihn in einer Kiste. »Das ist Mrs Whale, meine liebe Freundin und Gefährtin. Ohne sie wüsste ich nicht, wie ich zurechtkommen sollte.«

Mrs Whale streckte ihre Hand aus und ich bot ihr die meine an, doch sie bückte sich, um meinen Koffer aufzunehmen.

»Kommt«, forderte Maggie uns auf und schickte sich an, die Treppe hochzusteigen. »Und bringen Sie den Hund ruhig mit, sonst fühlt er sich allein. Er muss sich ja noch an uns gewöhnen.«

Dirk nahm zwei Stufen auf einmal und wirkte keineswegs scheu oder zurückhaltend.

Am Ende der Treppe dehnte sich nach einer Seite ein langer, breiter Flur aus, wohingegen die andere in zwei Erkerfenstern mündete. An den holzgetäfelten Wänden waren Leuchten angebracht, die gedämpftes Licht spendeten. Mir fiel ein, dass es hier spukte, und ich blickte mich verstohlen um. Hinter mir befand sich jedoch lediglich Mrs Whale, die sich mit meinem Koffer abschleppte.

»Ist das Haus sehr alt?«, fragte ich.

»Uralt, meine Liebe.« Maggie blieb stehen, streifte weiße Handschuhe über und zog die Vorhänge vor die Erkerfenster. »Der erste Oswald Pye – noch ohne Titel – ließ das Haus 1598 errichten. Er muss ein kluger Kopf gewesen sein, denn in jungen Jahren war er nur ein einfacher Kuhhirte. Doch als er starb, gehörten ihm sämtliche Bergwerke der Umgebung.«

Sie strich die Falten des roten Brokatstoffes glatt, fuhr mit einem behandschuhten Finger über die untere Kante eines Bilderrahmens und begutachtete das Resultat.

»Welche Art von Bergwerken?«

»Blei, meine Liebe. Das ist er, der Familiengründer.«

Wir blieben vor dem Bildnis eines Mannes stehen, der mit seinen kleinen Augen und dem spitzen Gesicht einem Frettchen mit Rüschenkragen glich.

»Ist das nicht der Wüstling, der nachts unsichtbare eisige Arme um Schlafende schlingt?«, fragte Archie.

Maggie wandte sich zu ihm um. »Mach darüber keine Witze, Archie.« Sie schaute das Bildnis an. »Lieber Sir Oswald, ich war brav. Bitte, raube mir nicht den Schlaf. Niemand wird dich je verhöhnen, doch du darfst des Nachts nicht stöhnen. Versprich mir auch, mir nichts zu tun, und lass mich ohne Albtraum ruh'n.«

»Was ist denn das für ein alberner Spruch?«, fragte Rupert.

»Einen, den die Kinder früher vor dem Einschlafen aufgesagt haben. Jonno hat ihn sich ausgedacht.«

»Und warum sagst du ihn auf?«, erkundigte sich Archie.

»Nur so«, erwiderte Maggie ausweichend.

Ich dachte, dass es sich bei Jonno wahrscheinlich um den Sohn des Hauses handelte. Mir fiel mir ein weiteres Gemälde ins Auge. Der Porträtierte sah nicht ganz so kränklich und verschlagen wie Sir Oswald aus. Seine Augen waren größer, und er trug einen prächtigen Hut mit geschweiften Federn. »Wer ist das?«

»Sir Galahad Pye, Oswalds Sohn.«

»Er scheint von dem gesellschaftlichen Aufstieg seines alten Herrn profitiert zu haben«, bemerkte Archie. »Auch seine Stirn ist nicht mehr ganz so niedrig. Mein Typ ist er trotzdem nicht.«

»Archie!« Maggie blickte sich furchtsam um, so als erwarte sie, dass Sir Galahad aus einer Nische hervorgekrochen käme. »Der alte Gally, wie ihn jeder nennt, um ihn nicht mit den nachfolgenden Galahads zu verwechseln, war ein feiner Mann. Er hat sich in etlichen Schlachten bewährt und hatte sein schreckliches Ende wahrlich nicht verdient.«

»Nanu, das höre ich ja zum ersten Mal. Von welchen Schlachten ist denn die Rede?«

»Er hat an der Seite von König Charles gegen Oliver Cromwell gekämpft.«

»Hm. Und was hat es mit dem schrecklichen Ende auf sich?«

»Die Rebellen haben ihn geköpft und seinen Körper in den Fluss geworfen. Ist das nicht furchtbar?« Maggie klang, als wäre es gestern geschehen.

»Was ist das?« Cordelia deutete auf einen Glaskasten, der unter dem Gemälde auf einer Truhe stand. Die Kette, mit der er zweifach umwunden war, wurde von einem Schloss zusammengehalten. Ich beugte mich vor und erkannte ein rostiges Rohr von etwa einem halben Meter Länge.

»Das ist der Arm des alten Gally. Er hat ihn verloren, als er mit Prinz Rupert in der Schlacht von Marston Moor kämpfte. Ein feindliches Schwert durchtrennte seinen Ellbogen. Das war vier Jahre vor seinem Tod. Den Ersatzarm hatte er nach eigenem Entwurf anfertigen lassen. Er war ein fortschrittlicher Mensch, denn damals kannte man noch keine Prothesen. Angeblich konnte er mit dem Arm selbst knifflige Dinge verrichten, Münzen aufnehmen und Spielkarten halten. In den letzten Jahren seines Lebens versuchte er eine Vorrichtung zu entwickeln, mit deren Hilfe er die Dinge auch wieder ablegen konnte.«

Beim genaueren Hinschauen entdeckte ich Metallfinger, die an das Rohr geschweißt worden waren. »Warum bewahren Sie den Arm in dem Kasten auf?«, wollte ich wissen. »Es ist irgendwie gruselig.«

»Den Besuchern gefällt es.« Maggie zog ihre Schürze aus der Tasche und wischte über den Deckel. »Im Sommer haben wir davon eine ganze Menge. Sie zahlen fünfzig Pence für einen Rundgang durch das Haus, und das ergibt ein hübsches Sümmchen. Zwischendurch halte ich einen Vortrag über die Geschichte der Familie und des Hauses, und danach biete ich Tee und Kuchen an. Im vergangenen Jahr hatten wir Schauspieler zu Gast, die auf dem Rasen vor dem Haus Szenen aus dem Bürgerkrieg aufgeführt haben. Der Nachmittag hat uns fast hundertfünfzig Pfund eingebracht. Natürlich können wir es nicht mit berühmten Schlössern und Burgen aufnehmen, dazu sind wir zu klein und abgelegen, doch die Spukgeschichten und das Leben des alten Gally kommen hervorragend an.« Sie wischte noch einmal über das Glas.

»Warum liegt die Kette um den Kasten?«

»Es ist besser so. Wie es heißt, suchte der Stallbursche des alten Gally nach dessen Tod nach den sterblichen Überresten seines Herrn, um sie auf christliche Weise bestatten zu lassen, doch er fand lediglich den Arm, der sich am Flussufer im Dornengestrüpp verfangen hatte – deshalb bildet auch ein Dornenzweig in einer geballten Faust das Wappen der Familie. Jedenfalls schaffte der Bursche den Arm hierher und brachte ihn in der Kapelle unter, sodass die Leute ihm die letzte Ehre erweisen konnten. Old Gally war in unserer Gegend ein angesehener Mann. Natürlich wurde der Arm gesäubert, doch am anderen Morgen war er wieder rostig. Und sooft man ihn auch reinigte, wurde er doch wieder rostig und sogar feucht, bis man schließlich zu der Einsicht gelangte, dass der Geist des alten Gally dahintersteckte. Zumindest erzähle ich das unseren Besuchern.«

»Faszinierend«, murmelte ich und verfasste im Geist bereits den ersten Entwurf zu meinem Artikel. »Das erklärt aber noch immer nicht die Kette.«

Maggies Blick glitt zu Cordelia. »Dafür gibt es keinen Grund. Das ist nur eine alberne Idee. Nanu, wo sind denn Archie und Rupert abgeblieben?«

»Ich bin hier.« Rupert hatte einen Wandteppich inspiziert, auf dem die drei Gorgonen dargestellt waren. Mit ihren schlangenartigen Locken, dem dicken, schuppigen Leib und den drohend gebleckten Zähnen sahen sie wie Walrösser mit missglückter Dauerwelle aus. »Archie ist in seinem Zimmer, um sich umzuziehen. Ich nehme an, wir sind wie immer untergebracht.«

»Rupert hält die Geschichte natürlich für dummes Zeug«, sagte Maggie.

»Und deshalb überrascht es mich stets aufs Neue, dass Menschen daran glauben«, entgegnete Rupert.«Doch Harriet dürfte sie gelegen kommen.«

»Ich schreibe eine Zeitungsserie über Gespenster«, erklärte ich. »Wenn es Sie nicht stört, berichte ich auch über Pye Place.«

»Das stört mich nicht im Geringsten. Ich würde Ihnen sogar helfen. Vielleicht trägt uns das neue Besucher ein.«

»Haben Sie denn tatsächlich schon einmal einen Geist gesehen?«

»O Gott, wie die Zeit verfliegt!« Maggie schaute auf ihre Uhr. »Wir essen Punkt acht und müssen uns sputen. Das ist Ihr Zimmer, meine Liebe.« Sie öffnete eine Tür. »Ich dachte, Sie und Ihre Schwester würden sich gern ein Zimmer teilen, schon wegen der Nachtgeräusche. Nicht dass man sich fürchten müsste, doch alte Häuser knarren nun einmal, und zuweilen pfeift auch der Wind um die Mauern. Ich hoffe, Sie haben beide einen tiefen Schlaf.«

Ich versicherte ihr, dass dem so war, und betrachtete derweil das Himmelbett, in dem vier Personen hätten nächtigen können. Die Vorhänge bestanden aus grüner Seide mit aufgestickten Vögeln und Blumen. Im Kamin war ein Feuer entzündet worden, und die lodernden Scheite rochen nach Apfelholz. Die holzverkleideten Wände und die Dielen waren vom Alter ein wenig verzogen und mit einer silbrigen Patina bedeckt. Bis auf die Lampen und Lichtschalter war an dem Raum seit seiner Entstehung gewiss nichts mehr verändert worden.

»Das ist ein wundervolles Zimmer!« Ich trat an den Kamin, um das Gemälde darüber zu betrachten. Es zeigte ein Haus, das zwischen hohen Hügeln lag. »Ist das Pye Place?«

»Ja. Es wurde im siebzehnten Jahrhundert gemalt. Sie werden sehen, dass es heute fast noch genauso aussieht. Lediglich die Kapelle ist zerfallen. Und der Park ist nicht mehr so prächtig, doch die Eiben stehen noch. Sie sind mittlerweile wild gewuchert.«

»Ein eindrucksvolles Haus«, lobte ich.

»Ja, ein schönes, altes Anwesen.« Maggie strich über die goldenen und blauen Fäden eines aufgestickten Vogels. »Als Kind habe ich mich manchmal hierher gestohlen und mir vorgestellt, ich wäre eine feine Dame. Natürlich musste ich der Herrschaft aus dem Weg gehen und durfte den Boden nicht schmutzig machen oder Fingerabdrücke auf den Messingschlössern hinterlassen.« Sie legte ein frisches Scheit und einige Tannenzapfen ins Feuer und stocherte mit dem Schürhaken in der Glut. Danach feudelte sie mit der Schürze ein paar Ascheflocken fort, die auf den Boden gefallen waren. »Da ist der Wandschrank für Ihre Kleidung und Wäsche.« Sie zog eine Tür auf, die in der Wand eingelassen war.

»Ich bin froh, dass ich bei dir schlafen kann«, flüsterte Cordelia, als wir Maggie über den Flur folgten, um das Bad in Augenschein zu nehmen. »Es ist eiskalt, wenn man nicht am Feuer steht.« Sie fröstelte, und mir fiel auf, dass ihre Augen ein wenig trüb wirkten.

Das Bad war riesengroß, und hätte man darin Eisblöcke aufbewahrt, wären sie mitnichten geschmolzen. Irgendwie erinnerte es mich an ein Mausoleum, vielleicht wegen der kleinen Stufen, über die man zu der Wanne gelangte. Auch das Klo stand auf einem Podest, dezent von Holzwänden eingerahmt. Sowohl die altmodische Waage, mit Schale und Gewichten, als auch der geschwungene Korbsessel hätten Cordelia normalerweise in Entzücken versetzt, doch sie schaute teilnahmslos umher und schlang schaudernd die Arme um sich.

»Die Cocktails stehen ab viertel nach sieben im Salon bereit«, erklärte Maggie. »Kann ich den jungen Damen noch etwas besorgen, bevor ich mich wieder nach unten begebe?«

»Könnte ich vielleicht nur ein Bad nehmen und dann zu Bett gehen, Lady Pye?«, erkundigte sich Cordelia. »Ich würde ohnehin nichts mehr essen, denn mir war auf der Fahrt übel. Wahrscheinlich habe ich eine Lebensmittelvergiftung«, setzte sie hinzu.

»Große Güte!« Maggie wirkte entsetzt. »Soll ich einen Arzt kommen lassen?«

»Es ist halb so wild«, beruhigte ich sie. »Trotzdem wäre es besser, wenn Cordelia gleich zu Bett ginge.«

Während Cordelia sich im Bad aufhielt, packte ich unsere Sachen aus. Danach bewunderte ich abermals die Pracht meiner Kleider, die nun ordentlich aufgereiht im Wandschrank hingen. Als mein Blick auf den Spiegel an der Schrankrückwand fiel, stutzte ich. Handelte es sich bei dieser eleganten, gepflegten Erscheinung wahrhaftig um Harriet Byng? Einwandfrei, gab ich mir zur Antwort, als ich auf die Fächer mit meiner ausgeleierten grauen Unterwäsche schaute. Und sie ist keine Dame von Welt. Ich entschied mich für ein elegantes schwarzes Kleid mit eng anliegendem Oberteil und ungewohntem Ausschnitt. Dazu legte ich die Granatkette an, die meine verstorbene Patentante mir hinterlassen hatte. Bisher hatte ich sie noch nie getragen, doch nun fand ich, dass sie perfekt von meinem Dekolletee ablenkte.

Maggie kehrte mit zwei Wärmflaschen zurück und steckte sie zwischen unsere Laken. Als Cordelia aus dem Badezimmer kam, kletterte sie wortlos ins Bett und zitterte trotz der Wolldecken, die unter der Daunendecke lagen. Bevor ich nach unten ging, musterte ich sie besorgt. »Was macht der Magen?«

»Ich komme mir vor wie auf hoher See – bitte, lass uns von was anderem reden. Glaubst du, dass es uns hier gefallen wird? Als ich im Bad war, hat jemand am Türgriff gerüttelt und dann gebrüllt und an die Tür gehämmert. Und als ich aufgemacht habe, stand da ein Tattergreis mit großem weißen Schnurrbart, und er hat gesagt, es wäre unverschämt, das einzige Bad so lange zu benutzen. Ich habe geantwortet, es wäre auch unverschämt, mir mein Bad zu verderben. Dann hat er erklärt, zu seiner Zeit hätte man Kinder nicht gesehen und nicht gehört, und ich habe gesagt, hoffentlich wäre er damals schöner gewesen, denn sonst täten mir seine Eltern Leid. Danach ist er krebsrot geworden und hat die Tür zugeknallt.«

»Das war aber nicht besonders freundlich von dir, oder? Ist ja schon gut«, setzte ich hinzu, als Cordelias Miene aufsässig wurde. »Wir sind eben andere Menschen gewöhnt. Landleute sind noch wie früher und …«

»Woher willst du das wissen? Du kennst dich doch gar nicht aus, du kannst doch nicht mal eine Kuh von einem Pferd unterscheiden.«

Cordelia hatte Recht. Meine Kenntnisse über das Landleben stammten aus Romanen und waren wahrscheinlich vollkommen überholt.

»Ich lasse dich nicht lange allein«, murmelte ich und beugte mich vor, um Cordelia einen Kuss zu geben.

»Deine Frisur ist klasse.«

Ich hatte die Hälfte meines Haars oben am Kopf zu einem Pferdeschwanz zusammengebunden; der Rest fiel in losen Strähnen herab. Dabei hatte ich mehrmals die Fassung verloren, weil Haarfrisuren nicht gerade meine Stärke sind. »Ich habe mich wie auf einem der Fotos in der *Vogue* gekämmt.«

»Vor einer Weile hast du dich mit Ophelia wegen der *Vogue* noch in die Haare gekriegt und behauptet, Modezeitschriften wären ein Werkzeug kapitaler Propaganda.«

»Es heißt kapitalistische Propaganda, was bedeutet, dass Menschen, die im Besitz des Geldes sind, andere von der Richtigkeit dieses Zustandes überzeugen wollen und dabei zu unlauteren …«

»Ich will keine Vorträge hören«, fiel Cordelia mir ins Wort. »Warum bist du nicht Lehrerin geworden? Eine von den ganz gemeinen.«

»Tut mir Leid, Cordelia. Ich habe vergessen, wie müde du bist.«

Sie starrte mich verdrossen über den Rand der Bettdecke an. »Es geht mir auch auf die Nerven, wenn ich nicht müde bin. Warum hast du dich so aufgedonnert? Tust du das, weil du an Max denkst?«

»Wie kommst du darauf? Ich habe mich fein gemacht, damit Rupert nicht glaubt, er hätte sein Geld umsonst ausgegeben. Er war äußerst großzügig und soll erkennen, dass es sich gelohnt hat.«

»Das glaube ich dir nicht. Ist aber trotzdem schade, dass dich nur zwei Schwule und ein Haufen alter Mumien sehen.«

»Cordelia, ich möchte nicht, dass du Rupert und Archie mit diesem Wort bezeichnest.«

»Warum nicht? So nennt Pa solche Männer auch, und ich habe es nicht unfreundlich gemeint. Es ist das, was sie sind. Ich habe die beiden gern, und dann ist so was egal. Du bist die, der es nicht passt, dass sie schwul sind.«

»Schatz, ich habe keine Lust, mich zu streiten. Soll ich dir etwas zu essen bringen? Eine Scheibe Brot mit Butter oder Kakao …«

Cordelia stieß einen krächzenden Laut aus und presste ihre Hände auf die Ohren.

20

Ich fand den Salon dank des Stimmengemurmels, das mir durch die angelehnte Tür entgegenschlug, und wünschte, ich hätte Cordelia bei mir gehabt. Meine Mutter wusste, wie man einen Raum betrat, mit hocherhobenem Kopf und ausgebreiteten Armen, wie um tosenden Beifall zu empfangen. »Meine Freunde«, sagte man dann mit kehliger Stimme, »wie schön, euch zu sehen!« Vielleicht war ihr Gebaren übertrieben, doch es war mit Sicherheit besser, als sich zaghaft zu Grüppchen zu gesellen, deren Unterhaltung bereits im Gang war, und zu hoffen, von jemandem bemerkt zu werden.

Ich verharrte vor der Schwelle, ahmte die Gesten meiner Mutter nach und formte lautlos ihre Worte mit den Lippen.

»Was sollen die Faxen?« Rupert war mit einem Eiskübel in den Händen aufgetaucht. Er hatte einen Smoking an und sah unglaublich gut aus.

»Nichts. Lockerungsübungen. Ich bin von der Fahrt noch ein wenig verkrampft.«

Rupert schenkte mir einen seiner entnervten Blicke und sagte sich wahrscheinlich, dass ich eine hoffnungslose Lügnerin und Idiotin war. »Geh einfach rein, Harriet!«

Der Salon war überaus eindrucksvoll, mit reich verziertem Stuck an der Decke und lebensgroßen Gemälden von Männern und Frauen, in Wams und Rüschenkragen oder in Kleidern mit gebauschtem Rock. Am Kamin standen Menschen, hielten Gläser in der Hand und plauderten. Durch den Geruch der brennenden Holzscheite drang der Duft der weißen Hyazinthen auf den Beistelltischchen.

Ich erkannte Archie, der mir zuwinkte. Mit hochrotem Kopf überquerte ich den Perserteppich und war dankbar, als Archie mich unterhakte. Er trug zu seinem Abendanzug eine violette Schärpe und Manschettenknöpfe aus Amethyst. Ein schwarzes sternförmiges Schönheitspflaster hob seinen weißgepuderten Teint hervor. Ich freute mich, als ich den glitzernden Lidschatten erkannte, den wir gemeinsam ausgesucht hatten. »Darf ich vorstellen?«, hub er an. »Miss Harriet Byng, Colonel und Mrs Mordaker.«

Ich schüttelte die Hände eines Paares, das eindeutig zu Cordelias Kategorie der Mumien gehörte. Mrs Mordaker war ungeschminkt und trug ein Hemdblusenkleid und feste Schuhe. Als Zugeständnis an das Bedürfnis, sich zu schmücken, steckte sie ihr graues Haar mit Kämmen zurück. Sie ließ meine Hand los, als sie Dirk erblickte, um ihm liebevoll den Schädel zu tätscheln.

»Ein prachtvoller Bursche!«, lobte sie. »Kann kläffende Pinscher nicht ausstehen. Da ist ein Bernhardiner schon etwas anderes. Sitz! Pfötchen!«

Dirk schaute sie verblüfft an, ehe er kläffend an ihr hochsprang. Mrs Mordaker taumelte.

»Herrgott noch mal«, raunzte ihr Mann, während der Whisky in seinem Glas schwappte. Aus seinem roten Gesicht spähten zornige Augen. »Musst du mir auf den Füßen herumtrampeln? Lass den Köter zufrieden.«

»Und das ist Georgia Bisset«, fuhr Archie fort.

Meine Hand wurde von einer Frau ergriffen, die mich mit kaltem Blick musterte. Sie steckte in einem hautengen Kleid, die Absätze ihrer Pumps waren hoch und bleistiftdünn, und ihr platinblondes Haar saß wie ein Helm. Selbst bei einer Fahrt auf dem Motorrad hätte sich ihre Frisur gehalten. Bis auf ihr fliehendes Kinn sah sie aber nicht übel aus. Nachdem sie mich von Kopf bis Fuß taxiert hatte, wandte sie sich ab.

»Harriet ist eine erfolgreiche Journalistin«, erklärte Archie.

Georgias Blick kehrte zurück, und sie setzte ein Lächeln auf. Derlei geschah sonst nur, wenn jemand den Namen meiner Eltern erwähnte und mir kurzfristig Beachtung geschenkt wurde. »Tatsächlich? Wie interessant!«

»Nun, eigentlich ...«

Ich wollte gerade erklären, dass ich lediglich für eine kleine Lokalzeitung tätig war, doch Archie kam mir zuvor. »Harriet ist Kriegsberichterstatterin und muss über ihre Arbeit in der Regel Stillschweigen bewahren. Es hat daher wenig Zweck, sie auszufragen.«

Georgias Lächeln wurde strahlend. »Wie aufregend! Übrigens tragen Sie ein großartiges Kleid – aus Frankreich, vermute ich. Ich möchte, dass Sie meinen Verlobten kennen lernen. Emilio, Liebling, das ist ...«

»Harriet Byng«, soufflierte ich.

Emilio ergriff meine Hand und hielt sie fest. Er war ungefähr zehn Jahre jünger als Georgia, ein dunkler Typ mit schwarz gelocktem Haar. »*Hóla*!«, sagte er. »Wenn Sie Journalistin sind, müssen Sie sehr klug sein. Ich hoffe, Sie haben Mitleid mit einem armen Südamerikaner und verwenden keine schwierigen Wörter.« Er warf mir einen schmachtenden Blick zu.

»Machen Sie sich keine Sorgen«, erklärte Archie. »Harriet ist rücksichtsvoll. In ihrem Beruf trifft sie immer wieder Menschen, die vom Schicksal geschlagen sind – Tote, Gefolterte, Vermisste –, man darf sich das gar nicht vorstellen. Allerdings wird selbst der härteste Guerillakämpfer in ihren Händen zu Wachs.«

Emilio führte meine Hand an seine Lippen und züngelte ein wenig, ehe er einen feuchten Kuss darauf drückte. »Welch ein verführerischer Gedanke!«

»Benehmen Sie sich, Emilio.« Archie entzog ihm meine Hand. »Und das ist Florence Gilderoy.«

»Nennen Sie mich Flo«, bat eine junge Frau mit entzückend roten Locken und hübschem, fröhlichem Gesicht. »Wir sind uns in London schon einmal begegnet, doch das liegt Jahre zurück, und gewiss erinnern Sie sich nicht mehr. Fay Swann ist meine Stiefmutter. Ich habe ihr manchmal geholfen.«

»O doch, ich erinnere mich.« Ich entsann mich eines Mädchens mit rotem Haar, das hier und da mit Fay zu uns gekommen war, woraufhin Portia und ich uns versteckt hatten. Als Kindern ging uns Fays Getue auf die Nerven, und auch das starke Parfum, das sie verströmte, fanden wir eklig. Flo interessierte uns nicht, weil sie älter als Ophelia war und deshalb bereits zu den Erwachsenen zählte. Einmal hatte mein Vater bemerkt, Flo könne wundervoll malen und Fay wäre eifersüchtig. »Wusstest du, dass Ophelia inzwischen für Fay arbeitet? Es gefällt ihr.«

»Nein, das wusste ich nicht. Ich sehe Fay nur noch selten. Es ist schön, dich wiederzusehen. Ich habe dich gleich wiedererkannt.«

»Ist das wahr?«, fragte ich geschmeichelt.

»Aber ja. Du hast ein ganz unverkennbares Äußeres, die dunklen Augen sind ganz die – jedenfalls anders als die deiner Mutter und deiner Schwestern.« Ich wusste, dass sie im Begriff gewesen war, meinen Vater zu erwähnen, und war dankbar, dass sie es sich anders überlegt hatte. Es fiel mir schwer, über meinen Vater zu sprechen, und wenn ich es tat, stiegen Tränen in meine Augen, und der Kobold in meinem Magen begann dermaßen zu nagen, dass ich Angst hatte, man sähe es mir an. »Euer Haus war immer voller Menschen«, fuhr Flo fort, »und jedermann schien sich bestens zu amüsieren. Ich war darauf neidisch, denn bei uns zu Hause war es wie im Grab. Allerdings warst du immer ernst und bist deiner kleinen Schwester hinterhergelaufen, um sie vor Unheil zu bewahren.«

»Cordelia ist auch mitgekommen. Sie schläft schon, doch morgen wird sie bei uns sein.«

»Sie ist ebenfalls blond und blauäugig, nicht wahr? Ein ganz reizendes Baby.«

»Das ist sie immer noch. Reizend, meine ich. Ein Baby ist sie nicht mehr.«

»Ich würde dich gern malen, hättest du etwas dagegen?«, fragte Flo unvermittelt.

Ich nahm an, dass sie das aus Höflichkeit erwähnt hatte. »Ist Malen dein Beruf?«, erkundigte ich mich verlegen.

»Ja. Zurzeit porträtiere ich Sir Oswald. Wir sind vor vier Tagen angekommen, und seitdem habe ich kaum den Pinsel aus der Hand gelegt.«

»Darf ich das Bild sehen?«

»Aber ja. Außerdem möchte ich dich mit Philipp – mit meinem Mann bekannt machen.«

Ich wusste nicht, dass Flo verheiratet war, und mir fiel ein, dass es vor etwa einem Jahr einen kleineren Skandal gegeben hatte, als Flo ihrem reichen, angesehenen Bräutigam am Abend vor der Hochzeit davongelaufen war. Ma hatte sich geärgert, weil sie sich bereits einen Hut zugelegt hatte. Flo ergriff meine Hand und führte mich zu einem Mann, der abseits von den anderen vor einem Bücherschrank stand und die Titel der Buchrücken studierte. »Philipp, Liebling, das ist Harriet Byng.«

Philipp war ein hochgewachsener, gebräunter Mann mit ausgeprägten Wangenknochen und kurzem grauen Haar. »Hallo«, sagte er. »Mögen Sie Fielding?«

»Durchaus. Obwohl ich eigentlich nur *Tom Jones* gelesen habe.«

»Dann sollten Sie es unbedingt einmal mit *Joseph Andrews* versuchen. Die Handlung ist zwar weniger komplex, aber es ist dennoch ein typischer Fielding. Warten Sie, ich schaue mal, ob …«

Er machte Anstalten, den Bücherschrank zu öffnen. Flo gebot ihm Einhalt. »Liebling, du sollst jetzt nicht an Bücher denken, sondern dich unterhalten.«

Philipp blickte uns abwesend an und zupfte an seiner Fliege, die bereits reichlich schiefgezupft saß. »Verzeihung, war ich schon wieder unhöflich? Meine Güte, ich weiß wirklich nicht, wie Flo es mit mir aushält.« Sein Blick wurde klar und leuchtend, als er auf Flo fiel, und ich konnte mich nicht entsinnen, bei einem Mann jemals den Ausdruck solcher Zärtlichkeit wahrgenommen zu haben. Das brachte nicht einmal Ronnie zustande. Für einen Moment fragte ich mich, ob mir eines Tages ein solcher Blick vergönnt sein würde, und kam zu dem Schluss, dass es eher unwahrscheinlich war.

Danach wurde ich einer uralten, gebeugten Dame in purpurrotem Gewand vorgestellt, und als Nächstes lernte ich ein Mitglied des Oberhauses kennen – den Mann, der, wie sich herausstellte, an die Badezimmertür gehämmert hatte – und im Anschluss daran einen kahlköpfigen Bischof. Danach verlor ich die Übersicht.

»Jonno!«, rief Archie dem jungen Mann zu, der bei seinem Eintritt die Tür hinter sich zugeknallt hatte. »Unartiger Junge, wie geht es dir?«

Das war also derjenige, zu dem ich, laut Rupert, prima passen sollte. Wie er darauf gekommen war, blieb mir schleierhaft. Gewiss, wir hatten beide einen Pferdeschwanz, doch darüber hinaus entdeckte ich keinerlei Gemeinsamkeiten. Außerdem war Jonnos Pferdeschwanz blond und strähnig. Dagegen wucherte sein Bart üppig und bedeckte sein halbes Gesicht. Ich erkannte, dass er eine Art Hundehalsband mit Metallnieten trug, doch weit schlimmer war die Sicherheitsnadel in seiner Nase. Bei dem Gedanken, dass er damit irgendwo hängen blieb, wurde mir übel. Die Botschaft, die er an die Welt richten wollte, lautete wahrscheinlich: Seht euch bloß vor!, doch ich hatte gelegentlich die Erfahrung gemacht, dass sich hinter einem solch aggressiven Aufzug eher ängstliche Typen verbargen.

»Alle Achtung! Welch verwegene Kluft!« Archie bat Jonno sich umzudrehen. »Was ist das auf deinem Nacken? Ein Totenkopf mit gekreuztem Gebein? Donnerwetter! Sehr schön sind auch die lodernden Flammen – und was steht da? ›Leck mich am Arsch!‹? Oh, Jonno, was für ein böser kleiner Junge du bist.«

Jonno schaute ihn finster an, doch dann begann er zu glucksen. »Hallo, Archie, du schlimmer Finger. Hi, Rupe.«

»Hi!«, erwiderte Rupert ironisch. »Harriet, das ist Jonno Pye.«

Ich reichte Jonno meine Hand, doch anstatt sie zu ergreifen, formte er mit den Fingern einen Revolver und sagte: »Peng! Du bist tot. Wo ist der Whisky?«

»Da drüben«, antwortete Rupert. »Ich komme mit dir, ich möchte ohnehin mit dir reden.«

»Reg dich nicht auf, Harriet«, bemerkte Archie. »Das ist nur eine Phase und hängt wahrscheinlich mit dem Hormonüberschuss zusammen, an dem man in seinem Alter leidet. Er hat sich bereits gebessert.«

»Wie bitte?«

»Du hast richtig gehört. Für eine Weile hatte er sich mit fürchterlichen Rowdys eingelassen, und er weiß auch jetzt noch nicht, wo es lang geht. Jonno bedarf der zärtlichen Liebe einer netten Frau.«

»Schau mich dabei nicht an, Archie! Das kommt nicht in Frage.« Ich setzte mich selten durch, sondern neigte eher zum Nachgeben, wenn nicht gar zur Unterwerfung, doch in dem Fall blieb ich unerbittlich. »Außerdem glaubst du doch wohl nicht im Ernst, dass Frauen aus Männern vernünftige Menschen machen können.«

»Doch, genau das tue ich«, erwiderte Archie. »Insbesondere Frauen, die das Stadium des hässlichen Entleins überwunden haben und im Begriff sind, ein schöner stolzer Schwan zu werden. Sie sind Männern deutlich überlegen, denn sie besitzen oftmals die Gabe, langfristig zu denken. Männliche Entlein werden lediglich Erpel, die ihren Trieben gehorchen und Versuchungen erliegen. Für einen fetten, saftigen Wurm verwerfen sie das, was kostbar ist, und erst, wenn es zu spät ist, tut es ihnen Leid. Was glaubst du, was aus mir werden könnte, wenn ich Frauen lieben würde? Ich fände es äußerst beruhigend zu wissen, dass eine starke Hand am Ruder sitzt!« Er zuckte mit den Schultern. »Aber es hat nicht sollen sein.«

»Aber du hast doch Rupert.« Ich schaute zu Rupert, der sich mit Jonno unterhielt.

»Meine liebe Harriet, niemand hat Rupert, und das wird sich auch nicht ändern. Im Vergleich zu Rupert ist eine Sphinx ein offenes Buch. Niemand weiß, was in ihm vorgeht und welche geheimnisvollen Dinge sein Verstand ausbrütet.« Archie musterte mein Gesicht. »Mir gefällt dein Lippenstift. Ist es ›Rhabarber‹?«

Ich öffnete meine Abendtasche, ein kleines Samtetui mit einer Strassschließe, das ich von meiner Mutter ausgeliehen hatte, und las die Aufschrift auf dem Lippenstift. »Himbeerfeuer.« Ich erfasste Archies sehnsüchtigen Blick. »Du kannst ihn haben, wenn dich meine Bazillen nicht stören.«

Archie strahlte und steckte den Lippenstift ein. »Es wäre mir ein Vergnügen, auf deinen Bazillen in die Ewigkeit zu fliegen, du liebes, großzügiges Mädel.«

Rupert kehrte zurück und füllte mein Glas auf. »Ihr scheint euch ja blendend zu amüsieren.«

»Harriet hat mich zum glücklichsten Mann der Welt gemacht«, erwiderte Archie verschmitzt. »Wie ich sehe, hast du Jonno an seine Manieren erinnert.« Wir beobachteten, wie Jonno den anderen Gästen die Hand schüttelte. Die Männer verhielten sich abweisend, doch Georgia begrüßte ihn überschwänglich.

»Ich glaube, ich sollte auch mal die Runde machen.« Archie strich über sein Haar. »Emilio wirft mir glühende Blicke zu, und er ist so wundervoll ölig.«

»Wo ist Sir Oswald?«, fragte ich Rupert.

»In der Bibliothek. Er pflegt sich vor dem Essen zu stärken.«

»Wird das nicht als unhöflich empfunden? Was sagen denn die Lords und Bischöfe dazu?«

»Oswald hat seine Bequemlichkeit noch nie der Etikette geopfert. Und die Lords und Bischöfe sind froh, verköstigt zu werden, ohne sich revanchieren zu müssen. Oswald speist nämlich nicht auswärts. Er ist äußerst penibel, wenn es um seine Mahlzeiten geht.«

»Ist er irgendwie egozentrisch?«

»Wahrscheinlich. Jedenfalls setzt er sich mit seinen Bedürfnissen durch. Er ist jedoch umgänglich. Und sehr großzügig.« Ich atmete auf. In dem Fall würde er sich kaum an zwei Fremden stören, die man ihm zu Weihnachten aufgehalst hatte. »Ich habe ihn erst einmal aufgebracht erlebt«, setzte Rupert hinzu. »Und ich kenne ihn zeit meines Lebens.«

»Und was hat ihn aufgebracht?«

»Der Tod seiner ersten Frau. Doch ein Jahr später hat er Maggie geheiratet, und seitdem ist er wieder der Alte.«

»Ist Jonno Maggies Sohn?«

»Nein. Beide Kinder stammen aus der ersten Ehe. Ah, da ist Annabel.«

Ein Mädchen in Cordelias Alter hatte den Salon betreten und balancierte ein Tablett in den Händen. Dirk, der treu an Mrs Mordakers Seite geblieben war, wandte sich von ihr ab und baute sich vor Annabel auf. Annabels Blick war jedoch auf Rupert gerichtet, und sie trippelte strahlend auf uns zu.

Ich begutachtete sie ausführlich, denn Cordelia würde jedes Detail erfahren wollen. Ihr Haar war zu zwei strammen Zöpfen geflochten, und ihr grünes Kleid war ziemlich fürchterlich. Darüber hinaus trug sie Kniestrümpfe und braune Schuhe mit Riemchen, die zugleich kindlich und klobig wirkten. Lediglich Annabels Augen, die die Farbe von Gewitterwolken besaßen und von dichten, dunklen Wimpern gerahmt wurden, waren wunderschön. Sie schaute Rupert halb anbetend, halb schmollend an.

»Ich habe den ganzen Tag auf dich gewartet, Rupert. Maggie hatte versprochen, mir Bescheid zu sagen, wenn du kommst, doch das hat sie nicht getan.«

»Maggie wird wahrscheinlich zu viel um die Ohren gehabt haben. Ich hoffe, du hast ihr ein wenig geholfen.«

»Ich habe die Hunde ausgeführt. Und warum sollte ich ihr überhaupt helfen? Sie ist doch da, um die Arbeit zu tun.«

»Das ist eine äußerst rüpelhafte Bemerkung, Annabel.«

»Maggie ist dumm und langweilig. Gehst du morgen mit mir spazieren? Ich könnte dir die Gedichte aufsagen, die ich in der Schule gelernt habe.«

»Ich laufe nicht gern im Schnee herum.«

»Bitte, Rupert.«

»Sei nicht lästig, Annabel. Biete den Leuten lieber etwas zu essen an. Du kannst mit Harriet anfangen.«

Ich nahm ein Toasthäppchen von Annabels Tablett, das mit einer Mischung aus gehacktem Eidotter und Fischrogen bestrichen war. »Ich könnte mit dir spazieren gehen«, schlug ich vor. »Ich liebe Gedichte.«

Annabel musterte mich geringschätzig. »Du könntest nicht mit mir mithalten. Außerdem mache ich mir nichts aus Mädchen.«

Rupert packte sie am Ohr. »Sag mal, was fällt dir eigentlich ein? Entschuldige dich sofort bei Harriet.«

»Au! Du tust mir weh.«

»Ich warte, Annabel.«

»Es tut mir Leid.« Annabels Augen füllten sich mit Tränen.

»Gut, und nun zieh los und biete den anderen Gästen etwas an.«

Annabel schenkte ihm einen waidwunden Blick.

»Warum warst du so grob zu ihr?«, fragte ich, als sie außer Hörweite war. »Ich war nicht beleidigt.«

»Du bist durch den Ton abgehärtet, der bei euch zu Hause herrscht. Das ist aber nicht bei jedem der Fall, und für die Kinder wird es allmählich Zeit zu lernen, wie man sich benimmt.«

Es wunderte mich, dass Rupert eine solch herkömmliche Meinung vertrat. Ich ließ meinen Blick über seinen Smoking gleiten und über das blütenweiße Hemd mit den Perlenknöpfen. Gewiss, sein Aufzug war makellos, aber dennoch verrieten seine Miene und sein Blick in der Regel, dass er sich keinen Deut um die Meinung anderer scherte, und wenn ich an ihn und Archie dachte, fand ich, dass er eher zur Exzentrik neigte und alles andere als angepasst war. Und als besonders höflich hätte ich ihn auch nicht bezeichnet. »Ich weiß, was du denkst«, sagte er. »Aber für mich ist es zu spät.«

Ich hasse es, ertappt zu werden. »Warum glauben manche Leute bloß immer, dass man sich in einem fort mit ihnen beschäftigt?«

Rupert lachte schallend auf. »Werde nicht pampig, Harry.«

Ehe mir eine wirklich niederschmetternde Antwort einfiel, trat der Hausherr ein, und sein Umfang machte mich sprachlos. Schnaufend und mit den Armen rudernd, schickte er sich an, seine Gäste zu begrüßen. Als er auf mich zukam, erkannte ich, dass sein Smokinghemd zwischen den Knöpfen aufklaffte und dass seine Augen und sein Mund unter Fettmassen vergraben lagen.

»Mach mich mit der Dame bekannt, Rupert«, keuchte er schweratmend.

Rupert tat wie geheißen, und Sir Oswald umschloss meine Hand. »Ich freue mich über Ihren Besuch, liebe Miss Ping.«

»Byng. Es war sehr freundlich von Ihnen, uns einzuladen. Meine Schwester und ich sind Ihnen …«

»Ganz reizend.« Er beugte sich vor, und ich roch den Alkohol in seinem Atem. »Wirklich bezaubernd. Ein leicht russischer Einschlag, würde ich sagen. Kennen Sie Tolstoi?«

»*Anna Karenina* hat mir gut gefallen, und …«

»Nun, ich dachte eigentlich eher an die kleine Natascha, die nachts den Mond betrachtet und sich nach Erfahrung sehnt. Sie erinnern mich an sie.« Er strich über meine Wange. »Weich und jung. Bleiben Sie über Weihnachten?«

»Ja, es war wirklich sehr nett von Ihnen, uns …«

»Ausgezeichnet. Dann werden wir uns ja noch des Öfteren sehen.«

Sein Kinn versank in Fettwülsten, als er eine Verneigung andeutete. Anschließend setzte er seine Begrüßungsrunde fort.

»Ich bin nicht geschickt, wenn ich meine Dankbarkeit ausdrücken möchte«, entschuldigte ich mich bei Rupert. »Es kommt mir vor, als müsste ich ständig darüber reden und mir irgendetwas ausdenken, um zu beweisen, wie dankbar ich bin, und dann mache ich den Mund auf und stammele Worte, die unaufrichtig klingen.«

»Oswald ist das einerlei. Er geht davon aus, dass du dich freust.«

»Ich habe nicht nur an ihn gedacht. Ich stehe auch in deiner Schuld – wegen der schönen Kleider und weil du uns mitgenommen und mir einen Job besorgt hast und unsere Rechnungen bezahlst. Es ist so viel, dass ich nicht weiß, wo ich anfangen soll.«

»Dann versuch es erst gar nicht. Weißt du, deine Eltern waren vor Jahren sehr nett zu mir. Ohne sie wäre meine Kindheit die Hölle gewesen.« Rupert sagte das kalt, und ich beschloss, freundlicher als er zu sein, wenn jemand einmal in meiner Schuld stand, was allerdings ziemlich ausgeschlossen war. »Vielleicht sollten wir lieber die Oliven auf dem Tisch retten – verdammt, zu spät.«

»Dirk, wie konntest du?«, schimpfte ich, und Dirk kam freudig auf mich zu und wedelte mit dem Schwanz. »Mitsamt den Steinen! Wenn dir übel wird, bist du selbst schuld.«

Rupert winkte Annabel herbei. »Schaff dieses Tier – sein Name ist Dirk – in die Küche und gib ihm was zu fressen.«

Annabel nickte eifrig. »Soll ich deine Koffer auspacken?«

»Sie sind bereits ausgepackt.«

»Darf ich dir das Frühstück ans Bett bringen?«

»Nein. Ich mag keine Krümel im Bett.«

»Soll ich deine Schuhe putzen? Maggie hat mir gezeigt, wie man das macht. Ich putze sie blitzblank.«

»Meinetwegen. Aber wenn du Schuhcreme auf die Schnürsenkel schmierst, werde ich böse.«

»Ich verspreche dir aufzupassen.« Überglücklich ergriff Annabel Dirks Halsband, um ihn in die Küche zu führen, doch Dirk ließ sich auf den Boden fallen. »Es gibt Fressi«, zischte ich. Das war das einzige Wort, das Dirk umgehend begriff. Im Nu war er wieder auf den Beinen und trabte anstandslos neben Annabel fort.

»Armes Geschöpf«, sagte ich.

»Du liebe Zeit. Ich möchte wissen, wer von den beiden dein Mitleid verdient hat?«

»Annabel liebt dich. Und du behandelst sie grausam.«

»Meine Güte, Harriet. Annabel ist ein kleines Mädchen, das sich in mich vernarrt hat, und ich versuche lediglich, sie zu entmutigen.«

»Da kennst du Frauen schlecht, wenn du glaubst, dass das hilft.«

»Das stimmt«, antwortete Rupert. »Ich werde nie verstehen, warum Frauen rüde behandelt werden möchten. Wobei mir einfällt, dass ich mit dir über Max Frensham sprechen wollte ...«

»Es ist angerichtet«, ließ Maggie sich vernehmen. Sie wirkte erhitzt, und ihr Haar war noch aufgelöster als zuvor. Als sie ihre Hände an ihren Hüften abwischte, ließ sie auf ihrem Kleid Mehlspuren zurück.

Im Speisesaal brannten Kerzen, und auf der Tafel standen in langer Reihe wundervolle Gestecke aus Efeu mit schwarzen Beeren und roten Amaryllis, Maria-Albas Lieblingsblumen. Meine Mutter verurteilte Amaryllis als gewöhnlich, doch ich mochte die künstlich aussehenden Trompetenblumen in weißlichem Rosa und Scharlachrot, die im Winter Maria-Albas Fensterbank zierten. In der Mitte der Tafel ragte eine kostbare Silbergaleone auf, von fast einem Meter Länge. Sie hatte eckige Silbersegel und geschwungene Silberfähnchen an den Masten. Auch die Takelage war aus einem Gespinst silberner Fäden gewirkt. Wenn man von meiner Mutter und meinen Schwestern absah, war ich gewiss die schlechteste Hausfrau Englands, doch selbst ich begriff, dass es wahrscheinlich Stunden dauerte, bis ein solches Prunkstück geputzt war. Alles auf dem Tisch, das Besteck, die Gläser, die Salz- und Pfefferstreuer und die Kerzenleuchter hoben sich funkelnd von der strahlend weißen Damastdecke ab, und ich überlegte, wie vieler Dienstboten es bedurfte, um ein solch großes Haus auf einem derartigen Niveau zu halten. Allerdings war bis auf Mrs Whale, die mit gesenktem Blick darauf wartete, dass wir uns niederließen, keiner von ihnen zu sehen.

Mein Name stand auf einem Tischkärtchen, das zwischen den

Pfoten eines kleinen silbernen Fuchses steckte. Ich war froh, dass mein Platz auf der Kaminseite lag, doch dass ich zwischen Emilio und dem Bischof saß, behagte mir weniger. Im Allgemeinen habe ich nichts gegen Bischöfe, doch der Würdenträger an meiner Seite sah tödlich langweilig aus, und auf seiner Miene spiegelte sich ein Ausdruck, der zu besagen schien, Bischof zu sein, entbinde ihn von jeder weiteren Verpflichtung.

Ich ließ meinen Blick über die Tischrunde wandern. Neunzehn Personen und ein freier Stuhl. Maggie begab sich zu dem leeren Platz, warf einen Blick auf das Tischkärtchen und auf ihre Armbanduhr. »Eine Minute über die Zeit«, murmelte sie. »Das muss am Wetter liegen – warten können wir aber nicht.« Sie wandte sich an den Bischof. »Hochwürden«, bat sie, »würden Sie den Segen sprechen?«

Wir neigten die Köpfe zum Gebet, doch statt eines kurzen Segensspruches hielt der Bischof eine Predigt über Gottes Güte und die reichen Gaben unserer Erde. Anschließend ging er zu uns Menschen über, die sich der Fülle der Natur nicht würdig erwiesen. Ich spähte verstohlen zu den anderen, die gelangweilt oder ungeduldig wirkten. Mit Ausnahme von Mrs Whale. Sie stand mit geschlossenen Augen und gefalteten Händen da. Philipp schien vergessen zu haben, dass er beten sollte, denn er beugte sich vor, um an Deck der Silbergaleone eine Kleinigkeit zu richten.

»Auf der Zunge schmecken sie wie Honig, doch im Magen wird daraus bitterer Wermut«, erklärte der Bischof zum Thema fleischlicher Sünden. Philipp fing meinen Blick auf und mimte Entsetzen. Ich musste ein Kichern unterdrücken.

Anschließend schaute ich zu Archie, was ein Fehler war, denn als Archie meinen Blick gewahrte, schielte er seine Nasenspitze an und schnitt Grimassen. Ich hätte wahrscheinlich losgeprustet, wenn Sir Oswald die Predigt nicht abgekürzt hätte, indem er laut und nachdrücklich »Amen« sagte. »Vielen Dank, lieber Bischof«, fügte er hinzu, »das war äußerst eindrucksvoll.«

»Geschwätz«, flüsterte Emilio vernehmlich in mein Ohr. »Ich hoffe, er wird in der Hölle braten. Ein Trost, dass Sie neben mir sitzen. Ich habe gehofft, dass wir Tischnachbarn werden.«

Danach erging er sich in derart aufdringlichen Schmeicheleien, dass ich mich fragte, ob Georgia gut beraten war, ihn heiraten zu wollen. Meine Gedanken schweiften ab. Die uralte purpurgewandete Dame neben Archie hob ihren Kopf und schaute den Bischof an. »Sie gehören auch zu den Männern, die sich am liebsten selbst reden hören.« Ihre Gesichtszüge waren unter ihrer faltigen Haut verschwunden, doch ihre Augen blickten wach und klar. »Andererseits sind die meisten Männer Esel, auch wenn sie weniger nützlich sind.«

Ich suchte nach versöhnlichen Worten, doch ich wurde abgelenkt, weil sich die Tür zum Speisesaal öffnete und ein Mann zu Maggie trat. Das würde der verspätete Gast sein.

»Verzeihen Sie, Lady Pye«, bat eine Stimme, die ich kannte. »Der Zug ist im Schneesturm liegen geblieben. Für das letzte Stück musste ein Bus eingesetzt werden.« Er schritt bis zur Stirnseite des Tisches, um Sir Oswald zu begrüßen. Es war Max Frensham.

»Oho«, flüsterte Archie und beugte sich über den Tisch. »Jetzt wird der Abend lustig.«

21

Archies Vorhersage erwies sich als unzutreffend, denn der Abend wurde nicht lustig. Mein bischöflicher Nachbar war nach dem Ausspruch der alten Dame beleidigt und schwieg, und Emilio fuhr fort, Süßholz zu raspeln. Anfänglich lächelte ich, um seine Peinlichkeiten zu überspielen, doch das schien er als Ermutigung aufzufassen, meine Hand berühren zu dürfen, über meinen Arm zu streichen und mein Knie zu drücken. Nach einer Weile rutschte ich mit dem Stuhl dichter an den Bischof heran und bemühte mich um eine ausdruckslose Miene.

Außerdem war ich damit beschäftigt, Max' Blick auszuweichen und den Schock seines Auftauchens zu überwinden. Zum Glück saß er am anderen Ende des Tisches. Ich hatte ihn nie nach seinen Weihnachtsplänen gefragt und überlegte, ob ich ihm meinerseits etwas anvertraut hatte, was ich jedoch nicht glaubte.

Nachdem die Tafel aufgehoben worden war, folgten die Frauen Maggie in den Salon. Ich nutzte die Gelegenheit, um nach Cordelia zu schauen. Sie war wach und beklagte sich über Übelkeit und Kälte, doch als ich meine Hand auf ihre Stirn legte, fühlte sie sich heiß und fiebrig an. Ich lief nach unten und wandte mich hilfesuchend an Mrs Whale, die Cordelia ein Röhrchen Aspirin und einen Teller Haferbrei brachte. Mit unbewegter Miene tauschte sie die Wärmflaschen aus und schürte das Feuer im Kamin. Auf meinen Dank ging sie nicht ein. Ich bat sie, mich bei Lady Pye zu entschuldigen und ihr zu erklären, weshalb ich für den Rest des Abends im Zimmer bliebe.

Weder Cordelia noch ich fanden in der Nacht einen geruhsamen Schlaf. Dirk hatte das Gebäck, das auf unserem Nachttisch stand, gerochen und bellte, bis ich ihm dummerweise einen Keks reichte. Danach ließ er mir keine Ruhe, bis er alles gefressen hatte. Anschließend legte er sich vor den Kamin und kratzte sich ausgiebig, gefolgt von einer Säuberungsaktion, während der er hingebungsvoll knabberte, leckte und schmatzte. Dann begann er, im Zimmer auf und ab zu laufen und winselte an der Tür. Bevor wir nach oben gingen, hatte ich versucht, ihn Gassi zu führen, doch da war er stur auf der Türschwelle sitzen geblieben.

»Du bist ein dämlicher Hund«, flüsterte ich, während ich meinen Morgenrock überstreifte.

Auf meiner Uhr war es fast Mitternacht, und ich sagte mir, dass der ein oder andere aus dem Haus noch auf den Beinen sein könnte. Der Gedanke, jemandem zu begegnen, behagte mir nicht, und insbesondere auf Max wollte ich nicht stoßen. Ich nahm Dirk an die Leine und beschloss, den Dienstbotenaufgang zu suchen. Auf dem Weg scharrte Dirk ungeduldig an allen möglichen Türen, doch zuletzt entdeckte ich eine Treppe, die ich für die richtige hielt. Die Steinstufen waren ausgetreten, und im Geist sah ich die Knechte und Mägde, die jahrhundertelang Kohlen, Tabletts, Wärmflaschen, Nachtgeschirr und Putzeimer geschleppt hatten.

Plötzlich ging das Licht aus, und ich stand im Dunkeln. Vorsichtig tastete ich mit der Fußspitze nach der nächsten Stufe und dann nach der nächsten, bis die Treppe eine Kehre machte und ich gegen einen Pfosten prallte.

Für einen Moment verharrte ich unsicher und lauschte in die

Nacht. Dann vernahm ich eine Art Raunen und dachte, es könnte der Wassertank sein, der sich füllte, oder vielleicht der Wind, der im Gebälk rumorte, doch gleich darauf mischte sich eine Stimme in das Raunen, die wispernd im Treppenhaus hallte. Dirk fing an zu knurren.

»Hallo?«, rief ich. »Ist da jemand?«

Das Raunen und Wispern verstummte, aber dennoch hatte ich den Eindruck, das jemand – oder etwas – über die Treppe gekrochen kam. Als Nächstes ließ jemand ein Lachen erschallen, allerdings waren die Töne, mit denen Dirk darauf reagierte, noch weitaus schrecklicher. In seiner Panik zog er an der Leine, und ich stürzte ihm blindlings hinterher. Dabei verfehlte ich ein paar Stufen und schlug auf kaltem Steinboden auf. Im Hochrappeln erkannte ich einen Lichtschimmer, dem ich mit rasendem Herzen folgte. Ich stieß auf eine Tür und tastete nach dem Knauf. Als sie nachgab und ein Luftzug über mein Gesicht fuhr, schrie ich los. Eine dunkle Gestalt verstellte meinen Weg, packte meinen Arm und schüttelte mich grob.

»Bist du das, Harriet? Hör auf zu kreischen! Du weckst noch das ganze Haus.«

»Rupert! Gott sei Dank.«

»Ist ja schon gut. Du brauchst dich nicht zu fürchten.« Vor Angst und Kälte zitternd, klammerte ich mich an ihn, und er legte einen Arm um mich. Die Wärme seines Körpers, der Duft seines Rasierwassers und der Geruch seiner Zigarre waren wundervoll und wirkten ungemein tröstlich. Nach einer Weile hob ich meinen Kopf.

»Danke.«

Er ließ mich los und nahm seine Zigarre aus dem Mund. »Was um alles in der Welt tust du hier?«

»Dirk wollte raus. Ich war auf der Treppe, als das Licht ausging. Und dann habe ich seltsame Geräusche gehört und Gelächter …«

Das Licht flammte auf, und ich brach ab. Rupert und ich starrten uns an. Ich muss herrlich ausgesehen haben, als ich dastand und verdutzt in die Helligkeit blinzelte und mir womöglich die Haare noch zu Berge standen.

»Pye Place ist nicht ans Stromnetz angeschlossen, und gelegentlich setzt der Generator aus. Davon abgesehen bist du wahrscheinlich übermüdet und hast dir etwas eingebildet.«

»Nein, das habe ich nicht! Eine oder zwei Personen haben geraunt und gewispert, und als ich nach ihnen gerufen habe, haben sie geschwiegen.«

»Vielleicht hast du ein Paar bei einem Stelldichein überrascht. Sex gehört zu Landaufenthalten wie Bridge, Langeweile und übermäßiger Alkoholgenuss.« Ich fand Ruperts Gelassenheit widerlich. »Warte einen Moment.« Er öffnete die Tür, um seine Zigarre hinauszuwerfen. Eine tückische Windböe schlug mir entgegen und bauschte meinen Morgenrock auf. »Wo ist der Hund?«

»Ich muss beim Schreien die Leine losgelassen haben.«

»Richtig, du hast eine ganze Tonleiter gekreischt.«

Ich schenkte ihm einen eisigen Blick, wenngleich es nicht leicht ist, von oben herab zu tun, nachdem man sich an jemanden geklammert hat. »Was hattest du hier unten eigentlich zu suchen?«, fragte ich.

»Ich dachte, ein kleiner Nachtspaziergang würde mir gut tun. Den letzten Brandy hätte ich besser gelassen. Und dann habe ich dich schreien gehört. Komm mit, wir holen deinen Köter.« Offenbar war ich bei meinem Sturz mit dem Fuß umgeknickt, denn mein Knöchel tat weh. Ich beschloss jedoch, mir nichts anmerken zu lassen. Nach ein paar Schritten fragte Rupert: »Warum ziehst du deinen Fuß hinterher?«

»Mir fehlt nicht das Geringste.«

Rupert grinste. »Armes Mädel. Dein Leben muss ziemlich langweilig sein, wenn du zum Spaß humpelst.«

Gegen meinen Willen musste ich lachen. »Du bist ein Ekel.«

»Und du ein Dickkopf.«

Plötzlich waren die zehn Jahre, in denen wir uns nicht gesehen hatten, verflogen, und wir waren wieder Freunde wie einst. Ruperts frühere Hänseleien kamen mir in den Sinn, ebenso wie die gelbe Limonade, die wir getrunken hatten, wenn er uns die Geschichte von Lucy und dem Herrn von Ravenswood vorlas.

Die Wirklichkeit holte mich erst wieder ein, als wir um eine Ecke bogen und mit einem Mal in der Eingangshalle standen.

»Ist etwas passiert?« Maggie kam herbeigelaufen. Sie steckte in ihrer Schürze, und ihre Hände waren nass und gerötet. »Ich habe Stimmen gehört.«

»Dirk ist verschwunden.«

»Er sitzt in der Küche«, antwortete Maggie. »Er hat einen hungrigen Eindruck gemacht, und ich habe ihm die Reste von unserem Abendessen gegeben.«

Zehn Minuten später lag ich in meinem Bett, und im Haus war es wieder still, bis auf das Geräusch, mit dem Dirk an einem Knochen nagte.

Ich schlief ein, doch als sich das Heulen des Windes in meine Träume mischte, wachte ich auf. Cordelia wälzte sich unruhig an meiner Seite und verströmte die Hitze eines Backofens. Ab und zu murmelte sie etwas oder schleuderte einen Arm auf mich, und einmal übergab sie sich würgend auf der Bettdecke. Sie spuckte jedoch nur Haferbrei und meine Hälfte des Bettes blieb trocken.

»Wie spät ist es?«, fragte sie und drückte sich zitternd an mich.

»Halb sechs. Was hältst du davon, wenn ich das Licht wieder ausmache? Versuch noch einmal einzuschlafen.«

»In Ordnung.« Für eine Weile lagen wir stumm da. Dann sagte Cordelia: »Mir ist zu kalt.«

Ich zog die feuchte Daunendecke über sie. Etwa zehn Minuten später klagte sie: »Mir ist zu heiß.«

»Weil du Fieber hast. Möchtest du einen Schluck Wasser?«

»Ja.«

»Hier. Trink nicht zu hastig.«

»Nein.«

Ich legte mich zurecht und versuchte, in den Schlaf hinüberzugleiten.

»Hat?«

»Ja?«

»Tut mir Leid, dass ich mich übergeben habe.«

»Hm – macht nichts – ich habe sowieso schlecht geträumt.«

»Was?«

»Jemand hat mich verfolgt – ein großer schwarzer Stier – mit roten Nüstern.«

»Oh!« Cordelia schlang ihren Arm um mich. Wir schwiegen,

und allmählich spürte ich, dass meine Glieder schwer wurden und ich in wohlige Tiefen glitt. »Hat?«

»Was ist?«

»Ich bin froh, dass wir beide zusammen sind. Nach Pa und Mark Antonius bist du mir der liebste Mensch.«

»Gut.«

»Wer sind deine liebsten Menschen?«

»Sage ich dir … morgen.«

»Es ist Morgen.«

»Noch … nicht.« Ich wandte mich von Cordelia ab. Abermals breitete sich ein beseligendes Schweregefühl in mir aus. Zu meinen Füßen wuchsen Primeln und dichtes Gras, und ich beschloss, mich darauf zu betten. Im Niedersinken wurden aus den Primelblüten gestielte Spiegeleier und aus den Blättern gekräuselte Streifen Schinkenspeck. Ich streckte die Hand aus, um davon zu essen. Cordelia rammte ihr Knie in meinen Rücken. So sanft wie möglich schob ich sie von mir fort und dachte voller Bedauern an das verfütterte Gebäck, und dass es bis zum Frühstück noch Stunden dauerte.

Plötzlich begann mein Herz zu hämmern. Ich konnte zwar nichts sehen, doch ich hörte genau, dass irgendetwas um das Bettende schlich. Gleich darauf heulte der Wind auf, und Dirk fing an zu winseln.

»Pscht«, flüsterte eine Stimme. »Sei ein braver Junge und weck die Damen nicht auf.« Dirks Schwanz klopfte auf den Boden.

Dann wurde ein Streichholz angezündet, gefolgt von Knistern und Rascheln. Vorsichtig hob ich meinen Kopf. Eine Gestalt kniete vor dem Kamin, schichtete Papier und Holzscheite auf, und wenig später gewahrte ich rötliches Glühen.

»Maggie?«

Die Gestalt zuckte zusammen. »Himmel, haben Sie mich erschreckt!« Es war tatsächlich Maggie. Schwerfällig richtete sie sich auf und trat an unser Bett.

»Wie geht es der Kleinen?«

»Sie fiebert – und ich fürchte, sie hat sich auch übergeben.«

»Das macht nichts. Sollte ich aber nicht doch lieber Dr. Parsons kommen lassen?«

»Bitte nicht. Cordelia erholt sich schon wieder. Es ist sehr nett, dass Sie Feuer gemacht haben – Sie verwöhnen uns.«

»Das tue ich gern.«

Nachdem Maggie aus dem Zimmer gehuscht war, betrachtete ich das Muster, das die Flammen an die Decke warfen, und fragte mich, warum die Hausherrin im Morgengrauen durch die Zimmer schlich, um Feuer zu machen. Immerhin befand ich mich nicht im Haus armer Leute, das Abendessen war vorzüglich gewesen und der Wein in höchsten Tönen gelobt worden. Im Vergleich zu dem Chaos und dem seltsamen Mobiliar bei uns zu Hause fand ich die Ordnung und den Wohlstand von Pye Place eindrucksvoll. Das, was ich bisher gesehen hatte, war zwar alt, aber kostbar und gut erhalten. Im Erdgeschoss standen üppige Sträuße in den Vasen, die neuesten Zeitschriften lagen aus und die silbernen Bonbonnieren im Salon waren mit teuren Pralinen gefüllt; unser Bettzeug war aus bestem Leinen, das nach Lavendel roch, im Bad befanden sich dicke, weiche Handtücher und Seifen, die selbst Ophelias Ansprüchen genügt hätten. Ich vermochte mir keinen Reim darauf zu machen.

Zwanzig Minuten später kehrte Maggie mit einem Tablett zurück, auf dem Becher mit heißem Tee und Schokoladengebäck angerichtet waren. Nach einem Blick auf die schlafende Cordelia legte sie den Finger auf ihren Mund und schlüpfte fort, noch bevor ich mich bedanken konnte.

»Guten Morgen, liebe Harriet.« Archie blickte von seinem Porridge auf. »Du bist blass um die Nase. Gibt es dafür einen Grund?«

Rupert ließ seine Zeitung sinken, musterte mich flüchtig und las weiter.

»Mir geht es gut«, erklärte ich. »Ich muss nur etwas essen.« Ich ging zu der Anrichte, wo auf Gasbrennern silberne Terrinen dampften, und häufte Rührei, Tomaten, Pilze und Toast auf einen Teller.

»Harriet.« Max stand plötzlich neben mir. »Du wirkst bleich«, murmelte er. »Steht dir gut. Alabasterteint und dunkle Augen! Sehr aufregend.«

Bisher hatte noch niemand meine Haut mit Alabaster verglichen, und überhaupt war ich es nicht gewohnt, dass man sich mit meinem Äußeren befasste. »Möchtest du Tomate?«, flüsterte ich verlegen.

»Getuschel ist nicht erlaubt!«, rief Archie. »Bitte sagt mir, worüber ihr redet!«

»Guten Morgen, Archie. Hallo, Rupert.« Max zog einen Stuhl zurück und blickte mich abwartend an. Rupert verfolgte die Szene über seinen Zeitungsrand. Auf dem Weg zum Tisch versuchte ich, nicht zu humpeln. Archie und Rupert beobachteten mich unterdessen, als wären beide Regisseure und ich jemand, der sich um eine Rolle bewirbt. »Wir haben uns seit einer Weile nicht gesehen«, wandte Max sich an sie und nahm auf dem Stuhl neben mir Platz. »Wie läuft es denn so?«

»Gut«, antwortete Rupert.

»Leicht auf dem Thron sitzt meiner Brust Gebieter«, bemerkte Archie.

»*Othello*«, sagte ich automatisch.

»Harriet«, spöttelte Archie. »Mein Zitat stammt aus *Romeo und Julia*.«

In der nachfolgenden Stille betrat Maggie das Frühstückszimmer und brachte frischen Tee und Kaffee. »Ich habe nach Dr. Parsons geschickt, meine Liebe«, murmelte sie mir ins Ohr. »Er wird nach Cordelia schauen, sobald der Schneepflug den Weg geräumt hat.«

»Was fehlt denn der Kleinen?«, erkundigte sich Max bei mir.

»Sie fühlt sich nicht gut, doch es ist nichts Schlimmes.«

»Und Waldo?«, fragte er kaum vernehmlich. »Als ich neulich bei ihm war, wirkte er nahezu fröhlich. Ich nehme an, die Polizei ist inzwischen weitergekommen und dem wahren Mörder auf der Spur.«

»Es geht ihm besser, und vielen Dank auch, dass du ihn besuchst. Das ist sehr nett. Was die Polizei angeht, tappt sie weiterhin im Dunkeln, und über Weihnachten wird nicht viel geschehen, fürchte ich.«

Max blickte mir in die Augen. »Ich habe dich gestern Abend vermisst, Harriet. Nachdem du gegangen warst, gab es keine schöne Frau mehr zu bewundern.«

»Aber Flo war doch da.«

»Flo ist in festen Händen, und eine Frau, die ihren Mann liebt, nimmt man nicht wahr. Ach, ich finde es wundervoll, hier zu sein. Und das sage ich nicht nur wegen der Landschaft, wenngleich sie zu den eindrucksvollsten Englands zählt.«

»Leider habe ich davon noch nichts gesehen. Wir sind im Dunkeln angekommen, und als ich heute Früh aus dem Fenster geschaut habe, war alles weiß, selbst der Himmel.«

»Ich war vor zwei Jahren schon einmal in der Gegend. Von den umliegenden Hängen hat man eine fantastische Aussicht. Wenn es zu schneien aufhört, könnten wir einen kleinen Spaziergang machen.«

»Kennst du die Pyes schon lange?«

»Seit dem Shakespeare-Festival in Bunton vor zwei Jahren. Ich war der Heißsporn in *Heinrich IV*. Sir Oswald hat sich damals als sehr großzügig erwiesen, Partys für das Ensemble gegeben und die Hauptdarsteller für zwei Wochen zu sich eingeladen. Glaub mir, das war eine fantastische Zeit. Nur für Maggie dürfte es ein wenig anstrengend gewesen sein.« Er machte ein Pause. »Als Cordelia am Telefon erwähnt hat, dass ihr über Weihnachten hier sein würdet, fiel mir ein, dass die Pyes seinerzeit eine offene Einladung ausgesprochen hatten, und da kam mir das natürlich wie gerufen.« In seinen Blick schlich sich ein viel sagender Ausdruck, den ich auf mich bezog und als Verehrung auslegte. Verlegen und glücklich betrachtete ich meinen Teller. »Wie sehen deine Pläne für heute aus?«

»Ich muss den Besuch des Arztes abwarten, ehe ich Pläne machen kann.« Ich sprach ebenso leise wie er.

»Harriet«, rief Archie. »Wenn ihr etwas ausheckt, möchte ich eingeweiht werden. Ich liebe Intrigen.«

Ich fühlte mich zurechtgewiesen, doch noch ehe ich mir etwas zur Verteidigung ausdenken konnte, tauchte Jonno auf. Er trug eine Fellweste und zerschlissene Jeans. »Hallo, Leute«, murmelte er, während er die Schüsseln auf der Anrichte inspizierte. »Was ist denn hier passiert? Soll ich etwa Reis essen? Wer hat den Räucherfisch verputzt? Maggie, wo ist der Schinkenspeck?«

»Ich gehe in die Küche und hole welchen«, erwiderte Maggie beflissen.

»Du setzt dich jetzt erst einmal hin, Maggie«, befahl Rupert. »Du bist schon seit Stunden auf den Beinen. Jonno weiß selbst, wo die Küche ist.«

»Mann, wozu gibt es denn Frauen? Ich dachte, sie sind da, um sich nützlich zu machen«, entgegnete Jonno.

»Wie steht es denn mit deiner Nützlichkeit?«, fragte Rupert kalt.

Jonno grinste. »Mach halblang, Rupe, und spiel hier nicht den Heiligen. Denk dran, wie oft ich dich schon betrunken gesehen habe.«

»Mag sein«, entgegnete Rupert. »Unverzeihlich ist jedoch, sich auch im nüchternen Zustand danebenzubenehmen.«

»Heh, du kannst mich ...« Jonno errötete. »Mann, das muss ich mir nicht gefallen lassen!«

»Habe ich etwa Unrecht?«

»Muss ich mich vor dir rechtfertigen?«

»Es geht nicht um dich, sondern um Maggie. Und wenn du nicht begreifst, dass sie Rücksichtnahme verdient, dann ist es an ihren Freunden, dich darauf hinzuweisen.« Rupert faltete seine Zeitung zusammen. »Jetzt nimm dich zusammen, Jonno, und besorg dir etwas zu essen. Danach kannst du mir erzählen, wie es mit deinem Studium vorangeht.«

Jonno zauderte. Dann machte er kehrt und verließ den Raum. Maggie sah aus, als würde sie jeden Augenblick in Tränen ausbrechen. »Ich gehe ihm besser nach.«

»Nur über meine Leiche«, sagte Rupert.

»Entschuldigung, Lady Pye, aber der Arzt ist eingetroffen.« Mrs Whale war im Türrahmen aufgetaucht. »Ich habe ihn zu der jungen Dame geführt. Und Sir Oswald möchte, dass man ihm auf der Stelle sein Frühstück serviert.«

22

»Mir ist langweilig«, verkündete Cordelia verdrossen, was angesichts der Anstrengungen, die wir unternommen hatten, sie zu unterhalten, äußerst undankbar war. »Wann kommt Max?«

»Liebling, du kannst von einem Mann nicht erwarten, dass er

sich von morgens bis abends an deinem Krankenlager aufhält.« Erst recht nicht, wenn die Patientin sich unmöglich aufführt, hätte ich um ein Haar noch hinzugesetzt. Cordelias Laune war inzwischen auf dem Nullpunkt angelangt. Sie hatte sich vorgestellt, in Pye Place zu glänzen und bewundert und angebetet zu werden, doch stattdessen hütete sie seit drei Tagen das Bett.

Dr. Parsons hatte Cordelia Wärmflaschen verordnet, um die Erkältung auszuschwitzen, und eine Schonkost aus Rinderbrühe und Zwieback. Nach Cordelias tragischen Abschiedsreden und Bitten, noch einmal für einen letzten Blick auf das Moor zum Fenster getragen zu werden, hatte er ihr außerdem etwas zur Beruhigung verschrieben. Ich nahm Cordelias Getue nicht ernst, ich wusste, dass sie seit drei Tagen Emily Brontës *Sturmhöhe* las.

Als Rupert kam, hatte Cordelia ihm mit erstickter Stimme von ihrem baldigen Tod erzählt, und Rupert hatte sie gebeten, ihm den Unsinn zu ersparen und sich vernünftig auszukurieren. Für den Rest seines Besuches hielt Cordelia die Hände auf der Brust gefaltet und die Augen geschlossen und weigerte sich, mit ihm zu reden. Archie hatte ihr eine Nachricht zukommen lassen, die in etwa lautete, er vermisse zwar ihren netten Anblick und ihre lustigen Einfälle, würde sich aber leider anstecken, wenn er sie besuche.

»Weißt du, Hat, es hat keinen Zweck, so zu tun, als ob Schwule bis auf Sex ebenso wie andere Männer wären«, erklärte Cordelia daraufhin. »Dazu sind sie viel zu selbstsüchtig.«

Obwohl wir in unserer Familie, mit Ausnahme von Portia, allesamt schlechte Patienten waren, begann ich mich für Cordelia zu schämen. Maggie gab sich jede erdenkliche Mühe, Cordelia aufzupäppeln, doch meine Schwester erklärte, die Rinderbrühe schmecke eklig und der Zwieback wäre zu trocken. Danach bereitete Maggie Leckerbissen zu – gewürfelte Hähnchenbrust, gedünstete Apfelscheiben, Puddingbällchen mit Orangegeschmack und heiße Milch mit einem Schuss Wein und Zitrone. Doch erst als Cordelia Schokomilch und Kekse mit rosa Glasur vorgesetzt bekam, wurde sie gnädig und bemerkte, das täte ihr gut.

Ich hatte Maggie gebeten, mich für die Kranke sorgen zu lassen, doch die Vorstellung, einen Gast in der Küche anzustellen, schien sie zu entsetzen. Wie sie mir mitteilte, achtete Sir Oswald auf strenge Regeln und rühmte sich seiner Rolle als Gastgeber. Es hätte ihn empört zu erfahren, dass jemand, der unter seinem Dach weilte, seine Hände mit niedriger Arbeit beschmutzte.

Inzwischen wusste ich, dass Maggie allein für sämtliche Hausbewohner kochte. Mrs Whale fungierte als Haushälterin, kümmerte sich um die Wäsche und nähte laut Maggies Worten »wie ein Engel«. Als ich entgegnete, dass man als Engel hoffentlich nicht zu handarbeiten hatte, denn der Gedanke, für alle Ewigkeit meine Stickereien auftrennen zu müssen, wäre deprimierend, beschied Maggie mich ernst, dass der Allmächtige niemals derart grausam mit jemandem verfahre. Ich begriff, dass die lockeren Redensarten, die bei uns gang und gäbe waren, nicht zu Maggies Weltbild passten, und beschloss, mich in Zukunft zurückzuhalten.

Dingle war der Gärtner, der bei den »schwereren Arbeiten« half, wenn Not am Mann war, das Silber putzte und für die Heizung zuständig war. Für zwanzig Personen zu kochen, sagte Maggie, mache ihr nichts aus, sie wäre mit harter Arbeit groß geworden und wüsste sonst ohnehin nichts mit sich anzufangen. Ich erkannte dennoch, dass sie gegen Abend Mühe hatte, ihr Gähnen zu unterdrücken, und dass ihr während des Essens zuweilen die Augen zufielen. Danach wusch sie jedoch noch mit Mrs Whale das Geschirr ab und räumte den Salon auf, nachdem die Gäste sich zu Bett begeben hatten.

Maggie war nicht der einzige Mensch, der Cordelia verwöhnte. Max verbrachte die Nachmittage bei uns, um sie zu unterhalten, und dafür wäre ich ihm auch dankbar gewesen, wenn er weniger gut ausgesehen hätte. Zu flirten gestatteten wir uns nicht, schließ lich waren wir nicht allein. Doch selbst wenn er mit Cordelia Mühle, Domino und Halma spielte oder ihr Geschichten vorlas, gab er mir zu verstehen, dass er vorrangig meinetwegen erschienen war. Wie er das tat, war schwer zu sagen – es geschah mit einem Blick, einem Lächeln, der Betonung eines Wortes – aber irgendwie war ich mir darüber im Klaren. Nicht dass ich in ihn verliebt gewesen wäre, das nicht. Es war nur so, dass ich immerzu an ihn denken musste, und insbesondere, wenn er in meiner Nähe war.

Während Max sich mit meiner Schwester befasste, arbeitete ich an der Handarbeit, die Cordelia in London begonnen hatte. Es handelte sich um einen Teppich, der demjenigen in Bayeux nachempfunden war. Statt blutigem Schlachtgetümmel wurden darauf jedoch Szenen aus unserem Familienleben abgebildet. Um Menschen und Episoden darzustellen, hatte Cordelia sich für eine Kombination aus Applikationen und Stickereien entschieden. Für den Untergrund hatte ich Jute gekauft, und in Schränken und Schubladen hatten wir Stoffreste aufgestöbert. Der Teppich war als Geschenk für Pa gedacht, um die Wände seiner Zelle zu verschönern. In seinen Briefen an den Innenminister hatte er sich unter anderem über ihre grünliche Farbe beschwert und erklärt, dass sie ihn bedrückten. Eine Antwort hatte er noch nicht erhalten.

Eigentlich war gegen Cordelias Idee nichts einzuwenden, doch sie in die Tat umzusetzen, war komplizierter, als wir gedacht hatten. Es fing damit an, dass wir zunächst Dirk erschufen und uns bereits wegen seiner Beine in die Haare geraten waren. Bron hatte bemerkt, der Hund sähe wie eine Kuh mitsamt Euter aus, woraufhin Cordelia erwidert hatte, wenn er noch einmal so etwas sagte, käme er in dem Teppich nicht vor, und dann könnten die Leute später, wenn der Teppich im Museum hinge, überlegen, warum der einzige Bruder fehle, doch dann wäre es zu spät.

Als Cordelia über Langeweile klagte, war ich dabei, Maria-Albas Haar im Kreuzstich darzustellen. Ihr Gesicht hatte ich aus dem Rest einer hellroten Jacke gefertigt, woraufhin sie, statt gesund und fröhlich auszusehen, einer Frau mit hohem Blutdruck glich. Gerade als ich feststellte, dass ich den Teppich versehentlich an meinem Rock festgenäht hatte, klopfte es an der Tür. Dank der Ahnung, die man besitzt, wenn ein anderer Mensch fortwährend die eigenen Gedanken beherrscht, wusste ich, dass Max gekommen war.

»Wie geht es der armen Kranken?« Er stand am Fußende des Bettes und lächelte Cordelia an, die munter strahlte.

»Ich bin froh, wenn ich wieder aufstehen kann. Wenn Harriet nicht so pingelig wäre, könnte ich mich jetzt schon anziehen. Auf die paar Stunden kommt es eigentlich nicht an.«

»Dr. Parsons hat Cordelia erlaubt, heute Abend aufzustehen

und zum Essen zu gehen«, erklärte ich. »Maggie hält sehr viel von seiner Meinung, und insofern fände ich es rücksichtslos, sich darüber hinwegzusetzen.«

»Harriet will es immer allen recht machen. Allen außer mir.«

Max warf mir einen Blick zu, als wolle er erfahren, ob er ebenfalls zu jenen Leuten gehörte.

»Ja, aber denk doch mal nach«, sagte er zu Cordelia. »Du willst doch sicherlich, dass Annabel und die anderen von deinem Anblick überwältigt werden, und dann wäre es doch klüger, zum Auftakt in einem hübschen Cocktailkleid zum Abendessen zu erscheinen, findest du nicht?«

Annabel und Cordelia waren sich noch nicht begegnet. Maggie hatte zwar vorgeschlagen, Annabel könnte Cordelia besuchen, um mit ihr Mau-Mau zu spielen, doch Cordelia hatte mir daraufhin zugeflüstert, sie würde sich aus dem Fenster stürzen, wenn Annabel käme und sie in ihrem alten Nachthemd entdeckte. Insofern war es vielleicht ganz gut, dass Annabel glaubte, sich auch erkältet zu haben und mit dem Gedanken sich hinzulegen spielte.

Cordelia nagte an ihrer Unterlippe und musterte mich nachdenklich. »Hat, darf ich nachher das schöne schwarze Kleid anziehen, das Rupert dir geschenkt hat? In meinem blauen sehe ich aus wie ein Kind.«

»Aber das schwarze Kleid ist doch viel zu erwachsen für dich. Es ist ja selbst für mich zu erwachsen.«

»Dann stehe ich jetzt auf.« Cordelia schlug ihre Bettdecke zurück. »Außerdem werde ich Maggie bitten, den Kuchen, den sie gebacken hat, wieder mitzunehmen, und ihr erklären, dass ich zum Essen zu unglücklich bin. Andere Menschen würden ihren sterbenden Schwestern alle ihre Kleider anbieten, aber bitte, wenn du dich weigerst, verzichte ich eben darauf.«

»Herrgott, meinetwegen kannst du es tragen.«

»Gut!« Cordelia deckte sich wieder zu. »Max, was hast du dir für heute zum Spielen ausgedacht?«

»Was haltet ihr von einem kleinen Ratespiel? Jeder von uns wird fünf Dinge aufschreiben, die er am liebsten sehen, hören, fühlen, riechen und schmecken möchte. Ich habe Bleistift und Papier dabei. Wir fangen mit dem Sehen an.«

Ich stellte fest, dass es gar nicht so einfach war, sich Dinge auszudenken, die man unbedingt sehen wollte. Cordelia entschied sich für Richard III., Mark Antonius als neugeborenes Kätzchen, eine fliegende Untertasse, Shakespeare (um ihm klar zu machen, wie langweilig er war) und einen Kosmetikkoffer, der aussah wie meiner, aber ihre Initialen trug.

Meine Liste fiel zurückhaltend und vage aus: John Keats, London im achtzehnten Jahrhundert, einen kleinen Eisbär, einen Engel und Michelangelo, wie er die Decke der Sixtinischen Kapelle malte. Max' Wünsche waren, bis auf den letzten, typisch für einen Mann: Fangio, während er den Weltcup gewann, das Nürburgrennen, vom Mond aus die Erde, die Schlacht von Trafalgar und einen Blick innigster Liebe (von wem, blieb unerwähnt).

Dasjenige aufzuzählen, was man am liebsten hören wollte, war noch schwieriger. Cordelia hatte »bewundernde Laute« notiert (was gesagt wurde, spielte offenbar keine Rolle), das Geräusch von Geschenken, die in der Weihnachtsnacht auf ihrem Bett aufgetürmt wurden, ein schnurrender Löwe, den schlurfenden Schritt von Richard III. und die Nennung ihres Namens bei der Oscar-Verleihung.

»Warum steht bei euch beiden ›Mozart, der seine Klavierkonzerte spielt‹?«, fragte sie. »Wer ist das überhaupt? Oh, Harriet hat ›die Stimme Gottes‹ geschrieben. Ich wünschte, darauf wäre ich auch gekommen. Aber ›ein Liebesseufzer‹ gilt nicht, Max, sonst schreibst du bei den nächsten Runden ›ihre Lippen, ihre Haut und ihre Achselhöhlen‹. Außerdem sind das Dinge, die du jederzeit haben kannst, und du hast gesagt, wir müssten uns etwas Besonderes ausdenken.«

»Liebe ist nicht so alltäglich, wie du anzunehmen scheinst.« Max' Blick streifte mich. »Leider.«

Ich senkte meine Lider und regte an, uns den fünf Dingen, die wir am liebsten berühren wollten, zuzuwenden.

Nachdem wir uns für eine Weile auf die Art amüsiert hatten, warf ich einen Blick aus dem Fenster, wo der leuchtende Winterhimmel allmählich verblasste. »Ich muss kurz mit Dirk rausgehen, bevor es dunkel wird.«

»Ich komme mit«, sagte Max.

»Das geht nicht, ihr könnte nicht beide verschwinden«, protestierte Cordelia. »Außerdem soll Max mir noch *Am grünen Rand der Welt* zu Ende vorlesen. Ich muss erfahren, ob sie zu ihrem Mann zurückkehrt und ob Sergeant Troy tatsächlich tot ist.«

»Ja, Max, bleib und lies ihr vor«, bat ich. »Draußen ist es kalt, und ich führe Dirk nur rasch vor die Tür.« Cordelia hatte den Roman am Morgen zwar ausgelesen, doch seitdem sie erkannt hatte, dass Rupert nicht zu bekehren war, wusste sie, dass es in Wahrheit Max war, den sie liebte. Ich ging davon aus, dass er sich freundlich aus der Affäre ziehen würde.

Als ich aus dem Haus trat, schlugen mir Sturmböen entgegen, und trotz Maggies Daunenmantel und Schal kroch die Kälte an mir hoch. Dirk und ich folgten unserer täglichen Route, die uns über die Auffahrt zu einem Viehgatter führte. Dort bogen wir links ab und liefen an einer zerfallenen Steinmauer entlang zu einer Schlucht, an der sich uns eine überwältigende Aussicht bot. Dort hielten wir an, um das Haus zu bewundern.

Pye Place war aus grauem Stein errichtet worden und wie ein E geformt, mit vorspringenden Flügeln an den Seiten und einem Haupteingang mit zwei übereinander liegenden Erkerfenstern. Darüber ragten fünf, von runden Filialen gesäumte Giebel auf. Der mittlere trug eingeschnitzt das Jahr, in dem Pye Place erbaut worden war, und zwischen den Fenstern des ersten und zweiten Stocks erkannte man das Familienwappen. Das Gebäude umfasste drei Stockwerke und war etwa vier Mal so lang. Ein schöneres Heim konnte ich mir nicht vorstellen, zumal das Anwesen all das, was die Jahre ihm zugemutet hatten, unbeschadet überstanden hatte.

Vor dem Haus breitete sich ein Gelände aus, das sich sanft gewellt zu einem Tal absenkte. Zurzeit lag es weiß und eintönig da, doch gewiss waren darunter ein hübscher Rasen und Kieswege verborgen. Hier und da erhoben sich seltsame Gebilde mit Schneehüten auf bräunlichen Stümpfen. Einige sahen wie kauernde Riesen aus, andere wie Fabeltiere, und eines glich einem Raumschiff, das unterwegs zu den Sternen war. Ein Beweis für das Genie des ersten Oswald Pye war der Ort, den er für sein Haus gewählt hatte, denn es wurde von einer Felswand geschützt, und ein tosender Wasserfall stieg in einem Gischtschleier auf.

Sich in den Anblick von Pye Place zu vertiefen, war das, was Dirk am wenigsten gefiel. Ihn zog es zu den umliegenden Feldern, um Löcher zu graben. Um des lieben Friedens willen beschlossen wir meistens, uns zu trennen. Da Dingle Dirk morgens gemeinsam mit Sir Oswalds beleibten Pointern Auslauf verschaffte, war mein Gewissen rein, wenn ich ihn allein losziehen ließ. Auf dem Rückweg gesellte sich Dirk dann wieder zu mir.

Als wir uns dem Viehgatter näherten, entdeckte ich eine gebückte Gestalt, die mit gesenktem Kopf durch den Schnee stapfte.

»Hallo«, rief ich. »Warten Sie doch einen Moment!«

Sie blieb stehen und wandte sich um. Es war Jonno. Er und ich hatten bislang nur wenig miteinander zu tun gehabt. Vermutlich lag das daran, dass er angetrunken war, wenn er zum Abendessen auftauchte, und volltrunken, wenn die Tafel aufgehoben wurde. Zum Frühstück oder Mittagessen hatte er sich nach dem ersten Morgen nicht mehr blicken lassen.

Er wartete, bis ich ihn eingeholt hatte. »Hi! Du siehst erfroren aus.«

»Mir ist auch kalt.«

»Komm doch mit, ich bin auf dem Nachhauseweg. Willst du?« Er bot mir eine selbst gedrehte Zigarette an. »Ziemlich gutes Zeug.«

»Oh – na, gut. Vielen Dank.« Seinen Joint abzulehnen, wäre vermutlich unhöflich gewesen. Unter den Freunden meiner Eltern gab es einige, die Haschisch rauchten, und auch Bron und ich hatten uns gelegentlich daran versucht. Doch in der reinen Natur zu rauchen, kam mir irgendwie unangebracht vor.

»Ziemlich scheußlich hier, nicht wahr?« Jonno schlurfte neben mir her und starrte auf den Boden.

»Ich finde es sehr schön.«

»Wirklich?« Er hob den Blick und schaute sich um. »Na ja, die Landschaft ist in Ordnung. Aber ich bin hier geboren, mir bringt das nicht viel.«

»Eigentlich könnte sie dir deshalb aber auch ans Herz gewachsen sein, oder? Aufgrund deiner Kindheitserinnerungen zum Beispiel.«

Er lachte auf. »Und was ist, wenn meine Kindheit fürchterlich war?« Er lachte abermals, dieses Mal gequält.

Ich wusste aus Erfahrung, dass man das tragische Gebaren anderer ernst nehmen musste. »Dann hat sie immerhin in einer wundervollen Umgebung stattgefunden. Stell dir vor, du wärst in einem heruntergekommenen Londoner Mietshaus groß geworden, zwischen Kakerlaken und schreienden Nachbarn. Oder in Sibirien.«

»Mann, du bist echt extrem!«, erwiderte Jonno. »Nimm das, was ich sage, nicht so ernst. Ich werde manchmal depressiv, besonders wenn ich zu Hause bin.«

»Wie ist es an der Universität?«

»Geht so. Die Vorlesungen sind langweilig, und ich hasse es, irgendwelche Aufsätze zu schreiben, aber die Clubs und Bars sind gut.« Er machte eine Pause. »Im vergangenen Semester hat meine Freundin mich verlassen und sich mit meinem Freund zusammengetan – sie fehlt mir.« Die letzten Worte hatte er leise gesprochen, und ich wurde milde gestimmt. »Und mein Freund fehlt mir auch.« Er sog heftig an seinem Joint. »Echt beschissen.«

»Hört sich ganz danach an.«

»Warum gestattet man sich überhaupt, andere Menschen zu mögen? Zum Schluss lässt einen doch jeder hängen und dann ist man im Eimer.«

»Sag mal, übertreibst du jetzt nicht ein wenig? Was ist mit deinem Vater und deiner Schwester? Und Maggie ist doch auch kein Typ, der andere hängen lässt.«

»Ausgerechnet! Meinem Vater bin ich vollkommen egal, er ist nur mit sich beschäftigt. Annabel ist ein dummes Gör – und Maggie zählt nicht. Sie kann ja kaum lesen und schreiben.«

»Ist das denn wichtig? Ist es nicht wichtiger, dass jemand anständig und zuverlässig ist?«

»Das ist nicht dein Ernst.«

»Doch. Ich mag Maggie, und ich bin ihr dankbar für das, was sie für Cordelia und mich getan hat. Darüber hinaus bewundere ich sie. Sie arbeitet hart, ist diszipliniert und überaus selbstlos. Wenn ich mit ihr rede, weiß ich, dass sie das, was sie sagt, empfindet und ehrlich meint. Das ist doch wichtig, oder nicht? Jemand mag ein brillanter Denker sein, doch wenn er gefühllos ist, sind die Menschen ihm einerlei, und ihn interessieren nur Thesen und Formeln. Solche Leute lassen einen hängen, wenn man sie braucht, aber …«

»Mannomann«, unterbrach mich Jonno. »Du weißt über alles Bescheid, wie?«

»Nein, das tue ich nicht. Aber Maggie macht sich Sorgen um dich. Sie hat gesagt, sie glaubt, dass du unglücklich bist.«

»Gut beobachtet.«

»Sie würde einiges darum geben, wenn sie dir helfen könnte. Sie hält dich für ein armes, verlorenes Lämmchen.« Jonno brummte irgendetwas vor sich hin, doch in der Hoffnung, Gutes zu bewirken, sprach ich weiter. »Es macht ihr Kummer, dass du dich verkriechst und sie nicht an dich heranlässt.«

»Was? Gestern hat sie meine Hose abgesteckt. Soll ich sie etwa noch näher ranlassen?«

»Sehr witzig! Du sollst mit ihr reden.«

»Worüber? Wir haben nicht das Geringste gemeinsam. Maggie ist ein Trampel aus dem Dorf. Dad hat sie geheiratet, damit sich jemand um unseren Haushalt kümmert.« Jonno wurde rot. »Ich weiß, das klingt gemein, aber …«

»Es klingt nicht nur gemein, sondern auch dumm.«

»Vielen Dank. Offensichtlich legst du auch keinen Wert darauf, nett zu sein.«

»Im Allgemeinen schon, doch Maggie habe ich nun einmal ins Herz geschlossen, und ich mag es nicht, wenn man abfällig über sie spricht.«

Dirk rannte in Kreisen um uns, während wir über die Auffahrt zum Haus hochliefen. Mit einem Mal lachte Jonno auf. »›Armes, verlorenes Lämmchen‹. Und dafür soll ich ihr dankbar sein?«

»Sie hat dich auch als ›schwache, einsame Seele‹ bezeichnet und erklärt, du würdest aus Verzweiflung trinken.« Warum nicht alles erwähnen, nachdem ich mich bereits so weit vorgewagt hatte?

»Mann, das ist wirklich einsame Klasse! Echt anständig, hinter meinem Rücken über mich herzuziehen! Und wie kommt sie überhaupt dazu, mich als ‹schwach‹ zu bezeichnen? Du solltest mich mal beim Gewichtheben sehen.«

»Du weißt ganz genau, worauf ich hinaus will.«

»Und ich finde es allerhand.«

»Wahrscheinlich hört niemand gern, was andere hinter seinem Rücken über ihn sagen. Wahrscheinlich wäre Maggie auch nicht glücklich, heimlich als ›Trampel‹ bezeichnet zu werden, doch da sie keine hohe Meinung von sich hat, würde sie es vermutlich hinnehmen. Nur diejenigen, die sich aufgeplustert haben, reagieren bei solchen Gelegenheiten gekränkt.«

»Äußerst liebenswürdig. Ich plustere mich also auf.«

»Das habe ich nicht behauptet. Ich weiß nur, dass ich es zuweilen tue.«

»Du? Fräulein Bildschön und Wohlerzogen? Aber bitte, hübsche Mädchen bilden sich immer irgendwelche Probleme ein, es hat keinen Zweck, ihnen etwas auszureden.«

Ich fühlte mich geschmeichelt und dachte, vielleicht war ich doch zu hart mit ihm verfahren.

»Wie viele Menschen magst du denn?«, fragte ich. »Oder hältst du Zuneigung für eine einseitige Angelegenheit?«

»Ich mag eine Menge Leute.« Jonno blieb stehen. »Beispielsweise wäre es mir nicht recht, wenn Annabel etwas zustoßen würde, selbst wenn sie eine Nervensäge ist. Und ich habe Kate gemocht, ehe sie mir den Laufpass gegeben hat.« Er dachte weiter nach. »Ah«, grinste er. »Und in der Schule war ich in meine Lehrerin verliebt. Miss Prosser. Sie hatte so komische Wirbel im Haar und hat mich an mein Meerschweinchen erinnert.« Er besaß noch einen Rest Humor. »Keine lange Liste, wie? Wie steht es mit dir? Mit wem hast du denn aufzuwarten?«

»Nun, zunächst einmal mit meinen Eltern. Ich liebe sie ebenso wie meine drei Schwestern und meinen Bruder.«

»Natürlich«, spöttelte Jonno.

»Es ist die Wahrheit. An manchen Tagen treiben sie mich zwar zum Wahnsinn, doch wenn es darauf ankäme, würde ich für sie mein Leben geben. Ohne nachzudenken.«

»Ich sagte ja schon, dass du extrem bist.«

»Außerdem Maria-Alba. Sie wohnt bei uns, und ich hänge unglaublich an ihr. Dann wären da noch zwei Mädchen aus der Schule, die zwar nicht mehr in London wohnen, mir aber viel bedeuten. Und überhaupt eine Menge Leute, wie beispielsweise Ronnie, den Freund meiner Mutter. Und Rupert und Archie …«

»Ist ja schon gut. Offenbar liebst du die ganze Welt.«

»Unsinn. Es kommt durchaus vor, dass ich Menschen hasse, wenn ich ihnen zum ersten Mal begegne – nur für den Fall, dass sie mich hassen, weißt du?«

»Ja, ich weiß, wie das ist.« Er sog an seinem Joint und reichte mir den feuchten Stummel. Ich schüttelte den Kopf. »Es war trotzdem eine eindrucksvolle Liste. Wie aus dem Bilderbuch.« Mit gezierter Stimme setzte er hinzu: »Ich mag Mammi und Pappi und alle die netten Leute, die ich kenne – meine liebe Lehrerin, Frau Saubermann, und unseren Pfarrer, den Herrn Schweinepriester, und auch den Pfadfinder Schlimmfinger, der mir gezeigt hat, wie man beim Singen am Lagerfeuer kommt.«

»Das reicht, Jonno. Du kannst verschwinden. Den Rest des Weges finde ich allein.«

»Jetzt sei doch nicht gleich eingeschnappt, Fräulein Wohlerzogen. Heh – tut mir Leid.« Als ich ihm keine Antwort gab, ergriff er meinen Arm. »Tut mir Leid, Harriet, ich habe mich danebenbenommen. Das tue ich manchmal. Ich weiß nicht warum, und ich verachte mich dafür. Du hast allen Grund, sauer zu sein, denn eigentlich wolltest du mir helfen, nicht wahr?«

Trotz des lächerlichen Bartes und der grauenhaften Sicherheitsnadel wirkte seine Miene aufrichtig zerknirscht.

»Also gut, ich verzeihe dir. Dieses Mal noch. Und jetzt lass uns schneller gehen. Mir ist immer noch kalt.«

»Hast du vorhin nicht jemanden vergessen?«, begann Jonno, während wir zügig voranschritten. »Gibt es in London keinen Liebhaber, der sich nach einem Blick aus deinen Augen verzehrt und der dir wichtiger als deine Schulfreundinnen ist?«

Ich erwiderte nichts, denn in dem Moment verließ jemand das Haus und kam uns entgegen. Und obwohl die Dämmerung angebrochen und die Umgebung in dunkelblaues Licht getaucht war, erkannte ich, dass es sich um Max handelte.

»Du brauchst nicht schüchtern zu sein«, fuhr Jonno fort. »Ich behalte deine Geheimnisse für mich. Auf mich kann man sich verlassen – außer wenn ich betrunken bin, was leider häufig der Fall ist.« Er entdeckte Max. »Ah, der Schauspieler«, murmelte er. »Der Mann, der pausenlos denkt, was für ein toller Hecht er ist.«

»Woher willst du das wissen. Kennst du ihn so gut?«

»Ich kenne den Typ. Außerdem sind gestern ein paar Mädchen aus dem Dorf aufgetaucht, die sein Autogramm haben wollten, und er hat sich aufgeblasen, als ob er Robert Redford wäre. Aber vielleicht hätte ich mich an seiner Stelle ebenso aufgeführt. Wahrscheinlich bin ich neidisch.«

»Da bist du ja endlich!«, rief Max. »Ich dachte, du würdest Dirk nur kurz rauslassen, doch du warst stundenlang unterwegs. Ich habe mir Sorgen gemacht. Wie ich sehe, war das jedoch überflüssig.« Ich erkannte sein Lächeln. »Hast du versucht, an der Luft einen klaren Kopf zu bekommen, Jonno?« Bevor Jonno antworten konnte, wandte Max sich wieder an mich. »Du solltest ins Haus kommen, Harriet. Draußen ist es doch viel zu kalt.«

»Ich habe mich verplaudert«, erklärte ich und versuchte, zwischen den beiden zu gehen, doch Max hatte meinen Arm ergriffen und zog mich mit sich.

»So ist das also, Fräulein B. und W.«, sagte Jonno hinter mir. »Hätte ich mir eigentlich denken können, oder? Ich werde den Groupies, die sich an den Ställen rumdrücken, sagen, dass sie sich die Mühe sparen können.«

Er bog ab und wurde von der Dunkelheit verschluckt.

»Hast du für den Jungen etwas übrig?«, erkundigte sich Max.

»Ich weiß nicht. Ja, vielleicht. Er tut mir Leid.«

»Er ist ein Idiot.«

»Hm. Manchmal mag ich Idioten.«

Max schien sich das durch den Kopf gehen zu lassen. Dann bemerkte er: »Wie ist das möglich? Muss man jemanden nicht achten, um ihn zu mögen?«

»Vermutlich. Ehrlich gesagt, mag ich aber oft Leute, von denen ich den Eindruck habe, dass sie *mich* mögen. Nicht sehr rühmlich, nicht wahr?«

»Aha, Jonno hat sich an dich rangemacht.«

»Ganz und gar nicht. Er war eher grob. Ich glaube, dass er einsam ist.«

»Er ist ein verweichlichter Trottel.«

Aus den Fenstern des Untergeschosses fiel das Licht in gelben Rauten. Maggie tauchte im Esszimmer auf und klappte die Fensterläden zu. Ihre Hände steckten in den weißen Handschuhen. Die Umsicht, die sie an den Tag legte, rührte mich. Es war, als ob Maggie ihre Liebe an das Haus verschwendete, da sie für diejenigen, die darin wohnten, bedeutungslos war.

»Es genugt dir also, wenn ein anderer dich liebt, um seine Gefühle zu erwidern«, bemerkte Max, als wir den Windfang betraten. Es war kalt, und ich versuchte, mein Zittern zu unterdrücken. »Harriet. Antworte mir.«

Als ich schwieg, beugte Max sich vor und küsste mich auf den Mund. Ich erwiderte seinen Kuss, anfänglich zaghaft und aus Höflichkeit, doch dann heftiger und aus den unterschiedlichsten Regungen.

Dodge hatte mich anders geküsst, eher wie ein Wolf, der eine Mahlzeit vor sich hat und sie verschlingt. Max küsste mit Bedacht und mit der Gewissheit, mich zu einem Punkt zu bringen, der mir gefiel. Für einen Moment durchströmte mich ein wohliges Gefühl. Draußen seufzte der Wind, und der Wasserfall toste, als wollten sie mir bedeuten, dass gewisse Dinge einfach naturgegeben waren. Doch dann fuhr mir durch den Kopf, dass Max verheiratet war und dass seine Frau versucht hatte, sich das Leben zu nehmen.

Ich zog mich zurück und lehnte mich an die Eingangstür. »Max, bitte, das sollten wir nicht tun.«

»Wenn du nicht geküsst werden willst, darfst du nicht so aufreizend sein.«

Max legte seine Hände auf meine Schultern und schaute mir tief in die Augen. Als ich den Kopf sinken ließ, umfasste er mein Kinn und zwang mich, ihn anzublicken. Meine Knie wurden weich, und ich rief mir krampfhaft das Bild seiner Frau ins Gedächtnis.

»Harriet«, sagte Max mit neuem, drängenden Tonfall. »Ich muss dir etwas sagen. Ich bin wie von Sinnen. Es ist ganz gleich, was ich tue, ich muss immerzu an dich denken. Selbst in der Nacht – besonders in der Nacht. Wenn du ein Zimmer betrittst, muss ich mich zwingen, meinen Blick von dir zu lösen. So habe ich noch nie für eine Frau empfunden.«

Carolines Bild verblasste. Ich wollte Max gerade gestehen, dass es mir ähnlich erging, als sich die Tür zur Halle öffnete und Licht auf uns fiel. Max ließ mich los.

»Ihr seid ein ziemlich rücksichtsloses Paar«, erklärte Rupert.
»Wovon sprichst du überhaupt?«, fragte ich verwirrt.
»Davon, dass du an der Türklingel lehnst.«

23

24. Dezember

Liebste Maria-Alba,
vielen Dank für deinen Brief, der heute eintraf, obwohl der Briefträger deswegen zu Fuß zu uns hochkommen musste. Letzte Nacht hat es nämlich wieder geschneit, und der Postwagen war stecken geblieben. Cordelia geht es besser, und Maggies Küche ist fast so gut wie deine, nur englischer. Ich glaube, ich habe dir schon geschrieben, was wir am ersten Abend gegessen haben, oder? Wahrscheinlich werden wir kugelrund, aber Maggie ist enttäuscht, wenn wir nicht aufessen. Sie ist ein sehr mütterlicher Typ, und es ist eine Schande, dass sie keine eigenen Kinder hat. Jonno und Annabel wissen sie nicht zu schätzen.
Gestern Abend gab es zum Essen Crème Constance – das ist eine Currysuppe – und danach Ente mit einer prima Soße. Ich habe mich bei Maggie nach den Zutaten erkundigt. Sie wird aus Schalotten gemacht, das sind kleine Zwiebeln, und außerdem mit Rotwein, Orangensaft, rotem Johannisbeergelee und etwas, das man als Crème fraîche bezeichnet. Dazu gab es geröstete Kartoffeln, Möhren, Lauch und einen Orangensalat. Hinterher wurde ein Pudding aus in Rosmarin gedünsteten Pflaumen und Eis serviert, der wirklich köstlich war – und danach Käse. Anschließend wurde der Tisch abgeräumt und zwar mitsamt der Decke, und es wurde wieder neu für frisches und kandiertes Obst und Nüsse eingedeckt. Maggie und Mrs Whale machen das ruckzuck, aber ich muss trotzdem immer daran denken, wie schwer sie arbeiten, während wir faul dasitzen. Aber als Flo einmal angeboten hat, beim Abtragen des Geschirrs zu helfen, hat Sir Oswald sich furchtbar aufgeregt, und seitdem wagt das niemand mehr vorzuschlagen. Zum Mittagessen gab es vorgestern Eier in einer Cremesoße …

Ich erging mich in weiteren Schilderungen des Essens, denn außer dem Wohlergehen unserer Familie war es das Einzige, das Maria-Alba interessierte.

Gerade macht Cordelia sich oben zu ihrer ersten Cocktailstunde bereit. Sie hat darauf bestanden, dass ich unten warte, denn sie will, dass es mir, wie allen anderen, bei ihrem Anblick die Sprache verschlägt. Allerdings ist das Publikum mittlerweile geschrumpft, denn der Bischof und seine Frau sind abgereist, was irgendwie schade ist, denn zumindest sie war recht unterhaltsam. Nur ein Paar, namens Colonel und Mrs Mordaker, bleibt bis zum zweiten Weihnachtstag. Sie sind wirklich schrecklich, obwohl die Frau mir Leid tut. Ihr Mann sagt ihr ständig, was sie tun soll – aber Archie zahlt es ihm jedes Mal heim. Archie kann extrem boshaft sein, aber er ist trotzdem wundervoll. Zu Weihnachten werden daher, außer uns vieren und den Pyes, Flo und Philipp hier sein, Georgia Bisset, Emilio und Miss Tipple, eine großartige alte Dame, die jedermann sagt, was sie denkt. Ach so, und noch jemand, den ich in meinem letzten Brief vergessen habe – Max Frensham. Erinnerst du dich an ihn? Er ist oft zu den Partys von Ma und Pa gekommen.

Wenn wir uns zu den Mahlzeiten treffen, ist es eigentlich recht lustig. Zumindest für einige von uns. Sir Oswald konzentriert sich, soweit ich das erkennen kann, nur auf das, was auf seinem Teller liegt. Und ob Maggie sich amüsiert, weiß ich nicht, denn sie hat ja alle Hände voll zu tun, obwohl ich glaube, dass die Arbeit ihr Freude macht. Jonno ist leider immer betrunken und die arme Miss Tipple fast taub. Emilio versteht manchmal nicht, was wir sagen, und Georgia hat keinen Humor. Sie ist mit Emilio verlobt, aber er macht sich an alle heran, mit Ausnahme von Dirk. Erfolg hat er aber nicht. Warum er und Georgia verlobt sind, ist mir schleierhaft. Sie hat offenbar ein Auge auf Max Frensham geworfen, aber er ist ja auch attraktiv und berühmt, und daher ist das nicht allzu verwunderlich.

Was Georgia anging, besaß ich handfeste Beweise. Um meinen Brief zu schreiben, hatte ich mich in den Raum zurückgezogen, den ich inzwischen als mein Arbeitszimmer betrachtete, wenngleich er offiziell als »kleiner Salon« bezeichnet wurde. Außer mir schien ihn niemand zu nutzen. Er gehörte als Nebenraum zu dem »großen Salon«, und man erreichte ihn über eine versteckte Stiege. Eigentlich handelte es sich um eine Kammer mit grün gestrichener Holzvertäfelung und einem halbrunden Fenster mit Blick auf den Wasserfall. Möbliert war sie mit einem Schreibtisch, einem Stuhl und einem Bücherregal. Der kleine, elektrische Kamin war mit Delfter Kacheln verkleidet, auf denen Szenen aus der Arche Noah abgebildet waren. Maggie hatte mir berichtet, die Touristen gingen davon aus, dass dort einst Priester verborgen wurden, und dass sie ihre Besucher in dem Glauben ließ. Wahrscheinlich war der Raum einmal das Butlerzimmer gewesen, oder die Dame des Hauses hatte dort ihre Bücher geführt.

Ein zweites, unauffälliges Fenster war mit einem verstellbaren Gitter versehen, durch das man in den tiefer gelegenen großen Salon spähen konnte, von dem aus man ungesehen blieb – es sei denn, jemand hätte genau hingeschaut. Rupert sagte, solche Einrichtungen nenne man Spione. Vielleicht hatten die früheren Hausherrinnen von dort aus gelegentlich ihre Gäste überwacht.

Ich hatte gerade die Schilderung von Maggies Kochkünsten beendet, als im großen Salon die Tür ging. Gleich darauf vernahm ich das Klirren von Gläsern. Es klang, als ob sich jemand am Tablett mit den Getränken bediente. Ich reckte mich vor, linste durch das Gitter und erkannte Georgia. Sie steckte in einem trägerlosen roten Kleid und hatte sich reichlich mit Brillanten oder anderem Glitzerschmuck behängt. Als sie sich vorbeugte, erhaschte ich einen Blick auf ihren Spitzenbüstenhalter. Eigentlich musste sie frieren, dachte ich, denn obgleich Maggie und Mrs Whale tagsüber die Feuer in den Kaminen schürten, konnte man sich im Haus nie mehr als nackte Hände und einen Hauch von Dekolletee leisten.

Ich beobachtete, wie Georgia ungeduldig auf und ab marschierte, aus ihrem Glas trank und unterdessen Ziergegenstände umdrehte, um die Herkunftsnamen zu prüfen. Dann kam Max in den Salon und schenkte sich ein Glas Whisky ein. Georgia gesellte sich zu ihm und steckte sich eine Zigarette an.

»Großartiges altes Haus, nicht wahr?«, begann Max.

»In dem es grauenhaft zieht«, antwortete Georgia. »Ich mag keine alten Gemäuer, sie schlagen mir aufs Gemüt. Ehrlich gesagt, wäre ich lieber in der Karibik. Von meiner Sommerbräune ist kaum noch etwas zu erkennen.« Sie zeigte Max ihren Arm.

»Ich mache mir nichts aus gebräunter Haut, und am Strand zu liegen kommt mir wie Zeitverschwendung vor.«

Sehr gut. Ich war mit seiner Antwort zufrieden.

»Ganz meine Meinung«, entgegnete Georgia, ohne zu erröten. »Ein kluger Kopf ist wichtiger als die äußere Erscheinung, insbesondere bei einem Mann. Ja, klug und geheimnisvoll muss ein Mann sein.«

»Geheimnisvoll?«, lachte Max. »Ich fürchte, das ist recht selten der Fall.«

»Mag sein. Aber Frauen sind ein offenes Buch, nicht wahr? Dagegen besitzen Männer zuweilen die Gabe, rätselhaft zu sein.«

Sie schenkte Max ein viel sagendes Lächeln, und in dem Augenblick begriff ich, dass sie es auf ihn abgesehen hatte.

Max zuckte die Achseln. »Für mich sind Männer ziemlich durchsichtig. Sie setzen sich ein Ziel und gehen darauf zu, nicht immer zu ihrem Besten. Eher finde ich Frauen unberechenbar und dadurch faszinierend.«

»Langweilen Sie sich denn dann nicht? Oder finden Sie den Kreis der Gäste interessant?«

Max grinste. »Solange es eine Frau gibt, die mich fasziniert, langweile ich mich nirgends.«

»Oh!«, raunte Georgia. »Darf man fragen, wer die Glückliche ist?«

»Aber nicht doch«, antwortete Max mit neckendem Unterton. »Dann wäre ich ja nicht mehr rätselhaft.«

Georgia legte den Kopf in den Nacken und blies den Rauch ihrer Zigarette in die Luft. Ich hatte bereits die ganze Zeit überlegt, an wen sie mich erinnerte, und nun fiel mir ein, dass es Bette Davis war. Georgia besaß die gleichen vorstehenden Augen.

Als Flo und Philipp mit Miss Tipple erschienen, zog Georgia unwillig die Brauen zusammen. Danach tauchten Emilio, die Mordakers und Annabel auf. Georgia trat näher zu Max und schaute ihn mit leicht geöffneten Lippen an.

»Sie müssen es mir sagen«, forderte sie ihn auf. »Ich muss wissen, wer jene Person ist. Ist sie unter uns? Geben Sie mir einen kleinen Tipp.«

»Sie ist nicht weit entfernt.«

»Kenne ich sie?« Georgia legte eine Hand auf Max' Arm. »Kalt oder warm?«

»Heiß, würde ich sagen.«

Georgia atmete heftig, und mir wurde bewusst, wie töricht es war, andere zu belauschen, denn seitdem ich erfahren hatte, dass Max sich für eine andere Frau interessierte, war er um einiges begehrenswerter geworden. Ich dachte an den Kuss im Windfang und spürte, dass ich wütend wurde. Welch ein Dummkopf ich gewesen war! Vermutlich würde Max jede Frau küssen, die einfältig genug war, seinen Schmeicheleien Glauben zu schenken. Und wie konnte seine Wahl auf Georgia fallen, die alles andere als unberechenbar war? Eine uninteressantere Frau als sie gab es ja wohl kaum. Nach der Wut übermannte mich die Eifersucht, eine wahrhaft abscheuliche Gefühlskombination, in der sich mein Verlangen nach Max mit dem Ekel vor mir selbst vermischte. Noch während ich überlegte, ob ich bis zum Abendessen einen ersten Artikel beginnen oder in den Salon gehen sollte, um Max zu beweisen, wie gleichgültig er mir war, kam Sir Oswald in den Salon und lud Georgia ein, ihn in einen anderen Raum zu begleiten, wo er ihr eine seltene Antiquität zeigen und deren Geschichte erzählen wollte. Mit entsagungsvollem Blick riss sie sich von Max los. Danach wandte Max sich um und blickte hoch, direkt in meine Augen. Er schüttelte tadelnd den Kopf, bevor er grinste und mir einen Kuss zuwarf.

Ich zuckte zurück. Mein Herz raste vor Aufregung und Seligkeit, und natürlich schämte ich mich entsetzlich, spioniert zu haben. Eines schäbigen Triumphgefühls konnte ich mich dennoch nicht erwehren. Also hatte er gewusst, wo ich war und dass ich lauschte, und hatte Georgia nur glauben lassen, von ihr sei die Rede, in Wahrheit jedoch mich gemeint. So war es doch, oder? Oder hatte ich nunmehr komplett den Verstand verloren? Wollte ich ihn denn überhaupt? War es nicht eher der Wettkampf gewesen, der mich vorhin aufgewühlt hatte? Empfand ich irgendeine jener zarten, selbstlosen Regungen, die man allgemein mit der Liebe verband? Und was war mit Caroline? Sie war mir offenbar entfallen. Ich vergrub mein Gesicht in den Händen. Wie konnte ich die Dinge, die wichtig waren, so mir nichts, dir nichts vergessen? Ich stand kurz davor, Max zu hassen, weil er mich schwach und wankelmütig machte und mich in eine dumme Gans verwandelte, die keinen klaren Gedanken fassen konnte.

Liebe Maria-Alba, ich glaube, ich schildere dir mal das Haus und die Umgebung, denn den ersten Brief an dich habe ich ja geschrieben, als ich noch nicht wusste, wie es hier aussieht. Pye Place ist wirklich ein erstaunliches Bauwerk. Ganz besonders hübsch sind die großen Fenster, die aus kleinen rautenförmigen Scheiben bestehen, mit geschliffenen Kanten, die dafür sorgen, dass mehr Licht in die Räume fällt. So etwas nennt man Marienglas, hat Maggie erklärt.

Danach beschrieb ich den Wasserfall, die Landschaft und den Schnee, den wir in London kaum kannten.

Ich habe ein Gedicht über Pye Place begonnen, aber es ist nicht besonders gut geworden. Ich wusste nicht, wie man die Farbe und die Beschaffenheit des Schnees ausschmückt. Weißt du noch, wie du immer gesagt hast, Schneeflocken wären die Federn, die aus den Flügeln der Engel fielen? Oh, das war der zweite Gong! Das heißt, dass das Essen in zehn Minuten aufgetragen wird. Ich glaube, ich muss mich in den Salon begeben. Übrigens habe ich mich sehr gefreut zu hören, dass du den Nonnen beim Kochen hilfst. Wahrscheinlich sind sie darüber auch recht froh. Das Schönste ist aber, dass es dir besser geht. Du weißt ja, wie viel Du mir bedeutest, liebe, liebe Maria-Alba! In ein paar Tagen schreibe ich dir wieder.

Für heute liebste Grüße von deiner Harriet

Im Salon war Sir Oswald inzwischen dabei, Flo, Philipp und Georgia einen Vortrag über eine Vitrine aus dem siebzehnten Jahrhundert zu halten und ihnen die »Seegras-Maserung« und die verschiedenen Perlmuttbeschichtungen zu erklären. Flo nickte aufmerksam, Georgia blickte gelangweilt, und Philipp betrachtete das Gemälde hinter Sir Oswalds Kopf. Miss Tipple saß allein in ihrem Sessel. Das war häufig der Fall, denn aufgrund ihrer Schwerhörigkeit und ihrer unverblümten Art wurde sie von den anderen gemieden. Ich rückte einen Schemel zu ihr, um ihr hier und da ein paar Worte ins Ohr zu rufen.

Ganz uneigennützig war mein Verhalten indes nicht, denn wenngleich ich genau registrierte, wo er stand und mit wem er sprach, wollte ich mich nicht mit Max unterhalten. Beim Eintreten war mir erneut bewusst geworden, dass die Schwingungen zwischen uns mich sowohl beglückten als auch quälten. Gewiss, Zwiespältigkeit war nichts Neues in meinem Leben, sie machte mir, seit ich denken konnte, zu schaffen; doch zurzeit erklärte mir eine vernünftige innere Stimme unumwunden, dass ich gefährlich nah am Abgrund stand.

Miss Tipples Schwerhörigkeit fiel mal stärker, mal schwächer aus. An jenem Abend erfasste sie, trotz des Stimmengemurmels ringsumher, jedes meiner Worte und berichtete mir ihrerseits von ihrem Hungerstreik, den sie vor dem Ersten Weltkrieg als Frauenrechtlerin im Gefängnis durchgeführt hatte, und erklärte, weshalb ein Schlafstreik, bei dem man sich durch Auf- und Abwandern wach halten musste, zermürbender war. Nach einer Weile tauchte Sir Oswald auf.

»Ah, Miss Tipple!«, hub er an. »Ist Ihnen am Kamin warm genug? Wissen Sie, dass das auch mein Lieblingssessel ist?« Es handelte sich um jedermanns Lieblingssessel, eben weil er sich nahe am Kamin befand. »Er ist erstaunlich bequem, nicht wahr? In der Zeit von Königin Anne, der er entstammt, begann man den Wert solcher Einrichtungen zu schätzen. Der Stuhl des alten Gally«, er wies auf einen schwarzen Eichenstuhl neben dem Kamin, »kommt dem Bedürfnis, weich zu sitzen, noch nicht entgegen.«

Der Stuhl des alten Gally hatte schon mehrfach zu Verdruss geführt, denn für einen Platz am Kamin waren einige der Gäste bereit gewesen, seine Unbequemlichkeit in Kauf zu nehmen. Doch sobald jemand Anstalten machte, die Pfeife mitsamt Tabakdose, die darauf lagen, fortzuräumen, schritten entweder Maggie oder Sir Oswald ein, und es war, als hätte man den Heiligen Gral als Spucknapf verwenden wollen. Dem Frevler wurde mitgeteilt, der

Stuhl und seine Utensilien hätten unangetastet bereitzustehen, denn andernfalls wären die Folgen unaussprechlich. Insofern blieb dieser Logenplatz unbesetzt und einem unsichtbaren Geistergesäß vorbehalten.

»Nein, bitte, erheben Sie sich nicht!« Sir Oswald wedelte Miss Tipple zurück. »Das erlaube ich nicht. Ich werde mich auf dem Sofa niederlassen. Vielleicht wird Miss Ping mir freundlicherweise Gesellschaft leisten und mir berichten, wie ihr unsere Landschaft gefällt, die meines Erachtens nirgendwo ihresgleichen findet.«

Pflichtbewusst folgte ich Sir Oswald und zermarterte mir das Gehirn nach Lobeshymnen auf Derbyshire. Die Mühe hätte ich mir sparen können, denn für eine Weile war Sir Oswald damit beschäftigt, schnaufend und ächzend Platz zu nehmen, und als ich zwischen ihm und der Armstütze eingeklemmt saß, begann er sogleich zu reden.

»Sie ahnen nicht, wie froh ich bin, junge Menschen um mich zu haben, Miss Ping. Unser gutes, altes Haus, einfach und bescheiden wie es ist« – ich gab ein paar gegenteilige Laute von mir, woraufhin er beifällig nickte –, »braucht die Vitalität der neuen Generation. Ah, Annabel, da bist du ja. Komm und gib deinem Vater einen Kuss.« Annabel trat mit ausdrucksloser Miene zu ihm und drückte einen Kuss auf seine Wange. »Braves Kind!« Er winkte Annabel fort. »Nun, meine Liebe«, wandte er sich wieder an mich und legte eine Hand auf mein Knie. »Wollen Sie mir nicht verraten, wie alt Sie sind?«

»Zweiundzwanzig.«

»Tatsächlich? Schon so alt? Wer hätte das gedacht?« Er wirkte enttäuscht. »Sind Sie verheiratet?« Ich schüttelte den Kopf. »Catherine, meine erste Frau, war gerade siebzehn, als ich sie geheiratet habe. Fast noch ein Kind.« Er drückte mein Knie. »Ihre Haut war weich, sahnig und rosig überhaucht, wie ein Erdbeerbaiser, mit veilchenblauen Venen in den Kniekehlen … doch der Sturm des Lebens war zu stark für ihr Gemüt … und nun besitze ich nur noch ein Bildnis, das mich an ihren unschuldigen Blick erinnert, an die Wangen mit dem zarten Flaum, das kleine Kinn mit dem Grübchen, die schmollenden Lippen. Ach, ja!« Ich schwieg verlegen. »Wir waren ein schönes Paar«, fuhr Sir Oswald fort. »Ich hoffe, Sie gestatten einem alten Mann, sich seiner Glanzzeiten zu erinnern, Miss Peng. Mrs Gilderoy ist dabei, mich zu porträtieren.« Er massierte meine Kniescheibe.

»Das hat Flo mir erzählt.«

»Ich glaube, es ist ihr gelungen, ein wenig von meinem früheren Aussehen einzufangen.« Sein kleiner Mund öffnete sich zu lautlosem Lachen. »Natürlich haben die Jahre ihren Tribut gefordert, und gewiss bin ich ein wenig fülliger geworden ...«

»Ich würde das Bild gern ...«

»Die Augen sind noch nicht gelungen, ein wenig zu klein.« Ich warf einen Blick auf Sir Oswalds Augen, die zwischen Speckrollen verschwanden, und wunderte mich über die Fähigkeit, mit der wir Menschen uns zu täuschen verstanden. »Zweiundzwanzig, sagen Sie? Ich hätte Sie auf achtzehn geschätzt. Sie sind sehr grazil. Und fest.« Seine Hand wanderte unter meinem Rock zu meinem Schenkel, und seine Gesichtsfarbe vertiefte sich.

Ich versuchte vergebens, von ihm abzurücken. »Meine Schwester wollte zum Abendessen erscheinen«, bemerkte ich. »Vielleicht sollte ich einmal nach ihr ...«

»Oh, nein, laufen Sie nicht fort. Nicht wenn wir so gemütlich dasitzen und plaudern.« Sein Atem beschleunigte sich, während seine Hand weiterforschte.

Ich wurde von einer Art Lähmung befallen. Sicherlich gab es tausend Gründe, mich zu entschuldigen, doch nicht einer kam mir in den Sinn. »Oswald, ich muss etwas mit dir bereden«, ließ sich Ruperts Stimme vernehmen. »Vielleicht überlässt du mir deinen Platz, Harriet?«

Wie der Blitz war ich auf den Beinen. Sir Oswald bedachte Rupert mit einem vorwurfsvollen Blick. »Das ist nicht nett, Rupert. Du hast unsere Unterhaltung unterbrochen.« Er ergriff meine Hand. »Wir plaudern nach dem Essen weiter, nicht wahr, liebe Miss Pong?«

In dem Moment trat Cordelia ein. Das schwarze Kleid saß wie angegossen, und dass es ihr bis zu ihren Knöcheln reichte, störte nicht im Geringsten. Ihr Haar fiel in weichen, glänzenden Locken auf ihre Schultern, und offenbar hatte sie sich auch an meinem Make-up bedient. Andere Mädchen hätten dadurch albern oder billig gewirkt, doch Cordelia sah wie eine verführerische Siebzehnjährige aus. Sir Oswald ließ meine Hand los. »Wer ist die Kleine?« Seine Wangen bebten. »Woher kommt sie?«

»Donnerwetter, ein Teufelsmädel!«, entfuhr es Colonel Mordaker. »Davon haben wir in den Graben getraumt.«

Mrs Mordaker lächelte verkniffen.

»Das ist Cordelia Byng.« Rupert nahm Sir Oswald das Weinglas aus der zitternden Hand. »Sie ist Harriets Schwester und musste bislang das Bett hüten.«

Sir Oswald wollte sich erheben, doch seine Füße scharrten hilflos auf dem Boden. »Bring sie zu mir, Rupert«, keuchte er. »Ich möchte sie willkommen heißen.«

»Da ist Maggie. Das Essen ist angerichtet.« Rupert half Sir Oswald auf die Beine. »Du kannst Cordelia nachher begrüßen.«

Als wir uns in Richtung Speisesaal begaben, hörte ich Annabel zu Cordelia sagen: »Maggie hat mir aufgetragen, dir auszurichten, dass es mir Leid tut, dass du krank gewesen bist.«

»Das ist nicht nötig. Nicht jedes Mädchen hat das Vergnügen, täglich einen Filmstar im Schlafzimmer zu haben.«

»Einen Filmstar?«

»Ja. Max spielt im Herbst in der Verfilmung von *Macbeth* mit. Er wird mir entsetzlich fehlen.«

»Ist er denn dein Freund?«

Für den Bruchteil einer Sekunde zögerte Cordelia. Dann warf sie ihr Haar zurück. »Ich würde sagen, es ist eine Begegnung verwandelter Seelen.«

»Bist du wirklich erst zwölf?« Annabel betrachtete Cordelia ehrfürchtig. »Emily Cutler-Biggs wurde im letzten Jahr zum schönsten Mädchen der Schule gewählt, aber ich glaube, du bist schöner als sie.«

»Meinst du das ernst?«, murmelte Cordelia bescheiden. »Welchen Platz hast du erreicht?«

»Keinen. Ich werde nie zu etwas gewählt.«

Nach einer Pause erklärte Cordelia: »Ich glaube, das ist das Schrecklichste, das ich jemals gehört habe.«

*

Ich freute mich, dass Philipp zu meiner Linken saß, und verbarg mein Unbehagen, als Sir Oswald sich rechts von mir niederließ. Zum Glück widmete er sich stumm dem Essen und schien lediglich zu erwarten, dass man ihm unaufgefordert Soßen, Salz, Pfeffer, Brot und Butter reichte. Max befand sich am anderen Ende der Tafel, zwischen Georgia und Maggie, und bei Cordelias Tischnachbarn handelte es sich um Archie und Emilio, wobei Letzterer die Augen verdrehte und seine Zähne zeigte, ähnlich wie Dirk, wenn er im siebten Himmel war.

Einer der feinen Speisekarten, die Maggie auf dem Tisch aufstellte, entnahm ich, dass unsere Suppe *Potage Alexandre* hieß. Sie bestand aus einer dicken Creme mit Reis und Lauch. Ich beschloss, Maria-Alba von den kleinen Croûtons mit püriertem Eidotter zu berichten, die dazu gereicht wurden.

»Haben Sie einen schönen Tag verlebt?«, erkundigte ich mich bei Philipp.

»Ja, ich habe etwas sehr Aufregendes entdeckt.« Philipp legte seinen Löffel ab. »Einen blaufüßigen Falken.«

»Tatsächlich?«

»Einwandfrei. Der schwarze Schnurrbart und der gestreifte Bauch ließen keinerlei Zweifel zu.«

»Unglaublich.«

»Der keilförmige Schwanz war ebenfalls unverkennbar. Es war ein junger Vogel, das Rückengefieder war noch blass.«

»Unfassbar.«

Philipp fing an zu lachen. »Sie haben nicht die geringste Ahnung, worüber ich rede, nicht wahr?«

»Eigentlich nicht. Es tut mir Leid.«

»Ich bitte Sie. *Ich* muss mich entschuldigen. Es ist eine meiner Unarten, davon auszugehen, dass andere meine Interessen teilen.«

»Aber ich würde wirklich gern mehr darüber erfahren.«

»Nun, wenn es Sie tatsächlich …«

Colonel Mordaker kehrte sich von Georgia ab, die von ihrem Jamaika-Urlaub erzählte, und beugte sich über den Tisch. »Einen blaufüßigen Falken, sagen Sie? Das glaube ich nicht. Das wird ein Sperber gewesen sein.«

»Nein«, entgegnete Philipp. »Mit Sicherheit nicht.«

»Der blaufüßige Falke hält sich im Winter weiter nördlich auf.«

»Lieber Colonel«, ließ Archie sich vernehmen. »Sie dürfen die Launen der Natur nicht vergessen. Wenn Eisberge schmelzen, Flüsse austrocknen, Vulkane erlöschen, Berge sich aus Ozeanen erheben und Kontinente sich verschieben, dann darf doch gewiss auch der blaufüßige Falke gelegentlich seinen Aufenthaltsort wechseln, oder nicht? Alles fließt, alles verändert sich. Das ist zwar ein etwas verstörender Gedanke«, setzte er freundlich hinzu, »doch großartig aufregen sollten wir uns deshalb nicht. Insbesondere nicht, wenn unser Herz ein wenig angegriffen ist.«

Colonel Mordaker ruderte mit den Armen, während er nach Worten rang. Es musste ihm eine Qual sein, einem Mann mit geschminktem Gesicht im Gefecht zu unterliegen.

»Ich überlege, wie der Vogel hieß, über den ich neulich in der Zeitung gelesen habe«, fuhr Archie fort. »Auch eine Art Blaufuß – Herr im Himmel, mein Gedächtnis! Jedenfalls ist dieser Bursche in den alten Kolonien am falschen Platz aufgetaucht und hat sämtliche Ornithologen aus der Fassung gebracht. Sie sehen also, dass …«

»Wie wär's, wenn Sie mich mal zu Wort kommen ließen«, herrschte Colonel Mordaker ihn an.

»Nur zu, lieber Colonel. Ich werde ganz Ohr sein und unterdessen versuchen, mich des Vogelnamens zu entsinnen.«

Mit gepresster Stimme erkundigte der Colonel sich bei Philipp nach weiteren Einzelheiten des »vermeintlichen« blaufüßigen Falken.

»Können wir nicht über etwas Interessanteres reden?«, fragte Georgia verstimmt.

»Sollten Sie jemals etwas Interessantes zu berichten haben, werde ich Ihnen mit Vergnügen lauschen«, antwortete der Colonel.

»Tölpel!«, erklärte Archie.

Der Colonel fuhr hoch. »Das reicht!«, rief er aufgebracht. Die Gespräche der anderen verstummten. Colonel Mordaker war feuerrot geworden. »Das lasse ich mir nicht bieten. Ich dulde keine Beleidigung von einem bemalten Lustknaben, der es nicht verdient, als Mann bezeichnet zu werden.«

Daraufhin wurden allseits entsetzte Blicke getauscht, und Maggie machte Anstalten einzuschreiten.

»Das war der Name«, bemerkte Archie unbeeindruckt. »So hieß der Vogel. Der Blaufußtölpel. Ein tropischer Taucher, der zur Familie der Pelikane und Kormorane zählt. Und Sie, lieber Colonel, können uns als Experte gewiss erklären, wo er der guten Ordnung halber anzutreffen sein sollte.«

»Wassen hier los?«, nuschelte Jonno, der zu spät gekommen war und sich auf den leeren Stuhl neben Annabel fallen ließ. »Tschuldigung.« Er stieß einen Rülpser aus. »Jemand gestorben?«, fragte er glucksend.

Ich fing Flos Blick auf. Sie machte eine Handbewegung, als würde sie etwas löffeln, und deutete auf Philipp. Er hatte seine Suppe nicht angerührt, wohingegen wir anderen unsere Teller bereits geleert hatten. Ich wagte einen verstohlenen Blick zu Max und stellte fest, dass er mich amüsiert beobachtete.

24

Nach dem Essen, als die Damen ihren Kaffee im Salon und die Herren ihren Portwein in der Bibliothek einnahmen, gesellte Flo sich zu mir. »Bitte sprich mit mir. Ich möchte mich nicht mit Georgia unterhalten. Sie ängstigt mich.«

»Das wundert mich nicht. Sie liest deine Gedanken. Ich habe gehört, dass sie gesagt hat, Frauen wären für sie ein offenes Buch.«

»Tatsächlich? Und ich hätte gewettet, dass sie weder Bücher noch Gedanken liest.«

Georgia stand am Kamin und blickte in die Runde. Seitdem keine Männer mehr anwesend waren, hatte sie sich in eine Stola gehüllt. »Sie erinnert mich an eine Spinne, die ein, zwei Männchen verspeist hat«, sagte ich. »Zufrieden, aber leicht bedauernd. Leider weiß sie im Moment nichts mit sich anzufangen. Miss Tipple und Mrs Mordaker sind unter ihrer Würde, und mit Kindern wie Cordelia und Annabel gibt sie sich ebenfalls nicht ab. Hilfe! Sie schaut zu uns. Womöglich hat sie beschlossen, die männerlose Zeit mit einem Blättern durch unsere langweiligen Seiten zu überwinden. Komm, lass uns verschwinden. Wenn du nichts dagegen hast, könntest du mir dein Porträt von Sir Oswald zeigen.«

Flo und ich verließen den Salon und stiegen die Treppe hoch. Sie öffnete die Tür zu einer Dienstbotenkammer, die man ihr als Atelier überlassen hatte. Neben dem Fenster war ein Waschbecken angebracht und an einer Wand Regale, in den Wärmflaschen lagen und Putzeimer standen. Ein kleiner Tisch mit Nähmaschine, ein Stuhl und eine Staffelei machten den Rest der Möblierung aus.

»Gemütlich, nicht wahr? Maggie hat mir zwei Heizlüfter gebracht, damit ich nicht erfriere. Allerdings wird einem beim Malen immer kalt. Man bewegt sich ja kaum.«

»Maggie ist ein Schatz, nicht wahr?«

»Zweifellos. Mit ihrem Organisationstalent könnte sie wahrscheinlich einen Konzern leiten, obwohl ihr das vermutlich weniger Spaß machen würde als das Haus. Du ahnst ja nicht, wie es mich auf die Palme bringt, wenn ich sehe, dass sie wie ein Hund behandelt wird. Jetzt los! Sag mir, was du von meinem Sir Oswald hältst!«

Ein wenig zaudernd trat ich zur Staffelei. Dank meiner Familie wusste ich, dass Kritik oder eine plumpe Form der Schmeichelei zu Migräneanfällen und schlaflosen Nächten führen konnten. Dann fiel mein Blick auf das Bild, und ich vergaß die lobenden Sätze, die ich mir zurechtgelegt hatte. Die Leinwand war mit leuchtend bunten Formen bedeckt, wie auf den Bildern der Fauves – die ich kannte, weil meine Mutter eine ähnliche Phase durchgemacht hatte. Fast ein Jahr hatte es in unserem Salon wie auf einem Matisse ausgesehen, mit rosafarbenem Sofa, roten Wänden, smaragdgrünen Vorhängen, blau gestrichenem Kamin und zitronengelbem Teppich. Es hatte uns gefallen, und wir waren traurig gewesen, als Mas morbide Phase begann.

Sir Oswalds Wangen bestanden aus malvenfarbenen und blauen Vierecken, doch es handelte sich unleugbar um ihn, und aus Gründen, die ich nicht erklären konnte, wurden sie seiner großzügigen Natur gerecht. Nach einer Weile entdeckte ich jedoch, dass sich in seinen schwarz-roten Augen noch etwas anderes ausdrückte – Verlangen, wenn nicht gar Begierde – und dass eine gewisse Unzufriedenheit, wenn nicht gar Verzweiflung seinen Mund umgab. Gewiss, Flo hatte seine Fettleibigkeit verheimlicht, doch irgendwie war es ihr dennoch gelungen, einen gewissen Drang, sich selbst zu zerstören, anklingen zu lassen. Ich betrachtete das Bild eine lange Zeit und stellte fest, dass sich der Eindruck, den ich von Sir Oswald gewonnen hatte, veränderte. Er hörte auf, Karikatur zu sein, und wurde zu einem vielschichtigen, widersprüchlichen Wesen.

»Der arme Mann«, bemerkte ich. »Es ist unglaublich traurig.«

»Du hast es also erfasst. Philipp sagt lediglich, das Bild sehe Sir Oswald ähnlich. Das Schwermütige seines Charakters nimmt er nicht wahr. Anfänglich wollte ich Sir Oswalds Gesicht starr und erloschen darstellen, doch dann wurde mir klar, dass er sich seines Elends nicht bewusst ist. Vermutlich hält er sich für einen gesegneten Menschen, und dabei will ich es auch belassen.«

»Es ist ausgezeichnet, Flo! Wie begabt du bist! Ich bin voller Ehrfurcht.«

»Schön, dass es dir gefällt.« Flo legte ihren Kopf auf die Seite und studierte ihr Kunstwerk mit zusammengekniffenen Lidern. »Irgendetwas – es könnte am Kinn liegen – ist noch nicht ganz ...« Sie ergriff einen Pinsel und legte ihn wieder ab. »Die Versuchung daran herumzubasteln ist nahezu unwiderstehlich, ich muss mich zwingen, die Finger davon zu lassen. Außerdem wollte ich mit dir reden, Harriet. Und zwar über etwas Bestimmtes.« Flo lehnte sich ans Fenster. Ihr rotes Haar hob sich leuchtend von dem schwarzen Nachthimmel ab. »Du weißt, dass ich am Tisch neben Max gesessen habe, nicht wahr?« Zu meinem Ärger spürte ich, dass ich rot wurde. »Wenn es dir lieber ist, halte ich den Mund.«

»Wozu? Ich weiß ja nicht, worauf du hinauswillst.« Flo schüttelte den Kopf und lächelte ein wenig. Ich erkannte, dass es zwecklos war, mich dumm zu stellen. »Wie bist du darauf gekommen?«

»Vielleicht weil er dich während der gesamten fünf Gänge so gut wie nie aus den Augen gelassen hat. Es hat mich davor bewahrt, mir etwas auf seine Schmeicheleien einzubilden.«

»Was hat er zu dir gesagt?«

»Nichts Besonderes. Männer und Frauen sind während eines Dinners stets angehalten, miteinander zu flirten, und Max folgt lediglich der Etikette. Sehr gekonnt übrigens.«

Ich verspürte ein Kribbeln im Magen. »Es gibt nicht viel zu erzählen«, bekannte ich. »Ich meine, wir haben nicht – Flo, kann ich dich etwas fragen?«

»Natürlich.« Flos Blick schweifte kurz zu ihrem Gemälde, ehe er zu mir zurückkehrte.

»Findest du, der Umstand, dass Max verheiratet ist, sollte für mich von Bedeutung sein? Weißt du«, setzte ich hinzu, »außer Ophelia, die verheiratete Männer für Zeitverschwendung hält, kümmert es bei uns niemanden, ob jemand verheiratet ist oder nicht. Treue wird als kleinbürgerlich empfunden, und man geht davon aus, dass jeder Mensch Affären hat. Aber«, fuhr ich fort, ohne Flo Zeit für eine Antwort zu lassen, »Max sagt, dass seine Frau sich das Leben nehmen wollte. Nicht meinetwegen, das nicht. Wir haben nichts getan, dass sie hätte unglücklich machen können.« Ich hielt inne und dachte an den Kuss im Windfang. »Oder so gut wie nichts. In meiner Familie würde man vermutlich sagen, wenn Caroline sich umbringen will, ginge das nur sie und Max etwas an und nicht mich. Aber ich frage mich, ob es nicht doch eine Rolle spielt. Nicht hinsichtlich unserer Gefühle, sondern was unser Verhalten betrifft. Oder bin ich da naiv?«

»Ich habe Ehebruch noch nie als sozialen Status betrachtet.« Flo umfasste ihren Ellbogen und stützte ihr Kinn auf die Hand. »Gewiss, in den so genannten besseren Kreisen geht man allenthalben fremd, das ist ja nur zu bekannt. Vielleicht weil man bei dem Wort Treue an ein biederes Pärchen denkt, eins, das in einem Siedlungshäuschen wohnt, eine Woche Urlaub in einer Pension verlebt, zwei Kinder und einen Hund besitzt, in Pantoffeln vor dem Fernseher hockt, sich mit ›Mutti‹ und ›Vati‹ anredet und für das der Tanzabend im Gemeindehaus einen Höhepunkt darstellt. Und wenn man es so hört, klingt es ja auch grauenhaft.«

»Ich finde, es klingt recht nett. Sofern man mit dem richtigen Menschen zusammenlebt. Besonders die Sache mit den zwei Kindern und dem Hund gefällt mir. Auf den Tanzabend könnte ich verzichten.«

»Du bist eben eine Romantikerin, Harriet, ebenso wie ich. Wenn Philipp ein Verhältnis hätte, wäre das für mich das Ende der Welt, und wenn das kleinbürgerlich erscheint, pfeife ich darauf.

Mein Glück wäre dahin, und es würde mich nicht trösten zu denken, dass Philipp lediglich einer eleganten Sitte gehorcht. Natürlich würde ich versuchen, ihm zu verzeihen, doch nur, weil ich den Gedanken an ein Leben ohne ihn nicht ertragen würde.«

»Er würde es nie tun.«

»Man soll nie nie sagen. Allerdings ist Philipp wahrscheinlich der letzte Mensch, von dem ich so etwas erwarten würde. Wenn er sich trotzdem mit einer anderen Frau einließe, müsste ich einsehen, dass ich mich in ihm getäuscht habe und mich mit dem Gedanken abfinden, dass unser Leben anders und schrecklich geworden ist. Dennoch würde ich nicht hingehen und mir das Leben nehmen wollen. Nach meinem Gefühl liegt hier eine tiefer greifende Störung vor, eine psychische Krankheit, mit der sich ein Therapeut befassen sollte. Wenn ich an deiner Stelle wäre, würde es mir zweifellos widerstreben, zu solchen Problemen beizutragen, doch die Verantwortung dafür übernähme ich nicht. Eher solltest du dir wegen Max Gedanken machen.«

»Warum?«, fragte ich störrisch.

»Einer der Gründe, weshalb ich Philipp liebe – sofern es überhaupt einer Begründung bedarf, jemanden zu lieben –, ist seine grenzenlose Ehrlichkeit. Er schafft es nicht, sich selbst zu betrügen, und Ehebruch hat meiner Meinung nach stets etwas mit Selbstbetrug zu tun.«

»Das verstehe ich nicht.«

Flo blickte auf ihre Leinwand. »Hm. Ich glaube, da fehlt noch ein Tupfer Weiß. Also, wenn du mich fragst, reichen die Motive, die man zur Rechtfertigung anführt, nie gänzlich aus. Ist sich eine Geliebte oder einen Geliebten zu nehmen denn etwas Unfreiwilliges, eine Macht, der man sich nicht entziehen kann? Doch wohl eher nicht, oder? Ich glaube, es hat mit Absicht zu tun, mit dem Wunsch, einen Mangel auszugleichen.« Flo ergriff eine Farbtube und drückte eine kleine weiße Wurst auf ihre Palette. »Natürlich wollen wir Liebe«, fuhr sie fort. »Oder zumindest Lust und Leidenschaft.«

»Willst du damit sagen, dass Ehebruch ausschließlich mit Sex zu tun hat?«

»Ich finde, es hat mit allem Möglichen zu tun. Es heißt, hinter einer Vergewaltigung steckt Hass und Aggression, und bei Ehebruch kommt es mir vor, als ob dahinter Eitelkeit steckt, der Wunsch nach Bestätigung, das Bedürfnis, stets aufs Neue begehrt zu werden, oder gar der Drang, einem anderen etwas wegzunehmen.«

»In meiner Familie geht man davon aus, dass ein Leben ohne Liebesabenteuer langweilig wäre.«

»Und warum ist es wichtig, wovon man in deiner Familie ausgeht? Solltest du dir nicht allmählich eine eigene Meinung bilden, unabhängig von deiner Familie oder von mir oder von sonst jemandem.« Ich wusste, dass Flo Recht hatte, und beschloss, mir ihre Worte zu Herzen zu nehmen und fortan größeres Vertrauen zu dem zu entwickeln, was ich dachte und empfand. Flo riss sich mit sichtlicher Anstrengung von ihrer Leinwand los. »Soweit ich weiß«, bemerkte sie versonnen, »gibt es kein Gesetz, dass verlangt, sich an eine einzige Person zu binden. Warum also nicht ledig bleiben und so viele Liebesabenteuer eingehen, wie man will? Man kann eben nicht alles haben.«

»Nein. Aber danach zu streben, ist doch menschlich, oder nicht?«

Ich dachte an meinen Vater und Fleur Kirkpatrick. Auch was die Eitelkeit betraf, hatte Flo Recht. Pa bedurfte fortwährend der Bestätigung. Ich versuchte mir vorzustellen, dass er Fleur Ma zuliebe aufgab und sich seinem Beruf, Büchern, seinen Freunden und seiner Familie widmete. Es gelang mir nicht. Pa würde sich zu Tode langweilen und kreuzunglücklich sein.

»Außerdem kosten Affären Kraft und Zeit«, fügte Flo hinzu. »Man muss zwei Leben parallel führen, sich Lügen ausdenken, Gefühle verbergen, Gedanken unterdrücken, mit der Furcht leben, entdeckt zu werden. Weiß er es? Hat sie etwas gemerkt? Hat uns jemand gesehen? Natürlich kann man sich währenddessen auch vormachen, dass man frei ist und das Leben in vollen Zügen genießt, doch der Preis dafür scheint mir ein wenig hoch zu sein.«

»Verbrauch von Geist in schändlicher Verzehr«, dachte ich, sprach es aber nicht aus, denn ich hatte mir bereits als Kind geschworen, Shakespeare niemals öffentlich zu zitieren.

»Lass dich zu nichts überreden, Harriet.« Flo blickte mich eindringlich an. »Max ist äußerst charmant und um einiges älter und erfahrener als du. Nimm ihn nicht unbedingt beim Wort, wenn er sagt, Leidenschaft sei übermächtig und ihr könne man sich nicht entziehen. Ich weiß, wie verlockend es ist, den eigenen Willen aufzugeben und jemanden über sich bestimmen zu lassen. Doch wenn du einem anderen Menschen die Zügel überreichst, bist immer noch du diejenige, die dafür die Verantwortung trägt.«

»Es erstaunt mich, wie gut du Bescheid weißt«, murmelte ich. »Wenn ich ehrlich bin, macht genau die Selbstaufgabe einen Teil der Anziehung aus.«

»Ich spreche aus Erfahrung. Es gab einmal eine Zeit, in der ich Herrschsucht mit Schicksal verwechselt habe.«

Ich hätte mich gern nach den Einzelheiten erkundigt, doch es war nicht zu übersehen, dass es Flo mit Macht zu ihrer Leinwand zog.

»Ich glaube, es wird Zeit für mich, nach Cordelia zu sehen«, verabschiedete ich mich. »Zunächst einmal danke ich dir jedoch für deine offenen Worte, Flo. Es hat mir gut getan, mit jemandem zu reden.«

»Ich komme in zwei Minuten nach«, erwiderte Flo, während sie ein leuchtendes Stück Zinnoberrot mit dem Weiß auf ihrer Palette vermischte. Als ich den Raum verließ, rief sie mir nach: »Und vergiss nicht, selbst wenn er dich noch so begehrt, bist du nicht verpflichtet, seiner Begierde nachzugeben.«

Ich ging langsam nach unten und ließ mir das, was Flo gesagt hatte, durch den Kopf gehen. War Max' Interesse lediglich als Folge seiner Eitelkeit entstanden? War er ein Schürzenjäger und nur darauf erpicht, die nächste Eroberung zu machen? War es *meine* Eitelkeit, die mich daran hinderte, derartige Beweggründe zu akzeptieren?

Im Salon hatten die Herren sich inzwischen zu den Damen gesellt. Archie führte den Kindern Kartentricks vor, und Cordelia schien nicht zu bemerken, dass Sir Oswald neben ihr saß und ihre Hand tätschelte. Emilio war dazu übergegangen, Mrs Mordaker schöne Augen zu machen, und Jonno war auf dem Sofa eingeschlafen.

Max – ihn hatte ich natürlich als Ersten registriert – lehnte mit

Georgia am Klavier und ging mit ihr Notenblätter durch; das heißt, eigentlich überflog nur er die Seiten, wohingegen Georgia ihre Stola wieder abgelegt hatte und ihn mit Blicken verschlang. Max wandte sich um und schenkte mir ein Lächeln, das jedweden Entschluss, ihm die kalte Schulter zu zeigen, zunichte machte. Georgia warf mir einen eisigen Blick zu.

»Flo ist in ihrem Atelier und verändert eine Kleinigkeit an Sir Oswalds Kinn«, erklärte ich Philipp, der verloren in einer Ecke stand und ein Glas Cognac in den Fingern drehte.

»Ah. Und ich hatte mich schon gefragt, wo sie abgeblieben ist. Nun, dann weiß ich zumindest, dass sie glücklich ist.«

»Es ist ein außerordentliches Porträt.«

»Ich bin sehr stolz auf sie – obwohl das wahrscheinlich anmaßend ist, denn ihre Begabung hat ja nichts mit mir zu tun.«

»Da bin ich anderer Meinung. Flo ist der Beweis Ihres guten Geschmacks.«

Philipp lachte. »Das betrachte ich gern als Kompliment.«

»Flo und ich haben ein wenig geplaudert. Wobei mir einfällt, dass ich nicht einmal weiß, wo Sie wohnen. Nicht in London, vermute ich.«

»Nein. Wir leben in Dorset. In dem Haus, das meiner Familie gehört. Es liegt recht einsam, doch Flo scheint es zu gefallen.«

Während Philipp das Haus beschrieb, bemühte ich mich, meine Blicke von Max und Georgia fern zu halten. »Es klingt großartig«, bemerkte ich, als ich feststellte, dass Philipp schwieg. Ich wollte nicht nachfragen, warum sie ihr Haus über Weihnachten verlassen hatten, denn Philipp war eher zurückhaltend, und ausgehorcht zu werden würde ihm gewiss nicht gefallen. Im Moment schien er sich jedoch in mitteilsamer Stimmung zu befinden.

»Ich habe zwölf Jahre im Ausland gelebt«, erzählte er. »Dabei ist nicht ein Tag vergangen, an dem ich nicht an das Haus gedacht habe. Zuletzt habe ich überlegt, ob es überhaupt so wundervoll sein kann, wie ich es mir vorgestellt habe, doch als ich zurückkehrte, war es noch schöner als in meiner Erinnerung. Inzwischen verlasse ich es nur noch selten, doch mein Bruder hat über Weihnachten Gäste eingeladen, und Flo und ich – nun ja, wir legen keinen allzu großen Wert auf ihre Gesellschaft und haben uns entschlossen, stattdessen Sir Oswalds freundliche Einladung anzunehmen und auf die Weise zwei Fliegen mit einer Klappe zu schlagen. Es ist ohnehin das letzte Mal, dass wir Weihnachten unterwegs sein können.«

»Nanu, wieso das?«, sagte ich, doch dann leuchtete etwas in seinen Augen auf, eine geheime Freude, und ich glaubte, die Antwort zu kennen.

»Flo erwartet ein …«

»Nicht so laut! Ja. Aber Sie dürfen es niemandem verraten. Flo ist der Ansicht, es wäre noch zu früh, darüber zu reden. Sie möchte nicht, dass deswegen Theater gemacht wird.«

»Ich werde schweigen wie ein Grab. Aber ich freue mich trotzdem für Sie.«

»Nun, wenn ich ehrlich bin, wollte ich, dass Sie es erraten, denn ich möchte schon seit Tagen jemandem davon erzählen.« Philipp lächelte selig. »Dadurch scheint es wahrer zu werden.«

»Das verstehe ich nur zu gut.«

»Kann jemand Klavier spielen?«, rief Georgia in die Runde. »Wenn wir den Teppich aufrollen, können wir tanzen. Hätten Sie etwas dagegen, Sir Oswald?«

Mit der Hand, die sich nicht mit Cordelia befasste, winkte Sir Oswald gnädig.

»Ich spiele, wenn es genehm ist.« Archie legte seine Karten beiseite und begab sich zum Klavier. Er ließ seine Hände über die Tasten gleiten und schlug ein, zwei Akkorde an. »Was möchten Sie denn hören?«

Georgia stellte ein paar Notenblätter vor ihm auf. »Mir ist nach etwas Mitreißendem zumute.«

Archie setzte zu *La Cucaracha* an, und Georgia begann zu wippen und mit den Fingern zu schnippen. Max beobachtete sie ein wenig höhnisch, doch vielleicht war das mein Wunschdenken und in Wahrheit fand er es prima. Cordelia schüttelte Sir Oswalds Hand ab und hopste auf die Tanzfläche. Georgia folgte ihrem Beispiel, und Philipp und ich sahen zu, wie die beiden hüpften, sich um die eigene Achse drehten und mit den Armen fuchtelten.

»Hat dieser Tanz einen Namen?«, fragte Philipp. »Als ich England verlassen habe, war man gerade dabei, den Twist zu üben.

Inzwischen scheint man so zu tun, als würde man auf einer einsamen Insel Zeichen geben und hoffen, dass man gesehen wird.«

»Der Tanz hat keinen Namen, so tanzt man heutzutage«, entgegnete ich. »Ältere Frauen sollten es aber unterlassen. Sie wirken dabei nur peinlich.«

»Meine Güte, so wie Sie das sagen, tut mir diese grässliche Frau ja beinah Leid.«

»Bitte, entschuldigen Sie, dass ich so gehässig war.«

»Na ja«, Philipp deutete auf Max, der inzwischen mit Georgia tanzte. »Da Sie so unbarmherzig kritisieren, würde ich ganz gern erfahren, ob Sie ältere Männer ebenso peinlich finden?«

»Nun – nein, ich glaube nicht.«

Max bewegte sich geschmeidig und routiniert. Emilio hatte sich auch auf die Tanzfläche begeben und wackelte vor Cordelia mit den Hüften. Kurz darauf trat er auf Dirks Schwanz, der schlaff dagelegen hatte, während sein Besitzer am Kaminfeuer schlief. Dirk erwachte, fand heraus, dass Emilio sich mit Cordelia befasste, die er als Mitglied seines Rudels betrachtete, und schnappte nach Emilios Fuß.

Emilio machte enormes Getue, während er seinen Fuß vergeblich nach Bisswunden untersuchte. »Wissen Sie«, wandte Mrs Mordaker sich an mich: »Ich frage mich, ob dieser junge Mann«, sie nickte in Emilios Richtung, »noch richtig beieinander ist. Vorhin hat er mir erklärt, bei dem Gedanken an mich könne er nicht schlafen, und anschließend hat er meine Beine als prachtvolle Säulen bezeichnet.« Wir beäugten ihre stämmigen Waden in den dicken Stützstrümpfen. »Vielleicht liegt es an seinem Englisch«, setzte sie nachdenklich hinzu.

»Harriet.« Jonno hatte sich aufgerappelt und meinen Arm ergriffen. »Willst du tanzen?« Er schwankte, und Philipp stützte fürsorglich seinen Rücken.

»Nein, Harriet tanzt mit mir.« Max war aufgetaucht, und Archie spielte ein langsameres Stück, zu dem er schmachtend sang.

»Hau ab! Ich hab zuerst gefragt«, zischte Jonno. »Du blöder Idiot glaubst wohl, alle Frauen wären auf dich scharf.«

»Junger Mann!«, hub Mrs Mordaker an. »Wenn Sie sich nicht mäßigen, werde ich mich bei Ihrem Vater beschweren.«

»Halt die Klappe, dumme Kuh! Leute wie Sie gehören hinter Gitter. Ihr Gesicht ist ein öffentliches Ärgernis.«

»Einfach unerhört!«, zischte Mrs Mordaker, ehe sie auf ihren prachtvollen Säulen davonstapfte.

Jonno lachte schallend. Danach brach er in Tränen aus. »Tut mir Leid, Harriet – tut mir furchtbar Leid – ich bin am Boden zerstört – mich kann kein Mensch leiden.«

Philipp legte seinen Arm um Jonno. »Denk nicht mehr daran, Junge. Du hast einfach zu viel getrunken. Komm, ich bring dich in dein Zimmer und besorge dir ein paar Aspirin.«

»Sie sind in Ordnung, Mann«, murmelte Jonno. »Sie sind der Einzige, der sich für mich interessiert. Harriet will sich von diesem Drecksack flachlegen lassen.«

Philipp dirigierte Jonno aus dem Salon.

Max ergriff meine Hand. »Der Junge ist einfach unmöglich. Er braucht dringend eine Entziehungskur.«

Rupert war im Türrahmen erschienen. Ich sah, wie sein Blick für einen Moment auf Archie verweilte, der *Smoke Is in Your Eyes* sang. Als Nächstes glitt er zu Cordelia, die Wange an Wange mit Emilio tanzte, und danach zu dem starren Lächeln, mit dem Sir Oswald die beiden verfolgte. Der Blick schweifte zu Miss Tipple, die mit zurückgelegtem Kopf und gespreizten Beinen in ihrem Sessel schlief, und zu Annabel, die Miss Tipple ihrer Schuhe zu entledigen versuchte, und dann zu Georgia, die rauchend am Klavier stand und mich wütend taxierte. Zuletzt wanderte er zu Max, der meine Hand umschlossen hielt.

Ich befreite meine Hand. »Ich muss etwas wegen Emilio und Cordelia unternehmen. Er fängt an sie zu betatschen. Offenbar ist ihm nicht klar, dass sie erst zwölf Jahre alt ist.«

»Sei keine Spielverderberin«, erwiderte Max ein wenig gereizt. »Du siehst doch, dass es ihr gefällt.«

Die Antwort, die mir auf der Zunge lag, blieb unausgesprochen, denn in dem Augenblick kam Maggie mit schneeweißem Gesicht in den Salon und stürzte zu Rupert.

»Was ist los?« Rupert legte seinen Arm um ihre Schultern. »Meine Güte, du zitterst ja wie Espenlaub.«

»Rupert, Rupert …«

Rupert führte sie zu einem Sessel. »Beruhige dich, Maggie. Was ist passiert?«

»Old Gallys Arm ist verschwunden.«

25

»Kann ihr vielleicht mal jemand einen Cognac einschenken?«, fragte Rupert, da Maggie sich an ihn geklammert hatte.

Max kam mit der Karaffe. Ich schielte zu Old Gallys Stuhl, der leer und ungemütlich dastand.

»Geht es um das rostige Ding oben in der Galerie, das jedermann Unglück bringt?«, fragte Georgia. »Ich brauche auch einen Cognac.« Als Max ihr ein Glas reichte, schmiegte sie sich schutzsuchend an ihn. Eigentlich hätte ich sie für abgebrühter gehalten. »Ich weiß, ich führe mich albern auf«, hauchte sie, »aber Frauen werden verletzlich, wenn ein Geisteskranker durch die Gegend rennt.« Sie löste sich von Max. »Trotzdem verstehe ich nicht, warum jemand es ausgerechnet auf den Arm abgesehen hat.«

Darauf vermochte ihr niemand eine Antwort zu geben.

»Ich muss mich sehr wundern, Maggie«, ließ Mrs Mordaker sich vernehmen. »Das sind doch alles Hirngespinste?«

Maggie schüttelte stumm den Kopf und presste ihre Hand auf den Mund. Dirk spürte die angespannte Atmosphäre und fing an zu bellen. Mrs Mordaker machte Anstalten, ihm Einhalt zu gebieten. Dazu verwendete sie einen Trick, der angeblich unfehlbar war. Er bestand darin, scharf zu zischen und Dirk einen Finger auf die Nase zu drücken. Ich hatte ihn in unserem Zimmer ausprobiert, und Dirk war fuchsteufelswild geworden. Das tat er jetzt auch, und wir baten Mrs Mordaker, von ihm abzulassen. Als Nächstes fragte Mrs Mordaker Maggie, ob sie womöglich ein Glas über den Durst getrunken hatte.

»Nein, Rhoda, ich habe keinen Tropfen angerührt. Und es handelt sich auch nicht um ein Hirngespinst.« Maggie war noch immer leichenblass, doch sie sprach mit großem Nachdruck. »Ich trage den Schlüssel den ganzen Tag über an meinem Bund.« Sie zog die Kette hervor, die sich um ihre Taille schlang, und hielt uns einen der Schlüssel entgegen. »Mag sein, dass ich meinen Verstand verloren habe, doch das Schloss wurde zweifellos geöffnet und der Arm ist nicht mehr da. Wie das möglich sein konnte, ist mir ein Rätsel. Es tut mir Leid, dass ich jedermann einen Schreck eingejagt habe, und ich hätte es auch für mich behalten, wenn ich nicht befürchtet hätte, dass …« Maggies Stimme versagte, doch dann ergänzte sie tapfer, »dass jemandem von uns etwas Schlimmes widerfährt.«

»Maggie, sei vernünftig!«, bat Rupert. »Was sollte denn ein rostiges altes Stück Eisen bewirken? Es befand sich seit ewigen Zeiten in dem Kasten, von so einem Ding bekommt man nicht einmal mehr eine Blutvergiftung.«

»Bitte, sprich nicht so respektlos darüber!«, bat Maggie flüsternd. »Er besitzt eine bösartige Natur.« Demnach wusste Maggie einiges mehr über den Geist, als sie bisher zugegeben hatte.

»Ich schließe mich Maggies Meinung an«, erklärte Archie. »Wir sollten niemanden unnötig provozieren. Gibt es etwas Spezielles, vor dem wir uns fürchten müssten?«

Maggie begann, ihre Finger zu kneten. »Wenn der Arm auftaucht, befindet sich dahinter niemand, er schwebt einfach in der Luft, doch zuweilen richtet er sich auf – und die Finger deuten auf einen Menschen.«

»Also ein sehr schlecht erzogener Arm«, spöttelte Archie, wenngleich er beunruhigt klang. Andererseits wusste man bei ihm nie, ob er ernst war oder spielte. »Gut, dass es sich nicht um ein anderes Glied handelt, denn das wäre nun wirklich der Gipfel.«

Mrs Mordaker zog grüblerisch die Brauen zusammen, und ich musste an mich halten, sonst hätte ich gelacht.

»Der Person, auf die er deutet«, wisperte Maggie, »stoßen furchtbare Dinge zu. Scheidung, Schande, Krankheit, Bankrott – alles, was man sich denken kann.«

Wir setzten besorgte Mienen auf. Bis auf Rupert – und insbesondere Emilio, der die Zusammenhänge nicht zu begreifen schien und in Cordelias Ausschnitt schielte.

»Annabel«, sagte Rupert. »Weißt du etwas darüber? Hast du uns einen Streich gespielt?«

»Warum ich? Ich habe nichts angerührt!«, verteidigte Annabel sich erregt. »Warum suchen wir den Arm denn nicht einfach?«

»Das finde ich auch«, erklärte Cordelia, die nicht zurückstehen wollte.

»Das fehlte noch!«, rief Maggie. »Die Kinder werden nicht losziehen und dem Arm womöglich allein begegnen.« Sie schaute sich um. »Wo sind überhaupt Flo und Jonno? Mein Gott, wenn ihnen etwas zugestoßen ist …«

»Ich gehe und prüfe das nach«, verkündete Rupert. »Aber nicht, weil ich sie in Gefahr wähne, sondern um jedermann klar zu machen, dass sie nicht im Schlaf erwürgt worden sind.«

Maggie sog scharf die Luft ein, und Georgia schrie gellend auf. Selbst Mrs Mordaker rieb sich nervös die Kehle.

»Bitte kein Geschrei!« Rupert wirkte entnervt. »Ich mache jetzt eine Runde durch das Haus und schaue nach jedem, der nicht bei uns ist. Danach ist Schluss mit dem Theater.«

Maggie packte seinen Ärmel. »Nicht allein, Rupert! Bitte!«

Rupert schaute sie an, und ein sanfterer Unterton schlich sich in seine Stimme. »In Ordnung, ich nehme jemanden mit.« Er wandte sich um. »Wer möchte mich begleiten?«

»Ich«, entgegnete Max.

Archie bestand darauf, im Salon zu bleiben, um bei Schreikrämpfen erste Hilfe zu leisten, und Sir Oswald versicherte, er betrachte es als seine Pflicht, dem schwachen Geschlecht zur Seite zu stehen. Seine Hand zitterte, als er sich großzügig Cognac einschenkte. Wahrscheinlich hatte Old Gallys Gebaren ihm seit seiner Kindheit zu schaffen gemacht. Emilio behauptete, er könne nicht laufen, weil Dirk ihn gebissen hätte, und humpelte mitleiderregend auf und ab.

Annabel und Cordelia bettelten Rupert an, mitkommen zu dürfen, doch er wimmelte sie ungehalten ab und befahl ihnen, sich nicht von der Stelle zu rühren. Miss Tipple erklärte, das eselhafte Verhalten von Old Gallys Arm sei typisch für einen Mann.

»Eselhaft ist das richtige Wort, Miss Tipple«, bemerkte Rupert. »Ich nehme an, den Arm zu stehlen sollte ein Witz sein, aber es ist einer der geschmacklosen Sorte.«

»Ich komme mit«, verkündete ich.

»Du bleibst hier«, erwiderte Max. »Rupert hat wahrscheinlich Recht, das Ganze für einen Scherz zu halten, doch mit Sicherheit behaupten kann er das nicht.«

»Du scheinst vergessen zu haben, dass ich über Gespenster und Gruselgeschichten schreibe. Was sollen denn meine Leser denken, wenn sie erfahren, dass ich mich geängstigt und vor der Verfolgung eines Geisterarms gedrückt habe?«

»Also los!«, sagte Rupert.

»Warum darf Harriet mitgehen und ich nicht?«, murrte Cordelia.

»Weil ich zum einen noch nicht überzeugt bin, dass du mit der Sache nichts zu tun hast«, entgegnete Rupert. »Und zum anderen bist du noch dabei zu genesen, wobei mir einfällt, dass es nach elf ist und du eigentlich ins Bett gehörst.«

Cordelia blickte ihn feindselig an, war jedoch klug genug zu schweigen.

»Genau genommen können sich weder Cordelia noch Annabel an dem Arm vergriffen haben«, erklärte ich, als wir zu dritt die Eingangshalle durchquerten. »Ich bin vor kurzem an dem Kasten vorbeigekommen, und die Kinder haben den Salon seitdem nicht verlassen. Sie können es nicht gewesen sein.«

»Wann war das?«

»Vor einer halben Stunde.«

»Und du hast den Arm eindeutig gesehen?«

»Ich habe nicht extra hingeschaut, doch es wäre mir aufgefallen, wenn er fort gewesen wäre.«

»Mist!«

»Was ist daran so ärgerlich?«, fragte Max.

»Wenn es eins der Kinder gewesen wäre, dann wäre es ein dummer Streich. Bei einem Erwachsenen ist der Beweggrund komplizierter. Lasst uns einen Blick in den Kasten werfen.«

Der Deckel des Kastens stand auf, und daneben lagen das geöffnete Schloss und die zusammengerollte Kette. Dort, wo sich der Arm befunden hatte, war der Samtboden dunkler gefärbt.

Rupert untersuchte das Schloss. »Kein Kratzer. Jemand muss sich den Schlüssel beschafft haben.«

»Den hätte sich jeder beschaffen können«, antwortete Max.

»Maggie wird das Schlüsselbund ja kaum im Bett oder im Badezimmer tragen. Wahrscheinlich steckt dieser Blödmann namens Jonno dahinter. Es wäre typisch für einen pubertierenden Jungen, der will, dass man ihm Beachtung schenkt.«

»Jonno ist so alt wie ich«, bemerkte ich würdevoll. »Wir sind keine Pubertierenden mehr.«

»Mädchen sind eben frühreifer als Jungen.« Ich zuckte zusammen, als Max über meinen Nacken strich.

»Können wir das mit den Händen tätscheln und mit den Fingern drücken für den Moment lassen?«, fragte Rupert kühl.

»*Othello*.« Die beiden Männer, die ihren Shakespeare kannten, warfen mir tadelnde Blicke zu.

In Jonnos Zimmer stießen wir auf Philipp, der dabei war, dem schnarchenden Jonno die Schuhe auszuziehen. Die Möglichkeit, Jonno könne seine Hand im Spiel gehabt haben, schloss er kategorisch aus. Ob der Arm vor kurzem noch im Kasten gelegen hatte, wusste er aber nicht. Er war vollauf damit beschäftigt gewesen, Jonno die Treppe hochzutragen.

»Jonno hat auf dem Sofa gelegen und geschlafen, als ich in den Salon gekommen bin«, erklärte ich. »Und er hat den Salon mit Philipp verlassen. Er kann es keinesfalls gewesen sein.«

Flo befand sich noch immer in ihrem Atelier und teilte uns mit, sie hätte sich auf Sir Oswalds Kinn konzentriert und dabei nichts Ungewöhnliches wahrgenommen. »Wahrscheinlich hätte man das Haus in die Luft jagen können, ohne dass ich etwas gemerkt hätte«, räumte sie ein, während sie ihre Pinsel auswusch. »Ich bin überzeugt, dass die Kinder dahinterstecken. Wer außer ihnen sollte es denn gewesen sein? Wenn Maggie sich deswegen nicht aufregen würde, fände ich die Idee sogar lustig.«

»Immerhin wissen wir inzwischen, wer es nicht war«, sagte ich wenig später. »Archie, Georgia, Emilio, Mrs Mordaker und Miss Tipple haben sich im Salon aufgehalten. Euch und Philipp können wir auch ausschließen«, setzte ich großmütig hinzu.

»Dann wäre da noch Mrs Whale«, sagte Rupert.

»Das glaubst du doch selber nicht.«

»Und warum nicht?«

»Weil sie zu korrekt ist und den Mut dazu auch gar nicht aufbringen würde. Sie ist ein Ausbund an Frömmigkeit und bekreuzigt sich sogar, wenn jemand einen Fluch ausstößt. Mrs Whale ist wie eine Nonne.«

»Dann bliebe nur noch Mr Mordaker«, kam es von Max. »Doch er macht auf mich auch nicht unbedingt den Eindruck eines Menschen, der losläuft, um anderen Streiche zu spielen.«

»Ich könnte es gewesen sein«, sagte Rupert. »Als die Männer den Speisesaal verlassen haben, habe ich einen kleinen Spaziergang unternommen. Ich habe kein Alibi.«

»Du nimmst die Sache nicht ernst«, warf ich ihm vor.

»Ich bitte dich, Harriet. Erwartest du von mir etwa, dass ich glaube, ein längst verstorbener Arm wäre zurückgekehrt, um den Menschen hier im Haus Angst einzujagen? Nein, ich gehe davon aus, dass jemand, der noch ziemlich putzmunter ist, den Arm gestohlen hat, um Unruhe zu stiften. Und theoretisch betrachtet, hätte ich derjenige sein können. Zufällig weiß ich, dass dem nicht so ist, doch andere wissen das nicht. Wie beispielsweise du – und deine Leser, denen du alle möglichen Bären aufbinden kannst.«

»Ich soll aber eine Gespenstergeschichte schreiben und keinen Krimi.«

»Was ist, wenn es ein Fremder war, jemand von draußen?«, schlug Max vor. »Sind die Türen überhaupt verriegelt?«

»Ich bin problemlos durch die Vordertür hinaus- und durch einen Seiteneingang wieder hineingelangt«, entgegnete Rupert. »Aber als ich aufgebrochen bin, fing es an zu schneien. Wenn sich jemand Zutritt zum Haus verschafft hat, müssen draußen Fußstapfen zu finden sein.«

Wir begaben uns nach draußen. Mit Hilfe von Ruperts Taschenlampe konnten wir eine einsame Spur erkennen.

»Also war es doch jemand aus dem Haus«, brummte Rupert.

»Du hörst dich an wie Sherlock Holmes«, sagte ich.

Rupert ging darüber hinweg. »Aufgrund der fehlenden zweiten Spur folgere ich, dass sich auch der Arm noch im Haus befindet.«

Ich hatte mich zwar immer wieder mal umgeblickt, um sicher zu gehen, dass sich nichts und niemand hinter mir befand, doch bei Ruperts Worten überlief mich eine Gänsehaut.

Wir betraten die Küche. Mrs Whale stand am Spülbecken,

neben sich bergeweise schmutziges Geschirr. Als Rupert sich erkundigte, ob sie etwas über den verschwundenen Arm wisse, breitete sich Entsetzen auf ihrer Miene aus, und sie bekreuzigte sich mit ihrem seifigen roten Gummihandschuh. »Dunkle Taten kommen ans Licht.« Ihre Stimme, die sonst leise und ausdruckslos war, klang aufgeregt und schrill. »Wie schon geschrieben steht: ›Weh denen, die das Unrecht herbeiziehen mit Stricken der Lüge und die Sünde mit Wagenseilen‹!«

»Ganz recht«, antwortete Max. »Weh denen.«

»Mit anderen Worten, Sie haben nichts bemerkt?«, beharrte Rupert.

Mrs Whale deutete auf die aufgestapelten Teller, Messer und Gabeln, die bereits gespült und abgetrocknet waren. »Um Unheil zu stiften, sucht der Teufel sich müßige Hände.« Sie kehrte uns den Rücken zu und tauchte ein Bündel Löffel in das Abwaschwasser. Wie üblich verspürte ich in ihrer Gegenwart Gewissensbisse, weil mein Leben um einiges leichter als das ihre war.

»Jetzt begreift ihr, dass sie es nicht gewesen sein kann«, sagte ich, als wir in der Eingangshalle standen. »Sie ist rechtschaffen und fromm.«

»Der Teufel kann die Schrift für seinen Zweck zitieren«, antwortete Max. »Und das, du banausenhaftes Mädel, entstammt dem *Kaufmann von Venedig*. Es wird mir ein Vergnügen sein, dir ein guter Lehrmeister zu werden.« Das Lächeln, das er mir dabei schenkte, hätte mich unter anderen Umständen vermutlich um den Verstand gebracht.

Rupert schloss für einen Moment die Augen. »Wir machen uns besser auf die Suche nach Colonel Mordaker.«

»Das wäre Zeitverschwendung«, erwiderte ich. »Dem Colonel fehlt es nicht nur an Humor, sondern auch an Fantasie, um Streiche auszuhecken. Er käme als Letzter in Frage. Wenn du mich fragst, müssen wir davon ausgehen, dass übernatürliche Mächte am Werk gewesen sind. Ich werde einen wahrhaft Aufsehen erregenden Artikel schreiben. Spürt ihr nicht auch, dass uns etwas Eigentümliches umgibt?« Tatsächlich nahm ich am Rande meines Gesichtsfeldes allmählich Schemen wahr, die sich in Nichts auflösten, wenn ich den Kopf umwandte. »Eine übersinnliche Kraft, ein uraltes Rätsel, das sich unserem Verstand entzieht. Wer jetzt noch ein ungläubiger Thomas ist, wird sein blaues Wunder erleben. Ich finde das aufregend.«

»Ja, ausgesprochen faszinierend«, bekräftigte Max.

»Gewisse Typen sterben offenbar nicht aus«, bemerkte Rupert, der vermutlich an den ungläubigen Thomas dachte.

Auf den Colonel stießen wir in der Bibliothek, wo er in einem Ohrensessel schlummerte, im Schoß etliche aufgeschlagene Bücher. Während wir ihn betrachteten, fiel seine Kinnlade herunter, und er begann zu schnarchen.

Rupert warf einen Blick auf die Bücher. »Vogelbilder. Offenbar hat er in der Sache des blaufüßigen Falken ermittelt.«

Der Colonel bewegte sich und schmatzte. Dann sagte er etwas Ähnliches wie »Lulu, süßes Mädchen.«

»Aber für wie lange hat er das getan?«, fragte Max.

»Schau dir das an.« Rupert wies auf den Aschenbecher, in dem eine Zigarre mit einer langen weißen Spitze lag. »Zigarren brennen langsam, wenn niemand daran zieht. Ich würde sagen, er ist vor einer halben Stunde eingenickt. Auch das Kaminfeuer ist erloschen.« Wir starrten in den Kamin, in dem nur noch spärliche Funken glühten.

»Hätte er uns den Schlafenden vorspielen können?«, überlegte Max, als wir uns erneut in der Halle befanden.

»Das schafft er doch gar nicht«, erwiderte Rupert.

»Sag ich doch«, erklärte ich. »Er ist der einfältigste Mann, dem ich jemals begegnet bin, und das will was heißen.«

Rupert lachte. »Arme Harriet. Es sieht tatsächlich so aus, als müsstest du die rasselnden Ketten und die wabernden Geistergestalten erfinden.«

»Mich beunruhigt die Tücke, die sich hinter dem Akt verbirgt«, gab Max zu bedenken. »Wahrscheinlich sollte in erster Linie Maggie aus der Ruhe gebracht werden, doch auch die anderen Damen dürften in der Nacht an Albträumen leiden.«

»Was ist mit den Herren?«, erkundigte ich mich. »Wir haben es nicht nur mit Helden zu tun.«

»Willst du mit mir streiten, Harriet?«, fragte Max schmunzelnd, und ich verspürte einen angenehmen Kitzel. »Aber du hast Recht.

Die Männer waren eine Schande. Du, meine Liebe, stellst ein leuchtendes Beispiel für sie dar.«

Rupert murmelte etwas Unverständliches. »Wenn ich nur wüsste, wie ich Maggie ohne handfesten Beweis davon überzeugen kann, dass es sich um einen Schabernack gehandelt hat«, bemerkte er dann.

»Das dürfte dir doch leicht fallen«, gab ich zurück. »Aus irgendeinem Grund scheint sie etwas auf deine Meinung zu geben.« Ich stockte, denn ich merkte selbst, wie patzig meine Antwort gewesen war. »Wenn jemand sie beschwichtigen kann, dann du«, lenkte ich ein.

»Maggie wird sich schwerlich überzeugen lassen, falls der Arm irgendwo in Erscheinung tritt«, gab Max zu bedenken. »Und das wird er zweifellos tun, denn das Ganze dient ja offenbar dazu, uns alle das Fürchten zu lehren.«

Abermals überlief mich eine Gänsehaut.

»Wir werden morgen Früh weitermachen«, entschied Rupert. »Wenn die anderen beim Frühstück sitzen, können wir uns die Schlafzimmer vornehmen. Obwohl, bei einem Haus dieser Größe …« Er zuckte die Achseln und ließ seinen Satz unvollendet.

Ich hatte bereits beschlossen, das Zimmer, in dem Cordelia und ich schliefen, einer gründlichen Durchsuchung zu unterziehen, denn die Vorstellung, den Raum mit Old Gallys Arm zu teilen, ging mir an die Nieren.

»Vergiss nicht, unter dem Bett nachzuschauen«, riet Max, der offenbar Gedanken lesen konnte.

Im Salon hatte man, mit Ausnahme von Maggie, zur Gelassenheit zurückgefunden. Miss Tipple hatte ihre Schuhe vermisst, und Mrs Mordaker hatte Annabel bezichtigt, sie fortgeschafft zu haben. Annabel hatte deswegen einen Wutanfall bekommen und war, trotz Ruperts Anordnung, aus dem Raum gelaufen. Die Schuhe hatte man unter einem Tisch entdeckt, wo Dirk seelenruhig an ihnen gekaut hatte. Als ich ihn ausschelten wollte, erklärte Mrs Mordaker, Hunde wären eben Hunde, was niemand zu bestreiten vermochte.

Rupert verkündete, es gebe keinerlei Grund, sich Sorgen zu machen, doch Maggie zuliebe würde die Suche am anderen Morgen fortgesetzt. Abgesehen davon halte er die Sache nach wie vor für einen Kinderstreich, und sich deswegen aufzuregen, hieße, dergleichen zu belohnen.

»Tote sind harmlos«, bemerkte Miss Tipple. »Nur vor den Lebenden sollte man sich hüten.« Sie warf dem zurückgekehrten Colonel Mordaker drohende Blicke zu.

Nachdem wir den Colonel über den Vorfall in Kenntnis gesetzt hatten, warf er sich in die Brust. »Wenn irgendein Bube glaubt, er könne H. R. G. Mordaker, einem Offizier Ihrer Majestät, Furcht einjagen, dann möge er sich das bitte zweimal überlegen. Rhoda, wo ist meine Schrotflinte?«

»Im Auto, Hereward, aber ist es denn ratsam …«

»Frauen haben jetzt zu schweigen! Also, Männer! Alle mal herhören!« Im Geiste sah ich ihn einen Feldherrenhügel erklimmen. »Ich übernehme die erste Wache, von zwölf bis zwei, beziehe oben an der Treppe Stellung und drehe alle fünf Minuten eine Runde. Wer übernimmt die Wache von zwei bis vier?«

»Nicht für Geld und gute Worte rühre ich ein Gewehr an, lieber Colonel«, erklärte Archie in die Stille. »Meine Hände würden dermaßen zittern, dass ich nicht einmal abdrücken könnte. Außerdem bitte ich Sir Oswalds Stuckdecken zu bedenken. Es wäre der reinste Vandalismus, Löcher hineinzuknallen.«

»Gibt es unter uns auch *richtige* Männer, die die Wache mit übernehmen, oder muss ich alles eigenhändig erledigen?« Der Colonel funkelte Max herausfordernd an.

»Ich fürchte, wir bekämen es mit dem Gesetz zu tun, wenn wir jemanden irrtümlich erschießen. Und leider steht mir der Sinn nicht danach, den Rest meines Lebens im Gefängnis zu verbringen, und das, weil sich jemand nachts heimlich etwas aus der Bar besorgen wollte.«

Er schaute mich an und setzte eine reumütige Miene auf. Ich lächelte, um zu beweisen, dass alles in Ordnung war, doch es hatte mir wehgetan, auf diese Weise an Pa erinnert zu werden.

»Nein, nein, nein«, wehrte Emilio ab, als der Colonel ihn fixierte. »Mein krankes Bein erlaubt das nicht.« Er versuchte ein paar Schritte zu tun, doch wir sahen, wie schwer es ihm fiel und dass er trotz aller Tapferkeit resignierte. »Es hat keinen Zweck«, murmelte er betrübt.

Der Colonel brummte etwas Abfälliges über Ausländer und wandte sich an Rupert. »Dann ist es an uns, Wolvespurges. Oder wir fragen Gilderoy.«

Rupert schüttelte den Kopf. »Ich bin ein grauenhafter Schütze, Colonel. Und Philipp ist Pazifist. Er richtet aus Prinzip keine Waffe auf einen Menschen.«

»Was soll das heißen, zum Teufel noch mal! Habe ich etwa um einen Scharfschützen gebeten? Ein Gewehr ist dazu da, um Respekt einzuflößen, weiter nichts.« Als niemand etwas erwiderte, fuhr der Colonel fort: »Nun, dann nehme ich die Sache allein in die Hand. Aber ich muss schon sagen, einem größeren Haufen Hasenfüße bin ich in meinem Leben noch nicht begegnet.«

»Hereward, ich glaube wirklich nicht, dass das eine gute Idee ist«, schaltete sich Mrs Mordaker ein. »Denk an dein Herz. Am besten nimmst du sofort eine Pille. Du solltest mal sehen, wie rot dein Gesicht geworden ist.«

Der Colonel maß sie mit grimmigem Blick und stürmte aus dem Salon. Gleich darauf fiel die Vordertür ins Schloss.

Maggie blickte uns beunruhigt an. »Ich muss Janet warnen und sie bitten, vorsichtig zu sein, wenn sie ihm morgen Früh den Tee serviert.«

*

»Glaubst du, dass Old Gally seinen Arm geklaut hat?«, erkundigte sich Cordelia, als wir später unser Zimmer durchsuchten.

»Absolut nicht«, antwortete ich bestimmt, schaute aber für alle Fälle noch einmal im Kleiderschrank nach. »Der Arm dient lediglich dazu, im Sommer Touristen anzulocken.«

»Annabel glaubt das.« Cordelia half mir, die Kleiderbügel beiseite zu schieben und hinter die Wäschestapel zu schauen. »Sie sagt, Old Gally hätte mit dem Finger auf ihren Großvater gezeigt und der hätte danach im Krieg beide Beine verloren und wäre ein Jahr später gestorben. Und als Old Gally auf ihren Ururgroßvater gezeigt hat, hat der sein Vermögen verloren und sich vor einen Zug geworfen. Und ein anderer ihrer Vorfahren hat den Arm in seiner Satteltasche entdeckt. Den hat man später wegen seiner Trunksucht und der Schulden, die er gemacht hat, aus dem Haus gejagt, und dann ist er Räuber geworden und wurde aufgehangen.«

»Gehängt. Cordelia, derlei Dinge kommen überall vor. In jeder Familie. Mit Gespenstern hat das nichts zu tun.«

»Annabel sagt, dass im Haus außer Old Gally noch eine ganze Menge Geister spuken. Zum Beispiel die Dame vom Wassergraben. Sie hat hier vor ewigen Zeiten gewohnt, und ihr Mann hat sie in den Wassergraben gestoßen, als die Pocken sie entstellt hatten und sie ihm nicht mehr gefiel.«

»So etwas finde ich ausgesprochen widerwärtig und – Moment mal, Pye Place hat überhaupt keinen Wassergraben.«

»Das ist doch egal. Vielleicht wurde er trockengelegt. Annabel sagt jedenfalls, dass diese Dame um Mitternacht durchs Haus geistert, ihr Gesicht unter einem Schleier verborgen, und dass sie auf dem Boden Pfützen hinterlässt.«

»Du solltest nicht alles glauben, was man dir …«

Ich wurde von Cordelias Aufschrei unterbrochen. »Ich habe ihn! Er ist hier! Unter der Decke! Fühl mal!«

Unter zusammengefalteten Wollbahnen tastete ich an etwas Hartem entlang, das am Ende gekrümmt war. Ich schrie auf, als mir eine Motte ins Gesicht flog.

»Ich will nicht sterben«, flüsterte Cordelia. »Er soll nicht auf mich zeigen.« Sie drückte sich verängstigt in eine Nische. »Fass ihn nicht an, Hat, sonst zeigt er auf dich!«

»Unsinn!« Mit hämmerndem Herzen zupfte ich die Wolldecke auf. Das Harte war Cordelias Weihnachtsstrumpf, den ich dort versteckt und danach vergessen hatte.

»Oh, Hat! Darf ich ihn haben? Bitte. In einer Viertelstunde ist doch ohnehin Weihnachten.«

»Große Güte, dass morgen Weihnachten ist, war mir total entfallen.«

»Kann ich ihn aufmachen?«

»Nein. Geh zu Bett.« Ich deckte den Strumpf wieder zu.

»Wie gemein du bist! Immer willst du alles bestimmen. Ophelia und Portia hätten ihn mir gegeben.«

»Wahrscheinlich. Aber sie sind nicht da.«

»Ich finde, seit du mit Max herumturtelst, bist du ganz schön eingebildet geworden. Wenn dir da bloß keine Überraschung blüht.«

»In dem Fall sollte ich jetzt besser schlafen, um ihr ausgeruht zu begegnen.«

»Weißt du, wie ekelhaft es ist, eine große Schwester zu haben? Wenn es sich rausstellt, dass er eine andere liebt, geschieht dir das nur recht.«

»Hast du deine Zähne geputzt?«

»Zufällig habe ich das, obwohl ich nicht wüsste, was dich das angeht.«

»Dann mach das Licht aus.«

»Du glaubst wahrscheinlich, dass er deinetwegen jeden Tag zu uns gekommen ist.«

»Ich glaube, dass er sich Mühe gegeben hat, ein gelangweiltes und übellauniges Kind zu unterhalten.«

»Kind? Na, das werden wir ja noch sehen!«

»Gute Nacht!«

»Was?«

Einige Minuten später hörte ich, dass irgendwo eine Uhr Mitternacht schlug, und ich fand es traurig, in den ersten Weihnachtsminuten zu streiten. »Fröhliche Weihnachten, mein Schatz«, murmelte ich. »Träum schön.«

Stille.

»Hat?«

»Hm.«

»Fröhliche Weihnachten.«

»Hm. Danke.«

»Hat?«

»Was ist?«

»Ich finde, er *sollte* dich lieben, aber du weißt ja, wie Männer sind.«

»Nicht wirklich.«

»Du heiliger Strohsack! Niemand würde glauben, dass du zehn Jahre älter bist als ich.«

Stille.

»Hat?«

»Was?«

»Es war lieb von dir, mir einen Weihnachtsstrumpf zu besorgen. Ich weiß, Ophelia und Portia hätten das nicht getan. Tut mir Leid, dass ich gemein zu dir war.«

»Schon in Ordnung. Schlaf – jetzt – endlich.«

Ich vernahm einen Schluchzer. »Ich werde mir – es nie – verzeihen, wenn er dich verlässt.«

»Hm.«

»Was?«

»Schlaf!«

»Versprich mir, dass du mir verzeihst, wenn er dich meinetwegen verlässt. Ich könnte es nicht ertragen, wenn wir nie mehr miteinander reden.«

Ich wollte ihr versichern, dass selbst wenn zehntausend Männer mich wegen ihr im Stich ließen, ich ihre treue und liebende Schwester bliebe, doch dann spürte ich, dass der Schlaf mich überwältigte und mich der Fähigkeit, Worte zu bilden, beraubte.

26

»Oh, Hat, sieh doch nur, was ich bekommen habe! Nein, schlaf nicht wieder ein! Schau mich bitte an! Wie gefällt dir die Kette? Steht sie mir?« Ich blinzelte kurz. »Wie kannst du überhaupt noch müde sein? Es ist schon sieben Uhr. Maggie war eben hier, um Feuer zu machen. So spät habe ich meinen Strumpf noch nie ausgepackt. Wie soll ich die Mütze aufsetzen, was meinst du?« Ich gewahrte etwas Weißes, das Cordelia tief in ihre Stirn gezogen hatte.

»Prima.«

»Oder soll ich sie lieber mehr nach hinten schieben?«

»Ja.«

»Vielleicht schenke ich Annabel meine alte blaue Mütze. Für sie wäre die sicher noch ganz hübsch. Hast du gesehen, was sie trägt? Ich ginge lieber nackt, als in dem grünen Kleid rumzulaufen. Vielleicht könntest du ihr etwas von deinen Sachen leihen. Hat?«

»Hm.«

»Woher hast du die Glitzerstrumpfhose? Sie ist unglaublich sexy, weißt du. Können wir vielleicht so was für Annabel besorgen? Können wir uns das leisten? Hat! Wach doch endlich auf!«

»Bei Harrods, glaube ich.«

Ich versuchte, ein paar Bruchstücke aus meinem Gedächtnis zu klauben. Im ersten klaren Gedanken empfand ich Erleichterung, da Cordelia beschlossen hatte, sich um Annabel zu kümmern. Bliebe nur zu hoffen, dass Annabel an ihrer herablassenden Art keinen Anstoß nahm. Danach fiel mir ein, weshalb meine Lider sich anfühlten, als wären sie mit Pech verklebt.

*

Vor wenigen Stunden, als es draußen zwei schlug, war ich benommen aufgewacht. Mein Schienbein schmerzte, was hieß, dass Cordelia mich getreten hatte. Als Nächstes hatte sie sich zu mir herumgeworfen und im Schlaf ihr Gesicht in meine Armbeuge gebettet. Ich hatte sie ordentlich zugedeckt, meine Augen geschlossen und darauf gewartet, wieder einzuschlafen.

Wir hatten vergessen, die Fensterläden zu schließen, und das Licht des hellen, runden Mondes drang durch meine Lider. Ich begann, mir Sorgen zu machen. Würde es Fleur Kirkpatrick gelingen, Pa am Weihnachtsabend zu trösten, obwohl er sonst im Kreis seiner Lieben feierte? Würde Maria-Alba sich abermals mit den Nonnen anlegen? Würde Mark Antonius durch unser leeres Haus tigern und sich wundern, warum wir ihn im Stich gelassen hatten? Draußen rüttelte der Wind an den Zweigen, als ob er sie von den Ästen reißen wollte, und in meiner Magengrube begann der Kobold zu wühlen. Würde es mir gelingen, Cordelia über ihr erstes Weihnachtsfest fernab ihres Elternhauses hinwegzutrösten? Ich hielt mir vor Augen, dass die Beklommenheit, die man in den ersten Stunden des Tages verspürt, eine Folge chemischer Körperprozesse ist, aber ich fühlte mich dennoch elend.

Dann war mir eingefallen, dass sich Cordelias Weihnachtsstrumpf noch im Schrank befand. Natürlich glaubte Cordelia bereits seit Jahren nicht mehr an den Weihnachtsmann, doch auf die Tradition, die damit einherging, mochte sie nicht verzichten.

Vorsichtig stieg ich aus dem Bett und tappte über den eiskalten Fußboden. Dirk hatte sich vor dem erloschenen Kamin im Mondlicht eingerollt. Behutsam zog ich die Schranktür auf und zuckte zusammen, als das Mondlicht auf den Spiegel fiel und ich mein wirr abstehendes Haar erblickte. Lautlos schlich ich zum Bett zurück und legte den Strumpf als eine Art Bettwurst zwischen mich und Cordelia. Danach zog ich die Decke über meinen Kopf, versuchte mich zu entspannen und wartete auf den Schlaf.

Eine halbe Stunde später war ich dabei, im Geist mein gesamtes Leben umzukrempeln, und zwar von meinem Gesicht über meine Figur bis hin zu meiner Persönlichkeit. Nachdem das erledigt war, wanderten meine Gedanken zu Max und trotz der armen, unglücklichen Caroline überließ ich mich schändlichen Fantasien. Um ihnen zu entrinnen, wendete ich mein Kopfkissen, klopfte es zurecht, legte meine Wange auf die kühle Seite und redete mir ein, dass die Dinge, die einen nachts quälten, am Morgen harmlos wirkten. Langsam lösten meine Gedanken sich auf. Als Nächstes wurde mir bewusst, dass ich, um in Ruhe durchzuschlafen, besser noch einmal zur Toilette gehen sollte. Für eine Weile kämpfte ich dagegen an, doch dann sah ich ein, es wäre vernünftiger, klein beizugeben.

Draußen auf dem Korridor spendete eine Nachtleuchte schwaches Licht. Auf einem Stuhl und mit dem Rücken zu mir erspähte ich Colonel Mordaker. Leise bewegte ich mich in die andere Richtung, doch bei jedem Dielenknarren zuckte ich zusammen. Auf der Toilette war es dermaßen eisig, dass es mich nicht gewundert hätte, wenn mein Hinterteil an dem Klodeckel festgefroren wäre, und ich stellte mir vor, wie jemand morgens mit einem Heizlüfter käme, um mich aufzutauen.

Ich hatte eben den Rückweg eingeschlagen, als ich auf dem Flur eine Gestalt bemerkte. Sie schritt langsam voran, trug ein langes Gewand und eine Art Morgenhaube, die ihr tief im Nacken saß. Auf dem Fußboden schimmerten feuchte Fußabdrücke. Die Dame vom Wassergraben!, kam es mir in den Sinn.

Ich drückte mich an der Wand entlang, um die knarrenden Dielen zu meiden, und überlegte, ob vielleicht Mrs Mordaker oder Maggie oder Mrs Whale aufgewacht war und beschlossen hatte, ein Bad zu nehmen. Dass es zwei Uhr morgens war, spielte eigentlich keine Rolle, denn bei acht Personen, die gezwungen waren, ein Bad zu teilen, musste man zusehen, dass man an die Reihe kam. Noch am Vortag hatte Mrs Mordaker mich mit wehendem Morgenmantel überholt, als sie erkannte, dass wir dasselbe Ziel vor Augen hatten.

Andererseits hatte ich das Bad gerade verlassen und außer mir hatte sich dort niemand befunden. Als die Gestalt taumelte und einen leisen Schrei ausstieß, wäre ich ihr um ein Haar zu Hilfe geeilt, doch dann zog ich es vor, lautlos im Hintergrund zu verharren. Zwar sagte ich mir, ich dürfte nicht kneifen, dass sich nur wenigen Menschen solche Begegnungen böten und dass ich nähere Nachforschungen der Wissenschaft, der Philosophie und dem *Brixton Mercury* schuldete – doch noch ehe ich mir ein Herz fassen konnte, hatte die Gestalt sich gefangen. Ich folgte ihr so unauffällig wie möglich. Als ich mich der Stelle näherte, an der sie getaumelt war, entdeckte ich auf dem Boden eine Pfütze.

Die Dame aus dem Wassergraben – nun war ich mir fast sicher, dass sie es war – war auf der Höhe von Colonel Mordaker. Ihm etwas zuzurufen wagte ich nicht, denn im ersten Schreck hätte er sie womöglich erschossen. Die Gestalt streifte seinen Arm, als sie über die Treppe nach unten verschwand. Der Colonel wandte nicht einmal seinen Kopf.

Wie der Blitz war ich in unserem Zimmer, schloss die Tür und drehte mit zitternden Händen den Schlüssel um. Meine Füße waren Eiszapfen, als ich ins Bett kletterte und mich für meine Feigheit schalt. Wie oft hatte ich verkündet, dass ich gern einmal einem leibhaftigen Gespenst begegnen würde! Allerdings hatte ich dabei nie an ein Zusammentreffen in dunkler Nacht gedacht, sondern eher an eins am helllichten Tag, sodass man sich in Ruhe unterhalten konnte. Ich lauschte dem Geräusch der Dachziegel, die im Wind klapperten, und atmete tief ein und aus, während ich mir Vorwürfe machte.

Zwanzig Minuten später, nachdem mein Herzschlag sich beruhigt hatte und mein Atem wieder normal ging, war ich mir nicht mehr sicher, ob ich tatsächlich einer Erscheinung aus einer anderen Welt begegnet war. Doch unabhängig davon würde ich einen spannenden Artikel schreiben. Vielleicht würde ich das ein oder andere ein wenig ausschmücken. Ich beschloss, meine Schlaflosigkeit auszunutzen und, solange die Eindrücke noch frisch in meinem Gedächtnis waren, die ersten Sätze zu formulieren. »Ihre wässrigen Fußabdrücke glänzten silbern im Licht des Mondes und erinnerten an Schneckenspuren« – nein, das klang eklig. »Gleich einem Auge leuchtete der Mond über dem Silberstrom der Spuren« – nein, »Strom« war zu stark, lieber »tröpfelnde Spuren« – oder »ihre feuchten Schneckenspuren …« Ich schlief ein.

Am Morgen herrschte im Frühstückszimmer eine festliche, fröhliche Stimmung. Auf dem Tisch standen Lärchenzweige, die mit vergoldeten Zapfen, Nüssen, Orangen, Silberkugeln, getrockneten Rosen und roten Lilien geschmückt waren. Außer den üblichen Gerichten wie Rührei, Schinkenspeck, Pilzen und Kedgeree gab es eine warme, süße Quarkspeise, die auf der Zunge zerging. Selbst Sir Oswald tauchte zu Ehren des Weihnachtstages auf und begrüßte jedermann mit ausgesuchter Wärme. Cordelias Hand führte er zu seiner Nase und inhalierte ihren Duft.

»Das ist meine Seife«, erklärte Cordelia. »Sie heißt *Cherchez l'homme.*«

»*Il ne faut pas le chercher longtemps*«, murmelte Sir Oswald mit verzehrendem Blick. Als er sich aufrichtete, glaubte ich das Knirschen von Korsettstangen zu hören.

Nach dem Frühstück, zu dem jeder außer Jonno und dem Colonel erschienen war, wurden Gruppen zur Fahrt in die Kirche eingeteilt. Cordelia und Annabel verdrückten sich unauffällig. Auch ein Großteil der Männer und Georgia empfahlen sich diskret.

»Ich bin untröstlich«, bemerkte Emilio mit feuchtem, kummervollem Blick. »Doch als Katholik kann ich keinem englischen Gottesdienst beiwohnen.«

»Das macht nichts«, entgegnete Maggie. »Miss Tipple ist ebenfalls katholisch. Sie können sie im Landrover zur Kirche von Bunton begleiten.«

Emilios Blick wurde verdrießlich. Danach wurde beschlossen, dass Mrs Mordaker, Maggie und Flo zu Sir Oswald in den Rolls Royce stiegen, den Dingle bereits vorgefahren hatte. Ich versicherte wahrheitsgemäß, es mache mir nichts aus, die Strecke gemeinsam mit Dirk und Mrs Whale zu Fuß zurückzulegen.

Es war ein prächtiger Morgen. Die Sonnenstrahlen zerbarsten auf dem Schnee, und die Eiben mit ihren riesigen Schneehüten malten bizarre Muster auf den weiß glänzenden Boden. Jeder Zweig trug einen kleinen Hügel, jeder Grashalm eine winzige Krause aus Kristall. Die steinernen Kugeln auf den Säulen am Eingangstor hatten weiße Dreispitze aufgesetzt, und funkelnde Eiszapfen hingen an dem Dach der Remise. Vor uns stieg unser Atem auf und kräuselte sich wie Rauchfahnen in die Luft.

Mrs Whale hatte die behandschuhten Hände über dem Magen gefaltet und den schwarzen Mantelkragen aufgestellt, doch ich genoss den Wind, der nach uns schnappte, unser Haar zerzauste und unsere Röcke wie Segel aufblies. Mrs Whales Gesicht wirkte vor dem leuchtenden Hintergrund fahler als sonst, und ich erkannte die tiefen Falten, die sich in ihre Stirn und Wangen gegraben hatten. Sie hielt ihren Blick gesenkt. Die winterliche Landschaft schien keinerlei Eindruck auf sie zu machen.

»Solchen Schnee kennen wir in London nicht«, begann ich, nachdem das Tosen des Wasserfalls nachgelassen hatte. Ich war neugierig auf die Frau, die bisher jeglichem Annäherungsversuch ausgewichen war. »Selbst in den Parks wird er durch die vielen Menschen rasch zu Matsch.«

»Wenn er ins Haus geschleppt wird, macht er eine Menge Arbeit.«

»Gewiss, aber er sieht trotzdem wunderschön aus. Schnee zu Weihnachten! Das werde ich nie vergessen.«

»Manchmal glaube ich, der Herr hat die Erde schön gemacht, um uns in Versuchung zu führen.«

»Aber nein, wie kommen Sie denn darauf? Ich finde eher, dass wir uns an der Schönheit erfreuen sollen.«

»Freude lenkt uns von dem Gehorsam ab, den wir ihm schulden.«

»Aber es ist doch herrlich, diesen großartigen endlosen Himmel zu betrachten. Er ist so blau, dass man hineintauchen möchte.« Ich sog die kalte Luft in tiefen Zügen ein und wäre am liebsten gehüpft oder hätte laut gesungen. Der Kobold in meiner Magengrube hatte für einen Moment seine Macht verloren, und ich fühlte mich zuversichtlich und optimistisch. »Sehen Sie doch nur, wie makellos der Schnee ist. Es ist zwar ein Klischee, doch ich finde, die Welt wirkt dadurch unschuldig und rein.«

»Sie sollten lieber aufpassen, Miss. Fast jedes Jahr gibt es Fälle von Schneeblindheit. Sogar die Einheimischen, die es eigentlich besser wissen sollten, verlaufen sich in den Höhen, weil sie vom Schnee geblendet werden.«

Mein Vorsatz, Mrs Whale gegenüber freundlich und aufmerksam zu sein, schwand. Vielleicht war es aber nicht leicht, fröhlich zu sein, wenn man fortwährend arbeiten musste, um anderen Menschen ihren Müßiggang zu gestatten. »Haben Sie immer in dieser Gegend gelebt?«

»Ich bin hier geboren.«

»Welches Glück, an einem solch herrlichen Ort aufzuwachsen!«

»Von Glück kann keine Rede sein. Ich wurde von meiner Schwester großgezogen, einer strengen Frau mit grobem Mundwerk. Ich war vier Jahre alt, als unsere Mutter gestorben ist. Wir waren sechs Kinder. Schnee hieß für uns, dass die Rüben in der Erde festgefroren waren und dass wir kaum Brennholz fanden. Mehr als einmal sind wir hungrig schlafen gegangen. Das Bett haben wir uns zu viert geteilt und Kopf an Fuß gelegen, um ausreichend Platz zu finden.« In Mrs Whales Stimme schwang große Bitterkeit mit, und mich beschlich ein entsetzliches Schuldgefühl. »Unser Vater war Bergmann und ist fünf Jahre nach unserer Mutter an einer Lungenkrankheit gestorben. Mit fünfzehn habe ich mich als Magd verdingt und mit zwanzig den Gärtner geheiratet.«

Um die Stimmung aufzulockern, rang ich mir einige aufmunternde Worte ab. »Gärtner sind gewiss nette, zufriedene Menschen. Sie hegen das Land, sehen zu, dass alles wächst und gedeiht – Bäume und Blumen.« In einer allumfassenden Geste breitete ich die Arme aus. »Arbeiten Sie nicht gern im Garten?«

Mrs Whale hob ihren Blick. »Ich hasse Gartenarbeit.«

»Oh.«

»Sie erinnert mich an meinen Mann. Er hat mich geschlagen. Ab und zu musste ich deswegen ins Krankenhaus. Einmal hat er mich mit einer Schnur erwürgen wollen. Die Narbe habe ich immer noch.« Sie zog den Kragen ihres schwarzen Pullovers herunter, und ich erkannte eine weiße Zickzacklinie an ihrem Hals.

»Wie furchtbar!« Das Blau des Himmels und die Unschuld des Schnees verblassten.

»Zum Schluss habe ich es nicht mehr ausgehalten und bin ihm davongelaufen. Nach Sheffield. Dort habe ich mir ein Zimmer und eine Stelle gesucht.«

Es wunderte mich, dass Mrs Whale, die bislang so gut wie stumm gewesen war, mit einem Mal gewillt schien, ihr Leben vor mir auszubreiten. »Das muss sehr schwer gewesen sein, insbesondere wenn Sie niemanden hatten, der Ihnen zur Seite stand.«

»Ich habe in einer Kleiderfabrik angefangen. Nahen konnte ich schon immer gut. Dann ist die Fabrik pleite gegangen, und ich habe als Garderobenfrau in einem Theater gearbeitet.«

»Wie interessant! Mein Vater ist Schauspieler. Zumindest …« Ich verstummte.

»Oh, ich weiß Bescheid, Miss. Als Lady Pye Ihren Namen erwähnt hat, hat es bei mir geklingelt, und außerdem war Ihr Foto in der Zeitung. Sie tun mir Leid. Eine Gefängnisstrafe ist das Schlimmste, was es gibt. An einem solchen Ort verzweifelt der Mensch am Leben.«

Ich fragte mich, wie es kam, dass die gestrenge Mrs Whale ein Sensationsblättchen wie den *Daily Banner* las, aber vielleicht waren Schweinekoteletts oder dergleichen darin eingewickelt gewesen.

»In Sheffield hat es mir gefallen«, fuhr Mrs Whale fort. »Dort war ich zum ersten Mal in meinem Leben glücklich. Wenn das Theater auf Tournee ging, bin ich mitgefahren und habe ein bisschen was von der Welt gesehen. Einen Liebhaber hatte ich auch.«

»Oh – wie schön!«

»Ja. Wie schön!« Es klang nicht ironisch, sondern aufrichtig. »Doch dann hat mein Mann Wind davon gekriegt und ist mir nachgereist. Er hat sich mit meinem Liebhaber angelegt, und als ich dachte, er würde den einzigen Mann, der mir jemals etwas bedeutet hat, umbringen, habe ich ihn mit der Schere erstochen.«

Ich war sprachlos. Für eine Weile hörte man nur den Schnee unter unseren Füßen knirschen. Mrs Whales Miene war ausdruckslos. »Ist er … haben Sie …?«, fragte ich, als die Stille erdrückend wurde.

»Ja, habe ich. Dafür war ich zehn Jahre im Gefängnis.« Danach schwiegen wir erneut. Die Sonne verschwand hinter einer Wolke, und der Schnee verlor seinen Glanz. »Er hat es nicht anders verdient.«

»Um einen geliebten Menschen zu schützen, hätte vielleicht jeder so gehandelt. Das war ein ausgesprochen hartes Urteil.«

»Sie hatten ja nur mein Wort. Mein Liebhaber ist ins Ausland verschwunden, an ihn kam man nicht ran. Na ja, er hatte früher schon mal was mit der Polizei zu tun gehabt.«

»Das war – nicht nett.«

Mrs Whale zuckte die Achseln. »Männer sind schwach. Es hat keinen Zweck, ihnen zu vertrauen.«

»Aber sie sind doch nicht alle schlecht! Sie haben Pech gehabt und hatten es unglücklich getroffen.«

»Ich glaube nicht an Glück.«

»Das klingt sehr traurig«, entgegnete ich hilflos. Mein Optimismus war unter der Last von Mrs Whales Schicksal zusammengebrochen. Ich musste mich zwingen, unserem Gespräch wieder eine heitere Wendung zu geben. »Oh, schauen Sie nur! Ein Rotkehlchen auf einem verschneiten Ast! Wie auf einer Weihnachtskarte! – Dirk! Zum Teufel noch mal, musst du den Vogel anbellen?« Zur Bekräftigung bellte Dirk noch einmal. »Da unten liegt das Dorf, nicht wahr? Wie entzückend es aussieht! Die hübschen verschneiten Häuschen, die sich an die Kirche schmiegen!«

»Die Jahre im Gefängnis haben mich fertig gemacht«, fuhr Mrs Whale unbeeindruckt fort. »Nie allein, doch immer einsam, die Kälte im Winter, die Hitze im Sommer, der Dreck, nur Dinge vor Augen, die hässlich sind, nichts, auf das man hoffen kann. Am schlimmsten ist das Gefühl, dass einem sämtliche Verachtung gilt, als ob man kein menschliches Wesen mehr wäre.« Sie klang so wütend, dass ich erschrak.

»Vielleicht sollten wir nicht mehr darüber sprechen«, schlug ich vor. »Es muss äußerst schmerzhaft für Sie sein.«

»Natürlich ist es schmerzhaft, doch das ist ein Teil meiner Strafe. In all den Jahren gab es nur einen einzigen Menschen, der ein gutes Wort für mich hatte, und das war der Gefängniskaplan. Er sagte, ganz gleich was ich getan hätte, wäre ich doch ein Geschöpf Gottes.« Mrs Whale richtete ihren Blick himmelwärts und erklärte mit bebender Stimme. »Er sagte: ›So wird auch Freude im Himmel sein über einen Sünder, der Buße tut, mehr als über neunundneunzig Gerechte, die der Buße nicht bedürfen.‹ Der Gedanke, dass ich irgendwo zählte und zu jemandem gehörte, hat mir geholfen. Mit einem Mal sind Hass und Verzweiflung von mir abgefallen, und vor mir erschien ein strahlendes Licht.«

Vielleicht war es gefühllos, doch ich fühlte mich peinlich berührt. Die Nonnen von St. Fridewide hatten Inbrunst abgelehnt, und Erklärungen religiösen Eifers als »Zurschaustellung« gebrandmarkt, und das war mit das Schlimmste, dessen man sich schuldig machen konnte.

»Eindrucksvoll!«

»Ja, nicht wahr?« Wenn Mrs Whales Miene nicht dermaßen feierlich gewesen wäre, hätte ich ihr Sarkasmus unterstellt. »Danach habe ich mit dem Kaplan jede Woche die Bibel gelesen und von Gottes unendlicher Gnade erfahren. Nachdem ich freigelassen wurde, wollte ich mich einem Orden anschließen, doch die Mutter Oberin war sich meiner Berufung nicht sicher. Sie dachte, ich wäre lediglich darauf aus, mich dem Urteil der Gesellschaft zu entziehen, und riet mir, ein paar Jahre in der Welt zu leben und den Menschen zur Buße meine Geschichte zu erzählen.«

»Aber das war ungerecht! Sie hatten doch schon gebüßt. Warum müssen fromme Menschen immer so streng und unnachsichtig sein?«

Mrs. Whale lächelte erstmalig, ein dünnes, schmales Lächeln. »Die Pforte ist weit und der Weg ist breit, der zur Verdammnis führt.«

Was soll das nun wieder heißen?, dachte ich, sprach es jedoch nicht aus.

Als wir die Kirche erreichten, stand der Rolls Royce vor dem Eingang und blockierte das Tor, das zum Vorhof führte. Die Kirchgänger blickten finster, als sie sich in ihren Sonntagsmänteln daran vorbeidrücken mussten.

Ich wurde über eine Treppe zum Chorabteil der Pyes geführt, in dem diejenigen, die mit dem Wagen gekommen waren, bereits saßen. Sir Oswald hob kurz seine Lider und nickte mir zu. Danach hielt er die Augen für die Dauer des Gottesdienstes geschlossen. In dem Chor befand sich ein Gitterfenster, durch das man ungesehen auf die Gemeindemitglieder blicken konnte. Im Gegensatz zu ihnen besaßen wir Bänke mit Kissen und einen kleinen Kamin mit glühenden Kohlen. Was die Bequemlichkeit anbelangte, schien der Herr seine Gnade ein wenig einseitig zu verteilen.

Die aufsteigenden Weihrauchschwaden und der stetige Ton der klingelnden Glöckchen wirkten einschläfernd. Flo und ich waren die Einzigen, die laut und deutlich sangen; die anderen brummelten die Lieder und ließen Zeilen aus. Als eine Solistin die Hymne anstimmte, spähte ich durch das Gitter und erkannte als Sängerin Mrs Whale. Die Sonnenstrahlen, die durch die bunten Fensterscheiben fielen, bemalten sie mit roten und blauen Tupfern, sodass sie einem Vogel glich, der auf den Altarstufen stand und sein Lied aus voller Kehle sang. Während der Predigt folgten die meisten von uns Sir Oswalds Beispiel und schlossen die Augen. Das Thema der Nächstenliebe, das der Vikar ausgewählt hatte, empfand ich als hohl, denn immerhin hatte sie sich bereits seit Menschengedenken als undurchführbar erwiesen. Darüber hinaus sprach er mit schriller Stimme, und Dirk begann zu bellen. Mrs Mordaker zischte ihn wie eine Grube voller Schlangen an und drückte seine Schnauze zusammen, woraufhin er ausnahmsweise verstummte.

Nach dem Gottesdienst baute Sir Oswald sich in der Vorhalle auf und blockierte den Ausgang, während er dem Vikar seine Ansichten über Uganda, die staatliche Krankenversicherung und die moderne Landwirtschaft aufdrängte. Ich hatte ihn noch nie dermaßen gesprächig erlebt. Hinter ihm begannen die Gemeindemitglieder etwas von Truthähnen und Aufläufen, die allmählich im Ofen schwarz würden, zu murren.

Die Fortsetzung von Mrs Whales Lebensgeschichte blieb mir erspart, denn Flo bestand darauf, zu Fuß mit mir zurückzukehren. Mrs Whale wurde in den Rolls Royce gebeten und wirkte verdrossen.

»Ich hatte Lust auf deine Gesellschaft«, meinte Flo, als sie mich unterhakte. »Außerdem riecht Dingle nach Kuhstall. Auf der Herfahrt ist mir fast schlecht geworden. Philipp ist losgezogen, um nach seinen Falken Ausschau zu halten. Wir reisen morgen ab, und deshalb ist das heute seine letzte Chance. Mein Gemälde ist so gut wie fertig. Nächste Woche lasse ich es rahmen.«

»Oh, Flo, wie schade, dass ihr abreist. Warum denn? Hier ist es doch unglaublich schön! Selbst an solchen Hausgesellschaften habe ich inzwischen Geschmack gefunden. Man lernt die Leute recht gut kennen, oder nicht?«

»Siehst du, darin unterscheiden wir uns. Mir gefällt das erzwungene Miteinander nicht, noch dazu mit Menschen, die man vielleicht gar nicht mag. Doch vielleicht liegt es daran, dass ich als Einzelkind aufgewachsen bin. Ich beobachte die Menschen lieber, als mich ihnen anzuschließen. Du stammst aus einer großen Familie, du fühlst dich in der Menge aufgehoben.«

»Nein, Flo, das stimmt nicht. Ich empfinde mich häufig als Außenseiterin, bisweilen ist das sogar zu Hause der Fall. Die anderen wirken stets klüger, glänzender – präsenter als ich, was ich seltsamerweise nicht als erdrückend empfinde. Eher im Gegenteil. Ohne sie wäre ich nicht diejenige, die ich bin. Das ist so, wenn man in einer Familie aufwächst, nicht wahr? Die anderen definieren dich. Die Vorstellung, ein Einzelkind zu sein, würde mich erschrecken. Ich fürchte, dann wäre mir nicht klar, wer ich bin.«

»Freunde definieren dich gleichermaßen, Harriet. Ebenso Ehemänner und Liebhaber.«

Ich schwieg. »Ich habe zwar Freunde«, erklärte ich schließlich. »Doch ich sehe sie selten. Außerdem kommt es mir stets so vor, als wäre ich ihnen nur halb zugewandt und würde mit einem Auge zurück zu meiner Familie blicken. Vielleicht bin ich aber auch zu bequem, um mich ihrem Einfluss zu entziehen.« Ich stockte, weil mir der Umstand zum ersten Mal bewusst wurde. »Weißt du, dass ich vor diesem Weihnachtsfest noch nirgendwo ohne meine Familie war? An einem Ort, an dem niemand meinen Vater kennt? An dem niemand weiß, dass ich die Unscheinbare bin?« Ich hielt abermals inne, um mir das durch den Kopf gehen zu lassen. »Vielleicht habe ich mich sogar davor gefürchtet, irgendwo ich selbst zu sein. Vielleicht bin ich wie die Schaumzirpe in unserem Garten, die im Lavendel lebt – eine winzige Made, die zufrieden an ihrem Blatt nagt, umgeben von einer Speichelkugel, die sie vor allem bewahrt und die sie für das Universum hält.«

»Du hast doch einen Job, Harriet. Man definiert sich auch durch seine Arbeit, oder zumindest glaubt man das gern, wenn man ein Einzelkind ist und davor zurückscheut, sich auf andere Menschen zu verlassen.«

»Oh, ja. Du ahnst nicht, wie stolz ich darauf bin, mich beim *Mercury* gehalten zu haben. Zwar bin ich keine richtige Journalistin, doch dass mich jemand für das, was ich tue, bezahlt, macht mich glücklich. Nein, um die Wahrheit zu sagen, berauscht es mich regelrecht, von anderen, wenn auch nur ansatzweise, ernst genommen zu werden.«

Als die Straße anstieg, verlangsamte Flo ihren Schritt. »Andererseits lernt man in einer Familie, dass es nicht nur nach dem eigenen Willen geht, und man lernt sich anzupassen. Darüber hinaus weiß man, dass die anderen zu einem gehören, ganz gleich, was geschieht. Darin liegt eine Stabilität, auf die ich fast neidisch bin. Wahrscheinlich weißt du nicht einmal, wie nützlich solch frühe Erfahrungen in Bezug auf Toleranz und Liebe sind.«

»Hast du deine Eltern denn nicht geliebt?«

»Ach, Harriet, ich war neun, als meine Mutter gestorben ist. Sie habe ich geliebt. Doch bereits am Tag nach ihrer Beerdigung ist Fay auf der Bildfläche erschienen. Ihr war ich eher lästig. Bei Konflikten hat mein Vater für sie Partei ergriffen – oder zumindest kam mir das so vor. Es hat lange gedauert, bis ich wieder gewagt habe, jemanden zu lieben.«

Ich zog sie an mich. »Das machst du jetzt aber wieder wett.«

»Ja.« Flo sah aus, als ob sie ihr Glück noch immer nicht fassen könne. »Philipp hat gebeichtet, dass er von dem Baby erzählt hat.«

»Eigentlich habe ich es erraten. Ich hoffe, es stört dich nicht, dass ich Bescheid weiß.«

»Natürlich nicht. Ich will ja auch kein Geheimnis daraus machen. Ich brauche lediglich Zeit, um mich an den Gedanken zu gewöhnen.«

»Jedenfalls freue ich mich für dich. Du ahnst ja nicht, wie niedlich Babys sind.«

»Wie denn auch? Ich habe in meinem ganzen Leben noch keinen Säugling im Arm gehalten.«

»Es ist nicht schwer – für sie zu sorgen, meine ich. Du musst dich einfach in ihre Lage versetzen und die Dinge von ihrer Warte aus betrachten. Dann machst du auch nichts falsch.«

Für eine Weile schritten wir in einträchtigem Schweigen nebeneinander her. Dann fragte Flo: »Worüber schreibst du in deinem Job eigentlich?«

Ich schilderte ihr meinen derzeitigen Auftrag.

Flo kicherte. »Du hast aber zu dem Zweck nicht den Arm entwendet, oder? – Entschuldige, Harriet, das war dumm. Ich weiß, dass du das Maggie nie antun würdest.«

Ich drückte beruhigend ihren Arm. »Maggie sah heute Früh entsetzlich mitgenommen aus. Ich könnte mir jedoch vorstellen, dass ich hier in der Gegend ebenfalls abergläubisch würde. Die Landschaft ist zwar einzigartig, doch friedlich ist sie nicht. Vielleicht macht die klare Luft die Dinge eindringlicher. Selbst meine Träume sind intensiver geworden – und in der vergangenen Nacht habe ich geglaubt, tatsächlich ein Gespenst zu sehen.« Ich erzählte Flo von der Dame aus dem Wassergraben und beschrieb ihr die Gestalt auf dem Flur. Ich ließ meine Geschichte witzig klingen, sodass Flo nicht auf den Gedanken kommen konnte, ich wäre hoffnungslos überspannt. Flo fing an zu lachen.

»Das ist herrlich«, erklärte sie noch immer glucksend. »Ich hoffe, du bist mir nicht böse, wenn ich dir verrate, dass du mich gesehen hast.«

»Wie bitte? Ich verstehe nicht ganz …«

»Es ist wirklich jammerschade, dass ich nicht gemerkt habe, wie du mir hinterher geschlichen bist.«

»*Du* warst die Dame aus dem Wassergraben?«

»Wenn du so willst, ja. Ich konnte nicht einschlafen und bin aufgestanden, um noch einmal einen Blick auf Sir Oswalds Kinn zu werfen. Ich hatte gar nicht vor zu malen, doch dann hatte ich eine Eingebung, und als Nächstes habe ich gehört, wie die Uhr halb zwei geschlagen hat. Ich war noch nicht müde, doch ich fand, ich sollte mich allmählich schlafen legen, und um mich zu entspannen, habe ich ein Bad genommen.«

»Aber das kann nicht sein. Ich war im Bad, und da war niemand.«

»Nun, ich bade in dem Zuber, der in der Dienstbotenkammer steht. Er läuft schneller voll, und in dem Raum ist es wunderbar warm. Außerdem ist das offizielle Badezimmer pausenlos besetzt. Also habe ich mein Nachthemd und ein Handtuch geholt, aber meine Pantoffeln vergessen, und deshalb musste ich barfuß zurücklaufen. Ich hätte meine Füße ordentlich abtrocknen sollen, doch dazu habe ich mir nicht die Zeit genommen. Daher die feuchten Abdrücke und so viel zu deiner Dame aus dem Wassergraben.«

»Und du hast eine Morgenhaube getragen?«

»Nein. Es war eine alte Duschhaube, die ich in der Wäschekammer entdeckt hatte.«

»Und was war mit dem Schrei? Außerdem hast du eine richtige Pfütze hinterlassen …«

»Die stammte aus meiner Wärmflasche. Ich hatte sie nicht fest genug zugeschraubt und das heiße Wasser ist herausgeschwappt.«

»Aber …« Ich war schrecklich enttäuscht, dass sich meine erste übernatürliche Erscheinung in nichts aufgelöst hatte. »Wie bist du denn an dem Colonel vorbeigekommen, ohne dass er dich bemerkt hat? Und warum bist du nach unten gegangen?«

»Ich hatte meine Abendtasche im Salon liegen gelassen, und ich wollte nicht, dass D –, dass einer der Hunde sie sich schnappt. Der Colonel hat tief und fest geschlafen, das Kinn auf den Gewehrlauf gestützt. Als ich zurückkam, schlief er mit dem Kopf im Nacken und hörte sich an wie Wasser, das in einen Abfluss gurgelt. Jemand hatte eine Decke um ihn gehüllt – wahrscheinlich Maggie.«

»Verflixt! Und ich dachte wirklich – so ein Mist! Nun muss ich schummeln und so tun, als hättest du mir nichts erzählt. Ich werde mich noch zu einer ausgewachsenen Lügnerin entwickeln, nur um meinen Job zu behalten.«

»Du wirst eben doch noch eine Journalistin.«

Das Mittagessen – heiße Pasteten, gefüllt mit Kalbfleisch und Schinken, Gänseleberpastete, Kartoffelbrot, ein Rad Lancashire Käse, Obstkuchen und Quittentorte – stand bereits auf dem Tisch, als wir den Speisesaal betraten. Maggie erklärte, angesichts unserer Pläne für den Nachmittag hätte sie einen leichten Imbiss vorbereitet. Später, nach dem Öffnen der Geschenke, würde es etwas Richtiges geben. Was unsere Pläne betraf, hatten wir vor, auf dem Fluss Schlittschuh zu laufen. Offenbar war die Eisdecke an der Mühle ausreichend zugefroren, um Schlittschuhläufer zu tragen. Cordelia war begeistert, als sie davon hörte. Wahrscheinlich sah sie sich im Geist als Eisprinzessin, die von einer bewundernden Menge umjubelt wurde.

Der Fluss war von stahlgrauer Farbe, mit erstarrten Wellen und gefrorenen Zweigen und Blättern in unterschiedlichem Braun, die im Eis bizarre Muster abgaben. Das gesamte Dorf schien auf den Beinen zu sein, um sich auf dem Mühlteich zu vergnügen. Diejenigen, die Schlittschuhe besaßen, drehten in der Mitte, wo die Fläche glatt und ebenmäßig war, Achten und Pirouetten. Aus den Ufern waren Rutschbahnen geworden, auf denen Kinder tobten und schrien. Die Waghalsigen rasten auf Blechuntersätzen hinab. Winzlinge, die bis auf die Augen eingemummelt waren, wurden auf selbst gebastelten Schlitten über das Eis gezogen. Großmütter und Großväter saßen auf der Ufermauer und sprachen vermutlich über die Zeiten, in denen sie selbst jung und unbedacht gewesen waren. Die Szene hätte einem niederländischen Idyllengemälde entstammen können.

Da wir Fremde und zudem Gäste der Familie Pye waren, sorgte unser Erscheinen für Aufsehen und führte zu eifrigem Geraune. Wir waren zu acht. Archie hatte sich in sein Zimmer zurückgezogen und gesagt, er lege keinen Wert darauf, seine Finger unter den Schlittschuhkufen anderer Leute zu verlieren. Mrs Mordaker hatte sich bereit erklärt, mit Dirk spazieren zu gehen. Philipp und der Colonel befanden sich irgendwo in den Wäldern, um dem blaufüßigen Falken nachzustellen. Jonno hatte sein Zimmer seit dem vergangenen Abend nicht verlassen. Andere waren aufgrund mangelnder Fitness zurückgeblieben oder weil sie, wie Maggie, zu beschäftigt waren.

Ich schlüpfte in die schwarzen Schlittschuhstiefel, die ich mir aus der Sammlung von Pye Place herausgesucht hatte. Annabel besaß ein hübsches eigenes Paar weißer Stiefel, und Cordelia und Georgia hatten sich um das zweite weiße Paar gestritten. Wie in dem Märchen von Aschenputtel hatte die Größe den Ausschlag gegeben, und Georgia hatte das Nachsehen gehabt. Cordelia und ich hatten unzählige Nachmittage in der Eishalle von Queensway verbracht, sodass wir mühelos vorwärts und rückwärts laufen und einfache Drehungen vollführen konnten, doch Rittberger und Axel lagen jenseits unserer Fähigkeiten. Rupert und Max waren erfahrene Schlittschuhläufer, Flo, Georgia und Emilio dagegen Anfänger. Ich hakte Flo unter und glitt mit ihr auf und ab, bis sie ein Gefühl für die Sache bekam.

»Das macht solchen Spaß«, sagte sie immer wieder, selbst als uns eine Gruppe Kinder anrempelte. »Ich liebe Sport – wahrscheinlich weil ich nie welchen mache. Jetzt bin ich vor Aufregung nahezu beschwipst.« Wenig später versuchte sie ihr Glück auf eigene Faust. Sie sah wunderschön aus, als sie mit dem wehenden roten Haar unter der grünen Mütze und glühenden Wangen selig Kreise zog.

Georgia hatte sich an Max geklammert und kreischte jedes Mal, wenn ihnen jemand zu nahe kam. Vielleicht wäre sie besser klargekommen, wenn sie auf ihre Füße geachtet hätte, statt fortwährend in seine Augen zu schauen. Rupert gab sich mit Emilio ab, doch sobald er ihn aufgerichtet hatte, fiel er wieder hin und rief »*Madre de Dios*« oder »Hoppla«. Dank seines unbeschwerten Naturells störte ihn das Gelächter der Dorfbewohner nicht. »In Kolumbien gibt es kein Eis«, rief er ihnen zu, nachdem er sich zum x-ten Mal aufgerappelt hatte und sich schnaufend auf eine Bank setzte, wo ihn eine Schar kichernder Mädchen umringte. Rupert beugte sich vor und umrundete die Bahn mit großen, geschmeidigen Schritten. Annabel folgte ihm so geschwind wie ihre dünnen, staksigen Beine es erlaubten. Cordelia hatte eine Horde Jungen angelockt, die ihr nachstolperten, als wären sie Bären und Cordelia ein Honigtopf.

Ich beschloss, den Fluss zu erkunden, der aus dem Mühlteich führte und sich zwischen engen, steilen Ufern durch die Landschaft wand. Schneebeladene Bäume bestäubten ihn mit zarten Flocken, die sich träge schaukelnd auf dem Eis absetzten, und ich fand es wundervoll, durch die stille Zauberwelt zu gleiten, die vollkommen anders als die von Musik und Stimmengewirr erfüllte Londoner Eisbahn war.

Es dauerte nicht lange, bis das Dorf hinter mir verschwand. Ich überließ mich meinem Rhythmus, genoss die freie Natur, die Ausblicke auf den Himmel, dessen Blau sanft verblasste, und das matte Zickzack der Hügelkämme, die in der Ferne mit ihm verschmolzen. Das gefrorene Gras an der Uferböschung floh wie ein Saum aus funkelndem Glas an mir vorbei. Ich stellte mir vor, wie einer der Ureinwohner auf Kufen aus Knochen zu laufen und den Moment der Freiheit zu genießen, den ich meinem kurzen Leben als primitiver Jäger abgerungen hatte. Den Gedanken empfand ich als zutiefst poetisch.

Als würde ein Messer gewetzt, ertönte plötzlich das Geräusch eiliger Schlittschuhe in meinem Rücken, und gleich darauf schlang sich ein Arm um meine Taille. Ich überließ ihm meine Hand, und wie Vögel, die durch einen Wolkenhimmel stoßen, durchbrachen wir die bläulichen Schatten auf dem Eis. Schwerelos liefen wir geradeaus, wurden schneller und schneller, legten uns schneidig in die Kurven und stürmten weiter, als ob wir einem lang ersehnten Ziel entgegenstrebten. Fast rechnete ich damit, vom Boden abzuheben und mit weit ausholenden Schritten und Arabesken in das bleiche Himmelsgewölbe aufzusteigen. Grenzenlos war diese Welt, in der ich das Flüchtige aller Gedanken erkannte und nichts außer namenlosem Entzücken empfand.

Die Ufer wurden zu Klippen, zwischen denen sich der Fluss zu schlängeln begann; die Landschaft nahm einen wilderen Ausdruck an. Wir fuhren einen Kreis und hielten an. Max nahm mich in die Arme. Das weiße Licht und der kalte Wind ließen meine Augen tränen, und ich schloss die Lider. Max tupfte meine Tränen fort. »Mein Liebling. Harriet.«

Beim Klang meines Namens erwachte ich aus meiner Trance, und die Wirklichkeit zerstörte das Großartige meiner Versunkenheit. Beinah hätte ich mich gewehrt, als seine Lippen meinen Mund berührten, doch aus Feigheit gab ich nach. Eins musste man ihm lassen: Max konnte hervorragend küssen! Und das auf Schlittschuhen. Bei dem Gedanken hätte ich fast gelacht, doch ich zwang mich, ernst zu bleiben, denn beim Küssen lacht man eigentlich nicht, und Max wäre darüber gewiss außer sich geraten. Also küsste auch ich leidenschaftlich.

»Meine Güte, du bist einfach unwiderstehlich.« Max hielt mich eng umschlungen. »Zu dumm, dass kein Unterstand in der Nähe ist, aber ich will dich auf der Stelle, Schnee hin oder her.« Er zog seine Handschuhe aus und begann meinen Mantel aufzuknöpfen. Das war nicht einfach, und wir gerieten ins Rutschen. »Bleib stehen, Harriet – Himmelherrgott, hör jetzt auf zu kichern!« Mit einem Mal stieß er mich so heftig von sich, dass ich mit den Armen rudern musste, um mein Gleichgewicht nicht zu verlieren.

»Heh, pass doch auf!«

Dann erblickte ich Rupert, der auf uns zugeglitten kam. Er hielt die Hände auf dem Rücken und ließ seinen Blick gemächlich in die Runde schweifen.

»Ah, da seid ihr ja«, rief er. »Ich bin euch nachgefahren, um euch zu warnen. Irgendwo dahinten befindet sich ein Wehr. Wie ich gehört habe, sind da in den letzten Jahren etliche ertrunken.« Er musterte mich, doch seinen Blick vermochte ich nicht zu deuten. Vielleicht lag wie so häufig Belustigung darin – vielleicht aber auch Verachtung.

27

»Da war ein Anruf für dich.« Maggie reichte Max einen Zettel, nachdem wir mit einem Windstoß durch die Tür geweht worden waren. »Sie hat gesagt, es wäre dringend und du sollst bitte heute noch zurückrufen.«

Ich dachte an Caroline. Das Telefon befand sich in der Halle, sodass ein privates Gespräch so gut wie ausgeschlossen war. So rasch meine steifen Finger es erlaubten, schnürte ich meine Stiefel auf und entfernte mich rücksichtsvoll. Auf dem Weg in den Salon hörte ich Max sagen: »Ja, natürlich verstehe ich das, doch zurzeit passt es nicht so gut … Für wie lange? … Warum sollte ich etwas dagegen haben?« Dann lachte er und setzte hinzu: »Das klingt nach einer Drohung und nicht wie ein Versprechen.«

Allmählich wusste ich mir keinen Reim mehr auf mein Verhalten zu machen. Sobald Max sich einer anderen widmete, wollte ich von ihm beachtet werden, doch wenn er mich beachtete, fühlte ich mich unbehaglich. Auf dem Rückweg hatte Georgia sich an seinen Arm gehängt und dafür gesorgt, dass sie zurückfielen, und ich hatte meine Eitelkeit verflucht, weil ich davon ausgegangen war, dass er mich begleiten würde. Ich hatte mich mit Emilio unterhalten, den das Verhalten seiner Verlobten nicht zu stören schien, und mir ausgemalt, wie es wäre, mit Max zu schlafen. Und vorhin, als Max mich auf dem Eis geküsst hatte, hätte ich mich ihm gern entzogen, doch als er telefonierte, hatte mich grauenhafte Eifersucht geplagt. Ich mied seinen Blick, als er wenig später den Salon betrat.

»Hallo, Liebling.« Philipp war Max gefolgt, und Flo strahlte ihn an. »Oh, Philipp, du ahnst nicht, wie wundervoll es war, in dieser frostklaren Luft Schlittschuh zu laufen!«

Philipp küsste sie, ergriff ihre Hand und murmelte: »War das denn klug, mein Schatz? Du weißt doch, dass du vorsichtig sein musst.«

Sie lächelte zärtlich. »Ich bin nicht aus Glas.«

»Trotzdem …« Er ließ den Rest unausgesprochen.

»Hast du eine schöne Wanderung gemacht?«

»Ich habe die Überbleibsel eines Nestes vom Vorjahr gefunden.«

»Das freut mich.«

Flo trug seinen feuchten Mantel fort, den er vergessen hatte abzulegen, und Philipps Blicke folgten ihr bis zur Tür. Selbst der einfältigste Student menschlichen Verhaltens hätte die Liebe erkannt, die die beiden verband. Ich dachte an meine Eltern und überlegte, ob das offene Schäkern mit anderen Gefühlskälte verbarg. Gleich darauf schämte ich mich des Gedankens.

Als der Colonel eintraf, wirkte er grimmig und verdrossen. Sein Haar klebte an seiner geröteten Stirn, und seine Hände waren vor Kälte violett angelaufen. Er überging den Gruß seiner Frau und ließ sich unwillig grunzend in einen Sessel fallen.

Archie merkte auf. »Sie wirken erregt, Colonel. Ich hoffe, Sie haben sich nicht zu viel zugemutet.«

Mrs Mordaker erhob sich. »Ich hole deine Pillen, Hereward. Am besten trinkst du sofort eine Tasse Tee.«

»Lass mich mit deinem Getue zufrieden«, raunzte der Colonel, doch Mrs Mordaker schien sich daran nicht zu stoßen.

»Haben Sie den Blaufüßler entdeckt?«, erkundigte sich Archie.

»Nein. Wie auch, wenn es ihn hier nicht gibt!«

»Aber, Colonel, wer wird denn gleich so aufbrausend sein!« Archie blickte vorwurfsvoll über den Rand seiner Brille. »Wollen Sie Philipp einen Lügner nennen, nur weil er der bessere Vogelkenner ist?«

»Der bessere was? Wenn ich sage, dass es den Blaufüßler nicht gibt, dann gibt es ihn nicht!« Der aufgebrachte Tonfall weckte Dirk, der wie immer zu kläffen begann.

Archie wandte sich zu Philipp um. »Hatten Sie vorhin nicht erzählt, dass Sie eine ganze Schar erblickt haben?«

Philipp zuckte lächelnd mit den Schultern, was den Colonel nur noch mehr in Rage brachte.

»Wie können Sie es wagen?« Er sprang auf und näherte sich Archie mit geballten Fäusten. »Ich bin restlos bedient, was Sie anbelangt! Männer wie Sie sind ein Irrtum der Natur. Sie gehören eingesperrt, um die Welt vor Ihrer widerlichen Veranlagung zu schützen, sie sollten irgendwo …« Er rang nach Atem und hieb mit der Faust in die Luft.

»Widerliche Veranlagung?«, wunderte sich Archie. »Möchten Sie das nicht etwas genauer ausführen?«

Der Colonel sah aus, als stünde er tatsächlich kurz vor einem Herzanfall.

»Was ist hier eigentlich los?«, ertönte Ruperts ungehaltene Stimme. »Dirk! Still! Sind Sie von Sinnen, Mordaker? Ihr Geschrei hört man bis ins Treppenhaus, und es regt die Kinder auf.«

Ich war mir sicher, dass Annabel und Cordelia ihre helle Freude an derlei Zwischenfällen hatten, doch die Verachtung in Ruperts Stimme schien auf den Colonel zu wirken. Betreten ließ er die Fäuste sinken und schaute zu Boden.

»Da bin ich wieder.« Mrs Mordaker kam mit einer Pillendose herein. »Maggie bringt gleich den Tee. Jetzt komm und wärm dich erst einmal auf, Hereward.« Gefügig ließ der Colonel sich zum Sofa führen und schluckte gehorsam eine Pille. Mrs Mordaker tätschelte ihm den Rücken. Als sie neben ihm Platz nahm, nickte er stumm. Danach ließ er es zu, dass sie seine Krawatte richtete, und wenig später ruhte seine Hand auf ihrem Knie. Auch das war wahrscheinlich eine der vielen Formen der Liebe.

»Lady Pye, dürfen wir unsere Geschenke aufmachen?«, fragte Cordelia, als Maggie den Salon mit einem beladenen Tablett betrat. »Sie haben gesagt, dass wir beim Tee alles auspacken dürfen, und wir können es kaum noch erwarten.«

»*Du* kannst es vielleicht nicht mehr erwarten«, wies Annabel sie zurecht. »*Ich* gehe nicht davon aus, dass mir auch nur eins meiner Geschenke gefällt.«

Georgia flüsterte Max etwas ins Ohr, von dem ich lediglich das Wort »Landplage« erfasste.

»Zu meiner Zeit wussten die Kinder noch, was Dankbarkeit bedeutet«, ließ Mrs Mordaker sich vernehmen.

»Man kann nicht wissen, was Dankbarkeit bedeutet«, gab Annabel zurück. »Dankbarkeit empfindet man oder nicht. Und ich empfinde sie nicht.«

»Bitte, Lady Pye«, bat Cordelia mit entzückendem Lächeln. »Dürfen wir die Geschenke öffnen?«

»Hinreißend.« Sir Oswald schlug die Augen auf und richtete seinen Blick auf Cordelia. In ihrem Kleid aus kürbisfarbener Seide, das die Schneiderin meiner Mutter angefertigt hatte, sah sie tatsächlich hinreißend aus. »Lauf los, meine Kleine. Schau nach, was der Weihnachtsmann gebracht hat.«

Die Mädchen rannten hinaus und kehrten mit Päckchen zurück, die sie unter dem Baum in der Eingangshalle aufgelesen hatten. Annabel begann das Geschenkpapier aufzureißen. Cordelia hatte die Geschenke der anderen eingesammelt und reichte sie äußerst liebreizend an die Empfänger weiter. Ich hoffte, dass ihr nicht eingefallen war, Annabel absichtlich bloßzustellen.

»Ein Buch!« Annabel warf es achtlos zur Seite. »Wie langweilig! Zu Weihnachten sollten Bücher verboten werden. Und ein Bilderrahmen! Was soll ich denn damit anfangen?«

Maggie wirkte betroffen, was ich nachfühlen konnte. Annabel bedurfte einer starken Hand, doch Maggie war zu nachgiebig oder wagte ihre Stieftochter nicht zu maßregeln, während Sir Oswald kaum zu wissen schien, dass Annabel existierte.

»Annabel! Komm bitte mit nach draußen!« Rupert, der bis dahin zerstreut gewirkt hatte, stand abrupt auf.

»Was? Wieso? Ich mache doch gerade meine Geschenke auf.«

»Sofort!« Wenn Rupert mich in diesem Tonfall angesprochen hätte, wäre ich aufgesprungen und losgeschossen.

Annabel erhob sich jedoch widerwillig und folgte ihm zögernd nach draußen.

»Oh, Lady Pye!« Wie es sich für eine perfekte kleine Schauspielerin gehörte, schaute Cordelia Maggie mit leuchtenden Augen an. »*Ein Weihnachtslied* von Dickens! Es ist eine solch wunderschöne Geschichte, und jetzt besitze ich endlich das Buch! Ich werde es immer in Ehren halten!« Sie lief zu Maggie und hauchte ihr einen Kuss auf die Wange. »Wie lieb Sie sind!«

Der Anblick von Maggies Gesicht, das vor Freude erglühte, schnürte mir die Kehle zu.

»Ein Engel«, erklärte Sir Oswald und rutschte in seinem Sessel hin und her.

Nach einigen Minuten kehrte Rupert zurück, gefolgt von einer kleinlaut wirkenden Annabel. Ich beobachtete sie, während sie das Papier von einem kleinen Päckchen ablöste, und entdeckte eine Träne, die sie eilig abwischte. Danach erhob sie sich und trat auf Maggie zu.

»Vielen Dank.« Flüchtig streiften ihre Lippen Maggies Wange. »Das ist eine sehr schöne Kosmetiktasche.« Mit Cordelia konnte sie nicht mithalten, doch es war immerhin ein Anfang.

»Ich hoffe, dass sie dir gefällt«, erwiderte Maggie untertänig.

Ich schälte eine wunderschöne, in Kalbsleder gebundene Ausgabe von Byrons Gedichten aus dem Geschenkpapier.

»Liebe, liebe Maggie.« Ich umarmte sie und drückte ihr einen dicken Kuss auf die Wange. »Du bist so gut. Man sollte dich heilig sprechen.«

»Im Grunde ein schöner Gedanke«, bemerkte Archie. »Leider müsste Maggie dazu längst gestorben sein.«

»Ich habe Rupert um Rat gebeten«, erklärte Maggie aufgeregt und froh. »Es war seine Idee. Ich hatte von dem Mann zuvor noch nie gehört.«

Vor unserem Aufbruch aus London hatte ich hin und her überlegt, was ich einer unbekannten Gastgeberin schenken könnte. Zuletzt hatte ich ein antikes, mit Blumen, Herzen und Tauben besticktes Brillenetui ausgewählt. Es war ein wenig verblichen, aber dennoch ausgesprochen hübsch. Als ich es Maggie überreichte, stiegen Tränen in ihre Augen und sie strich sprachlos über die Hülle.

Rupert hatte mit seinem Geschenk für mich ins Schwarze getroffen. Es handelte sich um eine Schreibgarnitur aus dem neunzehnten Jahrhundert. Zwei Tintenfässchen aus Kristall mit Silberdeckeln, die Löwenköpfen glichen, waren hinter einer passenden Schale für Federhalter und Stifte angebracht, und das Ganze ruhte auf silbernen Löwentatzen. Da ich wusste, dass Rupert keinen Wert auf überschwängliche Dankesbekundungen legte, hielt ich mich zurück, als ich erklärte, wie schön ich sein Geschenk fand. In Wahrheit konnte ich kaum fassen, dass etwas derart Wundervolles tatsächlich mir gehören sollte. Meine Gabe an Rupert war im Vergleich bescheiden ausgefallen. Es handelte sich um einen Lederköcher für Streichhölzer, den ich in einem Antiquitätenladen nahe des *Brixton Mercury* aufgetrieben hatte. Rupert bedankte sich und küsste mich kurz und höflich, etwa in der Art, in der man eine betagte, ungeliebte Tante küsst.

Für Archie hatte ich einen Brieföffner erstanden, mit einem geschnitzten Elfenbeingriff in Form eines Delfins. Er überreichte mir eine prachtvoll illustrierte Ausgabe von *Adam Bede.* »Diesen Roman schenke ich meistens jungen Damen«, erklärte er. »Er dient zu ihrer Erbauung und zeigt, wo sie landen, wenn sie sich mit gerissenen Menschen einlassen. Falls du bis zu deinem Geburtstag noch nichts dazugelernt hast, erhältst du Hardys *Tess von d'Urbervilles.*«

Annabel beobachtete mit neiderfüllter Miene, wie Cordelia die Schuhe auspackte, die Ma ihr geschenkt hatte. Sie waren von Jourdan, aus schwarzem Wildleder mit winzigen Stöckelabsätzen. Cordelia schlüpfte hinein und stolzierte auf und ab. Sir Oswald begann aufgeregt an den Knöpfen seiner Weste zu nesteln. Unterdessen hatte Annabel ein graues Kleid aus einem Karton gezogen, mit gestickten rosafarbenen Blümchen an Kragen und Passe. Es wirkte kindlich und altmodisch zugleich.

»Magst du es nicht?« Maggie spähte ängstlich über ihre Brille. »Ich habe es bei Tarrant's in Derby gekauft.«

»Es ist« – Annabel schaute kurz zu Rupert hinüber – »in Ordnung.«

»Es ist aus guter Wolle«, bemerkte Maggie. »Ich dachte, es würde dich warm halten, wenn du demnächst die Uniform ablegen darfst.«

»In der Schule kann ich das nicht tragen. Die anderen Mädchen würden mich auslachen.«

Cordelia beäugte das Kleid. »Wissen Sie was, Lady Pye, ich glaube, man könnte noch ein hübsches Kleid daraus machen. Es braucht nur noch ein bisschen mehr Woge, wie meine Ma sagen würde, was Französisch ist und irgendwie Pfiff bedeutet. Wenn Sie den Kragen abnehmen, den Ausschnitt vergrößern, die Blümchen abtrennen und das Gekräuselte rauslassen und stattdessen ein paar breite Falten einnähen und dann vielleicht noch – einen schmalen roten Gürtel, dann wäre das Kleid prima.«

Cordelia hatte eindeutig die gestalterische Ader unserer Mutter geerbt.

Annabel schaute Maggie fragend an. »Könnte Mrs Whale das machen?«

»Ach, liebes Kind«, erwiderte Maggie, indem sie das Kleid ergriff, »Mrs Whale hat ja bereits alle Hände voll zu tun. Lieber nehme ich mir die Zeit. Ich begreife auch, was deine kleine Freundin meint. Das Kleid wirkt ein wenig brav. Ich habe mich bei Tarrant's beschwatzen lassen.« Sie stand auf und holte ihr Nähkästchen hervor, zückte eine Schere und begann, die Blümchen abzutrennen.

Flo überreichte mir etwas Rechteckiges, das in weißes Seidenpapier eingeschlagen war. »Oh«, sagte ich. »Ich habe aber gar nichts für dich.«

»Natürlich nicht«, entgegnete sie. »Du wusstest ja auch nicht, dass ich hier sein würde. Das ist auch nur ein improvisiertes Geschenk. Die Tusche ist noch nicht einmal richtig getrocknet.«

Ich zog das Seidenpapier ab. Darunter befand sich eine zarte Tuschezeichnung von einem Mädchen, das mit fliegendem schwarzen Haar Schlittschuh lief.

»Perfekt«, bemerkte Rupert, der sich über meine Schulter gebeugt hatte. »Harriet, wie sie leibt und lebt.«

»Wirklich?« Ich studierte die Zeichnung und versuchte zu erkennen, was mich daran ausmachte. Dann ergriff ich Flos Hand und drückte sie innig. »Mir fehlen einfach die Worte, Flo. Aber ich bin überglücklich.«

»Da war noch ein Geschenk unter dem Baum«, verkündete Cordelia und trug ein kleines Päckchen herein. »Eben lag es noch nicht da. Es ist für dich, Hat.«

Abermals löste ich weißes Seidenpapier. Dann zog ich eine goldene Halskette hervor, die wie eine Schlange geformt war. Sie bestand aus fein gearbeiteten, verschlungenen Gliedern, die fast fingerdick, aber dennoch geschmeidig waren. In dem Kopf der Schlange steckten zwei Rubine als Augen.

»Heiliger Bimbam!«, bemerkte Cordelia. »Zieh sie an. Oder soll ich sie einmal anlegen?«

Ich wurde verlegen, als ich unter den Blicken der anderen die Kette umlegte. Sie wurde vorn geschlossen – eine Schlange, die in ihren Schwanz biss.

»Das ist ein selten schönes Stück«, erklärte Flo. »Und sehr alt.«

»Von wem hast du sie?«, erkundigte sich Cordelia und untersuchte das Geschenkpapier. »Hier ist keine Karte.«

Ich wusste natürlich, von wem die Kette war, und wurde feuerrot. Max stand unweit von mir entfernt und beobachtete mich. »Danke«, murmelte ich. »Etwas so Kostbares habe ich nicht verdient.«

»Die Kette gehörte einmal einer mesopotamischen Prinzessin«, sagte Max. »Sie dürfte fünftausend Jahre alt sein.«

Jonno, der vor kurzem aufgetaucht war und angegriffen wirkte, verdrehte seine blutunterlaufenen Augen. »Ist das noch Bestechung oder schon Belohnung?«

»Wenn man sich vorstellt, was die Schlange alles erlebt hat«, bemerkte Flo versonnen. »Vollkommen andere Zeiten und Welten.«

Im Geist sah ich die Kette am Hals einer stolzen Frau mit rabenschwarzem Haar und mandelförmigen Augen und dachte, dass ihre gebräunte Hand einst ebenso darüber gestrichen hatte, wie ich es nun tat. Ob irgendwo zwischen den Gliedern noch immer ein Körnchen Sand vom Ufer des Euphrats steckte? Ich wusste nicht, wie ich ein solch wertvolles Geschenk annehmen konnte, doch wie ich es vor so vielen Menschen ablehnen sollte, wusste ich ebenfalls nicht.

Zum Glück brachte Mrs Whale in dem Moment ein Tablett mit Champagnergläsern herein und sorgte für Ablenkung. Annabel hatte sich in eine Ecke zurückgezogen, in der sie stumm und glücklich Ruperts Geschenk betrachtete: eine Armbanduhr mit hellblauem Lederband, auf deren Zifferblatt die Mondphasen angezeigt wurden. Nach einer Weile setzte Archie sich ans Klavier und spielte Weihnachtslieder, zu denen Jonno sang. Er besaß eine überraschend schöne Stimme, einen klaren, wohltönenden Tenor, der ganz im Gegensatz zu seinem Äußeren stand. Georgia erzählte Max von ihrem letzten Urlaub in St. Lucia, Emilio flirtete mit Flo, und Philipp unterhielt sich lautstark mit Miss Tipple. Sir Oswald kämpfte sich durch mein einfallsloses und unglückseliges Geschenk in Form einer riesigen Schachtel Pralinen, während er Cordelia beäugte, die ihrerseits ein zweites Mal ihre Schätze begutachtete. Ich saß still da und betastete zuweilen meine Kette, die kühl und schwer auf meinen Schulterknochen lag.

Das Abendessen war überwältigend; Maggie und Mrs Whale hatten sich selbst übertroffen. Zur Vorspeise gab es *Oeufs Richelieu* – Eier mit Trüffeln und Krebsfleisch in Aspik –, gefolgt von Seezunge auf Tomatenpüree und Gänsebraten mit Kroketten und Kirschsoße. Auf Sir Oswalds Kinn glänzte Bratenfett, und auch die schweißüberströmte Stirn musste er bisweilen mit der Serviette abtupfen. Diejenigen von uns, die am Nachmittag Schlittschuh gelaufen oder durchs Moor gewandert waren, waren von der frischen Luft und der körperlichen Anstrengung erschöpft und hatten Mühe, zur Konversation beizutragen. Meine Augen brannten vor Müdigkeit, und Flo gähnte mehrmals hinter vorgehaltener Hand. Als Cordelia und Annabel beim Essen die Arme aufstützten, wies niemand sie zurecht.

Beim Weihnachtspudding sank Maggies Kinn auf ihre Brust, und ich glaubte, dass sie für kurze Zeit schlief. Georgia warf Max aufreizende Blicke zu, doch er tat, als ob er es nicht bemerkte. Lediglich Archie, der am Nachmittag gemütlich gelesen hatte, erwies sich als redselig und unterhielt uns gleich einer modernen Scheherezade mit einem Repertoire der unglaublichsten Geschichten. Als wir an einer Stelle in Gelächter ausbrachen, schrak Maggie hoch und blickte uns an, als frage sie sich, woher wir überhaupt gekommen waren.

»Das war ein wunderschöner Weihnachtstag«, setzte Max nach einer Weile an. »Unsere Gastgeber haben sich als endlos liebenswürdig und großzügig erwiesen, und ich weiß kaum, wie ich Ihnen danken soll. Deshalb finde ich es auch äußerst schade, dass ich morgen abreisen muss, doch es ist leider unabänderlich. Vorhin habe ich von meiner Agentin erfahren, dass die Hubert-Hat-Company mit dem *König Lear* auf Tournee gehen wird. Das Ensemble ist neu zusammengestellt worden – obwohl es alles andere als leicht war, die fehlenden Mitglieder zu ersetzen.« Er warf mir einen entschuldigenden Blick zu. »Morgen Früh fahre ich mit dem Zug nach London, und am Nachmittag geht es bereits weiter in Richtung Australien.«

»Dann können wir uns ein Taxi teilen«, warf Mrs Mordaker ein. »Das ist billiger und erspart dem Fahrer eine Tour.«

»Ich fürchte, ich muss in aller Herrgottsfrühe aufbrechen. Ich habe den Wagen für sechs Uhr bestellt.«

»Oh, Hereward und ich sind seit jeher mit den Hühnern auf den Beinen gewesen. Wir halten nichts vom langen Schlafen.«

Sie bedachte Jonno, der sich zum wiederholten Male Wein einschenkte, mit missbilligendem Blick. Er zeigte ihr heimlich den Finger. Annabel und Cordelia fingen an zu kichern und wussten sich kaum noch zu halten.

Natürlich nahm ich die Nachricht, dass Max abreisen würde, mit gemischten Gefühlen auf. Gewiss, hauptsächlich störte mich der Gedanke, dass ein anderer Pas Rolle als Graf Gloucester übernehmen würde, doch als ich daran dachte, dass Max' Agentin am Telefon gewesen war, wurde ich froh. Es war auch schade, dass mein Liebesgeplänkel mit Max zu Ende war, doch meine Erleichterung, keine weitere Entscheidung treffen zu müssen, war ebenso deutlich zu spüren.

»Welch ein Zufall«, sagte Georgia zu Max. »Anfang Januar

werde ich meine Schwester in Melbourne besuchen. Vergiss nicht, mir deine Adresse zu geben.«

»Wann hast du die Geschichten, die du erzählt hast, eigentlich alle erlebt?«, fragte ich Archie, als wir anschließend im Salon in die Sessel sanken.

»Nie«, entgegnete Archie. »Aber ihr wart dermaßen langweilig, dass ich mich wohl oder übel selbst unterhalten musste. Ich habe sämtliche Theaterstücke, Romane und Opern, die mir eingefallen sind, nacherzählt. Weißt du, dass die Mordakers mir fehlen werden? Auf ihre Weise sind sie äußerst amüsant. Dreh dich jetzt nicht um, Liebes, aber Max und Georgia sind sich offenbar in die Wolle geraten. Oh, und nun hat er ihr eindeutig etwas Unfreundliches an den Kopf geworfen – ja, sie starrt auf ihr Glas und überlegt vermutlich, ob sie ihm den Champagner ins Gesicht schütten soll ... nein, sie versucht es mit Tränen, und dieser Rüpel fängt an zu lachen – da, jetzt hat sie ihm eine runtergehauen! Und das Schwein lacht schon wieder! Nein, Harriet, ich *verbiete* dir, nach hinten zu schauen. Es wäre schäbig, sich daran zu weiden.«

»Das würde mir nicht im Traum einfallen.«

»Lüg mich nicht an. Sie ist deine Rivalin, und du hast sie besiegt. Tu nicht, als wärst du besser als andere Menschen. Oh, unser heldenhafter Ritter wirft einen Blick in deine Richtung. Gewiss möchte er erfahren, ob du seinen Treuebeweis miterlebt hast. Er kommt auf uns zu – vermutlich bittet er dich gleich um eine Locke aus deinem Haar ... du sollst *mich* ansehen, Harriet! – Ah, lieber Max! Komm, setz dich zu uns! Warum erzählst du uns nicht ein wenig von der geplanten Tournee? Ich werde ganz aufgeregt, wenn ich an die wundervollen Schafzüchter in Australien denke.«

Wie es aussah, hatte Archie sich zum Tugendwächter erkoren, denn für den Rest des Abends wich er nicht von unserer Seite. Als die Gesellschaft sich auflöste und Cordelia und ich zu unserem Zimmer hochstiegen, wusste ich nicht, ob ich froh oder beleidigt war, weil Max mir lediglich einen Kuss auf die Wange gedrückt hatte. Es war tatsächlich zum Verrücktwerden: Noch auf dem Weg aus dem Salon hatte ich wegen seiner Abreise aufgeatmet, auf der Treppe war ich betrübt, und als ich unter meiner Bettdecke lag, bedauerte ich den Umstand unendlich.

Ich hatte tief und traumlos geschlafen, als ich von irgendetwas geweckt wurde. Ich stützte mich auf den Ellbogen und warf Dirk einen bösen Blick zu, doch er schlief eindeutig, und nur hier und da zuckten seine Pfoten und er schmatzte. Cordelia lag reglos an meiner Seite. Aber da war es wieder, ein kratzendes Geräusch wie von Fingernägeln auf Holz. Es kam aus dem Kleiderschrank.

Ich dachte an Mäuse, Läuse, Leitungsrohre und Ratten. Dann kam mir Old Gallys Arm in den Sinn. Ebenjenen Gedanken hatte ich verhindern wollen, doch er hatte sich voller Heimtücke in meine Überlegungen geschlichen. Im Geist sah ich, wie der Arm durch die Schranktür kam, geräuschlos das Zimmer durchquerte und dann über mir schwebte, um mit den Fingern auf mich zu zeigen. Ich gab mir einen Ruck und beschloss, ihm beherzt und aus eigenem Antrieb entgegenzutreten. Vorsichtig stieg ich aus dem Bett, tappte durchs Zimmer, holte Luft und riss die Schranktür auf. Ein Gesicht, das nicht das meine war, starrte mich mit scharlachroten Frettchenaugen an. Ich wartete gerade noch, um zu erkennen, dass es eine wallende Perücke, einen Federhut und eine Halskrause mit blutroten Flecken trug, ehe ich aus dem Zimmer rannte.

Auf dem Flur stand ich für einen Moment unschlüssig herum. Ich konnte meine Schwester nicht allein mit Old Gally lassen, doch zurückzugehen wagte ich nicht. Am liebsten hätte ich geschrien oder wenigstens geweint, doch selbst dazu war ich zu durcheinander. Ich brauchte jemanden, der tapferer war als ich.

Ich steuerte Ruperts Zimmertür an und drehte den Knauf. Dann vernahm ich gemurmelte Worte und Seufzer und Archies Stimme, die unter Stöhnen sagte: »Du Ungeheuer – du Ungeheuer! Ja, tu mir weh, mach weiter, tu mir weh!« Hastig wandte ich mich ab.

Offenbar war es mir zur Gewohnheit geworden, mich in der Not auf Rupert zu verlassen, und ich hatte vergessen, dass er eigene Bedürfnisse besaß. Panisch lief ich ein paar Schritte in diese und in jene Richtung, ehe ich entschied, dass nach Rupert Flo in Frage kam, um mir zu helfen. Ich rannte über den Flur. In dem Spalt unter der Tür zur Dienstbotenkammer schimmerte Licht.

Ich platzte hinein. »Flo! Da ist etwas ganz Furchtbares in meinem …« Ich brach ab. Maggie lag mit dem Kopf auf dem Tisch mit der Nähmaschine, die Wange auf Annabels Kleid und eine Schere in der halb geöffneten Hand. Sie schlief dermaßen fest, dass ich sie wachrütteln musste.

»Was – was denn? Oh, Harriet … ach herrje, ich muss eingenickt sein. Wie spät ist es? Ist alles in Ordnung?«

Sie nahm ihre Brille ab. Bis auf die roten Abdrücke auf ihrer Nase war ihr Gesicht kalkweiß. Sie rieb ihre Augen und starrte mich an.

»Es ist alles in Ordnung, Maggie«, erklärte ich nach kurzem Zögern. »Aber du solltest jetzt zu Bett gehen. Es ist schon nach eins.«

Maggie nickte und stand auf. Ich gab ihr einen Gutenachtkuss und schaute ihr hinterher, als sie schwankend den Flur überquerte.

Nachdem sie außer Sichtweite war, klopfte ich an der Tür zu Flos Zimmer und stellte aufatmend fest, dass gleich darauf Licht auf die Türschwelle fiel. Dann wurde der Schlüssel gedreht und die Tür aufgezogen.

»Harriet!«

Max hatte ein Laken um die Hüften geschlungen und schaute mich verwundert an. Danach packte er mein Handgelenk und zog mich in sein Zimmer.

»Ich wollte dich nicht wecken«, beteuerte ich. »Ich dachte, dies wäre Flos Zimmer, und ich wollte ihr sagen, dass ein Mann bei uns im Schrank steckt und dass ich mich nicht traue nachzusehen, ob er immer noch da ist – und nun ist Cordelia allein, und das geht doch nicht, aber ich weiß nicht, was ich machen soll …«

Max nahm mich in seine Arme. »Jetzt noch mal von vorn. Wer ist in deinem Schrank? Doch wohl nicht Emilio, oder doch?«

»Nein. Old Gally.«

»Old Gally? Was du nicht sagst.« Max hielt mich auf Armeslänge von sich und studierte mein Gesicht.

»Glaub mir, Max. Es ist Old Gally – oder vielleicht sein Arm – oder sein Geist!«

Max brach in Gelächter aus. »Nun, das ist mal was Neues.«

»Bitte, Max, komm mit. Ich schaff das nicht allein. Es war ganz furchtbar – an seinem Hals war Blut, und die Augen waren rot und er hat böse geschaut!«

»Meine Güte, du zitterst am ganzen Leib. Du hast ja tatsächlich Angst.«

»Ja, natürlich! Was denkst du denn? Bitte, komm!«

»Warte mal, ich habe eine bessere Idee. Du bleibst hier, und ich gehe los und schaue nach.« Er setzte mich auf die Bettkante und hüllte mich in eine Decke. »Warte auf mich. Er war im Kleiderschrank, hast du gesagt, oder?«

Ich nickte stumm, und er verschwand in seinem Lakengewand. Ich fixierte die offene Tür und rechnete jeden Moment mit einem grausigen, kopflosen Geist, der mir entgegengeschwebt kam. Es dauerte nicht lange, bis Max zurückkehrte. Er schloss die Tür und sperrte sie ab. Dann setzte er sich neben mich.

»Keine Spur eines Vergewaltigers«, erklärte er mit leicht ironischem Unterton.

»Hast du auch richtig nachgeschaut?«

»Ich habe die Schranktür geöffnet und mein Gesicht im Spiegel entdeckt, das aufgrund des Champagners und des unterbrochenen Schlafes fürchterlich aussah.«

»Max, es tut mir furchtbar Leid, dass ich dich geweckt habe, aber du musst mir glauben! Er war da! Ich habe ihn genau gesehen!«

»Du hast schlecht geträumt, Harriet, das ist alles. Aber du musst dich nicht entschuldigen, ich beschwere mich ja nicht. Im Gegenteil.«

»Ich war wach, ich habe nicht geträumt«, bemerkte ich trotzig.

»Gewiss. Aber es gibt keinen Grund zur Sorge. Ich habe überall nachgeschaut, sogar unter dem Bett. Cordelia ist in Sicherheit und schläft wie ein Baby. Und nun, meine liebe, süße Harriet …« Er streichelte mein Haar und küsste meine Stirn und meinen Mund. »Nun werden wir das Ganze vergessen und uns erfreulicheren Dingen zuwenden.«

»Ja, aber so ist es nicht – du darfst nicht glauben, ich hätte mir das alles ausgedacht, nur um in dein Zimmer zu gelangen.« Ich befreite mich aus seinen Armen.

»Sei jetzt still, mein Schatz.« Er zog meinen Kopf sanft zurück, um meinen Hals zu küssen. »Mir ist nur schleierhaft, warum du einen solchen Aufstand machst, wenn ich seit Tagen alles Mögliche versuche, um dich in mein Zimmer zu bekommen. Der kleinste Fingerzeig hätte genügt.«

»Es ist die Wahrheit!« Ich hielt mein Nachthemd zusammen, dessen Knöpfe er zu öffnen begonnen hatte. »Ich habe ihn gesehen, ich schwöre es.«

»Natürlich hast du ihn gesehen.« Max stieß meine Hand zur Seite. »Welch süße kleine Brust! Entzückend. Weißt du, dass ich keine üppigen Frauen mag?«

»Ich dachte wirklich, es wäre Flos Zimmer.«

»Harriet, jetzt ist es gut.« Max hielt inne und betrachtete mich prüfend. »Du bist doch nicht etwa noch Jungfrau, oder?«

»Natürlich nicht. Aber ich bin nicht besonders erfahren. Mein erster Liebhaber zählt nicht, weil das irgendwie schrecklich war, und mein zweiter …« Ich verstummte. Im Rückblick kam mir Dodges unbeholfene Hingabe nett und aufrichtig vor.

»Nur zwei Liebhaber? Dafür kommst du heutzutage in den Himmel. Aber es macht die Sache leichter. Ich möchte nämlich nicht gern Blut auf Maggies Bettlaken hinterlassen. Und mach dir bitte keine Gedanken wegen des fehlenden Geschicks, es reicht aus, dass du bereit bist.«

»Aber ich würde nie im Traum daran denken, dich mit Tricks zu verführen …«

»Warum denn nicht?« Max ließ sein Laken fallen. »Wie du siehst, ist das aber auch nicht vonnöten.«

Max ließ seine Hand in meinen Ausschnitt gleiten und begann meine Brüste zu kneten. Eine Hitzewelle durchströmte mich, und mein Puls fing an zu rasen. Als Max mich sacht anhob und auf die Matratze bettete, wölbte ich mich ihm entgegen.

»Oh, Harriet! Harriet, mein Liebling!«, murmelte Max an meinem Ohr, während er langsam auf mich glitt. »Wer tauschte nicht den Raben gegen eine Taube?«

Ein Teil von mir löste sich und begann die Szene von außen zu betrachten, und noch während ich Max umschlang, sagte mir eine Stimme, dass das Ganze eigentlich keine gute Idee gewesen war. Vielleicht lag es daran, dass er zu häufig meinen Namen erwähnte, was in meinem Ohr wie eine Mahnung klang. Vielleicht hätte er auch nicht Shakespeare zitieren sollen, weil ich dadurch an zu

Hause erinnert wurde und an die kleine Harriet Byng, die fortwährend auf dumme Gedanken kam.

Ich gab mir alle Mühe, das zu tun, was mein Körper verlangte, und Max tat sein Bestes um nachzuhelfen. Noch einmal zuckte mein Verstand auf, um zu fragen, ob ich die Taube und wer denn dann der Rabe war, doch dann zeigte Max mir deutlich, was er konnte, und mein Verstand gab endgültig auf.

28

Nur die Kinder, Archie und Rupert befanden sich im Frühstückszimmer, als ich am Morgen erschien.

Max hatte mich gegen halb sechs geweckt, mich geküsst und unter Liebesschwüren rasch auf Wiedersehen gesagt. Danach hatte er sich darauf konzentriert, seine Siebensachen in seinem Koffer zu verstauen, was ich nicht übel genommen hatte, denn ich fand Kofferpacken ebenfalls anstrengend. Cordelia schlief, als ich unser Zimmer betrat. Ich wartete, bis es heller wurde, ehe ich mich überwand, die Schranktür zu öffnen. Mein Gesicht schaute mir entgegen, blass unter zerwühltem Haar. Vorsichtig streckte ich meine Hand aus, um den Spiegel zu berühren. Er war kalt und aus Glas.

Georgia betrat den Speisesaal, als ich meine Eier mit Schinkenspeck verzehrte. Sie sah schick aus, trug einen limonengrünen Turban zu einer passenden Pluderhose und hatte ihre Fingernägel golden lackiert.

»Wo ist das Kedgeree?«, erkundigte sie sich. Als niemand antwortete, begnügte sie sich mit Pilzen und einer Scheibe Toast, die sie mit Märtyrermiene aß.

»Es ist wie bei den zehn kleinen Negerlein«, bemerkte Cordelia. »Einer nach dem anderen verschwindet. Bei den Mordakers tut es mir nicht Leid, doch ich wünschte, Max wäre noch geblieben.«

»Er wird uns allen furchtbar fehlen«, erwiderte Archie. »Lediglich diejenigen, die ihren Schlaf lieben, werden es zu schätzen wissen, dass der Nachtverkehr nunmehr ein Ende hat.«

Ausgerechnet! Ich wollte ihm einen vernichtenden Blick zuwerfen, doch Archie hatte nicht mich, sondern Georgia im Visier. Sie lächelte still vor sich hin, und mich durchzuckte ein ausgesprochen ekelhafter Gedanke.

»Was willst du damit sagen?«, fragten Annabel und Cordelia wie aus einem Munde und sprachen mir aus der Seele.

»Drei Menschen können ein Geheimnis wahren.« Archie beugte sich zu ihnen vor. Die Mädchen blickten ihn erwartungsvoll an. »Aber nur, wenn zwei von ihnen tot sind.«

Während Annabel und Cordelia stöhnten, sah ich, dass Rupert mich über den Zeitungsrand musterte. Ich war froh, als Mrs Whale das Frühstückszimmer betrat und das Kedgeree auf die Anrichte stellte.

»Tut mir Leid, Madam«, entgegnete sie, als Georgia sich über die Verspätung beschwerte. »Lady Pye ist krank, und da Sir Oswald sein Frühstückstablett pünktlich erwartet, bin ich zu dem Kedgeree nicht eher gekommen.«

»Vielleicht hätten Sie damit ein wenig früher ...«.

»Was fehlt Lady Pye?«, unterbrach Rupert sie.

»Keine Ahnung. Sie will keinen Arzt. Und ich muss das Tablett bei Sir Oswald abholen, im Salon abstauben, das Frühstücksgeschirr abwaschen und die Betten machen. Brauchen Sie noch etwas?«

»Ist der elende Arm aufgetaucht?«, fragte Rupert.

»Nein, Sir.«

»Haben Sie ihn gesucht?«

»Nein, Sir. Wenn Sie entschuldigen, Sir, aber das wage ich nicht.«

»Glauben Sie diesen Unsinn etwa?«

»Nein, Sir. Höchstens nachts, wenn der Wind ums Haus heult und die Dielen knarren, und hier und da ...«

Sie vollendete ihren Satz nicht. Zweifellos glaubte sie daran, und ich wäre die Letzte gewesen, die sie deswegen ausgelacht hätte.

»Vielleicht sollten wir die Polizei verständigen«, bemerkte Rupert. »Es wäre nett, wenn Sie mir die Nummer des nächsten Reviers heraussuchen würden, Mrs Whale.«

»Verzeihung, Sir, aber das würde Lady Pye nicht wollen. Sie würde es als Missachtung der – Familienahnen auslegen, und gewiss hätte auch Sir Oswald etwas dagegen.«

»Machen Sie sich deswegen keine Sorgen. Ich übernehme die Verantwortung.«

»Sehr wohl, Sir.« Mrs Whale machte kehrt und verschwand.

»Ich kann mir nicht vorstellen, dass die Polizei das ernst nimmt«, bemerkte ich.

»Ich glaube, die Polizei nimmt das durchaus ernst«, entgegnete Rupert. »Es gehört zur gleichen Kategorie wie obszöne Anrufe und Drohbriefe, denn immerhin steckt die Absicht dahinter, einem Menschen Furcht einzujagen.«

»Wenn Maggie krank ist, kann sie mein Kleid nicht mehr rechtzeitig ändern.« Annabel ergriff ihre Gabel und begann, Toastbröckchen auf die silberne Galeone zu schnippen.

»Das reicht«, zischte Georgia, als sie getroffen wurde. »Musst du dich eigentlich immerzu unmöglich aufführen?«

»Müssen Sie eigentlich immerzu grauenhaft aussehen?«, fragte Annabel.

Georgia kniff ihre Lider zusammen. »Dir sollte mal jemand ordentlich den Hintern versohlen.«

Rupert ließ seine Zeitung sinken. »Annabel, entschuldige dich!«

»Nein!« Annabel schob ihre Unterlippe vor. Rupert machte Anstalten, sich zu erheben. »Na gut, tut mir Leid! Bist du zufrieden?«, rief sie. Ich fragte mich, ob sie erwartet hatte, dass Rupert handgreiflich würde. Mir waren derartige Machtdemonstrationen fremd, und hätte ich derlei bei Cordelia versucht, hätte sie meinen Bluff durchschaut. Im Moment verfolgte sie den Austausch zwischen Rupert und Annabel mit gespanntem Interesse.

Georgia warf ihre Serviette auf den Tisch und stand auf. »Das Kind ist ein Ungeheuer«, erklärte sie, ehe sie den Raum verließ.

Rupert schaute Annabel an. »Du bist eigentlich alt genug, um zu wissen, dass man Gäste nicht beleidigt. Dein Benehmen war in höchstem Maße taktlos. Regelrecht niederträchtig ist jedoch deine Reaktion auf Maggies Unwohlsein gewesen. So etwas empfinde ich als abstoßend.« Er nahm erneut seine Lektüre auf.

Annabel setzte ein tapferes Grinsen auf und schnippte die nächsten Toastbrocken auf das Schiff. Dann fing ihr Kinn an zu beben, und die ersten Tränen rollten über ihre Wangen. Arme Maus, dachte ich. Sie liebt ihn wirklich.

»*Il faut détourner la conversation*«, flüsterte Cordelia mir zu. Es war das, was Ma sagte, wenn ihre Gäste streitsüchtig wurden und sie davon ausging, dass andere kein Französisch verstanden. »Annabel, wenn du schniefen möchtest, tu das bitte woanders«, kam es von Rupert.

Annabel brach in Schluchzer aus.

»Ich glaube, dass Max in Kniehosen blendend aussehen wird«, erklärte Cordelia geziert.

»Nun, ich persönlich würde volleren Waden den Vorzug geben«, erwiderte Archie. »Doch mal abgesehen davon, ist Max mir ein wenig zu gewitzt. Ich mag die Männer grob und schwerfällig, so wie die Natur sie vorgesehen hat. Wenn es um einen Gesprächspartner geht, ist das natürlich etwas anderes.«

Annabel hatte ihr Gesicht inzwischen in den Armen vergraben und vergoss bittere Tränen. Sie tat mir aufrichtig Leid. Schließlich war sie noch ein Kind, das seine Gefühle nicht zu kontrollieren verstand, und sie hatte niemanden, der sie erzog. Und als wäre das nicht ausreichend, galt ihre Liebe einem Mann, der für Frauen – und kleine Mädchen insbesondere – nichts empfand und der ungeduldig, kalt und herzlos war. Gerade als ich überlegte, wie ich sie trösten konnte, schloss Rupert seufzend seine Zeitung. »Annabel, hör mit dem Gewinsel auf! Ich verliere gleich die Geduld.«

Seine Unbarmherzigkeit jagte mir Angst ein. Wusste er nicht mehr, wie elend man sich als Kind fühlen konnte? Annabel versuchte, ihre Tränen zu unterdrücken, und bekam einen Schluckauf.

»Hör zu, Annabel«, begann Rupert. »Du willst uns doch in London besuchen, nicht wahr? Und in dem Fall musst du dir ein paar Manieren angewöhnen. Ich lege keinen Wert auf Theater am Frühstückstisch. Eigentlich auch sonst nicht. Zum Auftakt des Tages ist es jedoch eine Zumutung.«

»Darf ich wirklich kommen?« Annabel schaute ihn flehend an.

»Wenn du mir zeigst, dass du dich benehmen kannst, darfst du den letzten Tag der Osterferien bei uns verbringen, und ich fahre dich sogar zur Schule. Doch zuvor will ich von Maggie hören, dass dein Verhalten vorbildlich war.«

»Gehen wir dann zur Automesse?«

»Archie wird dich dorthin begleiten. Er interessiert sich für Autos. Aber nur, wenn du dich tadellos aufführst.«

»Oh, Rupert, ich tue alles, was du willst. Alles!« Sie sprang auf und berührte seinen Arm. »Vielen Dank, dass ich kommen darf.«

»Schon gut. Erst mal abwarten.«

»Was muss ich dafür tun?«

»Maggie helfen. Und freundlich und höflich zu ihr sein.«

»Ich verspreche es. Aber was kann ich jetzt tun, um dir zu zeigen, dass ich mich benehmen kann?«

»Ich brauche keinen Sklaven, Annabel, du musst lediglich erträglich sein.« Annabel blickte ihn enttäuscht an. »Na, gut, du darfst mein Auto waschen.«

Annabel lief überglücklich nach draußen. Rupert rieb mit der Serviette über den Butterfleck, den sie auf seinem Ärmel hinterlassen hatte.

»Wie pädagogisch du bist!«, spöttelte Archie. »An ihrer Stelle würde ich einen Kieselstein im Schwamm verstecken. Zuerst wird sie abgekanzelt und dann nach London eingeladen. Und der liebe Onkel Archie darf sie zur Automesse begleiten! Die reinste Gefängnisstrafe ...« Er stockte und blickte mich zerknirscht an.

»Ich bin nicht pädagogisch«, erwiderte Rupert. »Ich habe Annabel bestochen. Und nun entschuldigt mich, ich muss telefonieren.«

»Diese Bestechung wird er bereuen.« Archie schenkte sich Kaffee nach. »Wieder ein hässliches Entchen, das sich an Ruperts Fersen heftet.«

»Nun, mittlerweile dürfte er abgehärtet sein. Er hat ja die gesamte Familie Byng im Nacken«, sagte ich. Archie und ich waren mittlerweile allein. »Was hast du übrigens vorhin gemeint, als du von Max und dem Nachtverkehr gesprochen hast?«

Archie schnitt eine Grimasse. »Liebe Harriet, falls du einen Mann abbekommen willst, was heißt, falls du jemanden überreden möchtest, deinetwegen seine Ruhe, seine geliebte Wohnungseinrichtung und sein Bankkonto aufzugeben, musst du lernen, die Bemerkungen zu überhören, die Männer am Frühstückstisch machen.«

»Du drückst dich vor der Antwort, Archie.«

»Stimmt.«

»Also, heraus mit der Sprache.«

»Auf deine Verantwortung. Und bitte anschließend kein Gekreische. Ich habe sehr empfindliche Ohren.« Ich setzte eine gefasste Miene auf. »Nun gut. Trotz der Gefahr, auf dem Weg zu erfrieren, hat meine Blase mich in den vergangenen Nächten gezwungen, die Toilette aufzusuchen. Dabei bin ich etliche Male auf Miss Bisset gestoßen, die das Zimmer von Max Frensham betrat oder selbiges verließ. Wenn du mich fragst, leidet der Mann an Satyriasis.«

»An was?« Ich spürte, dass mir übel wurde.

»Unter Satyriasis, mein Unschuldsengel, versteht man den Zwang, mit so vielen Frauen wie möglich zu verkehren. Es ist die männliche Form der Nymphomanie. Das, was andere Leute treiben, geht mich zwar nichts an, doch ich hoffe, er ist nicht auch bei dir zum Zug gekommen.« Archie betrachtete mich über seinen Brillenrand.

»Natürlich nicht.« Ich kämpfte mit den Tränen.

»Also doch. Max Frensham darf die nächste Kerbe in seinen Bettrahmen schnitzen. Und nun tu nicht so tapfer. Ich hoffe, du willst nie Schauspielerin werden. Über die Rolle des Zimmermädchens kämst du nicht hinaus.«

»Woher weißt du, dass sie aus Max' Zimmer gekommen ist? Manchmal irrt man sich doch auch in einer Tür«, sagte ich kläglich.

»In meinem Alter achtet man darauf, wer wo untergebracht ist.«

Ich barg mein Gesicht in den Händen.

»Allmächtiger! Reiß dich zusammen, Harriet! Glaubst du, die Welt geht unter, nur weil Harriet Byng auf einen Schürzenjäger reingefallen ist?«

Ich versuchte zu begreifen, dass Max mich nicht liebte, sondern lediglich ein Weiberheld war. Und dass Georgia sich keineswegs lächerlich gemacht, sondern bekommen hatte, was sie wollte. Ich war diejenige, die an der Nase herumgeführt worden war. Wie hatte ich dermaßen einfältig, eingebildet und idiotisch sein können? Ich fragte Archie mit zitternder Stimme, ob er wüsste, warum ich so dämlich war. Er stand auf und setzte sich neben mich.

»Harriet, du bist einfach nicht gewieft, aber das ist nicht verkehrt. Max hat dir vermutlich seine Liebe geschworen, und du hast ihm geglaubt. Dabei hat deine Mutter dir gewiss erzählt, wie trügerisch solche Schwüre sind. Liebst du Max denn? Lüg mich nicht an! Denk daran, dass du eine grauenhafte Schauspielerin bist.«

Ich grübelte vor mich hin. »Nein«, erklärte ich schließlich. »Wenn ich ehrlich bin, liebe ich ihn nicht. Ich fand ihn begehrenswert, doch das lag teilweise daran, dass ich dachte, er würde *mich* begehrenswert finden. Außerdem habe ich mich wegen der Aufmerksamkeit, die er mir geschenkt hat, irgendwie verpflichtet gefühlt. Das klingt verrückt, nicht wahr?«

»Ich wünschte, so mancher junge Mann würde dein Pflichtbewusstsein teilen. Natürlich fand Max dich begehrenswert. Welcher gesunde, heterosexuelle Mann würde das denn nicht tun? Fraglos ist er mit Georgia nur ins Bett gegangen, weil sie verfügbar war, selbst wenn er es in Wahrheit auf dich abgesehen hatte.«

Ich wusste, dass Archie lediglich nett sein wollte, aber dennoch war die Wirkung seiner Worte tröstlich.

»Sie ist aufregender und eleganter als ich.«

»Pah! Sie ist bestenfalls eindeutig und macht ihre fehlende Attraktivität mit auffälliger Kleidung wett. Wer würde denn beispielsweise mich bemerken, wenn ich langweilige graue Anzüge trüge und mich wie jeder andere benähme?« Archie strich liebevoll über seinen rot-schwarz gestreiften Blazer. »Solche Tricks hast du nicht nötig, Harriet.« Ich hörte ihm andächtig zu, obwohl ich wusste, dass ich mich nie mehr achten würde. »In einer Welt, in der es von Miss Bissets wimmelt, hebt sich deine Bescheidenheit zwar wohltuend ab, doch abgesehen davon hast du eine ordentliche Portion Schönheit abbekommen. Außerdem sollte eine Frau Stil besitzen, und das hat mit Mode nichts zu tun. In deinem Fall musst du wissen, wer Harriet Byng ist, und ihr treu sein.« Ich versuchte, mir eine stilsichere Harriet Byng vorzustellen und wie sie auszusehen. Archie runzelte die Stirn. »Solange du noch nicht weißt, wer du bist, werde ich mich um deine Garderobe kümmern.«

»Danke.« Ich wischte mit der Serviette über meine Augen und hinterließ auf dem weißen Leinen schwarze Wimperntusche.

»Ich frage mich, ob Georgia weiß, dass ihr euch abgewechselt habt«, fuhr Archie nachdenklich fort. »Sie ist zwar ausgefuchst und kennt alle möglichen Tricks und Kniffe, doch vermutlich hat auch sie ihren Stolz und wäre nicht begeistert, wenn sie davon erführe. Im Grunde hat Max euch beiden etwas vorgemacht. Allerdings wäre er nicht der großartige Schauspieler, der er ist, wenn er Frauen nicht weismachen könnte, dass er für ihre Gunst bereit wäre, durch die Hölle zu gehen.« Archie tätschelte meine Hand. »Wir machen alle mal Fehler, Harriet. Meine Güte, wenn ich daran denke, neben wem ich schon morgens aufgewacht bin ...« Er rieb seine Schläfen. »Lieber nicht. Nicht gleich nach dem Frühstück.«

Ich fing an zu kichern.

»Siehst du, so ist's brav. Onkel Archie möchte nämlich nicht, dass du dich wie eine kleine Gans aufführst. Und das tust du doch nicht, oder?« Ich schüttelte den Kopf. »Gott sei Dank«, seufzte er. »Ich bin zu leicht zu deprimieren, um fortan als Kummerkastentante zu dienen. Wobei mir einfällt, dass du hoffentlich aufgeklärt bist und dich entsprechend vorgesehen hast.« Ich wurde rot. »Also, wirklich, Harriet! Du bist hilfloser als ein Säugling.«

»Ich glaube aber nicht, dass etwas passiert ist. Ich hatte erst kürzlich meine Per...«

»Schweig!«, rief Archie. »Das fehlt mir gerade, dass ich auch noch als Frauenarzt herhalten muss.«

»Ich verspreche hoch und heilig, dir mit Max nicht in den Ohren zu liegen und mich nicht wie eine kleine Gans aufzuführen. Jedenfalls nicht in der Öffentlichkeit.«

»Ausgezeichnet.« Archie setzte seine Brille ab und putzte sie mit seiner Serviette.

»Aber du musst mir auch etwas versprechen, Archie. Du darfst Rupert nichts erzählen. Er würde mich entsetzlich verachten.« Archie setzte seine Brille auf und rückte sie zurecht. »Oder zumindest würde er sich wundern, dass jemand sich dermaßen blamieren kann.«

»Ich werde ihm nichts sagen. An deiner Stelle würde ich jedoch nicht davon ausgehen, dass er nichts mitbekommen hat. Er hat neulich schon gefragt, ob ich wüsste, weshalb Frensham dich verfolgt.« Es beleidigte mich zutiefst, dass Rupert an meiner Anziehungskraft zweifelte. »Er fand, Frensham wäre nicht zu trauen, und als ich wissen wollte, warum er dich nicht warnt, antwortete er, der Mann würde dir offenbar gefallen, und gegen ihn zu reden, hieße, ihn verlockender zu machen. Außerdem hielt er deine bevorstehende Enttäuschung für eine gute Lehre hinsichtlich deiner Neigung, dich Wunschträumen hinzugeben.«

»Das hat er gesagt?« Ich starrte auf die Reste Schinkenspeck und das zerlaufene Eigelb auf meinem Teller. Natürlich erfasste ich, dass Ruperts Worte etwas Wahres enthielten, doch ich war meilenweit davon entfernt, es zuzugeben. Max hatte meinem frisch erwachten Selbstvertrauen einen Schlag versetzt, doch Ruperts Urteil setzte dem noch eins obendrauf. »Vielen Dank, Archie«, murmelte ich. »Du warst sehr lieb und teilnahmsvoll. Ich glaube, ich laufe jetzt los, um nach Maggie zu schauen.«

Als ich Rupert in der Halle entdeckte, schlug ich einen Bogen zu dem Tisch, auf dem der Briefträger die Tagespost ablegte. Dort hantierte ich herum, bis mir einfiel, dass es der zweite Weihnachtstag war und an dem Tag keine Post kam.

»Ich muss für ein paar Tage nach London«, erklärte Rupert meinem Rücken.

»Hm.«

»Eine Sonderkonferenz in der Oper. Offenbar sind ein paar Leute aneinander geraten und zwei Vorstände haben ihr Amt niedergelegt. Wie es aussieht, ist es an mir, ihr Gefieder zu glätten.«

»Ach ja?« Seitdem ich wusste, was er von mir hielt, konnte er sich seinen leutseligen Umgangston sparen. Als ich mich umwandte, wirkte er verdutzt. »Ich fahre mit dem Zug«, fuhr er fort. »Archie kann den Wagen nehmen, und ihr könnt Maggies Besorgungen erledigen. Ihr geht es tatsächlich nicht gut.« Ich schaute ihn giftig an. »Falls du nichts dagegen hast.«

»Es wird mir eine Ehre sein.«

Um Ruperts Mund deutete sich der Anflug eines Lächelns an, und mein Blick fiel auf die alte Narbe auf seiner Oberlippe. Er hatte sie sich zugezogen, als Pa ihm das Autofahren beibrachte. Rupert hatte beim Start den Rückwärtsgang eingelegt, war gegen eine Mauer geprallt und mit dem Gesicht auf dem Lenkrad aufgeschlagen. Mein Vater hatte sich den Ellbogen gestoßen. Ich war damals sieben oder acht und begleitete die beiden im Taxi zum Krankenhaus. Pa stöhnte und jammerte, doch Rupert saß bleich da und gab, trotz seines blutenden Kinns, keinen Mucks von sich. In der Notaufnahme schilderte mein Vater ausführlich seine Schmerzen und bekam ein Heftpflaster verpasst. Rupert schwieg, während seine Wunde genäht wurde. Ich hielt seine Hand, und als er mich abschüttelte, einen Zipfel seiner Jacke. Die Erinnerung hätte mich weich gestimmt, hätte Rupert nicht begonnen, meine schmollende Miene nachzuahmen.

Schließlich sagte er: »Nanu, Harriet. Warum die schlechte Laune? ›Sprecht wieder, süße Desdemona‹ ...«

»Scher dich zum Teufel«, gab ich zurück.

29

Maggies Zimmer befand sich im obersten Stockwerk des Hauses. Es war eng und klein und bot einen Blick auf den Hof und die Ställe. Das schmale Eisenbett, die klobige Truhe und der Schrank aus Kiefernholz verrieten die ehemalige Dienstbotenkammer. Der winzige Kohlenrost war leer, und entsprechend kalt war der Raum, der noch dazu modrig roch.

Maggie hob ihre Lider, als ich das Zimmerchen betrat. »Ach, du bist es, meine Liebe.« Ihre Haut war wie Haferbrei, doch sie versuchte sich aufzurichten. »Es tut mir so Leid, dass ich schlapp gemacht habe, aber gewiss geht es mir bald besser. O Gott!« Sie tastete nach dem Eimer vor ihrem Bett, doch es war zu spät, und sie übergab sich auf der Bettdecke.

Ich hielt ihr den Eimer vor, bis sie zu Ende gewürgt hatte. »Leg dich zurück und mach dir keine Sorgen, Maggie. Ich hole erst einmal etwas, um dein Bett sauberzumachen.«

Am Ende des Flurs befand sich ein Waschbecken und ein Schrank mit Schrubber und Putztüchern. Ich säuberte Maggies Bett und den Boden. »Dein Bett muss frisch bezogen werden. Ich weiß, dass in Flos Dienstbotenkammer Laken sind. Warte, ich bin gleich wieder da.«

In Flos vormaligem Atelier kramte ich eine Daunendecke und Laken hervor.

»Das sollst du nicht«, murmelte Maggie. »Ich schäme mich entsetzlich.«

»Liebe Maggie, ich kümmere mich gern um dich, obwohl es mir natürlich Leid tut, dass du krank bist. Warum willst du nicht, dass Dr. Parsons nach dir sieht?«

»Ich will niemandem Mühe machen, und es wird ja auch gleich wieder gehen. Im Moment dreht sich beim Aufstehen noch alles. Wenn ich bloß wüsste, wie Janet die ganze Arbeit allein schaffen soll! Könntest du vielleicht nachfragen, ob sie Sir Oswalds Kleidung in der richtigen Reihenfolge zurechtgelegt hat? Zuunterst die Weste und dann die Krawatte, darüber die Hose und die Hosenträger – aber nichts darf zerknittert werden –, dann die Socken und das Hemd, und zuoberst das Korsett und die Unterhose. Er weiß sonst nicht, was er als Erstes anziehen muss. Lass mich nachdenken, heute ist was? Dienstag, nicht wahr? Da trägt er die braun karierte Jacke und die grün gemusterte Paisley-Krawatte.«

»Ich sage Mrs Whale Bescheid.« Maggie zitterte trotz der warmen Daunendecke. »Und dann bringe ich dir Tee.«

»Es ist mir so unangenehm, Liebes.«

Auf der Hintertreppe traf ich Flo, die ein Tablett mit Tee und gebuttertem Toast vor sich her trug. »Harriet, dem Himmel sei Dank!«, rief sie. »Ich weiß, ich benehme mich schäbig, doch wir müssen los. Im Radio haben sie noch mehr Schnee angesagt, und Philipp ist unruhig und befürchtet, dass man sich nicht richtig um die Pferde kümmert. Philipps Bruder kann zuweilen nachlässig sein.«

Ich nahm ihr das Tablett ab. »Mach dir keine Gedanken. Ich regele das. Fahrt los.«

»Bitte richte Maggie noch einmal alles Liebe aus. Ich habe mich vorhin schon von ihr verabschiedet und mich bedankt, aber ich konnte sie unmöglich so unversorgt in der eiskalten Kammer zurücklassen. Sie hatte ja nicht einmal etwas Warmes zu trinken.«

»Bis bald, Flo.« Wir gaben uns einen Kuss. »Ich bin froh, dass wir uns endlich richtig kennen gelernt haben.«

»Versprichst du mir, dass du uns im Sommer besuchen

kommst? Ich kann es kaum erwarten, dir alles zu zeigen – unser Haus, das Tal und den Fluss. Im Frühling sät Philipp Gemüse, und im Sommer ernten wir Heu … ach, Harriet, du wirst mir fehlen. Es war so schön, mich mit dir zu unterhalten.«

Als Maggie kurz darauf ihren Tee trank, schaute ich aus dem Fenster und beobachtete, wie Flo und Philipp ihr Gepäck in einem großen schwarzen Wagen verstauten. Irgendetwas in meinem Inneren sagte mir, dass unsere Freundschaft von Dauer sein würde. Seltsam, dass man mit dem einen Menschen Tag und Nacht reden konnte und bei dem anderen schon nach zwei Sätzen nicht mehr weiter wusste.

Klar gab es dazwischen auch welche, mit denen man sich für länger austauschen konnte – über den Preis von Tomaten, griechisch-römische Architektur oder das Schicksal gemeinsamer Freunde. Dagegen war auch nichts einzuwenden. Doch mit Flo war es anders gewesen, wir hatten komplexere Themen berührt und Gefühle abgewogen, und dabei waren mir Dinge bewusst geworden, die ich bis dahin nur vage empfunden hatte.

Ich überlegte, wie es wäre, sie in Dorset zu besuchen, und sah mich mit Haube und schlichtem Kleid auf einer Wiese Kühe melken oder an der Seite eines wortkargen, edelmütigen Mannes durch die Wälder streifen. Meine Träumereien wurden von Maggie unterbrochen, die sich abermals übergab.

»Maggie, du Arme! Ich glaube, der Tee ist dir nicht bekommen. Möchtest du lieber eine andere Sorte? Meinst du, du kannst ein Stückchen Toast essen? Vielleicht hilft dir das.«

»Was sagst du, Liebes? Ich kann dich gar nicht richtig hören. Mir ist, als hätte ich Watte in den Ohren.«

In der Halle entdeckte ich ein Telefonbuch und suchte Dr. Parsons Nummer heraus. Er versprach, innerhalb einer Stunde vorbeizukommen. Als ich mit einem Eimer Kohle, Papier und Streichhölzern zu Maggie zurückkehrte, schien es ihr noch schlechter zu gehen. Sie stammelte vor sich hin, dämmerte ein, schrak auf, murmelte etwas von Wäsche und Kartoffeln und versuchte fortwährend, sich aufzusetzen. Ich entzündete ein Feuer im Kamin und zog die dünnen Vorhänge zu, um die Wärme zu halten.

Als ich ein wenig später nach unten lief und überlegte, wie und wo ich mit anfassen konnte, stutzte ich. Tatsächlich. Der Glaskasten war verschlossen und die Kette wieder an Ort und Stelle. Vorsichtig schlich ich darauf zu. Der Arm lag im Kasten. Er wirkte rostiger als zuvor, und ich erkannte, dass ein Finger fehlte. Ich fasste mir ein Herz, um ihn genauer zu betrachten, und fand, dass er eigentlich kümmerlich aussah.

Mrs Whale war im Salon und kniete mit Kehrblech und Handfeger vor dem Kamin.

»Kommt mir vor, als ob den Kasten zuzuschließen Zeitverschwendung wäre«, erklärte sie, nachdem sie von der Neuigkeit erfahren hatte. »Es gibt Mächte, die lachen über das, was wir Menschen tun.«

»Sprechen Sie von übernatürlichen Wesen?«

»Ich spreche vom Teufel.«

»Ach so.« Über die Existenz des Teufels hatte Loveday sich bereits zur Genüge ausgelassen, das Thema neuerlich aufzugreifen, war nicht erforderlich. »Maggie hat gefragt, ob Sie Sir Oswalds Kleidung zurechtgelegt haben.«

»Verflixt. Das habe ich vergessen.« Im Kamin stäubte Asche auf, und Mrs Whale wedelte hustend mit der Hand. »Ich habe die Betten gemacht und die Halle gefegt, und jetzt muss ich den Abwasch erledigen, Küche und Badezimmer putzen, frische Wäsche besorgen und mich um die Blumenvasen kümmern. Und dann haben wir noch nicht vom Mittagessen gesprochen, ganz zu schweigen von den Tischtüchern, die gemangelt werden müssen und dem Silber, das poliert werden will. Und das Kochen ist normalerweise Lady Pyes Angelegenheit. Ich habe von Anfang an gesagt, dass ich das nicht kann. Vielleicht schaffe ich einen Auflauf und Reispudding – aber das wird Sir Oswald nicht schmecken.«

»Könnten die Vasen nicht noch einen Tag warten?«

»Sir Oswald hasst den Geruch von abgestandenem Blumenwasser.«

»Ich könnte einen Teil übernehmen, beispielsweise das Blumenwasser oder Gemüse putzen.«

»Und wer legt ihm die Kleidung zurecht?«

»Nein. Nein, Mrs Whale, das kann ich nicht. Dazu müsste ich

sein Zimmer betreten und seine Unterwäsche berühren. Das wäre entsetzlich und peinlich.«

Mrs Whale ließ sich auf den Fersen nieder und blickte mich grollend an. »Lady Pye wird sich grämen, wenn sie erfährt, dass man ihn im Stich gelassen hat.«

»Vielleicht erfährt sie es ja nicht.«

»Natürlich erfährt sie es. Er wird es ihr umgehend erzählen, ganz gleich ob sie krank ist oder nicht.«

Ich zog die Tür zu Sir Oswalds Zimmer auf. Das Licht, das durch die Fensterläden fiel, malte Streifen auf den Boden. Vorsichtig hob ich meinen Blick und erkannte ein mächtiges Himmelbett. Der rote Vorhang wurde von goldenen Schnüren mit Quasten gehalten, und an den Ecken ragten weiße Federbüsche auf. Ich entdeckte ein Wappen – und unter der Decke einen gewaltigen Hügel. Auf dem Nachttisch stand ein Tablett mit Eierschalen, Toastkrümeln, Marmeladentopf und Sahnekännchen. Der Hügel bewegte sich gleichmäßig und schnarchte, während ich auf Zehenspitzen zum Wandschrank schlich.

In den Fächern lag ordentlich aufgestapelt Wäsche, und an einer Stange hingen Jacken und Hosen. Ich entdeckte die Kleidungsstücke, die Maggie beschrieben hatte, sammelte sie ein und legte sie nach Vorschrift übereinander. Noch während ich überlegte, ob Männer zuerst in die Socken oder die Hose stiegen, sagte eine Stimme: »Möchte das liebe Mädchen vielleicht etwas naschen?«

Ich fuhr herum. In den Kissen sah Sir Oswalds Gesicht wie eine Sonne aus, die rot hinter den Wolken versank. »Ich habe feine Pralinen.« Wortlos schüttelte ich den Kopf, legte seine Kleidung ab und trippelte im Seitwärtsgang zur Tür.

»Warum kommst du nicht näher? Ich habe auch ein schönes Püppchen.« Die Laken raschelten verdächtig. »Wenn du lieb zu ihm bist, bewegt es sich«, rief er, als ich aus dem Raum stürzte und die Tür ins Schloss warf.

»Labyrinthis«, sagte Dr. Parsons, als ich ihn später die Treppe hinunterbegleitete. »Auch Innenohrentzündung genannt. Lady Pye ist erschöpft. Ich habe ihr erklärt, dass sie Ruhe braucht. Ihr Körper muss sich erholen.«

»Ist das etwas Ernstes?«

»Es kann vorkommen, dass der Mensch ertaubt. Allerdings habe ich Lady Pye ein starkes Antibiotikum verschrieben, das wird seine Wirkung tun. Dennoch dürfte sie für ein paar Tage unter Schwindelgefühlen und Übelkeit leiden. Bitte, sorgen Sie dafür, dass sie im Bett bleibt und sich nicht aufregt. Ich schaue morgen wieder vorbei.«

Zu verhindern, dass Maggie sich aufregte, lag jenseits meiner Möglichkeiten. Selbst nachdem Archie Rupert zum Bahnhof gefahren hatte, würden wir noch immer elf Personen sein. Zum Glück hatten Georgia und Emilio vor, am Nachmittag aufzubrechen. Von den verbleibenden neun waren drei – Miss Tipple, Sir Oswald und Maggie – kaum zu gebrauchen. Ich beschloss, die Kinder einzuspannen.

»Warum? Warum müssen ausgerechnet wir helfen?«, maulten die beiden, als ich ihnen Staublappen und Staubsauger überreichte.

»Weil ihr anständige Menschen seid. Und jetzt hört auf zu jammern. Jeder, der seine Arbeit ordentlich erledigt, wird von Archie und mir ins Kino eingeladen.« Ich hoffte, Archie hätte nichts dagegen, und bedauerte erneut, dass ich keinen Wagen fahren konnte, ohne ihn anschließend mit Schrammen und Kratzern zurückzubringen.

Cordelia ließ sich mein Angebot durch den Kopf gehen. »Und hinterher gibt es Fisch und Chips?«

»Ja.«

»Und während des Films Popcorn?«

»Ja.«

»Und Erdbeermilch?«

»Ja, falls es in Bunton so etwas gibt.«

»Und die neueste Ausgabe von *Metropolitan*? Ich habe sie in London am Kiosk gesehen. Darin steht ein Bericht über Sex ohne Reue. Er heißt ›Der One-Night-Stand‹.«

»Also, ich weiß nicht …« Mir fiel ein, dass man Kindern keine Informationen vorenthalten sollte. »Na, gut.«

»Und jede kriegt einen neuen Pullover?«

»Nun reicht es aber.«

»Ich wollte nur mal sehen, wie weit du gehst.« Cordelia kicherte, als die beiden loszogen. »Ziemlich weit, würde ich sagen«, rief sie zurück.

»Warum sollte jemand Sex bereuen?«, hörte ich Annabel fragen, als die beiden kurz darauf das Treppengeländer polierten.

»Weil schöne Menschen zu viel Sex haben. Das ist nicht gut.«

»Und was ist ein One-Night-Stand?«

»Mann, du weißt aber auch gar nichts. Das macht man im Stehen, damit man nicht schwanger wird.«

Kinder bedurften tatsächlich dringend der Information.

Ich entdeckte Archie in der Bibliothek, wo er mit einem Buch saß und weinte. »Ich lese gerade die Lebensgeschichte von Johannes Hus«, bemerkte er, während er seine Augen trocknete. »Ein tschechischer Prediger, der im fünfzehnten Jahrhundert verbrannt worden ist. Eine Bauernvettel, mit Warzen und Schwären, hat Reisigbündel in die Flammen geworfen, doch er hat ihr verziehen und ›O heilige Einfalt!‹ gerufen.«

»Ist es von Bedeutung, dass sie hässlich war?«

»Das macht den Mann noch heiliger, finde ich. Immerhin möchte der Mensch bei seinem letzten Atemzug doch gewiss ein hübsches Gesicht vor sich sehen, oder nicht? Das mit den Warzen und Schwären habe ich mir ausgedacht, aber dennoch …«

»Ich dachte, Menschen auf dem Scheiterhaufen hätten die Umstehenden angefleht, das Feuer heller zu entfachen, um rascher erlöst zu werden.«

Archie klappte das Buch zu. »Wenn du traurige Geschichten mit dummen Bemerkungen kommentierst, kannst du verschwinden, Harriet. Vielleicht bist du aufgrund deiner jüngsten Erfahrung zynisch geworden, aber …«

»Könntest du die Badewannen und Waschbecken schrubben?«, unterbrach ich ihn. »Maggie bittet uns, besonders die Metallketten an den Stöpseln zu beachten. Man muss sie für eine Stunde in Essig legen.« Ich hielt ihm ein Tuch und eine Flasche mit Essigessenz entgegen.

Archie fehlten ausnahmsweise einmal die Worte. »Das Pech in der Liebe scheint dein Gehirn geschädigt zu haben«, begann er und betrachtete seine braun-weiß gestreifte Hose mit den passenden Schuhen. »Ich soll den Grind anderer Menschen beseitigen?« Ich wiederholte, was Dr. Parsons mir mitgeteilt hatte. »Also, gut«, seufzte Archie. »Ich mache mit. Aber ich werde unter keinen Umständen meine Fingernägel ruinieren. Ich koche.«

Das Mittagessen wurde eine halbe Stunde zu spät aufgetragen, doch es war ausgezeichnet. Sir Oswald, der mit einem Glas Sherry in der Hand dagestanden hatte, um sich bei jedem, der es hören wollte, über die Verzögerung zu beklagen, schlang die Suppe mit Schalotten und Petersilie gierig hinunter, ebenso wie einen Teil der Pasteten, die mit Maronen und irgendetwas gefüllt waren. Archie erklärte, das Irgendetwas wären Kardonen, die er im Küchengarten entdeckt hatte, wo sie in Packpapier gehüllt standen, um zu bleichen. Er hatte sie in einer Flasche Birnenwein gedünstet und im zarten Pastetenteig garen lassen.

Archie tat bescheiden, als wir ihn lobten. »Jeder kann kochen. Es ist nur eine Frage der Fantasie und des guten Willens. Lediglich Fleisch dürft ihr von mir nicht erwarten – die Sehnen, Knorpel und das Fett sind zu viel für mein empfindsames Gemüt.«

Maggie wurde ein wenig ruhiger, als sie erfuhr, dass Archie kochen konnte, und am Nachmittag schlief sie für eine Weile. Ich sorgte dafür, dass das Feuer in ihrem Zimmer nicht erlosch, und in der warmen Luft stiegen Dampfwolken aus dem klammen kleinen Sesselchen.

Nachdem ich Mrs Whale beim Abwasch geholfen hatte, begab ich mich in den Salon, um vor meinem Spaziergang mit Dirk in Trollopes *Eine Liebe in Frankreich* zu schmökern. Ich legte ein Scheit aufs Feuer und setzte mich gegenüber Miss Tipple hin. Sie döste wie üblich mit gespreizten Knien, und ich erkannte ein Stück kaugummirosa Unterhose. Gerade als ich mich in die Rolle der Lily Dale versetzte, die dem Charme von Adolphus Crosbie erlag, kam Georgia in den Salon.

»Haben Sie Emilio gesehen?«

Mit dem Daumen zwischen den Seiten schloss ich mein Buch. »Seit dem Mittagessen nicht mehr.«

»Hm.« Georgia steckte bereits in einem bodenlangen Pelzmantel und warf einen Blick in die Zigarettendose, die leer auf einem der Tischchen stand. »Wir wollten eigentlich los. Wahrscheinlich verabschiedet er sich noch von seiner jüngsten Eroberung.« Sie lachte spöttisch. »Vermutlich nimmt er an, ich weiß nichts von seinen Nebentätigkeiten, oder bildet sich ein, ich würde mich daran stören.« Ich lächelte gezwungen, während ich mich fragte, wer um alles in der Welt noch als Eroberung in Frage käme. Miss Tipple war zu alt und befand sich außerdem bei uns im Salon. Maggie war zu krank, und um Mrs Whale würde es sich ja wohl nicht handeln. Dann kam mir Cordelia in den Sinn. Zum Glück betraten sie und Annabel in dem Moment den Raum.

»Wir haben die Wäsche gemangelt. Dürfen wir uns vor dem Kino eine Schallplatte kaufen, wenn wir für dich mit Dirk spazieren gehen?«

Ich nickte. In meiner Erleichterung hätte ich ihnen alles versprochen. Freudestrahlend stürmten die Mädchen davon.

»Tut mir Leid, dass ich nicht mit Hand angelegt habe«, erklärte Georgia. »Aber ich war vollauf mit dem Packen beschäftigt.«

Sie hatte lesend und rauchend auf dem Bett gelegen, als ich in ihrem Zimmer war, um die Handtücher zu wechseln. Höflich lächelnd kehrte ich zu meinem Buch zurück.

»Ich glaube, ich fliege nicht nach Australien.« Georgia griff in ihre Handtasche und zog ein Zigarettenetui hervor. Nach kurzem Zögern hielt sie es mir entgegen. Ich lehnte dankend ab. »Man soll einem Mann nicht nachlaufen.«

»Wahrscheinlich nicht.«

»Sie glauben dann, sie könnten einen wie Dreck behandeln.«

»Das hat wohl mehr mit ihrem Charakter als mit dem Verhalten einer Frau zu tun.«

»Vielleicht. Sie sind mir doch wegen Max nicht böse, oder?«

»Warum sollte ich?«

»Nun tun Sie doch nicht so. Sie haben ihn mit Stielaugen verfolgt.«

»Wohl kaum.«

»Wie Sie wollen. Mir macht es nichts aus zuzugeben, dass ich ihn reizvoll fand.«

»Tatsächlich?« Es überraschte mich, dass sie ausgerechnet mich zur Vertrauten erkor.

»Als es darauf ankam, war er eine Enttäuschung.«

Sie stieß den Rauch aus und blickte mich abwartend an.

»Hm.« Bis dahin hatte ich irgendwie gehofft, Archie wäre vielleicht doch einem Irrtum unterlegen und hätte sich in den Türen vertan. Nun wurde mir erneut elend zumute. »Davon weiß ich natürlich nichts«, murmelte ich, und Georgia atmete auf.

»Zu mechanisch, wenn Sie mich fragen. Frauen mögen Zärtlichkeiten oder zumindest ein, zwei Worte zur Ermunterung. Sie möchten nicht sang- und klanglos bestiegen werden und sich vorkommen, als wären sie ein Behältnis, in dem man Sperma ablegt.« Meine Erfahrung mit Max war anderer Art gewesen, doch davon ließ ich mir wohlweislich nichts anmerken. »Sie kennen das noch nicht«, fuhr Georgia fort. »Sie sind noch zu jung und unerfahren. Wenn Sie in meinem Alter sind, werden Sie begriffen haben, wie rar anständige Männer sind. Falls sie nicht in festen Händen sind, sind sie verrückt oder schwul oder leben bei ihrer Mutter. Ich bin über vierzig, falls Sie das nicht wussten.«

»Das sieht man Ihnen nicht an«, log ich.

»Über kurz oder lang werde ich Tränensäcke, Falten und einen Hängebusen haben. Mein Haar muss jetzt schon gefärbt werden.« Sie betupfte ihren blonden Schopf, der starr wie ein Helm saß.

»Das hätte ich nicht gedacht.«

»In meinem Alter wird man panisch.« Das erklärte einen Mann wie Emilio. »Die Einladungen werden seltener und die langen, einsamen Wochenenden, an denen man lediglich mit dem Zeitungsboten spricht, häufen sich. Emilio hat gedacht, er müsste um meine Hand anhalten, um mich rumzukriegen. Er wohnt bei seiner Tante in einem Siedlungshäuschen in Shepherd's Bush und besitzt kaum einen Penny. Ein abgehalfterter Gigolo. Nicht dass ich unbedingt reich wäre, aber ich komme zurecht. Dennoch – wer will schon als alte Jungfer enden?« Sie sog mehrmals an ihrer Zigarette und blies den Rauch in die Luft. »Ein Witz, nicht wahr? Wenn Sie lachen wollen, tun Sie sich keinen Zwang an!«

Ich fand ihre Geschichte eher traurig. »Ist es denn nicht besser, allein zu leben, als jemanden zu heiraten, den man nicht liebt? Warum interessiert es Sie, ob andere Sie für eine alte Jungfer halten? Damit würde ich mich nicht belasten.«

»Was Sie nicht sagen.« Georgia hob ihre schmal gezupften Brauen. »Sind wir nicht immer das, was andere von uns halten? Wenn ich allein bin, bin ich unsichtbar, ein Nichts.« Das war ein vollkommen neuer Aspekt.

»Ich finde, allein bin ich eher ich selbst«, erwiderte ich nach einer Weile. »Zumindest versuche ich dann niemanden zu beeindrucken oder jemandem zu gefallen.«

»Das glauben Sie, weil Sie jung sind und noch nie im Leben unglücklich waren.«

Das wiederum traf ganz und gar nicht zu. Seit Pas Verhaftung wusste ich sehr wohl, was es hieß, unglücklich zu sein. Allerdings behagte es mir nicht, darüber zu sprechen. Vielleicht war mein Unglück doch nicht so groß wie das ihre, vielleicht war ich aber auch zurückhaltender. »Mag sein, dass ich noch nicht sonderlich erfahren bin, aber ich finde, dass Arbeit ein gutes Mittel ist, um den Kummer zu verwinden.«

Georgia stippte ihre Zigarette in einen Blumentopf und warf den Stummel in Richtung Kamin. »Im Büro sitzen und sich von einem Menschen herumkommandieren lassen, der Reißzwecken oder Motoröl vertreibt?« Sie verzog das Gesicht. »Sich mit einer Schar kleiner Tippsen streiten, wer an der Reihe ist, die Kekse zu kaufen? Tut mir Leid, aber da heirate ich lieber Emilio.«

»Heute müssen Frauen sich nicht mehr mit untergeordneten Positionen abfinden. Die Firma mit den Reißzwecken könnte doch auch Ihnen gehören, oder Sie könnten den gesamten Markt für Reißzwecken beherrschen – dann würde niemand mehr glauben, dass Sie eine alte Jungfer sind. Außerdem hört man bei der Arbeit auf, fortwährend über sich nachzudenken, was irgendwie befreiend wirkt.«

In dem Augenblick kam Emilio herein, was schade war, denn ich war gerade in Fahrt gekommen und selbst ein wenig erstaunt, meine Lobeshymne auf die Arbeit zu hören, denn viel Berufserfahrung hatte ich ja nicht unbedingt.

»Ah, Señorita Harriet.« Emilio bedeckte meine Hand mit Küssen und schaute mich schmachtend an. »Ist es nicht traurig, dass wir uns trennen müssen? Wissen Sie, wie schön es war, Ihre reizende Bekanntschaft zu machen und …«

»Herrgott noch mal, Emilio.« Georgia ließ ihre Handtasche zuschnappen. »Sei nicht so klebrig. Ich fahre jetzt los – falls du mitkommen möchtest, solltest du dich beeilen.«

»Selbstverständlich komme ich mit, liebste Georgia, du weißt doch, dass mein Herz nur dir allein gehört.«

»Was immer das wert ist«, erwiderte Georgia. Sie zuckte die Achseln und warf mir einen resignierten Blick zu. »Ich fürchte nur, mehr wird mir nicht mehr geboten.«

»Sag mir, was du willst, und du bekommst es sofort«, sagte Emilio augenzwinkernd.

Georgia trat einen Schritt vor und beäugte ihn kritisch. »Wisch dir den Lippenstift vom Hals.«

Ich hatte mich gerade wieder in meinen Roman vertieft, als Jonno sich zu mir gesellte. »Sind die beiden endlich abgezogen?«, fragte er. »Ein fürchterliches Paar, nicht wahr? Sie haben einander verdient.« Ehrlich gesagt, sah Jonno selbst ziemlich fürchterlich aus. Er hielt einen Teller mit Wurst und eingelegten Gürkchen in der Hand und aß mit den Fingern, die er an seiner Jeans abwischte. »Möchtest du was?«, fragte er.

»Nein, danke. Weißt du, dass du dich umbringst, wenn du weiter so trinkst?«

»Na und? Wen kümmert das? Mich nicht.«

»Und weißt du auch, dass Selbstmitleid abstoßend wirkt?« Jonno schnitt eine Grimasse. »Deine Familie kümmert das. Maggie macht sich deswegen Sorgen. Wahrscheinlich ist sie krank geworden, weil sie sich um andere kümmert, statt um sich.«

»Im Gegensatz zu mir, willst du damit sagen.«

»Nicht alles, was ich sage, dreht sich um dich.«

Jonno lachte höhnisch auf. »Du bist sauer, weil dein toller Hecht abgehauen ist, nicht wahr? Das tut mir zwar Leid, aber ich habe keine Lust, deine schlechte Laune auszubaden.« Er wandte sich zum Gehen, doch als ich ihn nicht aufhielt, besann er sich eines Besseren und setzte sich zu mir. »Sei nicht ekelhaft, Harriet. Ich fühle mich elend, und mein Schädel brummt.«

»Warum trinkst du so viel?«

»Warum nicht?«

»Weil es dir danach dreckig geht und du zur Nervensäge wirst.«

»Warum magst du mich nicht? Bin ich tatsächlich so hassenswert?«

»Nicht wenn du nüchtern bist, aber das ist ja so gut wie nie der Fall. Weißt du überhaupt, wie langweilig Betrunkene sind?«

»Langweilig?«

»Äußerst langweilig.«

Ich hatte vorgehabt, hart mit ihm zu verfahren, doch als er seinen Kopf in den Händen barg, kam ich mir schuldbewusst vor. »Ich wünschte, alles wäre anders«, murmelte er, und sein Rücken begann zu beben. Da ich meistens mitweinen muss, wenn andere weinen, schluckte ich und blinzelte, während ich über seinen Pferdeschwanz strich. »Ich bin dumm und schwach und das widert mich an«, sagte Jonno. »Du kannst dir nicht vorstellen, wie sehr Kate mir fehlt. Sie war das Beste in meinem Leben.« Er begann zu schluchzen, und ich dachte, dass er den Alkohol wahrscheinlich benutzte, um sein Gefühl der Einsamkeit zu betäuben. »Ich wünschte, meine Mutter wäre noch am Leben.«

Er legte seinen Kopf an meine Brust, und ich schlang meinen Arm um ihn. Dirk wachte auf, verließ seinen Stammplatz vor dem Kamin und kam zu uns getappt. Er beäugte Jonno mitleidig, schnappte die Wurst von seinem Teller und trottete zurück.

»Entschuldigung«, sagte Jonno, rieb über sein Gesicht und zuckte, als er an die Sicherheitsnadel geriet. »Du musst mich für einen Waschlappen halten.«

»Ach woher. Mein Vater und mein Bruder weinen auch. Überhaupt sind wir eine tränenreiche Familie. Weinen tut gut. Fühlst du dich jetzt nicht besser?«

»Doch. Es ist trotzdem albern, wegen etwas zu weinen, dass schon ewig her ist.«

»Nein, absolut nicht. Warum erzählst du mir nicht ein wenig von deiner Mutter?«

Jonno richtete sich auf. »Ich war zwölf, als sie gestorben ist. Sie war die schönste Frau, die man sich vorstellen kann. Allerdings war sie häufig krank, und wenn du mich fragst, hat sie das meinem Vater zu verdanken gehabt, aber sie hat gesagt, wenn ich bei ihr sei, wäre sie glücklich, denn ich wäre ihr Beschützer. Als sie tot war, hatte ich das Gefühl, dass mich niemand mehr braucht. Annabel hatte ein Kindermädchen, und binnen eines Jahres hat mein Vater Maggie geheiratet, die alles für ihn getan hat – nicht nur für ihn, sondern für jedermann. Ich war überflüssig, und wie du gesagt hast, eine Nervensäge.«

»Du weißt, dass ich das nicht so gemeint habe.«

Für eine Weile grübelte Jonno vor sich hin.

»Stimmt. Das weiß ich. Irgendwie habe ich mir angewöhnt, unaufrichtig zu sein, mir und anderen gegenüber. Weißt du, im Grunde wollte ich sogar, dass Kate mich verließ – ich glaube, ich brauchte einen Vorwand, um mir Leid zu tun und mich grauenhaft zu fühlen. Ich habe sie von mir gestoßen und ihr wehgetan, aber ich konnte nicht anders.«

»So darfst du nicht weitermachen.«

»Nein.« Er schwieg erneut. Dann sagte er: »Versprich mir, dass du mich wegen der Heulerei nicht verachtest.«

»Wie käme ich dazu? Ich fand das sympathisch.«

»Ehrlich?«

»Ja. Es beweist, dass du deine Mutter geliebt hast. Offenbar kannst du doch etwas für andere Menschen empfinden.«

»Aber ich wehre mich dagegen. Es geht nie gut aus.«

»Das ist nicht wahr. Doch selbst wenn es so wäre, darf man nicht hart werden, um sich zu schützen. Das ist Betrug – oder zumindest Selbstbetrug.«

»Harriet?«

»Ja?«

»Ich möchte dich küssen.«

Ich hielt ihm meine Wange hin.

»Nein, nicht so. Ich dachte, du findest mich sympathisch. Natürlich sehe ich nicht wie Max Frensham aus …«

»Woher soll ich das wissen? Der Bart verdeckt ja dein halbes Gesicht. Außerdem solltest du dieses Ding aus der Nase nehmen, und der Pferdeschwanz ist auch idiotisch.«

Jonno wirkte gekränkt. »Manche Frauen stehen darauf.«

»Vielleicht in Manchester. In London findet man Punk so aufregend wie Filzpantoffeln und Strickkrawatten.« Ich entsann mich dessen, was Dodge gesagt hatte. »Punk ist eine abgeschmackte nihilistische Bewegung, die dem kindischen Bedürfnis zu schockieren entspringt.«

»Ja, aber darum geht es doch, das soll es doch auch sein«, erwiderte Jonno.

»Trotzdem gefällt mir die Sicherheitsnadel nicht.«

Jonno lachte. »Na, gut. Sie hängt mir ohnehin zum Hals raus. Aber was hast du gegen den Rest? Seit wann mögen Frauen keine behaarten Männer?«

»Vielleicht gibt es welche, denen das gefällt, aber ich hasse Bärte. Mein Vater ist Schauspieler und muss sich bisweilen einen stehen lassen. Angeklebte Bärte schaden angeblich seiner Haut. Als Kind habe ich mich geekelt, wenn er mich mit Bart geküsst hat – vielleicht bin ich traumatisiert. Und Pferdeschwänze stammen aus den sechziger Jahren und wirken mädchenhaft.«

»Kate hat den Bart und den Pferdeschwanz auch nicht gemocht. Aber ich wollte nicht nachgeben.«

»Warum nicht?«

Jonno grinste. »Weil es schwach gewirkt hätte.«

»Pausenlos betrunken zu sein ist weitaus schwächlicher, als jemandem einen Gefallen zu tun.«

»Ich glaube, jetzt reicht es, Harriet.«

»Entschuldigung.«

»Aber wahrscheinlich hast du Recht.« Er fing an zu schnuppern. »Sag mal, riechst du nicht auch etwas Verbranntes?«

Über unserer Unterhaltung war uns der Rauch nicht aufgefallen, der aus dem Kissen unter Miss Tipples Füßen quoll.

Ich sprang auf und schaute mich um, doch zum Löschen einen der kostbaren Wandbehänge oder Teppiche zu benutzen, wagte ich nicht. »Das muss Georgias Zigarettenstummel gewesen sein«, rief ich. »Jonno, tu was!«

Jonno ergriff eine Blumenvase und goss den Inhalt über Miss Tipples Füße.

»Wie? Was?« Miss Tipple schlug die Augen auf und schwang ihren Stock. »Scher dich zum Teufel, sexbesessenes Ungeheuer. Hilfe! Vergewaltigung!«

30

Liebste Maria-Alba,
dies wird nur ein kurzer Brief, weil ich so müde bin, dass ich kaum den Stift halten kann. Ich schreibe im Bett. Cordelia liegt neben mir und schläft. Ihr geht es wieder besser, und sie amüsiert sich großartig, mach dir ihretwegen also keine Sorgen. Die Männer liegen ihr zu Füßen, aber zum Glück versteht sie sich auch mit Annabel, obwohl die beiden so unterschiedlich sind wie Tag und Nacht. Annabel benimmt sich noch wie ein unartiges kleines Kind, doch sie betet Rupert an und hat furchtbar geweint, als er ohne Abschied von ihr abgefahren ist. Stell dir vor, sie hat neulich versucht, einem Huhn den Hals umzudrehen. Das Tier war schon halbtot, als Cordelia es in die Küche gebracht hat. Wir haben es in eine Kiste am Herd gelegt und mit Haferbrei gefüttert, bis es wieder auf die Beine kam. Annabel behauptet, sie hätte nur das getan, was Dingle tut. Na ja, sie ist auf dem Land aufgewachsen, vielleicht verroht man da. Cordelia war natürlich aus dem Häuschen und zählt inzwischen täglich die Hühner. Insofern ist Dingle der einzige Mann, der sie nicht für eine Gabe Gottes hält.
Zum Glück haben die Mädchen sich anschließend wieder vertragen. Vorhin hat Cordelia sich sogar überwunden, Annabel eins ihrer Kleider zu leihen und ihr zum Abendessen das Haar zu richten. Im Gegensatz zu Cordelia war es ihr furchtbar peinlich, für ihr hübsches Aussehen gelobt zu werden, und als Jonno gesagt hat, sie würde sich wie ein Spastiker bewegen, ist sie weinend fortgerannt. Sir Oswald hat erklärt, Cordelia wäre ein Engel. Schwester Imelda hätte sich gewundert, wenn sie es gehört hätte.

Ich überlegte, ob ich näher auf Sir Oswalds Schmeicheleien eingehen sollte, beschloss jedoch, das Thema lieber auszulassen.

Maggie geht es leider nicht sehr gut. Sie hat eine Ohrentzündung und muss das Bett hüten. Seitdem helfen wir bei der Hausarbeit mit. Kannst du dir vorstellen, dass die Elfenbeingriffe des Bestecks mit Zitrone abgerieben werden, ehe man sie spült? Und als ich beim Bügeln ein Kissen angesengt hatte, hat Mrs Whale eine spezielle Paste aus Natrium, Essig und Zwiebeln angerührt, um den Brandfleck zu entfernen, was sich aber gelohnt hat, denn ich habe danach noch zwei Kissen angesengt. Nach dem Tee – zu dem Archie einen Schokoladenkuchen gebacken hatte – habe ich die Scheuerleisten im Treppenhaus gesäubert, und zwar mit einem Fleischspieß, um den ein Tuch gewickelt war. Den Fleischspieß benutzt man, um in die Ecken zu gelangen. Die Scheuerleisten werden einmal pro Woche geputzt, auch in den Weihnachtsferien. In der Küche steht ein riesiger vorsintflutlicher Gasofen, im Vergleich dazu gehört unser Boiler dem Raumzeitalter an. Donnerstags werden die Brenner aus dem Ofen entfernt, in Mineralwasser gekocht, gereinigt, getrocknet und wieder eingesetzt.

Doch wenn man von der Zeit absieht, die man vertut, ist es eigentlich befriedigend, ein Haus zu reinigen und zu pflegen. Weißt du, dass hier nichts weggeworfen wird? Die Seifenreste werden in eine durchlöcherte Blechkiste gestopft, die über dem Abwaschbecken hängt. Man zwirbelt sie im Wasser und spart dadurch das Spülmittel. Am liebsten würde ich mich bei Mrs Whale erkundigen, ob die Pyes knapp bei Kasse sind. Ich meine, eine Flasche Geschirrspülmittel ist doch nicht die Welt, oder? Andererseits geht mich das nichts an.

Jetzt muss ich Dir rasch noch etwas Erfreuliches berichten. Danach muss ich schlafen, um mich für den morgigen Tag zu rüsten. Eigentlich müsste ich auch endlich mal mit meinem Artikel anfangen.

Ich entschied, Maria-Alba nichts von der Sache mit Old Gallys Finger zu erzählen, den ich in der Schublade gefunden hatte, in der Maggie ihre Taschentücher aufbewahrt. Ich hatte mich zu Tode erschrocken, denn statt kümmerlich zu sein, war er gruselig und ekelhaft gewesen. Überdies hatte er auf den Taschentüchern einen Rostfleck hinterlassen, den ich mit Buttermilch entfernen musste. Getreu meiner Rolle als knallharte Journalistin hatte ich nicht geschrien, als ich den Finger entdeckte, und ihn von Maggie unbemerkt in meine Schürzentasche gleiten lassen. Ich nahm mir vor, ihn stillschweigend an seinem Arm anzubringen. Als ich meine

Blicke unauffällig in die Runde schweifen ließ, war von Maggies Schlüsselbund aber nirgends etwas zu sehen gewesen.

Ich habe dir ja schon von Jonno geschrieben, dem Sohn, der zu viel trinkt und anstrengend ist. Heute Nachmittag habe ich ihm ins Gewissen geredet und festgestellt, dass er nett sein kann, wenn er will. Offenbar gehört er zu den Männern, die sich ihrer Gefühle schämen und sie durch Rüpelhaftigkeit kaschieren. Zum Abendessen – Liebstöckelsuppe, Strandkohlsoufflé und Mandelpudding – hat er keinen Tropfen angerührt. Als er danach verschwunden ist, dachte ich, er würde sich heimlich betrinken, doch als ich später bei Maggie war, hat er an ihrem Bett gesessen und ihr vorgelesen. Es war ein Liebesroman und handelte von einer Magd, die sich in ihren Herrn verliebt hat. Der ist entstellt, weil er seinen Bruder aus dem Feuer gerettet hat – und dessen Verlobte liebt ihn auch –, na ja, das Hin und Her kannst du dir wahrscheinlich vorstellen. Maggie war überglücklich, und auch Jonno schien die Geschichte zu gefallen. Das war mein erster Versuch, jemanden vom falschen Weg abzubringen, und ich kann nicht fassen, dass es mir auf Anhieb geglückt ist.
Liebste Maria-Alba, dein letzter Brief klang so fröhlich, und darüber habe ich mich unglaublich gefreut. Ich finde es auch schön, dass du deine Meinung über die Mutter Oberin geändert hast. Wahrscheinlich kann sie keiner Fliege etwas zuleide tun, geschweige denn die Säuglinge von Bushey Heath ertränken. Gib gut auf dich Acht, liebe, liebe Maria-Alba. Ich schreibe dir bald wieder.
Deine Harriet

Am andern Morgen stand ich mit den Hühnern auf, um die Vielzahl meiner Aufgaben in Angriff zu nehmen. Sir Oswald bekam sein Frühstück dennoch nicht pünktlich, doch niemand hatte Zeit, sich für seine Beschwerde zu interessieren. Auf seinen Appetit schien das jedoch keinen Einfluss zu haben, denn seine Teller kehrten blankgeputzt in die Küche zurück. Archie hatte gebratene Eier zu Reis mit Zwiebeln und Rosinen zubereitet, was ungewöhnlich, aber schmackhaft war. Nachdem ich die Regale der Speisekammer ausgewaschen hatte, ging ich zu Maggie.

Mrs Whale hatte in der kleinen Kammer sauber gemacht und Maggies Bett frisch bezogen. Als ich kam, war sie dabei, Maggies Kopfkissen aufzuklopfen, das Laken strammzuziehen und die Decke so fest um die Matratze zu stopfen, dass Maggie wie eine Mumie darunter lag. Zuletzt riss Mrs Whale das Fenster auf, woraufhin Eiseskälte ins Zimmer drang und der Kamin zu rauchen begann.

»Das vertreibt die Bazillen«, erklärte sie und klopfte den Staub aus dem Sesselchen, ehe sie verschwand. Mich würdigte sie keines Blickes. Ich fand ihr Gebaren eigentümlich, denn ich bemühte mich unablässig, ihr zu zeigen, dass ich sie eher bedauerte als verachtete.

»Die liebe Janet«, bemerkte Maggie. »Ich bin froh, dass ich jemanden habe, der stets so gut zu mir ist.«

Ich schloss das Fenster und ließ mich auf Maggies Bettkante nieder. »Mrs Whale hat mir von ihrer Vergangenheit erzählt. Sie tut mir entsetzlich Leid. Wie muss jemandem zumute sein, der im Gefängnis gesessen hat? Ich fürchte, es hat ihr gesamtes Leben überschattet.«

Natürlich dachte ich dabei auch an Pa.

»Du wirst es nicht glauben, Harriet, aber Janet war einmal ein bildhübsches Mädchen. Jedes Jahr wurde sie zur Maikönigin gewählt, und alle Jungen im Dorf waren in sie verliebt. In den Schulaufführungen hat sie immer die Hauptrolle gespielt, und im Rundball war sie Mannschaftsführerin. Sie war die Beste in der Klasse und hat sogar ein Stipendium für die höhere Schule erhalten. Aber ihre Familie war so arm, dass sie weder das Busgeld noch die Schuluniform bezahlen konnte, und Janet ist wie wir anderen zur Mittelschule gegangen. Später habe ich sie aus den Augen verloren, bis sie mir eines Tages schrieb, dass sie im Gefängnis war, keine Stelle fand, und dass man sie aus ihrer Wohnung geworfen hatte, nachdem ihre Vergangenheit ruchbar geworden war. Es war ein furchtbar trauriger Brief, und ich habe geweint, als ich ihn gelesen habe. Noch am selben Tag habe ich ihr geantwortet und ihr einen Platz bei uns angeboten. Seltsam, wie manche Menschen vom Pech verfolgt werden, nicht wahr? Janets Vater ist früh gestorben. Er war Bergmann, wie mein Vater, doch mein Vater hatte eine schwache Brust und konnte nach ein paar Jahren nicht mehr unter Tage fahren. Er hat in einem Kaufhaus angefangen und sich danach mit einem Teppichgeschäft selbstständig gemacht.« Maggie seufzte. »Er war ein harter Mann. Meine Mutter war die Köchin der Pyes, bevor er sie geheiratet hat. Später, als er es zu etwas gebracht hatte, durfte sie niemandem davon erzählen. Sie hat sich vor ihrem Mann gefürchtet. Aber das ist wohl meistens der Fall.«

»Ich weiß nicht, Maggie. Meine Mutter fürchtet sich eindeutig nicht vor meinem Vater. Eher umgekehrt.«

»Ist das wahr?« Ohne Brille wirkte Maggies Gesicht noch wehrloser als sonst. »Nun, das würde ich gern mal mit ansehen. Na ja, Schicksale sind unvorhersehbar. Kein Mensch hätte gedacht, dass ich eines Tages in einem feinen Haus leben und mit einem Baron verheiratet sein würde – und dass Janets Weg so holprig wird.« Maggie verstummte. »Glaub mir, anfänglich war es nicht leicht, als Lady Pye aufzutreten«, bekannte sie. »Als Lady Pye starb – die erste Lady Pye – hat mein Vater die Sache in die Hand genommen. Er wusste, dass Sir Oswald nur noch wenig Geld besaß und kurz davor stand, das Haus zu verkaufen. Die erste Lady Pye war nicht vermögend, Sir Oswald hatte sie aus Liebe geheiratet – ein blutjunges Ding. Er hatte schon immer eine Schwäche für kleine Mädchen.« Maggie warf mir einen betretenen Blick zu. »So sind die Männer, nicht wahr? Dad hat Sir Oswald eine beträchtliche Mitgift in Aussicht gestellt.«

»Was hast du denn dazu gesagt?«

»Ich habe Dad angefleht, davon abzulassen, denn ich wusste ja, dass ich die erste Lady Pye nie ersetzen könnte. Sie war unglaublich zart und zerbrechlich.« Maggie betrachtete ihre kräftigen Hände. »Er hat mir nicht zugehört.«

»Ich kenne keinen besseren Menschen als dich«, entgegnete ich. »Du darfst nicht glauben, dass du für jemanden nicht gut genug sein könntest.«

»Wie dem auch sei – Sir Oswald nahm das Geld und heiratete mich. Du kannst dir nicht vorstellen, wie ich mir vorkam, als ich als seine Braut zum Altar geschritten bin.« Maggie starrte an die Decke. »Zum Glück habe ich keine Brille getragen und konnte die Gesichter ringsum nicht erkennen. Adlige Hochzeitsgäste – was müssen die von mir gehalten haben? Ein rotgesichtiger Bauerntrampel, mit einem Kränzchen aus Orangenblüten.«

»Maggie«, mahnte ich. »Mach dich nicht schlecht.«

Sie ging darüber hinweg. »Nach der Trauung gab es einen Empfang. Sir Oswald hat sich Mühe gegeben, das muss man ihm lassen. Er hat sich nicht mit seinen vornehmen Freunden abgesondert, sondern tapfer an meiner Seite ausgeharrt und versucht, mit mir zu reden. Ich war viel zu verlegen, um antworten zu können, und noch dazu wie gelähmt, wenn ich an die Hochzeitsnacht dachte. Erfahrung mit Männern hatte ich ja nicht.« Sie wandte ihren Blick zu mir. »Belastet dich die Geschichte, Harriet? Soll ich lieber schweigen?«

Ich schüttelte den Kopf.

»Wahrscheinlich hat Sir Oswald sich mit den gleichen Gedanken geplagt. Später hat er mich seinen Gästen vorgestellt, die höflich waren, doch nach ein, zwei Sätzen hat jeder die Flucht ergriffen. Sie kamen mir vor wie schöne, glänzende Raben, und ich war die hässliche Vogelscheuche. Mit Ausnahme von Rupert. Rupert brachte mir ein Schälchen mit Erdbeeren, führte mich in den Garten und plauderte, bis ich mich ein wenig leichter fühlte. Ich weiß noch, wie er sich nach den Blumen erkundigt hat und ich ihm jede mit Namen nennen konnte. Danach hat er mir von sich erzählt.« Ein Leuchten trat in Maggies Augen. »Rupert hat sich nobel verhalten. Er hat gesagt, er ginge lieber mit mir im Garten spazieren, als sich mit einer steifen Hochzeitsgesellschaft zu befassen. Das habe ich zwar nicht geglaubt, aber dankbar war ich ihm trotzdem.«

»Das kann ich sogar verstehen.«

»Manche halten mich für einfältig, weil ich nicht kultiviert bin, aber wenn jemand auf mich herabsieht, begreife ich das im Handumdrehen. Inzwischen habe ich gelernt, mir nichts daraus zu machen. Rupert hat sich nie verändert, er ist immer freundlich geblieben. Ich habe mich zigmal nach dem Grund gefragt, bin aber immer noch nicht dahintergekommen. Damals geschah es wahrscheinlich aus Mitleid. Er hat gespürt, dass ich unglücklich war, und irgendetwas in ihm hat darauf reagiert.« Sie nickte vor sich hin. »Das ist es, was die Menschheit davon abhält, schlecht zu werden. Es sind nicht die Bauwerke, Gemälde und Bücher, denn die können auch aus Eitelkeit entstehen. Nein, es ist die Rücksicht auf das Leid der anderen, die man gelernt hat, nachdem man erfahren hat, was Unglücklichsein ist.«

Ich ergriff Maggies Hand. Sie drückte sie, ehe sie weitersprach. »Als es auf den Abend zuging, habe ich mir immer wieder Ruperts Güte vor Augen gehalten. Ich weiß nicht, wie ich ins Bett gelangt bin, doch irgendwann lag ich da. In einem funkelnagelneuen Nachthemd von Tarrant's. Ich habe gezittert – du weißt vermutlich, weshalb. Doch darüber hinaus hatte ich Angst, Sir Oswald würde sich vor mir ekeln, weil ich nicht zart und schön wie seine erste Frau war. Er ist wortlos ins Bett gestiegen. Ein wenig später merkte ich, dass er weinte. ›Was ist denn?‹, habe ich gefragt. ›Ich kann nicht‹, erwiderte er. ›Es tut mir unendlich Leid.‹ Für den Rest der Nacht haben wir stumm nebeneinander gelegen. Ich habe kein Auge zugetan, und ich glaube, ihm ist es ebenso ergangen. Als es hell wurde, fing er an zu schnarchen, und ich ging nach unten, um Feuer zu machen. Aber noch an dem Tag bin ich in diese Kammer gezogen, und dabei ist es geblieben.«

»Oh, Maggie – das ist schrecklich! Ich hoffe, du warst nicht zu enttäuscht, dass er nicht – dass du nicht …«

»Nein. Wenn ich ehrlich bin, war es eine Erleichterung. Ich bin keine Frau, die von Männern geliebt wird. Mir hat es Freude gemacht, mich um das Haus zu kümmern – und um ihn. Auf meine Weise liebe ich Sir Oswald, und ich möchte ihn vor Unannehmlichkeiten bewahren. Er ist mittlerweile alt und dick und traurig geworden, was mir fast das Herz bricht, denn er war einmal ein schneidiger, junger Mann. Ich weiß noch, wie er aussah, als er aus der Kirche trat, mit seiner kleinen weißen Fee am Arm.« Maggie blickte versonnen in die Ferne. »Das Teppichgeld ist nahezu aufgezehrt, doch ich möchte nicht, dass er etwas entbehrt.« Sie drehte ihren Kopf wieder zu mir. »Mein Leben hat seine Höhepunkte gehabt, Liebes, und nun geht es darum, seine Kinder auf den richtigen Weg zu führen. Weißt du, was Jonno gestern zu mir gesagt hat? ›Auf dich war Verlass, Maggie, aber ich habe mich wie ein Idiot benommen. Ich hoffe, du kannst mir verzeihen.‹ Darauf habe ich gesagt: ›Jonno, ich hoffe, du kannst *mir* verzeihen, dass ich ihren Platz eingenommen habe. Ich wollte das nicht, aber die anderen haben mich gedrängt, und ich habe klein beigegeben.‹ Er hat nichts erwidert, aber er hat gewusst, was ich ausdrücken wollte. Nach einer Weile hat er mein Buch genommen und angefangen vorzulesen. Es war wie ein Versprechen, dass wir in Zukunft besser miteinander umgehen werden.«

Mir fielen die tausend Dinge ein, die ich zu erledigen hatte, und obwohl ich es widerwillig tat, stand ich auf. »Das wird er auch halten – sofern er nicht wieder trinkt.«

»Ich bin zuversichtlich«, antwortete Maggie. »Ich weiß nicht weshalb, aber es ist so.«

Auf dem Weg nach unten hoffte ich aus tiefstem Herzen, dass sie Recht behielt. Jonno erschien, als ich dabei war, die Holzdielen in der Bibliothek zu wachsen. Es war erst zehn, und Jonno machte bereits einen ordentlichen Eindruck. Die Sicherheitsnadel war außerdem verschwunden, Pferdeschwanz und Bart säuberlich gekämmt. Aus meiner Erfahrung mit Bron wusste ich, dass man Menschen nicht loben durfte, wenn sie sich bessern wollten, denn sonst konnte man umgehend mit Rückfällen rechnen. Ich reichte ihm mein Poliertuch und die Dose mit Bienenwachs. Er murrte reichlich, doch ich blieb eisern. Anschließend trug ich Cordelia und Annabel auf, im Salon Staub zu wischen, und stellte ihren Schwall an Widerworten mit einer herrischen Geste ab.

Irgendwie war die Leitung des Haushaltes an mich übergegangen, und so gering sie auch war, verspürte ich zum ersten Mal in meinem Leben Macht. Genau genommen bereitete sie mir solche Freude, dass ich mich zwingen musste, mich ihrer verderblichen Einwirkung auf den Mächtigen zu entsinnen. Als Miss Tipple sich aus ihrem Sessel erhob, um nicht von Cordelia abgestaubt zu werden, erkundigte sie sich, ob sie etwas zur Säuberungsaktion beitragen könne. Ich führte sie ins Butlerzimmer, breitete Messer, Gabeln und Löffel vor ihr aus, drückte ihr ein Silberputztuch in die Hand, und sie machte sich mit Feuereifer ans Werk. Nach einer Weile hörte ich sie mit zittriger Stimme singen. Sie klang überaus fröhlich, und mir ging auf, dass das Schlimmste am Alter wahrscheinlich das Gefühl, nicht mehr gebraucht zu werden, war.

Nach einer Weile begriff ich, das Schwierigste in einer leitenden

Position war, die Menschen entsprechend ihren Fähigkeiten einzusetzen. Miss Tipple hatte das Silber tadellos geputzt und machte sich danach an die silberne Galeone, die sie geschickt auseinander nahm und so säuberlich wie ein Inder, der Gebetstexte aus Reiskörnern erstellt, wieder zusammensetzte. Jonno dagegen hatte offenbar noch nie mehr als seine Zähne geputzt und war eine Katastrophe. Er wachste den Fußboden von der Tür aus, statt an der Rückwand zu beginnen, und hinterließ auf der Schwelle eine Schicht, an der fast die Schuhe festklebten. Ich schickte ihn zu Archie, der sich bereits über einen fehlenden Sous-Chef beklagt hatte.

Als ich das Telefon mit einer Speziallauge abrieb, fiel mein Blick auf einen Zettel, auf den Maggie ein paar Worte geschrieben hatte. Ich sagte mir, an einem solch öffentlichen Ort ließe man schwerlich Privates liegen, und las. »Porter und Suppe«, stand da. »Dinner. Donnerstag.« Ich konnte mir keinen Reim darauf machen, mir fiel lediglich ein, dass Elizabeth Browning als junges Mädchen von ihrem Vater gezwungen wurde, täglich Porter zu trinken, und schließlich nach Italien geflüchtet war.

»Ach, richtig«, sagte Maggie, nachdem ich ihr den Zettel gezeigt hatte. »Eine Dame hat angerufen, aber ich habe nicht genau verstanden, was sie gesagt hat. Es war vor ein, zwei Tagen, und meine Ohren taten bereits weh. Ich habe es aufgeschrieben und gehofft, irgendwann käme ich dahinter. Wahrscheinlich war es eine Lieferantin, die sich wegen einer Bestellung gemeldet hat.«

Ich knüllte den Zettel zusammen und warf ihn in den Müll.

»Wenn ich noch etwas sauber machen muss, laufe ich fort«, erklärte Cordelia am Mittagstisch und blickte mich vorwurfsvoll an. Archie hatte einen hervorragenden Auflauf aus Bohnen und Lauch gemacht. »Ich finde, Harriet sollte sich eine Trommel besorgen, um für ihre Sklaven das Arbeitstempo zu bestimmen. Das wäre dann wie in *Ben Hur*. Wisst ihr noch, wie Jack Hawkins den Befehl gegeben hat, Charlton Heston die Fußfessel abzunehmen, damit er nicht ertrinkt? Aber noch schöner fand ich die Stelle, als er seine Mutter und Schwestern wiedergefunden hat. Die hatten Lepra und hausten mit anderen in einer Höhle, mit Menschen, denen Nasen und Finger fehlten …«

Während Cordelia unserem gebannt lauschenden Gastgeber und den weniger gebannt Lauschenden den endlos langen Film erzählte, machte ich mir im Stillen Stichpunkte für meinen Artikel. Der Arm würde einiges hergeben, doch die Dame aus dem Wassergraben wollte ich für ein anderes Mal aufheben. Ob ich das Gesicht im Schrankspiegel erwähnen sollte? Ich schauderte, als ich daran dachte, obwohl ich mir ebenjene Erinnerung strikt verboten hatte. Prompt fiel mir ein, was sich danach abgespielt hatte, und ich ärgerte mich von Neuem über Max und mich. Nein, die Sache mit dem Gesicht würde ich später aufgreifen, zu einem Zeitpunkt, an dem ich in der Lage war, gelassen damit umzugehen.

»Mir hat am besten gefallen, als der andere unter die Wagenräder geriet«, erklärte Annabel. »Ich würde gewinnen, wenn ich an einem Rennen im Circus Maximus teilnehmen müsste.«

»Ich sollte mich vielleicht nicht zu geschlechtsspezifischem Rollenverhalten äußern«, bemerkte Archie. »Doch ich finde, Frauen ziert es nicht, blutrünstig zu sein.«

»In Wahrheit ist meine Schwester ein Angsthase«, fiel Jonno ein. »Annabel, weißt du noch, wie du letztes Jahr auf der Kirmes in den kleinen Autos gefahren bist und geheult hast, als ein paar Jungen auf deinen Wagen geklettert sind?«

Annabel warf ihre Gabel auf den Tisch. »Ich bringe dich um, Jonno Pye«, zischte sie. »Mit Dads Gewehr.« Sie rannte hinaus.

»Was habe ich denn gesagt?«, wunderte sich Jonno.

»Vielleicht sollte ihr jemand nachgehen«, schlug ich vor.

Cordelia war unsere Hänseleien gewohnt und konnte mittlerweile ebenso gut austeilen wie einstecken. Annabel dagegen wusste nicht, wie man sich wehrte, und woher auch, wenn ihr niemand ein Vorbild war?

»Mich brauchst du nicht anzusehen«, winkte Archie ab. »Ich habe gekocht. Ich bin erschöpft.«

Alle Augen richteten sich auf Jonno.

»Na, gut«, brummte er, indem er sich erhob. »Ich tätschele ihr den Kopf und bitte sie, nicht albern zu sein. Zum Glück sind Dads Gewehre verrostet und Patronen sind auch keine da. Sie wird trotzdem nicht auf mich hören. Sie glaubt, ich bin das schwarze Schaf in der Familie.«

»Das bist du auch«, erwiderte Miss Tipple.

Sir Oswald sagte nichts, denn er hing an Cordelias Lippen, die erneut von *Ben Hur* erzählte.

Nachdem wir am Nachmittag im Kino gewesen und ich meine diversen Versprechen eingelöst hatte, trug sich am Abend etwas zu, das erneut Stoff für meine Gespensterserie lieferte. Offenbar war ich auf dem besten Weg, eine wirkliche Spezialistin für Gruselgeschichten zu werden. Mrs Whale und ich hatten gerade die Küche aufgeräumt, und die anderen waren bereits zu Bett gegangen. Ich hatte mithilfe der Seifenreste die Geschirrhandtücher ausgewaschen und zog los, um sie auf eine Leine zu hängen. Den Raum, in dem sie über Nacht trockneten, erreichte man über einen abschüssigen Korridor, der in den Keller führte. Dirk sprang vor mir her. Plötzlich blieb er stehen und jaulte, ehe er in den Ecken zu schnüffeln begann.

»Sei ruhig«, befahl ich, als er bellte. »Musst du denn immer solchen Lärm machen und die anderen …« Ein grauenhafter Geruch schlug mir entgegen, und ich brach ab, um zu würgen. Dann nahm ich mich zusammen und blickte mich suchend um. Es stank nach verfaultem Fleisch, doch ich erkannte weder tote Ratten noch Mäuse.

»Mrs Whale?«, rief ich. »Könnten Sie mal kommen?«

Mrs Whale kam mürrisch herbei, doch als sie auf gleicher Höhe war, verwandelte sich ihre Miene zu einem Ausdruck des Ekels.

»Herr im Himmel!« Sie drückte ihre Schürze auf die Nase. »Das ist doch wohl nicht wahr!«

»Was? Was ist nicht wahr?«

»Nichts. Gar nichts. Ich weiß nicht, was ich sage. Ich bin zu müde, um klar zu denken.«

»Aber Sie können doch noch riechen, oder? Woher stammt der Geruch denn Ihrer Meinung nach?«

Mrs Whale schüttelte den Kopf, machte auf dem Absatz kehrt und verschwand. Gleich darauf hörte ich, dass sich erneut Schritte näherten.

»Harriet, was tust du hier?« Es war Jonno. Er hatte im Kino neben mir gesessen und während der zweiten Filmhälfte meine

Hand gehalten, was mich gestört und die Mädchen zu endlosem Gekicher angestiftet hatte.

»Riechst du nichts?«

»Was denn? Heiliger Strohsack, ja natürlich! Was ist das?«

»Keine Ahnung. Ich glaube, es kommt aus der Wand, aber auf dem Mauerwerk lässt sich nichts erkennen.«

Jonno zog ein Taschentuch hervor und presste es auf die Nase. »Mein lieber Mann – wer hätte das gedacht?«

»Was?«

»Der Geist von Fanny Cost.«

»Wer ist Fanny Cost?«

»Lass uns woanders hingehen, Harriet. Hier hebt sich mir der Magen.«

»Wer ist Fanny Cost?«, wiederholte ich auf dem Weg zur Küche. »Vielleicht taugt sie für einen Artikel. Im Allgemeinen geben Geister nicht viel her, denn was will man auch über einen schwarzen Hund oder einen huschenden Schatten großartig schreiben? Sie tauchen auf und verschwinden und sind im Grunde langweilig.«

»Mann, du bist schon so abgebrüht wie alle Journalisten«, entgegnete Jonno. »Was ist mit dem Rätselhaften derartiger Phänomene? Bedeuten sie nicht, dass ein Leben nach dem Tod existiert? Und wie ist es um die Absolution bestellt, wenn Menschen nach dem Tod weiterhin Unheil anrichten?«

»Fürs Philosophieren werde ich nicht bezahlt. Ich muss Gruselgeschichten zu flotten Artikeln umwandeln.«

»Na, dann lass dir schon mal die Titelseite reservieren. Fanny Cost war nämlich eine Magd, die zu Cromwells Zeiten gelebt hat und Mutter eines unehelichen Kindes war. Der damalige Sir Oswald und seine Frau dagegen waren strenge Puritaner, die von morgens bis abends gebetet haben. Ihre Bilder kannst du oben auf der Galerie bewundern. Sie sehen aus wie Krähen.«

»Ich dachte, die Pyes waren königstreu und katholisch.«

»Die Pyes haben ihre Meinung geändert, als sie erfuhren, dass darauf die Todesstrafe steht. Jedenfalls beschlossen sie, an Fanny Cost und ihrem Verführer ein Exempel zu statuieren. Doch das Mädchen verschwand, ehe man es zwingen konnte, den Namen des Kindsvaters zu verraten. Doch da von einem Tag zum anderen auch einer der Stallknechte fehlte, ging man davon aus, dass sie zusammen fortgelaufen waren. Danach fingen die Dienstboten jedoch an, sich über den Gestank im Flur zu beklagen, und zuletzt wurde die Wand eingerissen. Und siehe da, in der Mauer entdeckte man die Leiche von Fanny Cost mit ihrem toten Säugling im Arm. Sir Oswald, der gleichzeitig Polizeirichter war, setzte ein Verfahren an. Der Stallknecht wurde in Abwesenheit zum Tod verurteilt. Kurz darauf begann Old Gallys Arm sein Unwesen zu treiben und auf den Herrn von Pye Place zu deuten. Der Gute erkrankte und siechte dahin. Auf dem Sterbebett gestand er, der Vater des Kindes zu sein und den Stallknecht als Mörder von Fanny Cost und ihrem Kind beschuldigt zu haben. Der Geist von Fanny Cost taucht seitdem auf, wenn er eine verkorkste Seele gewahrt. Was natürlich totaler Schwachsinn ist.«

»Klar, was sonst? Erzähl Maggie aber trotzdem nichts davon.«

»Sag bloß, Maggie glaubt an Gespenster?«

»Nicht nur das. Sie fürchtet sich vor ihnen.«

»Na gut, ich werde schweigen.«

Wir hatten das Ende des Ganges erreicht, und unsere Stimmen hallten. Ich blieb stehen, als ich plötzlich begriff, dass ich in der ersten Nacht an derselben Stelle gestanden hatte und wahrscheinlich die Stimmen von Max und Georgia vernommen hatte, als sie an einem versteckten Ort wisperten und schmusten. Ich wurde erneut wütend – wütend auf meine Dummheit.

»Sollen wir uns im Salon noch einen Schluck genehmigen?«, fragte Jonno.

»Nein. Ich muss zu Bett. Es ist fast Mitternacht. Du solltest auch schlafen gehen.« Ich ergriff seinen Arm und zog ihn durch die Eingangshalle. »Weshalb bist du überhaupt noch auf den Beinen?«

»Um meine Kehle anzufeuchten. Ich habe Maggie stundenlang über die wahre Liebe vorgelesen, das hat mich durstig gemacht.«

»Wie du weißt, werden aus einem Schluck zwei und drei und später die ganze Flasche.«

»Willst du etwa behaupten, dass ich Alkoholiker bin?«

»Bist du das nicht?«

»Nein! Oder doch?«

»Wenn du ohne die Flasche nicht auskommst, bist du einer.«

Wir waren oben auf dem Flur angelangt. »Also gut, ich leg mich in die Falle.«

»Gute Nacht.«

Ich erkannte Jonnos bedrückte Miene und gab ihm zum Zeichen meiner Freundschaft einen Kuss auf die Wange. Das war ein Fehler, denn an der Freundschaft einer Frau ist Männern selten gelegen. Jonno schlang seine Arme um mich und küsste mich auf den Mund. Mir schoss dabei einiges durch den Kopf, doch mit Jonno ins Bett zu gehen, gehörte nicht dazu. Ich glaube, hauptsächlich überlegte ich, ob die Abfuhr ihn erneut zur Flasche greifen ließe, und dass ich mich für ihn verantwortlich fühlte und wollte, dass er wieder auf die Beine kam. Seine Miene hatte mich an Bron erinnert, und deshalb hatte ich ihn geküsst, doch gleich darauf war Max mir eingefallen, und vermutlich wäre ich daraufhin vor jedem Mann zurückgeschreckt. Dennoch zögerte ich angemessen, ehe ich mich aus Jonnos Armen befreite.

»Dein Bart kratzt.«

»Ich hoffe, du hast mich nicht mit deinem Vater verwechselt.« Seine Stimme klang belegt, und er strich ungeschickt über meine Brust. Mein Gott, dachte ich, er ist fast noch ein Junge. Bei Max war ich mir wie ein schüchterner Teenager vorgekommen, doch bei Jonno fühlte ich mich wie eine Frau in mittleren Jahren, eine, die seriöse Zeitschriften abonniert und den Abfall nach ökologischen Gesichtspunkten sortiert. »Entschuldige, wie dumm von mir! Natürlich hast du mich nicht verwechselt – du hast an *ihn* gedacht, nicht wahr?«

»An wen?«

Jonno packte meinen Arm. »Bist du mit ihm ins Bett gegangen?«

»Nein.«

»Lügnerin.«

»Selbst wenn, geht dich das nichts an.«

»Das werden wir ja noch sehen.« Jonno riss mich an sich. »Aua!« Er stieß mich von sich. »Was war das? Ich habe mich gestochen.«

Ich griff in meine Schürzentasche. »Old Gallys Finger.« Ich zog ihn hervor, und wir betrachteten ihn stumm. »Ich habe ihn heute

Früh entdeckt und wusste nicht wohin damit.« Was ich nicht sagte, war, dass ich mir zudem hatte beweisen wollen, dass ich mich vor dem Finger nicht fürchtete und dass mir das zeitweise sogar gelungen war.

»Sag mal, bist du verrückt? Du kannst doch den Finger nicht wie eine Rolle Drops herumtragen. Er hat mich gestochen! Ich hoffe, das ist nicht dasselbe wie auf jemanden zu zeigen.«

»Meine Güte, Jonno! Es ist nur ein Stück Blech, das niemandem etwas anhaben …«

Das Licht auf dem Flur flackerte und erlosch.

»Himmel noch mal, Harriet, hör auf zu schreien, das ist doch nur der Generator. Selbstverständlich finde ich es schön, dass du dich an mich krallst, aber leider muss ich dir sagen, dass du irgendwie komisch riechst.«

»Jonno! Wo ist der Finger? Der Finger ist weg!«

»Hilfe, wir sind verloren! Mach dich auf den Untergang gefasst! Scheiße!«

Die Lichter waren aufgeflammt. Jonno grinste. »Du hast dir fast in die Hose gemacht, gib es zu.«

»Nur weil ich im Dunkeln nichts sehe. Wo ist der Finger?«

Jonno ließ ihn vor meiner Nase baumeln. »Ich werde mich heldenhaft um ihn kümmern.«

»Gib Acht, er hinterlässt Rostflecke.«

»Das ist mir egal. Ich werde der berühmte Pye, der den Finger entsorgt hat. Vielleicht bringt mir das Glück.«

»Du hast bereits Glück gehabt«, erwiderte ich. »Du bist gesund und klug. Ohne Bart siehst du wahrscheinlich sogar recht gut aus. Außerdem erbst du irgendwann ein wunderschönes Haus in einer der großartigsten Gegenden Englands. Was willst du eigentlich noch mehr? Für den Rest bist du selbst zuständig, wie jeder andere Mensch auch.«

»Warum steigst du nicht wieder von deinem Rednerpult herab und küsst mich noch mal?« Jonno drückte mich an sich. »Herrgott, wenn du bloß nicht so scheußlich riechen würdest! Wie eine öffentliche Bedürfnisanstalt.«

»Es ist der Reiniger an meinen Händen. Lass mich in Ruhe, Jonno. Ich bin so müde, dass ich im Stehen einschlafen könnte.«

Dirk, der bis dahin gelangweilt auf- und abgelaufen war, erfasste die Ungeduld in meiner Stimme und knurrte.

»Dann gibt mir noch einen Kuss, um zu zeigen, dass du mir nicht böse bist. Hölle! Harriet, bring den Köter zum Schweigen!«

Ich zog Dirk mit mir fort. »Gute Nacht«, rief ich über meine Schulter. »Denk daran, dass du morgen wieder Küchendienst hast.«

»Gute Nacht, mein Schatz.«

»Verdammt«, murmelte ich, als ich neben der schlafenden Cordelia lag. »Verdammt, verdammt, verdammt.«

31

»Hallo. Hallo. Könnten Sie vielleicht etwas lauter sprechen? Die Verbindung ist nicht so gut.«

»Bist du das, Harriet?«, fragte Rupert ungeduldig.

Leider war ich ebenso ungeduldig. Der Morgen war verflogen, wir wollten gerade zu Mittag essen, und ich konnte mir aussuchen, ob ich am Nachmittag lieber die Bücher in der Bibliothek abstaubte oder kreativ war und meinen Artikel schrieb – ein Problem, mit dem Frauen sich seit Jahrhunderten herumzuschlagen hatten. Zudem bettelte Cordelia mich bereits seit Tagen an, ihr bei dem berühmten Wandteppich zu helfen. Ihr Versuch, sich als leidende Kranke darzustellen, war fehlgeschlagen, und in rosafarbenem Kreuzstich sah sie wie ein schreiender Säugling aus.

»Hör endlich zu!«, blaffte Rupert, obwohl ich kein Wort gesagt hatte. »Ich habe keine Zeit, alles fünfmal zu erklären. In drei Minuten fängt ein Meeting an. Ich komme morgen Abend um halb zwölf auf dem Bahnhof an und möchte, dass du mich abholst.«

Sein Chefgetue störte mich. »Ich habe ziemlich viel am Hals. Ich sage Archie, dass er dich abholen soll.«

»Ich möchte, dass du kommst. Und zwar allein.«

»Sehr nett. Ich fühle mich geschmeichelt. Aber ich habe alle Hände voll zu tun. Nach dem Abendessen muss ich einen Haufen Geschirr abwaschen und anschließend an meinem Artikel weiterschreiben. Anscheinend hast du vergessen, dass ich ebenfalls berufstätig bin. Außerdem kann ich nicht fahren.«

»Was soll das heißen, du kannst nicht fahren?«

»Das heißt, dass ich die Fahrprüfung nicht bestanden habe.«

»Himmelherrgott noch mal. Wie alt bist du eigentlich?«

»Zweiundzwanzig. Und was hat das damit zu tun? Du bist zweiunddreißig und kannst auch nicht fahren.«

»Natürlich kann ich fahren.«

Ich stutzte. »Warum tust du es denn dann nicht?«

»Weil es Archie Freude bereitet. Okay, hier trudeln die ersten Leute ein. Ich muss Schluss machen. Ich werde ein Taxi nehmen. Warte aber auf mich.«

»Na, gut. Aber warum ausgerechnet ich?«

Es entstand eine kurze Pause. »Ich möchte mit dir reden. Wie geht es Maggie?«

»Besser.«

»Sonst alles in Ordnung? Du klingst gehetzt.«

»Es läuft alles wie am Schnürchen.«

»Gut.« Hinter ihm wurde Stimmengemurmel laut. »Vergiss nicht aufzubleiben.«

Rupert hatte den Hörer aufgelegt. Ich hätte gern noch ein wenig über seine rätselhaften Äußerungen nachgedacht, doch in dem Moment schlug Cordelia den Gong zum Essen, und ich hatte die Löffel noch nicht aus der Schublade geholt.

Zu Mittag gab es Lauch und Walnüsse in Blätterteig, und wenn jemand etwas sagte, regnete es Krümel. Archies Gerichte wurden täglich ausgefallener, was daran lag, dass er sich langweilte und dass es in den Geschäften von Bunton nur eine begrenzte Auswahl an Lebensmitteln gab.

»Weißt du, was ich gerade überlege?«, fragte Jonno mich zwischen Pudding und Käse. Er hatte sich bislang vorbildlich benommen, am Morgen die eingelagerten Äpfel im Keller gewendet, den Hühnerstall ausgemistet und frisches Holz für den Kamin ins Haus geschleppt. Darüber hinaus war er lustig und amüsant, wenn er sich nicht in Selbstmitleid aalte. Störend war lediglich, dass er mich jedes Mal zu küssen versuchte, wenn wir allein waren. Mrs Whale hatte uns im Keller zwischen den gepökelten Schinken entdeckt, was mir extrem peinlich gewesen war. Dennoch war ich mir nicht sicher, ob es richtig war, ihm Einhalt zu gebieten. Ich hatte nichts gegen seine Küsse, solange sie ihren therapeutischen Zweck erfüllten, doch mit Jonno schlafen wollte ich nicht.

»Im Kasten lag ein Gegenstand aus Metall«, begann ich im kleinen Salon. »Daran war ein Finger, der wie ein Wegweiser in die Hölle zu deuten schien. Der Schicht aus Rost und Schleim, die ihn umgab, entstieg ein grünliches Licht, das von einem seltsamen Geruch umgeben war. Weitaus beklemmender war jedoch der Eindruck des Bösartigen, das sich wie ein Gift ausbreitete und etwas Grausames in meiner Seele wachzurufen schien. Wie eine Flamme loderte es auf …«. Ich hielt inne. Bezogen sich lodernde Flammen nicht auf Sexuelles? Ich strich die Stelle aus und lauschte dem Wind, der draußen heulte.

Zwei Stunden später hatte ich den nächsten Absatz geschafft. Mein Schädel brummte, und meine Finger waren voller Tinte. Ich hatte beschrieben, wie der Arm durch die Nischen des langen Flures glitt, und zuckte jedes Mal zusammen, wenn im Salon die Scheite im Kamin knackten. Zweimal hatte ich abrupt nach hinten gespäht. Einmal hatte Dirk sich hinter dem Ohr gekratzt, und das nächste Mal hatte Mrs Whale im Türrahmen gestanden.

»Entschuldigen Sie die Störung, Miss.«

»Das macht nichts«, log ich.

»Bis zum Essen sind es noch zwei Stunden. Ich muss die Bücher abstauben, die Uhren aufziehen und die Laken mangeln. Jemand muss mir was abnehmen, sonst schaffe ich es nicht, das Gemüse zu putzen. Was wäre Ihnen am liebsten?«

»Wir lassen die Bücher aus«, erwiderte ich geistesabwesend, denn ich war noch inmitten meiner Schauergeschichte.

»Sir Oswald legt Wert auf einwandfreie Bücher.«

»Dann werden die Laken eben nicht gemangelt. Es kommt ohnehin kein weiterer Besuch.«

»Lady Pye besteht auf frisch bezogenen Betten, nur für den Fall.«

»Dann halt die Uhren«, rief ich ungeduldig, ehe ich mich erneut ihrer traurigen Vergangenheit entsann.

»Wie Sie wollen. Allerdings werden die Uhren dann stehen bleiben, und da sie alt sind, ist es nicht leicht, sie danach wieder aufzuziehen. Und wenn man sie dann stellt, muss man warten, bis sie jede einzelne Viertelstunde geschlagen haben …«

Ich warf meinen Stift auf die Tischplatte. »Ich übernehme die Bücher.«

Als ich die Halle durchquerte und überlegte, ob ich den Arm nachts an meinem Bett auftauchen lassen sollte, schrillte die Türglocke. Ich zuckte zusammen und schlich dann auf Zehenspitzen zum Windfang, um die Tür einen Spaltbreit aufzuziehen.

»Hallo, Harriet.«

Eine Gestalt drängte sich herein und schloss mich in die Arme. Es war Portia.

»Als der Typ gedroht hat, Suke anzuzeigen, haben wir uns entschieden, London für eine Weile den Rücken zu kehren und irgendwo versteckt abzuwarten, bis die Gemüter sich wieder beruhigt haben. Ich habe Lady Pye vor ein paar Tagen angerufen und sie gefragt, ob es ihr recht wäre, wenn wir kämen. Komisch, dass sie dir nichts gesagt hat. Am Telefon hat sie ungeheuer freundlich geklungen. Macht es dir etwas aus, dass wir einfach so hereingeschneit sind?«

Portia und ich waren dabei, uns zum Abendessen umzukleiden. Suke lehnte dergleichen ab. Sie hatte erklärt, Abendgarderobe hätten Männer erfunden, um Frauen zu zwingen, reizvoll zu sein. Ich hatte sie auf die Hausregeln hingewiesen und mir einen vernichtenden Blick eingehandelt. Bei ihrer Ankunft hatten Portia und Suke Latzhosen aus Jute getragen, die wie Sackleinen aussah und gewiss eigenhändig von Suke gewebt worden war. Dass irgendein Mann dergleichen reizvoll fand, war in der Tat ziemlich ausgeschlossen. Zum Glück hatte Portia ihr Haar nicht geschoren, denn Sukes nackter Schädel, auf dem man die Adern und Venen erkannte, erinnerte mich an eine Marmorbüste.

Immerhin wusste ich nun, was Maggie mit Porter, Suppe und dem Abendessen am Donnerstag gemeint hatte.

»Nein, natürlich macht mir das nichts aus. Ich freue mich, dass ihr da seid. Was hat Suke denn Schlimmes getan?«

»Auf dem Schriftstellerkongress hat einer der Redner behauptet, Männer schrieben die besseren Kriminalromane. Angeblich lässt die weibliche Fantasie keine Männergestalt zu, der es lediglich um den Sieg in einem Zweikampf geht. Stattdessen ist sie darauf aus, den Helden zu domestizieren, wohingegen der wahre Held nach dem Kampf weiterzieht, Frauen im Stich lässt und bestenfalls Gefühle für den Besiegten hegt.«

»Hm. Da ist was dran. Ich kenne ein paar Detektivgeschichten, die von Frauen verfasst wurden, aber die aufregenden Romane …«

Portia hörte auf, ihr Haar zu kämmen. »Mann, sag das bloß nicht, wenn Suke in der Nähe ist. Sie hat mit dem Mikrofon auf den Kerl eingedroschen. Er musste ins Krankenhaus.«

»Und so was findest du richtig?«

»Er hatte es nicht anders verdient«, antwortete Portia, während sie meinem Blick auswich. »Na gut, vielleicht hat er mir Leid getan. Ich mag auch keine militanten Aktionen. Glaubst du, dass ich feige bin?«

»Bist du verrückt? Jeder anständige Mensch würde so empfinden –« Ich hielt inne. »Außer Suke natürlich, die für eine Sache kämpft. Aber dass du nicht gern zusiehst, wie andere geprügelt werden, ist in meinen Augen normal.«

»Aber muss man denn für seine Überzeugungen nicht kämpfen? Die Einstellung hast du früher doch auch vertreten.« Portia strich ihr Kleid – eigentlich mein Kleid – glatt. Da Cordelia bereits mein kleines Schwarzes trug, hatte ich Portia mein blaues Seidenkleid geliehen. »Wie sehe ich aus?«

»Wundervoll.«

Ich schlüpfte in ein brombeerfarbenes Kleid. Da Archie es ausgesucht hatte, war ich mir sicher, dass es mir stand. Dass meine Schwestern besser aussahen, störte mich nicht, denn daran hatte ich mich längst gewöhnt. Eigentlich war ich sogar stolz auf die beiden, als wir uns im Salon einfanden, und hätte ihnen ein größeres Publikum als Annabel und Miss Tipple gewünscht. Dann jedoch betrat Sir Oswald den Raum und blieb wie angewurzelt stehen.

»Ja, will denn die Schar reizender junger Mädchen aus der Familie Ping gar kein Ende nehmen?«, rief er, ehe er sich über Portias Hand beugte.

»Ach wissen Sie, eigentlich ist unsere Schwester Ophelia die Schönste«, erwiderte Portia artig.

»Ist sie älter oder jünger?« Sir Oswald streichelte ihren Arm.

»Älter. Oh, entschuldigen Sie, Sir Oswald, ich habe ganz vergessen, Ihnen zunächst einmal ganz herzlich für Ihre Einladung zu danken. Meine Freundin Suke müsste gleich kommen. Lady Pye war so liebenswürdig, uns …«

»Bedanken Sie sich nicht, liebe Miss Ping. Der Zauber der Jugend, ihre Frische und Kraft …« Sir Oswald brach ab, als Suke den Salon betrat.

Trotz Sackleinen und kahlem Kopf strahlte Suke enormes Selbstbewusstsein aus. Zackig schüttelte sie Sir Oswalds Hand, baute sich neben ihm auf und blickte prüfend in die Runde. Bilder der Jungfrau von Orleans tauchten vor mir auf, als ich ihre knabenhafte Figur, die gerade Nase und das vorgereckte Kinn studierte. Es bestand kein Zweifel: Ein solcher Mensch würde die Wahrheit sagen, ganz gleich ob sie willkommen war oder nicht. Ich fand das beneidenswert und begriff, weshalb Portia Suke bewunderte. Dennoch blieb ich vorsorglich in der Nähe von Sir Oswald, nur für den Fall, dass er etwas Falsches von sich gab. Portia musste Ähnliches durch den Kopf gegangen sein, denn sie ergriff Sukes Arm, um sie Miss Tipple vorzustellen.

»Miss Tipple? Etwa Miss Ernestine Tipple?«, rief Suke entzückt. »Die Frau, die *Fuchs und Gans – Die Anatomie der modernen Ehe* geschrieben hat!«

Miss Tipple deutete eine Verneigung an.

»Aber das ist ja unglaublich! Das Buch betrachte ich als meine Bibel. Wissen Sie, dass ich alles von Ihnen gelesen habe?«

»Auch *Der befleckte Himmel*? Meine Studie über weibliche Geschlechtskrankheiten? Sie hat sich nicht so gut verkauft.«

»Ein Meisterwerk.«

»Sie scheinen eine äußerst intelligente junge Frau zu sein«, bemerkte Miss Tipple. »Es würde mich freuen, Ihre Meinung zu dem Manuskript zu hören, an dem ich zurzeit schreibe. Es handelt sich um die Geschichte des Frauenwahlrechts. Ich bin schon seit einer Weile damit befasst, aber meine Augen lassen nach und meine Gicht macht es mir schwer, den Stift zu halten.«

»Es wäre mir eine Ehre«, erwiderte Suke, und ich dachte, mit Pfeil und Bogen hätte sie auch einen Sir Lancelot abgeben können.

»Sie ist einmalig, nicht wahr?«, flüsterte Portia.

»Ja, aber ich habe Angst, ihr auf die Füße zu treten.«

»Tu das bloß nicht. Sie wird eisig, wenn sie verärgert ist. Und ich weiß, wovon ich rede, denn ich werde ihren Maßstäben häufig nicht gerecht.«

»Warum das denn nicht?«

»Weil ich zu leichtfertig bin und mich nie für länger als zwei Minuten konzentrieren kann. Und weil es mir nichts ausmacht, als Sexobjekt betrachtet zu werden. Und weil ich Männer mag, obwohl sie Schweine sind. Und weil ich über die falschen Witze lache.«

Oha, dachte ich, Portias Faszination scheint den Höhepunkt überwunden zu haben und im Abklingen zu sein.

»Portia!«, rief Archie und schloss sie in die Arme. »Welch lieber Anblick! Warum hat mir niemand gesagt, dass du kommst? Gut, dass ich jede Menge Blumenkohlauflauf gebacken habe. Aber nun brauche ich erst mal einen Schluck.« Er schenkte sich ein Glas Champagner ein. »Wie ein Herkules habe ich mit diesem monströsen Ofen gerungen.« Er verschluckte sich fast, als er Suke bemerkte. »Nein«, sagte er. »Das ist zu viel. Das halte ich nicht aus. Mein Gott, man sieht ja die Blutgefäße auf ihrem Kopf. Harriet, bitte setz mich am Tisch auf den Platz, der am weitesten von ihr entfernt liegt.«

Portia ergriff jäh meinen Arm. »Was für ein gemeines Biest du bist!« zischelte sie. »Den wolltest du wohl für dich behalten, wie?«

Ich folgte ihrem Blick. Im Türrahmen stand ein Apoll in Anzug und Krawatte. Sein blondes Haar wellte sich sanft, und seine ebenmäßigen, fein gemeißelten Züge hätten den Neid der gesamten Götterwelt erregt.

»Nun sag schon, wer das ist«, raunte Portia.

Jonno spähte umher. Als er mich erblickte, grinste er verlegen.

»Er kommt zu uns!«, hauchte Portia. »Bitte sag nicht, er wäre schwul. Das würde ich nicht überleben.«

»Er ist nicht schwul. Hallo, Jonno. Das ist übrigens meine Schwester Portia. Portia, das ist Jonno Pye.«

Portia schenkte Jonno einen ihrer Unschuldsblicke, in die sich stets ein Anflug von Verruchtheit mischte, und Jonno schnappte nach Luft.

»Hallo«, sagte Portia.

»Hallo.«

Sie starrten sich an.

»Portia ist aus Schottland gekommen«, erklärte ich. »Sie war auf einem Schriftstellerkongress. Mit Suke. Suke ist ihre Freundin.«

»Wie? Oh – erstaunlich. Hat es geschneit?«

»Wo?«

»In Schottland.«

»Nein. Doch.«

»Wie – wundervoll.«

Ich überließ sie ihrem Dialog und ging in den Speisesaal, um die Tischkarten umzustellen. Also gut – Portia würde neben Jonno sitzen – Jonno, Portia, Sir Oswald und Archie aus unterschiedlichen Gründen so weit wie möglich von Suke entfernt … Nachdem ich die Karten zigmal umgestellt hatte, war ich bereit, mir die Kugel zu geben.

Zuletzt befanden Suke und Miss Tipple sich zu meiner Rechten und unterhielten sich über Miss Tipples Manuskript. Zu meiner Linken hockte Annabel, die nichts von sich gab, außer gelegentlich anzudeuten, dass sie ein großes Geheimnis besäße und dass wir alle staunen würden, wenn wir davon wüssten. Cordelia saß mir gegenüber und warf mir zuweilen gnädig einen Gesprächsbrocken zu. Nach einer Weile ergab ich mich meinem Schicksal, verfasste im Geist die nächsten Sätze meines Artikels und tröstete mich mit dem Gedanken, dass die Verantwortung für Jonno an Portia übergegangen war.

Ich stand in der Küche und wusch das Geschirr ab, als eine Hand auftauchte, die nach meinem Spültuch griff.

»Ich mache das.«

Ich hielt das Spültuch fest. »Das ist nicht nötig.« Suke taxierte mich abwägend und fand, wie mir schien, dass ich zu wünschen übrig ließ.

»Ich möchte meinen Teil beitragen.« Sie zog an dem Spültuch, und um ein Tauziehen zu vermeiden, gab ich nach.

»Das ist Mrs Whale«, erklärte ich, als Besagte die Küche betrat. »Das ist – Miss …«

»Ich heiße Suke.« Sie schüttelte Mrs Whales Hand. »Wie geht es Ihnen?«

Mrs Whale ließ ihren Blick über Sukes nackten Kopf und die Latzhose schweifen. »Danke, gut, Miss.«

»Das ›Miss‹ ist überflüssig, ›Suke‹ reicht aus. Unter Schwestern gibt es keine Standesunterschiede. Es hat mir schon nicht gefallen, dass Sie am Tisch bedienen anstatt dort zu sitzen. Nur dekadente Gesellschaftssysteme unterteilen die Menschen in Klassen.«

Mrs Whale ergriff das Glas, das Suke ins Trockensieb gestellt hatte. »Lady Pye wünscht, dass wir ihre Gläser mit heißem Wasser abspülen, Miss.«

»Ich glaube nicht, dass die Gläser Lady Pye gehören. Sie sind Allgemeinbesitz. Eigentum betrachte ich als Diebstahl.«

Mrs Whale runzelte die Stirn. »Sie glauben doch nicht im Ernst, die Pyes hätten die Gläser gestohlen!«

»O doch. Sie wurden den Menschen geraubt, die in den Gruben der Pyes gearbeitet haben.« Der Text kam mir bekannt vor. »Sie wurden jenen geraubt, die auf den Feldern der Pyes geschuftet und in ihrem Haus Frondienste geleistet haben, den Frauen, die an kalten Wintermorgen die Feuer geschürt haben, um den Damen des Hauses wohlige Bettruhe zu gestatten …«

»Das erledigt bei uns Lady Pye.«

Für einen Moment war Suke aus dem Tritt gebracht. »Umso besser. Und inwiefern verdient der Fettsack, der bei Cognac und Pralinen ein unschuldiges Kind beäugt, dass wir seine Arbeit tun?« Suke hatte Sir Oswald ziemlich gut getroffen, lediglich hinsichtlich Cordelias kindlicher Unschuld hatte sie sich geirrt. »Hat er irgendetwas zum allgemeinen Nutzen beigetragen?«

»Bitte, geben Sie mir das Glas, Miss. Wenn es kalt wird, hinterlässt die Lauge Streifen.«

Ich beschloss, mich zu entfernen und zu den anderen zu gesellen. Archie fing an zu lachen, als ich ihm von dem Küchengespräch erzählte.

»Dabei hat Suke keineswegs Unrecht«, fügte ich hinzu. »Fast alles, was sie sagt, trifft zu, und es ist bewundernswert, wie mutig sie es ausspricht. Nun frage ich mich auch, warum Mrs Whale nicht mit am Tisch sitzt.«

»Weil sie sich unbehaglich fühlen würde.«

»Aber warum? Ist das nicht bereits eine Folge unseres Systems? Ist es gerecht, wenn ein dummer Mensch faulenzt, während jemand mit Verstand gezwungen wird, schwere Arbeit zu leisten?«

»Ist es gerecht, auf der Dummheit eines Menschen herumzureiten?« Archies Blick wanderte zu Jonno, der neben Portia saß. Wie schon bei Tisch waren die beiden in die Betrachtung des anderen versunken.

»Jonno ist nicht dumm.«

»Nein, aber er benimmt sich so – oder hat es getan, bis du dein Wunder vollbracht hast. Hoffentlich kränkt es dich nicht, dass eine andere sich anschickt, den Lohn zu kassieren.«

»Oh, nein, im Gegenteil. Seltsamerweise stört es mich auch nicht, dass Jonno einmal Pye Place erben wird. Offenbar gelten Klassenunterschiede nicht, wenn man jemanden mag. Ich kann ja auch nichts für meine Eltern und die Privilegien, die ich genossen habe, dafür dass sie mir Bildung geschenkt und …«

»Wenn du so weitermachst, werde ich dir demnächst ein härenes Gewand kaufen.«

Ich erwiderte nichts, weil ich noch immer mit den Ungerechtigkeiten der Welt beschäftigt war.

»Was ist denn los, Harriet? Du wirkst niedergeschlagen.«

»Das bin ich nicht.«

»Dann geht es dir anders als mir, denn ich muss zugeben, dass Rupert mir allmählich fehlt.«

»Er kommt morgen Abend. Allerdings spät. Das hatte ich ganz vergessen, dir zu sagen.«

Archie lächelte zufrieden. »Ich hoffe nicht zu spät. Nach Mitternacht bin ich zu nichts mehr zu gebrauchen.«

»Ich soll auf ihn warten. Aber allein.«

Archie merkte auf. »Warum?«

»Er will mit mir reden. Über Maggie, glaube ich.«

»Na, meinetwegen. Dafür werde ich mir keine morgendlichen Tränensäcke einhandeln. Hat er gesagt, wie sein Meeting verlaufen ist?«

»Es fing gerade an, als wir telefoniert haben. War es denn wichtig?«

»Es könnte wichtig gewesen sein. Sehr sogar. Rupert ist ein äußerst ehrgeiziger Mann. Schau mich nicht so verdutzt an. Natürlich dreht es sich bei ihm nicht um Geld. Davon hat er mehr als genug. Nein, ihm geht es um Erfolg. Er will sich beweisen. Vielleicht hängt es mit der Kindheit zusammen, über die er nie spricht. Manchmal glaube ich, außer deinem Pa hat ihn nie jemand geliebt.« Da ich wusste, dass die hingebungsvolle Liebe eines pummeligen kleinen Mädchens nicht zählte, widersprach ich nicht. »Natürlich darf niemand wissen, dass er sich um Erfolg bemüht. Wahrscheinlich ist es ihm peinlich. Und wie alle anderen hat er natürlich Angst zu versagen. Das ist einer der Gründe, weshalb ich ihn liebe. Rupert ist ein ausgesprochen vielschichtiger Mensch.«

»Der Gedanke, dass Rupert vor irgendetwas Angst haben könnte oder sich etwas erhofft, ist mir, ehrlich gesagt, nie gekommen. Auf mich wirkt er durch und durch selbstbewusst – und unverletzlich.«

»Das ist der Eindruck, den er hinterlassen möchte. Rupert ist der verschlossenste und unergründlichste Mensch, der mir jemals begegnet ist. Allerdings sind solche Menschen selten unverletzlich. Aber Rupert ist ein Meister, wenn es darum geht, Ängste und Unsicherheiten zu verbergen.«

Ich versuchte vergebens, mir einen unsicheren, ängstlichen Rupert vorzustellen. Vielleicht gelang es mir aber auch nicht, weil ich auf seinen Halt angewiesen war.

»Ich glaube, ich habe mich recht eigennützig auf ihn gestützt«, bekannte ich leise.

»Mach dir deshalb keine Sorgen. Im Vergleich zu dir klebe ich an ihm wie eine Alge am Korallenriff. Das ist *meine* Schwäche, wenn man so will.«

»Hier muss mal etwas wegen der Abflussrohre unternommen werden.« Suke tauchte vor uns auf, die Hände in die Seiten gestemmt. »Aus dem Keller strömt ein ekelhafter Geruch.«

Am anderen Tag wurde die Stimmung von Streitigkeiten getrübt. Während des Mittagessens gerieten Archie und Suke sich in die Haare, weil sie sich wegen des Abendessens uneins waren. Zwar teilten sie ihren vegetarischen Geschmack, doch ein Menü aus Kohl im Blätterteigmantel, Gugelhupf und Pralinenpudding hielt Suke für übertrieben. Sie erklärte, aus Solidarität mit den Massen müsse man sich mit einfacher Kost begnügen, und Kohl, Kartoffeln und Käse reichten aus, um den Menschen am Leben zu halten.

»Aber es schmeckt langweilig«, hielt Archie ihr entgegen. »Und gegen Langeweile bin ich allergisch.«

»Langweile ist ein Zeichen des Überflusses und der Behäbigkeit. Ich bezweifle, dass Sie sich langweilen würden, wenn Sie in den Straßen Reiskörner auflesen müssten, um Ihre Kinder zu ernähren.«

»Erstens hätte ich keine Kinder, wenn ich sie nicht ernähren könnte, und zweitens liest man Reis von Feldern und nicht von Straßen auf.«

»Vielleicht würde es Ihnen an Selbstbeherrschung fehlen, wenn Geschlechtsverkehr das Einzige wäre, das Sie von Ihrem Elend ablenken kann. Außerdem glaube ich nicht, dass jemand, der nie Kinder zeugen wird, sich zu dem Thema äußern sollte.«

Die meisten von uns hatten inzwischen begriffen, dass man Suke nicht ungestraft widersprach, doch Archie nahm die Herausforderung an. »Mag sein, dass mein Samen auf steinigen Boden fällt, doch wenn es um rücksichtsloses Gebaren geht, darf ich mir doch sicherlich noch ein Urteil erlauben, oder nicht? Oder glauben Sie, weil Sie nicht wissen, wie man sich kleidet und frisiert, macht Sie das anderen Menschen überlegen?«

So verlief das Mittagessen. Dass die Kinder unterdessen fortwährend kicherten, machte die Sache nicht besser.

Nach dem Abwasch ging ich zum Schreiben in den kleinen Salon und stellte fest, dass die Sätze, die mir am Vortag gut gefallen hatten, eine Zumutung waren. Also begann ich noch einmal von vorn und gab mich den Freuden und Leiden des Schaffens hin, die sich in einem Verhältnis von etwa eins zu fünf befanden.

Zu Abend gab es nach Archies knuspriger Lasagne Sukes gekochten Reis mit Rüben. Während des Essens diskutierten Suke und Miss Tipple über die Geschichte des Frauenwahlrechts. Suke bot an, das Manuskript unter Verwendung von Miss Tipples Material zu vollenden, und ich beobachtete, wie Miss Tipple sich den Vorschlag durch den Kopf gehen ließ. Gewiss war ihr die Arbeit inzwischen beschwerlich geworden, und vielleicht befürchtete sie auch, sie nicht mehr beenden zu können, doch wer wäre Ernestine Tipple ohne ihr großes Werk? Womöglich wäre sie dann lediglich eine alte Frau, die darauf wartete zu sterben, dankbar für jede Wohltat und im Übrigen vielleicht lästig. Ich hätte sie gern gebeten, weiterzumachen und ihren Tagen Sinn zu verleihen, doch aus Furcht vor Suke zog ich es vor zu schweigen.

Dennoch hätte ich Suke gern einmal gefragt, woher sie ihr Selbstbewusstsein nahm, denn Wahrheitsliebe und Prinzipientreue allein konnten es nicht sein. Vor wenigen Stunden hatte ich sie in der Küche angetroffen, wo sie stand und weinte, und ich war davon ausgegangen, dass es wegen Jonno und Portia geschah.

»Es ist scheußlich, wenn etwas nicht so läuft, wie man es sich erhofft hat, nicht wahr?«, begann ich behutsam.

Suke deutete mit ihrem Messer auf die Pfanne, in der Zwiebeln schmorten. »Die sind besonders scharf.« Als ich schwieg, setzte sie hinzu: »Wenn du denkst, ich heule wegen der beiden, bist du schief gewickelt. Vielleicht wundere ich mich über Portias Geschmack, doch sie ist ein freier Mensch. Ich glaube nicht an Beziehungen, die von Pflicht- und Schuldgefühlen zusammengehalten werden. Jeder kann tun, was er will.« Sie putzte sich geräuschvoll die Nase. »Im Grunde liebt Portia Männer. Mit mir hat sie nur herumexperimentiert.«

»So war das nicht. Ich weiß, dass sie dich achtet und Wert auf deine Meinung legt.« Suke schniefte und begann die Rüben zu putzen. »Hoffentlich hat sie deine Gefühle nicht verletzt«, fügte ich dummerweise hinzu.

Daraufhin wurde sie so fuchsteufelswild, dass ich wusste, ebendies war der Fall. »Habe ich dir nicht gerade zu erklären versucht, dass ich keinerlei Besitzansprüche erhebe?«

»Nein. Doch. Tut mir Leid. Soll ich dir helfen?« Ich deutete auf die Rüben.

»Nein, danke.« An den Rüben hafteten noch Erdkrumen, als Suke sie ins kochende Wasser warf, woraufhin schmutzige Blasen aufstiegen. »Du hast deinen Teil erledigt. Soweit ich gesehen habe, sind Portia, Jonno und Sir Oswald diejenigen, die den ganzen Tag auf der faulen Haut gelegen haben.«

Ich versuchte zu erklären, die Genannten um Mitarbeit zu bitten führe zu Ärger und Verdruss. Daraufhin nannte Suke mich hasenherzig und hielt mir vor Augen, dass mein Verhalten die anderen in ihren schlechten Angewohnheiten bestärke, was ihnen auf Dauer nur schade. Anschließend stellte sie ein Pflichtenheft zusammen. Danach waren Cordelia und Annabel am Abend mit dem Abwasch an der Reihe und am folgenden Abend Sir Oswald und Jonno. Den Kaffeedienst für den anderen Tag übertrug sie Portia.

Als das Abendbrot um acht noch nicht auf dem Tisch stand, und Miss Tipple und Sir Oswald unruhig wurden, bot ich Suke abermals meine Mithilfe an. Sie rührte in etwas, das wie Dirks Pansen mit Reis aussah, und bemerkte barsch, sie käme zurecht. Archie, der Omeletts briet, tippte hinter ihrem Rücken an seine Schläfe. Suke bekam es dennoch mit und kniff die Lippen zusammen. Eigentlich hätte man annehmen sollen, Homosexuelle kämen miteinander aus, doch das war eindeutig nicht der Fall.

Ein Vorteil von Sukes Dienstplan war, dass ich mich nach dem Abendessen in den kleinen Salon verziehen konnte. Durch das Gitter konnte ich beobachten, dass sich die Gruppe im großen Salon frühzeitig auflöste. Als Erste brach Miss Tipple auf, geführt von Suke, die sie auf Stufen und scharfe Ecken aufmerksam machte. Portia und Jonno gähnten demonstrativ, ehe sie verschwanden.

Portias Art, sich Hals über Kopf in etwas zu stürzen, hatte mich seit jeher verwundert, und ich fragte mich, ob sie klug beraten war, sich mit Jonno einzulassen. Am Nachmittag hatte ich beobachtet, wie die beiden gleich Doktor Schiwago und Lara durch den Schnee getollt waren, und ich hatte mir Sorgen gemacht. Gewiss, in den vergangenen achtundvierzig Stunden hatte Jonno keinen Tropfen angerührt und sich stattdessen an Portia berauscht, doch würde das so bleiben? Aber handelt man jemals aus Klugheit, wenn man sich in jemanden verliebt?

Ich überlegte, wie Liebe entstand. Ob sie sexuellem Begehren entsprang? Nein. Ich hatte Max begehrt, doch selbst als ich nichts von Georgia wusste, hatte ich ihn nicht geliebt. Wahrscheinlich hatte ich noch nie geliebt. Dodge hatte ich gern gehabt. Sein Sendungsbewusstsein und sein Lebensstil hatten mich beeindruckt. Wie ein reinigendes Feuer, das die verdorbene Welt verbrennt, war er mir vorgekommen.

Dann dachte ich, dass Reinheit mit der wahren Welt nicht vereinbar und Leben ohne Beschönigung unerträglich war, dass Selbstbetrug half, die Stöße, die es einem versetzte, zu mildern … ich fuhr herum, als hinter mir Schritte ertönten.

»Falls es nichts mehr zu tun gibt, Miss, gehe ich jetzt zu Bett.« Mrs Whales übliche Leidensmiene war einem wütenden Gesichtsausdruck gewichen. »Ich habe das Geschirr nachgespült, das die Mädchen verschmiert hinterlassen haben, die Stücke, die zerbrochen waren, geklebt, die Essensreste aus dem Abfluss geklaubt und vom Boden aufgewischt. Ich weiß nicht, ob Miss Sue Kommunistin ist oder was, aber ich wünschte, sie würde lernen, sich nicht in anderer Leute Angelegenheiten einzumischen.«

»Oh, verflixt, das tut mir Leid.«

»Na, Ihre Schuld ist es ja nicht«, erklärte sie ein wenig versöhnlicher.

»Ich könnte mit Suke sprechen«, schlug ich halbherzig vor. »Ihr erklären, wie die Dinge hier laufen.«

»Ich glaube, die Mühe kann man sich sparen. Menschen, die annehmen, es wäre an ihnen, die Welt zu retten, lassen sich selten dazwischenreden. Dazu sind die zu hochmütig. Verzeihung, Miss, ich weiß, solche Bemerkungen stehen mir nicht zu, aber Hochmut kommt bekanntlich vor dem Fall. Eigentlich wollte ich aber sagen, dass morgen mein freier Nachmittag ist und ich den Ein-Uhr-Bus nach Bunton nehme.«

»Natürlich. Ich hoffe, Sie amüsieren sich gut. Wenn Sie ins Kino gehen, kann ich Ihnen den Film …«

»Ich besuche Pater Terry in der Dekanei. Die Gicht hat ihn unduldsam gemacht und seine Haushälterinnen laufen ihm davon. Ich wasche seine Wäsche, putze seine Wohnung und stopfe seine Socken.« Die Vorstellung schien Mrs Whale glücklich zu machen.

Nachdem sie verschwunden war, malte ich ein Spinnengewebe

um den Tintenklecks auf meinem Block und dachte über Mrs Whales tragisches Leben nach. Das Spinnengewebe wirkte gruselig, und ich malte eine Pforte dazu und eine winkende Knochenhand. Danach fiel mir ein, weshalb ich mich überhaupt in dem kleinen Salon befand. In einer Stunde würde Rupert eintreffen; ich musste mich sputen. »Ein grauer Schleier, vor Urzeiten von Spinnen gewebt und vom Staub der Jahre bedeckt, umhüllte den Sarg wie ein Tuch …«

Ich trieb bäuchlings auf einer weichen Wolke. Unter mir erkannte ich die Welt. Winzige Menschen hasteten durch die Straßen. Ich war der Wind und blies. Die winzigen Menschen umklammerten Laternenmasten und jagten ihren Hüten nach. Ich blies heftiger und stellte fest, ich konnte heulen. Die Bäume beugten sich zur Erde, Schornsteine knickten um. Dirk, groß wie ein Floh, schaute hoch und bellte mich an. Ich griff mit einer Riesenhand nach ihm, drückte auf seine Nase und pfiff, bis die Menschen sich zu Boden warfen und ihre Ohren zuhielten. Dirk schnappte nach meinem Finger und zog an meiner Hand. Ich verlor meinen Halt und stürzte in die Tiefe. Die Erde kreiste mir entgegen. Ich schlug mit dem Kopf auf der Tischplatte auf und erwachte.

Meine Füße waren Eisklumpen, und auf meiner Uhr war es kurz nach Mitternacht. Ich spähte in den Salon. Auf einem Tisch brannte ein dreiarmiger Kerzenleuchter. Das Feuer im Kamin musste frisch geschürt worden sein, denn die Flammen spiegelten sich in den holzvertäfelten Wänden und ließen die Augen und Wangen der porträtierten Pyes glänzen. Es hätte mich nicht verwundert, wenn sie aus den Rahmen gestiegen wären, um sich mit ihren hohen Hüten, Rüschenkragen und Spitzenmanschetten auf einem Sofa niederzulassen. Lediglich der Stapel Taschenbücher neben Miss Tipples Sessel hätte den Eindruck gestört.

Ich reckte meinen Kopf, um nachzusehen, ob jemand daran gedacht hatte, das Schutzgitter vor dem Kamin aufzustellen. Tabakgeruch stieg in meine Nase. Ob jemand seine Zigarette im Aschenbecher vergessen hatte? Ich knipste die Lampe auf meinem Tisch aus, um den großen Salon besser in Augenschein zu nehmen. Old Gallys Stuhl war umgedreht worden und stand mit dem Rücken zu mir am Kamin. Über ihm kräuselte sich Rauch in die

Luft. Ich erkannte einen Schädel mit kurz geschorenem weißem Haar und die Spitze eines Schuhs, als derjenige, der im Sessel saß, die Beine übereinander schlug.

Offenbar war ein neuer Gast erschienen, der sich, in Unkenntnis der Sachlage, rauchend auf Old Gallys Stuhl niedergelassen hatte. Ich fand, das war die einzige logische Erklärung, bis der Wind wie eine verlorene Seele heulte und mir einfiel, dass es außer der Logik noch andere Erklärungen gab. Könnte es nicht sein, dass doch der Geist von Old Gally erschienen war? Sollte ich leise über die Stiege schleichen, um mich selbst zu überzeugen, oder lieber auf Rupert warten? Auf Rupert zu warten, wäre sicherlich vernünftiger, doch andererseits war es inzwischen zu kalt, um reglos am Schreibtisch zu sitzen. Was spräche dagegen, nach unten zu gehen und nachzuschauen – schließlich war ich Journalistin und kein Feigling.

Auf Zehenspitzen nahm ich die Stufen. Frische Rauchwolken stiegen auf, jemand seufzte schwer, stöhnte – und summte urplötzlich eine Melodie, die er dann zu singen begann:

»Fremd bin ich eingezogen,
fremd zieh ich wieder aus
der Mai war mir gewogen
mit manchem Blumenstrauß.
Das Mädchen sprach von Liebe,
die Mutter gar von Eh'
nun ist die Welt so trübe,
der …

Himmelherrgott, Harriet, was pirschst du dich so an, fast wäre mir das Herz stehen geblieben! Nicht den Papa erdrücken, mein Schatz – na, na, nun weine doch nicht so entsetzlich –, es hat ein Weilchen gedauert, das gebe ich ja zu, aber das Schlimmste ist doch …« Was immer mein Vater anschließend sagen wollte, ging in seinen Tränen unter.

32

Als ich aufwachte, bemerkte ich, dass der Wind umgeschlagen war. Er blies stetig und sacht, und statt wütend an den Fenstern zu rütteln, raschelte er sanft in den Zweigen. Als Nächstes stellte ich fest, dass der Kobold aus meinem Magen verschwunden war – und dann fiel mir ein, dass Pa bei uns war. Er war ein freier Mann, der sich unweit von mir entfernt im vormaligen Zimmer der Mordakers befand. Ich drehte mich auf die Seite, um Cordelia die wunderbare Nachricht mitzuteilen, doch sie schlief mit rosigen Wangen, und ich fand, es wäre schade, sie zu wecken. Dennoch hätte ich gern jemanden eingeweiht, und sei es nur, um die Nachricht selbst zu hören und zu glauben. Um ein Haar wäre ich aus dem Bett gesprungen und losgelaufen, um mich von Pas Anwesenheit zu überzeugen.

Nachdem wir uns am vergangenen Abend für eine Weile in den Armen gehalten hatten, war mir bewusst geworden, wie erschöpft und fertig Pa war. Rupert hatte eine Flasche Cognac und einen Teller Sandwiches gebracht, und Pa und ich hatten uns aufs Sofa gesetzt. Pas Arm lag um meine Schultern und meine Hand auf seinem Knie, doch alle paar Minuten fuhr er sich mit dem Taschentuch oder dem Ärmel über die Augen. Er versuchte, strahlend und munter zu erscheinen, doch wahrscheinlich hätte er nicht einmal ein kleines Kind überzeugt.

»Das sind grauenhafte Sandwiches«, sagte er zu Rupert. »Ich habe gerade einen eiergroßen Klumpen Butter verschluckt. Wer hat das Brot so dick geschnitten? Rupert, mein Junge, aus dir wird nie ein guter Koch.«

»Hoffentlich nicht.«

»Mir schmecken sie prima«, erklärte ich Rupert mit vollem Mund und einem Herz voller Dankbarkeit, weil er Pa zurückgebracht hatte.

»Und aus Harriet wird nie eine gute Lügnerin«, sagte Rupert.

»Wir haben eine merkwürdige Fahrt gehabt.« Mein Vater wischte sich über die Augen. »Uns gegenüber saß eine Frau, die ihren Papagei bei sich hatte. Er hatte einen regelrechten Narren an

Rupert gefressen. ›Böser Bube‹, hat er sagt. ›Böser Bube. Gib Mutti ein Küsschen. Oh, böser Bube.‹«

Rupert lachte. »Mir war das eher peinlich.«

»Er war die Stimme deines Gewissens.«

»Ich wollte schon immer einen Papagei«, erklärte ich.

»Ich finde, Dirk reicht«, erwiderte Rupert. »Wo steckt er überhaupt? Er hat sich wie ein Verrückter aufgeführt, als wir kamen. Hattest du Watte in den Ohren?«

»Ich bin eingenickt. Aber ich habe Dirk im Traum bellen hören.«

»Nun, da wir schon beim Thema Träumen sind, Harriet, glaubst du, du kannst ein Kissen für mich auftreiben oder irgendeinen Ort, an dem ich mich ausstrecken kann?«

Ich führte Pa nach oben.

»Wunderbar. Uralter Krempel und Temperaturen wie in Sibirien.« Er gähnte, setzte sich aufs Bett und drückte auf die Matratze. Ich zündete den Kamin an. »Ich hoffe, die Pyes stören sich nicht an unerwarteten Besuchern.«

»Sir Oswald liebt Gäste, und Maggie ist der netteste Mensch, den man sich denken kann. Dass du bei ihnen zu Gast bist, wird ihnen eine Ehre sein.«

Mein Vater seufzte. »Da wäre ich mir nicht so sicher.« Er streifte seine Jacke ab. Ich öffnete seinen Koffer, breitete seinen Schlafanzug auf dem Bett aus, legte den Morgenmantel dazu und stellte seine Pantoffeln vors Bett. »Danke, mein Schatz. Nein, mein Liebling, das Haarnetz brauche ich zurzeit nicht.« Er fuhr sich mit den Händen über seine weißen Stacheln. »Allmächtiger, bin ich müde! In der vergangenen Nacht habe ich kein Auge zugetan, nur gehofft, dass ...« Seine Augen füllten sich erneut mit Tränen.

Ich schlang meine Arme um ihn, küsste seinen Kopf und schluckte krampfhaft Tränen herunter. »Ich besorge dir Handtücher. Und dann zeige ich dir, wo das Badezimmer ist.« Als ich zurückkehrte, lag Pa im Bett und schlief. Ich stopfte die Decke fest, stellte das Gitter vor den Kamin und knipste das Licht aus.

Unten im Salon stand Rupert an der Bar und schenkte sich ein Glas Cognac ein. »Den sollte ich eigentlich nicht mehr trinken. Ich bin fix und fertig.« Er reckte seine Glieder. »Das war ein langer, langer Tag.« Er tippte den schlafenden Dirk mit dem Fuß an. »Der Höllenhund war in der Küche und hat den Käse verdrückt, den ich auf dem Tisch liegen gelassen hatte. Ich hoffe, er kriegt Albdrücken.«

»Geh noch nicht ins Bett. Erzähl mir, wie alles passiert ist – wenn du das noch schaffst – dann weiß ich wenigstens – entschuldige, ich muss schon wieder weinen. Das ist der Schock.«

Er bot mir sein Taschentuch an. »Du brauchst dich nicht zu entschuldigen. Harriet, aber hör bitte auf zu schniefen.«

»Tut mir Leid. Deshalb wolltest du, dass ich aufbleibe, nicht wahr? Ich sollte Pa allein empfangen, ohne die anderen.«

»Bei derlei Dingen braucht der Mensch kein Publikum. Es sei denn, der Mensch heißt Cordelia.«

Ich hätte nichts lieber getan, als mich in endlosen Dankbarkeitsbekundungen zu ergehen und Rupert immer wieder aufs Neue zu versichern, wie glücklich und erleichtert ich war, doch ich unterließ es wohlweislich.

»Ich wollte am Telefon nichts sagen«, fuhr Rupert fort. »Ich wollte keine unnötigen Hoffnungen wecken. Es war bis zum letzten Moment nicht klar, ob Waldo heute freigelassen wird.« Ich fuhr über meine Augen und gab mir Mühe, nicht zu schniefen. Rupert ließ den Cognac im Mund kreisen. »Oswald weiß, was ein guter Cognac ist, das muss man ihm lassen. Wo war ich? Ach, ja. Charles Foy hat sich tipptopp verhalten. Wenn er nicht stundenlang herumtelefoniert hätte, hätte es nicht geklappt – Meine Güte, Harriet, nun ist doch alles vorüber, Harriet! Also wirklich.« Ich biss auf meine Unterlippe. Rupert warf einen Blick auf meine tränenfeuchten Augen und schaute erneut in sein Glas. »Die Presse ist natürlich aus dem Häuschen. Foy hat die Leute ablenken können, aber ihr müsst das wahrscheinlich alles noch mal über euch ergehen lassen.«

»Das ist mir vollkommen gleich. Mittlerweile sind wir daran gewöhnt.« Nun, nachdem Pa frei war, würde ich mich vermutlich sogar freuen, Stan wiederzusehen.

»Ein Glück, dass hier niemand etwas gewusst und der Presse einen Wink gegeben hat.«

»Mrs Whale hat mich erkannt, aber so etwas Gemeines würde sie niemals tun.«

»Bist du dir sicher? Nun, wie auch immer, auf der Liste der möglichen Mörder ist Waldo jedenfalls an die letzte Stelle gerutscht. Genau betrachtet ist er einer von vier Menschen, die als Mörder *nicht* in Betracht kommen.«

Rupert holte eine Zigarre aus seiner Brusttasche. »Stört es dich, wenn ich die rauche?« Ich schüttelte den Kopf. Danach ließ Rupert sich in Miss Tipples Sessel nieder, zündete seine Zigarre an und stocherte im Kamin, bis die Funken flogen. Um meine Nerven zu beruhigen, aß ich noch ein Käsesandwich. »Foy möchte nicht, dass nähere Einzelheiten an die Presse gelangen.«

»Ich sage nichts. Ich habe meine Lektion gelernt.«

»Er weiß nicht, wer Basil umgebracht hat – falls es überhaupt Mord war. Er weiß lediglich, wie Basil gestorben ist. Jemand war sehr gerissen ...«

»Hätte es denn ein Unfall sein können?«

»Foy glaubt, dass es mit Absicht geschah, aber er kann es nicht beweisen. Die Weihnachtstage haben die Untersuchung aufgehalten – sonst wäre Waldo gewiss noch früher freigekommen.«

Ich war zu froh, als dass ich mich über die Leute aufgeregt hätte, die über Weihnachten nicht gearbeitet hatten. Rupert blies einen Rauchkringel in die Luft.

»Es ist eigenartig.« Er schloss die Augen und schnupperte genüsslich an seinem Cognacglas. »Allein die Tatsache, dass Waldo mit dem blutigen Blendstab neben der Leiche kniete, hat ausgereicht, um jedermanns Denkprozess zu blockieren. Alternative Möglichkeiten sind daraufhin niemandem mehr in den Sinn gekommen. Auch mir nicht, und im Gegensatz zur Polizei kenne ich mich mit Bühneneinrichtungen aus.«

»Was hat das mit der Bühneneinrichtung zu tun?«

Rupert zog an seiner Zigarre, lehnte sich zurück und starrte an die Decke. »Im Grunde ist der *Lear* ein heidnisches Spektakel – Götter treten auf, Zeus, Apoll, Juno, Hekate und so weiter, und auch die Natur besitzt göttliche Gewalt. Um Letzteres zu verdeutlichen, hatte man sich entschlossen, das Stück in der Art des Barock aufzuführen.«

Ich hatte keine Ahnung, wovon die Rede war.

»Der Witz ist, dass du Foy den entscheidenden Hinweis gegeben hast.«

»Wieso ich?«

»Der Mann hat meine ganze Hochachtung. Trotz der Beweislage ist er einem Instinkt gefolgt, der ihm gesagt hat, dass dein Vater nicht der Typ ist, der andere ermordet. Und dann hast du ihm von deiner Séance erzählt, und anstatt dein Gefasel umgehend zu vergessen, hat er darüber nachgedacht und ihm ist ein Gedanke gekommen.« Ich lächelte tapfer, um zu zeigen, dass ich nicht beleidigt war. »Foy ist zum Theater zurückgekehrt. Allein. Hat sich dorthin gestellt, wo Basil den Tod gefunden hat, und sich deine Worte durch den Kopf gehen lassen. Und wie ein Blitz aus heiterem Himmel ist ihm die Erleuchtung gekommen – und er hat nach oben geschaut.«

»Und dann?« Ich beugte mich vor.

»Den Rest wird Foy dir erzählen. Ich glaube, er möchte es persönlich tun, und ich werde mich hüten, ihm die Schau zu stehlen.« Rupert drehte seine Zigarre in den Fingern.

»Du hast gesagt, Pa kann es nicht gewesen sein. Wenn das stimmt – aber nur, wenn du mir schwörst, dass ihm nichts mehr passieren kann, werde ich jetzt nicht nachhaken und dich bedrängen.«

»Wer immer Basil getötet hat, befand sich nicht auf der Bühne. Und wir haben drei Zeuginnen, die schwören, dass dein Vater auf der Bühne war.«

Ich stieß die Luft aus, die ich unwillkürlich angehalten hatte. »Dann ist ja alles gut«, sagte ich und beließ es dabei, weil ich erkannte, dass Rupert allmählich die Augen zufielen.

»Komm ins Bett, Rupert. Über den Rest reden wir morgen Früh.«

Er warf seine Zigarre ins Feuer. »Ekelhafte Dinger. Weiß der Henker, warum sie mir schmecken. Morgen Früh werde ich mich wie zerschlagen fühlen.«

»Rupert – ich wollte dir auch sagen, wie Leid es mir tut, dass ich bei deiner Abreise so unfreundlich war.«

»Warst du das?«, fragte er erstaunt. »Nun, vielleicht warst du ein wenig barsch. Ich dachte, das hätte an Max Frenshams Aufbruch gelegen.«

»Nein, ganz und gar nicht, jedenfalls nicht so, wie du denkst. Ich war verletzt und beleidigt … aber dir gegenüber werde ich nie wieder unhöflich sein. Es war undankbar, zumal ich dir so viel schulde, nicht nur Geld, sondern auch die Zeit – und überhaupt alles, was du so mitmachst …«

»Ich glaube, das reicht, Harriet.« Rupert hatte den Schürhaken ergriffen und kratzte die Asche im Kamin zusammen. »Ich weiß zwar, wie schön es ist, eine Dankesrede zu halten, aber sie sich anhören zu müssen ist eine Zumutung.«

»Was für ein gemeiner Hund du bist.«

»Nanu, ich dachte, du wolltest nie wieder unhöflich sein.«

Ich schaute ihn böse an, doch dann musste ich lachen. »Na, gut, du hast Recht. Aber du brauchst deshalb nicht so gemein zu sein.«

»Bin ich gern.«

»Miststück.«

»Siehst du! – Du auch.«

Als ich am Morgen leicht verspätet zum Frühstück erschien, saß Rupert dort bereits mit aufgeschlagener Zeitung.

»Guten Morgen«, begrüßte ich ihn aufgekratzt und darauf erpicht, mein überströmendes Glück mit ihm zu teilen. »Wunderbarer Tag, nicht wahr?«

»Draußen schneit es«, erwiderte Rupert ohne aufzusehen.

Auf der Titelseite der Zeitung verkündete eine Schlagzeile: »Waldo Byng unschuldig«. Darunter war ein Bild aus jüngeren Tagen. Pa als Shylock. Mit Schminke, Perücke und Bart sah er darauf wie ein Mörder aus. Ich setzte mich neben Rupert, neigte mich vor und las den Artikel mit schief gelegtem Kopf. »Polizeiliche Glanzleistung« stand unter der Überschrift, und ich war stolz auf Chefinspektor Foy. »Seit November hält die Theaterwelt Londons den Atem an und fragt sich, wer Sir Basil Wintergreen, einen der berühmtesten Tragöden Englands und Darsteller klassischer Shakespeare-Rollen …« An der Stelle hatte die Zeitung einen Knick. Ich tippte dagegen, um weiterzulesen.

Rupert riss die Zeitung an sich. »Tu das nie wieder!«, fauchte er.

Als mein Vater hereinkam, hing Cordelia an seinem Arm. Pa wirkte noch immer abgespannt und blass. Er zwinkerte mir zu und legte Rupert eine Hand auf die Schulter. Rupert grunzte irgendetwas. Cordelia zog für Pa einen Stuhl zurück, kehrte unsichtbare Krümel vom Tisch und breitete eine Serviette auf seinem Schoß aus. Danach lief sie zur Anrichte und benannte die einzelnen Gerichte laut mit Namen. Sie klapperte mit den Deckeln, ließ einen Löffel fallen, verbrannte sich die Finger, als sie Pa Kaffee einschenkte, und jammerte lauthals über die Schmerzen. Rupert schloss die Augen und atmete tief ein und aus. Nachdem Cordelia sich dicht neben Pa gesetzt hatte, sang sie zu den Klängen von *God Save the Queen* »Hier kommt der Held« und trommelte dazu mit dem Löffel auf der Tischplatte. Rupert warf seine Zeitung auf den Tisch und verließ wortlos den Raum.

Ich schnappte mir die Zeitung, um den Artikel zu Ende zu lesen. Er war irgendwie vage, und das, was als Inspektor Foys Anmerkungen wiedergegeben wurde, war mehr oder weniger das, was Rupert geäußert hatte. Ich tröstete mich mit den Huldigungen, die meinem Vater zuteil wurden, und mit den Aussagen seiner Kollegen, die von Anfang an gewusst hatten, dass Pa unschuldig war und sich über das Fehlverhalten der Justiz empörten. Es klang, als hätten sie sich in der Vergangenheit zu Protesten versammelt, Leserbriefe geschrieben und wären beim Innenminister vorstellig geworden, um ihn auf seine Verblendung hinzuweisen.

»Warum haben sie bloß dieses Foto ausgewählt?«, fragte ich und hielt Pa die Zeitung hin. »Du trägst eine falsche Nase und siehst dir nicht im Mindesten ähnlich.«

Mein Vater schüttelte den Kopf, als ich ihm die Zeitung überlassen wollte. »Waldo, den Unschuldigen, kann ich noch nicht verkraften. Ich habe mich gerade erst an Waldo, den Schlächter, gewöhnt.«

Cordelia tat, als wäre ich Luft. Wahrscheinlich war sie wütend, dass ich sie um ihre Vorstellung als Roberta aus den *Eisenbahnkindern* gebracht und daher verhindert hatte, dass sie vor versammelter Mannschaft »Daddy, allerliebster Daddy!« rufen konnte, ehe sie sich ihm in die Arme warf. Stattdessen hatte ich sie angehalten, allein in sein Zimmer zu gehen.

Portia war nicht in ihrem Zimmer gewesen. Ihr Bett war unberührt.

»Da, seht mal!« Mein Blick war auf einen kleineren Artikel gefallen. »Ein Bild von Rupert! Du liebe Zeit! Rupert ist seit gestern künstlerischer Leiter der britischen Oper. Mein Gott, sie haben seinen Namen falsch geschrieben. ›Rupert Woovespurges‹ steht hier. ›Rupert Woovespurges ist mit zweiunddreißig Jahren der Jüngste, dem dieser Titel zuteil wurde. Noch ungewöhnlicher ist die Tatsache, dass Woovespurges bisher kein Opernhaus geleitet, sich allerdings als Gastregisseur in London und New York bereits einen Namen gemacht hat. Für einen persönlichen Kommentar stand er bisher nicht zur Verfügung. Woovespurges löst Tristram Lobe ab‹ und so weiter und so weiter. Mann, und darüber hat er kein Sterbenswörtchen verlauten lassen. Hast du davon gewusst, Pa?«

»Nein. Ich wusste nicht einmal, dass er in die engere Wahl gekommen war, aber woher auch? Allerdings freue ich mich darüber. Das ist ein ungeheurer Triumph für ihn.«

»Waldo!«, rief Archie, als er den Raum betrat. »Rupert hat mir die Neuigkeit erzählt! Du bist ein freier Mann!« Er begutachtete Pa von allen Seiten. »Großartige Frisur! Und über Nacht weiß zu werden, ist auch nicht jedem beschieden.«

»Findest du nicht, dass es mich alt macht? Ich wollte es färben lassen.«

»Niemals! Es gibt dir etwas Kaltes und Brutales. Die Frauen werden dir zu Füßen liegen – vermutlich auch der eine oder andere Mann.«

»Komm bitte nicht auf schräge Gedanken, Archie. Für den Moment habe ich die Nase voll von Männern.«

»Wie unbedacht von mir!«, entschuldigte sich Archie. »Du musst ja mit den Nerven vollkommen runter sein! All diese gewalttätigen, rohen Burschen!« Er klimperte mit den Wimpern. »Aber wir bringen dich wieder auf Vordermann, mein Lieber, mach dir keine Sorgen.«

Wahrscheinlich gab es tatsächlich keine Geeigneteren als Archie und Rupert, um jemandem wieder auf die Beine zu helfen. Ein wenig später fiel mir ein, dass es unser letzter Tag in Pye Place war und dass wir am anderen Tag nach London zurückkehrten, und ich fragte mich, weshalb ich mich darauf nicht freute. Pa wäre wieder bei uns und unsere Familie wieder vereint. Ich verbiss mir die Tränen, als mir klar wurde, dass dennoch nichts mehr so sein würde wie früher. Nichts und niemand mehr, denn inzwischen hatten wir uns alle verändert. Als Nächstes überlegte ich, warum Pa nicht zuerst nach Cornwall gefahren war, um Ma zu besuchen, und ich fühlte mich seltsam beklommen. Dann jedoch sagte ich mir, die Reise wäre zu strapaziös gewesen, und danach fühlte ich mich besser.

»Sieh mal, Archie!« Ich hielt die Zeitung hoch und deutete auf das Foto von Rupert. Archie ergriff die Zeitung. Beim Lesen röteten sich seine Wangen. »Donnerwetter. So weit hätte ich nicht gedacht. Und keinen Mucks verraten! Der Junge ist ein Genie!«

In dem Moment kam Rupert mit der Post herein.

»Caesar, wir grüßen dich!«, sagte Archie mit einer Verbeugung.

»Gut gemacht, Junge«, bemerkte mein Vater und wischte sich über die Augen. »Ich bin so stolz auf dich. Wie auf einen eigenen Sohn.«

»Darfst du jetzt jeden herumkommandieren?«, fragte Cordelia. »Müssen die anderen tun, was du sagst?«

Rupert lächelte flüchtig. »Sie werden alles tun, um mir mein Leben zur Hölle zu machen.«

»Es ist toll«, bemerkte ich zaghaft.

Rupert legte einen Brief neben mein Gedeck. »Für dich.«

»Er ist von Max.« Cordelia hatte vergessen, dass sie mich ignorieren wollte. »Ich erkenne die Handschrift. Kann ich ihn lesen?«

»Welcher Max? Sprecht ihr von Max Frensham?«, erkundigte sich mein Vater.

»Ach, das weißt du ja noch gar nicht«, erwiderte Cordelia. »Max war hier und hatte ein Verhältnis mit Harriet. Wahrscheinlich bittet er dich um ihre Hand. Harriet, darf ich den Brief aufmachen?«

»Sei nicht albern.« Ich spürte, dass mein Gesicht feuerrot geworden war.

»Dann lies den Brief vor!«

»Lass sie in Ruhe, Schätzchen.« Mein Vater tätschelte Cordelias Kopf. »Du wirst selbst bald Liebesbriefe bekommen. Dann wirst du begreifen, weshalb man sie nicht vorlesen möchte.«

»Ich habe schon jede Menge Liebesbriefe erhalten, ich habe sogar ein …« Cordelia brach ab und grinste in sich hinein.

»Vielleicht sollte ich mir die Beine vertreten«, sagte Pa.

»Kann ich mitkommen?««, fragte Cordelia.

»Diesmal nicht, Liebchen. Ich möchte allein sein.«

Ich war sprachlos. Seit ich denken konnte, hatte mein Vater nicht ein einziges Mal geäußert, allein sein zu wollen. Genau genommen beklagte er sich über Einsamkeit, wenn weniger als ein halbes Dutzend Menschen um ihn versammelt waren.

Er verließ das Frühstückszimmer.

Aus der Halle ertönte Portias Stimme. »Daddy, allerliebster Daddy!«

Cordelia warf mir einen Blick abgrundtiefen Hasses zu.

Als ich den Mittagstisch deckte und überlegte, wodurch ich den Begriff »schemenhaft« ersetzen könnte, der sich mehrfach in meinen Artikel geschlichen hatte, tippte jemand auf meine Schulter. Ich fuhr herum und entdeckte Mrs Whale in schwarzem Mantel, schwarzem Schal und schwarzen Handschuhen.

»Entschuldigung, Miss. Ich bin jetzt fort. Wenn Sie mir die Freiheit gestatten, hätte ich jedoch etwas, um es Ihrem Vater zu geben. Ich weiß, wie schwer es für ihn ist.« Sie drückte mir ein kleines rotes Büchlein in die Hand und war verschwunden, ehe ich mich bedanken konnte. *Der christliche Weg zur Sühne – Gebete für die Gepeinigten* hieß das Buch. Es war abgegriffen, und als ich es aufschlug, erkannte ich, dass mehrere Stellen unterstrichen waren. Ich war äußerst gerührt. Wie aufmerksam, dass Mrs Whale sich die Zeit nahm, an einen ihr unbekannten Menschen zu denken!

33

›So habe ich doch durch eure Hilfe die Mitternachtssonne verdunkelt‹« – der Arm meines Vaters fuhr in die Luft – »›die aufrührerischen Winde aufgerufen und zwischen der grünen See und dem azurnen Himmel tobende Kriege entfacht; dem schrecklichen

Dröhnen des Donners gab ich Feuer bei und spaltete Jupiters stämmige Eiche mit dessen eigenem Keil.‹« Die Hand zuckte wie ein Blitz nach unten.

Alle klatschten Beifall. Sogar Sir Oswald erwachte und klatschte ein, zwei Mal.

»Wunderschön!«, hauchte Maggie verzückt. Sie war zum Mittagessen aufgestanden und hatte erklärt, sich wie neugeboren zu fühlen. Am Nachmittag hatte Miss Tipple ihr großzügig ihren Sessel überlassen. Wir waren im Haus geblieben, weil es draußen unentwegt schneite, und mein Vater hatte angeboten, etwas vorzutragen. »Sie machen das Ganze so lebendig, Mr Byng, man kommt sich tatsächlich vor, als wäre man in ein Gewitter geraten.«

»Für Sie bin ich Waldo«, entgegnete mein Vater mit einer Verbeugung.

»Großartig!« Archie betupfte seine Lider. »Einfach großartig.«

»Jawoll, bravo!«, sagte Miss Tipple.

Portia, Cordelia und ich fingen wieder an zu klatschen. Jonno stieß Pfiffe aus und trampelte mit den Füßen.

Mein Vater verneigte sich vor jedem. Dann fiel sein Blick auf Rupert und wurde unsicher. Derlei hatte ich noch nie erlebt, doch andererseits passte es zu seinem veränderten Verhalten. Rupert reichte mir stumm seine Tasse und bat mich mit einer Geste, ihm Tee nachzuschenken. Ich wäre nach China geflogen und hätte eigenhändig Teeblätter gepflückt, wenn er Pa gelobt und gesagt hätte, die Vorstellung hätte ihm gefallen.

Rupert nickte. »Brillant, Waldo.« Pas Blick war noch immer unstet, nichts erinnerte mehr an den gebieterischen Prospero, den er gerade dargestellt hatte. Der Anblick tat mir in der Seele weh. Rupert nickte noch einmal. »Kein anderer Schauspieler ist in der Lage, eine solche Bandbreite an Gefühlen zu entfalten, Waldo.«

»Zugabe«, rief Jonno vom Sofa, wo er und Portia nun wieder umschlungen saßen.

Mein Vater wehrte mit einem Kopfschütteln ab und setzte sich neben mich. Ich ergriff seine Hand. Sie war kalt und zittrig. »Cordelia!«, rief er fröhlich. »Sing deinem Pa ein Lied. Eins von Ariels Liedern.«

Cordelia sprang auf, baute sich vor dem Kamin auf und sang

mit ihrer zarten Sopranstimme und mit Dirk malerisch zu ihren Füßen. Sir Oswald rappelte sich hoch und stierte.

»Weißt du, wo Annabel steckt?«, wandte Maggie sich halblaut an Rupert. »Seit sie wutentbrannt fortgelaufen ist, habe ich sie nicht mehr gesehen.«

Während des Mittagessens hatte es abermals Streitgespräche gegeben. Archie und Suke hatten ihr Lieblingsthema aufgegriffen, nämlich, ob man aus reinem Vergnügen essen durfte oder lediglich, um sich zu sättigen. Nach Archies Ansicht zählte die einfallsreiche, raffinierte Küche zu den Errungenschaften einer kultivierten Gesellschaft.

»Wenn es für jedermann auf der Welt ausreichend Nahrung gäbe, hätten Sie vielleicht Recht«, bemerkte Suke. »Solange die Hälfte der Welt jedoch an Mangelerscheinungen leidet, halte ich das Getue um Soufflés und Suppen für skandalös. Völlerei ist ein moralisches Verbrechen.«

Sir Oswald, der dabei war, Archies Gurkencremesuppe zu löffeln, gewahrte, dass alle Blicke auf ihn gerichtet waren. Er wischte sein Kinn ab und sagte: »Ausgezeichnete Suppe. Zarter, feiner Geschmack.« Dann schaute er mit verwirrtem Lächeln in die Runde. »Kompliment an den Koch.«

»Aber es gibt doch schlimmere Dinge, als zu viel zu essen«, begann ich, um das Gespräch auf andere Themen zu lenken. »Völlerei ist eine der lässlichen Sünden, und wenigstens fügt man damit keinem anderen Schaden zu. Abgesehen von den Verbrechen, die das Gesetz verbietet, ist es in meinen Augen um ein Vielfaches gemeiner, alte Menschen ihrem Schicksal zu überlassen oder Tiere für den Zirkus zu dressieren oder …«

»Gewiss, Harriet«, entgegnete Suke. »Doch das eine hebt das andere nicht auf. Außerdem bist du schon wieder dabei zu beschwichtigen. Pausenlos sagst du etwas, um Streit zu vermeiden.« Wie wahr, wie wahr, dachte ich. »Ein solches Verhalten ist unaufrichtig«, fuhr Suke fort. »Zu heucheln, um andere Menschen mit der Wahrheit zu verschonen, ist eine Schwäche. Wenn du nicht aufpasst, wird es deine intellektuelle Reife verhindern. Lügen sind wie Fesseln. Solange du sie nicht abwirfst, wirst du nie in der Lage sein, gegen die Ungerechtigkeit zu kämpfen.«

Ich fing Ruperts amüsierten Blick auf und zerkrümelte mein Brot, während ich überlegte, was ich zu meiner Verteidigung vorbringen könnte. Eigentlich hatte ich vorhin weder geheuchelt noch gelogen – doch ich hätte es getan, wenn es darauf angekommen wäre. Suke hatte tatsächlich eine meiner größten Schwächen bloßgelegt.

»Harriet ist eine eifrige Verfechterin der Revolution«, erklärte Pa daraufhin und mit kaum merklichem Augenzwinkern. »Vor etwa zwei Jahren hat sie sich zum Anarchismus bekannt.«

»Wenn Harriet Anarchistin ist, bin ich der Kaiser von China«, sagte Archie.

Rupert unterdrückte ein Grinsen. Suke schwieg. Während wir weiter aßen, bemerkte ich jedoch, dass ihre Blicke mit leichter Verwunderung zu mir schweiften.

Danach unterhielten wir uns über Ruperts Ernennung zum künstlerischen Leiter der britischen Oper und seine geplante Inszenierung des *Maskenballs*. Ich kannte die Oper nicht, doch als er die Handlung schilderte, klang sie reichlich verworren. Ergänzend setzte er hinzu, ihn interessiere vorrangig die Umsetzung und die Rolleninterpretationen, seine Lieblingsoper wäre es mitnichten. Als Nächstes begannen er und mein Vater eine Unterhaltung über das Thema Eifersucht und wurden sich nicht einig, ob sie ein Zeichen von Liebe oder Herrschsucht war.

Das war aber alles noch harmlos. Furchtbar wurde es erst, als Suke Annabel ermahnte, an die hungernden Kinder in Indien zu denken und die Spiegeleier mit Spinat aufzuessen, die Suke zubereitet hatte. Annabel erwiderte, selbst als hungerndes Kind in Indien fände sie die Eier ekelhaft – was zutraf, denn das Eiweiß war halbroh – und außerdem ließe sie sich von einer glatzköpfigen Frau nichts sagen. Daraufhin schaltete Rupert sich ein, und Annabel stürmte aus dem Speisesaal, wobei sie über die Schulter rief, das würde uns allen noch Leid tun. Danach hörten wir, dass die Haustür zuschlug.

Als Maggie darauf hinwies, dass Annabel noch immer fehlte, fingen wir an, unruhig zu werden. Cordelia machte sich auf, um nach ihr Ausschau zu halten.

»Das Kind ist wirklich eine Nervensäge«, murmelte Rupert,

nachdem Cordelia unverrichteter Dinge zurückgekehrt war. »Man sollte die Giftschlange in die Kälte schicken, um Annabel draußen zu suchen.«

Ich nahm an, mit der Giftschlange war Suke gemeint, die sich mit Miss Tipples Werk in die Bibliothek zurückgezogen hatte und vermutlich höchst zufrieden mit sich war. Ich überlegte, wer für die Suche am besten in Frage kam. Jonno und Portia waren verschwunden, wahrscheinlich in Richtung Bett. Sir Oswald und Miss Tipple dösten am Kamin. Pa hatte sich zu einem Spaziergang aufgemacht. Maggie war noch zu schwach, um in der Kälte umherzulaufen, und Archie zu bitten, wäre zwecklos gewesen. Cordelia hatte sich wohlweislich in Luft aufgelöst, und Mrs Whale wusch in Bunton Pater Terrys Wäsche. Demnach blieben Rupert und ich.

»Wäre schön, wenn Annabel etwas zu essen mitgenommen hätte«, bemerkte Rupert mit einem Blick auf Dirk.

Dirk schlief am Kamin. Seine Schnauze zuckte, als er das Wort »essen« vernahm.

»Er könnte an einem von Annabels Kleidungsstücken riechen«, sagte ich. »Vielleicht findet er sie dann.«

Dirk war keineswegs begeistert, als wir ihn aufscheuchten, in die Halle zerrten und an Annabels Reitstiefeln schnuppern ließen. Als ich versuchte, die Leine an seinem Halsband zu befestigen, änderte er jedoch seine Meinung, verwandelte sich von einem bockbeinigen Esel in einen schneidigen Windhund und flitzte ohne Leine davon.

»Das hätte ich mir eigentlich denken können«, murmelte ich, als ich ihm hinterhersah. »Ich hätte die Tür nicht öffnen dürfen.«

Rupert war jedoch noch zu sehr mit Suke beschäftigt, um sich über meine Dummheit auszulassen, und stieß Drohungen aus, die mich um ihr Leben bangen ließen. Unterdessen rieselte der Schnee in unseren Nacken oder die Bäume schüttelten ihre Schneelast auf uns ab, was Ruperts Laune nicht zuträglich war.

Ab und zu rief ich nach Dirk, und einmal bellte er aus der Ferne zurück. Wir steuerten auf die Stelle zu, aus der das Bellen gekommen war, und gingen zu dem Hang, der »Schau ins Land« genannt wurde, obgleich wir von dort aus gewiss nicht viel erkennen würden. Der Schnee und der Himmel waren zu einem einheitlichen

Blaugrau verschmolzen, das Rupert mit wütenden Schritten und Verwünschungen durchquerte. Ich glühte von der Anstrengung, ihm zu folgen, und meine Nase hatte angefangen zu laufen.

»Kannst du mir mal dein Taschentuch leihen?«, rief ich, nachdem meine Handschuhe ihr Soll erfüllt hatten.

Rupert blieb stehen und reichte mir ein Taschentuch. Während ich meine Nase putzte, stampfte er mit den Füßen. »Wir vertrödeln hier nur unsere Zeit. Annabel hat sich wahrscheinlich irgendwo versteckt und lacht sich schlapp. Ich weiß beim besten Willen nicht, warum ich mit meinem Brummschädel in diesem Sauwetter rumlaufe, während ihr Vater und ihr Bruder sich mit deinen Schwestern vergnügen.«

»Hör mal, du willst doch hoffentlich nicht …«, erwiderte ich.

»Nein, Harriet, tut mir Leid, das will ich nicht. Ich hoffe, du glaubst nicht im Ernst, dass ich das zulassen würde. Oder dass Cordelia es täte. Oswald ist zwar nicht ganz dicht, aber er kennt seine Grenzen.«

»Das hoffe ich.« Ich erzählte Rupert, was mir in Sir Oswalds Zimmer widerfahren war.

Rupert schien das lustig zu finden. »Du übertreibst mal wieder, vermute ich. Du hast schon als Kind überall Gefahren gewittert. Meine Güte, wie eine Glucke warst du hinter Cordelia her, als sie zu krabbeln begann, ständig hast du gedacht, sie könnte ihre Finger in Steckdosen bohren oder Kernseife essen. Deine Mutter hat sich für Cordelia ja erst interessiert, nachdem sie größer war und allen vorgeführt werden konnte. Erinnerst du dich noch an das hübsche Au-pair-Mädchen aus Italien, das bei euch war? Na, vielleicht nicht. Sie lag ja auch die meiste Zeit mit Bron im Bett, und als sie dann schwanger geworden ist, hat deine Mutter sie gefeuert.«

»Das stimmt doch nicht, oder? O Gott, das wusste ich ja gar nicht. Wer hat dir davon erzählt?«

»Wer wohl? Bron hat mich damals um Hilfe gebeten. Aber wirklich, überallhin hast du Cordelia mitgeschleppt, wie Christophorus das Jesuskind. Offenbar hast du nie aufgehört, dich um sie zu sorgen.«

»Offenbar nicht.«

Ich wunderte mich, dass Rupert sich überhaupt an mich erinnerte. Dann fragte ich mich, ob Bron ihn damals um Geld gebeten hatte und wenn ja, ob er es jemals zurückgezahlt hatte, doch ehe ich mich danach erkundigen konnte, sagte Rupert: »Gott sei Dank, endlich hat es aufgehört zu schneien.«

Ich schaute mich um. Nur vereinzelte Flocken tanzten noch durch die Luft.

»Willst du dein Taschentuch zurückhaben?«

»Nein«, erwiderte Rupert nach einem Blick darauf. »Ruf nach deinem Köter.«

Das tat ich und wünschte nicht zum ersten Mal, ich hätte mich für einen anderen Namen als »Dirk« entschieden. Nach einer Weile vernahmen wir einen dünnen Schrei und aufgeregtes Kläffen.

»Er hat jemanden entdeckt«, bemerkte ich. »An seinem Ton erkenne ich, wie stolz er ist.«

Dirk hatte tatsächlich jemanden entdeckt, denn nachdem wir den Hang erklommen hatten, stießen wir auf meinen Vater. Er saß auf einem Felsen, und Dirk sprang um ihn herum.

»Schafft mir das Tier vom Hals«, sagte Pa. »In der Gegend ist jede Menge Platz vorhanden, um sich auszutoben. Warum tobt er bei mir? Ich mag keine Hunde.«

Er beugte sich mit gekrauster Stirn zu Dirk, der ihm daraufhin ins Ohr bellte.

»Tut mir Leid, Pa. Er ist nicht gut erzogen. Wir suchen Annabel. Hast du sie zufällig irgendwo gesehen? Mir war vorhin, als hätte jemand geschrien.«

»Das war ich. Ich war dabei, in der Stille der Natur zu schwelgen. Nach einer Weile wollte ich mich mit einem Schokoladenkeks stärken, aber ich hatte ihn kaum an die Lippen geführt, als dieses Ungeheuer vor mir stand. Er hat mir den Keks vor dem Mund weggeschnappt, und da habe ich geschrien.«

»Nein, Pa, der Schrei war nicht von dir. Da ist er wieder.«

Der Wind trug einen schwachen Schrei zu uns.

»Diesmal habe ich ihn auch gehört.« Rupert stapfte davon.

Ich leinte Dirk an und befahl ihm, mir zu folgen, doch er blieb wie angenagelt stehen und starrte auf Pas Jackentasche. Schließlich trennte Pa sich von einem Honigkeks, und Dirk zockelte mir widerwillig hinterher. Es dauerte nicht lange, bis ich Rupert erkannte. Er hatte sich über Annabel gebeugt, die, halb unter Schnee begraben, in einer kleinen Senke lag. Der Schnee war von rötlichen Flecken durchsetzt. Ich rutschte den Abhang hinunter. Rupert war dabei, eine Fußangel zu öffnen, in der sich Annabels Knöchel befand.

»Der Mistkerl, der das getan hat, gehört erschossen. Bleib liegen, Annabel!« Er zog seinen Mantel aus und breitete ihn über sie.

Annabel schien uns kaum wahrzunehmen, doch hier und da schrie sie auf. Ich hielt ihren Kopf in meinem Schoß und murmelte tröstende Worte. Dirk legte sich neben uns und leckte Annabels Gesicht. Sie legte ihre Wange an seinen Kopf.

Als Rupert die Fußangel mit den Händen nicht aufbekam, erhob er sich und stampfte mit der Ferse darauf.

Annabel wurde ohnmächtig, doch die Falle sprang auf.

»Wir müssen das Blut stillen, Harriet. Hast du zufällig einen Unterrock an?«

Ich hatte in meinem ganzen Leben noch keinen Unterrock getragen und entledigte mich meines Rockes. Rupert wand ihn um Annabels Knöchel und zog den Notverband mit meinem Rockgürtel fest. Danach hüllte er Annabel in seinen Mantel ein und hob sie hoch.

»Lauf vor und verständige den Rettungsdienst.«

Ich lief los. Gelegentlich stolperte ich und knickte um. Als ich bei Pa vorbeikam, winkte ich, doch er schien mich nicht zu sehen. Am Haus kam Maggie mir bereits entgegengerannt, als ich die Auffahrt hochhechelte. Danach saß ich vollkommen erledigt auf einem Stuhl in der Halle, und Maggie rief im Krankenhaus an. Ein wenig später gesellte sich Sir Oswald zu uns. Als ich ihm berichtete, was sich zugetragen hatte, zog er einen Sessel heran, setzte sich zu mir und hielt meine Hand. Ich sagte mir, als Vater eines verletzten Kindes sollte ich es ihm gestatten.

Rupert war ebenfalls am Ende, als er auftauchte. Er bettete Annabel auf das Lager, das Maggie in der Halle errichtet hatte, und verscheuchte mich von meinem Stuhl, um sich keuchend niederzulassen. Sir Oswalds Hand wies er zurück.

Annabel schlug die Augen auf. »Wo ist Maggie?«

»Ich bin hier, mein Täubchen, ich passe auf dich auf. Alles wird wieder gut …«

»Es tut entsetzlich weh.« Annabel fing an zu weinen.

»Nicht weinen, Annabel. Du bist doch ein tapferes Mädel. Komm, mein Herzchen, Maggie ist stolz auf dich …«

»Ich habe das getan, Maggie«, wimmerte Annabel. »Ich habe die Fußangel ausgelegt – und dann bin ich hineingetreten.«

»Aber warum denn das, Liebchen. Warum wolltest du denn so etwas tun?«

»Ich wollte das Tier verstecken – wie das Fleisch, das ich gefunden habe –, und dann sollten alle Angst bekommen und denken, es wäre der Geist von Fanny Cost.«

»Welches Fleisch denn, mein Schatz?«

»Ich glaube, sie spricht von dem Fleisch, das im Kühlschrank war«, bemerkte ich.

Maggie schaute mich verständnislos an.

»Archie kocht vegetarisch«, erklärte ich. »Das Fleisch, das im Kühlschrank war, ist schlecht geworden. Ich habe es für die Füchse auf das Feld hinter den Ställen geworfen.«

»Ja, aber mein Schätzchen«, wandte Maggie sich an Annabel. »Warum wolltest du uns denn einen Schreck einjagen?«

»Um es euch zu zeigen«, erwiderte Annabel schluchzend. »Ich habe auch das Bild von Old Gally in den Schrank getan.«

Maggie tätschelte ihre Wange. »Ich weiß nicht, wovon du redest, Liebes. Gewiss hast du schlecht geträumt.«

Dieses kleine Miststück!, dachte ich. Um ein Haar hätte ich für immer den Verstand verloren, und anschließend hatte die Panik mich in die Arme eines Weiberhelden – na, gut, das mit Max konnte ich Annabel nicht in die Schuhe schieben –, aber was war jetzt mit meiner Gruselgeschichte? Wie sollte ich meinen Artikel zu Ende schreiben? Ich würde mir alles aus den Fingern saugen müssen.

»Ich weiß, was sie meint«, erklärte ich. »Aber es ist nicht wichtig. War ein prima Witz, Annabel.« Hätte sie kein verletztes Bein gehabt, hätte ich sie übers Knie gelegt und ihr den Hintern versohlt.

»Schätzchen, ich verstehe aber immer noch nicht, warum du uns Angst einjagen wolltest.«

»Weil alle Cordelia schöner und netter finden«, weinte Annabel. »Dabei bin ich viel klüger als sie.«

»Natürlich ist Cordelia ein artiges Mädchen, aber niemand glaubt, dass sie schöner und netter ist.«

»Daddy tut das«, murmelte Annabel. »Er liebt sie, und mich liebt er nicht.«

Sir Oswald schaute verwundert auf seine Tochter und reckte sich vor, um ihren Kopf zu tätscheln, doch Annabel wehrte seine Hand ab. Anschließend schrie sie auf.

Maggie strich Annabel das feuchte Haar aus der Stirn. »Halte noch ein wenig durch, Liebchen. Das Krankenhaus schickt uns einen Hubschrauber.«

»Und Rupert liebt sie auch!«

»Das tue ich mit Sicherheit nicht«, meldete Rupert sich erstmalig zu Wort.

»Natürlich liebt Rupert Cordelia nicht«, sagte Maggie nachdrücklich und beinah entrüstet. »Jedenfalls nicht so, wie du glaubst. Rupert ist ein ausgewachsener Mann und verliebt sich nicht in kleine Mädchen, selbst wenn sie noch so hübsch sein mögen.« Sie stockte, ehe sie hinzusetzte: »Du hast dir etwas eingebildet, Schätzchen. Denk jetzt daran, wie schön es ist, wenn du den Mädchen in der Schule erzählen kannst, dass du mit einem Hubschrauber geflogen bist.«

Annabel umklammerte Maggies Hand. »Aber du musst mit mir ins Krankenhaus kommen.«

»Natürlich, meine Kleine. Maggie bleibt bei dir.« Sie küsste Annabel und murmelte: »Liebchen, Liebchen.« Ich musste die Tränen fortzwinkern und mich zusammennehmen, um nicht mit Annabel zu weinen.

Als Archie aus dem Salon kam und das Blut auf Annabels Bein erblickte, machte er auf dem Absatz kehrt und verschwand. Cordelia war weniger zimperlich, als sie die Treppe herunterkam.

»Mannomann!«, rief sie. »So viel Blut habe ich ja noch nie gesehen. Tut es sehr weh?« Sie beäugte Annabels Bein mit nahezu krankhaftem Interesse. »Das ist wie in dem Film mit dem Flugzeugabsturz. Da war ein Mann, dem man beide Beine abnehmen musste und anschließend …«

Annabel stieß einen mörderischen Schrei aus. »Maggie, ich will nicht, dass mein Bein abgenommen wird – ich will nicht in den Hubschrauber – ich will nicht ins Krankenhaus!«

Ich blickte Cordelia vorwurfsvoll an.

»Annabel!«, begann Rupert. »Hör sofort mit dem Geschrei auf! Ich habe mir dein Bein angeschaut. Es wird nicht amputiert. In einer Woche bist du wieder auf dem Damm. Allerdings kann es sein, dass ich dir den Kopf abreiße, wenn du noch einmal brüllst.«

Annabel gab keinen Mucks mehr von sich.

»Da kommt der Hubschrauber, hörst du ihn?« Maggie befreite sich sanft aus Annabels Umklammerung. »Ich packe uns ein paar Sachen zusammen.«

Als Maggie fort war, drehte Annabel ihren Kopf zu Rupert um. »Rupert«, bat sie. »Halte meine Hand. Bitte.«

Rupert tat wie gewünscht. Annabel führte seine Hand an ihre Wange, und als ich sah, welch schmerzhafte Liebe sich in ihren Blick stahl, musste ich mich abermals zusammenreißen.

»Maggie«, sagte Sir Oswald, als seine Frau zurückkehrte. »Was soll denn dann aus mir werden?«

»Das Kind braucht mich, Oswald. Das siehst du doch ein, nicht wahr?«

»Keine Sorge, Lady Pye«, kam es von Suke, die aus der Bibliothek gekommen war. »Begleiten Sie die Kleine getrost. Ich kümmere mich um Sir Oswald.«

»Sie sind ein Engel«, erwiderte Maggie.

Sir Oswald überlief ein Zittern, als er Sukes Blick gewahrte.

34

Da Maggie im Krankenhaus und Mrs Whale in Bunton war, blieb es Suke und mir überlassen, Annabels Geist von Fanny Cost zu entfernen. Der Schornsteinschacht, der von der Küche abging, war nach der Installation des elektrischen Herdes zugemauert worden.

Lediglich eine Klappe, die dazu diente, den Schacht zu reinigen, war noch vorhanden.

Wir trieben eine Taschenlampe auf, tränkten Taschentücher mit Desinfektionsmitteln und krochen in den Schacht. Die Wände waren von rußigen Spinnweben überzogen, doch man konnte stehen und sogar ein paar Schritte tun. Es war einfach gruselig.

»Sieh mal!« Suke richtete den Strahl der Taschenlampe nach oben, und ich entdeckte eine Reihe von Lichtpunkten. »Luftlöcher. Dadurch ist der Geruch in den Flur gelangt.« Sie beleuchtete eine Ecke. »Und hier ist die alte Kochstelle – Ofen, Rost, Spieß, alles noch intakt. Sie müssen die gesamte Küche verlegt haben.« Sie führte die Taschenlampe wieder zur Decke. »Schau dir das Gewirr der alten Schächte an, die von hier abgehen!«

Normalerweise interessiere ich mich für Sozialgeschichte, doch als der Gestank übermächtig wurde, ließ mein Interesse abrupt nach. Die Stelle, an der das faulende Fleisch lag, war rasch gefunden. Die Wärme des Küchenherdes, der sich auf der anderen Mauerseite befand, hatte für perfekte Verwesungsbedingungen gesorgt. Wir schaufelten die klebrigen Reste in einen Eimer und gossen Wasser und Desinfektionsmittel über die Spuren.

»Möchte nicht wissen, was sich in der alten Küche alles abgespielt hat«, begann Suke, als wir unseren Eimer in einer Mülltonne leerten. »Wenn Steine reden könnten.«

»Wäre es nicht wundervoll, für ein paar Stunden in der Vergangenheit zu leben?« Endlich hatten Suke und ich einmal ein Thema, bei dem wir einer Meinung waren. »Stell dir die Gespräche vor, die an dem alten Kamin zur Teestunde stattfanden – die Witze, die Geheimnisse, Stelldichein, Liebesschwüre …«

»Für derlei wird kaum Zeit gewesen sein. Die Menschen in der Küche haben geschuftet, um für ihre Herrschaft zu kochen und sie zu bedienen. Tee gab es für die Dienerschaft nicht. Tee war teuer, und die Herrin des Hauses hielt ihn in einer Kiste verschlossen. Die Knechte und Mägde tranken verwässertes Bier.«

»Du hast Recht. Ich habe nicht nachgedacht.«

»Die Arbeit war hart und dauerte von früh bis spät«, fuhr Suke fort, als wir zum Haus zurückkehrten. »Die Mädchen haben sich spätestens mit zwölf Jahren verdingt. Dann haben sie in eiskalten

Küchen gestanden und Töpfe mit Sand saubergescheuert. Die Jungen haben als Schornsteinfeger gearbeitet. Und gelegentlich ist einer von ihnen in den Schächten stecken geblieben und umgekommen.«

»Gut, dass das heute anders ist.«

»Freu dich nicht zu früh. Es gibt noch immer Kinderarbeit. Und Kinderpornografie und -prostitution. Überall werden die Armen ausgebeutet und die Schwachen unterdrückt.«

»Aber doch nicht bei uns, oder?«

»Offenbar hast du auch keine Ahnung, was die Gegenwart betrifft, Harriet. Unsere Städte sind eine Schande, Slums, in denen das Analphabetentum grassiert …«

»Nun, aber wenigstens benutzen wir keine armen Pferde und Esel, um Kähne zu ziehen und Räder anzutreiben.«

»Arme Pferde und Esel?« Suke blieb stehen. »Sag mal, Harriet, kapierst du überhaupt jemals irgendetwas?«

»Was? Aber ich wollte doch nur …« Suke war im Haus verschwunden.

Der Lärm, den der Hubschrauber veranstaltete, hatte Jonno und Portia aufgeschreckt, und mit zerwühltem Haar tauchten sie aus ihrem Liebesnest auf. Kurz darauf gingen wir in mein Zimmer, um nachzusehen, wie Annabel die Sache in meinem Schrank angestellt hatte. Anfänglich fanden wir keine Erklärung, erst als wir das Nebenzimmer betraten, entdeckten wir den Wandschrank, der sich auf gleicher Höhe mit meinem befand.

»Na bitte!« Jonno wies auf ein Brett mit einem großen runden Loch. Er zog es hervor. Auf der Rückseite befand sich ein Spiegel – mein Spiegel. »Es war also ganz einfach. Früher haben die Menschen ihren Kopf durch das Loch gesteckt, und die Bediensteten haben auf der anderen Seite ihr Haar gepudert. Auf die Weise wurde die Kleidung nicht bestäubt. Der Puder bestand übrigens aus Reispulver und Muskat. Wahrscheinlich half es gegen die Flöhe und überdeckte ihren Körpergeruch.«

»Maggie muss den Spiegel angebracht haben, damit niemand heimlich deinen nackten, sündigen Körper beäugt«, kicherte Portia.

»Und Annabel hat Old Gallys Porträt daran befestigt und am Schrank gekratzt, um uns zu wecken. Vielleicht hatte sie es lediglich auf Cordelia abgesehen, die nicht mal ein Erdbeben wachrütteln könnte. Aber wie kam das Blut auf die Rüsche?«

Wir liefen auf den Flur und betrachteten Old Gallys Porträt. Auf seiner Hemdrüsche waren rote Farbtupfer zu erkennen.

»Annabel ist erfinderisch, das muss man ihr lassen«, bemerkte Portia. »Ihre Familie kann stolz auf sie sein.«

»Unsere Familie stolz zu machen, erfordert nicht viel«, erwiderte Jonno. »Auf einen größeren Haufen von Taugenichtsen wird man selten stoßen.« Er schlang seinen Arm um Portia. »Du wirst einen von ihnen retten, nicht wahr?«

Ich erfasste, dass ich überflüssig war, und kehrte in mein Zimmer zurück.

Trotz Cordelias Drängen hatte ich mich geweigert, Max' Brief zu öffnen. Das tat ich erst, nachdem sie schlief. *Harriet, mein Liebling,* begann er.

> *Allein deinen Namen zu schreiben, finde ich erregend, denn er erinnert mich an die Stunden, die wir verbracht haben. Mein Gott, du fehlst mir! Mehr als ich beschreiben kann! Ich werde schwach, wenn ich an deinen Nacken denke, so blass unter deinem schwarzen Haar. Ich sehe dein Gesicht vor mir, die dunklen Augen, die sinnliche Unterlippe, die geschwungenen Brauen über dem ernsten Blick, mit dem du andere Menschen betrachtest und aussiehst, als würdest du in ihre Seele dringen. Deine makellose, schmale Nase über der süßen Oberlippe. Ich möchte deine zarten Brüste berühren und Küsse auf deinen*

Was er sonst noch berühren und küssen wollte, erfuhr ich nicht, denn danach warf ich den Brief in den Kamin und sah zu, wie die Flammen an ihm leckten, ihn wellten und verzehrten. Ob er Georgia einen ähnlichen Brief geschrieben und sich über ihre Körperteile ausgelassen hatte? Ich ergriff den Schürhaken und rührte die verkohlten Fetzen unter die Asche.

Das, was aus einer Tändelei und einer Bettgeschichte bestanden hatte, war vorüber. Max war mein dritter Liebhaber in vier Jahren, doch lediglich zu Dodge hatte ich so etwas wie eine Beziehung aufgebaut, eine Verbindung, die sowohl körperlicher als auch geistiger Natur gewesen war. Über Hugo Dance mochte ich nicht nachdenken. Als Nächstes wurde mir deutlich, wie wenig ich über Max wusste. Eigentlich nur, dass seine Frau unglücklich war. Er hatte mich mit Schmeicheleien umworben, und in meiner Eitelkeit war ich darauf reingefallen. Ich überlegte, ob irgendetwas Gravierendes bei mir nicht stimmte, da ich offenbar nicht begriff, wie man am besten mit Männern verfuhr.

Als das Feuer im Kamin erloschen war, war ich noch immer nicht dahinter gekommen. Ich klemmte Kosmetiktasche und Handtuch unter meinen Arm und machte mich auf in Richtung Badezimmer. In Gedanken war ich zwar noch immer mit meinem Thema beschäftigt, aber dennoch bemerkte ich, dass auf dem Flur etwas anders war als zuvor. Ich blieb stehen und blickte mich um. Da waren die Truhe und der Kasten. Daneben lag zusammengerollt die Kette für das Schloss. Ich trat an den Kasten. Old Gallys Arm war fort.

»Verdammt«, sagte ich laut und vernehmlich. »Was sollen die albernen Streiche?«

Beherzt blickte ich nach allen Seiten. Das Licht flackerte und wurde schwächer. Um mich her war alles still, lediglich der Wind flüsterte ums Haus, und man hörte den Wasserfall. Entschlossen steuerte ich das Badezimmer an. Der Weg kam mir endlos vor, und als zu meiner Linken eine Bewegung entstand, fuhr ich herum. Es war jedoch lediglich der Wandteppich, der in der Zugluft wehte. Ich lächelte verächtlich vor mich hin. Danach heftete ich meinen Blick auf die Badezimmertür und beschleunigte meinen Schritt.

Und dann sah ich es.

Ich hatte die Vorhänge des großen Erkers eigenhändig zugezogen und die Stoffbahnen glatt gestrichen. Nun wölbten sie sich in der Mitte und sahen aus, als stände jemand dahinter, und dann fielen sie auseinander, und Old Galleys Hand ragte hervor und zeigte genau auf mein Herz. Danach gingen die Lichter aus.

Ich hatte nicht vor zu schreien, doch ich konnte nichts dagegen tun, und im nächsten Moment stürzte ich zu der Badezimmertür, um mich dahinter zu verbarrikadieren. Wie eine Wahnsinnige tastete ich nach dem Knauf, doch als ich ihn drehte, war das Bad verschlossen. Ich hämmerte wie verrückt an das Holz und brüllte. Die Tür sprang auf, und im selben Moment ging das Licht wieder an.

»Dass ihr Frauen immer so ungeduldig sein müsst.« Rupert stand im Bademantel vor mir. »Hier gibt es nun einmal nicht genügend Badezimmer, und man muss warten, bis man an der Reihe ist.«

Ich packte seinen Arm. »Er ist da! Hinter dem Vorhang!«

»Wer?«

»Old Gally!«

»Lass meinen Arm los. Du drückst mir das Blut ab.«

Ich begnügte mich mit seinem Ärmel. Vor dem Erker verkroch ich mich hinter seinem Rücken und wagte kaum hervorzuspähen. Die Hand war noch da und bewegte sich – die Finger schienen uns näher zu winken.

»Harriet, wenn du noch einmal kreischst, werde ich sauer. Ich habe einen langen Tag hinter mir und bin das Gebaren hysterischer Frauen leid.«

Rupert trat vor und riss den Vorhang auf. Der Arm schwebte in der Luft, der Körper dahinter fehlte. Ich biss in meine Hand, um nicht erneut zu schreien.

»Dachte ich es mir doch. Komm, überzeug dich selbst.« Rupert zog an dem Arm. »Mit schwarzer Schlinge am Vorhang angebracht.«

Verblüfft starrte ich auf die Schlinge, die den Arm hielt, und die Sicherheitsnadeln, mit denen sie am Vorhang befestigt war.

Rupert lachte. »Der Hand fehlt der Zeigefinger. Sieht irgendwie komisch aus.«

»Ich habe den Finger in Maggies Zimmer gefunden. Jonno hat ihn inzwischen.«

»Hier, halt den Arm einen Moment. Ich schließe das Fenster. Die Zugluft hat den Vorhang bewegt. Das hätte dir eigentlich klar sein müssen.«

Stumm betrachtete ich den Arm und fragte mich, wie ich mich so hatte fürchten können. »Wer glaubst du hat das getan?«

»Na, wer wohl? Wer ist denn neidisch auf Maggie und möchte ihr schaden?«

Mir fiel niemand ein und ich zuckte mit den Schultern. »Und wie soll die Person an Maggies Schlüsselbund gelangt sein?«

»Maggie hält hier und da ein Nickerchen. Jeder hätte ihr die Schlüssel abnehmen können. Nachdem der Arm wieder in seinem Kasten lag, habe ich Maggie allerdings gebeten, den Schlüssel mir zu geben. Ich habe ihn mit nach London genommen, wo er in Sicherheit war. Offenbar hat unser Spaßvogel sich derweil mit dem Finger vergnügt. Heute Früh habe ich den Schlüssel wieder an Maggies Bund angebracht. Das du beispielsweise vorhin in der Eingangshalle liegen gelassen hast.«

Das war richtig. Maggie hatte mich gebeten, das Schlüsselbund Mrs Whale zu übergeben. Aber Mrs Whale war noch in Bunton, und deshalb hatte ich es auf dem Tisch in der Halle hinterlassen.

»Ja, aber warum sollte sich jemand solche Mühe geben? Und überhaupt ist Maggie gar nicht da, jeder weiß, dass sie mit dem Hubschrauber …« Ich stockte. »Jeder außer – aber das ist vollkommen ausgeschlossen.«

Als ein leises Knarren ertönte, zuckte ich zusammen.

»Sie können herauskommen, Mrs Whale«, sagte Rupert mit ruhiger Stimme. Als sich nichts rührte, setzte er hinzu: »Entweder kommen Sie freiwillig, oder ich verständige die Polizei.« Die Tür neben dem Erker öffnete sich, und Mrs Whale trat hervor.

Mir verschlug es die Sprache, als ich sie erblickte, denn sie war geschminkt, trug große Ohrringe und ein grellbuntes Tuch zu einem roten Kleid. Ihre Lippen waren böse zusammengekniffen. »Sie sind ein ganz Schlauer, nicht wahr? Trotzdem wird Maggie Ihnen nicht glauben. Sie kennt mich, seit sie denken kann. Wir sind sozusagen beste Freundinnen.«

»Aber – warum?«, stammelte ich. »Warum wollten Sie Maggie Angst einjagen? Sie war doch immer gut zu Ihnen.«

»Wenn jemand mal fortwährend gut zu Ihnen ist, werden Sie wissen, warum«, fauchte Mrs Whale. »Warum hat sie denn das Geld, das Haus, den Mann und die feine Position? Warum nicht ich? Lady Pye!, dass ich nicht lache! Maggie war die Einfältigste in der Schule, wir haben sie Maggie-Schnecki genannt. Sie hat sich nie gewehrt, wahrscheinlich hat sie damals schon jedermann verziehen. Und wenn ihr Vater nicht zu Geld gekommen wäre, hätte *sie* irgendwo geputzt, wohingegen ich, wenn ich mehr Glück gehabt hätte, zur höheren Schule gegangen wäre, vielleicht sogar zur Universität. Ich hätte die Welt gesehen und ein hübsches Einkommen gehabt. Stattdessen – stattdessen bediene ich *sie* bei Tisch, staube *ihre* Möbel ab, spüle *ihr* Geschirr, wienere *ihre* Böden. Und dazu *er* – dieser Fettsack, der mich nicht wahrnimmt, wenn er mich sieht, dessen besabberte Hemden ich wasche, dem ich das Frühstück bringe, während er schnarcht, und dessen Tablett ich forttrage, nachdem er alles verschlungen hat – von den schrecklichen Kindern ganz zu schweigen. Ich hasse dieses Haus, ich hasse den Wind, der pausenlos heult, und ich hasse es, hier mein Leben zu verbringen und niemandem etwas zu bedeuten.«

»Aber Maggie hängt doch unglaublich an Ihnen«, sagte ich. »Und sie arbeitet ebenso viel wie Sie. Wie konnten Sie dermaßen grausam sein?«

Mrs Whale lächelte. »Es hat mir gefallen zu sehen, wie sie sich geängstigt und nichts begriffen hat. Warum sollte auch sie nicht einmal erfahren, wie es ist, wenn man das Leben nicht mehr versteht? Warum sollte auch sie nicht mal unglücklich sein?«

»Nun, heute Abend haben Sie jedenfalls Ihre Zeit verschwendet«, sagte Rupert. »Annabel hat einen Unfall gehabt und musste ins Krankenhaus. Maggie hat sie begleitet. Insofern reicht es aus, wenn Sie Ihre Sachen morgen Früh packen und verschwinden.«

»Wie käme ich dazu? Ich werde alles abstreiten, und Maggie wird mir glauben, nicht Ihnen. Sie ist fest davon überzeugt, dass Old Gallys Geist lebt. Außerdem verstößt es nicht gegen das Gesetz, einem Freund einen Streich zu spielen. Es gibt keinen Grund, mich aus dem Haus zu werfen.«

Rupert seufzte. »Maggie hat mir Ihre Geschichte erzählt, beziehungsweise die Version, die Sie sich ausgedacht haben, um ihr Mitleid zu erwecken. Sie haben Ihren Mann nicht umgebracht, nicht wahr? Ich habe das nachprüfen lassen. Sie und Ihr Mann haben den armen Greis umgebracht, bei dem Sie gearbeitet haben. Sie waren hinter dem Geld her, das er Ihnen nach seinem Tod vermachen wollte. Ihr Mann sitzt noch immer hinter Gittern.«

»Weil er ein Versager ist. Ich hätte ihn niemals heiraten sollen. Zwölf Jahre habe ich wegen Beihilfe gesessen und hatte lediglich Rattengift gekauft und nachher das Geschirr abgewaschen. Ich war nicht einmal dabei, als er den Geizkragen umgebracht hat.« Mrs Whales Miene war bitter geworden. »Sie wissen nicht, was Gefängnis bedeutet. Wie Dreck wird man behandelt, so lange, bis man sich selbst wie Dreck vorkommt. Nicht frei zu sein ist schlimmer als der Tod. Ich habe versucht mich zu erhängen, doch sie haben mich zu früh entdeckt. Anschließend bin ich fromm geworden und vorzeitig rausgekommen. Anscheinend gibt es in dieser Welt aber keine Gnade.«

Rupert seufzte abermals. »Was halten Sie davon, wenn Sie sofort verschwinden?«

»Wohin soll ich denn ohne Zeugnis und Empfehlung? Früher oder später findet man doch heraus, wer ich bin, und die Leute bekommen es mit der Angst zu tun. Man wird mich hassen, denn das tun die Leute gern, und eine wie mich darf man sogar ohne Schuldgefühle hassen.«

Ich verspürte einen winzigen Anflug von Mitgefühl. Wie furchtbar, wenn man aufgrund eines Moments der Schwäche oder Verzweiflung für den Rest seines Lebens aus der Gesellschaft ausgestoßen war!

»Maggie hat mir erzählt, dass Sie eine Zeit lang beim Theater gearbeitet haben«, sagte Rupert. »Stimmt das?«

»Ja, und ich wünschte, da wäre ich geblieben, statt meinem Mann hinterherzulaufen.«

»Unter Umständen könnten Sie bei einem Freund von mir in Birmingham anfangen. Er hat ein neues Theater gegründet – vielleicht braucht er eine Garderobenfrau. Er wird Sie nehmen, wenn ich ihn darum bitte.«

»Würden Sie das für mich tun?«

»Nicht für Sie, sondern für Maggie.«

Mrs Whale runzelte die Stirn. »Und Sie würden Ihrem Freund nichts von meiner Vergangenheit erzählen?«

»Doch. Wie Sie gerade sagten, kommt es früher oder später ohnehin heraus. Doch Theaterleute sind nicht kleinlich.«

Mrs Whale starrte zu Boden. »Ich gehe. Ich bin froh, wenn ich von hier verschwinden kann – froh, wenn ich niemanden mehr bedienen muss – und allein leben kann.«

»Also gut«, entgegnete Rupert. »Ich werde mich für Sie verwenden. Unter der Bedingung, dass Sie morgen Früh aufbrechen. Die Adresse in Birmingham lege ich unten auf den Tisch.«

»Gut.« Mrs Whale lächelte verkniffen. »Bedanken muss ich mich wohl nicht, denn Sie tun es ja für Maggie.« Danach entfernte sie sich.

»Ich bin baff«, sagte ich zu Rupert. »Wie bist du bloß auf sie gekommen?«

»Durch einen Prozess der Eliminierung. Außerdem habe ich ihr das fromme Getue nie richtig abgenommen. Wahrhaft gläubige Menschen posaunen ihre Gottesfurcht nicht unentwegt durch die Gegend. Vielleicht war es aber auch Intuition.«

»Intuition ist Frauensache.«

»Du bist auf sie reingefallen, weil du Mitleid mit ihr hattest. Ich bin kein mitleidiger Mensch.«

»Nun, besonders hartherzig bist du mit ihr aber auch nicht verfahren. Glaubst du, dass sie es schafft?«

Rupert zuckte die Achseln. »Keine Ahnung. Es interessiert mich auch nicht. Wie du weißt, neige ich nicht dazu, andere Menschen zu ergründen.«

»Es sei denn, sie sind Opernfiguren. Mit ihnen verwirklichst du deine Träume.«

»Was schwafelst du denn da, Harriet?«

Ich versuchte, geheimnisvoll zu lächeln, und wechselte dann eilig das Thema. »Eigentlich kann ich es immer noch nicht fassen, dass Mrs Whale so gemein zu Maggie war … Rupert, was ist das? Mein Gott, siehst du die Pfützen auf dem Boden? Sag mal, könnten sie nicht von der Dame aus dem Wassergraben stammen?«

»Nein. Die stammen von mir. Ich hatte leider keine Zeit, mich abzutrocknen, als du auf die Badezimmertür eingehämmert hast.«

»Schade! Warum muss es für alles immer eine logische Erklärung geben? Gut, dass ich noch an Old Gallys Arm geglaubt habe, als ich über ihn geschrieben habe. Hast du eigentlich nie Annabel verdächtigt?«

»Natürlich hatte ich das. Schließlich bin ich nicht, wie andere

Menschen, davon ausgegangen, dass übernatürliche Erscheinungen ihr Unwesen treiben.«

»Weil du keine Ahnung hast, wie komisch manche Dinge im Dunkeln aussehen.«

»O doch! Im Gegensatz zu dir halte ich sie aber einfach für Dinge, die im Dunkeln komisch aussehen.«

»Sehr witzig. Willst du behaupten, dass du dich nie vor irgendetwas fürchtest?«

»Mit Sicherheit nicht vor Geistern. Wenn überhaupt, dann eher vor Menschen.«

»Na, gut. – Ich bin froh, dass ich ab sofort wieder besser schlafen werde – aber schade ist es doch. Stell dir vor, wir hätten Beweise für ein Leben nach dem Tod gefunden!«

»Dadurch, dass wir Gespenster gesehen hätten? Übersinnliche Phänomene sind Produkte unserer Fantasie, nichts weiter. Außerdem finde ich die Vorstellung, nach meinem Tod weiterzuleben, mehr als furchterregend. Und nun muss ich mich endlich aufs Ohr legen, Harriet. Warte bitte bis morgen Früh, wenn du wieder schreien willst. Gute Nacht.«

Ich schaute ihm nach, als er davonging, und dachte, dass er sich wirklich enorm von Max unterschied.

35

»Ich wünschte, wir müssten nicht fort.«

Cordelia sprach mir aus der Seele. Ich warf einen Blick zurück, um noch einmal Pye Place zu betrachten, und sah auf der Türschwelle einen einsam dastehenden Sir Oswald, der uns mit seinem Taschentuch nachwinkte. Jonno und Portia waren offenbar schon wieder ins Haus gestürzt, um sich in Jonnos Zimmer zu vergnügen. Sie würden den Abendzug nach Manchester nehmen. Zuvor hatte Portia uns der Reihe nach an sich gedrückt und geschworen, umgehend anzurufen, doch ich wusste, dass sie in Gedanken bereits bei ihrem gemeinsamen Leben mit Jonno war.

Was Cordelias Kummer anbelangte, hing er wohl zum Teil mit

der Aussicht zusammen, in London endgültig wieder zur Schule gehen zu müssen, doch davon abgesehen hatte auch sie eine glückliche Zeit in Pye Place verbracht. Wie den meisten Ferien war jener Zeit etwas Unwirkliches zu eigen gewesen, eine Freiheit, die uns hatte unbeschwerter werden lassen. Die Landschaft mochte dazu beigetragen, ihre wilde Schönheit das Alltägliche aufgehoben haben. Doch ganz gleich, was letztlich gewirkt hatte, war irgendetwas aufgebrochen worden und hatte mir einen neuen Blick auf Harriet Byng beschert.

Archie verlangsamte das Tempo und wartete, dass die Kuhherde vor uns begriff, dass sie die Straße überqueren sollte.

»Archie?«

»Harriet?«

»Wie ist eigentlich deine Kindheit gewesen?«

»Ach, du liebe Zeit, muss das sein? Aber bitte, warum nicht. Ich bin als Einzelkind bei meiner Mutter und ihrer Schwester in einem Häuschen in Chelsea aufgewachsen, das heißt, meine Mutter hat die Gegend Chelsea genannt. Andere hätten sie vielleicht als Fulham bezeichnet. Ich wurde verwöhnt und verhätschelt und habe nachmittags an Kaffeekränzchen teilgenommen. Mein Vater ist im Krieg umgekommen, doch ob meine Mutter darüber unglücklich war, weiß ich bis heute nicht. Wahrscheinlich war sie es nicht. Er war Urologe, und das Einzige, das ich ihm zu verdanken hatte, waren die wollenen Damenunterhosen, die ich anziehen musste, um meine Blase warm zu halten.«

»Das denkst du dir jetzt aus, nicht wahr?«

»Ich wünschte, das wäre so. Gelegentlich habe ich mitbekommen, dass ich nicht wie er werden sollte, nicht roh und rüpelhaft, wie es hieß. Demzufolge wurde ich gezwungen, in der Schule am Handarbeitsunterricht teilzunehmen und im Chor zu singen, weil ich eine hübsche Sopranstimme hatte. Ich entsinne mich einer Aufführung, bei der ich, mit dem Nachthemd meiner Tante bekleidet, *Sah ein Knab ein Röslein stehn* gesungen habe, und dass alle geweint haben. Ich war ein gehorsames Kind – ein unschuldiger, lockiger und aufgrund der warmen Unterwäsche leicht verschwitzter Junge. Das ging so, bis mich der Kunstlehrer eines Tages nackt malen wollte.«

»Wer sollte nackt sein? Er oder du?«, fragte Cordelia.

»Zunächst ich. Kurz darauf hat er sich meinem Beispiel angeschlossen. Sagt mal, wann begreift der Bauernlümmel da vorn eigentlich, dass er seinen Kühen mal Beine machen soll?« Archie streckte seinen Kopf aus dem Fenster. »Sie da«, rief er. »Sie da, mit der engen Hose und den brutalen Stiefeln! Ich werde Sie wegen Erregung öffentlichen Ärgernisses anzeigen!«

Der Junge, der uns mitsamt der Kuhherde angegafft hatte, starrte auf seine schlammbespritzten Stiefel und stob davon. Die Kühe machten kehrt und galoppierten ihm hinterher.

Ob Archie dank seiner Erziehung schwul, hypochondrisch und extrovertiert geworden war? Doch woher stammten seine Weisheit, sein Witz, seine Liebenswürdigkeit, seine Empfindsamkeit? Vielleicht spielten familiäre Einflüsse eine weitaus geringere Rolle, als ich dachte.

»Was hat Sir Oswald dir geschenkt?«, unterbrach Cordelia meine Gedanken. »Ich habe gesehen, dass er dir ein Kästchen in die Hand gesteckt hat, als du ihm einen Abschiedskuss gegeben hast.«

»Ich habe noch nicht nachgeschaut.«

»Dann schau nach!« Cordelia wandte sich zu mir um, was nicht leicht war, da wir zu viert auf dem Rücksitz eingepfercht saßen: Pa, Cordelia, Dirk und ich. Rupert hatte wegen seiner langen Beine den Beifahrersitz zugeteilt bekommen. Dirk, der in Pye Place irgendwie auf doppelte Größe angewachsen war, hing mit seinem Kopf über Ruperts Schulter und leckte gelegentlich über sein Ohr.

Abgesehen von der Enge, war es im Wagen eiskalt, weil Pa erklärt hatte, dass er eingezwängt auf kleinem Raum Panikanfälle bekäme und deswegen müssten die Fenster offen bleiben. Rupert und Archie hatten anstandslos gehorcht, nur zuweilen zog Rupert seinen Schal ein Stück höher, was aber auch mit Dirk zusammenhängen konnte. Archie hatte eine altmodische Kappe mit Ohrklappen und Kinnriemen aus dem Kofferraum gekramt und sah mitsamt Schal aus wie der Rote Baron.

»Nun, mach schon«, drängte Cordelia.

Ich klappte das Kästchen auf und entdeckte eine wunderschöne kleine Brosche in Form einer silbernen Eichel mit silbernem Eichenblatt. »Wie hübsch!«, murmelte ich gerührt. »Wie lieb von ihm. Ich muss ihm ein paar Zeilen schreiben und mich bedanken.«

»Pah, das ist noch gar nichts«, tönte Cordelia. »Warte, bis du mein Geschenk gesehen hast!« Sie lehnte sich zur Seite, um an ihre Manteltasche zu gelangen. »Na, was sagst du nun?«

Triumphierend hielt sie eine schimmernde, zweireihige Perlenkette hoch, deren Verschluss mit kleinen Brillanten und Smaragden besetzt war.

»Cordelia! Um Gottes willen! Die muss ein Vermögen wert sein! Archie, halt an! Wir müssen zurück. Das dürfen wir nicht behalten.«

»*Wir?*«, fragte Cordelia. »Er hat sie *mir* geschenkt! Und ich gebe sie nicht zurück.«

»Pa«, bat ich, »bring Cordelia zur Vernunft. Die Kette ist mit Sicherheit ein Erbstück. Sie steht Maggie zu oder Annabel.«

»Sei still, Harriet!«, rief Cordelia. »Annabel erbt haufenweise Zeug. Ich habe gesehen, was in der Truhe war, aus der Sir Oswald die Kette geholt hat. Außerdem würde er sie gar nicht zurückhaben wollen. Sie ist der Preis für mein Schweigen.«

»Wie bitte? Was willst du damit sagen?«

»Ich habe sie mir verdient!«, betonte Cordelia. Ich fing Ruperts Blick im Rückspiegel auf und schaute ihn aufgebracht an.

»Was musstest du dafür tun?«, fragte ich.

»Nichts. Jedenfalls nicht das, was du denkst. Ich bin nicht wie gewisse Damen, die gewisse Herren an sich rangelassen haben.«

»Cordelia! Rück sofort raus mit der Sprache! Sonst wird Pa dafür sorgen.«

Mein Vater blickte mich verwundert an.

»Na, gut«, erwiderte Cordelia. »Reg dich ab. Es ist gestern passiert, als du und Rupert Annabel suchen wart. Da hat Sir Oswald mich in sein Zimmer gebeten.«

»Cordelia! Du darfst nie – nie in deinem Leben einen Mann in seinem Zimmer aufsuchen. Versprichst du mir das?«

»Nein, das tue ich nicht. Was glaubst du, was mein Mann sagen würde, wenn ich ihm erkläre, ich dürfte nicht in sein Zimmer, weil ich das meiner Schwester versprochen hätte? Oder begleitest du mich dann und passt auf, dass nichts passiert?«

Pa fing an zu lachen.

Ich schaute ihn böse an. »Das ist etwas Ernstes. Zu was hat Sir Oswald dich gezwungen, Cordelia?«

»Zu nichts Besonderem. Ich musste mich auf sein Bett legen. Danach hat er meine Hand gehalten und mich angeschmachtet. So wie Männer das tun, wenn sie einen toll finden.«

Von Archie kam unterdrücktes Glucksen.

»Und dann?«

»Dann hat er gesagt, ich wäre ein Engel und er möchte mit mir im Himmel sein. Und dann ist mir langweilig geworden und ich bin aufgestanden, und er hat seine Hose aufgemacht und seinen Schniedel rausgeholt.«

Ich rang nach Luft. »Warum hast du mir das nicht erzählt? Weißt du eigentlich, wie verantwortungslos ich mich jetzt fühle?«

»Wieso denn? Du tust so, als hättest du Sir Oswald einen Tipp gegeben. Warum glaubst du ständig, du würdest überall eine Rolle spielen? Na ja, jedenfalls habe ich zu Sir Oswald gesagt ›bitte stecken Sie das wieder ein, sonst fange ich an zu schreien. Ich bin nämlich noch ein Kind und wenn Sie mir was tun, ist das Pädagogik.‹ Und dann hat Sir Oswald geweint und gesagt, es täte ihm Leid, aber er würde mich lieben. Und ich habe gesagt: ›Sie brauchen nicht zu weinen, aber Sie müssen mir versprechen, so was nie wieder zu tun, denn für Kinder sehen alte Schniedel furchtbar aus.‹ Und er hat es hoch und heilig versprochen.« Cordelia schaute mich an. »Bist zu zufrieden?«

»Ich muss sagen, Cordelia, du hast die Situation geschickt gemeistert«, bemerkte mein Vater. »Aber hattest du Sir Oswald nicht versprochen, darüber zu schweigen?«

»Was wäre gewesen, wenn er sich nicht darauf eingelassen hätte?«, fragte ich. »Jemand anderes hätte versuchen können, Cordelia – Gewalt anzutun.«

»O nein!«, erwiderte Cordelia. »Dann hätte ich ihn getreten, und du weißt auch wohin. Danach sind Männer ihr Leben lang imposant.«

Archie und Rupert brachen in Gelächter aus. Mir fehlten die Worte. Im Alter von zwölf Jahren hätte mich ein solches Erlebnis zu Tode geängstigt oder zumindest wäre ich äußerst peinlich berührt gewesen und hätte Sex für den Rest meines Lebens abgeschrieben. Nichts dergleichen schien bei Cordelia der Fall zu sein. Nun, vielleicht hatte sie gespürt, dass Sir Oswald ein schwacher – oder wie Rupert gesagt hatte, harmloser – Mann war. Oder aber, sie war tatsächlich besser als ich in der Lage, mit schwierigen Situationen umzugehen. Doch wie leicht hätte es ausarten können, dachte ich, und es tröstete mich wenig zu wissen, dass man das auch von anderen Situationen behaupten konnte.

»Trotzdem wird die Kette zurückgeschickt«, entschied ich.

Allmählich ebneten sich die Straßen, und Archie legte an Geschwindigkeit zu. Als er einen Bus in einer Kurve überholte, bat Pa ihn, von Waghalsigkeiten abzusehen, denn sonst fiele ihm sein Haar als Nächstes aus, und der Dame seines Herzens sei an einem Mann mit Babyglatze nicht gelegen. Mich durchzuckte bei seinen Worten ein seltsamer Schmerz, und ich erinnerte mich an die Art, in der er vorhin am Telefon gelacht hatte.

Zum Mittagessen kehrten wir in demselben Lokal ein, das wir auf dem Hinweg besucht hatten. Das Stimmengemurmel verstummte, als wir den Speiseraum betraten, doch gleich darauf wurde eifrig getuschelt und geraunt. Einige Satzfetzen drangen an mein Ohr.

»Das ist er. Das ist Waldo Byng – er hat den Schauspieler ermordet – der Name ist mir entfallen. Nein, er war's nicht – er ist damit durchgekommen – siehst du den Typen mit dem Cape? – Sag mal, hat der Lidschatten aufgetragen?«

Mein Vater wurde zu einem strahlenden Heinrich V. und rief: »Kellner! Dom Pérignon, bitte. Darf ruhig der 68er sein. Und die Speisekarte.« Er rieb sich die Hände. »Reicht uns schwere Mahle aus Rind und Eisen und Stahl. Wir fressen wie Wölfe und kämpfen wie Teufel.«

Der Kellner wirkte konfus, als er uns einen Tisch zuwies, und ich hoffte, dass Pa nicht von Rupert erwartete, für die Rechnung aufzukommen.

»Nein, Harriet, du wirst dich nicht mit Omelett und Tomatensaft begnügen«, dröhnte Pa. »Ich möchte nicht, dass eins meiner Kinder ein Spielverderber ist.« Er winkte dem Kellner. »Meine Tochter nimmt die gemischten Vorspeisen und die *Tournedos Ros-*

sini.« Er strahlte mich aufmunternd an. »Du bist blass. Das Essen wird dir gut tun.«

Ich warf einen entschuldigenden Blick in Ruperts Richtung, doch der war in die Weinkarte vertieft.

Am späten Nachmittag erreichten wir London. Dank des Champagners, den wir zu unserem reichhaltigen Mahl getrunken hatten, schliefen wir, mit Ausnahme von Archie, während der Fahrt. Ich fuhr hoch, als wir mit quietschenden Reifen in unsere Straße einbogen, und als ich unser Haus sah, durchflutete mich ein freudiges Gefühl. Als Nächstes erkannte ich im Vorgarten Mark Antonius, umringt von Reportern, die uns entgegengeeilt kamen.

»Stehen Haarbüschel in die Luft?«, erkundigte sich Pa, während er sich im Autospiegel begutachtete.

»Du hast keine Büschel mehr!«, erwiderte Cordelia schlaftrunken. »Hat, mach die Tür auf. Dirk muss raus. Mann, er hat meinen Rock besabbert.«

»Mi, mi, mi«, sang mein Vater, ehe er den Wagen verließ. »Ja, wen haben wir denn da? Einen schönen guten Abend, die Herren!«

»Sir! Mr Byng! Bitte, hierher schauen!« Blitzlichter flammten auf. »Fantastisch! Wie geht es Ihnen, Sir? Wie fühlt man sich als freier Mann? Prächtiger Hund! Mordsbrocken! Und die Damen bitte etwas näher! Und einmal lächeln, bitte! Entzückend! Wer sind die beiden Herren? Wenn Sie sich vielleicht auch für einen Moment zu den anderen …« Archie rückte seine Kappe zurecht und warf sich in Pose, wohingegen Rupert sich durch die Menge drängte und wartend vor dem Eingang stehen blieb. Ich kramte nach den Hausschlüsseln und folgte ihm mit Mark Antonius.

»Die Reporter werden wieder ewig hier herumhängen«, bemerkte ich und bückte mich, um Mark Antonius in die Arme zu nehmen. »Oh, mein Liebling, wenn du wüsstest, wie du mir gefehlt hast!« Ich küsste seinen Kopf, doch Mark Antonius wand sich zappelnd aus meinen Armen und flüchtete durch die Halle, als ich die Tür aufsperrte. Wahrscheinlich würde es einen Tag dauern, bis er mir verziehen hatte und wieder auf meinem Schlafanzug schlief.

Schon beim Eintreten hatte ich das Telefon vernommen, und nachdem ich den Postberg im Flur aus dem Weg gekickt hatte, schnappte ich mir den Hörer. Es war Dilys Drelincourt, die Agentin meines Vaters, die ihn sprechen wollte, und nach einigem Hin und Her gelang es mir, Pa von den Reportern loszueisen.

»Hallo, Dil, mein Schatz, wie geht es dir – danke, blendend – selbstverständlich bin ich in Form – Wie? Kannst du das noch mal wiederholen? – Wunderbar! Großartig!« Pa lief erregt auf und ab. »Fraglos – natürlich! Ruf sie an! Klar sollst du zusagen. Du bist ein Schatz, Dil. Wir werden es ihnen zeigen. Küsschen, Liebling – bis bald.«

Pa legte auf und drückte mich an sich. »Harriet, Liebes, im Kemble wird ein neuer *Othello* inszeniert. Roderick Ripple gibt den Jago, Linda Layover Desdemona. Und …« Pas Augen füllten sich mit Tränen, »rate, wer den Othello spielt?«

»Oh, Pa, Pa! Du bist einzigartig – grandios!« Ich küsste ihn auf beide Wangen. »Ich bin so stolz auf dich!«

Pa begann zu weinen. »Ich hätte nicht gedacht, dass mich noch jemand will – ich hatte mich bereits auf Jahre der Verbannung eingestellt – doch Dilys sagt, ich wäre noch gefragter als zuvor. Sie hat jede Menge Rollenangebote. Man reißt sich um deinen Vater, Harriet!« Pa wischte sich über die Augen und wurde ernst und feierlich: »›Süß ist die Frucht der Widerwärtigkeit, die, gleich der Kröte, hässlich und voll Gift, ein köstliches Juwel im Haupte trägt.‹« Er wandte sich um und nahm den Telefonhörer von der Gabel. »Das muss ich Fleur erzählen.«

»Aber was ist mit Ma? Warum rufst du sie nicht an?«

Mein Vater hielt im Wählen inne, schaute mich an, und ein bedrückter Ausdruck stahl sich in seinen Blick. »Gewiss. Warte, ich suche ihre Nummer.«

Ich deutete stumm auf den Notizblock auf dem Telefontischchen. Mein Vater schnitt stumm Grimassen, während es irgendwo in Cornwall klingelte.

»Hallo? Könnte ich wohl Mrs Byng sprechen? – Waldo Byng – genau der – Danke, herzlichen Dank – in der Tat, so ist es – sehr freundlich – allerbesten Dank – oh, ich verstehe – nein, nein, ich bitte Sie, das macht nicht das Geringste. Ich versuche es später noch mal. Richten Sie ihr aus, dass ich angerufen habe. Danke. Auf Wiederhören.«

Er legte den Hörer auf. »Sie und Ronnie sind spazieren gegangen.« Pa seufzte und hielt seine Hand noch immer auf dem Hörer. Dann blickte er zu Boden. »Harriet, ich weiß nicht, wie ich es dir auf schonende Weise beibringen soll, doch irgendwann wirst du es ohnehin erfahren. Es tut mir Leid, Liebchen, ich weiß, dass es dich von allen am schwersten treffen wird, das heißt, die anderen wird es vermutlich gar nicht treffen – hoffe ich jedenfalls.« Er betrachtete den Notizblock mit Mas Telefonnummer. »Ich glaube, Folgendes ist passiert. Dass ich ins Gefängnis musste – nun, es hat in gewisser Weise den Ausschlag gegeben. Der eigentliche Grund dürfte jedoch woanders liegen. Sieh mal, wir, deine Mutter und ich, haben uns auseinander gelebt – seit einer Weile ist das so, seit Jahren, wenn man genau will. Wir waren lediglich zu bequem, um etwas zu unternehmen. Erst im Gefängnis habe ich die Zeit gefunden, mir alles durch den Kopf gehen zu lassen. Und deiner Mutter ist es ebenso ergangen. Sie ist eine prachtvolle Frau – meine Güte, es gibt niemanden, der reizvoller und kultivierter als Clarissa ist – ich habe Glück gehabt, großes Glück, so lange mit ihr verheiratet gewesen zu sein – und selbstredend werden wir stets enge Freunde bleiben. Andererseits solltest du wissen, dass deine Mutter seit langem nicht mehr an Sex interessiert ist. Sex langweilt sie, wie sie behauptet, und sie stößt sich an allem, was damit zusammenhängt. Ich habe ihre Haltung akzeptiert, wie auch anders? – aber ich bin schließlich ein Mann – es steckt ja doch noch ein wenig Leben in den alten Knochen.« Pa lachte herzhaft. »Und Fleur und ich, wir – nun, um nicht lang drum herumzureden: Fleur und ich, wir lieben uns. Du wirst sie mögen, Harriet, warte nur, bis du sie kennen lernst. Fleur ist zart und intelligent und schön – freilich wirst du sie nicht gleich mit offenen Armen …« Pa schloss seine Augen und schluckte, ehe er mich anschaute. »Harriet, mein Liebling, deine Mutter und ich lassen uns demnächst scheiden.«

Pa schwieg. Ich wusste, ich sollte etwas antworten, doch ich wusste nicht was. Mein Gesicht, ja, mein ganzer Körper war erstarrt, und irgendetwas schlang sich um meine Brust und wurde so eng, dass ich kaum noch Luft bekam. Ein wenig später begann ich zu zittern, und eine innere Stimme wiederholte ständig: das ist nicht wahr, nichts wird geschehen, das Ganze ist ein Traum. Davor hast du dich immer gefürchtet, und jetzt träumst du schon davon. Aber es ist nicht wahr.

»Ich habe Feuer im Kamin gemacht.« Rupert kam aus dem Salon. »Harriet, du bist weiß wie Schnee. Was ist mit dir?«

Ich versuchte, meine Hand zu bewegen, und stellte fest, dass sie eigentümlich zuckte.

»Es gibt eine Neuigkeit, Rupe.« Die Stimme meines Vaters klang fröhlich. »Das Kemble hat mir die Rolle des Othello angeboten!«

»Waldo! Ich gratuliere!« Rupert schüttelte Pa die Hand, und dann umarmten sie sich. »Das sind ja fantastische Aussichten! Ich kann dir kaum sagen, wie ich mich für dich freue.«

»Wage es bloß nicht, nachher eine schlechte Kritik zu schreiben!«

»Nun, was das betrifft, würde ich mir keine Sorgen machen. Kritiken schreibe ich so bald nicht mehr.«

Danach flog die Vordertür auf, und Archie und Cordelia betraten die Halle. Mein Vater teilte ihnen die Sache mit seiner Rolle als Othello mit, und die beiden beglückwünschten ihn stürmisch. Dann erblickte Cordelia Mark Antonius und flitzte ihm die Treppe hoch nach.

»Wir helfen dir mit den Koffern«, drang Ruperts Stimme an mein Ohr.

»Auf Wiedersehen, Harriet, mein liebes Mädel.« Archie küsste meine Wange. »Mein Gott, wie eiskalt ist dein Händchen! Pass auf dich auf und halte dich zurück, bis wir uns wiedersehen.«

Ich lächelte. Es fühlte sich an wie ein Riss in meinem Gesicht.

Die Vordertür schlug zu. Ich hörte, dass oben Türen gingen und Cordelia nach Mark Antonius rief. Wie auf Stelzen begab ich mich in den Salon und gewahrte die Flammen im Kamin, deren Wärme ich nicht spürte. Ich trat ans Erkerfenster und schaute auf die Straße.

Mein Vater unterhielt sich mit Rupert und Archie. Pa fuhr sich mit der Hand über seine weißen Borsten. Dann breitete er die Arme aus und hob die Schultern. Gewiss erzählte er den anderen, dass er und Ma sich scheiden ließen und dass wir nie mehr miteinander hier leben würden. Die Geschichte der glücklichen Familie Byng war vorüber, war bereits zu einer schmerzhaften Erinnerung geworden. Das, was das Kostbarste für mich gewesen war, was mich geborgen und auf das ich mich verlassen hatte, war zerstört. Meine Eltern liebten sich nicht mehr. Es war aus.

Als meine Knie nachgaben, ließ ich mich auf einen Sessel fallen und barg meinen Kopf in den Händen. Es war kein Traum, sondern Wirklichkeit. Das, wovor ich mich seit langem gefürchtet hatte, würde geschehen. Meine Eltern ließen sich scheiden.

Meine Kehle wurde eng, und ein Schluchzer brach hervor. Ihm folgte ein nächster und dann noch mehr, wie Kröten, die aus dem Mund der bösen Prinzessin sprangen. Ich sehnte mich danach zu weinen, stieß jedoch nur raue, keuchende Laute aus. Ich hörte, dass Pa den Raum betrat, und wusste, es war selbstsüchtig, mich gehen zu lassen, doch ich schaffte es nicht, die Laute zu unterdrücken. Für einen Moment ruhte eine Hand auf meinem Kopf.

»Arme Harry«, sagte eine Stimme, die nicht die meines Vaters war. Danach entfernten sich die Schritte und verklangen.

36

Ich bekam kaum noch Luft, so schnell war ich gelaufen. »Tut mir Leid, dass – ich zu spät – bin«, keuchte ich. »Bus im – Stau – stecken ...«

»Aber ich bitte Sie, Harriet. Meine Güte, Sie sind ja vollkommen aus der Puste. Schöpfen Sie erst mal Atem.« Inspektor Foy stand auf der Bühne, im Lichtkegel eines Scheinwerfers. Dann kam er zur Bühnenrampe und zog mich hoch. »Ich bin für eine Weile in den Kulissen umhergewandert und habe überlegt, ob ich nicht doch lieber Schauspieler geworden wäre.«

Es freute mich unglaublich, den Inspektor und seine niedlich geknickten Ohren wiederzusehen, und während ich mehrmals tief durchatmete, stellte ich fest, dass seine Nähe noch immer so beruhigend wirkte wie ehedem.

»Wirklich schön, Sie wiederzusehen, Harriet«, setzte er im gleichen Augenblick hinzu und schien das aufrichtig zu empfinden. »Ich weiß nicht, ob Sie sich vorstellen können, wie gern ich die Entlassungspapiere Ihres Vaters unterschrieben habe.«

»Na, wir sind auch froh, dass er wieder bei uns ist – obwohl er gar nicht so häufig da ist. Aber das Telefon klingelt ununterbrochen, und die Leute wollen ihm Rollen anbieten, ewige Freundschaft schwören, ihn auf ihrer Jacht mitnehmen oder ihn bitten, Taufpate zu sein.«

Genau genommen war Pa seit unserer Rückkehr so gut wie gar nicht bei uns gewesen, und als er irgendwann mit schuldbewusster Miene auftauchte, hatte ich rücksichtsvoll geschwiegen.

»Es ist jedenfalls eine etwas anstrengende Zeit«, setzte ich leise hinzu.

In den Nächten hatte ich kaum geschlafen, sondern mit klopfendem Herzen dagelegen und gegen meine Übelkeit angekämpft. Wenn ich eindämmerte, träumte ich von fremden Orten und Menschen, die bedrohlich wirkten. Am Vortag hatte Ma angerufen, doch die Scheidung hatte sie nicht erwähnt. Stattdessen hatte sie von dem Haus geschwärmt, das Ronnie gekauft hatte, denn wie sich herausstellte, war sein Erspartes umfangreicher als gedacht. »Ein entzückendes Cottage, Harriet, ein Knusperhäuschen mit rosa Fensterrahmen, umgeben von Bäumen, mit eigener kleiner Bucht, Sandstrand und Klippen – so etwas hast du noch nicht gesehen. Die Gästezimmer werden wir vermieten, zwar nur an Freunde, aber dennoch zu ordentlichen Preisen. Es wird wundervoll – wir werden großartige Partys geben. Du musst bald kommen und dir alles anschauen, Liebes.«

»Sobald ich Urlaub habe.«

»Glaub mir, Ronnie freut sich, wenn du uns besuchst. Die anderen sind ihm unheimlich, aber für dich hat er eine Schwäche. Eigentlich müsste ich eifersüchtig sein, doch er ist ein solch süßer, alter Narr.« Ma lachte übermütig und glücklich wie schon lange nicht mehr. »Es ist unglaublich, wie sanft und liebevoll er ist. Gewiss, ihm fehlt die Ausstrahlung deines Vaters, doch für ihn bin ich zumindest die Einzige, die zählt, und sollten wir uns einmal streiten, dann nur, weil er geizig ist. Neulich habe ich die Salz- und

Pfefferstreuer eines Restaurants in seiner Tasche entdeckt. Er wollte sie für später aufheben, wenn wir eigene Gäste haben, und ich musste ihm klar machen, dass wir dann keineswegs die Utensilien anderer Hotels auf die Tische stellen.«

So ging das für eine Weile, und am Ende versprach sie, sich demnächst wieder zu melden. Ich hatte mir eingeredet, dass ich mich für sie freute, doch in Wahrheit begriff ich nicht, wie sie uns und unser Haus derart leicht im Stich lassen konnte. Was war mit den Erinnerungen an die Feste, die sie und Pa gegeben hatten, Feste, bei denen sie sich Kusshände zugeworfen und über Witze gelacht hatten, die nur sie verstanden? Was war mit den Phasen der Versöhnung und Leidenschaft, die auf die Seitensprünge folgten, und in denen sie sich abermals Liebe schworen? War das ohne Bedeutung gewesen?

Ich bemerkte, dass Inspektor Foy mit mir sprach und »Ende gut, alles gut« sagte. »Ich möchte Ihnen etwas zeigen«, fuhr er fort. »Sie sollen verstehen, wie das Ganze ausgeführt worden ist. Kann ich anfangen, oder kommt sonst noch jemand?«

»Pa ist bei seiner Agentin und möchte von der Sache nichts mehr wissen. Bron ist noch unterwegs, Ophelia kehrt erst morgen zurück, Portia wohnt zurzeit in Manchester, und Cordelia konnte nicht kommen. Sie näht sich eine Radlerhose.«

Da Pa den Wandteppich nicht mehr benötigte, war das Projekt aufgegeben worden, und ich hatte weiß Gott nichts dagegen gehabt. Eigentlich hatte ich Cordelia auch von der Radlerhose abgeraten und versucht, ihr begreiflich zu machen, weshalb ein Rock leichter zu nähen ist, doch Cordelia war stur geblieben und hatte behauptet, sie wüsste ziemlich genau, wie Hosen gingen. Danach hatte sie eine alte Tischdecke aus Kreppleinen zugeschnitten, doch als ich aufbrach, schien sie durcheinander geraten zu sein.

»Nun gut.« Inspektor Foy war offenbar bereit, sich mit mir als Publikum zu begnügen. »Sie können es den anderen ja erzählen. Also, meine Dame, gestatten Sie mir, das Geheimnis zu lüften. Betrachten Sie die Bühne! Sie ist mehr oder weniger so, wie sie am Mordtag war.«

Ich erkannte verstreute Manuskripte und in den Ecken Farbtöpfe, eine Thermosflasche, einen Mantel und zerfledderte Zeitungen. Der Geruch, der in der Luft hing, war mir seit frühester Kindheit vertraut.

»Hier wurde Sir Basils Leiche entdeckt.« Inspektor Foy deutete auf die Stelle, an der die Hauptdarsteller sich gewöhnlich ein letztes Mal verneigten. Der Lichtkegel erfasste einen dunklen Fleck, den ich nicht näher betrachten wollte. »Sie wissen, was ein *Deus ex Machina* ist, nicht wahr?«

»Ein Gott aus der Maschine. Bei Theaterstücken ein Trick, um die Handlung zu beeinflussen.«

»Richtig. Beispielsweise könnte sich ein Strahlenkranz auf die Bühne senken, ein Symbol der Gerechtigkeit, das die Macht besitzt, das Gute zu belohnen und Böses zu bestrafen. Unter den Römern und Griechen war dergleichen äußerst beliebt, und bei uns kam das Verfahren im siebzehnten Jahrhundert zu neuer Blüte.« Ich nickte gehorsam. »Sie wissen, dass in *König Lear* zum Ende des zweiten Aktes Unwetter aufziehen. Sie dauern im dritten Akt an.«

»Das sind meine Lieblingsszenen.«

»Nun, die Aufführung, um die es geht, folgte den Vorschriften des Barock. Der Regisseur wollte die Macht des Unwetters mit wehendem schwarzen Stoff und Trockeneis darstellen. Die Natur sollte den Irrtum verkörpern, dessen Lear sich schuldig gemacht hat, und die schrecklichen Folgen, die sich daraus ergaben. Sie wissen, wovon ich spreche, nicht wahr?«

»Ja. Pa hatte uns das alles geschildert.«

»Gut. Bleiben Sie, wo Sie sind. Rühren Sie sich um Gottes willen nicht vom Fleck!«

Ich verharrte reglos auf der Stelle, während Inspektor Foy im Seitenflügel verschwand. Ein wenig später entstand über mir ein Summen, und ich blickte hoch. Etwas Dunkles kam mir entgegen. Als Licht darauf fiel, erkannte ich eine schwere Stoffbahn, an der ein Zickzackstab befestigt war. Sie wurde schneller, und es ertönte ein dumpfer Schlag. Der Stab steckte zitternd im Boden.

Kurz darauf kehrte Inspektor Foy zurück. »Eigentlich ziemlich einfach, nicht wahr?«, fragte er und grinste halb stolz, halb bescheiden. »Die Vorrichtung wird mithilfe von Seilen und Gewichten bedient. Ein paar Tage vor Sir Basils Tod hatte ein Bühnenarbeiter versehentlich ein Gewicht entfernt, und so fuhr der Blitz rascher als erwartet nach unten. Niemand ist zu Schaden gekommen, und der Zwischenfall wurde vergessen. Dabei hatte er unseren Mörder auf den entscheidenden Gedanken gebracht. Es war wirklich simpel und doch äußerst gewitzt. Der Mörder ließ den Blitz niederfahren, spaltete Sir Basils Schädel und zog den Blitz wieder hoch. Ein wenig später kam Ihr Vater auf die Bühne und ist über die Leiche gestolpert. Der Rest ist bekannt.

Nach Sir Basils Tod haben wir die Bühne, die Kulissen, die Garderobenräume, jeden Zentimeter nach blutigen Fingerabdrücken abgesucht, doch keinem von uns ist eingefallen, sich mit der Decke zu befassen. Auch mir nicht. Erst als Sie von der Séance berichtet haben, hat irgendetwas gefunkt, und das Unwetter aus dem *Lear* kam mir in den Sinn. Folglich bin ich hierher zurückgekehrt und habe erstmalig nach oben geschaut. Danach war alles klar. Wir haben Sir Basils Blut an dem Blitz gefunden.« Inspektor Foy zog den Stab aus dem Boden. »Beweisstück A, falls es zum Prozess kommt.«

»Wirklich schlau«, erklärte ich. »Und Sie waren so klug, es zu durchschauen.«

»Der Scheinwerfer, den Ihr Vater erwähnt hat, muss dem Mörder als Richtungsweiser gedient haben. Dadurch ist mir auch bewusst geworden, dass Ihr Vater nicht der Mörder sein konnte, denn sonst hätte er uns wohl kaum darauf hingewiesen.«

»Ich verstehe. Wer immer es getan hat, muss sich auf dem Klettergerüst befunden haben. Wer weiß, vielleicht ist der Mörder nachher sogar mit den anderen auf die Bühne gestürzt – das heißt, jeder aus dem Theater konnte es gewesen sein, mit Ausnahme von Pa und den Damen, die ihn auf dem Weg gesehen haben. Hätte es aber nicht doch ein Unfall sein können?«

»Hätte es«, sagte Inspektor Foy ein wenig bekümmert. »Ich glaube es zwar nicht, doch das Gegenteil zu beweisen wird schwierig sein, es sei denn, irgendjemand legt ein Geständnis ab. Gewiss könnte der Blitz Sir Basil versehentlich getroffen haben. Vielleicht hat jemand die Stoffbahn rauf- und runtergezogen, ohne zu begreifen, was er angerichtet hatte. Dennoch will mir die Sache mit dem Scheinwerfer nicht aus dem Sinn.«

»Aber wäre der Täter nicht zu einem späteren Zeitpunkt nach oben gestiegen, um den Blitz von Sir Basils Blut zu reinigen?«

»Anzunehmen. Es hätte aber Zeit erfordert, und wir hatten gleich nach dem Mord einen Zivilbeamten ins Theater geschleust. Wachtmeister Willett. Er wurde als Pförtner eingesetzt und hat Ihnen vorhin die Tür aufgeschlossen.«

Ich lachte. »Ich habe mich schon gewundert. Er wirkte auffallend still. Pförtner langweilen sich meistens und sind deshalb mitteilsame Menschen.«

»Vielleicht hat das auch den Mörder abgehalten. Willett war offenbar eine Fehlbesetzung.«

»Werden Sie nun jeden noch mal verhören?«

»Das werde ich versuchen, doch inzwischen sind die Theaterleute in alle Winde verstreut – eine ausgesprochen unbefriedigende Lage.«

»Wollen Sie damit andeuten, dass Sie den Mörder vielleicht nie finden?«

»Eher, dass ich es für unwahrscheinlich halte. Wir werden uns wohl oder übel wieder auf Motivsuche begeben müssen. Es ist zum Verrücktwerden. Wissen Sie, die meisten Morde geschehen im Affekt. Ich glaube, ich habe schon mal davon gesprochen. Da wäre der Ehemann, der seine Frau in einem Wutanfall erschlägt, oder der eifersüchtige Freund, der seine untreue Geliebte ersticht. Gelegentlich haben wir es mit Bandenmorden zu tun, bei denen Drogen eine Rolle spielen, seltener mit einem Auftragsmord und hier und da mit einem Amokläufer oder mit der Folge einer Erpressung oder Vergewaltigung. Ein kalt geplanter Mord entsteht in der Regel aus lang gehegtem Hass, oder aber es dreht sich ums Geld.«

»Wissen Sie, wer Sir Basil beerbt?«

»Seine Hunde und ein Tierheim in Battersea.«

Ich rief mir Sir Basils Erscheinung in Erinnerung. »Ich glaube, aus Eifersucht ist er auch nicht umgebracht worden.«

»Nein. Wir wissen, dass er zurückgezogen lebte. Es ist in der Tat mehr als rätselhaft. Außer …« er brach ab und schwieg.

»Außer?«

»Außer, wir ziehen die Möglichkeit in Betracht, dass Sir Basil nicht das geplante Opfer war und unser Mörder jemand anderen auf der Bühne erwartete. Die Sicht von oben ist nicht die beste. Es ist durchaus denkbar, dass er lediglich einen Mann erkannte und den Blitz fallen ließ. Und anschließend bot sich ihm keine Gelegenheit mehr, den Irrtum zu korrigieren.«

Mir wurde schwindelig. »Wollen Sie damit sagen, er hatte es auf Pa abgesehen?«

»Nun, es ist allseits bekannt, dass Ihr Vater vor der Probe seine Texte auf der Bühne durchzugehen pflegte.«

»Aber wer sollte Pa denn ermorden wollen?«

»Hm. Ich hatte gehofft, da könnten Sie mir weiterhelfen.«

»Pa hat kein Geld. Er wirft es mit vollen Händen zum Fenster raus. Wir besitzen nichts von Wert – auf unserem Haus lastet eine Hypothek. Bron ist der Einzige, der ein Auto besitzt, und selbst das ist noch nicht bezahlt. Der Schmuck meiner Mutter ist nicht echt.« Inspektor Foy nickte. Unsere finanziellen Verhältnisse waren ihm fraglos bekannt.

Ich zauderte. »Es hätte allenfalls aus Eifersucht geschehen können.« Danach blickte ich auf die Schuhe des Inspektors. Sie waren schwarz und glänzend und mit einem ordentlichen Doppelknoten versehen. Mein Vater hatte zahllose Liebschaften gehabt. Vermutlich kannte ich nicht einmal die Hälfte.

»Ich bin nicht darauf erpicht, Sie auszuhorchen«, sagte Inspektor Foy freundlich. »Ich habe das Thema bereits mit Ihrem Vater erörtert, und er war überaus hilfsbereit.« Das glaubte ich ihm aufs Wort. Es gab kaum etwas, das Pa lieber tat, als in der Erinnerung an seine Eroberungen zu schwelgen.

»Dass Sie sich nicht dazu äußern möchten, verstehe ich. Ich greife den Gedanken lediglich auf, weil Frauen in solchen Dingen oftmals die scharfsichtigeren Beobachterinnen sind. Eigentlich möchte ich nur fragen, ob Sie jemanden kennen, der Ihren Vater ausreichend hasst, um ihn umbringen zu wollen.«

»Marina Marlow ist es mit Sicherheit nicht gewesen. Sie hat lediglich aus Gründen der Publicity so getan, als ob Pa und sie ein Verhältnis hätten.«

»Das hat Ihr Vater bestätigt.«

»Auch Patsy Pouncebox kann es nicht gewesen sein. Sie lebt schon seit Jahren in Neuseeland.«

»Sie hätte zurückgekehrt sein können.«

»Sie war nicht der Typ. Falls es einen typischen Mörder gibt. Sie war allenfalls neurotisch, aber sonst ganz nett.«

»War sie verheiratet?«

»Nein. Ich glaube, das war das Problem. Sie hatte gehofft, dass Pa …« Ich verstummte. Um ein Haar hätte ich hinzugefügt, dass mein Vater meine Mutter niemals verlassen hätte, doch ebendies hatte er gerade getan.

»Vor Patsy gab es eine Frau namens Fenella Fanshaw.«

»Die hat Ihr Vater nicht erwähnt. Könnte er dafür einen Grund gehabt haben?«

»Sie wird ihm entfallen sein. Inzwischen ist sie verheiratet. Ich weiß nicht, ob Fleur Kirkpatrick …«

»Nein. Auf keinen Fall. Vergessen Sie nicht, dass Ihr Vater sie erst seit kurzem kennt.«

»Hm.«

»Er hat mir das mit der Scheidung erzählt, Harriet.« Wie sanft seine Stimme klang! »Das muss sehr schwer für Sie sein.«

Ich spürte, dass meine Miene gefror. »Tut mir Leid, ich muss los«, murmelte ich. »Ich bin zurzeit unsere Köchin und brauche Stunden, um etwas Anständiges auf den Tisch zu bringen.«

Inspektor Foy machte ein enttäuschtes Gesicht. »Dann war es sehr nett von Ihnen, mir so geduldig zu lauschen. Entschuldigen Sie, dass ich Sie aufgehalten habe.«

»Möchten Sie morgen Abend zum Essen kommen?«, fragte ich ohne nachzudenken. Zu meinem Erstaunen willigte er ein.

»Um halb acht.« Ich lächelte tapfer und wandte mich ab, um seinem mitleidigen Blick zu entkommen und nicht zu weinen.

37

In jener Phase meines Lebens wurde mir zum ersten Mal in aller Deutlichkeit bewusst, wie gut es war, dass ich eine Arbeit hatte. Muriel und Eileen hatten von Pas Entlassung erfahren und strahlten, als ich ins Büro zurückkehrte. Ich nickte ihnen zu und betrat

Mr Podmores Büro. Er saß an seinem Schreibtisch, war mit seiner Nase beschäftigt und grunzte eine Begrüßung, ehe er die Hand nach meinem Bericht ausstreckte. Während er Wörter ausstrich und Absätze umstellte, glaubte ich an seiner Weste noch Spuren seines Weihnachtsessens zu erkennen. Nachdem er meinen Artikel umgeschrieben hatte, richtete er seine Brillengläser auf mich.

»Frau lockt Gespenster an. Wenngleich Sie, um es ehrlich zu sagen, nicht den Eindruck eines Mediums machen.«

»Nun, zum Schluss waren es keine Gespenster. Es wäre nur schade um die Story gewesen, fand ich.«

»Gar nicht übel, Hilary. Weiter so. Aber lassen Sie die Finger von den Adjektiven.«

»Harriet«, sagte ich, doch er hatte mir bereits den Rücken zugewandt und kramte in seinen Papieren.

»Hätten Sie Lust auf ein Stück Lebkuchen?«, fragte Muriel, als ich in unser Büro zurückkehrte. »Sehr feine Sorte.«

Ich nahm den Lebkuchen an. Ich finde es würdelos, Menschen ihr Verhalten nachzutragen, und Lebkuchen konnte ich ohnehin nicht widerstehen. Gleich darauf platzte Mr Podmore in unsere Kaffeestunde.

»Sie!« Er deutete auf Muriel. »Einbruch in der Baker's Row. Rentnerin hat Schock. Einbrecher Exhibitionist. Polizei tippt auf Regenmantel-Jonny.«

»Regenmantel-Jonny dürfte inzwischen hundertvierzig Jahre alt sein. Falls es ihn überhaupt gegeben hat.«

Mr Podmore hatte seine Tür schon wieder zugeknallt. Nur sein Zigarrendunst schwebte noch in der Luft, und Eileen hüstelte vornehm hinter vorgehaltener Hand. Noch vor kurzem hätte Muriel solchen Kleinkram mir aufgetragen, doch nun streifte sie ihren Mantel über, verknotete ihr Kopftuch unter dem Kinn und verließ, wenn auch murrend, das Büro.

Mir erteilte Mr Podmore später den Auftrag, Material für seinen Artikel über den nachlassenden Gemeinsinn in unserer Gesellschaft zusammenzutragen. Den Schwerpunkt bildete das Thema Nachbarschaft. Zum Glück konnte ich meine Recherchen am Telefon erledigen, denn draußen war es kalt, und es wehte ein eisiger Wind.

Ich fand es schier unglaublich, wie bereitwillig fremde Menschen mir Einzelheiten aus dem Leben ihrer Nachbarn anvertrauten. Nicht ein gutes Wort hatten sie zu vergeben, was aber verständlich war, da sie Tür an Tür mit Leuten lebten, die ihre Ehefrauen krankenhausreif schlugen, sich von Hehlerei ernährten, nachts verdächtige Löcher gruben und den Teufel anbeteten, wenn sie nicht gerade Orgien feierten. Die besagten Ehefrauen passten ins Bild, denn sie prügelten ihre Kinder, empfingen Vertreter im roten Spitzenbody und kauften im Supermarkt Gin statt Lebensmittel. Langweilig schienen sie jedenfalls nicht zu sein.

Als ich am Abend mit dem Bus nach Hause fuhr, spähte ich gierig in die erleuchteten Häuserfenster, hielt aber vergebens nach Menschen Ausschau, die etwas anderes taten, als starr vor dem Fernseher zu hocken und Chipstüten in den Händen zu halten. Erst als der Bus in unsere Straße bog, holte der Kummer mich wieder ein und ich musste an die Scheidung meiner Eltern denken. Dann erkannte ich Cordelia, die auf der Türschwelle stand und offenbar auf mich gewartet hatte.

»Da bist du ja endlich!«, rief sie mir entgegen. »Ich hasse die Nähmaschine. Du musst mir helfen.«

»Gleich. Erst musst *du* mir helfen. Inspektor Foy kommt zum Abendessen.«

Cordelias Miene hellte sich auf. »Ist das wahr? Er ist süß, findest du nicht? Und er ist nicht schwul.« Sie wurde nachdenklich. »Schade, dass meine Radlerhose noch nicht fertig ist. Aber gut, dann laufe ich hoch und ziehe dein Schwarzes an.«

Ich packte die Lebensmittel aus, die ich nach der Arbeit eingekauft hatte. Cordelia kehrte zurück und stopfte sich ein paar der Trauben, die zum Käse vorgesehen waren, in den Mund. Gleich darauf schüttelte sie sich und spuckte sie aus. »Puh! Sauer.«

»O nein, das darf nicht sein«, murmelte ich und spürte, dass ich panisch wurde. Cordelia ergriff die Trauben und legte sie für die Vögel draußen auf die Fensterbank. Eine Amsel flog herbei, pickte einige Male und flatterte angeekelt davon. Cordelia bot an, die Kartoffeln zu schälen. Zum Ausgleich musste ich mich mit der Nähmaschine auseinander setzen. In der Spule hatte sich der Unterfaden verheddert. Nach einer Weile gab ich auf, doch meine

Schwester ging darüber hinweg. Sie war in Gedanken bereits bei dem Abendgast, der sich nach dem Wiedersehen mit ihr verzehrte. Beim ersten Klingeln ließ sie die Kartoffeln im Stich und schoss davon. Ich hörte, wie sie Inspektor Foy begrüßte und auf ein Glas in den Salon bat. Als ich später die Halle durchquerte und mich gerade noch rechtzeitig meiner Schürze entledigte, drangen mir ihre Sätze ans Ohr, die sie mit aufgeregter Stimme vortrug.

»Tut mir Leid«, sagte ich beim Betreten des Salons. »Sie wissen, wie das beim Kochen ist. Immer gibt es noch etwas zu richten.« In Wahrheit war ich eine Viertelstunde lang durch das Labyrinth gehetzt, um Mark Antonius den Lachs abzuluchsen, den er sich geangelt hatte. Dem Lachs fehlte seither der Kopf, doch dafür besaß er Schleifspuren und Abdrücke von Zähnen. Ich hatte ihn sorgfältig gewaschen, aufgesetzt und nach den vorgeschriebenen drei Minuten das Gas heruntergedreht, um ihn in Ruhe sieden zu lassen.

»Ich habe Charles gerade von unserem entzückenden Aufenthalt bei Sir Oswald und Lady Pye erzählt.« Cordelia musterte mich. »Du hast Fischschuppen im Gesicht.«

»Charles? Wer ist …«

»Es wäre schön, wenn Sie mich ebenfalls Charles nennen würden.« Inspektor Foy zog seine Pfeife hervor. Höflich wie er war, wartete er mein Nicken ab, ehe er sie stopfte. In dem blauen Hemd, dem schwarzen Jackett und der Jeans sah er vollkommen anders aus und machte einen jüngeren, weniger onkelhaften Eindruck.

»Tja, Cordelia hat von den Bällen berichtet, an denen Sie teilgenommen haben«, fuhr Inspektor Foy – Charles – fort. Er wirkte belustigt, doch natürlich war er viel zu nett, um durchblicken zu lassen, dass er das Gehörte nicht ernst genommen hatte. »Lords, Bischöfe, Barone, Filmstars, ein Freiheitskämpfer aus Südamerika und abendlicher Tanz. Beneidenswert.«

Cordelia wurde rot und schaute mich aus dem Augenwinkel an.

»Das war es in der Tat«, bekräftigte ich. »Und Cordelia war sehr begehrt und hat nicht einen Tanz ausgelassen.«

»Harriet hat auch getanzt und recht hübsch ausgesehen«, revanchierte Cordelia sich gnädig. »Und wenn ihre Glatzenfreundin nicht da war, hat auch Portia einen guten Eindruck gemacht.«

»Angesichts solcher Schönheit muss ganz Derbyshire Kopf gestanden haben.« Der Inspektor – Charles zwinkerte mir zu.

Als in der Halle das Telefon klingelte, entschuldigte ich mich und ließ die beiden allein.

»Harriet, Liebes, tut mir Leid, dass ich nicht früher angerufen habe. Wir waren auf Wohnungssuche«, sprudelte Portia hervor. »Wir haben ein winziges Häuschen ganz in der Nähe von Manchester gemietet. Es liegt an einem Fluss, wirklich urig, außerdem preiswert, mit Feldern und Kühen. Es heißt ›Nachtigall‹, ist das nicht rührend? Unten sind zwei Kammern, und ein Schlafzimmer befindet sich unter dem Dach. Es ist so klein, dass Jonno dort kaum stehen kann.« Sie kicherte. »Aber dort steht man ja auch nicht, oder? Ein Bad gibt es nicht, wir waschen uns in der Küche, und das Klo ist hinter dem Haus, aber es hat Wasserspülung. Weißt du, Hat, es ist ein richtiges Liebesnest, mit einem Rosenspalier an der Tür. Vielleicht ist es ein wenig feucht, aber wir haben einen Kamin – er ist größer als die Küche. Wie geht es dir?«

»Gut.«

»Prima. Du hast keine Ahnung, wie viel Spaß wir haben. Ab morgen setzt Jonno sein Studium fort. Wenn er in der Bibliothek ist, werde ich dem Bauern helfen, dem das Häuschen gehört, Kühe melken und so weiter. Ich verdiene ein Pfund pro Stunde, und Jonno bekommt Geld von seiner Familie. Verhungern werden wir also nicht. Der Bauer will mir zeigen, wie man Schafe schert, stell dir vor, ich als Bauernmagd. Es ist zum Schießen, dabei kann ich kein Huhn von einer Gans unterscheiden. Auf dem Fluss schwimmen Enten, ich hoffe, dass sie bis zu unserer Tür kommen – warum sagst du nichts?«

»Ich lausche. Wie geht es Jonno?«

»Ich bin verrückt nach ihm. Er ist meine große Liebe, das weiß ich genau. Wahrscheinlich stellst du dir vor, wir liegen nur im Bett, aber dem ist nicht so, wir machen alles miteinander – reden, lachen – Jonno ist der beste Freund, den ich jemals gehabt habe, und ihm geht es ebenso. Bisher hat er keinen Tropfen angerührt. Er braucht keinen Alkohol, wenn er mit mir zusammen ist, sagt er. Wenn es nach uns ginge, könnte der Rest der Welt morgen untergehen, wir sind uns genug.«

In der Art ging es noch für eine Weile weiter, und ich hoffte aus ganzem Herzen, das Glück der beiden würde halten. Portia war schon mehrmals im siebten Himmel gewesen, doch nie für lange. Im Grunde war sie Jonno ähnlich, ebenso unbedacht und draufgängerisch, und ich war mir nicht sicher, ob das ein gutes Zeichen war.

»Natürlich mag ich Jonno«, antwortete ich, als sie danach fragte. Dann holte ich tief Luft. »Portia, ich muss dir etwas sagen, am besten wappnest du dich, obwohl – vielleicht ist es ja nicht so schlimm, vielleicht muss man sich nur daran gewöhnen … also rundheraus gesagt, sind Pa und Ma nicht mehr glücklich miteinander und werden eine Zeit lang getrennte Wege gehen.«

»Heißt das, sie lassen sich scheiden? Ist es aus?«

»Irgendwie schon. Es ist schrecklich, dir das sagen zu müssen, Liebling, aber ich möchte nicht, dass du es aus der Zeitung erfährst. Die Reporter fragen ständig …«

»Hat er eine Neue?«

»Ja. Ja, das hat er. Es ist seine Anwältin. Sie heißt Fleur. Er sagt, es wäre etwas Ernstes.«

»Und Ma bleibt mit Ronnie zusammen?«

»Sieht so aus. Offenbar sind sie glücklich und im Begriff, in Cornwall ein kleines Hotel zu eröffnen.«

Für einen Moment war es still. Dann sagte Portia: »Nun, wenn ich ehrlich bin, überrascht mich das nicht. Ma und Pa sind schon seit Jahren nicht mehr richtig zusammen. Irgendwann ist die Luft rausgewesen. Wobei ich dir jetzt schon versprechen kann, dass ich mich nicht mit anderen Männern einlasse, und ich werde Jonno auch keine Nebenfrauen gestatten. Es tut weh, wenn der andere untreu ist, und wie will man jemanden lieben, wenn er einen verletzt? Man muss sich zusammennehmen, sonst geht die Sache schief. Ich würde nie wie Ma und Pa leben wollen. Ich bin auf etwas Besseres aus.«

»Oh, Portia, ich drücke dir sämtliche Daumen. Bist du aber nicht zu jung, um anderen Männern ein für alle Mal abzuschwören? Ich weiß nicht, ob das so einfach ist.«

»Das weiß ich auch nicht, aber sollte ich in Versuchung geraten, werde ich an unsere Eltern denken. Weiß Cordelia Bescheid?«

»Nein. Auch die anderen nicht. Bron und Ophelia sind noch nicht zurück. Pa hat mich gebeten, einen günstigen Moment abzupassen, um es ihnen zu erzählen. Bei Cordelia habe ich den bislang noch nicht erwischt.«

»Warum musst du die Schmutzarbeit erledigen? Warum tun das nicht Pa und Ma?«

»Weil Pa sagt, dass er es nicht schafft. Ihm geht es noch nicht gut, und er regt sich ziemlich rasch auf. Wenn jemand eine Tür zuknallt, zuckt er zusammen und braucht Ewigkeiten, um sich davon zu erholen.«

»Nun, dann hoffe ich, dass die Neue Engelsgeduld besitzt.«

»Das wird sich zeigen. Bisher habe ich sie noch nicht kennen gelernt.«

»O Gott, welch ein Durcheinander! Bin ich froh, dass ich woanders bin!« Sie stockte. »Tut mir Leid, Hat. Das war dumm und eigensüchtig. Ich weiß, du steckst mittendrin. Halte die Ohren steif, mein Schatz.«

»Ich tue mein Bestes – ich komme klar.«

»Wir haben kein Telefon, aber ich schreibe dir die Telefonnummer des Bauern, und im Notfall kannst du mich über ihn erreichen.«

»Danke, Portia. Ich muss jetzt Schluss machen. Charles Foy ist zum Abendessen da.«

»Wer? Oh, der Inspektor kommt vorbei, wie reizend! Ich habe mir schon gedacht, dass er ein Auge auf dich geworfen hat. Sieh dich vor – oder auch nicht, je nachdem. Er schaut ziemlich gut aus, nicht wahr? Zu dumm, dass dein zartes Herz schon vergeben ist.«

»Du weißt, dass das nicht stimmt.«

»Wie du willst. Wenn du nicht darüber reden willst, halte ich den Mund und tue so, als wüsste ich von nichts.«

»Ich habe wirklich keine Ahnung, wovon du sprichst.«

Erst nachdem wir aufgelegt hatten, fiel mir ein, dass ich ihr nichts von dem Mordfall berichtet hatte – falls es überhaupt Mord gewesen war. Nun, ich würde es ihr beim nächsten Mal erzählen, denn wir hatten ausgemacht, einmal wöchentlich zu telefonieren. Dennoch wünschte ich, sie wäre nicht so weit fort. Für einen Moment stand ich in Gedanken versunken da und schrak zusammen, als sich der Schlüssel im Haustürschloss drehte.

»Harriet, kannst du mir mal mit den Koffern helfen? Der Taxifahrer hat sich geweigert, das Zeug zu tragen. Hoffentlich hat er sich nicht eingebildet, dass er ein Trinkgeld kriegt.«

Ophelia betrat die Halle und legte Handtasche und Mantel ab.

»Wie war es in Sussex?«

Ophelia verdrehte die Augen. »Zwei Dinge sind dabei herausgekommen. Das eine war mein Honorar. Das andere ist, dass ich unseren Haushalt ab sofort zu schätzen weiß. Du hast keine Ahnung, unter welchen Menschen ich mich aufgehalten habe! Sie waren dermaßen gut und rein, dass es fast schon unanständig war. Irgendjemand hätte mir aber sagen sollen, dass sie einer Sekte angehören, den Mormonen oder den Plymouth-Brüdern, und das trotz ihres Geldes.«

»Warum sollten reiche Leute denn nicht fromm sein?«

»Weil ich dachte, dass Frömmigkeit ein Trost für die Armen ist. Das war eindeutig falsch. Die Drosselmeyers hatten Geld wie Heu, doch sie haben weder Alkohol getrunken noch üppig gespeist, sondern sind nach ihrem kargen Mahl um neun ins Bett gegangen. Vielleicht haben sie das mit Sex wettgemacht, denn Mr Drosselmeyer hat drei Frauen und etwa zwanzig Kinder. Die Jungen haben kleine Anzüge getragen und die Mädchen lange Kleider und Hauben. Das Alte Testament kannten sie in- und auswendig und haben pausenlos daraus zitiert.«

»Meine Güte, und ich habe mir vorgestellt, dass du in Champagner schwelgst. Komm, wir werden dich entschädigen. Charles Foy ist da.«

»Was du nicht sagst! Mr Foy, der Meisterdetektiv! Pa hat mich angerufen und mir von der Geschichte erzählt. Wenn es nach ihm geht, müssen wir dem Inspektor demnächst ein Denkmal errichten.« Sie lächelte spöttisch. »Natürlich bin ich froh, dass Pa wieder frei ist, aber ich hasse es, dankbar sein zu müssen. Und der vorbildliche Inspektor rümpft ständig die Nase, wenn er mich sieht, und benimmt sich flegelhaft, am liebsten ...«

»Darf ich Ihnen mit Ihrem Gepäck behilflich sein, Miss Byng?«

Der Inspektor – Charles – war in der Halle erschienen.

»Oh – danke.« Für einen Moment schien Ophelia aus dem Takt geraten zu sein. »Unten an der Treppe stehen zwei Koffer.«

Sie wandte sich ab, doch als sie an mir vorbeiging, grinste sie mich an. Gleich darauf kam Charles mit zwei schweren Koffern die Treppe hochgepoltert.

»Ich glaube, die Koffer sollte ich beschlagnahmen lassen«, bemerkte er. »Darin sind mindestens zwei Leichen untergebracht.«

»Wir werden Ihnen zur Stärkung einen Cocktail mixen, und danach gibt es – o mein Gott, der Lachs!«

Ich hatte den Lachs vergessen. Als ich in die Küche kam, war das Wasser verdampft, und er klebte am Boden der Pfanne fest.

»Kann ich was tun?« Charles war mir gefolgt. »Wissen Sie, Sie müssen sich meinetwegen keine Umstände machen. Ich bin ziemlich pflegeleicht.« Er spähte in die Pfanne. »Na, warten Sie, das haben wir gleich.« Geschickt ließ er den Fisch auf eine Platte gleiten und stellte die überhitzte Pfanne ins Abwaschbecken. »Wenn Sie die verbrannten Stellen abkratzen, ist der Rest wahrscheinlich noch genießbar.«

»Er sieht aber nicht mehr so aus, wie er aussehen sollte.«

»Legen Sie ein paar Gurkenscheiben auf die unschönen Stellen, die Hauptsache ist doch der Geschmack. Kann ich sonst noch etwas tun?«

»Warum hat man mich im Salon alleingelassen?«, maulte Cordelia, als sie in die Küche kam. Charles war dabei, das Risi-Pisi abzuschmecken, während ich mit der Sauce Hollandaise zu Gange war. »Ich habe die Erdnüsse gegessen. Mir ist schlecht. Ihr braucht nicht zu kochen. Ich will nichts mehr.«

»Umso besser.« Ich rührte die Soße wie eine Wilde. »Charles, die Fettschicht und die Klümpchen wollen nicht verschwinden.«

Charles warf einen Blick in meinen Topf. »Die Soße ist geronnen. In dem Fall weiß ich leider auch nicht weiter. Ich kenne mich nur mit einfachen Mahlzeiten aus.«

»O Gott, jemand läutet an der Tür. Cordelia, lauf nach oben. Wahrscheinlich ist es Pa, der seinen Schlüssel vergessen hat.«

»Das kann ich nicht. Ich bin zu krank. Die Brotstangen und Oliven habe ich ja auch gegessen.«

Ich musterte ihr Gesicht. Sie war tatsächlich ein wenig grünlich um die Nasenspitze. Ich flitzte los. Vor der Tür standen Rupert und Archie, Letzterer in burgunderfarbenem Frack.

»Oh, ihr seid vorbeigekommen! Welch schöne Überraschung!« Während ich ihnen meine Wange hinhielt, wurde mir klar, wie sehr sie mir gefehlt hatten.

»Wieso Überraschung? Und nur so vorbeigekommen sind wir auch nicht«, erklärte Archie. »Waldo hat angerufen und uns zum Abendessen eingeladen.« Er schnupperte. »Interessanter Geruch. Fisch mit einer schwarzen Kruste.«

»Aber warum hat er mir denn nichts davon erzählt? Kommt rein. Es gibt Lachs. Er ist eine einzige Bescherung. Nehmt euch irgendetwas zu trinken. Ich habe noch mit der Soße zu tun.«

»Wirklich eine reizende Begrüßung. Da fühlt sich der Gast sofort heimisch«, bemerkte Archie. »Ich glaube, ich werfe mal einen Blick auf die Bescherung.«

In der Küche saß Charles inzwischen an der Nähmaschine und versuchte, das Garn zu entwirren.

»Das ist Inspektor Foy.«

Archie verneigte sich. »Ich habe Ihr Loblied vernommen.« Er trat einen Schritt zurück, um Charles ausgiebig zu betrachten. »Ein leibhaftiger Detektiv. Nicht zu verachten. Zu dumm, dass ich mich um Harriets Soße kümmern muss.« Er spähte in den Topf. »Die ist hin. Du hast sie zu heiß werden lassen. Reich mir ein paar Eier. Und eine Schürze.«

»Der Unterfaden war zu fest gespannt«, erklärte Charles und nähte auf einem Stoffrest eine Probenaht. »Siehst du, Cordelia, jetzt funktioniert es wieder.«

»Sind Sie schwul?«, fragte Cordelia.

»Nein. Dass ich mit Nähmaschinen umgehen kann, heißt nicht, dass ich mir Damenkleider anfertige.«

Archie seufzte und zeigte mit dem Daumen nach unten.

»Ich habe nichts gegen Schwule«, fuhr Cordelia fort. »Doch als Ehemänner kommen sie nicht in Frage.«

»Wenn du meinen Rat hören willst, solltest du auch von Polizisten Abstand nehmen«, entgegnete Charles. »Sie haben unmögliche Arbeitszeiten und sitzen schweigend vor dem Fernseher, wenn sie nach Hause kommen.«

Nachdem alles mehr oder weniger unter Kontrolle war, schickte ich die anderen zu Rupert in den Salon. Als formvollendete Gastgeberin drückte ich ihnen frische Erdnusspäckchen und Weinflaschen in die Hand. Pa war noch nicht erschienen, und ich beschloss, noch fünf Minuten zu warten. Den Tisch im Esszimmer hatte ich bereits am Morgen gedeckt und im Garten Nieswurz gepflückt. Ich hatte ihn in einer Vase mit den Mistelzweigen arrangiert, die ich, weil Weihnachten vorbei war, zum Sonderpreis erstanden hatte. Ich legte noch zwei Gedecke auf und zündete die Kerzen an. Es sah eigentlich recht hübsch aus.

Wir begannen ohne Pa, doch die Unterhaltung verlief zwanglos, und ich war zufrieden wie jede Gastgeberin, deren Dinnerparty erfolgreich wird. Ophelia sah hinreißend aus, trank eine Menge Champagner und gab Witziges über die Drosselmeyers zum Besten. Charles wiederholte die Geschichte mit dem Blitz, und diejenigen, die sie noch nicht kannten, lauschten gebannt. Mir entging nicht, dass Cordelia dabei war, Polizisten, trotz allem, für hervorragende Ehemänner zu halten. Sie hatte ihr Kinn auf die Hände gestützt und verschlang Charles mit Blicken. Das Risi-Pisi, das prima schmeckte, rührte sie nicht an.

»Wie stehen denn nun die Chancen, den Mörder zu fassen?«, fragte Rupert, nachdem ich Cordelia in die Küche geschickt hatte, um den gurkenverzierten Lachs zu holen.

»Sie sind gering.« Charles half mir, das schmutzige Geschirr in den Küchenaufzug zu stellen. Es war, als ginge er seit Jahren bei uns ein und aus, und ich fand ihn überaus beispielhaft. »Für einen Mörder liegt das größte Problem im Beseitigen der Leiche. Es ist nämlich schwerer als man glaubt, eine Leiche im Kofferraum unterzubringen oder im Garten zu vergraben. Ebenso schwierig ist ein Versteck in Truhen oder unter Dielenbrettern, es sei denn, jemand hat eine unempfindliche Nase und legt keinen Wert auf die Gesellschaft anderer Leute. Einen Ermordeten in Säure aufzulösen oder kleingehackt im Kühlschrank zu verstauen, ist auch kein Pappenstiel und lässt sich gleichfalls schwerlich verbergen. Wird die Leiche aber am Ort des Verbrechens entdeckt, ohne dass etwas auf den Mörder hinweist, kann er sich seiner Sache eigentlich sicher sein und sich die Hände reiben, weil die Polizei es übernimmt, die Leiche fortzuschaffen. Tja, und wenn der Mord, wie in unserem Fall, ferngesteuert geschah und die Mordwaffe zunächst nicht gefunden wurde, dürfte der Mörder kaum noch etwas zu befürchten haben. Außer, wir entdecken das Motiv, verhören den Verdächtigen und entlocken ihm ein Geständnis. Folter ist leider nicht mehr erlaubt. Schlimmstenfalls könnten wir ihm eine Tasse von unserem Kaffee und einen schmutzigen Löffel anbieten. Doch wenn ihn das nicht stört und er einen guten Anwalt hat, kommt er davon.«

Der Lachs besaß eine seltsame Form, seltsamer als ich sie in Erinnerung hatte, aber der Geschmack war normal. Er schien auch geschrumpft zu sein, doch nachdem Cordelia auf ihren Anteil verzichtete, reichte er für alle. Archies Soße war zart und sahnig, und das Gemüse tadellos. Ich atmete auf.

»Du hast den Tisch nett gedeckt, Harriet«, lobte Ophelia. »Misteln, obwohl die Weihnachtszeit vorüber ist! Wie originell!«

Ich schaute sie dankbar an. Die Zeit in Sussex schien sie wahrhaftig geläutert zu haben.

»Meine Kollegen machen sich Jahr für Jahr den Spaß, Mistelzweige an meiner Tür anzubringen«, bemerkte Charles. »Da muss man sich hüten. Unter den Polizistinnen gibt es zupackende Damen.«

»Angeblich bringen Misteln Unglück«, sagte Rupert. »Nach einer nordischen Sage handelt es sich bei den Beeren um Tränen, die die Göttin Freya aus enttäuschter Liebe vergossen hat. Sie hängte sie danach als Warnung an die Menschen zwischen Himmel und Erde auf. Das ist der Grund, weshalb wir sie oben an den Türen anbringen, dort, wo sie ein wenig außerhalb unserer Reichweite sind.«

»Und nun hat Harriet uns den Gefahren der Liebe ausgesetzt«, bemerkte Archie. »Hoffentlich tun sie ihre Wirkung. Ohne Liebe ist das Leben wie lauwarmer Tee, und wer wollte nicht eher einen Becher mit einem feurigen Getränk zu sich nehmen? – Was ist das, Harriet?« Er legte ein Stückchen Leinenstoff ab.

»Keine Ahnung«, murmelte ich.

»Ich weiß, woher das gekommen ist«, flüsterte Cordelia, als wir den Küchenaufzug beluden. »Als ich in der Küche war, hat der

Lachs auf dem Boden gelegen und Dirk hat daran geleckt. Ich habe ihn wieder auf die Platte gepackt und das Loch, das er gefressen hat, mit Gurkenscheiben ausgepolstert. Es sind aber ein paar Stoffreste vom Boden kleben geblieben. Glaubst du, die anderen haben sie gegessen?«

»Was soll das Getuschel?« rief Archie. »Ihr wisst doch, dass ich keine Heimlichkeiten mag.«

Auf Ruperts Tellerrand befand sich ein Stück von Dirks Trockenfutter. Ich schämte mich entsetzlich, fand es aber hochanständig, dass er geschwiegen hatte.

»Jetzt gibt es den Käse«, verkündete ich. Als ich hörte, dass die Haustür zuschlug, stieß ich Cordelia an. »Los, lauf nach unten und schau, ob für Pa noch etwas übrig ist. Und schließ die Tür zur Speisekammer, sonst macht Dirk sich über die *Budino Diplomatico* her.« Die Torte konnte ich schon seit Kindertagen zubereiten. Sie war das einzige Gericht, das Maria-Alba mir beigebracht hatte, und sie gelang mir ausnahmslos. Die Torte würde die Sache mit dem Lachs wettmachen.

»Hallo, alle miteinander«, begrüßte uns Pa. »Tut mir Leid, dass wir zu spät dran sind.«

Ich zog meinen Kopf aus dem Küchenaufzug und erblickte die Frau, die hinter Pa das Esszimmer betrat. Sie hatte kleine Spangen im Haar und Silbersträhnen eingefärbt und trug zum roten Kostüm Pumps mit haushohen Absätzen. Die Männer schoben ihre Stühle zurück und standen auf. Danach breitete sich Stille aus.

»Fleur, das ist Harriet, meine zweitälteste Tochter«, begann Pa.

»Wie schön, endlich einmal Waldos Mädchen kennen zu lernen.« In Fleurs Stimme lag eine gewisse Schärfe, wenngleich sie nicht schrill geklungen hatte, allenfalls durchdringend und amerikanisch. »Sie müssen die Journalistin sein.«

»In gewisser Weise.« Ich bemühte mich, aufrichtig zu lächeln, und hoffte, dass meine Augen dabei leuchteten.

»Wie darf ich das verstehen?«

»Ich fange gerade erst an.«

Fleur lächelte ebenfalls. Ihre Augen waren hellblau und kalt. »Ich bin sicher, dass Sie das schon sehr gut können.«

»Und das ist Ophelia.« Fleur hinterließ eine Parfumwolke, als sie mit klackenden Absätzen auf Ophelia zuschritt. »Sehr erfreut, Ihre Bekanntschaft zu machen. Waldo hat mir schon so viel von seinen Kindern erzählt. Lassen Sie mich raten – Sie sind diejenige, die Kunstgewerbe verkauft. Wie kommt es nur, dass so hübsche junge Damen sich überhaupt mit Arbeit abgeben? Ich dachte immer, nur wenn man so aussieht wie ich, müsste man sich anstrengen und Karriere machen.«

»Wie geht es Ihnen?«, fragte Ophelia über Fleurs Kopf hinweg.

»Aber, was redest du denn da?« Pa hatte Fleurs Hand ergriffen und führte sie zu seinen Lippen. »Du weißt doch, dass du die schönste Frau der Welt bist.«

Fleur legte ihren Kopf zur Seite. »Purzel«, schnurrte sie. »Ich weiß lediglich, dass ich die glücklichste Frau der Welt bin.«

Während die anderen sich bekannt machten, hantierte ich mit der Seilwinde des Küchenaufzuges. Ich musste Fleur eine Chance geben, ermahnte ich mich. Pa zuliebe musste ich versuchen, sie zu mögen. Als ich den Teller mit der *Budino Diplomatico* hochzog, lehnte ein Zettel daran: *Mit dem Pudding ist mir was Dummes passiert. Tut mir Leid.* Ich sah eine verdächtige Menge kandierter Früchte.

»Nein, danke«, hörte ich Fleur sagen, als Ophelia ihr die Reste unserer Mahlzeit anbot. »Waldo und ich haben ausgiebig zu Mittag gegessen. Wir müssen auf unsere Linie achten.«

Mir kam Wallis Simpson in den Sinn, die sich dreimal täglich gewogen hatte. Ich fand, dass Fleur ihr glich und dass die Herzlichkeit, die sie verströmte, aufgesetzt und geschäftsmäßig war. Gut, vielleicht sah sie besser aus als Mrs Simpson, doch offenbar war sie ebenfalls darauf aus, den Mann an ihrer Seite zur Witzfigur zu machen. Pa blickte sie ergeben an. Es war wirklich nicht leicht, sie mögen zu wollen.

Ich fand, ich sollte die *Budino Diplomatico* vorsichtshalber an der Anrichte auf Teller verteilen, und stach die erste Portion mit dem Löffel aus. Eigentlich hätte ich auf Schichten aus Sultaninen in Weinbrand, Gelee und Vanillepudding stoßen müssen – auf braune, rosafarbene und gelbe Streifen, doch stattdessen legte ich ein ineinander gelaufenes Farbengemisch bloß. Cordelia hob die Schultern und schnitt Grimassen, als sie aus der Küche kam.

»Ich weiß, wer Sie sind«, begrüßte sie Fleur. »Ich bin Cordelia. Waldo und Clarissa Byngs jüngste Tochter.«

»Welch ein niedliches kleines Mädchen!« Fleur taxierte Cordelias Kleid. »Und schon so mondän!« Sie zwickte meinen Vater in die Wange. »Liebling, du hättest mir sagen müssen, dass es sich um eine festliche Angelegenheit handelt. Deine Mädchen stellen mich in den Schatten!« Mein Vater raunte ihr etwas ins Ohr. Fleur kicherte und wandte sich erneut Cordelia zu. »Du bist also das Baby der Familie. Wie alt bist du?«

»Zwölf«, antwortete Cordelia.

»Und kleiden Zwölfjährige sich in England bereits in Givenchy? In Amerika tragen sie Jeans und Turnschuhe.«

»Ein Kleid von Givenchy kann nicht jede tragen«, gab Cordelia zurück.

»Da hast du Recht. Nicht jeder Daddy hat das Geld dazu.«

»Es kann auch nicht jede Rot tragen«, erwiderte Cordelia. »Ganz gleich, wie viel Geld ihr Daddy hat.«

Fleurs Lächeln verblasste und kehrte zurück. »Wir sollten uns setzen, Waldo. Hier zieht es.« Sie deutete auf die kleine Gondel aus dem *Kaufmann von Venedig,* die wir als Anrichte benutzten. »Wie englisch und exzentrisch!« Fröstelnd schlang sie die Arme um sich. »Ein solches Haus zu beheizen, dürfte nicht billig sein.«

Mein Blick fiel auf Rupert. Als er mir zuzwinkerte, ging es mir besser.

Ich bot Fleur einen Teller Torte an. Nachdem sie einen Löffel gekostet hatte, sagte sie: »Wundervoll. Schade, dass sie so mächtig ist! Ob Sie etwas Obst für mich hätten?«

»Natürlich«, sagte Cordelia. »Wir haben Weintrauben gekauft.« Sie rannte los.

»Ich weiß nicht, wann ich zuletzt eine solch köstliche Nachspeise gegessen habe«, erklärte Charles, als ich die Teller einsammelte. »Überhaupt war es ein fürstliches Mahl. So wohl habe ich mich seit langem nicht mehr gefühlt.«

»Na, wenn da nichts im Busch ist«, hörte ich Archie Ophelia zuflüstern.

38

Niemand konnte erwarten, dass wir Fleur mit offenen Armen aufnahmen, doch nach und nach fanden wir uns mit ihr ab. Ich hielt ihr zugute, dass fünf Kinder bei einem Verlobten gewöhnungsbedürftig waren, und wahrscheinlich war sie auch nicht absichtlich unfreundlich, sondern wollte uns lediglich zeigen, dass Pa nunmehr ihr gehörte. Dass die beiden enorm verliebt waren, stand jedenfalls fest. Auch dass Pa sie brauchte und sie ihm auf ihre Weise eine Stütze war, ließ sich nicht leugnen. Wahrscheinlich hätte ich Fleur dankbar sein sollen.

Vielleicht war es dumm, dass wir uns ausgeschlossen fühlten, wenn sie meinen Vater an sich drückte, seine Wange streichelte, ihm das Haar aus der Stirn strich und seine Krawatte zurechtzupfte. Und ich konnte auch nicht umhin, zuzugeben, dass ich auf jeden ihrer Fehler kleinlich und überempfindlich reagierte. Was uns jedoch ausnahmslos gegen den Strich ging, war, dass sie immerzu erwähnte, wie hart Pa arbeiten musste, um uns zu ernähren, denn schließlich trugen wir inzwischen selbst zur Haushaltskasse bei. Wahrscheinlich störte uns auch der intime Unterton ihrer Stimme, wenn sie mit Pa redete, das heiser Gurrende, das sie wahrscheinlich betörend fand. Das, was uns regelrecht krank machte, war aber, dass Pa plötzlich ein Mann namens »Purzel« war.

Ophelia und Fleur lieferten sich ein paar Gefechte, doch Ophelias Hochmut war Fleur nicht gewachsen, und danach ging sie ihr aus dem Weg. Auch ihre Art, Cordelia von oben herab zu behandeln, gab Fleur auf. Vermutlich erfasste sie, dass Pa seine jüngste Tochter liebte, und hielt es für klüger, es mit Schmeicheleien zu versuchen. Cordelia bezeichnete sie daraufhin als Schleimerin, doch nach außen hin benahm sie sich höflich. Mich übersah Fleur in der Regel, doch im Grunde hatte ich es nicht anders verdient. Ich war dermaßen bemüht, meine Gefühle zu kaschieren, dass ich nahezu unterwürfig wurde, und Fleur legte es als Charakterschwäche aus. Was es wahrscheinlich auch war.

Zum Glück waren Fleur und Pa beruflich derart ausgelastet – Pa hatte mit den Proben begonnen –, dass sie ihre freie Zeit in Fleurs

Wohnung verbrachten. Hier und da tauchte Pa zu einer Anstandsnacht auf, doch bald tat er auch das nicht mehr und erschien lediglich, um Kleidungsstücke oder Bücher abzuholen. Selbst dann begleitete ihn Fleur. Gemeinsam mit uns zu Abend zu essen, lehnte sie jedoch mit dem Hinweis auf ihr Gewicht ab, aber zuweilen tranken sie ein Glas, und dann versuchten wir, mit Ausnahme von Ophelia, so zu tun, als säßen wir locker und freundschaftlich beisammen. Es fiel uns leichter, wenn Rupert und Archie anwesend waren, oder auch Charles, der uns ebenso häufig besuchte.

Es geschah an einem jener Abende, irgendwann Ende März – Pa, Fleur, Charles und ich machten im Salon Konversation, Cordelia und Ophelia warteten in ihren Zimmern darauf, dass Fleur verschwand –, als wir von draußen das Geräusch eines röhrenden Motors vernahmen. Ich atmete auf, weil ich dachte, Rupert und Archie wären gekommen, doch als ich zum Fenster trat, erblickte ich einen unbekannten roten Sportwagen.

Er parkte vor unserem Haus, und aus der Beifahrertür kamen zwei zahnstocherdünne Beine, gefolgt von einer Gestalt in schwarzgelb gestreiftem Mantel und feuerrotem Haar. Das Gesicht war hinter einer Sonnenbrille verborgen. Dann entdeckte ich den Fahrer.

»Es ist Bron!«, rief ich. »Pa! Bron ist zurück!«

Bron hatte sich seit Weihnachten ein einziges Mal gemeldet und erklärt, ihm ginge es prima, er käme noch nicht zurück, hätte in der Zeitung aber gelesen, Pa wäre frei, das wäre prima, und hoffentlich ginge es uns Mädels ebenfalls prima. Ich hatte ihm von der Scheidung berichtet, woraufhin er »prima« gemurmelt hatte. Besonders ergiebig war das Gespräch nicht gewesen.

Ich rannte zur Haustür.

»Pass auf meine Kluft auf«, sagte Bron, erwiderte meinen Kuss und strich seinen Mantel glatt. »Du siehst toll aus, Hat. Was ist passiert?«

Ich hatte vergessen, dass er mich zuletzt als Anarchistin gesehen hatte.

»Das hat Rupert mir gekauft.«

»Du liebe Zeit, was Typen nicht alles tun, um eine Frau ins Bett zu kriegen! Da lobe ich mir doch meine Art. Das ist übrigens Letizia.«

Er schlang den Arm um die hummelartige Frau, die hinter ihm die Treppe hochgestakst war, und mir fiel ein, dass Letizia die Modeschöpferin war, die ihn eingestellt hatte. Das, was ich von ihrem Gesicht erkennen konnte, glich einem ausgetrockneten Flussbett und war durchsetzt von winzigen Furchen.

»Ciao, meine Liebe!« Letizias scharlachrote Lippen spitzten sich, um Luftküsse zu verteilen. Als Nächstes entdeckte sie Anubis, den ägyptischen Hutständer. »Wunderbar. Den nehme ich für die nächsten Standaufnahmen.« Sie drängte sich ins Haus. »Bron, frag sie, was sie dafür haben will.«

Bron zückte seine Brieftasche. »Wie viel willst du, Hat? Fünfhundert?« Er hielt mir ein Bündel Scheine entgegen.

»Was? Für den Hutständer? Aber der gehört mir doch gar nicht. Außerdem mag ich ihn.«

Bron kramte noch ein paar Scheine hervor und wedelte damit herum. »Also tausend. Letizia bekommt immer das, was sie will. Sie hat ja auch mich bekommen.« Grinsend folgte er Letizia in den Salon.

»Und das ist der liebe Papa, nicht wahr?« Letizia umarmte meinen Vater. »Von dem mein kleiner Schatz sein Aussehen hat.« Sie kniff Pa in die Wange. Pa schaute ein wenig verwundert drein. »Der berühmte Schauspieler, ah, natürlich, nun entsinne ich mich – der Mann, der einen anderen ermordet hat! Meine Güte, danach kräht in Italien kein Hahn, nur Engländer regen sich über solche Kinkerlitzchen auf.«

»Genau genommen habe ich niemanden …«, erwiderte Pa, doch Letizia war bereits bei Fleur angelangt. »Und das ist die Mama.« Fleur wurde herzhaft abgeküsst. »Bei Ihnen muss ich mich bedanken, dass Sie den Jungen zur Welt gebracht haben, den kleinen Bron, der mich so glücklich macht. Ich schulde Ihnen …« Sie schnippte in Brons Richtung. »Wie sagt man noch gleich?«

»Wie viel?«, fragte Bron, indem er erneut seine Brieftasche zückte.

»Nein, nein, das nicht – aber gut, meinetwegen.« Letizia zuckte mit den Schultern.

Bron knallte ein Bündel Scheine auf den Tisch.

»Ich bin keineswegs die Mutter dieses Herrn«, erklärte Fleur pikiert, denn immerhin war sie erst fünfunddreißig. »Ich habe ihn noch nie zuvor gesehen.«

»Ah, eine Amerikanerin«, rief Letizia über die Schulter und scharwenzelte durch den Salon. »Das erklärt alles.« Sie kehrte sich um und deutete mit knochigem Zeigefinger auf Fleurs Kostüm. »Warum müsst ihr Amerikaner immer alles übertreiben? Warum die albernen Spangen im Haar? Die Kleine hier«, Letizia stöckelte auf mich zu, »die Kleine hat Stil.« Sie nahm unser Sofa in Augenschein. »Das wäre ideal für die Pelzkollektion. Ich mache Ihnen ein Angebot.« Sie wandte sich an Fleur. »Fünfzehntausend für die gesamte Ausstattung. Sie haben eine sehr geschickte Hand, Signora. Nun, was halten Sie von dem Geschäft?«

Fleur warf Pa einen Blick zu. »Purzel, bitte!«

»Liebe Miss Letizia«, begann Pa gehorsam, »sosehr wir uns freuen, Ihre Bekanntschaft zu machen, bitte ich dennoch um Ihr Verständnis, wenn wir einer Fremden ...«

»Aber, mein Lieber, ich bin doch keine Fremde! Ich bin Ihre ...« Abermals wurde nach Bron geschnippt.

»Schwiegertochter«, soufflierte Bron. »Wir haben letzte Woche in Rom geheiratet.«

»Bron«, begann ich, als wir beide in der Küche standen und Letizia sich im Bad den Reisestaub abwusch. »Ist sie nicht ein ganz klein wenig zu – alt?«

»Sie ist achtundfünfzig, aber das darf ich eigentlich nicht wissen. Ich habe in ihrem Pass nachgeschaut.«

»Das heißt, sie ist zweiunddreißig Jahre älter als du!«

»Na, und? Im Bett ist sie wie eine Sechzehnjährige, gibt aber den Ton an. Ich muss so gut wie gar nichts tun, außer hier und da die Stellung wechseln. Und was will man noch mehr?«

»Aber zu einer Ehe gehört doch noch etwas anderes als Sex.«

»Klar. Geld beispielsweise. Das hat Letizia nicht nur in rauen Mengen, sondern sie weiß auch, wie man noch mehr bekommt. Zum Glück macht es ihr Spaß, einen Teil davon für den lieben Bron auszugeben.«

»Und was ist mit den anderen Dingen?«

»Welche anderen Dinge?«, fragte Bron verdutzt.

»Nun, so etwas wie Kameradschaft, gleiche Interessen … Kinder! Ihr könnt niemals Kinder haben.«

»Was soll ich mit Kindern?«

Zugegebenermaßen fiel es mir schwer, mir Bron als Vater vorzustellen. »Aber was ist später? Was, wenn sie krank und gebrechlich wird?«

»Dann besorge ich uns eine süße kleine Pflegerin.«

Ich gab auf. Vielleicht war es für Bron ja wirklich das Beste. Immerhin wirkte er glücklich und zufrieden. Und als Letizia kurz darauf in die Küche kam, stellte ich fest, dass sie auf ihre merkwürdige Art zusammenpassten.

»Was kocht ihr da?« Letizia flatterte um den Herd. »Pasta? Lasst mich das machen! Bron, setz dich dorthin, sodass ich dich sehen kann.« Sie zog meine Schürze ab und band sie sich um. »Harriet, du setzt dich zu deinem Bruder und nutzt die Zeit, um dich mit ihm zu unterhalten. Morgen sind wir wieder in Paris, und Bron hat mir berichtet, wie sehr du an ihm hängst. Ich habe selbst eine große Familie, die ich viel zu selten sehe. Das muss die Speisekammer sein!« Letizia verschwand und kehrte mit Zutaten zurück. »Wir machen Pasta mit Schinken und Peperoni. Ich habe gesehen, dass ihr Polenta habt. Wo steckt die italienische Köchin?«

Ich setzte sie über Maria-Alba ins Bild.

»Mamma mia, so ist das Leben.« Für einen Moment wirkte Letizia bedrückt, doch dann war sie wieder fröhlich und begann zu schnetzeln, zu rühren und zu würzen und das dermaßen flink und geschickt, dass es mir die Sprache verschlug. Bron trank Wein. Zuweilen hielt Letizia inne, beugte sich vor und küsste ihn, woraufhin Bron träge die Lippen schürzte und einen schmatzenden Laut von sich gab.

In der Zeit, in der ich allenfalls Spaghetti mit Tomatensoße zustande gebracht hätte, hatte Letizia fünf Gänge fabriziert, vom Tunfischsalat bis zur Zabaglione. Währenddessen plauderte sie über die Mode der kommenden Saison, die Schwierigkeit, gute Schneider zu finden, ihre Kindheit, Zeitungsartikel, Filme, Politik und Flüge zum Mond. Zwischendurch zwirbelte sie Brons Haar zu stacheligen Borsten, kniff ihn in Kinn und Wange und zupfte an seinem Ohr, bis er den Kopf wegzog und erklärte, sein Ohr würde rot. Komischerweise kam ich mir dabei nicht für einen Moment ausgeschlossen vor.

»Heh, nicht so stürmisch«, brummte Bron nach einer besonders heftigen Umarmung. »Du beferkelst meine schöne Krawatte. Weißt du eigentlich, dass die Schürze dich sexy macht? Kein Wunder, dass es Männer gibt, die auf Zimmermädchen stehen. Reich mir noch was zu trinken, Süße!« Er hielt Letizia sein Glas hin, obwohl die Flasche neben ihm stand.

»Er ist ein so ungezogener Junge«, kicherte Letizia, während sie ihm nachschenkte. »Bron ist der einzige Mann, der nicht die Spur eines Gewissens besitzt. Deshalb sagt er auch immer, was er denkt. Und sollte er mal auf dumme Gedanken kommen, wird sein Taschengeld gestrichen, und da Bron Geld noch lieber mag als Sex, verstehen wir uns prächtig.«

Da Rupert Bron und Letizia zusammengebracht hatte, fand ich es nur angemessen, ihn und Archie zum Essen einzuladen. Aufgrund des besonderen Anlasses ließ auch Fleur sich von Pa überreden, ausnahmsweise einmal mit uns zu essen. Ich war gerade dabei, den Tisch für zehn Personen zu decken, als ich hörte, dass Charles sich in der Eingangshalle mit Ophelia stritt.

Ophelia wurde laut. »Das ist mir egal, ich gehe aus. Wenn ich noch mal erlebe, wie sie an Pa knabbert, kriege ich einen Schreianfall.«

»Ich weiß, dass es nicht einfach ist, doch für die anderen ist es ebenfalls schwierig, insbesondere für Harriet. Sie könnte ein wenig Beistand gebrauchen.«

»Sie kann mit ins Kino gehen, wenn sie will.«

»Das wird sie nicht tun. Sie möchte, dass Fleur sich willkommen geheißen fühlt.«

»Sie kann Fleur nicht leiden.«

»Und das bereitet ihr Kummer. Sie möchte Ihren Vater nicht enttäuschen.«

»Wenn Harriet heilig gesprochen werden will, ist das ihr Problem. Und was geht Sie das überhaupt an? Spielen Sie sich als Moralapostel auf, oder steckt sonst noch was dahinter?«

»Wissen Sie, dass Sie die selbstsüchtigste Frau sind, die mir je untergekommen ist?« Ihre Stimmen versickerten. Offenbar hatten sie ihren Streit in den Salon verlegt.

Kurz darauf trafen Rupert und Archie ein. Letizia umarmte sie überschwänglich.

»Ruperto, mein Liebling!« Sie bedeckte Ruperts Gesicht mit Küssen. »Archie, wie fantastisch! Ein rosafarbenes Jackett! Du siehst entzückend aus!«

»Alles Gute, Letizia.« Rupert überreichte ihr einen Strauß Rosen. »Ich hoffe, dass ihr beide sehr glücklich werdet. Gratuliere, Bron.«

»Bron, mein Schatz.« Letizia hakte sich bei Rupert unter. »Ich muss dir etwas gestehen. Ich liebe Ruperto seit Jahren, aber er weigert sich …« Sie schnippte mit den Fingern.

»Mit dir ins Bett zu gehen?«

Letizia lachte schallend. »Oh, du Lausebengel! Nein, nein, es ist etwas anderes. Ruperto will das Kommando haben, und deshalb hat das keinen Zweck. Wir wären nie miteinander ausgekommen. Trotzdem liebe ich ihn.« Rupert lächelte verhalten. »Ich warne dich also. Wenn ich dich einmal verlasse, dann wegen dieses Mannes.«

»In Ordnung«, entgegnete Bron.

»Meine liebe Letizia.« Rupert löste ihre Hand von seinem Arm und reichte sie Bron. »Sosehr ich dich mag und deine mannigfaltigen Talente schätze, so wenig würde ich den Lärm ertragen, den du veranstaltest.«

Letizia bog sich vor Lachen, was ich enorm sympathisch fand. Wie sich herausstellte, blieb Ophelia zum Essen, auch wenn sie während des ersten Gangs grollend dasaß. Dann taute der Champagner, den Rupert mitgebracht hatte, sie auf und, als Archie eine seiner haarsträubenden Geschichten erzählte, kicherte sie. Später winkte sie wie wir anderen Bron und Letizia hinterher und verabschiedete sich auch nett von Charles, als er aufbrach.

In dem darauf folgenden Monat veränderte sich kaum etwas in unserem Leben. Ich tat meine Arbeit, und gelegentlich rang Mr Podmore sich ein lobendes Wort ab. Ophelia erhielt den Auftrag, das Haus eines Bankiers in Mayfair einzurichten. Sie war tatsächlich freundlicher geworden und erkundigte sich zuweilen, wie ich vorankäme. Einmal, als ich allein im Esszimmer saß und Maria-Alba schrieb, tätschelte sie meinen Kopf und bat mich, der armen Irren beste Grüße zu bestellen. Ein anderes Mal stieß ich in der Küche auf sie, wo sie *Do love me do* sang, was ihr ganz und gar nicht ähnlich sah. Sie hatte sich ein Sandwich zubereitet, was bei ihr so viel wie Kochen hieß, und ich fragte sie nach dem Grund ihrer guten Laune.

»Weiß der Geier«, erwiderte sie. »Vielleicht weil Frühling ist, oder weil ich über selbst verdientes Geld verfüge.«

»Ja, das ist ein ziemlich gutes Gefühl«, bekannte ich. »In dem Punkt ist den Frauen früher einiges entgangen. Selbst wenn ich steinreich wäre, würde ich arbeiten. Es ist einfach toll, in etwas aufzugehen – und außerdem weiß man erst beim Arbeiten, wie schön das Nichtstun ist.«

»Hm. Stimmt. Ich begreife auch nicht mehr, weshalb ich mal dachte, ich bräuchte einen reichen Mann«, erwiderte Ophelia kauend. »Nicht dass ich den nun nicht mehr will, aber Geld ist nicht alles.« Ich glaubte, meinen Ohren nicht zu trauen. Seitdem Ophelia gewusst hatte, dass es auf der Welt Ehemänner gab, war sie auf eine gute Partie erpicht. »Ich will kein Objekt sein«, fuhr sie fort. »Ich will wichtiger als ein Auto, ein Haus oder ein Golfschläger sein. Inzwischen weiß ich, dass ich nicht nur aus meinem Äußeren bestehe, und deshalb erwarte ich mehr als ein Vermögen. Crispin und die anderen waren Waschlappen. Mit ihnen konnte ich machen, was ich wollte. So etwas käme nicht mehr in Frage. Lieber heirate ich gar nicht. Ich könnte zum Beispiel Fays Geschäft übernehmen – sie wird älter und ist nicht mehr auf der Höhe. Neulich hat sie jemandem zu Kiefernholz geraten.« Ophelia schauderte, als ob Fay bemalte Pappmöbel vorgeschlagen hätte. Sie warf einen Blick auf ihre Armbanduhr. »Ich muss zu meinem Bankier. Ohne mich wagt er nicht einmal den Kauf einer Blumenvase.« Sie summte *Love Is All around Me* und verschwand.

Ich hatte eine Privatschule gefunden, die Cordelia im September aufnehmen würde. Zwar hätte sie bis dahin fast ein Jahr versäumt, doch daran war nichts zu ändern. Für die Übergangszeit hatte ich sie an einer Sprachenschule zu einem Italienischkurs angemeldet, den sie regelmäßig besuchte. In der übrigen Zeit steckte sie bei Loveday oder nähte Vorhänge für ihr Zimmer. Die Radlerhose war als Kleidungsstück für alte Frauen verurteilt worden und in Vergessenheit geraten.

Ab und zu meldete Portia sich, schwärmte von ihrem neuen Leben und sprach von Heirat. Dumm wie ich war, bat ich sie, sich die Sache zu überlegen, woraufhin sie kratzbürstig wurde, und ich beschloss, nie mehr davon anzufangen. Auch Ma rief gelegentlich an. Sie und Ronnie gingen vollkommen in der Einrichtung ihres Cottages auf. Alles in allem hatten vier Familienmitglieder das Nest verlassen und schienen glücklich zu sein. Unser Haus wirkte ohne sie leer, doch notgedrungen begann ich mich auch damit abzufinden und hörte auf, ihre Zimmer zu putzen.

»Du wirkst ein wenig niedergeschlagen«, bemerkte Charles eines Abends, als wir allein im Garten saßen.

Es muss Anfang Mai gewesen sein. Ich trug ein hübsches Kleid in dunklem Lavendelblau, das Archie mir vor kurzem bei einem Einkaufsbummel spendiert hatte. Welche Summe Archie an dem Tag ausgegeben hatte, wusste ich nicht. Er sagte, er lehne es ab, sich den Spaß durch Rechenaufgaben zu verderben. Ich war mir sicher, dass ich inzwischen haushoch verschuldet war, und gelegentlich warf das einen Schatten auf die Freude, die ich an meinen Kleidern hatte.

Rupert und Archie befanden sich zu einem kurzen Urlaub in Italien, ehe die Proben zum *Maskenball* begannen. Allerdings hatte Archie behauptet, er brauche den Urlaub, um sich von Annabel zu erholen. Augenscheinlich hatte sie sich zwar vorbildlich benommen, doch der Besuch der Autoausstellung hatte an seinen Kräften gezehrt.

In Pye Place lief es offenbar recht gut. Suke und Miss Tipple waren noch immer da, und wenn Suke nicht Miss Tipples Buch schrieb, griff sie Maggie unter die Arme. Dass Sir Oswald sich an der Hausarbeit beteiligte, hatte sie nicht geschafft, lediglich hinsichtlich seiner Ernährung hatte er klein beigegeben.

An einem Wochenende hatte Suke ein Fest für benachteiligte

Großstadtkinder organisiert, und Sir Oswald hatte sich um die Mädchen gekümmert. Sukes Webstuhl befand sich inzwischen ebenfalls in Pye Place, und es waren Bestrebungen im Gang, die Ställe zu Räumen umzuwandeln, in denen den Besuchern ursprüngliche Formen des Kunsthandwerks vorgeführt wurden. All das hatte Archie von Annabel erfahren, als sie eine geschlagene Stunde anstanden, um sich Chickenburger zu besorgen, die dann wie Bierdeckel schmeckten.

Als Charles sich nach meinem Gemütszustand erkundigte, saßen wir in Liegestühlen auf dem kleinen Fleck, der bislang von Lovedays Labyrinth verschont geblieben war. Wir tranken Prosecco, ich aß Oliven, und Charles rauchte Pfeife. Die Abendsonne besprenkelte uns mit goldenen Tupfern, und die Ligusterhecke hob sich in sattem Grün vor dem leuchtenden Hintergrund ab. Irgendwo klapperte Lovedays Heckenschere, und gelegentlich, wenn er die Zweige schüttelte, wirbelten Blätter auf. Wir waren allein. Ophelia befand sich in Mayfair, und Cordelia nähte in der Küche Stoffflicken für ihre Vorhänge aneinander.

»Nein, nicht niedergeschlagen«, erwiderte ich schließlich. »Ich war lediglich in Gedanken. Eigentlich taucht jedes Jahr eine Drossel auf, die auf dem Baum vor meinem Fenster singt, doch bislang ist sie nicht erschienen. Ich möchte nicht, dass ihr etwas zugestoßen ist.«

»Arme Harriet«, murmelte Charles. »Noch ein abtrünniges Wesen in deinem Leben.«

Es behagte mir nicht, dass Charles in meiner Seele las, auch wenn wir uns seit einigen Wochen duzten, und ich nahm mir vor, meine Regungen zukünftig geschickter zu verbergen. »Wie steht es mit den Ermittlungen? Hast du ein Motiv finden können?«

»Nein. Keins, mit dem sich etwas anfangen ließe. Ich habe überlegt, ob ich nach Südafrika fliegen soll, doch solange ich nicht weiß, ob es tatsächlich Mord war, scheue ich vor den Ausgaben zurück. Die meisten Mitglieder der Hubert-Hat-Company treten mit *König Lear* in Südafrika auf. Wusstest du das?«

Ich wusste es. Erst am Morgen hatte ich einen Brief aus Johannesburg erhalten und Max' Handschrift erkannt. Der Brief war wie die anderen, die er geschrieben hatte, ungelesen in den Küchenofen gewandert. Max war hartnäckig, das musste man ihm lassen. Wütend auf ihn war ich nicht mehr – jedenfalls nicht mehr besonders –, doch dass ich so leicht auf ihn hereingefallen war, hatte ich mir noch immer nicht verziehen. Ich errötete immer noch, wenn ich an jene Nacht der Leidenschaft dachte. Leidenschaft, was mich betraf. Er hatte sich wahrscheinlich gelangweilt.

»Aber um auf etwas anderes zu sprechen zu kommen, Harriet, es gibt da eine Sache, die ich bereits seit einer Weile mit mir herumtrage.« Ich wandte mich zu ihm um. Er schlug seine Pfeife aus und verscharrte die verkohlten Reste mit einem Zweig in der Erde. »Bislang habe ich mich vor dem Thema gedrückt.«

Ich schaute ihn verwundert an. In seine Stimme hatte sich ein seltsamer Unterton geschlichen. Zögerlich – nein, nahezu ängstlich. Er hörte auf zu scharren und warf den Zweig fort. Dann summte er ein paar Takte. Es machte mich unruhig. »Um was geht es? Es hat doch nichts mit Pa zu tun, oder?«

»Nein, nein. Damit hat es nichts zu schaffen. Deinem Vater kann nichts mehr geschehen, darauf gebe ich dir mein Wort. Bitte, Harriet, du solltest das Ganze allmählich hinter dir lassen.« Er legte seine Hand auf meinen Arm. Sie fühlte sich warm und angenehm an, und ich ließ sie, wo sie war. »Es geht um eine andere Sache. Ich – ich – oh, verdammt, warum fällt mir das so schwer? Du bist ein kluges Mädel, Harriet. Vermutlich hast du längst begriffen, dass meine Besuche keine Pflichtübungen sind – dass ich nicht als Gesetzeshüter zu euch komme.«

»Nun, ich habe angenommen, dass wir Freunde geworden sind.«

»Ja, nun – das auch. Und es bedeutet mir sehr viel. Es ist fast, als hätte ich ein zweites Zuhause gewonnen. Sobald ich durch die Haustür trete, hebt sich meine Laune, und der Tag ist vergessen, ganz gleich, wie er war. Ich bin sehr gern hier, ich mag deine Familie – ich mag sogar Dirk.«

Dirk, der zu meinen Füßen lag, stellte die Ohren auf.

»Wieso denn ›sogar‹? Dirk ist ein ausgesprochen netter Hund.«

»Nun gut. Dirk mag ich besonders. Allerdings gibt es Unterschiede – und mögen ist etwas anderes als lieben – und zurzeit stelle ich auf verwirrende Weise fest, dass ich in extremem Maße liebe.«

Mein Herz fing an zu holpern, und am liebsten hätte ich ihn gebeten zu schweigen. Ich wollte Charles nicht aufgewühlt erleben, er sollte nicht wie ein herrenloses Schiff im Sturm der Gefühle treiben.

»Ich habe versucht, dagegen anzukämpfen.« Charles hatte seine Hand fortgenommen und starrte auf die Bläschen des Proseccos in seinem Glas. »Ich habe mir stets aufs Neue vorgehalten, dass daraus nichts wird, dass wir zu verschieden sind. Ich bin neununddreißig, in dem Alter sollte man keine aussichtslosen Gefühle mehr hegen.« Er schnaubte. »Doch der Altersunterschied ist nicht das Schlimmste, das größte Übel ist der Beruf – welche Frau würde schon in Kauf nehmen wollen, dass ihr Mann zu jeder Tages- und Nachtzeit auf Achse ist und sich mit Menschen befasst, die es nicht unbedingt wert sind, sich mit ihnen abzugeben? Und dennoch«, fuhr er fort, ehe ich einen Einwand erheben konnte, »dennoch glaube ich seit kurzer Zeit – hoffe ich – Allmächtiger, ich muss wahnsinnig geworden sein. Fühlt man sich so, wenn man verrückt geworden ist, Harriet?« Er schaute mich fragend an. »Tut mir Leid, so war das nicht gemeint. Weißt du, es liegt mir auch nicht daran, das Gleichgewicht in der Familie zu stören. Mir ist bewusst, wie sehr du unter dem Gefängnisaufenthalt deines Vaters gelitten hast und dass seine neue Beziehung ein Schock für dich ist. Es ist fraglos selbstsüchtig, wenn ich nun auch noch über mein Innenleben spreche – doch ich bin wie von Sinnen. Auf der Arbeit bin ich kaum noch imstande, mich zu konzentrieren, weil ich mich frage, ob – Harriet, glaubst du, dass es vielleicht ...«

»Das sieht nach einem trauten Plauderstündchen aus. Bin ich überflüssig?« Ophelias Schritte waren vom Gras verschluckt worden. Ohne auf eine Antwort zu warten, warf sie sich in den freien Liegestuhl. »Ich bin kaputt. Ich brauche einen Schluck.«

Wie der Blitz war ich auf den Beinen. »Ich hole dir etwas. Nein«, wehrte ich ab, als Charles Anstalten machte, sich zu erheben. »Es macht mir nichts aus. Unterhalte dich mit Ophelia. Ich muss mich ohnehin ums Abendessen kümmern. Es gibt nichts Besonderes, nur ein Risotto, wenn du magst, bist du eingeladen.«

»Lass mich wissen, wenn du Hilfe brauchst.«

»Ja, freilich.«

Ich brachte Ophelia ein leeres Glas und reichte Charles eine frisch gekühlte Flasche Prosecco. Danach ging ich auf mein Zimmer, um etwas Wärmeres anzuziehen, doch nachdem ich die Zimmertür geschlossen hatte, sank ich auf mein Bett. Was um alles in der Welt sollte ich tun? Was sollte ich ihm sagen? Wer hätte sich so etwas denken können? Welch ein Durcheinander Gefühle anrichten konnten! Wenn wir doch bloß aus Vernunft und Intellekt bestünden! Wie angenehm unser Leben dann wäre! Ich ging mit mir ins Gericht. Hatte ich falsche Signale gesetzt? War es naiv gewesen zu glauben, wir wären nur gute Freunde? Vielleicht gab es das zwischen heterosexuellen Männern und Frauen nicht. Vielleicht war es verkehrt gewesen, Charles ebenso unbeschwert wie Rupert und Archie zu begegnen.

»Hat?« Cordelia drehte am Türknauf und begann daran zu rütteln, als sie merkte, dass ich abgeschlossen hatte. »Hat! Die Nähmaschine macht wieder Schlingen und hat alles versaut. Du musst kommen und mir helfen.«

»Ich bin gleich so weit, Cordelia. Lass mir noch eine Minute! Fang schon mal an, die Zwiebeln zu schälen.«

Ich hörte, dass Cordelia murrend von dannen zog. Ich musste nachdenken, musste eine Entscheidung fällen. Eins wusste ich genau: Ich hatte Charles von Herzen gern, doch verliebt war ich in ihn nicht. Wenn er mein Onkel gewesen wäre, wäre er mein Lieblingsonkel – o Gott, welchen Unsinn reimte ich mir da zusammen? Ich musste mich beruhigen und mich wie ein vernünftiger Mensch benehmen. Ich würde behutsam verfahren, um ihn nicht zu verletzen … Ich stöhnte, als ich mir sein Gesicht vorstellte, wenn ich ihm erklärte, ich würde ihn niemals lieben. Nein, das konnte ich nicht. Gewiss wäre es besser, mich mit ihm einzulassen. Ich konnte ihn wirklich gut leiden, insofern wäre es eigentlich kein Problem. Es gab Leute, die schliefen fortwährend mit Menschen, die sie nicht liebten. Vielleicht brauchte ich Zeit und würde ihn eines Tages lieben lernen. »Harriet!«, sagte ich laut, »was für eine hoffnungslose Idiotin du bist!«

»Mit wem quatschst du da?« Cordelia rüttelte erneut an der Tür.

»Ich weiß nicht, wo die Zwiebeln sind. Du musst mir mit der Nähmaschine helfen, Harriet, sonst werde ich wahnsinnig. Willst du, dass ich bei Maria-Alba und den Nonnen lande?«

Ich schloss die Tür auf. »Du kannst reinkommen. Ich ziehe mich nur rasch um.«

»Warum bist du so rot im Gesicht?«

»Wegen nichts.« Ich streifte einen Baumwollpulli über. »Hast du neue Stoffflicken für die Vorhänge gefunden?«

»Ich habe Portias Samtkleid zerschnitten. Sie kommt ja doch nicht wieder, um es sich zu holen.«

Ich schlüpfte in meine Jeans. »War das klug? Wenn ich mich recht entsinne, war es ihr Lieblingskleid.«

»Zu spät. Aus dem Rest nähe ich mir eine Kapuzenjacke.«

Wir gingen in die Küche, und es gelang mir, die Schlingen zu entwirren, ohne Charles um Beistand zu bitten. Durch das Fenster erkannte ich seinen Kopf über dem Liegestuhl, die Rauchwolken, die aus seiner Pfeife stiegen, und seine wedelnde Hand, während er mit Ophelia sprach. Ich hoffte, sie lagen sich nicht in den Haaren. Während ich Zwiebeln hackte, Schinken schnetzelte und Parmesankäse rieb, herrschte in meinem Kopf weiterhin Chaos.

Allerdings kann Kochen auch beruhigend wirken, zumal, wenn man nur dasteht und Reis umrührt. Cordelia ratterte auf der Nähmaschine und redete ohne Punkt und Komma. Ich bekam kaum etwas mit. Insgeheim legte ich mir Worte zurecht, freundlich, aber bestimmt, behutsam formuliert – schonend und bloß nicht verletzend – letztlich hatte er mir nicht die Ehe angetragen, und im Alter von neununddreißig wusste er vermutlich, wie man mit Enttäuschungen umging. Vielleicht hatte ich die Sache aufgeblasen – doch er hatte eindeutig von Liebe gesprochen, oder nicht?

Nachdem ich für eine Weile im Kreis gedacht hatte, war das Risotto fertig. Ich belud den Küchenaufzug und ging nach oben. Im Esszimmer gab ich die Soße an den Salat, stellte Wein und Wasser auf den Tisch und rief nach Cordelia. Dann öffnete ich das Fenster zum Garten, um die anderen hereinzubitten. Bei dem Anblick, der sich mir bot, verschlug es mir die Sprache. Charles und Ophelia saßen nicht in den Liegestühlen. Sie standen inmitten des Labyrinths und waren dabei, sich zu küssen.

Als onkelhaft hätte man Charles' Küsse eigentlich nicht bezeichnen können. Als er aufhörte, bettete Ophelia ihren Kopf an seiner Brust. Danach fingen sie wieder an.

»Morgen Früh verkaufe ich die bescheuerte Nähmaschine an einen Trödler«, erklärte Cordelia, als sie das Esszimmer betrat.

»Rasch!«, sagte ich. »Komm her und sieh dir das an!«

»Wenn du mir deine Drossel zeigen willst, kannst du dir das sparen – oh, heiliger Strohsack!« Cordelia krallte ihre Finger in meinen Arm. »Kein Wunder, dass sie neuerdings so gut aufgelegt ist. Mann, in Wahrheit war sie die ganze Zeit in ihn verknallt. Wahrscheinlich war sie deshalb so ekelhaft zu ihm.«

Offenbar war es unmöglich, Cordelia etwas vorzumachen.

»Wie dumm ich gewesen bin!« Ich brach in erleichtertes Lachen aus.

»Schau, die beiden kommen echt in Fahrt.« Cordelia beugte sich aus dem Fenster. »Die müssen denken, man könnte sie nicht sehen. Glaubst du, sie machen es im Stehen? Schubs mich nicht, Hat. Vielleicht kann ich dabei etwas lernen.«

Ich zog Cordelia fort. »Abendessen, ihr beide!«, rief ich.

Charles und Ophelia fuhren auseinander.

»Das hätte ich wissen sollen«, hörte ich Ophelia sagen. »In dieser Familie ist man nie allein.«

Charles winkte mir zu und machte einen äußerst zufriedenen Eindruck. Ich winkte zurück.

Es wurde ein seltsames Abendessen. Charles und Ophelia waren zwar physisch vorhanden, doch mit den Gedanken eindeutig woanders, und wenn sie sich anblickten, hörte man es förmlich knistern. Cordelia und ich waren die Einzigen, die sprachen. Gott sei Dank, dachte ich immer wieder, Gott sei Dank, dass ich keine Gelegenheit gehabt habe, mich abermals zum Narren zu machen.

»Niemand hört mir zu«, beklagte Cordelia sich. »Und warum müssen wir überhaupt so tun, als hätten wir nichts gesehen? Heiratet ihr jetzt?«

Ophelia wurde feuerrot und blickte verlegen auf ihren Teller, und ich registrierte fassungslos, wie demütig sie war.

»Das hoffe ich.« Charles warf Ophelia einen glühenden Blick zu. »Vielleicht nicht gleich morgen.«

»Je schneller, desto besser«, bemerkte Cordelia. »Ich möchte gern Brautjungfer sein. Wie schaut es bei dir aus, Charles? Hast du Nichten?«

»Ja. Zwei.«

»Und wie sehen sie aus?«

»Hm, sie haben rotes Haar und tragen Zahnspangen.«

Cordelia strahlte. »Die tun mir Leid.«

Wir hatten kaum den Kaffee ausgetrunken, als Charles aufsprang und sagte: »Das hat großartig geschmeckt, Harriet. Vielen Dank. Ich muss mich leider entschuldigen, denn ich habe etwas zu erledigen. Etwas, das keinen Aufschub duldet.«

Er streckte eine gebieterische Hand aus. Ophelia erhob sich und folgte ihm wie ein Lamm. Als Nächstes hörten wir, dass Charles' Wagen mit aufheulendem Motor davonjagte.

»Mann, bin ich froh«, sagte Cordelia. »Länger hätte ich es auch nicht mehr ausgehalten.«

Ein paar Tage später hörte ich auf, Ophelias Zimmer zu putzen.

»Ich finde die Veränderung, die mit Ophelia vonstatten gegangen ist, erstaunlich«, erklärte mein Vater kurze Zeit danach. »Sie ist noch schöner geworden. Ich weiß nur nicht, ob mir die Unterwürfigkeit gefällt.«

Wir saßen im Salon und hielten eine jener unbehaglichen Cocktailstunden ab, zu denen Pa sich bemüßigt fühlte. Charles und Ophelia waren zuvor auf einen Sprung vorbeigekommen, und Ophelia hatte ein paar Kleidungsstücke eingesammelt. Zum Abschied hatte sie uns der Reihe nach geküsst, einschließlich Fleur. Mich hatte sie sogar umarmt und eingeladen, demnächst bei ihnen zu Abend zu essen.

»Sie ist glücklich«, erwiderte ich. »Ich finde es wundervoll.«

»Aber warum ihn?«, fragte Fleur. »Er sieht zwar gut aus, aber, meine Güte, er ist Polizist.«

»Er ist Chefinspektor«, verteidigte ich Charles aufgebracht. »Außerdem ist er klug und gebildet – und durch und durch anständig, und er …«

»Schon gut, Harriet«, murmelte Pa beschwichtigend. »Wir finden ihn allesamt prächtig.«

Bei ihrem letzten Besuch hatte Ophelia von Charles gesprochen. »Er ist der einzige Mann, der mich nicht für ein Scheusal hält«, erklärte sie. »Und ich glaube, deshalb bin ich das auch nicht – eigentlich verblüffend, wie wir uns nach den Vorstellungen anderer richten. Charles ist mir gegenüber hart geblieben, und ich musste mich einfach in ihn verlieben, obwohl ich mich mit Händen und Füßen dagegen gewehrt habe. Aber er war stärker. Ach, Harriet, dabei hatte ich die Hoffnung, jemanden wie ihn zu finden, fast aufgegeben. Charles behauptet, bei ihm wäre es Liebe auf den ersten Blick gewesen.« Sie wurde wieder rot. »Er sagt, ich würde ihn hassen, wenn er nachgiebig wäre, und deshalb würde er sich hüten, es zu tun.«

»Stimmt das denn? Würdest du ihn hassen?«

»Nein.« Ophelia kicherte. Auch das habe ich noch nie erlebt. »Ich bin verrückt nach ihm. Aber das zeige ich ihm nicht.«

Meiner Meinung nach zeigte sie ihm davon eine ganze Menge.

»Allerdings machen wir uns Sorgen um dich und Cordelia«, fuhr Ophelia fort. »Wie kommt ihr zurecht?«

»Ausgezeichnet. Wir sind wie ein trautes Ehepaar. Cordelia lernt Italienisch, und ich schreibe Zeitungsartikel. Mr Podmore findet, ich könnte mich noch zu einer richtigen Journalistin entwickeln.« In Wahrheit hatte Mr Podmore gesagt: »Hilary hat Mumm«, was wahrscheinlich dasselbe war.

»Na, dann ist ja alles in Butter. Es ist gut, dass du kein Stubenhocker bist.« Ophelia warf einen Blick in die Runde. »Es ist ordentlicher als früher.«

»Ich habe in Derbyshire gelernt, wie man einen Haushalt führt.«

»Tatsächlich?« Ophelia schnitt eine Grimasse. »Muss ein sonderbarer Urlaub gewesen sein.«

»Fleur und ich haben uns unterhalten«, begann Pa, während er sein Haar glatt strich, das inzwischen nachgewachsen war. »Und wir sind zu der Erkenntnis gekommen – obwohl wir natürlich auch hören möchten, wie ihr dazu steht –, dass ein solch großes Haus vielleicht zu groß für zwei Mädchen ist.« Er betrachtete seine Hände. »Es ist ein wenig luxuriös, nicht war? Wir haben mit einem Makler gesprochen – vollkommen unverbindlich natürlich –, und seiner Meinung nach könnten wir das Haus morgen verkaufen. Für eine beträchtliche Summe. Was uns, ehrlich gesagt, nicht ungelegen käme. Wir haben ein sehr hübsches Haus in Hampstead entdeckt. Für Fleur und mich. Es ist wirklich entzückend, aber leider nicht billig. Und natürlich muss ich Clarissa auch eine Abfindung zahlen …«

Er warf mir einen hoffnungsvollen Blick zu, und ich versuchte, nicht niedergeschmettert auszusehen.

»Ja, aber, was wird denn dann aus uns?« Cordelia ließ ihr Strickzeug sinken – die Vorhänge waren in Vergessenheit geraten – und schaute zunächst mich und danach Pa an. »Wo sollen wir denn wohnen?«

»Nun, das läge selbstverständlich an euch.« Pa lächelte gezwungen. »Ihr könntet zu uns nach Hampstead ziehen. Es ist ja, wie ich sagte, ein hübsches Haus, und wir hätten zwei Gästezimmer.«

Cordelia beäugte Fleur mit skeptischer Miene.

»Das wäre nett«, erklärte Fleur. »Wir würden uns freuen.« Sie wandte sich an meinen Vater. »Du darfst aber nicht vergessen, Purzel, dass Harriet in Brixton arbeitet. Und dass Cordelias neue Schule in Fulham liegt. Das bedeutet lange Wege. Außerdem ist der Garten eher klein, was hieße, dass sie die Katze und den Hund fortgeben müssten.«

»Ich laufe rasch nach unten, um eine neue Flasche Wein zu holen«, erklärte ich.

Ich rannte in die Küche, wo Mark Antonius sich auf dem Tisch in einem letzten Sonnenstrahl aalte. Ich schaute auf die Blasen auf der Tischoberfläche, die mir mit einem Mal unendlich schön erschienen, selbst wenn man den Tisch deshalb nicht ordentlich sauber machen konnte. Neben Mark Antonius lag ein offenes Päckchen Butter. Eine kleine Zunge hatte dort Kringel aufgeworfen und Dellen gegraben.

»Böser Junge!«, flüsterte ich, küsste Mark Antonius auf den Kopf und spielte mit seinen Ohren. »Du wirst nicht fortgegeben.« Mark Antonius schüttelte sich, sprang vom Tisch und suchte nach einem ruhigeren Plätzchen. Ich holte den Korkenzieher hervor und machte mich an der Weinflasche zu schaffen. Der Korken brach ab, und als ich ihn aus dem Flaschenhals gepult hatte, weinte ich vor Frustration. Dann trocknete ich meine Augen mit einem Küchentuch, betrachtete die Wimperntusche auf dem Stoff und sagte: »Scheiße, Scheiße, Scheiße!« Kurz darauf klingelte es an der Tür, und als Nächstes hörte ich, dass Archie sich bei Dirk beschwerte und ihn bat, auf Umarmungen zu verzichten. Ich trug den Wein und zwei Gläser nach oben.

»Harriet, liebes Mädel!« Archie war dermaßen tief gebräunt, dass das Weiße seiner Augen leuchtete. »Du siehst umwerfend aus. Komm, gib Onkel Archie einen Kuss!«

»Selber umwerfend«, murmelte ich, als ich ihm einen Kuss auf die Wange gab. »Du hast die gleiche Farbe wie unser Tisch im Esszimmer.«

»Daran habe ich hart gearbeitet und mich alle fünf Minuten gewendet. Es hat sich gelohnt, nicht wahr?« Er musterte sich im Garderobenspiegel. »Wie gefällt dir meine Nehru-Jacke?« Archie strich über den bestickten Kragen. »Nun fehlt noch der Turban mit dem Edelstein.«

»Und ein Elefant«, schlug Cordelia vor, die Archie und Rupert eingelassen hatte.

»Ich finde, ein Elefant wäre übertrieben.«

»Hallo, Rupert«, sagte ich. »Wie war es in Italien?« Er war nur leicht gebräunt, wirkte jedoch entspannt und gelöster als sonst.

»Gut.« Er musterte mein Gesicht. »Was ist los?«

»Rupert hat unentwegt gearbeitet.« Ich war froh, dass Archie mir die Antwort ersparte. »Er hat im Schatten gesessen und Manuskripte gelesen. Die schönsten Damen sind halbnackt an ihm vorbeigepilgert, doch er hat sie keines Blickes gewürdigt. Wenn er gebeten wurde, einen zarten Rücken einzucremen, hat er den Strandkellner gerufen, und auf sonstige Einladungen hat er den Hut in die Stirn gezogen und ein Nickerchen gemacht.« Archie gluckste. »Er hat ein grausames Herz.«

»Vielleicht werde ich nur nicht gern gestört«, sagte Rupert.

»Pa und Fleur sind da«, verkündete ich.

Als ich die beiden in den Salon führte, wirkte mein Vater erleichtert.

»Eine neue Rarität?« Archie deutete auf Cordelias Strickzeug, ein undefinierbares Etwas aus roter und weißer Wolle.

»Das ist für Ophelias Kind.«

»Seit wann hat Ophelia ein Kind?«

Ich klärte Rupert und Archie über die jüngsten Begebenheiten auf. Es dauerte eine Weile, bis sie sich überzeugen ließen. »Sie erwarten aber noch kein Kind«, beruhigte ich sie. »Cordelia ist lediglich dabei, für einen Strampelanzug zu üben.«

»Das geht schneller, als du denkst«, erklärte Cordelia. »Sie haben ja nur Sex im Kopf.«

Archie begutachtete ihr Werk. »Es hat vier Beine.«

Cordelia kicherte. »Zwei von den Schläuchen sind Ärmel.«

»Offenbar rechnest du mit einem Baby, das Gewichte stemmen kann.«

Nach ein paar Worten über Italien und Ferien im Allgemeinen bemerkte Pa: »Gut, dass du gekommen bist, Rupert. Wir brauchen dringend eine vernünftige Meinung. Ich habe Harriet gerade erklärt, dass es vielleicht ratsam wäre, das Haus zu verkaufen.«

»Aha«, antwortete Rupert.

»Im Grunde ist es logisch«, setzte Pa hinzu. »Wir überlegen, wo wir Harriet und Cordelia unterbringen. Vielleicht bei Foy und Ophelia.«

»Kommt nicht in Frage«, erwiderte Cordelia. »Ich käme mir wie im Pornokino vor.«

»Natürlich könnten sie auch eine eigene Wohnung beziehen …«

»Das ist eine vorzügliche Idee«, unterbrach Fleur. »Sie könnten zwei Zimmer in einem Wohnheim mieten.«

Cordelia stach ihre Stricknadeln in ihr Wollknäuel.

»Ich glaube nicht«, entgegnete Rupert. »Ich glaube, sie ziehen besser zu uns.«

39

Was Dirk und Mark Antonius betraf, verhielt Rupert sich einzigartig. Er erklärte lediglich, sie sollten bloß nie in seinem Arbeitszimmer auftauchen, denn sonst flögen Felle, und zwar mit ihnen darin. In Bezug auf Loveday blieb er allerdings hart; ihn wollte er nicht übernehmen. Er sagte, ein Blick auf das Labyrinth würde jeden Käufer überzeugen, dass er unentbehrlich war, und Loveday ginge ohne sein Meisterwerk vermutlich zugrunde.

Ich brachte Loveday die Nachricht so schonend wie möglich bei. Er unterbrach die Arbeit mit der Heckenschere, wischte Blätter aus seinem Haar und erklärte: »Die Schlange beißt sich in den Schwanz; der Kreislauf hat sich geschlossen.«

»Es wird furchtbar sein, von dir Abschied nehmen zu müssen, Loveday.«

»Das will ich wohl glauben. Künstler wachsen nicht auf den Bäumen, und der Mensch weiß immer erst nachher, was er verloren hat.« Er knipste einen Zweig ab, und ich begriff, dass er uns für die Benachteiligten hielt. Zum Schluss überreichte Pa ihm einen großzügigen Scheck, den er gnädig entgegennahm.

Natürlich brach ich beim Ausräumen und Packen mehrfach in Tränen aus, insbesondere wenn ich unser Haus verriet, weil ich mich heimlich auf das Zusammenleben mit Rupert und Archie freute. Meine Mutter erklärte, sie wäre zu sehr mit dem Cottage beschäftigt, um nach London zu kommen und Möbel zu sortieren, die sie nicht mehr interessierten. Pa verkaufte die Ausstattung an Letizia. Es machte den Umzug um einiges einfacher, doch als ich zum letzten Mal die Haustür zuzog und mein Blick noch einmal auf Anubis fiel, musste ich heftig schlucken. In dem Moment drückte Archie draußen auf die Hupe, Dirk bellte im Wagen, und mir blieb keine Zeit, schwermütig zu werden. Gleich darauf rasten wir unserem neuen Leben entgegen.

Seit der Party damals war ich nicht mehr in Ruperts Haus gewesen, und nun konnte ich es erstmals in seinem ganzen Ausmaß bewundern. Es gehörte zu zwei vornehmen Reihen von Backsteingebäuden, mit grau gestrichenen Türen und Fensterrahmen, die sich am Kanal gegenüberlagen, doch es war das einzige Doppelhaus. Der Kanal sah aus wie dunkles Glas und wurde von Ufern mit in weißer Blüte stehenden Bäumen gesäumt. Archie behauptete, die Anwohner hätten zur Wahrung ihres Geschmacks eine Art Denkmalschutzverein gegründet, und bereits eine Begonie im Fenster würde geahndet.

Mit dem Wagen konnte man die Häuser nur von der Rückseite

erreichen, und wir schleppten unsere Koffer durch Ruperts parkähnlichen Garten. Ich warf einen Blick auf die ordentlichen, mit blauen und weißen Blumen bepflanzten Beete und die gestutzten Buchsbaumhecken. Ich erkannte einen glitzernden Bach und hier und da ragten Statuen auf. Dirk sprang über die Einfassungen der Beete und scheuchte eine Taubenschar davon.

Rupert äußerte lediglich: »Ich hoffe, mit der Zeit gewöhnt er sich an Vögel.«

Im Haus befreiten wir Mark Antonius aus seinem Korb. Mit eingeknickten Beinen und flach angelegten Ohren schlich er davon, um die Umgebung zu erkunden. Für zwei Tage wirkte er konfus und miaute, doch als wir ihn zum ersten Mal nach draußen ließen, wanderte er zum Kanal und spähte hinein. Wenig später kauerte er sich nieder und tauchte seine Vorderpfote ins Wasser. Wahrscheinlich hatte er die Stichlinge entdeckt, die unter der Oberfläche wimmelten, jedenfalls war er auf Anhieb süchtig und trennte sich von seinem Posten lediglich, um zum Fressen ins Haus zu kommen.

Als Ophelia uns einen Besuch abstattete, führte ich sie hoch, um ihr mein Zimmer zu zeigen. Für einige Minuten bewunderte sie stumm die chinesische Tapete mit den handgemalten Vögeln und Schmetterlingen, das Bett mit dem eisblauen Baldachin und die Möbel, die aus Seidenholz gefertigt worden waren.

»Bis du glücklich, Hat?«

Es war die erste persönliche Frage, die sie mir je gestellt hatte. »Ja.«

»Was ist mit Pa und Ma?«

»Ihnen geht es blendend.«

»Ich wollte wissen, was du wegen ihrer Scheidung empfindest.«

»Oh. Nun, sie ängstigt mich nicht mehr. Anfänglich habe ich gedacht, es würde mich umbringen, doch das hat es offenbar nicht getan. Wenn ich auf der Arbeit bin oder mich um Cordelia kümmere, vergesse ich die Tatsache sogar für eine Weile. Es ist fast unmöglich, bei Rupert und Archie zu wohnen und unglücklich zu sein. Sie wissen, wie man das Leben genießt, und ich habe begriffen, dass man das lernen kann, und das möchte ich tun. Ich habe auch begriffen, dass ich unabhängig von anderen existiere, und das gibt mir ein neues Selbstwertgefühl. Trotzdem wird es mir wohl mein Leben lang Leid tun, dass Pa und Ma nicht mehr zusammen sind. Es hat die Art und Weise beeinflusst, in der ich an meine Kindheit denke. Ich weiß, das klingt irrational, doch mir ist, als hätte sich ein Schatten auf meine Erinnerungen gelegt. Ich habe noch alles im Kopf und weiß, dass es eine schöne Kindheit war, doch nun ist ihr Ende traurig gefärbt. Vielleicht bedeutet es aber auch, dass es das Kind Harriet nicht mehr gibt, und vielleicht ist es ohnehin dumm, auf diese Weise darüber nachzusinnen.«

»Du warst schon immer eine Romantikerin, Liebes. Ich glaube nicht, dass das Kind Harriet gestorben ist. Es ist allenfalls älter geworden. Warte, bis du auf jemanden triffst, mit dem du dein Leben verbringen möchtest. Dann musst du dich nicht an der Vergangenheit festhalten, dann kannst du anfangen, erwachsen zu werden.« Ich war viel zu dankbar, dass Ophelia sich mit mir befasste, um ihr zu widersprechen. Und wer weiß, vielleicht hatte sie ja Recht. »Wo steckt Cordelia?«

»Bei einer Probe für ihre Schulaufführung.«

Am Tag nach unserem Einzug hatte Rupert am Frühstückstisch verkündet, dass er Cordelia in der benachbarten staatlichen Gesamtschule angemeldet hatte.

»Dahin gehe ich nicht«, erklärte Cordelia.

»Dann wirst du bei Waldo und Fleur wohnen müssen.«

»Dann schneide ich mir die Kehle durch.«

»In der Küche ist ein Messer. Pass auf, dass du keine Sauerei hinterlässt.«

»Du ... du ...« Offenbar wagte sie nicht, ausfallend zu werden. »Du bist gemein.«

Rupert blickte von seiner Zeitung auf. »Wenn du bei uns wohnen möchtest, gehst du auf eine normale Schule. Andernfalls steht es dir frei, zu deinem Vater oder zu deiner Mutter zu ziehen oder zu einer deiner Schwestern. Und natürlich wäre da auch noch Bron.«

Cordelia rannte aus dem Zimmer und warf die Tür hinter sich ins Schloss.

»Es tut mir furchtbar Leid ...«, begann ich.

Rupert warf mir einen Blick zu. »Mach bitte kein Drama.« Er konzentrierte sich wieder auf seine Lektüre.

Am Abend versuchte Cordelia es mit einer anderen Vorgehensweise. Sie wartete, bis Rupert sich frisch gemacht und einen Drink eingeschenkt hatte. Wir saßen im Salon und schauten in den Garten, wo ein Goldfinkenpaar am Brunnen saß und trank. Die untergehende Sonne schien auf das Wasser und malte glitzernde Kreise.

»Es ist sehr lieb, dass du dich um meine Ausbildung kümmerst, Rupert«, hub Cordelia an.

Rupert lächelte und drehte sein Glas in den Händen. »Ich weiß nicht, ob ich das als ›lieb‹ bezeichnen würde. Vielleicht eher als ›praktisch‹.«

»Du hast Recht. Ich weiß nur nicht, ob man auf einer Gesamtschule viel lernt. Vielleicht wäre es besser, wenn ich wieder zu St. Fridewide ginge. Ich habe neulich ein Mädchen aus meiner alten Klasse getroffen. Schwester Imelda hat das Stift verlassen.«

»Wieso denn das?«, fragte ich verwundert. St. Fridewide ohne Schwester Imelda war für mich kaum vorstellbar.

»Sie hat einen Nervenzusammenbruch gehabt. Und zwar gleich nachdem sie mir gekündigt hat.«

»Die beiden Dinge dürften kaum zusammenhängen«, bemerkte Rupert.

Ich war mir da nicht so sicher und entsann mich meiner Anspielung auf ihr Verhältnis mit Schwester Justinia.

»Wie dem auch sei, St. Fridewide liegt zu weit entfernt.« Rupert ergriff ein Buch, um das Ende der Unterhaltung zu unterstreichen. »Außerdem ist alles geregelt.«

»Ich will keine staatliche Schule besuchen.«

»Warum nicht?«

»Weil ich das noch nie getan habe. Weil das keiner von uns getan hat.«

»Dich dort anzupassen, kann nichts schaden.«

»Das ist ungerecht! Harriet brauchte sich auch nie anzupassen.«

»Dann ist ihr eine wertvolle Erfahrung entgangen. Doch davon abgesehen, wüsste ich gern, inwieweit du dich von anderen Kindern unterscheidest und eine Sonderbehandlung verdienst.«

»Du warst auch nicht auf einer staatlichen Schule.«

»Richtig. Und es hat Jahre gedauert, bis ich begriffen habe, wie dünkelhaft mich die Privatschule gemacht hatte.«

»Harriet ist nicht dünkelhaft geworden.«

»Nein. Aber Harriet verfügt über einen inneren Mechanismus, der sie vor Dünkel bewahrt. Harriet respektiert die Wahrheit.« Ich strahlte, als ich das hörte. »Bei Harriet«, fuhr Rupert fort, »könnte man eher von Minderwertigkeitskomplexen sprechen.«

Die Bemerkung fand ich weniger schön.

»Und warum muss ich dafür büßen, dass du dünkelhaft geworden bist?«, fragte Cordelia. »Ich bin es jedenfalls nicht.«

»Ich schätze die Anstrengung, die du unternimmst, um mich rumzukriegen, Cordelia, doch an meinem Entschluss wird sich nichts ändern. Wenn du weiterhin bei uns wohnen willst, fängst du morgen Früh auf der Arthur-Brocklebuck-Gesamtschule an.«

»Morgen?« Cordelia brach in Tränen aus. »O nein! Bitte, Rupert, nein! Das könnte ich nicht ertragen. Lass mir wenigstens eine Woche oder zwei, um mich an die Vorstellung zu gewöhnen. Alles andere wäre grausam und unbarmherzig.« Cordelia faltete die Hände und weinte Kullertränen. »Ich leide noch zu sehr unter der Trennung meiner Eltern, ich kann noch nicht zur Schule gehen. Ich tue alles, was du willst. Ich bringe dir morgens Tee ans Bett und nähe dir Pantoffeln – und besticke sie sogar. Ich mache den ganzen Abwasch, und ich putze das Badezimmer …«

»Cordelia, ich bitte dich!« Rupert klang ungehalten. »Solche Sperenzchen kannst du dir sparen. Ich bin kein Despot, der auf Unterwürfigkeit mit Milde reagiert. Abgesehen davon haben wir eine ausgezeichnete Haushaltshilfe, die es stören würde, wenn ihr jemand ins Handwerk pfuscht. Also bitte keine Theatralik. Ich mag es nicht, wenn jemand Gefühle demonstriert, die er nicht empfindet.«

Cordelias Tränen versiegten. Sie erhob sich und stand mit bebenden Lippen da, eine Unschuld, die tapfer Unrecht erleidet. »Rupert Wolvespurges«, sagte sie, »der Tag wird kommen, an dem du deine Niedertracht bereust. Du bist der größte Miesotrog, den ich kenne.«

Rupert war so freundlich zu warten, bis sie außer Hörweite war, ehe er zu lachen begann.

Am anderen Morgen begab sich eine trotzig schweigende Cordelia mit mir zu dem unauffälligen Gebäude aus Glas und Ziegelstein, das die Arthur-Brocklebuck-Gesamtschule beherbergte. Wir waren gebeten worden, vor Unterrichtsbeginn zu erscheinen, sodass man Cordelia die Schule zeigen, ihr Bücher aushändigen und sie zu ihrer Klasse führen konnte. Die leeren Flure rochen nach Linoleum und Reinigungsmitteln. Miss Savage, die stellvertretende Direktorin, war behaart und hatte breite Hüften. Sie sah abgekämpft und missmutig aus. Ich wurde aufgefordert zu gehen und kam mir wie ein unartiges Schulmädchen vor. Cordelia warf mir einen wütenden Blick zu, ehe sie mit Miss Savage verschwand. Als ich sie am Ende des Schultages bangen Herzens abholte, kam sie mir jedoch hüpfend entgegen.

»Wie war es?«

»Nett.«

»Nette Mädchen?«

»Glaub schon.«

Sie schien nur mit halbem Ohr zuzuhören.

»Wie waren die Lehrer?«

»Bescheuert. Der Theaterlehrer geht.«

»Vielleicht kannst du in einem Stück auftreten.«

»Hm.«

Dafür dass Cordelia so zufrieden wie Mark Antonius wirkte, nachdem er stundenlang Stichlinge beäugt hatte, fand ich ihre Antworten dürftig. »Hast du dich in den Pausen mit den anderen unterhalten?«

»Wenn ich zu Wort kam, ja. Die meiste Zeit über haben die anderen von sich erzählt.«

»Wussten sie über Pa Bescheid?«

Cordelia schaute mich unwirsch an. »Natürlich nicht. Du weißt, dass ich mich nie auf Pa beziehe.« Das war mir neu. »Sie haben *mich* bewundert. Jason hat gesagt, ich wäre die schärfste Frau, die er je gesehen hat.«

Ich stutzte. Dass auf der Schule Jungen sein könnten, war mir bisher nicht in den Sinn gekommen. Ma hatte Klosterschulen wundervoll dekadent gefunden, insofern waren gemischte Schulen nie in Frage gekommen. »Ach so. Ist Jason in deiner Klasse?«

Cordelia seufzte. »Du glaubst doch wohl nicht, dass ich mich mit Zwölfjährigen abgebe. Jason ist Schulsprecher.«

»Das heißt, dass er achtzehn ist.«

»Ich habe ihn nicht um seinen Ausweis gebeten, Harriet. Ich weiß lediglich, dass er sich rasiert und aus dem Stimmbruch ist.«

Ich schlug einen verschwörerischen Tonfall an. »Sieht er gut aus?«

»Nicht schlecht. Aber mit Zak kann er es nicht aufnehmen.« Cordelia schloss die Augen und holte tief Luft. »Zak ist Mannschaftskapitän, und alle Mädchen sind verrückt nach ihm. Am Samstag geht er mit mir ins Kino.«

»Was tun wir jetzt?«, fragte ich Rupert am selben Abend, nachdem sich am Telefon mehrere eifrige Jungenstimmen gemeldet hatten, die Cordelia sprechen wollten.

Wir saßen in der Gartenlaube, tranken Chablis und aßen die zarten Nussmakronen, die Archie gebacken hatte. Die Sonne war noch warm, und zu unseren Füßen gurrten Tauben und pickten nach Krümeln. Dirk bleckte die Zähne, wenn sie ihm zu nahe kamen, doch ihnen nachzujagen wagte er nicht, nachdem ich es ihm in unmissverständlichen Worten verboten hatte.

»Ich lasse einen zweiten Anschluss legen.«

»Ich habe die Jungen gemeint, die hinter Cordelia her sind.«

»Was ist mit ihnen? Dass Jungen hinter Mädchen her sind, ist meiner Meinung nach nichts Neues.«

»Aber Cordelia ist erst zwölf.«

»Sie wird wertvolle Erfahrungen machen. Man lernt nichts, wenn man zu Hause eingesperrt wird. Sieh zu, dass sie über Schwangerschaften und Krankheiten Bescheid weiß. Erzähl ihr etwas über den Hormonhaushalt junger Männer und erklär ihr den Unterschied zwischen Liebe und Lust.«

Archie seufzte. »Ich wünschte, den Unterschied würde *mir* jemand erklären. Wenn eine Zwölfjährige dahinter kommen soll, bin ich offenbar schwer von Begriff. Mitunter glaube ich zwar, ich hätte ihn erfasst, doch im nächsten Moment stelle ich fest, dass ich im Irrtum war.«

Ich starrte meine Nussmakrone an. Offenbar pflegten Archie

und Rupert eine »offene« Beziehung. Gewiss, ihrem Ruf nach waren Homosexuelle unbeständig, doch dass Rupert sich etwas aus Gelegenheitssex machte, glaubte ich nicht. Oder wollte es nicht glauben. Jedenfalls fand ich es vollkommen ausgeschlossen, dass er und Archie öffentliche Bedürfnisanstalten aufsuchten. Vielleicht trafen sie auf Partys zuweilen einen gut aussehenden jungen Mann, den sie mit nach Hause nahmen. Seit Cordelia und ich eingezogen waren, hatte das allerdings keiner von ihnen getan, aber wir waren ja auch erst seit kurzem da, und vielleicht wirkte sich unsere Anwesenheit störend aus.

Ich spähte verstohlen zu Rupert und stellte fest, dass er mich unter halb gesenkten Lidern beobachtete. Ein Lächeln spielte um seine Lippen, und ich hatte den scheußlichen Verdacht, dass er meine Gedanken las. Ich spürte, dass mir die Röte bis zu den Haarwurzeln schoss.

Das Telefon begann zu läuten. »Da, schon wieder«, sagte ich. »Ich gehe. Es wird ohnehin für Cordelia sein.« Ich war froh, dass ich mich mit meinem glühenden Gesicht verziehen konnte.

»Hallo«, meldete ich mich.

»Wer spricht da?«, fragte eine ungeduldige Frauenstimme.

»Harriet.«

»Wie weiter?«

»Harriet Byng.«

Es entstand eine kurze Pause. »Ich möchte mit Rupert sprechen.«

»Ich hole ihn. Könnten Sie mir freundlicherweise Ihren Namen sagen?«

»Leah. Falls Sie das etwas angeht.«

Ich legte den Hörer auf dem kleinen Rosenholzsekretär ab und lief in den Garten. »Leah ist am Telefon.«

Rupert stöhnte. »Hast du gesagt, ich wäre da?«

»Irgendwie schon.«

»Sag ihr, du hättest dich vertan, und ich wäre ausgegangen.«

Ich kehrte zum Telefon zurück. »Ich fürchte, er ist ausgegangen.«

»Ha! Ich komme vorbei.«

Am anderen Ende der Leitung wurde aufgelegt.

»Sie hat mir nicht geglaubt. Sie kommt vorbei«, erklärte ich, als ich mich wieder in der Laube niederließ.

Rupert stieß einen Fluch aus. »Ich werde definitiv keine Szene dulden. Ich habe einen anstrengenden Tag hinter mir. Die Oboe war betrunken, und der Ersatzmann musste aufgetrieben werden. Amelia hat geheult, weil Ricardo mit dem Chor geschlafen hat. Außerdem isst sie zu viel, und ihr Kostüm passt nicht mehr. Ricardo ist angeblich gestürzt und hat ein blaues Auge. Als tragischer Held sieht er absolut witzig aus.«

»Und dann hat Cordelia auch noch Zirkus wegen der Schule gemacht«, murmelte ich.

»Fang du nicht auch noch an.«

»Wir machen einfach nicht auf«, schlug Archie vor. »Am Kanal drückt sich irgendein Knabe herum, wahrscheinlich einer von Cordelias neuen Errungenschaften. Er kann sich um Leah kümmern.«

Ich fragte mich, wer Leah war und weshalb sie einfach vorbeikommen konnte. Rupert ergriff einen Gedichtband und begann stirnrunzelnd zu lesen.

Als Cordelia kam, um zu verkünden, jemand hämmere gegen die Haustür, brummte Rupert: »Lass sie rein. Bringen wir es hinter uns.« Er wedelte uns fort. »Verzieht euch für einen Moment. Ich will nicht, dass sie auf den Gedanken kommt, sich zu uns zu setzen und Wurzeln zu schlagen.«

Er stand auf und baute sich mit verschränkten Armen am Brunnen auf. Archie und ich verschwanden, doch auf dem Weg erhaschte ich einen Blick auf eine hochgewachsene Frau mit langem blonden Haar, die mit großen Schritten die Eingangshalle durchquerte.

»Wer ist Leah?«, fragte ich, als Archie und ich in der Küche saßen.

»Leah Wyldbore-Pater. Eine furchterregende Person. Bildhauerin von Beruf und eine Strafe für jeden Mann.«

»Das heißt, du magst sie nicht.«

»Ich habe Rupert von Anfang an gewarnt.«

»Willst du damit sagen, Rupert hatte was mit ihr?«

»Erstaunlich, nicht wahr? Eigentlich sollte man von ihm mehr

Grips erwarten. Sie hat ihn sich auf einer unserer Partys geangelt. Ich wusste, was auf ihn zukommen würde, aber ich war ja auch nicht von Fleischeslust benebelt. Na gut, ich habe auch schon Fehler gemacht, wenn ich von Sinnen war.«

Es war in der Tat erstaunlich, wenn auch aus anderem Grund, als Archie dachte. Natürlich gab es überall Bisexuelle, doch bisher hatte ich nur wenige kennen gelernt. Abermals verwandelte sich das Bild, das ich von Rupert hatte, und nahm Eigenschaften an, die irgendwie schmerzten.

»Ich dachte gerade an Max«, sagte ich, als ich Archies prüfenden Blick bemerkte. »Wahrscheinlich führen wir uns alle mal albern auf.«

»Hm«, entgegnete Archie. »Offenbar wusstest du nicht, dass Rupert ein Mann wie jeder andere ist. Wahrscheinlich hast du sein Ruhebedürfnis als Desinteresse ausgelegt. Doch Rupert hasst lediglich Szenen. Vielleicht macht er bei mir eine Ausnahme, weil er weiß, dass ich keine Reaktionen erwarte. Außerdem koche ich, chauffiere ihn und kümmere mich um den Kleinkram in seinem Leben. Und natürlich darf ich in aller Bescheidenheit behaupten, dass er mich mag.«

»Zweifellos.«

Im Garten ertönte ein Aufschrei. Archie blickte mich an und grinste.

»Es ist warm in der Küche, findest du nicht? Ich glaube, wir sollten das Fenster öffnen.«

Er stand auf, schob das Fenster leise auf und horchte. Nach kurzem Zögern gesellte ich mich zu ihm.

Die Küche lag im Untergeschoss und vor dem Fenster ragte die Buchsbaumhecke auf, sodass man uns nicht sah, wir jedoch jedes Wort mitbekamen.

» … wagst, mich so zu behandeln.«

»Wie behandele ich dich?«, fragte Rupert.

»Du glaubst, du kannst mich aufgabeln und dann mir nichts, dir nichts fallen lassen.«

»Wenn ich mich recht entsinne, hast du mich aufgegabelt.«

»Wenn ich mich recht entsinne, war dazu kein Kraftakt erforderlich.«

»Darin gebe ich dir Recht.«

»Aber dann hattest du, was du wolltest, und hast dich sang- und klanglos verdrückt.«

»Wenn mich nicht alles täuscht, haben wir ein paar Wochenenden miteinander verbracht. Ich wusste nicht, dass ich mich zu mehr verpflichtet hatte.«

»Du – du widerst mich an.«

»Wenn du mehr erwartet hast, hättest du mir das gleich sagen sollen.«

»Ach ja? Und was dann? Hättest du mir dann ewige Liebe geschworen?«

»Wenn du auf Liebe aus gewesen wärest, hätte ich auf das andere hoffentlich verzichtet, wenngleich es mir nicht leicht gefallen wäre, das gestehe ich ein.«

»Mit anderen Worten: Ich bin gut genug fürs Bett, aber nicht für die Liebe.«

Ich hatte plötzlich eine Vision, wie die Mitglieder des Denkmalschutzvereins in den Nachbargärten saßen und missbilligend von Ruhestörung sprachen.

»Darüber möchte ich nicht entscheiden.«

Als Nächstes ertönte ein klatschendes Geräusch.

»Wenn du das noch einmal tust, schlage ich zurück.«

»Oh, Rupert, es tut mir Leid«, sagte Leah mit tränenerstickter Stimme. »Wenn du wüsstest, wie sehr du mich verletzt. Ich liebe dich. Hast du denn kein Erbarmen?« Drängend fügte sie hinzu: »Küss mich.«

Archie und ich wechselten besorgte Blicke.

»Wenn ich dich unglücklich gemacht habe«, bemerkte Rupert sanfter, »dann tut mir das sehr Leid. Allerdings glaube ich das nicht. Liebe entsteht nicht an ein, zwei Wochenenden. Du kennst mich doch kaum.«

»Wie grausam du bist!« Leah schluchzte. »Du brichst mir das Herz. Ich verzehre mich nach dir. Warum kannst du mich nicht lieben? Was habe ich getan?«

»Leah, ich mag es nicht, wenn man mich erpresst, und ich hasse Klischees.«

»Du Scheißkerl! Was fällt dir eigentlich ein? Ich kann ja nicht mehr bei Trost gewesen sein, als ich gedacht habe, ich würde dich lieben. Scher dich zum Teufel, Rupert, mich hast du zum letzten Mal gesehen.« Anschließend erklangen in der Eingangshalle eilige Schritte, und danach knallte die Haustür.

»Bravo!« rief Archie.

Ruperts Gesicht tauchte über der Hecke auf. Auf seiner Wange befand sich ein rötlicher Fleck. »Wie schäbig, private Unterhaltungen zu belauschen! Harriet, von dir hätte ich wirklich etwas Besseres erwartet.«

»Entschuldige, Rupert. Aber du warst große Klasse. Hast du denn gar kein Mitleid mit ihr gehabt?«

»Mitleid?« Rupert betastete seine Wange. »Sie hat mir fast den Kiefer gebrochen.«

»Ich wünschte, Leah wäre ein Mann«, sagte Archie. »Ich liebe brutale Menschen.«

Danach liefen die Tage ohne große Zwischenfälle ab. Hier und da erklärte Rupert, er bedauere die zweite Leitung, da es nunmehr zweifach klingele, doch wenn er seine Ruhe haben wollte, stellte er die Telefone ab. Cordelia hatte den Strampelanzug aufgegeben und war mittlerweile dabei, eine regenbogenfarbene Tagesdecke zu stricken. Sie hatte eine trapezförmige Gestalt angenommen, und Archie fand, es würde Zeit, nach einem passenden Bett Ausschau zu halten.

Allerdings waren Rupert und Cordelia sich noch ein weiteres Mal in die Haare geraten. Es geschah, als Zak auftauchte, um Cordelia zum Kino abzuholen. Rupert bat ihn in sein Arbeitszimmer. Archie und ich versuchten, an der Tür zu lauschen, doch das Holz war zu dick, und wir vernahmen lediglich Stimmengemurmel.

»Ich habe ihn gefragt, ob er wüsste, wie alt Cordelia ist«, erklärte Rupert nachher. »Sie hat ihm weisgemacht, sie wäre sechzehn. Dass sie erst in der sechsten Klasse ist, hat sie mit einem langen Aufenthalt in einem Schweizer Sanatorium erklärt, wo sie ihre Tuberkulose auskurieren musste. Ich habe Zak gefragt, was die anderen Jungen von ihm halten würden, wenn er mit einer Zwölfjährigen aufkreuzt, und ihn auf das Gesetz zum Schutz von Minderjährigen hingewiesen. Danach hatte er es plötzlich eilig.«

Die Szene, die sich abspielte, als Cordelia kurz darauf todschick zurechtgemacht erschien und entdeckte, dass ihr Galan verschwunden war, fiel kurz und heftig aus. Es ist ja auch schwer, einen Menschen anzuschreien, der unbeeindruckt Zeitung liest.

Am anderen Tag, als Cordelia noch immer verweint aussah und schmollte, nahm Rupert sie zur Seite, um mit ihr zu reden. Wie sie mir erzählte, hatte er ihr klar gemacht, dass Liebesgeschichten mit unerfahrenen jungen Männern den Reiz ihrer Unschuld beeinträchtigten und es schade wäre, wenn man in späteren Biografien lesen müsste, dass sie sich trotz ihrer Schönheit dem Erstbesten an den Hals geworfen hatte.

Das Ende vom Lied war, dass Zak den anderen Jungen Cordelias Alter verriet und die älteren daraufhin ihre Anrufe einstellten. Archie schenkte Cordelia ein Buch über die Ausbildung von Geishas, in das Cordelia sich vertiefte, um sich auf künftige Begegnungen mit reiferen Männern vorzubereiten. Darüber hinaus würde sie in der Schulaufführung von *Was Ihr Wollt* die Viola spielen und hatte ohnehin alle Hände voll zu tun.

Tagsüber gingen wir unseren Tätigkeiten nach, und wenn wir abends nach Hause kamen, hatte Archie den Wein gekühlt und irgendeine Köstlichkeit gekocht. Da Ruperts Proben an einem kritischen Punkt angelangt waren, luden wir niemanden ein. Gelegentlich machten wir für Pa und Fleur eine Ausnahme, häufiger für Ophelia und Charles. Rupert bemerkte, er käme sich wie ein Voyeur vor, wenn Letztere erschienen, denn es wäre nie zu übersehen, dass sie noch vor kurzem im Bett gewesen wären und nach dem Essen umgehend dorthin zurückkehrten.

Rückblickend würde ich sagen, es war eine glückliche Zeit. Einmal riss Mr Podmore seine Bürotür auf, um zu brüllen: »Hilary wegen Schwulst entlassen«, und ich fing mit tränenverschleiertem Blick an, meinen Kugelschreiber, meine zwei Bleistifte und meinen Radiergummi einzupacken. Muriel erklärte, ich solle mir nichts draus machen, Mr Podmore würde immer mal jemanden entlassen, doch das hätte nichts zu bedeuten. Eileen kochte Tee und brach eine neue Packung Karamellwaffeln an. Eine Stunde später schickte Mr Podmore mich los, um über den Flohzirkus in Brixton zu berichten.

Die Briefe von Max trafen spärlicher ein. Der letzte war in Rio de Janeiro abgestempelt worden. Ich warf ihn ungelesen fort.

Maria-Alba schrieb inzwischen vernünftigere Briefe. Zuletzt teilte sie mit, sie würde dem Orden als Novizin beitreten und die Küche leiten, da Schwester Mary-Joseph das aufgrund ihrer Arthritis nicht mehr schaffte. Im ersten Moment saß ich wie gelähmt da, doch als ich ruhiger darüber nachdachte, wurde mir klar, dass meine Reaktion in Selbstsucht gründete. Maria-Alba war tief gläubig und litt an Platzangst. Warum sollte sie keinem geschlossenen Orden beitreten? Die Familie, die sie liebte, hatte sich aufgelöst, ein Zuhause besaß sie nicht mehr, und insofern war es vielleicht sogar die beste Lösung.

Im selben Brief erklärte Maria-Alba, sie hätte dem Herrn sämtliche Missetaten verziehen, nachdem er ihr eine neue Küche geschenkt hatte, und lediglich die Trennung von uns, und von mir insbesondere, bereite ihr Kummer. Es wäre ihr aber gestattet, sich von ihren Liebsten zu verabschieden und ob ich käme, um ihr auf Wiedersehen zu sagen.

Eine Woche später machte ich mich auf den Weg. Das Klostergebäude wirkte streng und abweisend, doch im Garten wucherten um die blaugewandete Statue der Jungfrau Maria orangefarbene Kapuzinerkresse und scharlachrote Zinnien. Ihre Farbenfreude wirkte tröstlich und entsprach Maria-Albas Geschmack. Die Nonnen begrüßten mich freundlich, mit sanften, weichen Gesichtern, die nie von Kummer gezeichnet worden waren. Ich wurde in den Besucherraum geführt, in dem Maria-Alba, die nun Schwester Veronica John hieß, mich hinter einem Gitterfenster erwartete.

Wir weinten, als wir uns gegenüberstanden, doch Maria-Alba versicherte mir, sie wäre glücklich. Sie sah schön aus in ihrem einfachen grauen Habit, und da sie keine Medikamente mehr nahm, schimmerte ihre Haut und auf ihren Wangen lag zarte Röte. Über die Ereignisse in unserer Familie wusste sie aus meinen Briefen Bescheid, und so schien es nur angemessen, dass wir uns über den Glauben und ewige Wahrheiten unterhielten. Wir würden uns nicht wiedersehen, doch wir wussten, dass wir in unseren Herzen immer vereint bleiben würden.

Auf der Heimfahrt weinte ich, weil abermals ein Teil meiner

Kindheit vorüber war. Zu Hause schlich ich in mein Zimmer und wusch mein verquollenes Gesicht. Ich wollte nicht, dass Rupert bei meinem Anblick fürchtete, die nächste Szene stünde ihm bevor.

40

Es war der Tag, an dem die Premiere des *Othello* stattfinden würde, und ich war kribbelig, weil ich wusste, wie sehr mein Vater an Lampenfieber litt. Früher hatte er bei derlei Anlässen am Frühstücktisch verkündet, irgendjemand möge die Zweitbesetzung anrufen, denn er werde keinen Schritt auf die Bühne tun. Überhaupt wäre er kein Schauspieler, sondern ein Stümper, den das Publikum ausbuhen, die Kritik verreißen würde; er würde seinen Text vergessen, in Ohnmacht fallen oder einen epileptischen Anfall bekommen. An solchen Morgen konnte er nicht essen, allenfalls einen Schluck Wasser trinken, und als Kind hatte ich vor dem Bad gestanden und geweint, wenn ich hörte, wie er würgte und sich übergab.

Vor Jahren hatte Pa kurz vor seinem Auftritt als Romeo erklärt, er sei für die Rolle zu alt – damals war er fünfunddreißig und sah geschminkt wie zwanzig aus – und im Geist höre er bereits das Gelächter angesichts eines Greises, der den jugendlichen Liebhaber mime. Wenig später hatte er sich in meiner Dachkammer eingeschlossen und gedroht, aus dem Fenster zu springen. Zuletzt war die Feuerwehr erschienen und hatte ein Tuch aufgespannt, und Loveday war über die Leute hergefallen, weil sie seine Hecke ramponierten, und am Ende musste Bron Zigarrenrauch durch die Türritzen meiner Kammer blasen, und wir mussten rufen, das Haus stehe in Flammen. Danach kam mein Vater, der stets befürchtete, bei lebendigem Leib zu verbrennen, hervor und wurde von den Feuerwehrleuten in den Salon geführt.

Ebenso musste vor Premieren unser Hausarzt antreten und ein Rezept für Betablocker ausstellen, woraufhin mein Vater stundenlang überlegte, ob er sie einnehmen sollte oder nicht. Aus Angst, sie könnten sein Spiel beeinträchtigen, warf er sie dann ausnahmslos ins Klo. Jedenfalls war die Familie, wenn Pa später auf die Bühne geschubst wurde, mit den Nerven restlos am Ende.

Wie es dieses Mal sein würde, wagte ich mir nicht auszumalen. Pa hatte sich noch immer nicht von den Schrecken seines Gefängnisaufenthaltes erholt. Er betrat keine Aufzüge und wurde panisch, wenn er eingezwängt in einer Menge stand. Wenn er das Klo benutzte, blieb die Tür offen, und zum Zeichen, dass er dort saß, pflegte er den Triumphmarsch aus *Aida* zu pfeifen.

Ob es Fleur gelingen würde, ihn zu beruhigen? Sollte ich bei ihnen vorbeischauen und meine Hilfe anbieten? Ich schämte mich angesichts der Eile, mit der ich den Gedanken verwarf. Tatsache war, dass ich die beiden ein einziges Mal besucht hatte und es grauenhaft gewesen war. Bereits an der Tür wehte mir der Duft von Fleurs Parfum entgegen, das ich hasste, und während des gesamten Abends lächelte ich krampfhaft, wenngleich die Atmosphäre bedrückend war. Ich glaube, unter anderem lag das daran, dass ich Pa und Fleur da unwiderruflich als Paar wahrnahm. Abgesehen davon hatte Fleur sich jedoch als pedantische Hausfrau erwiesen und mich im Flur gebeten, die Schuhe auszuziehen, obwohl Pa und sie welche trugen und Pas nicht einmal sonderlich sauber waren. Ich kam mir komisch vor, als Einzige in Strümpfen zu laufen. Als Nächstes hatte Fleur das Seidenkissen von meinem Sessel gerissen, so als ob mein Rock schmutzig oder ich noch nicht stubenrein wäre. Unter mein Glas wurde ein Untersetzer geschoben, wahrscheinlich weil ich sonst die Tischplatte verkratzt hätte, und um meinen Geruch zu übertünchen, wurde neben mir ein Luftreiniger in einem Plastikgehäuse aufgestellt.

Pa bemerkte nichts. Wie denn auch, wenn er vollauf damit beschäftigt war, so zu tun, als wären sie über meinen Besuch außer sich vor Freude. Möglicherweise war sich nicht einmal Fleur ihrer Handlungen bewusst. Mag sein, dass lediglich ihr Unterbewusstes signalisierte, es gelte einen feindlichen Eindringling abzuwehren. Während Pa und ich uns unterhielten, studierte sie ihre Fingernägel, summte oder starrte aus dem Fenster und fuhr jedes Mal zusammen, wenn sie angesprochen wurde, weil sie in Gedanken ja ganz woanders gewesen war. Nach einer Weile gähnte sie, bis ihre Augen tränten, und ich stand auf und verabschiedete mich.

Nein, ich würde mich nicht in Fleurs Wohnung begeben. Zum Glück hatte ich eine Arbeit, auf der ich mich bis fünf Uhr herumdrücken konnte und trotz meiner Magenkrämpfe einen normalen Eindruck zu erwecken versuchte. Als ich abends die Haustür aufstieß, erschnupperte ich ein unbekanntes Rasierwasser und den vertrauten Duft von Cabochard.

»Da ist sie ja!« Ronnie erhob sich aus dem Sessel und kam mir mit ausgebreiteten Armen entgegen. Es war ein ziemlich flotter Ronnie, mit schlanker Taille und schickem Anzug. »Wie geht es dir, mein Liebes? Sie sieht wundervoll aus, nicht wahr, Clarissa?«

»Wahr und wahrhaftig.« Ma maß mich von oben bis unten, bevor sie mir ihre Wange darbot. »Du hast dich gemacht, mein Schatz. Dreh dich mal um.«

Ich vollführte eine Pirouette und genoss das ungewohnte Lob. »Wie schön, euch zu sehen!«, sagte ich glücklich. »Die Überraschung ist euch geglückt.«

»Ach, Schätzchen, alte Gewohnheiten lassen sich nun mal nicht so leicht abstellen. Ich kann doch Waldo an seinem Premierenabend nicht im Stich lassen. Letzte Nacht habe ich geträumt, dass er seinen Text vergessen hat, und heute früh hat Ronnie gesagt: ›Wenn er dir solche Sorgen macht, dann fahren wir nach London und stehen dem alten Knaben bei.‹ War das nicht rührend?«

»Doch.« Ich betrachtete Ronnie und sah, dass er unter den beifälligen Worten meiner Mutter erglühte. Wahrscheinlich waren sie auch ihm nicht alle Tage beschieden. Am liebsten hätte ich beide umarmt und immer wieder an mich gedrückt, doch ich wusste, dass Ma dergleichen nicht schätzte.

»Jedenfalls habe ich Rupert angerufen, um zu erfahren, ob es noch Karten gibt, und er hat uns welche besorgt und uns zu sich eingeladen.« Ma warf einen Blick in die Runde, betrachtete die blassgrüne Holzvertäfelung, die rosenfarbenen Sofas, das Gemälde über dem Kamin und die kostbaren Porzellanteller an seinen Seiten. »Sehr elegant. Hätte ich nicht gedacht. Andererseits müssen Männer seiner Couleur ihr Geld ja auch nicht mit Familien teilen und können sich jeden Wunsch erfüllen. Eigentlich ziemlich selbstsüchtig.«

»Rupert hat ein Vermögen für uns ausgegeben«, erwiderte ich.

»Er ist alles andere als selbstsüchtig. Vergiss nicht, dass er unsere Rechnungen bezahlt hat, als Pa – fort war. Darüber hinaus hat er mich eingekleidet und erlaubt Cordelia und mir, bei ihm zu wohnen. Er ist für Cordelias Schulkleidung aufgekommen, für neue Hockey- und Tennisschläger, für Unterwäsche und …«

»Liebling, ich habe lediglich eine Randbemerkung gemacht. Kein Grund, sich in Rage zu reden. Wenn du willst, gebe ich öffentlich zu, dass Rupert ein Engel ist, und ich bin sogar bereit, über gewisse Vorfälle in der Vergangenheit hinwegzusehen.«

»Hallo, Clarissa, hallo Ronnie.« Rupert betrat den Salon durch die Terrassentür. »Tut mir Leid, dass ich mich verspätet habe. Ich bin aufgehalten worden.« Er schüttelte Ronnies Hand und warf meiner Mutter einen fragenden Blick zu. Sie erhob sich, legte ihre Hände auf seine Schultern und küsste seine Wangen.

»Es ist fantastisch, dass du uns eingeladen hast, Rupert. Archie hat dafür gesorgt, dass wir uns wie zu Hause fühlen. Du hast dir ein sehr hübsches Heim geschaffen, du kleiner durchtriebener Bursche.« Sie schenkte Rupert ein reizendes Lächeln und zwinkerte mir zu, als er ihr den Rücken zukehrte.

Cordelia traf wenige Minuten später ein und geriet beim Anblick von Ronnie und Ma schier aus dem Häuschen. Archie kam mit Champagner und frischen Pastetchen. Gegen sechs zogen wir uns in unsere Zimmer zurück, um uns festlich zu kleiden, und um sieben wurden wir zum Kemble Theatre gefahren, wo wir uns in der Bar mit Ophelia und Charles treffen wollten. Als wir das Foyer betraten, ging ein Raunen durch die Theaterbesucher.

Im ersten Stock teilte sich die Menge ehrfürchtig, um Ronnie und Ma vorbeizulassen, und ich erhaschte einen Blick auf eine vertraute Gestalt, die auf einem Barhocker thronte.

»Bron!«, rief Ma. »Geliebter Junge!« Mit wehendem Gewand eilte sie auf ihn zu. »Du hast mir gefehlt, mein Engel.« Sie küssten sich. »Warum rufst du nie an? Weißt du nicht, dass eine Mutter leidet, wenn sie nichts von ihrem Jungen hört? Wo ist Letizia? Wo seid ihr abgestiegen? Oh, mein Schatz, wie wundervoll, dich wiederzusehen!«

»Hallo, Ma. Du siehst flott aus. Letizia lässt grüßen, aber sie konnte sich nicht freimachen. Sie hat aber eingesehen, dass ich meinem alten Herrn zur Seite stehen muss und mich ausnahmsweise mal von der Leine gelassen. Ich fliege heute Abend noch zurück. Warum kommt ihr uns nicht besuchen? Wir haben in Rom einen Palazzo gemietet.«

»Eine reizende Idee, mein Schatz! Aber wären wir denn nicht im Weg? Frisch gebackene Ehefrauen legen eigentlich keinen Wert auf Schwiegermütter, und gewiss nicht, wenn sie gerade erst lernen, mit einem Haushalt fertig zu werden.«

Offenbar hatte Bron Ma eine Menge vorenthalten.

»Für so was interessiert Letizia sich nicht. Wir haben genügend Personal, insofern gäbe es nichts zu befürchten.«

»Ich muss sagen, das klingt äußerst verlockend«, ließ Ronnie sich vernehmen. »Mir könnte eine Erholungspause nicht schaden.«

»Hör auf zu jammern, Ronnie«, entgegnete Ma. »Natürlich werden wir die beiden besuchen. Bron, mein lieber süßer Junge, hast du nachher noch Zeit, um ein wenig zu plaudern? Wann geht dein Flug?«

»Wann immer ich will. Letizia besitzt einen Jet. Er wartet in Heathrow auf mich.«

In der Art ging es für eine Weile weiter. Als Ophelia und Charles erschienen, waren sämtliche Gespräche in der Bar verstummt, und die Theaterbesucher hingen an Brons und Mas Lippen.

Dann wurde geläutet, und mein Magen verkrampfte sich wieder. Mit wackligen Knien folgte ich den anderen zu unseren Plätzen und dachte an Pa, der wie Espenlaub zitternd in den Kulissen stehen würde. Als die Lichter gedämpft wurden und das Gemurmel verstummte, hörte ich, dass sich jemand hinter uns durch die Reihe schob. Ich erkannte die Stimmen, die »Entschuldigung – tut mir Leid – danke« flüsterten und wandte mich um. Portia und Jonno waren gekommen.

Dann hob sich der Vorhang, und von der Bühne strömte der kalte Lufthauch, bei dem ich stets furchtbar aufgeregt wurde. Ich verkrallte die Hände im Schoß und wartete auf Pa. Dann fiel mir jedoch wieder ein, wie lang sich die erste Szene hinzieht, in der Jago den Hass auf seinen Herrn schildert und seinen schaurigen Plan entwirft. Cordelia, die für Shakespeare nichts übrig hatte, riss eine Seite aus dem Programmheft, kniff einen Fächer zurecht und fächelte, bis sich die Dame vor ihr umdrehte und sie giftig anschaute. Cordelia zerbröselte ihren Fächer daraufhin und warf die Papierkrümel in die Falten der Stola, die um den Hals jener Dame lag. Zuletzt nahm ich ihr das Programmheft ab. Und dann war es so weit: Die Bühne drehte sich und bot den Hintergrund für die zweite Szene.

Auf der Bühne wurden die Scheinwerfer gedämpft. Diener mit brennenden Fackeln kamen aus den Seitenflügeln, und dann erschien Pa auf der Bühne, in Scharlachrot und Silber. Ein bewunderndes »Ah« ging durch das Publikum.

»Es ist besser, wie es ist«, ertönte Pas klangvolle Stimme, »lass ihn grollen.«

Das Drama nahm seinen Lauf, und mir fiel es schwer zu glauben, dass es mein Vater war, der auf der Bühne stand, und das nicht nur, weil seine Haut schwarz glänzte, sondern weil er mit einem Mal ein Haudegen war, ein Mensch, in dem Gewaltbereitschaft brodelte. Der Vater, den ich kannte, war ein wehleidiger Mann, den der Zahnarzt betäuben musste, ehe er seine Zähne auch nur anschauen durfte.

Und nun war er plötzlich jemand, der einen anderen niedergestreckt hätte, wenn ihm dessen Hut nicht gepasst hätte, ein jähzorniger Bursche mit überschäumender Kraft, einer, der handelte, bevor er überlegte, und der Legionen anzuführen wusste, doch von den Frauen so viel wie ein Kind verstand.

Und dennoch: Wie zärtlich war er, wenn er Desdemona gegenüberstand. Als er sie in die Arme nahm und sagte »Ich kann nicht genug von diesem Glück sprechen; es hält mich hier fest« und die Hand auf sein Herz legte, war er demütig und ergeben, seine Stimme bewegt und in seinen Augen schimmerten Tränen. Wie anders hingegen, wenn er sich seiner Heldentaten rühmte und von einem »Entkommen um Haaresbreite bei drohendem tödlichen Durchbruch« sprach! Wir lauschten ihm ebenso hingebungsvoll wie Desdemona.

Und Pa machte deutlich, weshalb Desdemona ihn liebte. Er lockte uns mit seiner Kraft und Männlichkeit, bis wir ihm zu Füßen lagen, mit ihm litten und erschüttert verfolgten, wie er sich zwischen Liebe und Eifersucht zerrieb. Als er Desdemona umbrachte, war sein Leid kaum zu ertragen, und als er sich selbst das Leben nahm, begann ich zu weinen.

Dann senkte sich der Vorhang über die Toten, und für einen Moment blieb es mucksmäuschenstill. Danach setzte tosender Applaus ein. Es dauerte eine Weile, bis sich der Vorhang wieder hob und alle Schauspieler, bis auf Pa, auf der Bühne standen und sich verneigten. Ophelia und ich blickten uns fragend an. Wo blieb Pa? War ihm etwas zugestoßen? Später erklärte er, dass er sich am Bettpfosten gestoßen hatte, als er sich auf die tote Desdemona warf, und es gedauert hatte, bis ein Heftpflaster aufgetrieben worden war. Es hätte aber nicht besser kommen können, denn die Zuschauer fingen an zu rasen, als er nicht erschien, und als er dann auftauchte, sprangen sie auf, und Pa erhielt stehenden Applaus.

Er stand reglos da, verneigte sich weder, noch warf er, wie sonst, Kusshände ins Publikum. Nach einer Weile bat er mit einer Handbewegung um Ruhe, und nach und nach verebbte der Tumult.

»Liebe Freunde«, begann er. »Ihr Beifall gibt mir den Mut, Sie noch für einen Augenblick festzuhalten.«

Abermals brach Applaus los.

Pa lächelte und wartete, bis Stille einkehrte. »Die meisten unter Ihnen werden wissen, dass ich bis vor kurzem Gast Ihrer Majestät der Königin war.« Einige Zuschauer klatschten, andere lachten verlegen. »Dennoch habe ich nicht vor, über diese Zeit zu sprechen, sondern über die Menschen, in deren Gesellschaft ich mich befunden habe – Menschen, von denen man entsetzliche Dinge behaupten kann, nämlich, dass sie betrogen, gemordet, geraubt und vergewaltigt haben. Nun, wenn man mit ihnen auf kleinem Raum eingesperrt ist, kommt man nicht umhin, miteinander zu plaudern, und das, was ich erfahren habe, hat mich zutiefst berührt. Wir gehen ja gemeinhin davon aus zu wissen, was es heißt, benachteiligt zu sein und Dinge zu entbehren, die wir für selbstverständlich halten. Was mich betrifft, habe ich jedoch festgestellt, dass ich keine Ahnung hatte, was es bedeutet, in einer Familie aufzuwachsen, in der Armut, Drogen, Alkohol und Kriminalität regieren. Die Männer, mit denen ich mich unterhalten habe, gaben sich brutal, und es dauerte eine Weile, bis ich begriff, dass sie sich und den anderen etwas vormachen, dass sie vielleicht schlecht sind, aber nicht durch und durch verdorben. Kinder werden nicht als grausame Wesen geboren, doch es gibt Kindheiten, die den Menschen grausam werden lassen.«

Pa hielt inne, um sich zu räuspern, und ich erkannte, dass er aus tiefster Überzeugung sprach.

»Irgendwann werden jene Kinder zu Jugendlichen, sie werden straffällig und landen im Gefängnis, einem Ort, der wie ich Ihnen versichern kann, nicht dazu angetan ist, den Menschen zu bessern. Doch irgendwann haben sie ihre Strafe verbüßt und werden in die Freiheit entlassen. Die Frage ist, was danach mit ihnen geschieht? Es wird kaum eine liebende Familie geben, die sie mit offenen Armen erwartet. Nein, in der Regel sind sie isoliert und treffen abermals auf Aussichtslosigkeit. Die Gesellschaft wendet sich von ihnen ab, die Menschen, die mit ihnen verkehren, sind solche, die ebenfalls im Gefängnis waren. Insofern dürfte es eigentlich nicht verwundern, wenn sie sich erneut in den Kreislauf von Verbrechen, Verurteilung und Gefängnis begeben. Sie, meine lieben Freunde, werden vermutlich denken, dabei handele es sich um persönliches Versagen, und selbstredend spielt auch das eine Rolle. Doch vielleicht sollten wir an dieser Stelle überlegen, was aus uns geworden wäre, hätten wir die glücklichen Umstände, die uns zuteil geworden sind, nicht genossen? Was mich betrifft, so wäre ich vermutlich der gemeinste Verbrecher geworden.« Pa machte eine Pause. »In diesem Zusammenhang darf ich Ihnen mitteilen, dass sowohl das Ensemble als auch die Theaterleitung übereingekommen sind, die Einnahmen dieses Abends dem ›Waldo Byng Zentrum für ehemalige Sträflinge‹ zu stiften.«

Der Beifall für Pa wollte kein Ende nehmen, und die Begeisterung war überwältigend.

»Formidabel, Waldo! Grandios! Es ist mir durch und durch gegangen!« Ma kam in Pas Garderobe gerauscht und fegte die Umstehenden zur Seite. Gleich Liebhabern, die für Jahre vom Schicksal getrennt worden waren, sanken sie sich in die Arme, und ich musste mir bewusst vor Augen halten, dass ihre Überschwänglichkeit bedeutungslos war. Sie boten einander die Wange dar und warteten darauf, geküsst zu werden, und wahrscheinlich war es ebenjener Wunsch, nämlich von dem anderen angebetet zu werden statt ihn anzubeten, der sie im Lauf der Zeit auseinander getrieben hatte.

Nachdem sie sich mit Komplimenten überhäuft und sich ein letztes Mal geherzt hatten, rauschte Ma von dannen. Die beiden Wächter an Pas Garderobentür schauten ihr nach, und die wartende Menge nutzte den Augenblick, um sich an ihnen vorbeizudrängen. Fleur, die den Auftritt meiner Mutter mit gekünsteltem Lächeln verfolgt hatte, wurde in einer Ecke neben dem Waschbecken eingeklemmt, und um ein Haar hätte sie mir Leid getan. Ich war noch im Begriff, mich zu Pa durchzukämpfen, als sich eine Hand von hinten an mich krallte. Als ich herumfuhr, erkannte ich Caroline Frensham.

»Harriet! Ich muss mit dir sprechen.«

Ich hatte gelesen, dass es in Neuseeland Hunde gab, die Schafe allein durch ihren Blick dirigieren können, und ähnlich wie den Schafen erging es mir, als ich Carolines Augen sah. Gehorsam machte ich kehrt, doch selbst wenn ich hätte fliehen wollen, wäre es mir in den nachströmenden Menschenmassen nicht gelungen. Abgesehen davon wirkte Caroline unwohl und angegriffen, und ich wusste, dass ich mich schäbig benommen hatte. Es war Zeit, mich ihrem Zorn zu stellen.

Mit den Ellbogen bahnten wir uns einen Weg, bis wir eine vergleichsweise ruhige Stelle fanden. »Caroline«, begann ich, »du weißt nicht, wie Leid mir das Ganze tut. Es war ein Fehler, ein entsetzlicher Irrtum …«

Caroline hörte nicht zu. »Harriet! Ich bin verzweifelt! Vollkommen verzweifelt.« Sie umklammerte meinen Arm. »Ich muss zu ihm! Bitte, hilf mir! Ich halte es nicht mehr aus.« Sie fing an zu weinen.

»Ja, aber, ich weiß doch gar nicht, wo er ist. Offenbar befindet er sich in Südamerika – wir stehen eigentlich nicht in Kontakt …«

»Was? Ach, du meinst Max. Er ist in Brasilien. Aber von ihm ist gar nicht die Rede. Es geht um Waldo. Ich muss ihn sehen. Schau, Harriet, du bist doch inzwischen eine erwachsene Frau, und deine Mutter hat es gewiss nicht gestört – du weißt, wie deine Eltern sind, nicht wahr?« Ich nickte mechanisch und überlegte, ob sie noch immer Pillen nahm. »Jedenfalls hatten Waldo und ich ein Verhältnis. Natürlich wollte er meine Ehe nicht zerstören, doch ich hatte ohnehin vor, mich scheiden zu lassen. Glaub mir, Max war mir nie treu, meine Güte, er hat am Abend vor unserer Hochzeit mit einer meiner Brautjungfern geschlafen und auch später vor keiner Halt gemacht – ihm ging es von Anfang an nur um mein Geld. Aber dann habe ich Waldo kennen gelernt und begriffen, welche Närrin ich war. Waldo ist alles, was ich mir jemals erträumt habe – er ist zärtlich, aufrichtig, selbstlos – und rein! Nie hat er ein Geschenk angenommen – Harriet, ich liebe ihn.«

In ihrer Erregung hatte Caroline begonnen, an einem Knopf meines Mantels zu drehen. Der Knopf war handgeschnitzt, und ich wollte nicht, dass sie ihn abdrehte, doch sie darauf hinzuweisen, empfand ich äußerst unangebracht.

»Harriet!«, wiederholte sie mit rotgeränderten Augen. »Du musst mir helfen! Ich habe alles getan. Um seinem Ruf nicht zu schaden, habe ich ihn nicht im Gefängnis besucht, sondern bin zu meiner Schwester nach Neuseeland gefahren – doch nun ist er frei, und nun kann ihm das nichts mehr anhaben. Und trotzdem sagt er am Telefon, ich soll mich noch gedulden und warten, bis sich der Aufruhr um ihn gelegt hat.«

Mir fiel ein, dass Pa eine Frau erwähnt hatte, die ihn mit Geschenken überschüttete. Ich wünschte, er hätte hinzugefügt, dass es sich um Caroline Frensham gehandelt hatte.

»Seit fast sechs Monaten habe ich ihn nicht mehr gesehen, Harriet! Du hast keine Ahnung, wie einsam ich ohne ihn bin.« Sie brach erneut in Tränen aus und fuhr sich mit der Hand über die Nase. »Gestern habe ich ihn in seiner neuen Wohnung angerufen, und da war eine Frau am Apparat. Sie hat gesagt, ich solle mir weitere Anrufe sparen, Waldo sei nicht mehr interessiert.« Caroline stieß ein kurzes Lachen aus. »Wie kommt sie dazu, mir so etwas zu sagen? Und wer ist sie überhaupt? Es hat sich mit Sicherheit nicht um Clarissa gehandelt, ihre Stimme hätte ich erkannt – und nun will man mich nicht zu ihm lassen, Harriet! Wenn das so weitergeht, drehe ich durch.«

Ich hatte den Eindruck, sie stand tatsächlich kurz davor, den

Verstand zu verlieren. Ich betrachtete ihre zitternden Hände, ihr strähniges Haar, den Mantel, den sie falsch zugeknöpft hatte, und überlegte, was ich antworten sollte. Was wäre, wenn ich ihr von Fleur erzählte? Würde sie fortstürzen, um sich umzubringen? Vielleicht hatte Max ausnahmsweise einmal nicht gelogen, als er erklärte, dass sie labil und selbstmordgefährdet wäre.

»Warum gehst du nicht nach Hause, Caroline?«, fragte ich zuletzt. »Ich werde dafür sorgen, dass er sich bei dir meldet. Das verspreche ich dir ganz fest. Du siehst müde und erschöpft aus. Ruh dich ein wenig aus, ehe du dich mit ihm triffst.«

Carolines Blick wurde unsicher, und ich schämte mich, weil ich ihr, ebenso wie Pa, falsche Hoffnungen machte. »Ja«, murmelte sie. »Du hast Recht. Ich bin total fertig – und das sieht man mir an.« Sie strich über ihr Haar. »Ich werde mich hinlegen, und anschließend mache ich mich für ihn hübsch. Vielen Dank, Harriet, das war eine gute Idee.«

Nicht wirklich, dachte ich im Stillen, in Wahrheit bin ich lediglich ein Feigling. »Hat er deine Telefonnummer?«

»Was? O ja, natürlich. Bitte ihn, mich gleich morgen Früh anzurufen, tust du das?«

Für einen Moment sah es aus, als könne sie sich kaum noch auf den Beinen halten. »Soll ich dir ein Taxi rufen?«, fragte ich und befreite behutsam meinen Knopf.

»Nein, lass nur. Mein Fahrer wartet auf mich. Noch einmal vielen Dank, Harriet. Du warst sehr lieb.«

Sie verschwand über den Flur. Ich nahm mir vor, Pa umgehend zu bitten, ihr so behutsam wie möglich die Wahrheit beizubringen, doch als ich zu ihm vorgedrungen und seine schweißnasse Wange geküsst hatte, ergriff er meine Hand und bat mit flehender Stimme: »Harriet, schaff mir die Menschen vom Hals! Wenn ich nicht umgehend nach Hause komme, werde ich verrückt.«

Bron, der neben ihm stand, bemerkte: »Was soll ich denn erst sagen? Irgendjemand hat auf meinen neuen Schuhen herumgetrampelt.« Dann löschte er jedoch seine Zigarette in einem Champagnerglas, klatschte in die Hände und rief: »Leute, alle mal herhören! Die Feier geht im Crillon weiter! Die erste halbe Stunde geht auf meine Rechnung!«

41

Am nächsten Tag überschlug sich die Kritik mit Lob. Pa wäre »tiefgründig«, »elegisch«, »aufwühlend« und »einzigartig« gewesen, hieß es, der größte Shakespeare-Mime des zwanzigsten Jahrhunderts, und er hätte das Gute und Böse, das der Mensch in sich vereinte, auf einzigartige Art und Weise dargestellt und Shakespeare für eine ganze Generation neu definiert. Offenbar trafen seitdem bei Pa täglich Rollenangebote ein, und es hieß, dass er zur Ernennung in den Adelsstand vorgeschlagen worden war.

Über Nacht war, was immer Pa tat, ohne Fehl und Tadel. Die Trennung von meiner Mutter wurde in den Zeitungen diskret übergangen. Ma war die »unvergessliche Rosalind« und nahm zufrieden zur Kenntnis, dass die alten Fotos erschienen, auf denen sie zehn Jahre jünger war. Sie und Ronnie kehrten nach Cornwall zurück, um die Handwerker im Cottage im Auge zu behalten. Auch Portia und Jonno zog es wieder in ihr Häuschen. Bron hatte sich im Crillon beim Trinken übernommen und wurde am Morgen von fürsorglichen Italienern nach Rom geflogen.

Ophelia und Charles nahmen ihr übliches Leben auf, was hieß, dass wir uns selten sahen, und Cordelia bereitete sich mittlerweile auf ihren eigenen Premierenabend vor. Als es so weit war, machte es mich unsagbar stolz, sie als Viola auf der Bühne zu erleben und zu verfolgen, wie sie sich von einem geheimnisvollen Knaben in ein Mädchen verwandelte, das seine Weiblichkeit entdeckt. Selbst Rupert schien angetan zu sein und brummte etwas Beifälliges. Cordelia badete in ihrem Erfolg, und überhaupt konnte man guten Gewissens behaupten, dass die Welt ringsherum zufrieden war.

Mit Ausnahme von mir.

Früher war ich glücklich, wenn meine Eltern und Geschwister glücklich waren, doch inzwischen war ich eindeutig selbstsüchtiger geworden. Nicht, dass ich nachts geweint oder mich vor dem nächsten Tag gefürchtet hätte, denn dazu war das Leben bei Rupert und Archie zu angenehm. Nein, der Grund lag tiefer verborgen, doch wenn ich nach ihm bohrte und grübelte, erschrak ich vor dem, was ich erkannte, und lenkte mich schleunigst ab. Ein Umstand war indessen offenkundig, und er störte mich dermaßen, dass ich beschloss, etwas dagegen zu unternehmen.

Je näher die Premiere des *Maskenball* rückte, desto zerstreuter wurde Rupert, und zuweilen musste man einen Satz zwei-, dreimal wiederholen, bis er aufmerkte. Im Übrigen wanderte er ziellos umher, sprach mit sich selbst und stellte Dinge wie schlafen und essen so gut wie gänzlich ein. Einmal schloss er sich nach einem Telefonat für Stunden in seinem Arbeitszimmer ein, und selbst Archie vermochte ihm keine Antwort zu entlocken.

»Das ist, weil er alles in sich hineinfrisst und mit sich ausmacht«, erklärte Archie, als wir uns in die Laube zurückzogen. Cordelia saß in der Küche und nähte sich einen Kimono. »Wenn er einmal richtig ausrasten würde, ginge es ihm wahrscheinlich besser. Vielleicht sollte er sich wenigstens mal mit einer Frau abreagieren – so ist es wirklich kaum auszuhalten.«

»Ich weiß nicht, ob eine Frau helfen würde«, erwiderte ich. »Hast du die Sache mit Leah vergessen?«

»Nein, das habe ich nicht. Weder mit Leah, noch mit Celia, Beatrice oder Pascale. Ganz zu schweigen von Anna, Esther und Hildebrand.«

»Wie bitte?«

»Jawohl. Und das waren lediglich seine letzten Eroberungen.«

Mir wurde leicht übel. Ich wusste, dass Rupert gelegentlich zu viel trank, dass er morgens schlechte Laune hatte, dass er zuweilen hart und unbarmherzig war, aber dass er … ich riss mich zusammen. Aber bitte, wenn er darüber hinaus noch den Casanova geben musste, meinen Segen sollte er haben. Im Grunde interessierte mich das auch gar nicht.

»Wie kann denn jemand Hildebrand heißen?«, fragte ich naserümpfend.

»Was weiß ich? Hildebrand war eine Walküre, die er in Bayreuth aufgelesen hat, und insofern passt der Name eigentlich.«

»Wie schön, im Notfall hätte er dann ja jede Menge Frauen, auf die er zurückgreifen kann.«

Archie hielt im Weineinschenken inne. »Oha.«

»Oha was?«

»Nichts.« Archie lehnte sich zurück und schlug die Beine übereinander. Dann deutete er auf eine moosbewachsene Statue, die am Ende des Gartens aus einer Gruppe süß duftender, dunkelroter Blumen aufragte. »Das ist Clytie«, sagte er. »Eine Seejungfrau, die den Sonnengott Helios liebte, der sie wegen einer anderen verlassen hat. Wenn man Ovid Glauben schenkt, legte sie sich für neun Tage und Nächte nackt auf die Erde und nährte sich von ihren Tränen. Danach schlugen ihre Glieder Wurzeln und sie verdorrte. Lediglich ihr Kopf nahm eine leuchtend violette Farbe an. Denn wenngleich sie mit dem Erdboden verhaftet war, kehrte sie ihr Gesicht weiterhin der Sonne zu, ihrem Geliebten, von dem sie niemals ließ. Die Blumen heißen Heliotrop; sie wurden nach ihr benannt. Und dem Menschen sagt die Geschichte, dass er mit seiner Liebe achtsam sein muss, wenn er nicht verglühen will.«

Ich wartete darauf, dass er erklärte, was er damit sagen wollte, doch Archie wechselte das Thema. »Ich glaube, wir lassen Rupert zufrieden, bis die Premiere vorüber ist. Sag auch Cordelia Bescheid.«

Ich willigte ein. Danach stand ich auf und ging in mein Zimmer, um mich weiter an der Kritik zu Pas Othello zu versuchen. Die erste Fassung hatte ich in einem Rutsch niedergeschrieben. Vielleicht lag es daran, dass Themen wie Liebe, Ehre, Treue und Eifersucht einfacher zu behandeln waren als übernatürliche Wesen. Bis spät in die Nacht feilte ich an meinem Text, und in der nächsten Mittagspause tippte ich ihn ab und sandte ihn, zusammen mit meinen Artikeln über die Poltergeister, an drei Lokalredaktionen, die ich mittlerweile kannte.

Tatsache war, dass ich es nicht aushielt, länger in Ruperts Schuld zu stehen. Gewiss, ich steuerte meinen Anteil bei – drei viertel meines Gehaltes –, doch es reichte mitnichten für das, was Cordelia, Dirk, Mark Antonius und ich verzehrten, von dem Betrag für meine Kleidung ganz zu schweigen. Und natürlich sparte ich auch, wo ich konnte, doch als ich, wie in Pye Place, die Seifenreste verwenden wollte, streikte Archie.

»In Dantes viertem Kreis der Hölle ist ein Platz für Geizkragen vorgesehen. Gemeinsam mit den Verschwendern werden sie gezwungen, Gewichte hügelauf und -abwärts zu rollen und sich zu schmähen, wenn sie sich begegnen. Ich weiß nicht, ob es dir dort gefallen würde.«

»Ich tue das, weil wir eine Last sind, und ich mich schuldig fühle.«

»Ach so. Deshalb nagst du den Käse von den Rinden, isst die Äpfel mit Gehäuse und verweigerst die zweite Portion. Und ich hatte bereits befürchtet, dein sonderbares Essgebaren deute auf einen winzigen Frensham hin.«

»Gott sei Dank nicht. Wenigstens etwas, worüber ich froh und glücklich sein kann.«

Archie musterte mich nachdenklich. »Warum dieser trostlose Unterton? Du bist jung, du solltest vor Freude hüpfen. Wenn du sparen willst, konzentrier dich auf Dirk und verbiete ihm, unsere Sachen zu ruinieren. Er hat meine Ledermokassins zerkaut.«

»Oh, nein. Kann ich sie reparieren lassen?«

»Wohl kaum. Sie bestehen aus zig kleinen Einzelteilen, und der Rest befindet sich in Dirks Magen.«

»Ich weiß nicht, warum er das ständig tut. Gestern hat er den Gürtel von Ruperts Regenmantel gefressen. Rupert hat nichts gesagt, als ich mich entschuldigt habe, aber er war sauer, als Dirk sich auf der Seidenbrücke erbrochen hat. Den Fleck habe ich noch immer nicht rausgekriegt.« Ich pulte die Seifenreste aus dem Behältnis, das ich angefertigt hatte. »Jedermann wendet sich an Rupert, wenn er Hilfe braucht. Ich weiß nicht, warum das so ist. Er ist nicht einmal besonders liebenswürdig. Vielleicht liegt es an seinem Pflichtgefühl, vielleicht ist es das, was andere spüren. Das war schon früher so. Wir haben ihn pausenlos bei seinen Beschäftigungen gestört, weil wir irgendetwas von ihm wollten, und manchmal war es offenkundig, dass er lieber in Ruhe gelassen werden wollte. Trotzdem hat er jedes Mal nachgegeben. Mir ist das allein deshalb aufgefallen, weil in unserer Familie niemand irgendeine Art von Pflichtgefühl kannte. Aber nun – nun kommt es mir vor, als ob ich Rupert ausnutzen würde.«

»Du solltest die Stirn nicht krausen, Harriet. Das gibt Falten. Wenn du so weitermachst, siehst du demnächst wie eine Hundertjährige aus.«

Es dauerte drei lange Wochen, bis der *Manchester Sentinel*

meine Bewerbung beantwortete und mich zu einem Vorstellungsgespräch einlud. Ich nahm mir einen Tag frei und fuhr los, ohne jemandem etwas davon zu erzählen. Natürlich war ich furchtbar aufgeregt, doch die Menschen, mit denen ich mich im Büro des *Sentinel* unterhielt, waren unglaublich nett und erkundigten sich nach Pa. Es war offenkundig, dass ich seinetwegen gute Karten hatte, und anders als sonst machte ich es mir zunutze. Nach einer weiteren Woche erhielt ich einen Brief, in dem mir eine Stelle als Assistentin des stellvertretenden Feuilletonchefs angeboten wurde, mit einem Gehalt, das doppelt so hoch wie das des *Mercury* war. Ich war begeistert oder zumindest angetan und verdrängte das bange Gefühl, das mich beschlich, wenn ich daran dachte, London zu verlassen und in Manchester ein neues Leben zu beginnen.

Natürlich wäre ich nicht allein, denn ich hatte vor, Cordelia mitzunehmen. Zwar würde es für sie nicht einfach, erneut die Schule zu wechseln, doch es wäre ihr sicherlich lieber, als zu Pa und Fleur zu ziehen, oder zu Ophelia. Allerdings war ich fest entschlossen, trotz Fleurs Gejammer über die Kosten des neuen Hauses für Cordelia einen Unterhaltsbeitrag zu erbitten.

Für mich würde ich nichts verlangen. Im September wurde ich dreiundzwanzig und hätte schon seit Jahren eigenes Geld verdienen müssen. Mit dem neuen Gehalt konnte ich mir gewiss ein großes Zimmer in der Nähe des *Sentinel* mieten, und bei pfleglicher Behandlung würden meine neuen Kleider noch für Jahre halten. Ich würde hart arbeiten und mir mit der Zeit vielleicht eine richtige Wohnung leisten können. Gut, berauschende Aussichten waren das nicht, doch ich würde mich der Herausforderung stellen. Zudem lebten Portia und Jonno unweit von Manchester, und auch wenn sie sich eigentlich genügten, würden wir sie häufig besuchen. Oder zumindest gelegentlich. Oder ich wüsste doch immerhin, dass sie in Reichweite waren, und deshalb wären wir nicht allein. Und mit Dirk und Mark Antonius würde noch die schäbigste Unterkunft ein Zuhause sein.

Cordelia reagierte allerdings nicht so, wie ich erhofft hatte. »Nach Manchester? Spinnst du? Weißt du, wie schlecht die Luft dort ist und dass man da an Lungenkrebs stirbt? Das kannst du vergessen. Da ziehe ich nicht hin.«

Auch als ich ihr die Alternativen vor Augen hielt, blieb sie stur. »Zu Ophelia und Charles gehe ich nicht. Da wäre ich nur das fünfte Rad am Wagen. Außerdem haben die nur ein Schlafzimmer. Soll ich nachts auf dem Sofa liegen und ihnen beim Sex zuhören? Willst du, dass ich wahnsinnig werde?«

Bei dem Vorschlag, zu Pa und Fleur zu ziehen, wurde Cordelia giftig. »Wie stellst du dir das vor? Ich würde ja die Stühle abnutzen und die Luft verpesten! Nach einer Woche würde ich mich vor den Zug werfen, wie Anna Dingsbums, und du erinnerst dich doch wohl noch, wie ich geweint habe, als Greta Garbo das getan hat, und dann wäre ich es selbst, was glaubst du, wie mir dann zumute wäre?«

»Ebendeshalb musst du mit nach Manchester kommen.«

»Ja, aber warum können wir denn nicht hier bleiben?«

Die gleiche Frage hatte Archie gestellt, als ich ihm beim Zubereiten des Abendessens von meinen Plänen erzählt hatte.

»Weil wir nicht ewig als Parasiten leben können«, hatte ich geantwortet. »Ich muss lernen, unabhängig zu sein. Du und Rupert seid sehr großzügig gewesen, aber ich möchte, dass ihr euer Haus wieder allein bewohnt.«

»Klar.« Archie verteilte pürierte Tomaten und Anchovis auf Orangenscheiben und Chicoree. Ich war enttäuscht, dass er nicht widersprach, denn ich hatte noch eine Menge Argumente auf Lager. »So. Fertig. Zum Auftakt eine kalte Suppe und zum Nachtisch gibt es Pfirsichpudding in Rotweinsoße.«

»Prima.«

»Finde ich auch.«

»Deine Küche wird mir fehlen. Und überhaupt die schöne Zeit, die wir hatten. Und du.« Ich spürte, dass meine Augen anfingen zu brennen.

Archie runzelte die Stirn. »Wovon redest du überhaupt? Ach so. Also, mit dieser fixen Idee soll Rupert sich befassen, ich lehne das ab. Aber fall ihm bitte nicht gleich damit auf den Wecker, er steht unter Stress – andererseits wäre es vielleicht gut, wenn er mal auf andere Gedanken käme.«

»Ich meine es ernst. Wir müssen wirklich …«

»Schweig!« Archie hob eine Hand mit silbern lackierten Fingernägeln. »Ich muss mich auf die Suppe konzentrieren, und du brabbelst pausenlos dazwischen.«

Ich ging in mein Zimmer, um mich umzuziehen. Als Rupert nach Hause kam, brachte er vor Erschöpfung kaum einen Ton hervor. Als wir nachher im Garten zu Abend aßen, schienen ihn die Wärme, der Blumenduft und das Vogelgezwitscher jedoch zu beleben. Seine Wangen nahmen wieder Farbe an, und er berichtete von seinem Tag. Am Nachmittag hatte die erste Kostümprobe stattgefunden, und man hatte festgestellt, dass die Wahrsagerin zugenommen hatte und nicht mehr durch den Eingang ihrer Hütte passte. Es war zu tränenreichen Szenen gekommen, und schließlich hatte sie sich Rupert nackt präsentiert, um zu beweisen, dass sie lediglich schwere Knochen hatte.

»So etwas habe ich überhaupt noch nie gesehen«, erklärte Rupert. »Sie hätte mehrere Kannibalenstämme ernähren können.« Er schauderte. »Ich werde das Bild gar nicht mehr los. Um des lieben Friedens willen haben die Zimmerleute schließlich den Eingang vergrößert, sodass die Gute wieder hineingelangt.«

»Warum verlegst du die Szene nicht in eine Grotte?«, fragte ich. »Stell dir vor, sie schlägt sich vor der Premiere den Magen voll und bleibt vor vollem Haus im Eingang stecken!«

»Das geht nicht, die Hütte ist ein wichtiger künstlerischer Aspekt der Inszenierung. Allerdings passt auch der Sopran kaum durch die Tür, und als die beiden drin waren, kamen sie nicht mehr heraus, und wir mussten die Tür aus den Angeln heben. Das restliche Ensemble fand das Ganze dermaßen witzig, dass keiner mehr gescheit singen konnte. Eine geschlagene Stunde hat uns der Zirkus gekostet. In Zukunft nehmen wir einen Vorhang aus Sackleinen statt der Tür.«

»Und was ist mit dem künstlerischen Aspekt?«, erkundigte sich Archie.

Rupert lachte. »Der ist mir dann egal. Außerdem kannst du den bei der Oper meistens vergessen. Die Leute können singen, aber schauspielern können sie nicht. Und auch das Orchester spielt, als würden sie Rasen mähen. Nur hier und da dringt der Dirigent zu ihnen durch, oder es geschieht ein Wunder. Doch das, was zählt, sind die Stimmen und eine reibungslose Aufführung.«

Wie immer spielte Rupert seine eigene Bedeutung herunter, dabei wusste ich, dass er alles gegeben hatte. Um ihn hätten Kriege ausbrechen, Regierungen gestürzt oder England zum konfuzianischen Glauben übertreten können, ohne dass er etwas davon mitbekommen hätte. Im Moment wirkte er glücklich und entspannt, hatte sich im Sessel zurückgelehnt, sog genüsslich den Duft des Jasmins ein und hielt ein Glas Rotwein in der einen und eine Zigarre in der anderen Hand.

»Ich habe einen neuen Job«, begann ich. »Als Assistentin des stellvertretenden Feuilletonchefs des *Manchester Sentinel.* Ich fange nächsten Monat an.«

Rupert setzte sich auf und schaute mich an, als ob ich erklärt hätte, ich würde demnächst an Straßenecken auf einem Kamm blasen. »Wovon redest du da?«

»Von meinem neuen Job. In Manchester. Das Gehalt ist in Ordnung, und wenn Pa Cordelia Unterhalt zahlt, kommen wir zurecht. Natürlich muss sie die Schule wechseln, aber ihr fällt es ja leicht, Freundschaften zu schließen. Ich werde uns ein Zimmer im Parterre besorgen, damit Mark Antonius ein- und ausgehen kann. Dirk ist vielleicht ein Problem, aber ich werde mir etwas in der Nähe des Büros suchen und in der Mittagspause mit ihm spazieren gehen.«

»Hast du einen Sonnenstich, Harriet?« Ruperts gute Laune war verflogen. »Vielleicht solltest du reingehen und dich für eine Weile hinlegen.«

»Mir geht's gut, keine Sorge. Ihr wart Engel und habt uns aufgenommen, doch das kann nicht immer so weitergehen. Wir waren auch furchtbar gern hier, und ich kann wahrscheinlich nie richtig ausdrücken, wie dankbar ich bin …«

»Bitte«, winkte Rupert ab und schloss die Augen. »Du weißt, dass ich solche Ergüsse hasse. Ich bin müde. Ich kann nicht mehr denken. Und ganz gleich, woher deine Rührseligkeit stammt, verschone mich bitte damit. Ich möchte weder, dass du dankbar bist, noch dass du darüber sprichst.« Er stellte sein Glas ab und fuhr sich durchs Haar. »Kannst du denn nicht einmal vernünftig sein und einfach nur still dein Leben führen – zumindest bis die Premiere vorüber ist?«

»Ich bin vernünftig!«, erwiderte ich aufgebracht. »Und ich wüsste nicht, wie ich dich mit meinem Verschwinden stören könnte. Cordelia und ich verdrücken uns leise, und du wirst nicht einmal merken, dass wir nicht mehr anwesend sind. Allenfalls wirst du erleichtert sein, wenn du feststellst, dass Dirk nichts mehr anknabbert und dass Mark Antonius keine Löcher mehr im Garten gräbt, ganz zu schweigen von dem Telefon, das nicht mehr klingelt, und der Nähmaschine, die nicht mehr rattert.«

Für einen Moment saß Rupert schweigend da, zog an seiner Zigarre und betrachtete eine Biene, die den Teller mit den Pfirsichsteinen umsummte. Sein Blick war dermaßen weit fort, dass ich mich fragte, ob er überhaupt noch über das, was ich gesagt hatte, nachdachte.

»Glaubst du tatsächlich«, entgegnete er schließlich, »dass du einen Vermieter findest, der dir gestattet, einen Riesenhund und einen fetten Kater zu halten? Weißt du, Harriet, bisweilen frage ich mich, ob man dich überhaupt allein vor die Tür lassen kann.«

»Warum denn nicht?«, fragte ich. »Es gibt Menschen, die Bernhardiner mögen. Wahrscheinlich findet man Dirk sogar netter als uns. Außerdem beweist das umso mehr, wie viel ich noch lernen muss, wenn ich unabhängig und eigenständig leben will. Nebenher werde ich Geld beiseite legen, um meine Schulden bei dir zu begleichen. Es wird eine Weile dauern, aber …«

»Ich will nichts mehr davon hören!« Rupert sprang auf, warf seine Zigarre in einen Rosenstrauch und blickte mich wütend an. »Verschwinde, wenn du willst. Hau ab – je eher, desto besser –, aber lass mich zufrieden.« Mit großen Schritten eilte er ins Haus.

Archie stand auf und klaubte die Zigarre aus den Rosen. »Ich will nicht, dass Dirk sie frisst. Er würde sich doch nur übergeben.« Ich spürte seinen Blick auf meinen feuerroten Wangen. »Das ist nicht besonders gut gelaufen, oder?«

Ich lachte zittrig auf. »Nicht besonders.«

»Nimm es dir nicht zu Herzen, Harriet. Rupert schläft zurzeit kaum und muss sich mit den Sorgen und Nöten einer gesamten Opernbelegschaft befassen. Warte, bis die Premiere vorüber ist. Danach ist er wieder der Alte, und es wird ihm Leid tun, dich angefahren zu haben.«

»Nein, Archie. Mir tut es Leid. Ich habe ihn aufgeregt – ich und meine Familie sind ihm eine Bürde gewesen, und das seit dem Tag, an dem ich auf der Party erschienen bin. Und ich bin die größte Nervensäge gewesen. Und nun habe ich ihm schon wieder mit meinem Kram in den Ohren gelegen, obwohl ich weiß, dass er momentan abgekämpft ist und Angst hat, die Oper könnte ein Reinfall werden.« Ich lächelte tapfer durch meine Tränen. »Ich will ihm doch nur helfen. Ich hatte keineswegs vor, alles noch schlimmer zu machen.«

»Bis zur Premiere sind es nur noch zwei Wochen. Und wenn die Kritiken ordentlich ausfallen, fängt Rupert sich wieder. Dabei kommt mir eine Idee. Wir werden gleich nach der Premiere eine Party feiern. Ein tolles, rauschendes Fest. Es wird Rupert auflockern und aus seiner Starre erlösen.«

Ich hatte zwar immer den Eindruck gehabt, dass Rupert sich wenig aus Partys machte, doch ich beugte mich Archies Argumentation. »Was stellst du dir denn vor?«

»Etwas Bombastisches und Ausgefallenes – lass mich nachdenken – hör auf zu buddeln, du Ungeheuer!« Archie warf einen Pfirsichstein nach Mark Antonius, der zwischen den Lilien zu graben begonnen hatte. »Die Premiere dauert etwa bis halb elf. Bis jeder hierher gefunden hat, ist es halb zwölf – und danach tanzen wir in den Morgen.«

»Ja, aber werden die Opernleute denn dann nicht während der nächsten Vorstellung furchtbar müde sein?«

»Nein, es ist ja nicht wie beim Theater. Die nächste Aufführung findet erst wieder in einer Woche statt. Oh, und das wird überhaupt das Motto unseres Balls.«

»Du willst einen Ball geben?«

»Ja, natürlich, das liegt doch auf der Hand. Die Leute müssen nicht einmal ihre Kostüme ablegen.« Archie seufzte zufrieden und warf den nächsten Stein nach Mark Antonius, der sich zwischen den Anemonen zu schaffen gemacht hatte. »Wir geben einen Maskenball.«

42

In der Nacht wälzte ich mich schlaflos im Bett und überlegte, ob Rupert ebenfalls wach dalag und vielleicht über mich und meine Pläne nachdachte, doch dann hielt ich mir vor Augen, wie unwahrscheinlich und albern ein solcher Gedanke war. Als ich am Morgen die Küche betrat, lehnte ein zusammengefalteter Zettel an meiner Tasse. Archie stand in seinem purpurfarbenen chinesischen Seidenmorgenmantel am Herd und briet Eier. Von Rupert war nichts zu sehen.

Archie reichte mir einen Teller. »Du siehst aus, als ob dich ein betrunkener Ehemann verprügelt hätte.«

»So fühle ich mich auch.« Ich faltete den Zettel auseinander.

Verzeih, dass ich unbeherrscht war. Arbeit und Alkohol vertragen sich nicht. Natürlich kannst du uns jederzeit verlassen, und wenn ich dir helfen kann, sag Bescheid. Und herzlichen Glückwunsch zu dem neuen Job. R.

»Bietet er dir eine Friedenspfeife an?« Archie schälte eine Birne.

»Ja.« Ich faltete den Zettel zusammen und steckte ihn in meine Tasche. »Das war sehr lieb von ihm.«

»Hm.«

»Er beglückwünscht mich zu meinem neuen Job.«

»Aha.«

»Und es tut ihm Leid, dass er schlechte Laune hatte.«

»Gut.«

»Und er findet, dass ich euch natürlich verlassen kann. Somit wäre das geregelt.« Ich versuchte, fröhlich zu lächeln, doch irgendwie gelang es mir nicht. Archie legte sein Messer ab und schaute mich forschend an. »Archie …«, begann ich zögernd.

»Harriet.«

»Macht es dir nichts aus, wenn Rupert mit Frauen schläft? Ich meine, hast du nicht ab und zu Angst, dass ihm eine Frau so gut gefällt, dass er sie …« Ich brach ab.

»Dass er sie heiratet und kleine Wolvespurges zeugt? Dass hier vielleicht eine rotwangige, blonde Brünhilde einzieht? Gewiss, die Möglichkeit besteht immer. Ebenso wie die Möglichkeit, dass ich mit einem rotwangigen, blonden Siegfried einen Trödelladen auf dem Land aufmache. Zum Glück lautet meine Devise, das Leben zu nehmen, wie es kommt. Rupert und ich sind kein Paar, und wenn ich richtig informiert bin, hat er sich überhaupt noch nie mit einem Mann eingelassen. Natürlich glauben andere Menschen, dass zwei Männer, die zusammenleben, automatisch schwul sind, doch das kommt uns eigentlich recht gelegen. Rupert findet es amüsant, und außerdem verbirgt er sich dahinter. Die Frauen betrachten ihn als Herausforderung, und er geht gern mit ihnen ins Bett. Auf eine engere Bindung legt er bekanntlich keinen Wert. Insofern ist das für ihn eine prima Lösung, denn ich führe seinen Haushalt ja, ohne zu erwarten, dass er mir deshalb ewige Liebe schwört. Ich dagegen gewinne an Sexappeal, wenn andere sehen, dass ich mit einem gut aussehenden, jüngeren Mann zusammenlebe.«

Ich versuchte, die Nachricht zu verdauen. Rupert und Archie waren kein Liebespaar. Rupert war nicht bisexuell. Ich wusste nicht, ob ich deswegen froh oder unglücklich war; ich glaube, es war eine Mischung aus beidem. Dann fiel mir etwas ein.

»Ja, aber – als ich in Pye Place nachts zufällig an der Tür zu Ruperts Zimmer war und – also, da habe ich etwas – da kam es mir so vor, als ob du und er …« Ich spürte die Hitze in meinen Wangen. »Ich glaube, da wart ihr zusammen.«

»Oh, Harriet!« Archie lachte, bis ihm die Tränen kamen und seine Wimperntusche verlief. »Rupert und ich hatten unsere Zimmer getauscht, weil es in meinem zog, und du weißt, wie rasch ich mich erkälte. Rupert ist da unempfindlich. Wahrscheinlich hast du mich und den lieben Emilio gehört. Nicht dass ich besonders stolz auf die Eroberung wäre, denn es war beileibe nicht notwendig, ihn zu überreden, doch er hatte so einen Hauch von Torero, den ich recht reizvoll fand – ich hoffe, du bist nicht schockiert.«

»Nein. Nein, ganz und gar nicht.« Archie und Emilio. Eigentlich hätte ich es mir denken können. Vielleicht hatte Georgia sich deshalb mit Max trösten wollen. Ich beschloss, ihr zu verzeihen, obwohl es eigentlich nichts zu verzeihen gab, denn Max war ja derjenige, der unaufrichtig gewesen war, doch welche Rolle spielte das noch? »Archie?«

»Harriet.«

»Du hältst nicht viel von Frauen, nicht wahr? Du denkst, wir gieren nach Liebesschwüren und machen Theater, wenn man sie uns vorenthält.«

»Ich habe dir lediglich Ruperts Standpunkt vermittelt. Ich mag Frauen. Ich mag auch Szenen und Theater. Ohne sie würde ich das Leben langweilig finden. Andererseits nehme ich selten etwas ernst, mit Ausnahme von Krankheiten. Rupert dagegen ist ein Mensch, der tief empfindet und es hasst, wenn jemand Gefühle heuchelt. Wenn du mich fragst, fürchtet er sich davor, jemanden zu lieben.«

»Das verstehe ich.« Ich stützte meinen Kopf in die Hände. »Die Vorstellung, dass das eigene Glück von einem anderen abhängt, ist beängstigend. Und auch, dass man ohne den anderen … eigentlich gar nicht mehr leben will.«

»Oh, Harriet! Harriet, mein liebes, armes Mädel! Es hat dich schlimm erwischt, nicht wahr?«

Ich schluckte und blickte zu Boden. Für eine Weile schwiegen wir. Dann schaute ich Archie an. »Ich komme mir so idiotisch vor«, sagte ich. »Wie konnte ich nur in so eine Lage geraten?«

»Das hat aber nichts mit Max zu tun, nicht wahr?«

Ich schüttelte den Kopf.

»Das hätte mich auch gewundert. Soll Onkel Archie dir einen guten Rat geben?«

Ich nickte.

»Es gibt eine Gezeit in Männerbelangen, die in der Flut genommen, zum Glücke führt. Und sag jetzt nicht *Othello,* weil es aus *Julius Caesar* stammt. Shakespeare wusste, dass die Kunst des Lebens darin besteht, die Karten im richtigen Moment auszuspielen, und dass das Leben im Elend versandet, wenn man die Flut versäumt. Vielleicht hat er ein wenig übertrieben, aber dennoch sollte man, wenn man etwas will, stets einen günstigen Zeitpunkt abpassen. Ich finde es sehr klug von dir, von hier fortzugehen. Es wird ihn zur Besinnung bringen.«

»Es geht nicht um Klugheit. Ich will ihm nicht länger zur Last fallen. Außerdem könnte ich es nicht ertragen, wenn eine andere Frau in seinem Leben auftauchte, und selbst wenn es nichts Ernstes wäre – ich könnte es nicht mit ansehen.«

»Erzähl mir nichts von Eifersucht, Liebes, denn die kenne ich zur Genüge. Hör aber trotzdem auf meinen Rat: Zeig dich munter! Keine niedergedrückte Miene! Lass ihn über deine neue Unabhängigkeit nachbrüten. Denk immer daran, dass du einem sehr seltenen, scheuen Kameloparden nachstellst. Du darfst ihn nicht erschrecken. Männer sind entsetzlich dumm, wenn es um Liebesdinge geht, und zuweilen will mir fast der Geduldsfaden reißen. Ideen sickern langsam in ihr Hirn, wie Sandkörner in einen Teich, und irgendwann fallen sie auf den Grund. Lass dir also Zeit!«

»Archie, du bist der liebste und beste Mensch auf der Welt, weißt du das überhaupt? Darf ich dich küssen?«

»Natürlich. Aber bitte nicht mit diesen feuchten Schmatzern und – Harriet! – Herrgott, wirf mich nicht vom Stuhl.«

Am selben Nachmittag ließ Archie schwarze Einladungskarten drucken, die silbern beschriftet waren. Abends schrieb er die Adressen, während Cordelia und ich die Karten in Form von Masken zurechtschnitten. Wir legten mehrere aufeinander, um schneller voranzukommen. Augenlöcher zu schneiden gaben wir auf. Stattdessen klebten wir kleine glitzernde Ovale auf, was ebenfalls eindrucksvoll wirkte. Als wir Rupert spätabends von dem geplanten Ball erzählten, bat er uns lediglich, auch ein paar Stühle aus kräftigem Holz und mit breiten Sitzflächen aufzustellen. Wie sich herausstellte, hatte die Hütte umgebaut werden müssen, nachdem auch der Tenor versucht hatte, hineinzugelangen.

Dass Rupert weder durch Leidenschaft noch Liebe an Archie gebunden war, änderte aber eigentlich nichts, eher kam ich mir danach noch störender vor. Bisweilen war irgendeine Frauenstimme am Telefon, die Rupert sprechen wollte, und dann erwiderte ich anweisungsgemäß, er wäre außer Haus. Daraufhin wurden die Stimmen bissig, und einmal wurde ich gefragt, was ich überhaupt bei ihm zu suchen hätte.

Eine Frau, die Leah ähnlich sah – Rupert schien es mit großen Blondinen zu halten –, kreuzte persönlich auf und war sichtlich pikiert, mich vorzufinden. Kettenrauchend unterzog sie mich einem Verhör. »Oh. Virginia. Dich habe ich nicht erwartet«, begrüßte Rupert sie anschließend und wedelte die Rauchschwaden fort. Ich verzog mich zu Archie in die Küche. Zehn Minuten später schlug die Haustür zu.

»Heh, ihr Schamlosen«, rief Rupert über die Hecke. »Ich weiß, dass ihr gelauscht habt. Wie lautet das Urteil? War ich dieses Mal netter?«

»Ich weiß nicht«, antwortete Archie. »Wie soll sie glauben, dass der Arzt dir Ruhe verschrieben hat, wenn sie morgen die Einladung zu unserem Ball erhält?«

»Warum hast du sie eingeladen?«

»Weil du vor noch nicht allzu langer Zeit scharf auf sie warst. Und weil wir wenigstens ein paar Frauen mit schlanker Taille brauchen.«

»Außerdem hat sie dich nicht geschlagen«, setzte ich hinzu.

Um die Mitglieder des Denkmalschutzvereins zu beschwichtigen, lud Archie die gesamte Nachbarschaft ein. Er hatte vor, am Kanal Dielen für die Tanzfläche legen zu lassen und das Zelt mit Speisen und Getränken am Ende der Straße zu errichten. Auf die Weise würde das Haus verschont, sagte er, denn das sollte lediglich ruhigem Geplauder vorbehalten sein. Wo der Sex stattfinden sollte – den Archie zum Höhepunkt erklärt hatte –, war mir schleierhaft. Für alle Fälle beschloss ich, die Tür zu meinem Zimmer abzusperren.

Überhaupt war Archie in seinem Element. Das, was ihm für eine Weile zu schaffen machte, war die Auswahl der Musikanten. Menuette, Pavanen und Galliarden wären zwar mottogerecht, doch niemand könnte dergleichen tanzen, wohingegen Diskomusik nicht zum Motto der Veranstaltung passte. Zuletzt entschied er, zum Auftakt eine Swingband spielen zu lassen. Sie sollte gegen Morgen, nach der Demaskierung, von einer Bluesband abgelöst werden. Da Archie Gott und die Welt kannte, engagierte er Partyservice, Weinlieferant und Zeltverleiher an einem einzigen Nachmittag am Telefon. Danach konnten wir uns der wichtigsten Frage widmen, nämlich überlegen, was wir anziehen sollten.

»Ich möchte etwas Enges aus schwarzem Leder«, erklärte Cordelia, die sich mit dem Stil der Arthur-Brocklebuck-Gesamtschule angefreundet hatte.

»Kommt nicht in Frage. Du trägst Weiß«, beschied Archie sie. »Ich möchte, dass du jungfräulich wirkst. Aber hör gut zu, Cordelia, das heißt nicht, dass ich möchte, dass sich an dem Zustand während des Abends etwas ändert.«

»Ehrlich gesagt, weiß ich überhaupt noch nicht, ob Cordelia daran …« Ich verstummte und hielt meine Ohren zu, weil Cordelia mörderisch zu schreien begonnen hatte.

»… wenn du mich nicht teilnehmen lässt, dann gehe ich mit dem erstbesten Jungen aus der Schule ins Bett und werde sofort schwanger«, hörte ich, als ich die Hände sinken ließ. »Oder ich nehme den Kunstlehrer. Er ist verrückt nach mir, und dann können wir uns wenigstens einen Kinderwagen leisten. Und dann muss er ins Gefängnis, weil ich noch minderjährig bin, und dann wächst mein Kind ohne Vater auf, und als Erstes werde ich dem Kind erzählen, dass es auf der Welt ist, weil seine Tante Harriet mir nicht erlaubt hat, einmal in meinem Leben …«

»Ist ja schon gut«, lenkte ich ein. »Aber du trinkst nichts – jedenfalls nichts Alkoholisches – und um zwölf liegst du im Bett.«

»Klar«, erwiderte Cordelia. »Ich mach doch immer, was du willst.«

Ich beschloss, sie während des Balls nicht eine Minute aus den Augen zu lassen. Zwar würde das mein Vergnügen beeinträchtigen, doch die Vorstellung, das Zimmer in Manchester mit Cordelia, Dirk, Mark Antonius und einem Säugling teilen zu müssen, war um einiges schlimmer.

»Etwas im Empirestil«, murmelte Archie. »Mit hoher Taille, durchsichtiger Musselin, winzige Puffärmel und ausgeschnitten. Nein, nicht zu tief«, setzte er hinzu, als er meinen Blick gewahrte. »Eine grüne Schärpe, Streublümchen und eine silberne Maske mit zarten Strassfäden. Kein Schmuck. Wir möchten etwas Frisches andeuten – eine zarte Blüte – Botticellis *Primavera.*«

Cordelia blickte verträumt in die Ferne. »Ja, ich glaube, das würde mir stehen.«

»Und für Harriet muss es etwas aus Goldbrokat sein. Eine junge Elizabeth, die nicht weiß, ob sie gekrönt oder enthauptet wird. Ein enges, spitz zulaufendes Mieder, mit Bandschlaufen, tiefer eckiger Ausschnitt, enge Ärmel, Reifrock. Eine goldene Maske – alles aus

Gold, bis auf das Rockfutter, das scharlachrot sein wird und beim Tanzen aufblitzt. Das Haar wird schlicht gehalten, hoch auf dem Kopf zusammengefasst, fällt es zu den Schultern.«

»O ja«, hauchte ich. »Aber wo findet man solche Kleider?«

»Die näht Mrs Wapshott, eine verwitwete Dame, die gleich um die Ecke wohnt. Sie hat einmal für Balmain gearbeitet, und es gibt nichts, das sie nicht kann. Mit meinem Kostüm hat sie bereits begonnen.«

Weiter wollte Archie sich zu seiner Verkleidung nicht äußern. Stattdessen machte er sich auf den Weg, um Stoffe, Bänder und Spitzen für unsere Kostüme auszusuchen und sie Mrs Wapshott zu überbringen. Einige Tage später fand die erste Anprobe statt. Mrs Wapshott, eine knochige alte Dame mit pechschwarz gefärbtem Haar, drapierte Stoffbahnen um uns und machte sich danach mit der Schere darüber her. Uns behandelte sie wie Schneiderpuppen. Ich weiß, dass sie mir nicht ein einziges Mal ins Gesicht sah, und mit Sicherheit hatte sie keine Ahnung, wie wir hießen.

Archie gegenüber bekannte sie, dass sie noch nie einen Reifrock angefertigt hatte und es als Herausforderung empfand. Nach ein paar Tagen hatte sie einen Reifen aus Walfischknochen aufgetrieben, mein Taillenbund wurde zur Nabe und die Baumwollstreifen, die den Reifen hielten, stellten die Speichen dar. Darüber streifte sie ein Kleid aus Goldbrokat mit weitem gebauschten Rock, und an das Mieder hatte sie Bänder und Rüschen genäht. Mit dem Reifrock kam ich mir vor, als trüge ich einen runden Tisch um die Beine, doch er wirkte Wunder, was meine Haltung betraf. Als unsere Kostüme fertig waren, waren Cordelia und ich vor Entzücken ganz aus dem Häuschen. Ich glaube, mein Kleid war für mich das einzig Schöne in dieser schwierigen Zeit.

Rupert hatte Recht gehabt, als er erklärte, Vermieter wären von Dirk und Mark Antonius nicht begeistert. Ich bewarb mich um jede geeignete Wohnung, die im *Manchester Sentinel* angeboten wurde, doch wenn ich die beiden Tiere erwähnte, war es, als hätte ich von einem Rudel Ratten gesprochen, und die Stimmen am Telefon wurden kühl, ehe der Hörer aufgeworfen wurde.

Ich nahm mir einen weiteren Tag Urlaub und klapperte die

Straßen Manchesters ab. Zuletzt fand ich in einer entsetzlichen Gegend und meilenweit vom *Sentinel* entfernt ein Haus, das bereits nach Katzen roch, als die Vermieterin die Haustür öffnete. Sie sah wie die Hexe aus einem Märchenbuch aus, doch sie besaß Katzen und Hunde und hatte gegen Zuwachs nichts einzuwenden. Das Zimmer, das sie mir zeigte, war grauenhaft. Es roch nach Schimmel, war dunkel und scheußlich möbliert, und durch das Fenster blickte man auf einen Hof mit Mülltonnen. Auf der Rückfahrt überlegte ich, wie ich es gemütlich einrichten konnte.

Als ich Mr Podmore mitteilte, ich würde zum ersten September kündigen, reagierte er mit größter Verwunderung, legte Bleistift und Brille ab, lehnte sich zurück und verschränkte die Hände hinter dem Kopf.

»In Ordnung. Wie viel?«

»Wie viel was?«

»Was wohl? Wie viel mehr im Monat?«

»Sprechen Sie von Geld?«

»Jedenfalls nicht von Sex.«

»Ich möchte kein Geld, vielen Dank. Ich trete eine neue Stelle an – beim *Manchester Sentinel.*«

»Ach was! Hilary will rauchende Schlote statt rauschender Feste. Wie viel haben die Ihnen geboten?«

Ich glaubte zwar nicht, dass ihn das etwas anging, doch um ihn zu beeindrucken, verriet ich es ihm.

»Ich zahle Ihnen das Doppelte.«

Ich starrte ihn verblüfft an.

»Na, was ist?« Er reinigte sein Ohr mit dem Bleistift. »Was halten Sie davon?« Als ich weiterhin schwieg, setzte er hinzu: »Ich stecke Tremblebath zu den beiden Drachen – Sie kriegen sein Büro. Und ein Spesenkonto von, sagen wir – zwanzig Pfund pro Monat. Ich hoffe, das reicht.«

»Soll das heißen – Sie wollen, dass ich bleibe?«

»Sieht ganz so aus, oder?«

»Aber warum?«

»Weil Hilary mehr Mumm hat, als ich dachte.«

»Harriet. Inwiefern?«

Mr Podmore deutete auf einen Stapel Papier. »Leserbriefe zu

Ihren Poltergeisterartikeln. Die Leute wollen wissen, wo sich der Arm befindet, was es mit dem Finger auf sich hat, wie Sir Galahads Lieblingshund hieß, welche Oberweite die Dame aus dem Wassergraben hat und welche Schürze die eingemauerte Kleine trug. Jede parapsychologische Gruppe im Land scheint Ihr Zeug gelesen zu haben und erbittet nähere Auskünfte. Augenscheinlich legt jeder Abartige Wert darauf, am Wochenende Ihren Artikel zu lesen. Die Auflage ist beträchtlich gestiegen. Und sagen Sie jetzt nicht, das wäre Ihnen neu, denn das würde ich keinen Moment lang glauben.«

Als ich abends nach Hause fuhr, versuchte ich immer wieder, mein Grinsen zu unterdrücken, doch ich konnte Mr Podmores Miene nicht vergessen, als er begriff, dass ich nicht bliebe, und außerdem war ich von meinem Erfolg wie berauscht. Natürlich war mir klar, dass es keiner Sensation bedurfte, um die Auflage des *Brixton Mercury* zu steigern, denn er war schließlich nicht mehr als ein besseres Gemeindeblatt. Und natürlich waren die Poltergeister auch Mr Podmores Idee gewesen, und ich hatte lediglich das Glück gehabt, an einen Ort zu geraten, an dem Gespenster sich die Klinke in die Hand gaben, aber dennoch …

Dennoch war ich glücklich, dass ich durchgehalten und etwas erreicht hatte. Ich hatte begriffen, dass sich hinzusetzen und mit dem Schreiben anzufangen bereits die halbe Miete war. Nun würde ich lernen, wie man gute Texte verfasste und an meinen neuen Aufgaben wachsen. Bereits jetzt kamen mir meine ersten Schreibversuche lächerlich vor.

Während ich mich in meinen Vorsätzen aalte, tippte jemand auf meine Schulter.

»Harriet Byng? Siehst du, ich dachte mir doch, dass du es bist.«

Hinter mir saß eine Frau mit kurz geschnittenem grauen Haar. Sie kam mir bekannt vor, doch ich konnte sie nirgends unterbringen.

»Hallo«, lächelte ich unverbindlich.

»Ich habe überlegt, ob du es bist. Du kleidest dich inzwischen anders.« Als ich sie stumm anstarrte, ergänzte sie: »Ich bin Schwester Imelda.«

Ich schluckte. Es nutzte nichts, mir vor Augen zu halten, dass die

Schule längst Vergangenheit war und Schwester Imelda mir nichts mehr anhaben konnte, ihr Blick bedeutete nach wie vor, dass ich mir etwas hatte zuschulden kommen lassen und erwischt worden war. Dann fiel mir unsere letzte Unterhaltung ein. Sie hatte sich über meine Familie ausgelassen, und ich hatte mich gewehrt, indem ich auf eine Beziehung zwischen ihr und Schwester Justinia angespielt hatte. Am liebsten wäre ich aufgestanden und aus dem fahrenden Bus gesprungen.

Nachdem ich mich gefasst hatte, stellte ich fest, dass Schwester Imelda ohne ihr Habit irgendwie nackt aussah und dass der Anblick ihres Halses und ihrer Ohren mir peinlich war. Ebenso gut hätte sie mit einer durchsichtigen Bluse dasitzen können.

»Wusstest du nicht, dass ich aus dem Orden ausgetreten bin?«

»Nein, Cordelia hat davon nichts erwähnt.«

»Eine Zeit lang war ich krank, doch das ist vorüber. Ich habe mich wieder erholt.«

Ich schöpfte Atem. »Schwester Imelda, das, was ich bei unserem letzten Gespräch gesagt habe, war unverzeihlich …«

»Nein. Deshalb wollte ich gern einmal mit dir reden. Du hast sozusagen den Anstoß gegeben. Ich wollte dir schon schreiben, doch dann habe ich erfahren, dass ihr fortgezogen seid. Das mit deinem Vater habe ich aus der Zeitung erfahren. Ich bin froh, dass er es nicht war. Es muss eine schwere Zeit gewesen sein und vielleicht hätte ich – teilnahmsvoller reagieren sollen.«

»Oh, bitte, machen Sie sich deswegen keine Sorgen.« Ihr neues Aussehen verwirrte mich noch immer, und ich fand, dass sie irgendwie unbedeutender wirkte, nahezu belanglos. Lieber wäre mir gewesen, sie wäre noch die alte Autoritätsperson, eine Frau, die kalt und schneidend sprach und sich jedwede Vertraulichkeit verbat. »Und entschuldigen Sie bitte, dass ich Sie verletzt habe.«

»Das hast du nicht getan«, antwortete sie. »Natürlich war ich wütend – sehr sogar. Du hast dich ungehörig benommen.« Für einen Moment kehrte die stählerne Härte zurück. »Doch du hattest Recht mit deinen Worten. Über mich wurde geredet.«

»Wissen Sie, ich wollte mich damals nur verteidigen und habe blindlings zugeschlagen …«

»Mag sein, dass es blindlings war, aber es traf dennoch ins

Schwarze. Ich habe Schwester Justinia geliebt, mehr als den Herrn.«

»Aber Gott nimmt doch gewiss keinen Anstoß …«

»Sprich nicht unbedacht, Harriet!«, fiel Schwester Imelda mir ins Wort. »Ich habe Schwester Justinia als Frau geliebt und nicht als Schwester im Geiste Christi. Ich tue es noch immer. Und sie liebt mich, was mich äußerst frohgemut stimmt.« Auf Schwester Imeldas Gesicht breitete sich ein Lächeln aus, das ihren Blick sanft machte und Röte in ihre Wangen trieb. »Wir teilen uns eine hübsche kleine Wohnung, unweit von hier. Ich habe eine Stelle angenommen und leite ein Alphabetisierungsprogramm für Erwachsene. Schwester Justinia – die nun Alice heißt – ist in der Kinderfürsorge tätig. Wir sind sehr glücklich.«

»Das freut mich«, erwiderte ich aufrichtig.

Schwester Imelda – die inzwischen sicherlich auch anders hieß – erhob sich.

»Hier steige ich aus. Auf Wiedersehen, Harriet. Es war schön, dass wir miteinander sprechen konnten, denn ich weiß nicht, ob wir uns noch einmal begegnen. Zügele in Zukunft dein aufbrausendes Temperament, denn es wird selten der Fall sein, dass es zu etwas Gutem führt.«

Ich sah ihr nach, als sie mit Faltenrock und flatterndem Schal über den Bürgersteig eilte. Eine Last war von meiner Seele gefallen, doch gänzlich fassen konnte ich ihre Verwandlung noch nicht. Ich versuchte, mir die beiden ehemaligen Nonnen in gemütlichen Sesseln am Kamin vorzustellen, wie sie sich unterhielten, über einen Witz lachten, im Fernsehen vielleicht eine Sendung für Gartenfreunde verfolgten, hinterher etwas selbst Gekochtes aßen und sich mit einem Becher Kakao zu Bett begaben … an der Stelle brach ich ab. Gott musste sich fortan ohne ihre Dienste begnügen, doch stattdessen war ihm Maria-Alba beschert worden; vielleicht fand er, dass es ein guter Tausch gewesen war. Für eine Weile vergaß ich die Unterkunft, die mich in Manchester erwartete, und die Trennung von den Menschen, die mir lieb und teuer waren.

Die Vorbereitungen zu dem Ball lenkten mich von dem Unbehagen ab, das ich angesichts meines zukünftigen Lebens empfand.

Die Anproben bei Mrs Wapshott, das Herrichten des Gartens, die Überlegungen, ob wir ein Feuerwerk veranstalten, Akrobaten, Lautenspieler oder Zirkustiere anheuern sollten, ließen mir, zumindest tagsüber, wenig Zeit, über mein Schicksal nachzugrübeln.

Die Wahrsagerin zu engagieren war meine Idee. In den Kleinanzeigen des *Brixton Mercury* entdeckte ich die Telefonnummer einer Madame Xanthe – Handlesen, Astrologie, Kristallkugel, Tarot, Wünschelrute –, die in der Nipper Lane in Kensal Green zu Hause war. Archie mietete ein kleines Zelt für sie, doch dann besann er sich eines Besseren und bestellte vorsichtshalber ein Doppelzelt.

Dann brach der große Tag an. Wir hatten uns fortwährend wegen des Wetters Gedanken gemacht, doch der Morgen war klar und wolkenlos und wenig später erschien eine strahlend helle Sonne am blauen Himmel. Am Frühstückstisch hielten wir uns Rupert zuliebe mit unserer Begeisterung zurück. Er war schweigsam, wirkte jedoch äußerst angespannt. Zwar hatte er wie immer seine Zeitung vor sich, doch ich bemerkte, dass er sie nicht ein einziges Mal umblätterte.

Zuletzt warf er die Zeitung auf den Tisch. »Das ist nun so«, verkündete er. »Alles wurde bedacht und geprobt, und nun liegt es in der Hand der Götter. Ich habe dem Ensemble für den Tag freigegeben und jedem verboten, an den heutigen Abend zu denken, und ich werde es ebenso halten.«

»Prima«, entgegnete Archie. »Dann haben wir jemanden, der mit der Beleuchtung und den Blumen hilft. Nein, vergiss es. Du kannst ja nicht einmal eine Butterblume in die Vase stellen. Vielleicht könntest du den Mädchen aber die schweren Blumentöpfe tragen.«

Doch Rupert war bereits unterwegs in sein Arbeitszimmer, und als ich später hineinschaute, bastelte er an dem kleinen Bühnenmodell und hatte einen Skizzenblock neben sich. Er starrte mich blicklos an, als ich ihn fragte, was er zu Mittag essen wollte, und antwortete: »Perfekt, danke.«

Es war geplant, dass Cordelia und ich Archie ins Theater begleiteten. Nach dem zweiten Vorhang würden wir aufbrechen, um letzte Kleinigkeiten zu richten und unsere Kostüme anzulegen.

Rupert würde sich ein Taxi nehmen und mit Ensemble, Chor und Orchester im Theaterbus zurückkommen. Kostümieren würde er sich nicht. Er behauptete, als Gastgeber besäße er das Privileg, darauf zu verzichten.

»Du bist wie Max de Winter«, bemerkte Cordelia. »Vielleicht nicht ganz so mürrisch, jedenfalls nicht ständig, denn sonst hättest du Rebecca verdient und nicht Joan Fontaine, die du später geheiratet hast.«

Das Festzelt und der Tanzboden wurden am Morgen geliefert. Die Straße stand voller Lastwagen, doch keiner der Anwohner murrte. Wahrscheinlich waren sie damit beschäftigt, ihre Kostüme anzuprobieren. Cordelia und ich schleppten die Blumentöpfe und stellten sie nach Archies Anweisungen auf.

»Wir wollen den Eindruck Arkadiens erwecken – einer heidnischen Idylle, aber dennoch elegant«, erklärte Archie. »Zum Glück besitze ich großzügige Freunde mit üppigen Gärten. Schnittblumen wären zu banal. Ihr Mädels verteilt den Frauenmantel, die Katzenminze und das Zypressenkraut. Die Rosen überlasst ihr mir. Die Devise lautet: einfach, aber verschwenderisch.«

Das war leichter gesagt als getan, und nachdem wir uns mehrmals tölpelhaft angestellt hatten, verlor Archie die Geduld.

»Nein, nein, nein! Nicht wie Soldaten, nicht symmetrisch! Es soll natürlich wirken. Könnt ihr denn nicht so tun, als hättet ihr einen Blumenstrauß gepflückt und ihn einfach in eine Vase gestopft?«

»Genau das haben wir getan«, erwiderte Cordelia.

Archie schimpfte leise vor sich hin, während er die Töpfe arrangierte, und zum Schluss glich das grün-weiß gestreifte Zelt einer wunderschönen Laube aus dem *Sommernachtstraum* und verströmte einen betörenden Geruch. Die Bienen und Schmetterlinge der Umgebung ließen ihr Kreuzkraut und ihre Brennnesseln im Stich und kamen herbeigeflattert, als sie begriffen, dass ihnen ein Festmahl zubereitet worden war. Nachdem wir die Gläser und Weinkühler auf der Anrichte angeordnet und vergoldete Stühle und Tischchen für diejenigen aufgestellt hatten, deren Kostüme oder Leibesfülle ein Picknick am Kanalufer erschwerten, waren wir von dem, was wir geschaffen hatten, regelrecht ergriffen.

Das Orchester war noch dabei, sich einzustimmen, als wir unsere Loge in der Oper betraten. Unseren Ball hatte ich auf der Herfahrt vergessen und stattdessen an Rupert und die Qualen, die er ausstehen würde, gedacht. Pa und Fleur saßen im Parkett und wurden von Pas Bewunderern umschwärmt. In einer Balkonreihe entdeckte ich Ophelia und Charles, die jedoch nur Augen füreinander hatten. Ruperts Platz, der sich zwischen mir und Cordelia befand, war leer.

»Er würde sich niemals drücken«, erklärte Archie, doch sein Blick wirkte besorgt.

»Vielleicht ist er auf dem Klo in Ohnmacht gefallen«, sagte Cordelia.

Das war Pa einmal passiert, als er in *Der Widerspenstigen Zähmung* den Petruchio gab. Der Beginn der Vorstellung hatte sich damals um eine Stunde verzögert, doch dann wurde Pa gefunden, wiederbelebt und auf die Bühne gestoßen – und war wie immer grandios.

Als die Lichter erloschen, betrat Rupert die Loge.

Bereits bei den ersten Takten begann meine Kopfhaut zu prickeln. Ich war noch nie in der Oper gewesen, sondern hatte lediglich Shakespeare-Aufführungen besucht, und ich war sprachlos, als der Vorhang sich hob und eine gewaltige Bühne mit einem prächtigen Bühnenbild zum Vorschein kam. Wie verzaubert lauschte ich den Stimmen und begriff, dass ich den Ausdruck reinen Gefühls erlebte. Rupert hatte an der Oper herumgemäkelt, sie als schwach und musikalisch zweitrangig bezeichnet, doch ich saß wie gebannt auf meinem Stuhl.

Als sich die Handlung entfaltete und es um Verschwörung, Mord und verbotene Liebe ging, verlor ich gelegentlich den Faden, doch ich stellte fest, dass auch das keine Rolle spielte. Und als die Szene begann, in der Ricardo, umgeben von fackeltragenden Fischern, am Hafen seine Arie sang und sich über ihm ein Himmel mit Mond und funkelnden Sternen wölbte, glaubte ich, noch nie etwas so Schönes gesehen zu haben. Fast ebenso wundervoll waren die Szenen im Wald, wo mächtige Bäume Schatten spendeten, auf sonnenbeschienenen Hängen ein leibhaftiger Esel umherwanderte und auch niemand in der Hütte stecken blieb.

In der Pause begab Rupert sich hinter die Bühne, sodass wir ihn nicht fragen konnten, wie er seine Aufführung fand. Am Ende des letzten Aktes, als die verratenen Liebenden zu ihrem Schlussduett anhoben, wurde mein Herz schwer, und ich dachte, dass sie von dem Kummer aller Liebenden, die sich trennen müssen, sangen. Aus dem Augenwinkel betrachtete ich Rupert. Er hatte sich vorgebeugt und das Kinn auf die Hand gestützt und blickte mit versunkener Miene und hell glänzenden Augen auf das Geschehen.

43

»Gewährst du mir den nächsten Tanz, Harriet?« Ein Mann in dunkelgrünem Rock, elfenbeinfarbener Kniehose und schwarzer Maske verneigte sich vor mir und bot mir seinen Arm an. »Dein Anblick ist überwältigend.«

»Hallo, Charles. Und du siehst wie der leibhaftige Beau Brummel aus. Woher hast du gewusst, dass ich es bin?«

»Es gehört zu meinem Beruf, Einzelheiten zu erkennen. Ein Tintenfleck am Finger, eine zerschlissene Manschette, ein Krümel Marzipan – nein, in Wahrheit habe ich Rupert gefragt, wo du bist. Und woher hast du gewusst, dass ich es bin?«

»Ich habe dich an den Ohren erkannt. Die Spitzen sind so süß geknickt.«

»Was du nicht sagst. Ich werde Ophelia nachher fragen, ob ihr das schon aufgefallen ist. Woher stammt die Kette?«

Archie hatte darauf bestanden, dass ich die Schlangenkette anlegte, die Max mir zu Weihnachten geschenkt hatte. Und trotz meines Protests, dass ich sie nicht mochte und anonym an Caroline Frensham zurückschicken wollte, die sie wahrscheinlich unwissentlich bezahlt hatte, war Archie eisern geblieben. Er bot mir an, die Kette am anderen Tag höchstpersönlich aufzugeben, wenn ich sie trüge, denn das müsse ich unbedingt, um seine Kreation zu vollenden. Ich hatte erst nachgegeben, als die ersten Gäste an der Haustür standen und ich nicht vor aller Augen und Ohren streiten wollte.

»Die Kette wurde wahrscheinlich aus dem Grabmal einer mesopotamischen Prinzessin geraubt. Hoffentlich liegt kein Fluch darauf. Ich finde, Ophelia sieht bezaubernd aus.«

»O ja.« Charles wandte den Kopf, um nach ihr Ausschau zu halten. »Aber Ophelia sieht auch bezaubernd aus, wenn sie einen Handtuchturban trägt und in meinem alten Pullover auf der Leiter steht und die Decke pinselt.«

Mir eine solche Ophelia vorzustellen, schaffte ich nicht. »Wie gefällt dir die Beleuchtung? Die haben Cordelia und ich angebracht.«

Wir hatten Glühbirnen aufgehängt und um sie herum kleine Lampions befestigt. In dem bläulichen Licht, das in London als Nacht galt, schwebten sie wie rosafarbene und grüne Monde zwischen den Bäumen.

»Es ist alles wunderbar, Harriet. Aber wie ich höre, ziehst du fort. Das hat Rupert jedenfalls erzählt. Er hat gesagt, du hättest einen neuen Job. Gratuliere.«

»Hm.«

»Nanu? Das klingt nicht gerade begeistert.«

»O doch, das bin ich. Sehr sogar. Aber London wird mir fehlen und – die Leute.«

»Du wirst uns ebenfalls fehlen. Zu unserer Hochzeit kommst du aber, nicht wahr?«

»Wie bitte? Oh, Charles, das ist großartig. Wann findet sie statt?«

»Im November. Da ist bei uns Flaute, denn in der Zeit bereiten die Bösewichte sich auf Weihnachtsdiebstähle vor.« Charles drückte mich an sich. »Liebe Harriet, ich bin der glücklichste Mann der Welt.«

»Ophelia hat aber auch Glück gehabt.«

Charles drehte mich ein paar Mal im Kreis. »Ach du liebe Zeit, fast hätte ich es vergessen. Einer meiner Kollegen hat gestern Madame Eusapia und Miss Judd festgenommen. Ich habe den Polizeibericht gelesen.«

»Aber warum?«

»Es hat Beschwerden gegeben, und ein Zivilbeamter hat daraufhin an einer Séance teilgenommen. Er hat Miss Judd entdeckt, als sie auf dem Boden kroch, von Kopf bis Fuß in Schwarz, jedoch mit hellen Neonhandschuhen. In der Deckenlampe war ein Lautsprecher und unter dem Tisch ein Tonband.«

»Wie schade, dass die Welt so alltäglich ist. Ich wünschte, es gäbe nicht immer für alles eine Erklärung. Irgendwo in meinem Inneren habe ich an Madame Eusapia geglaubt.«

»Angeblich war die Vorführung peinlich, nicht ein origineller Gedanke.«

»Es erklärt aber trotzdem nicht alles. Gut, ich gebe zu, sie wusste von Mr Podmore, wer ich war. Dann hat sie vermutlich die Shakespeare-Zitate herausgesucht und auf Band gesprochen oder Auszüge aus Sir Basils Filmen aufgenommen. Wahrscheinlich war der Bärtige mit von der Partie, denn ihre Unterhaltung wirkte einstudiert. Aber woher hat sie gewusst, dass Sir Basil vom Blitz erschlagen wurde?«

»Die Frage habe ich mir auch gestellt.«

»Und zu welchem Ergebnis bist du gekommen?«

»Es muss Zufall gewesen sein. Es sei denn ...«

Wir blieben stehen und schauten uns an. Charles Augen glitzerten durch die Maskenschlitze.

»Es sei denn ...«, wiederholte ich.

»Nun, vielleicht besitzt sie wahrhaftig das zweite Gesicht und verwendet die anderen Tricks, um ein breiteres Umfeld abzudecken.«

»Ich wünschte, es wäre so.«

»Das wünschte ich auch, doch das darfst du niemandem verraten. Fakten werden auf Dauer langweilig.«

»Du wirst einen wunderbaren Schwager abgeben.«

»O Maienrose, teures Mädchen, gute Schwester.« Er lachte. »Ophelia führt jedes Shakespeare-Zitat auf *Hamlet* zurück, und dieses Mal hätte sie sogar Recht. Weshalb grinst du?«

»Wegen nichts.«

»Hallo, liebe Tochter. Gut, dass ich dich rechtzeitig erkannt habe und nicht zudringlich geworden bin. Du siehst ungemein verführerisch aus.«

»Hallo, Pa. Aber nicht annähernd so eindrucksvoll wie du.« Die Presseleute, die bis zum Eingang der Straße vorgedrungen waren, hatten ihre Fotoapparate gezückt, als Pa in mittelalterlicher Ritterrüstung erschienen war. »Sag mal, ist dein Kostüm nicht furchtbar unbequem?«

»Ich habe es als Heinrich V. im Lager bei Agincourt getragen und mir schon lange gewünscht, es wieder mal anzulegen. Ich liebe den Helm mit der Krone. Und das Visier ersetzt die Maske. Außerdem ist das Ganze aus Aluminium und daher leicht.«

»Fleur sieht auch hübsch aus.«

»Bitte, sag ihr das. Sie ist extrem empfindlich und glaubt, du magst sie nicht. Ich versuche ihr das ständig auszureden, doch sie ist von Natur aus bescheiden, was ich ausgesprochen wohltuend finde. Und dabei ist sie dermaßen klug, dass sie jede Frau in den Schatten stellt.«

Es war ein Glück, dass meine Maske mein Gesicht verbarg, denn auf die Weise musste ich lediglich meine Mundwinkel hochziehen. »Ich werde es ihr sagen. Hast du Cordelia gesehen? Eben war sie noch da.«

»Steht sie nicht dahinten bei dem Mann im Elefantenkostüm? Ein süßes Kind! Aber genau genommen sind meine Kinder ausnahmslos Schönheiten geworden. Eine Zeit lang dachte ich, du wärest das hässliche Entlein, doch inzwischen hast du dich zu einem prächtigen Schwan gemausert.«

Ich verrenkte meinen Hals nach Cordelia und sah, dass sie am Kanal entlangwanderte.

»Ich muss mal nachschauen, was Cordelia treibt.«

»Mach kein Theater, mein Schatz. Was soll ihr denn hier zustoßen?«

»Ich möchte, dass ihr erstes Liebeserlebnis etwas wird, an das sie sich gern zurückerinnert. Es soll kein hastiges Gefummel werden. Außerdem ist sie noch zu jung.«

»Was redest du denn da? Cordelia ist doch noch ein Kind.«

»Sie ist zwölf, ausgesprochen frühreif, und die Männer reagieren bereits auf sie.«

»Dann lauf in Gottes Namen los. Der Elefant ist hinter dem Ufer verschwunden.«

Auf der Suche nach Cordelia stolperte ich über ein Liebespaar, dessen männliche Hälfte mit dem Aufschnüren eines Fischbeinkorsetts beschäftigt war. Von Cordelia und dem Elefanten keine

Spur. Ich bahnte mir einen Weg durch die Gäste und eilte am Kanal entlang. Die maskierten Gesichter waren verwirrend, und die Augen hinter den Schlitzen wirkten spöttisch. Zum Glück lachten ihre Münder oder bewegten sich im Gespräch, und die Musik klang heiter, doch dazwischen drängten sich mir Fetzen aus Horrorfilmen auf – Kirmesmusik und geraunte Kinderreime –, es hätte nicht viel gefehlt, und ich hätte angefangen, mich zu gruseln.

Archie hatte eine Brücke über den Kanal legen lassen und um ihr Geländer Girlanden mit winzigen bunten Glühbirnen gewunden. Ich hatte sie halb überquert, als mir ein Mann in scharlachroter Soutane und Kardinalshut mit langen Quasten entgegenkam. Ich drängte mich an ihm vorbei.

»Einen Moment, Mademoiselle«, bat er. »Mein Kruzifix ist in Ihrer Coiffure hängen geblieben. Wir sollten uns zurück an Land begeben, ehe wir ins Wasser stürzen.« Am Ufer brauchten wir eine Weile, bis wir das Kruzifix aus meinem Haar gelöst hatten. »Pardon und voilà. Und nun müssen Sie mir Absolution erteilen und mit mir tanzen.«

Er trug eine scharlachrote Vollmaske, mit strenger Miene, schmalen Augen und hängenden Mundwinkeln, doch seine Stimme klang herzlich und galant.

»Das würde ich gern tun, doch zunächst muss ich meine Schwester finden. Gerade war sie noch in Begleitung eines Elefanten unterwegs.«

Der Kardinal deutete auf eine Gruppe am anderen Ufer, und ich entdeckte Cordelia und den Elefanten, die sich mit Rupert unterhielten. »Möchten Sie lieber zu ihnen gehen?«

»Nein. Ich wollte lediglich sicher sein, dass – nun, wie auch immer.« Die Band spielte einen Bossa Nova und ich glaube, auch die beiden Gläser Champagner waren mir zu Kopf gestiegen, jedenfalls wurde ich plötzlich übermütig und sagte: »Ach was, tanzen wir einfach.«

Unter dem Sternenhimmel über den Tanzboden zu schweben war wundervoll. Die Luft war mild und roch nach Erde, Blumen und Parfum, ich vernahm das Stimmengewirr gut aufgelegter Gäste, der Kardinal war ein begnadeter Tänzer, und wenn ich mich drehte, gab mein Rock mir Schwung.

»Sie tanzen göttlich«, murmelte der Kardinal. »Warum verraten Sie mir nicht Ihren Namen?«

»Entschuldigung«, bemerkte eine vertraute Stimme. »Jetzt bin ich an der Reihe.« Der Elefant trennte den Kardinal und mich mit seinem Rüssel, legte seine Arme um mich und tanzte mit mir davon. »Da staunst du, was? Mit mir hast du nicht gerechnet.«

»Jonno.«

»So ist es.«

»Wo steckt Portia? Ich dachte, du brütest über deinen Büchern.« Jonno hatte die Semesterprüfung nicht bestanden, denn mit Portia im Bett zu liegen, war letztlich doch verlockender gewesen, als in staubigen Bibliotheken zu hocken und Abhandlungen zu schreiben. Allerdings hatte man ihm eine letzte Chance gegeben. Er durfte das Studium fortsetzen, wenn er die Nachprüfung in den Semesterferien bestand.

»Das dachte ich auch, aber Archies Einladung konnten wir nicht widerstehen, und deshalb haben wir beschlossen, für eine Nacht nach London zu kommen. Portia befindet sich dort drüben.« Er zeigte auf eine zierliche rotgetigerte Katze, die sich mit dem Schwanz über dem Arm mit Pa unterhielt. »Unsere Kostüme haben wir bei einem Verleih ergattert, deshalb sind wir weniger prächtig als der Rest. Es ist eine supertolle Party.«

»Das ist Archie zu verdanken. Cordelia und ich haben lediglich seine Befehle ausgeführt. Ich glaube, es wird mir auch furchtbar Leid tun, wenn ich – sag mal, weißt du überhaupt, dass wir nach Manchester ziehen?«

»Nein. Aber es freut mich zu hören. Nach Portia bist du meine liebste Frau, und wenn der Rüssel nicht wäre, gäbe ich dir einen Kuss. Hoffentlich habt ihr euch eine gute Gegend ausgesucht. Manchester kann unangenehm werden.«

Ich erklärte Jonno, warum ich mit der schäbigen Wohnung vorlieb nehmen musste.

»An deiner Stelle würde ich mir das noch mal überlegen.« Jonno wedelte mit seinem Rüssel. »Ha! Allmählich kapiere ich, wie der Rüssel funktioniert. Ich muss mal ausprobieren, ob ich, wenn ich was trinke, Fontänen sprühen kann.«

»Hat!« Die Tigerkatze schlang ihre Pfoten um mich und küsste mich mit kitzelndem Schnurrbart. Aus der Nähe wirkte ihr Fell ein wenig zerrupft. »Eine irre Party, findest du nicht? Komm mit, wir lassen uns die Zukunft vorhersagen.«

»Ja, zieht los«, entgegnete Jonno, indem er ein Glas an seinen Rüssel führte. »Ich übe inzwischen die Sache mit dem Trinken.«

Im Zelt der Wahrsagerin war es bis auf die schimmernde Kristallkugel düster, und ein schwerer Duft von Räucherstäbchen und Patschuli hing in der Luft.

»Treten Sie ein, Fräulein«, bat Madame Xanthe, die winzig hinter ihrem Tischchen saß. Sie trug einen Kopfputz mit glitzernden Perlenschnüren und um den Hals ein Fuchsfell, an dem, ebenso wie an meiner Kette, der Schwanz von den Zähnen gebissen wurde. »Setzen Sie sich, meine Liebe.«

Madame Xanthe musterte mich unter faltigen Lidern, ehe sie sich vorbeugte und über die Kristallkugel strich.

»Hm, außergewöhnlich«, murmelte sie. »Eine junge Dame, die eine besondere Gabe besitzt. Dergleichen findet man heute selten.« Ich lächelte geschmeichelt. »Haben Sie bereits einmal übersinnliche Erfahrungen gemacht?«

»Nun, eigentlich nicht. Aber in meinem Leben spielen sich manchmal eigenartige Dinge ab …«

»Ich erkenne Kummer und Sorgen. Und Herzeleid. Derjenige, der Ihnen alles bedeutet, hat Sie im Stich gelassen. Er kommt nicht zurück.« Madame Xanthe blickte mich an. »Sie wissen, von wem die Rede ist, nicht wahr?«

Ich schüttelte den Kopf.

»Es ist ein älterer Mann. Vielleicht ein Verwandter. Trotzdem haben Sie Glück, denn Ihr größter Wunsch wird in Erfüllung gehen. Ein dunkelhaariger, hoch gewachsener, gut aussehender Mann wird sie im Sturm erobern.«

»Wirklich?« Mein Herzschlag beschleunigte sich.

»O ja. Er ist leidenschaftlich und liegt Ihnen zu Füßen.« Letzteres konnte ich mir nicht vorstellen, doch Madame Xanthe wies auf die Kristallkugel. »Er ist darin. Ein kluger und erfolgreicher Mann. Sie werden ein langes, glückliches Leben führen und zwei Kinder haben. Einen Jungen und ein Mädchen.« Madame runzelte die Stirn. »Und ein Schwein.«

»Ein Schwein?«

»Ich sehe ein großes Tier«, bemerkte Madame Xanthe. »Vielleicht ist es ein Esel – oder ein Hund.«

»Ich habe einen Bernhardiner.«

»Na also!«

»Und sonst erkennen Sie nichts?«

»Nein.« Madame Xanthe betrachtete ihre Kugel. »Die üblichen kleinen Krankheiten, doch allgemein gute Gesundheit. Beim Autofahren sollten Sie sich vorsehen – das scheint Ihnen nicht zu liegen. Sie werden in einem hübschen Haus auf dem Land leben. Ihr Mann züchtet Kartoffeln – oder Dahlien.«

»Und ich? Was tue ich?«

»Sie beschäftigen sich mit den Kindern.«

»Werde ich denn nicht Schriftstellerin?«

»Davon ist nichts zu sehen. Das Bild verschwindet. Das war's, meine Liebe.«

Während Portia sich ihre Zukunft vorhersagen ließ, wartete ich vor dem Zelt. Ob ich wahrhaftig übernatürliche Fähigkeiten besaß? Wollte ich einen Mann, der Kartoffeln oder Dahlien züchtete? Andererseits hatte Madame Xanthe Dirk in der Kristallkugel entdeckt ... warum hatte sie mich nicht an einem Schreibtisch gesehen, in einem Büro, an dessen Tür in großen Buchstaben »Chefredakteurin« stand? Und was war mit dem leidenschaftlichen Mann, der mich anbetete und mich im Sturm eroberte?

Portia kam aus dem Zelt.

»Und? Was hat sie gesagt?«, fragte ich.

»Den üblichen Quatsch. Dass ich von einem älteren Mann verlassen worden bin, der mir alles bedeutet hat. Ich habe keine Ahnung, wer das gewesen sein könnte, es sei denn, sie hat sich auf Pa bezogen. Sie hat erklärt, Kummer und Sorge lägen hinter mir, und dass mich in Kürze ein hoch gewachsener, dunkelhaariger, gut aussehender Fremder verführt. Ich hoffe, sie hat sich geirrt, denn in dem Fall würde Jonno einen Tobsuchtsanfall kriegen. Was hat sie dir erzählt?«

»Dasselbe«, erwiderte ich enttäuscht. »Wo steckt Cordelia?«

»Vorhin hat sie mit einem Henker getanzt. Schau mal, geht sie da nicht gerade ins Zelt?«

Im Zelt stand Archie inmitten einer Schar Bewunderer. Er winkte uns zu sich.

»Komm, Harriet, die Leute hier sollen sich an deinem Anblick weiden. Wer ist die Katze mit dem räudigen Fell?«

»Ich bin's«, antwortete Portia. »In der Eile habe ich nichts anderes aufgetrieben. Ich bin halt eine Katze, die schon einiges hinter sich hat. Du siehst umwerfend aus, Archie.«

Archie zupfte an seiner gebauschten Kniehose aus Silberbrokat, die an Taille und Saum mit Goldband eingefasst war. »Die Näherin hat nach einem Gemälde von Ludwig XIV. gearbeitet, meinem Lieblingskönig. Er hat auch nie halbe Sachen gemacht. Die Hose bezeichnet man als Petticoat-Hose. Sie ist recht feminin, doch als König darf man sich damit schmücken.« Über der Hose trug Archie eine Weste und einen Rock aus Silberbrokat, mit goldener Spitze und goldenen Knöpfen, und auf dem Kopf eine weiße, strassbesetzte Lockenperücke und einen Hut mit Federbusch. Die rubinrote Glasträne auf seiner silbernen Maske hob sich funkelnd ab. Die gesamte Erscheinung glitzerte, schimmerte und leuchtete, dass man im ersten Moment geblendet die Augen schließen musste.

Archie wedelte mit einer juwelengeschmückten Hand. »Ich finde es aufregend, nicht zu wissen, wer die anderen Menschen sind. Im Geist statte ich sie mit Schönheit, Klugheit und Empfindsamkeit aus und schaudere bei dem Gedanken an die Demaskierung.« Er beugte sich zu meinem Ohr. »Ein wahnsinniger Erfolg, mein Schatz, so viel steht fest.«

»Darf man von dem Dessert überhaupt naschen?« Portia wies mit einer Tatze auf das Buffet, auf dem unzählige Kerzen die Eistorten in Form von Seerosen, Pagoden und Drachen beschienen. Der finnische Konditor, der sie hergestellt hatte, war Archies Charme erlegen und hatte ihm auf die kostspieligen Gebilde einen Rabatt eingeräumt. Vorhin hatte ich die beiden zusammen auf der Tanzfläche erblickt.

»Ich komme mir vor, als ob ich zwanzig wäre«, seufzte Archie. »Pinkki, mein neuer Freund aus Lappland, ist der süßeste Junge, den man sich vorstellen kann. Wahrscheinlich ist er der hoch gewachsene, dunkelhaarige, gut aussehende Fremde, der mich laut

Madame Xanthe im Sturm erobern wird. Sie hat übrigens auch den älteren Mann erkannt, den es vor Zeiten in meinem Leben gegeben hat, jedenfalls nehme ich an, dass sie sich auf meinen Kunstlehrer bezogen hat.«

Ich ließ meinen Blick schweifen. »Ich habe Cordelia aus den Augen verloren.«

»Hör auf, dir Sorgen zu machen, Harriet.« Archie tätschelte meine Wange. »Vor einer Minute ist sie in Begleitung eines Kardinals in das Zelt unserer Wahrsagerin geschlüpft, und dort wird er sie kaum zu verführen wagen. Iss etwas, um auf andere Gedanken zu kommen.«

Er hatte Recht. Ich machte unnötiges Getue. Ich leerte das nächste Glas Champagner und belud einen Teller mit kleinen Artischockenherzen. Doch als ich Soße darüber träufeln wollte und nach der Kelle griff, kam mir eine Hand zuvor, und ich entdeckte Madame Xanthe, die Häppchen auf einen Teller getürmt hatte. Schnell wie der Wind war ich an ihrem Zelt und stürzte hinein. Cordelia und der Kardinal saßen an Madames Tisch und spielten Karten.

»Da kommt die große Schwester, um nach dem Rechten zu sehen«, bemerkte der Kardinal mit amüsierter Stimme. »Die kleine Mademoiselle ist bei mir in besten Händen, Madame.«

»Er hat mich gerettet«, bemerkte Cordelia. »Der Henker wollte mir in den Ausschnitt fassen. Schnapp!« Triumphierend knallte sie eine der Tarotkarten auf den Tisch.

»Ich habe ihm seine Axt entrissen und ihn in die Flucht geschlagen.«

Cordelia und der Kardinal fingen an zu prusten.

»Tut mir Leid«, begann ich, »aber ich fürchte, ich muss dem Spaß ein Ende setzen. Es ist schon fast eins, Cordelia, und du hast versprochen, um Mitternacht im Bett zu liegen.«

»Oh, bitte, Harriet. Es ist doch gerade so schön.«

Der Kardinal hob seinen Zeigefinger. »Wie wäre es mit einem Kompromiss? Mademoiselle darf einmal mit mir tanzen und danach geht sie zu Bett. Einverstanden, Madame?«

»Na, gut. Meinetwegen.«

Die Party trieb ihrem Höhepunkt entgegen. Ich entdeckte Pa

und Fleur, die zusammen tanzten. Fleur hatte ihre Arme um seinen gepanzerten Nacken geschlungen. Portia und Jonno drehten sich im Kreis, er mit fliegendem Rüssel und dem Katzenschwanz um seine Mitte gewunden. Ophelia und Charles tanzten eng aneinandergeschmiegt und schauten sich in die Augen. Rupert wiegte sich mit einer großen Blondine.

Plötzlich überfiel mich erneut das Gefühl von etwas Unwirklichem, so als ob die ausgelassene Stimmung in Wahrheit etwas Bedrohliches war. Ich tastete nach meiner Kette, die mich zu würgen schien, und sah wie durch einen Nebel, dass der Henker beim Tanzen ausglitt und über die Uferböschung ins Wasser platschte. Gelächter brach aus, als er auftauchte, sich Blätter und Gras aus dem Haar strich und grinsend seine Maske abnahm. Es war Hugo Dance.

Abermals glitten meine Blicke umher. Von Cordelia war weit und breit nichts zu sehen. Ich wandte mich um und drängte mich durch die Menge, um im Haus nach ihr zu suchen. Als ich die Haustür aufstieß, schlug mir Stille entgegen. Offenbar hielt sich drinnen niemand auf. Allerdings stand die Tür zu Ruperts Arbeitszimmer offen. Ich trat in den Raum, der von den Fackeln und Leuchten im Garten erhellt wurde, und erkannte die Soutane des Kardinals, die achtlos mitsamt dem Hut auf einen Sessel geworfen worden war. Daneben lag die Maske, die mir finster entgegenstarrte.

Der Mistkerl!, schoss es mir durch den Kopf. Wie dumm von mir, ihm zu vertrauen! Wutschnaubend stellte ich mir meine Schwester in den Armen ihres vermeintlichen Beschützers vor. Dann hörte ich, dass die Tür leise hinter mir zugezogen und der Schlüssel im Schloss gedreht wurde. Ich fuhr herum. In der matten Beleuchtung machte ich die Gestalt des Mannes aus, dem meine Blicke einst so häufig und heimlich gefolgt waren.

»Max!«

44

»Hallo, Harriet.«

»Was tust du hier? Ich dachte, du bist in Südamerika.«

»Hast du schon mal etwas von Flugzeugen gehört?«

»Wo ist Cordelia?«

»Putzt sich vermutlich gerade die Zähne. Kein Grund zur Aufregung – ich interessiere mich nicht für kleine Mädchen.«

Ich betrachtete ihn verwirrt. »Aber warum bist du hier?«

»Nun, etliche aus der Hubert-Hat-Company sind eingeladen worden, und es hörte sich nach einer tollen Party an. Also beschloss ich, auch ohne Einladung zu kommen. Ich wünschte, du würdest deine Maske abnehmen, Harriet. Ich möchte dich richtig sehen.«

Ich hatte vergessen, wie wohltönend und einschmeichelnd seine Stimme war. Gehorsam löste ich die Bänder meiner Maske.

»Schon besser«, bemerkte er. »Komm mit.«

Er trat zum Fenster. Ich folgte ihm ein paar Schritte, blieb jedoch vor Ruperts Schreibtisch stehen. Max lächelte.

»Aha. Du bist störrisch. Vielleicht erzählst du mir trotzdem, weshalb du nie auf meine Briefe geantwortet hast? Als wir uns in Pye Place verabschiedet haben, dachte ich eigentlich, dass du mir – gewogen warst.«

»Das war ich auch.« Langsam gewann ich meine Fassung zurück. »Aber da wusste ich auch noch nichts von Georgia.«

»Georgia?«

»Du warst so nett, uns beide zu beglücken.«

»Ah.« Max runzelte die Brauen und betrachtete den Köcher, in dem Ruperts Zeichenstifte standen. Meine Augen hatten sich inzwischen an das Dämmerlicht gewöhnt, und mir fiel wieder auf, welch wundervolles Haar er besaß. Wie Buchenlaub im Winter. »Und wenn ich dir sage, dass es nicht stimmt?«

»Dann glaube ich dir nicht.«

»Demnach verurteilst du jemanden, ohne dich für das Beweismaterial zu interessieren.«

»Ich will nichts mehr darüber wissen.«

»Wer hat mich angeschwärzt?«

»Archie hat es mir erzählt.«

Max lachte auf. »Heißt das, dass du diesem lächerlichen Menschen eher glaubst als mir? Männer wie er leben von nichts anderem als Tratsch und üblem Geschwätz.«

»Zufällig zählt Archie zu meinen besten Freunden, und ich glaube ihm. Außerdem hat Georgia es selbst erzählt.«

»Ach was.« Max' Lächeln erlosch. »Also gut, ich will dich nicht belügen, Harriet. Ich bin mit Georgia ins Bett gegangen. Nein, lauf nicht fort!« Ich hatte mich abgewandt, weil ich mich mit einem Mal ärgerte, ihm überhaupt zuzuhören, doch Max beugte sich über den Schreibtisch und ergriff meinen Arm. »Warte noch eine Minute. Ich möchte mit dir reden. Bitte. Ich habe nicht verstanden, warum du nicht geantwortet hast, und war am Boden zerstört. Ich bin Tausende von Meilen geflogen, um dich zu sehen. Gib mir wenigstens die Chance, dir alles zu erklären.«

Ich hatte auch vergessen, wie fein gemeißelt seine Züge waren und dass seine Augen wie die eines Asketen glühten. Und dann war da noch die aufregend und seltsam geformte Nasenspitze.

»Lass mich los. Ich muss zu Dirk und ihm sagen, er soll aufhören zu bellen.«

Ich hatte Dirk vor Beginn der Party mit einem Napf voller Knochen in der Küche eingeschlossen. Inzwischen hatte er mich jedoch gerochen und gab erbärmliche Laute von sich.

»Nein. Einen Moment noch, Harriet. Mir ist klar, warum du böse bist. Mit Georgia zu schlafen war idiotisch, zumal mir nicht einmal der Sinn danach stand.« Er zuckte mit den Schultern. »Ich lege auch keinen Wert darauf, die Gefühle anderer Menschen zu verletzen. Andererseits fällt es einem Mann schwer, nein zu sagen, wenn eine Frau sich ihm anbietet. Wir sind so geprägt, fürchte ich. Frauen wiederum erwarten, dass man sie bewundert und begehrt. Wenn Männer lediglich über Gedichte oder bedrohte Tierwelten sprächen, wären sie vermutlich empört. Insofern stehen wir von vornherein auf verlorenem Posten. Aber wie auch immer, es erschien mir jedenfalls leichter, Georgia nachzugeben, als sie abzuwehren. Doch als sie am letzten Abend zu mir kommen wollte, habe ich sie fortgeschickt. Ich hatte zwar kaum noch Hoffnung, dass aus dir und mir etwas würde, doch immerhin wusste ich zu dem Zeitpunkt, wie viel du mir bedeutest. Glaub mir, ich hatte mich auf eine einsame Nacht eingestellt, doch dann bist du plötzlich aufgetaucht und – mein Warten wurde belohnt.«

Er trat zu mir und strich über meinen Arm. Mir fiel ein, wie er mich getröstet hatte, als ich wegen Pa verzweifelt war. Wie nett er zu Cordelia gewesen war. Seine Erklärungen waren einleuchtend …

»Sei nicht ungerecht, Harriet. Ich bin sicher, du kennst nicht einen Mann, der sich anders verhalten hätte.«

Insgeheim stimmte ich zu. Bron hätte keine Sekunde gezögert, wenn sich ihm eine Frau an den Hals geworfen hätte. Wahrscheinlich hätte auch Pa sich ohne lange nachzudenken geopfert. Was Rupert anging, war ich mir nicht sicher, doch anscheinend neigte auch er zu Beziehungen, die kurz und unverbindlich waren. Offenbar ließ sich nicht bestreiten, dass die meisten Männer Georgias Einladung nachgegeben hätten. Von Max' Warte aus gesehen, musste mein Verdruss kindisch wirken.

Doch angenommen – nur einmal angenommen –, dass dieser schreckliche Gedanke, diese aberwitzige Idee, die sich vor einigen Wochen in meinem Kopf eingenistet hatte, der Wahrheit entsprach. Natürlich könnte ich Max die Geschichte mit Georgia verzeihen. Wenn das alles gewesen wäre, hätten wir vielleicht Freunde werden können, platonische Freunde wohlgemerkt, denn den Wunsch, mit ihm zu schlafen, verspürte ich nicht mehr. Jene andere verrückte Idee war jedoch dermaßen schrecklich, dass es mich beinah grauste, allein mit ihm in einem Zimmer zu sein. Sie durfte nicht wahr sein – wahrscheinlich entstammte sie meiner überhitzten Fantasie und den Schauermärchen, die ich geschrieben hatte. Hatte mir nicht auch Rupert vorgehalten, in Traumwelten zu leben – und hatte er nicht Recht gehabt? Max hatte sein Verhalten erklärt, er war freundlich, seine Stimme liebevoll und sanft – musste ich nicht tatsächlich anfangen, an meinem Verstand zu zweifeln?

»Begreifst du nicht, dass ich ein Mann wie alle anderen bin? Schwach, fehlerhaft, eitel, wenn du willst, aber dennoch jemand, der unglaublich verliebt in dich ist?« Seine Hand streichelte meine Wange und fuhr über meine Kehle. »Wenn du wüsstest, wie sehr du mir gefehlt hast! Als ich vorhin die Kette erblickt habe, habe ich gehofft, dass du noch immer etwas für mich empfindest. Wenn du willst, beweise ich, dass ich treu sein kann, so treu, wie es sich eine Frau nur wünschen kann – bis hin zur Enthaltsamkeit.« Seine Lippen streiften mein Haar. »Ich hasse dieses Kleid. Es ist, als ob man einen Schrank umarmen wollte.«

Er zog mich an sich. Wahrscheinlich stand mein Rock wie ein Segel ab, und unter anderen Umständen hätte ich deswegen gewiss gelacht, doch im Moment war mir nicht nach Lachen.

»Ich müsste verrückt sein, an eine andere auch nur zu denken«, murmelte er. »Ich verzehre mich nach dir. Weißt du denn nicht, wie glücklich wir sein könnten, wenn du den dummen Zwischenfall mit Georgia vergessen könntest?«

»Vielleicht.« Ich stieß ihn ein Stück von mir, um den Ausdruck in seinen Augen zu erkennen. »Das Schlimme ist nur, dass ich etwas anderes nicht vergessen kann, und das ist, dass du nämlich, obwohl du wundervoll aussiehst und ein begnadeter Schauspieler bist, außerdem ...«, ich holte tief Luft, »ein kaltblütiger Mörder sein könntest.«

Max hielt inne, hörte auf zu liebkosen, murmeln, ja sogar zu atmen, und es war dieser Moment des Innehaltens, der meinen Argwohn zur Gewissheit werden ließ. Sein Blick wurde wachsam.

»Soll das ein Witz sein?« Er lachte und gewann seine Sicherheit zurück. »Du bist tatsächlich nie langweilig, Harriet.«

Er versuchte mich zu küssen. Ich kehrte mein Gesicht ab.

»Es ist kein Witz. Du hast den Scheinwerfer verstellt, sodass dein Opfer sich dorthin begibt, wo der Blitz einschlägt. Du warst bei der Probe anwesend, als der Blitz versehentlich herabfuhr, und dabei ist dir der Gedanke zu dem perfekten Mord gekommen. Du hast Basil getötet – wenngleich Basil gar nicht derjenige war, den du im Auge hattest. Inzwischen weiß ich, dass Caroline meinen Vater geliebt hat und ihn heiraten wollte. Nicht dass dir etwas an ihr gelegen hätte, doch du wolltest nicht auf ihr Geld verzichten, nicht wahr? Du willst kein schlichtes und gewöhnliches Leben führen, das, was du mir darüber erzählt hast, war gelogen, ebenso gelogen, wie alles andere auch.«

»Wie erregt du bist!« Max nahm mein Gesicht in seine Hände.

»Zwar bist du ein wenig verrückt, doch selbst das finde ich liebenswert.«

»Es stimmt, oder? Und hätten nicht so viele Menschen Schaden genommen, wäre es beinah lustig, denn Pa hatte nie vor, Caroline zu heiraten. Er mochte sie nicht einmal besonders und war lediglich zu feige, es zuzugeben. Er wird eine andere heiraten, was heißt, es war alles umsonst – sämtliche Mühe, die du dir gegeben hast, auch dass du mir vorgegaukelt hast, dir läge etwas an mir.«

»Nun übertreibst du ein wenig, findest du nicht? Wahrscheinlich hast du zu viel getrunken und weißt nicht mehr, was du sagst. Du brauchst jemanden, der sich um dich kümmert, und ich weiß auch, wie man das macht, Liebling. Es ist etwas, nach dem es mich bereits seit geraumer Weile gelüstet.«

Ich versuchte, mich aus seinem Griff zu befreien, doch er küsste mich erneut. Portias Rat, Männern das Knie in den Unterleib zu rammen, kam mir in den Sinn, doch in meinem Aufzug war das unmöglich. Max' Hände schlossen sich um meinen Hals, und die Kette tat entsetzlich weh. Dann drückten seine Hände zu, und ich bekam keine Luft mehr und vernahm ein furchtbares Rauschen in meinen Ohren. Dirks Bellen und die Musik von draußen wurden schwächer. Ich bäumte mich auf, versuchte Max mit einer Hand abzuwehren und mit der anderen zu schlagen, doch mir fehlte die Kraft. Max' Zunge war in meinem Mund, und ich war dabei zu ersticken und konnte nicht schreien, und dann fing das Zimmer an sich zu drehen. Welch eine Närrin ich war!, schoss es mir durch den Sinn, als es vor meinen Augen dunkel wurde, ich bin noch zu jung, um zu sterben – und wer sorgt jetzt für Cordelia – und Dirk und Mark Antonius –, und dann ließ Max mich plötzlich los. Als Nächstes vernahm ich das Krachen von Holz und das Geschepper klirrenden Porzellans.

Ich schnappte nach Luft und blinzelte, um mein Schwindelgefühl loszuwerden. Max lag auf dem Boden, umgeben von zerbrochenem Porzellan und den Beinen des Sheraton-Tisches. Meine Hände tasteten zu meiner Kehle und wanderten zu meinen Schläfen, hinter denen es wild pochte.

»Du bist gerade noch rechtzeitig gekommen«, wollte ich sagen, brachte jedoch nur ein Krächzen hervor.

»Das ist ja ein schönes Beispiel, das du für deine Schwester abgibst«, bemerkte Rupert und rieb seine Hand. »Ich habe noch nie jemandem einen Kinnhaken versetzt, und ich glaube nicht, dass ich das noch einmal wiederholen werden. Es tut höllisch weh.« Er saugte an seinen Knöcheln. »Wenn du dich das nächste Mal mit einem Liebhaber einsperrst, überleg dir das bitte zweimal. Es war der reine Zufall, dass ich einen Ersatzschlüssel in der Tasche hatte.«

»Ich wusste nicht, dass Max hier war, ich wollte nach Cordelia sehen«, röchelte ich.

»Hat er dir etwas getan?«

»Er wollte mich – umbringen!«, flüsterte ich.

»Sprich lauter, ich verstehe kein Wort.«

Ich wimmerte. Rupert zog die Brauen zusammen. »Meine Güte, du bist tatsächlich durcheinander.«

Er legte seine Arme um mich. Ich barg meinen Kopf an seiner Brust und hätte geschluchzt, wenn meine Kehle nicht so rau gewesen wäre. Rupert hielt mich wie erstarrt. Wahrscheinlich hatte er Angst, ich würde hysterisch, wenn er mich an sich drückte. »Nun, komm schon, Harriet. Du bist in Sicherheit. Max wird dich in meinem Beisein nicht vergewaltigen. Abgesehen davon scheint er das Bewusstsein verloren zu haben.«

»Keine – Vergewaltigung!«, wisperte ich.

»Heißt das, du warst einverstanden? Heiliger Strohsack, ich glaube, ich werde Frauen nie begreifen.«

»Hat jemand Pinkki gesehen?« Archie stand im Türrahmen. »Ich habe ihn gebeten, im Garten auf mich zu warten, aber – oho! Ihr seid also endlich auf den Geschmack gekommen, dem Himmel sei Dank. Das hat ja ewig gedauert. Was hat Frensham hier zu suchen? Er war überhaupt nicht eingeladen.« Archie trat zu Max. »Er ist doch nicht etwa tot, oder?«

Rupert schob mich von sich und beugte sich über Max. »Das will ich ihm nicht geraten haben. Hol Wasser, Archie.«

Der Gedanke, dass Rupert meinetwegen vielleicht den Rest seines Lebens im Gefängnis verbringen musste, brachte mich in Bewegung. Ich ergriff eine Vase mit Wicken und kippte den Inhalt über Max' Gesicht aus. Als er sich nicht rührte, leerte ich eine zweite Vase und dann noch eins von Ruperts Tintenfässchen.

»Das reicht, Harriet. Du veranstaltest eine Riesenschweinerei. Er kommt zu sich.«

»Was zum Teufel! – Harriet … Mist! Ich glaube, mein Kiefer ist gebrochen.« Max betastete sein Kinn und starrte uns an. »Was ist passiert?«

»Ich habe dich niedergeschlagen«, erklärte Rupert. »Ich habe Leidenschaft mit Widerstand verwechselt. Tut mir Leid. Kannst du deinen Mund öffnen und schließen?«

Max tat es mit schmerzverzerrter Miene. »Scheint zu klappen. Was ist das?« Er pflückte eine Wicke von seinem Hemd und betrachtete sie verblüfft. »Ich bin vollkommen durchnässt und – Allmächtiger, das ist ja Blut!«

»Nein, es ist rote Tinte. Harriet hat sich ein wenig gehen lassen.« Rupert schaute belustigt drein. »Ein Glück, dass sie nicht zielen kann.«

Max sah schlimm aus. Rupert half ihm auf die Beine. Max rieb seinen Hals mit einem Taschentuch trocken und stöhnte, als er sein Gesicht im Spiegel an der Wand erblickte.

»Ich hoffe, es war abwaschbare Tinte.«

Ich las das Etikett auf dem Fässchen. »Nein, leider nicht.«

Max' Blick wanderte prüfend von Rupert zu mir. Wahrscheinlich überlegte er, ob ich Rupert von meinem Verdacht erzählt hatte.

»Harriet, tut mir Leid. Es ist mit mir durchgegangen.« Max ließ ein kurzes Lachen hören. »Du solltest Männer lieber nicht reizen. Offenbar ist dir nicht klar, über welche Macht eine schöne Frau verfügt.«

Ich erwiderte nichts. Mein Verstand sprang von einer Idee zur nächsten, doch ich war nicht in der Lage, auch nur zwei von ihnen sinnvoll zu verbinden.

Max grinste Rupert verschwörerisch an. »Offenbar habe ich etwas falsch gemacht. Lass mich für einen Moment mit Harriet allein. Ich will nicht, dass jemand zusieht, wenn ich einen Kniefall mache.«

Rupert schaute mich an. Als ich den Kopf schüttelte, sagte er: »An mir brauchst du dich nicht zu stören.« Danach verschränkte er die Arme vor der Brust und lehnte sich an seinen Schreibtisch.

»Ich werde kein Sterbenswörtchen verraten«, kam es von Archie. »Und wenn, nur im Kreis meiner engsten Freunde.«

Max nagte an seiner Unterlippe. »Komm für einen Moment mit nach draußen, Harriet. Dort sind Hunderte von Menschen. Sollte es mich dennoch überkommen, darfst du mich in den Kanal stoßen.«

»Verschwinde.« Meine Stimme gehorchte mir wieder. »Ich will dich nie wiedersehen.«

Max kam auf mich zu. Ich trat zu Rupert und ergriff die Finger, die unter den verschränkten Armen hervorlugten. Sie schlossen sich tröstlich um meine Hand.

»Ach so ist das«, sagte Max. »Das hätte ich mir eigentlich denken können.« Er versuchte erneut zu lachen. »Du hast dich in meiner Abwesenheit getröstet, und der Chef eines Opernhauses ist natürlich eine bessere Partie als ein einfacher Schauspieler. An deiner Stelle wäre ich jedoch vorsichtig, Harriet. Es ist allseits bekannt, dass Rupert keinen Wert auf eine Ehe legt.«

Rupert drückte meine Hand, was ich als Aufforderung, den Mund zu halten, auffasste.

Archie hielt die Tür auf. »Zeit, sich zu verabschieden, lieber Max. An deiner Stelle würde ich mir schnellstens einen Eisbeutel besorgen. Sonst siehst du morgen abscheulich aus.«

Auf der Türschwelle blieb Max stehen und wandte sich um. »Viel Glück, Harriet. Du wirst es dringend nötig haben.«

Kurz darauf fiel die Eingangstür mit lautem Knall ins Schloss.

»Warum können die Leute die Tür nicht leise zumachen?«, fragte Rupert. »Die Knallerei schadet den Schlössern.«

»Das war Max, nicht wahr?« Cordelia kam in den Raum gerannt. »Warum hat er nicht gewartet, um auf Wiedersehen zu sagen? Darf ich ihm nachlaufen?«

»Er ist in Eile und muss zum Flughafen«, entgegnete Rupert. »Außerdem hast du nichts an.«

Cordelia steckte in ihrem Schlafanzug.

»Eine ganze Menge der Gäste haben nichts an«, gab Cordelia zurück. »Im Garten steht ein Mann ohne Hose, der eine Statue umarmt.«

»Das ist mein Pinkki.« Archie stürzte nach draußen.

»Geh wieder ins Bett, Cordelia«, bat ich. »Und schau auch nicht mehr aus dem Fenster.« Ich wandte mich an Rupert. »Ob du vielleicht mal mit Archie redest und ihn bittest, sich in seinem Zimmer zu verlustieren?«

»Nein. Mein Bedarf an ritterlichen Handlungen ist für heute gedeckt«, erwiderte Rupert. »Geh durchs Haus und zieh überall die Vorhänge zu, wenn du glaubst, dass das angemessen ist – nein, warte! Ich möchte mit dir sprechen. Gute Nacht, Cordelia«, setzte er betont hinzu. Nachdem sie sich murrend entfernt hatte, drehte er sich zu mir um. »Also«, begann er, »was war nun mit Max? Als ich hereinkam, sah es aus, als würdest du dich wehren. Habe ich da etwas falsch verstanden?«

»Nein. Es war noch viel schlimmer.«

Als ich Rupert erzählte, Max hätte versucht, mich zu erwürgen, lachte er. Er musste sich sogar auf den Schreibtisch setzen, um sich zu beruhigen.

»Du bist betrunken«, bemerkte ich beleidigt.

»Wahrscheinlich. Im nüchternen Zustand würde ich wohl kaum jemanden niederschlagen oder auch nur im Entferntesten daran denken. Fass mein Lachen als Erleichterung auf. Ich bin froh, dass die Premiere vorüber ist – vielleicht freue ich mich auch über die gelungene Party oder was immer du willst. Und jetzt erzähl alles noch einmal von vorn.«

»Max hat versucht, mich umzubringen. Zumindest glaube ich das.«

Rupert bemühte sich sichtlich um eine ernste Miene. »Sei nicht albern, Harriet. In der Regel erwürgen Männer Frauen nicht, wenn sie sich weigern, mit ihnen zu schlafen. Und sicherlich nicht auf einer Party, wo man sie jeden Augenblick entdecken kann.«

»Wir waren eingeschlossen«, hob ich hervor. »Weshalb bist du überhaupt gekommen?«

»Ich wollte mir eine Zigarre holen und einige Notizen machen. Mir war plötzlich aufgegangen, was im letzten Akt nicht gestimmt hat.«

»Nun, das war mein Glück. Max hätte mich nämlich leicht umbringen können, denn jedermann glaubt, dass er in Rio ist. Er hätte meine Leiche hinter dem Schreibtisch versteckt. Danach hätte er seine Maske wieder aufgesetzt und wäre verschwunden. Bis man mich gefunden hätte, wäre er bereits auf dem Rückflug gewesen, und kein Mensch hätte ihn mit dem Mord in Verbindung gebracht.«

»Und warum hätte Max dich töten sollen? Ich meine, ich bin selbst reichlich aufbrausend, doch der Gedanke, dich zu erwürgen, ist mir noch nicht gekommen.«

»Vielleicht versuchst du, allmählich mal den Ernst der Lage zu begreifen. Ich habe Max beschuldigt, Sir Basil ermordet zu haben.« Ich erklärte Rupert meine Theorie. »Der Zusammenhang ist mir klar geworden, nachdem Caroline mir gebeichtet hat, dass sie Pa liebt. Mit einem Mal habe ich das Motiv erkannt, von dem Charles ständig gesprochen hat. Max wollte nicht auf ihr Geld verzichten. Deshalb war er auch so versessen darauf, sich mit mir einzulassen. Er wollte erfahren, welche Spuren die Polizei verfolgt, und da ihn niemand verdächtigte, habe ich ihm immer die neuesten Erkenntnisse mitgeteilt. Natürlich kann ich nichts beweisen – aber findest du nicht, wir sollten Charles unterrichten, sodass er Max wenigstens am Besteigen des Flugzeugs hindert?«

Rupert ergriff einen Locher und begann nachdenklich Löcher in ein Stück Papier zu stanzen. »Nein«, sagte er. »Wie du schon richtig bemerkt hast, fehlt uns der Beweis.«

»Ja, aber als ich ihn bezichtigt habe, wurde er ganz starr, und als ich in seine Augen geschaut habe, wusste ich, dass ich den Nagel auf den Kopf getroffen hatte.«

»Das ist nicht mehr als ein Gefühl, Harriet. Dergleichen zählt doch nicht als Beweis. Und selbst wenn er es getan hätte, überleg doch, wie die Verhandlung sich auf deinen Vater auswirken würde. Er wäre der Hauptzeuge, und zwar in seiner Rolle als Opfer und als Carolines Liebhaber. Es gäbe abermals Fragen, Verhöre, Besuche auf dem Revier. Waldo hat sich gerade erst gefangen, ich glaube nicht, dass ein Aufrollen des Falles gut für ihn wäre.«

»Daran habe ich nicht gedacht«, bekannte ich. »Pa kann nicht einmal den Anblick eines Vogels im Käfig oder eines Goldfischs im Glas ertragen, ohne in Tränen auszubrechen. Aber was ist, wenn Max den Verstand verloren hat? Vielleicht bringt er demnächst jemand anderen um.«

»Von zehn Morden wird einer aufgeklärt«, entgegnete Rupert und stellte den Locher ab. »Und ich spreche von Morden, die bekannt werden, nicht von Leichen, die heimlich in der Themse oder während des Straßenbaus im Beton verschwinden. Du würdest dich wundern, wenn du wüsstest, wie viele Mörder frei herumlaufen. Und was Max betrifft, wissen wir nicht einmal, ob er ein Mörder ist. Er könnte ebenso gut unschuldig sein.« Als ich Einwände erheben wollte, winkte er ab. »Wie dem auch sei, Harriet, ich bin niemand, der jedes Unrecht rächt oder jeden Täter zur Strecke bringt. Ich kann mit dem Zweifel leben, wenn du es kannst, denn dass du anders als ich empfindest, ist mir natürlich klar.«

»Das liegt daran, dass er Pa umbringen wollte. Max ist mir einerlei.«

»Tatsächlich? Ich hatte eher einen gegenteiligen Eindruck.«

»Ich fand ihn anziehend – aber nur, weil ich dachte, dass ihm etwas an mir liegt.«

»Harriet, natürlich lag ihm etwas an dir. Warum wäre er denn sonst zurückgekehrt? In Rio wäre er doch um einiges sicherer gewesen. Er ist deinetwegen gekommen.«

»Aber er hat versucht, mich umzubringen – glaube ich jedenfalls.«

Inzwischen kam mir der Gedanke selbst ein wenig albern vor. Wahrscheinlich hielt Rupert mich für hoffnungslos überspannt.

»Bisweilen bringen die Menschen ihre Liebsten um. Denk an Othello.«

Ich begann an der Kette zu nesteln. »Mach sie ab«, bat ich.

Rupert schaltete die Schreibtischlampe an. »Hm. Ein ausgefallener Mechanismus – und schweres Material. Kein Wunder, dass du gedacht hast, er …–« Rupert stockte und berührte sanft meinen Hals. Ich schrie auf. »Hat das weh getan?«, fragte er. »Das sieht nach einem Bluterguss aus.«

Mit zusammengezogenen Brauen begutachtete er meinen Hals. Ich fand seine Brauen wunderschön. Wie zwei schwarze Pinselstriche sahen sie aus, und ich hätte gern darüber gestrichen.

»Mein Gott! Und ich dachte, du hättest übertrieben – aber das sieht tatsächlich – große Güte, stell dir vor, ich wäre nicht zufällig hereingekommen! Du hättest – Harriet!« Rupert verschränkte erneut seine Arme und betrachtete mich streng. »Wie konntest du dich hier allein mit ihm aufhalten? Was wäre gewesen, wenn ich keine Zigarre gewollt hätte? Oder wenn ich keinen Ersatzschlüssel gehabt hätte? Wenn du gewusst hast, wie gefährlich er ist, hast du dich ausgesprochen töricht verhalten, und das ist noch gelinde ausgedrückt.«

»Ich hatte ja auch nicht vor, mich mit ihm einzuschließen. Ich habe lediglich nach Cordelia gesucht, und ...«

»Geh nicht nach Manchester«, fiel Rupert mir ins Wort. Ich blickte auf den dunklen Bartschatten auf seinem Kinn und musste mich beherrschen, ihn nicht zu küssen. »In einem Punkt hat Max Recht gehabt: du weißt nicht, wie anziehend du auf Männer wirkst.« Er seufzte. »Und dass du nicht an deine Schönheit glaubst, macht dich verwundbar. Weißt du, wenn es eine Sache des Geldes ist, dann kannst du in London mit Sicherheit einen besseren Job finden und einen größeren Beitrag zu unseren Ausgaben leisten. Obwohl das weiß Gott nicht von Bedeutung ist.« Als ich weiterhin schwieg und mit einem Ausdruck, der hoffentlich nicht allzu gierig war, auf sein Kinn starrte, setzte er hinzu: »Gibt es denn sonst noch etwas, dass dich von hier vertreibt? Etwas außer deinem Stolz?«

Stolz? Wovon redete er überhaupt? Ich wollte meine Arme um seinen Hals schlingen und ihn nie mehr loslassen. Ich hatte so viel Stolz wie Dirk beim Anblick eines Knochens und hoffte, dass ich nicht sabberte.

»Woran liegt es? Ich weiß, dass du Archie magst und umgekehrt. Und Cordelia hat doch auch ihren Platz gefunden. Liegt es an mir?« Mein Schweigen schien er als Zustimmung auszulegen. »Wir sind doch immer Freunde gewesen, oder nicht? Selbst als wir noch Kinder waren. Weißt du nicht mehr, wie du zu mir gekommen bist, wenn du dein Knie aufgeschlagen hattest und ich so getan habe, als würde ich dein Bein abschneiden?«

Natürlich wusste ich das noch. Alles, was mit Rupert zu tun gehabt hatte, stand in leuchtend roten Großbuchstaben im Hauptbuch meiner Kindheit.

»Damals habe ich Punkte auf dein Knie gemalt und mein Taschenmesser gezückt, bis du aufgehört hast zu weinen und lachen musstest. Du warst ein so helles kleines Ding. In gewisser Weise habe ich an jedem von euch gehangen, aber du warst mir seit jeher die Liebste. Du warst die Unauffällige, aber du hattest mehr Hirn und Gefühl als die anderen zusammen. Und jetzt bist du sogar die Schönste von allen geworden.«

»Du sollst dich nicht über mich lustig machen. Ich weiß, dass ich das nicht bin.«

Rupert seufzte erneut. »Was muss ich tun, um dich zu überzeugen? Gewiss würden etliche Menschen das Aussehen von Clarissa und deinen Schwestern vorziehen, doch für mich – und für viele andere – besitzt du eine weitaus größere Anziehungskraft.« Ich ließ mir das durch den Kopf gehen und kam zu dem Schluss, dass Rupert lediglich nett sein wollte. »Schau«, fuhr er fort, »ich weiß, dass ich ungeduldig und morgens unfreundlich bin. Und dass ich sarkastisch bin – und, wie einige Frauen behaupten, auch herzlos. Du kennst mich aber doch gut genug, um zu wissen, dass das eigentlich nicht stimmt. Kannst du denn über meine Schwächen nicht hinwegsehen?«

Doch das konnte ich – ganz leicht sogar –, aber welche Schwächen sollten das sein? Mir fiel kein einziges Beispiel ein. Zu meinem Entsetzen spürte ich, dass vor lauter rettungsloser Liebe Tränen in meine Augen stiegen. Ich starrte eisern auf einen roten Fleck auf Ruperts Hemd, der von der vergossenen Tinte herrühren musste.

»Was habe ich getan, um dich zu vertreiben?« Ich war kurz davor, aus Frustration mit dem Fuß aufzustampfen. »Ich will dich nicht unglücklich machen. Ganz im Gegenteil. Ich finde es schön, wenn du hier bist. Genau genommen ist mir, seitdem du fortgehen willst, klar geworden …« Rupert lachte. »Meine Güte, ich hoffe, dass ich nicht als Nächstes eine Szene mache. Jedenfalls ist mir seit einer Weile bewusst – das heißt, ich wollte dir sagen …« Er brach ab und wirkte mit einem Mal wieder streng. »Ich kann über solche Dinge nicht so gut reden. Vielleicht ziehe ich deshalb das Theater vor, wo ich mich Gefühlen überlassen kann, ohne etwas preisgeben zu müssen.« Er wandte sich um und nahm eine Zigarre aus der Zigarrenkiste, drehte sie zwischen den Fingern, schaute sie an, als wisse er nicht mehr, woher sie plötzlich gekommen war, und legte sie zurück. »Allerdings bin ich bislang nicht auf die Probe gestellt worden. Es gab Frauen, die ich wegen ihrer Schönheit begehrt habe und andere, mit denen ich mich unterhalten wollte, weil sie intelligent und sympathisch waren. Jemanden zu finden, der beides vereint, hatte ich eigentlich aufgegeben. Aber darum geht es in der Liebe auch nicht, oder? Es geht nicht darum, attraktive Eigenschaften zu addieren. Wenn mich einer fragen würde, was mir an dir gefällt, dann würde ich – von deinem Aussehen einmal abgesehen – vermutlich erklären, dass du selbstlos bist und zartfühlend und dass du mich zum Lachen bringst und dass du von Natur aus aufrichtig bist.«

Ich glaubte, meinen Ohren nicht zu trauen. Eine närrische Hoffnung regte zart ihre Glieder und machte Anstalten, sich langsam zu entfalten. Für alle Fälle schwor ich mir, nie wieder zu lügen.

»Doch für sich genommen, würden selbst diese Dinge nicht genügen. Vielleicht liebt man jemanden, weil er die Welt verschönt. Das Schöne und das Wahre sind untrennbar vereint – und ich glaube, jemand hat einmal gesagt, dass Liebe mit Liebe beginnt, und dass aus innigster Freundschaft nicht einmal kälteste Liebe werden kann. Ist das so, Harriet, stimmst du dem zu?«

Ich schüttelte den Kopf, denn alles, was er sagte, spielte keine Rolle. Ich wusste lediglich, dass ich Rupert, seit ich meinen ersten Milchzahn verloren hatte, liebte – heimlich und unheilbar.

»Nun, gut«, fuhr Rupert fort, »denn – sieh mich an, Harriet! – so hübsch ich deinen Schädel finde, so würde ich doch auch gern wieder mal dein Gesicht ansehen.« Er hob mein Kinn an, und ich schloss meine Augen. Es war zu spät. Eine der Tränen tropfte auf meine Wange.

»Was ist denn? Habe ich dir wehgetan?«

Der Mann, den ich liebte, war ein Idiot.

Ich nahm all meinen Mut zusammen, machte meine Augen auf, und wir starrten uns an.

Welch eine Kraft die Liebe besitzt! Es war, als ob ein Blitz zwischen uns aufgezuckt wäre und Ruperts Bild für immer in meine Seele gebrannt hätte.

»Harry!« Er schlang die Arme um mich und drückte mich an sich. »Liebling.«

Gleich darauf ertönte das Krachen eines Donners. Ein typisches Sommergewitter. Draußen kreischten die Partygäste, während erste Regentropfen an die Fensterscheiben schlugen.

Die Tür wurde aufgestoßen. »Lass uns hier hereingehen«, sagte Archies Stimme. Ich wandte mich um und erkannte Pinkki an seiner Seite. »Nein, lieber nicht«, setzte Archie hinzu. »Vielleicht gehen wir besser nach oben. Und ihr beide macht weiter«, rief er über die Schulter. »Bei dem Tempo seid ihr alt und blind, ehe ihr zur Sache kommt.«

Rupert lachte und drückte mich fester an sich.

»Ich kann bei Gewitter nicht schlafen.« Cordelia betrat den Raum mit Mark Antonius in den Armen. »Kann ich hier sitzen – Rupert! Warum liegt Hat in deinen Armen? Wolltet ihr knutschen? O nein!«, stöhnte sie. »Das halte ich nicht aus. Nicht wieder wie Charles und Ophelia, nicht wieder Leute, bei denen man immer an Sex denken muss.«

»Ich fürchte doch«, erwiderte Rupert. »Jedenfalls was mich betrifft.« Er ließ mich los. Dann ergriff er Cordelias Schulter und dirigierte sie entschlossen in Richtung Tür. »Du gehst jetzt in die Küche und siehst zu, dass der Hund sich beruhigt. Danach darfst du dir überlegen, wie du dein Zimmer neu ausstaffieren willst. Wenn ich mich recht entsinne, hast du vor kurzem etwas gesehen, dass dir ausgesprochen gut gefallen hat.«

»Du meinst Tracy Betts Zimmer, das wie eine spanische Hasi – Hasi-irgendwas – eingerichtet ist, mit rauen Wänden und Gitarren und Kastagnetten und einem Wunschbrunnen, in dem eine Bar verborgen ist.«

»Die Bar lassen wir fort.«

»Was ist mit den Übergardinen, die wie Röcke einer Flamenco-Tänzerin aussehen?«

»Geht in Ordnung.«

»Mann, dich hat es aber erwischt.«

»Stimmt. Und jetzt sei ein braves Mädchen und zisch ab.«

Cordelia warf mir einen verschmitzten Blick zu, ehe sie verschwand.

»So.« Rupert musterte mich. »Wie mir scheint, ist dieses wundervolle Kleid nicht ohne Probleme. Doch wenn man im siebzehnten Jahrhundert damit fertig geworden ist, schaffe ich es auch.«

Abermals hörte ich, wie der Schlüssel im Schloss gedreht wurde, doch nun hatte ich nichts dagegen, eine Gefangene zu sein. Ich war entschlossen, mein Leben lang zu büßen.